LEAH STEWART

Und Frieden ihrer Seele

Buch

An einem heißen Sommermorgen wird in Memphis, Tennessee, die Leiche einer jungen Frau gefunden. Als die Journalistin Olivia Dale am Tatort erscheint, verspürt sie sofort eine unerklärliche Verbindung zu der toten Allison Avery, die ihr außergewöhnlich ähnlich sieht. Olivia kann sich dem merkwürdigen Sog nicht entziehen und lässt sich auf den Fall ansetzen. Erste Aufschlüsse erhält sie von Allisons Bruder Peter, der von seiner schönen, glamourösen Schwester nahezu besessen war. Fasziniert von der großen Ähnlichkeit Olivias mit der Verstorbenen, vertraut er sich ihr rückhaltlos an. Und auch Carl, Allisons undurchsichtiger Verehrer, entdeckt die Tote in Olivia wieder und sucht ihre Nähe. Hat er, verbittert und gedemütigt durch Allisons jahrelange Zurückweisung, etwas mit ihrem Tod zu tun? Während Olivia das Puzzle von Allisons Leben Stück für Stück zusammenfügt, entsteht das Bild einer selbstbewussten und draufgängerischen jungen Frau, die es verstand, die Menschen um sie herum auf geradezu unheilvolle Weise zu faszinieren. Und auch Olivia spürt, wie sie selbst zunehmend in den Bannkreis der Toten gerät. Als sie aber auch noch eine Affäre mit Allisons Bruder Peter beginnt, ahnt sie nicht, in welche Gefahr sie sich damit bringt. ...

Autorin

Leah Stewart, geboren 1975, lebt in North Carolina und hat bereits etliche Kurzgeschichten veröffentlicht. »Und Frieden ihrer Seele« ist der erste Roman dieser vielversprechenden Autorin.

Leah Stewart

Und Frieden ihrer Seele

Roman

Deutsch
von Birgit Moosmüller

GOLDMANN

Die amerikanische Originalausgabe erschien unter dem Titel
»Body of a Girl« bei Viking, New York

Umwelthinweis:
Alle bedruckten Materialien dieses Taschenbuches
sind chlorfrei und umweltschonend.

Deutsche Erstveröffentlichung 7/2001

Umschlaggestaltung: Design Team München
Umschlagfoto: Bavaria/VCL
Satz: deutsch-türkischer fotosatz, Berlin
Druck: Elsnerdruck, Berlin
Verlagsnummer: 44921
CN · Herstellung: Katharina Storz/Str
Made in Germany
ISBN 3-442-44921-9
www.goldmann-verlag.de

1 3 5 7 9 10 8 6 4 2

Für Matt

1

Es scheint ein Sommer der Morde zu sein. In Memphis ist es so heiß, dass den Leuten ihre eigene Haut zu schwer ist. Ich werde das Gefühl nicht los, dass diese Dinge zusammenhängen, aber das kann ich nicht schreiben. Es handelt sich dabei nicht um Tatsachen. Es ist nicht wahr in dem Sinn, in dem wir Zeitungsleute den Begriff benutzen, das heißt, wenn wir jemand anderen dazu gebracht haben, etwas auszusprechen.

Es gibt bei unserer Zeitung Reporter, deren einzige Aufgabe darin besteht, Zoo-Angestellte über neue Tierbabys zu interviewen. Ein Typ hat eine dreiteilige Serie darüber geschrieben, wie man am besten dem mittäglichen Ansturm auf den Fastfood-Drive-in entgeht. Mir zeigen die Cops gerne Fotos von vergewaltigten und verprügelten Frauen, um dann aus dem Augenwinkel zu beobachten, ob ich den Anblick ertragen kann. »Okay«, sage ich immer, wenn ich der Meinung bin, mir die Fotos lange genug angesehen zu haben. »Verstehe.« Ich berichte über Verbrechen. Morde fallen in mein Ressort.

An diesem Morgen ist es bewölkt und so schwül, dass ich sogar im Stehen schwitze. Ich fühle mich wie unter einer Glasglocke. Hier und dort scheinen helle Lichtflecken durch die Wolken, als hätte jemand Löcher in das Glas gebohrt, damit ich Luft bekomme. Keinen Meter von mir entfernt liegt die Leiche einer jungen Frau. Eine Weiße, in meinem Alter. Um sie herum steigt Dampf vom Boden auf, und als ich an mir hinunterblicke, sehe ich ihn auch zwischen meinen Füßen aufsteigen. Ich versuche, einen klaren Kopf zu bekommen, mir zu überlegen, wie ich diese Szene beschreiben werde, damit es möglichst einfach und klinisch klingt, wie ich erklären werde, dass der vermeintliche Rauch nur Regenwasser war, das in der schrecklichen Hitze verdampfte. Aber ich kann die ganze Zeit nur denken: *Mein Gott, mein Gott!*

Sie liegt zusammengekrümmt, die Beine angezogen. Ihre Hände sind vor dem Bauch gefesselt, die Handgelenke mit etwas umwickelt, das wie weiße Schnur aussieht. Ihr weißes T-Shirt ist blutbefleckt. Von der Taille abwärts ist sie nackt, über ihre Haut ziehen sich Reifenabdrücke. Sie liegt zwischen Reifenspuren auf einem Fleck sandigen Bodens, und um sie herum kämpfen sich Grasbüschel und Löwenzahn durch den Schmutz. Sie hat gewusst, dass das Auto auf sie zukam. Ich an ihrer Stelle hätte mich genauso zusammengerollt. Genau wie sie hätte ich versucht, mich so klein wie möglich zu machen.

Eigentlich habe ich hier nichts zu suchen. Normalerweise treffe ich erst am Tatort ein, nachdem sich dort bereits die übliche Menge versammelt hat, und stehe hinter der gelben Absperrung, Schulter an Schulter mit den anderen Presseleuten, den weinenden Nachbarinnen, den Mamas, die sich neugierig vorbeugen, ihr Baby auf der Hüfte. Wenn ich Glück habe, erhasche ich einen Blick auf den Plastiksack, wenn sie die Leiche heraustragen. Heute wollte ich gerade in den Parkplatz der Zeitung einbiegen, als ich über Polizeifunk hörte, dass im Park, keine drei Kilometer entfernt, eine Leiche gefunden worden war. Ich folgte einer Polizeistreife zum Tatort und parkte direkt neben dem Streifenwagen. Als ich ausstieg, kam ein uniformierter Beamter auf mich zu und fragte, was ich dort verloren hätte. »Ich bin von der Presse«, sagte ich, und er musterte mich von oben bis unten. »Sie wollen sich das ansehen?«, fragte er. »Gehen Sie und sehen Sie es sich an.« Eigentlich handelte er damit gegen seine Vorschriften, aber er glaubte wohl, ich würde in Ohnmacht fallen und ihm auf diese Weise eine Geschichte für seine Kumpels liefern. Ich setzte eine ausdruckslose Miene auf und ging zu dem toten Mädchen hinüber, ohne ein Wort zu sagen. Der Beamte beobachtete mich und zuckte enttäuscht mit den Schultern. »Passen Sie auf, dass Sie niemanden behindern!«, rief er mir nach.

Ich habe mich an die Fotos gewöhnt, die sie mir zeigen, aber jetzt weiß ich, dass es etwas völlig anderes ist, wenn man so nahe neben einer Leiche steht, dass man sich hinunterbeugen und ihre tote Haut berühren könnte.

Ich schlage mein Notizbuch auf. Zum ersten Mal muss ich nicht warten, bis mir Polizei und Gerichtsmedizin eine Secondhand-Version vom Tatort liefern. Konfrontiert mit der Realität merke ich, dass ich gar nicht weiß, worauf ich achten muss oder welche Einzelheiten ich überhaupt veröffentlichen darf. Die Leiche liegt in der Nähe des Flusses, nicht weit vom Parkeingang entfernt, wo während der beiden Festivals im Mai die Kassenhäuschen stehen, eines fürs Barbecue, eines für den Blues. Wer auch immer das Mädchen hier abgeladen hat, er hat keinen Versuch unternommen, ihre Leiche zu verstecken oder zum wenige Meter entfernten Wasser zu zerren.

Um uns herum treffen immer mehr Wagen ein. Ihre Reifen wirbeln Staub auf. Türen fallen zu, und das Grollen männlicher Stimmen wird lauter. Jemand schreit etwas. Ich wende nicht einmal den Kopf, sondern kritzele weiter Worte in mein Notizbuch.

Die Füße sind klein und schmal, die winzigen Zehennägel rosa lackiert.

Die nackten Beine sind schlank, mit einer leichten Andeutung von Muskeln unter der Haut. Neben einem der Knöchel entdecke ich eine kleine Kruste, als hätte sie sich beim Rasieren geschnitten.

Das weiße T-Shirt ist über der Hüftrundung so weit hochgeschoben, dass ein bleicher Bauch und der Rand eines Nabels zu sehen sind. Auf dem T-Shirt kann ich nur mit Mühe die Buchstaben »MUS« entziffern. Irgendwas an dem Aufdruck kommt mir bekannt vor, und plötzlich weiß ich, warum. Das T-Shirt gab es beim letztjährigen Beale Street Music Festival. Ich habe das Gleiche zu Hause in meinem

Schrank liegen. Ich frage mich, ob das Shirt ihren Mörder auf die Idee gebracht hat, mit ihr hierher zu fahren.

Ihre Finger sind zur Faust geballt, die Nägel im selben zarten Farbton lackiert wie ihre Zehennägel.

Ihr Kopf ist eingezogen, das lange, dunkle Haar, das in Strähnen über ihr zerstörtes Gesicht fällt, blutverklebt und voller Staub.

Jemand rempelt mich im Vorbeigehen an, aber ich kann den Blick noch immer nicht abwenden. Ich nehme die Berührung kaum wahr. Es ist, als wären wir allein hier, das tote Mädchen und ich, zwei Seiten einer Münze.

Der Dampf, der vor ihrem Gesicht vom Boden aufsteigt, sieht fast aus wie Atem.

Als ich die Hand hebe, um weiterzuschreiben, stelle ich fest, dass sie zittert. Ich starre sie an, als gehörten diese zitternden Finger gar nicht mir. Der Körper auf dem Boden verschwimmt ein paar Mal vor meinen Augen, während ich darauf warte, dass meine Finger sich wieder beruhigen. Als es endlich so weit ist, umklammere ich meinen Stift mit festem Griff und schreibe in mein Notizbuch: *T-Shirt.*

Dies ist nur mein Job.

Inzwischen ist der Tatort abgesperrt, und die Detectives treffen ein. Ich weiß, dass sie nicht begeistert sein werden, mich hier zu sehen. Ich bin noch nicht lange genug dabei, um bereits die gleichen Kontakte wie andere Reporter zu haben, und möchte es mir mit keinem von den Cops verderben. Bevor ich mich abwende, werfe ich noch einen Blick auf das Mädchen. Bereits ein paar Schritte von der Leiche entfernt, kann ich nicht anders, als ein weiteres Mal hinzusehen. Ich drehe mich um, gehe rückwärts weiter. Ein Beamter, der sich gerade über sie beugt, versperrt mir den Blick. Ich kann noch ihre nackten weißen Beine sehen, ihre kleinen Füße.

»Hey!«, ruft jemand hinter mir. »Machen Sie, dass Sie da wegkommen!« Als ich mich umdrehe, sehe ich einen Cop auf mich zusteuern. Ich glaube, er heißt Detective Buchanan. Er ist noch jung genug, um beim Anblick der Leiche ein wenig mitgenommen zu wirken. »Was zum Teufel tun Sie da?«

»Tut mir Leid«, sage ich. »Als ich kam, war der Tatort noch nicht abgesperrt. Mir war nicht klar, wie nahe ich dran war.«

»Das hätten Sie eigentlich an der Leiche merken müssen«, antwortet er.

»Tut mir wirklich Leid«, wiederhole ich mit einem entschuldigenden Lächeln, während ich überlege, ob er wohl die Ermittlungen leitet. »Beim nächsten Mal passe ich besser auf.«

Er starrt mich einen Augenblick an. »Das nimmt Sie mit, nicht wahr?«, meint er. »Sie sind ganz grün im Gesicht.«

»Sie auch«, antworte ich, was er mit einem Schnauben quittiert. »Haben Sie sie schon identifiziert?«

»Das darf ich Ihnen nicht sagen«, antwortet er. »Sie kennen den Ablauf. Sobald der Lieutenant eintrifft, wird er mit der Presse sprechen.«

»Nun kommen Sie schon!«, dränge ich. »Verraten Sie mir etwas. Ganz inoffiziell.«

Er schüttelt bloß den Kopf und winkt mich weiter.

Hinter der gelben Absperrung sehe ich zu, wie der Rest der Presse eintrifft. Die Fernsehteams fahren ihre Sendewagen so dicht heran, dass sich die Polizeibeamten zwischen ihnen hindurchquetschen müssen, um den Tatort zu erreichen oder zu verlassen. Die Satellitentürme gehen hoch, die Reporter reihen sich vor der Absperrung auf, die Polizisten starren uns von der anderen Seite an. Das Ganze erinnert mich an die nachgespielten Bürgerkriegsszenen, zu denen mich mein Vater als Kind immer mitschleppte: zwei gegnerische Kampflinien, die sich wild schießend aufeinander zubewegten. Wäre dieser Mord in einer Wohngegend geschehen, dann hätte ich jetzt nach einer Frau Ausschau gehalten, die das Opfer gekannt hatte und mir etwas über sie erzählen konnte: dass das Mädchen Streit mit ihrem Freund hatte, dass das Gerücht umgegangen ist, der Freund hätte sie geschlagen, dass die Ermordete ihn angeblich betrogen hat. So aber bleibt mir nichts anderes übrig, als auf den Lieutenant zu warten und auf die Rücken der Cops zu starren, die sich über die Leiche beugen und wieder aufrichten, rumstehen oder aufbrechen. Detective Buchanan kommt erneut vorbei. Er runzelt die Stirn. Mir fällt nicht ein, woher ich ihn kenne, um welches Verbrechen es dabei ging.

Rechts kann ich die größeren Gebäude der Innenstadt ausmachen, die roten Buchstaben auf dem Dach des Peabody Hotels. Irgendwo dahinter glitzern die Glasscheiben des Pyramid in der Sonne. Ganz in der Nähe liegt die Beale Street mit ihren bunten Bars und Andenkenläden, die zwischen den angrenzenden Lagerhäusern und Parkplätzen völlig isoliert wirken, als wäre das Ganze als Filmkulisse aufgebaut und dann einfach stehen gelassen worden. Auf einer Seite des Festplatzes steigt ein Hügel an, gesprenkelt mit den Häusern reicher Leute und örtlicher Berühmtheiten. Ich blinzle zu den Häusern hinüber, versuche die Entfernung abzuschätzen. Sie sind zu weit weg, die Bewohner haben bestimmt nichts gesehen.

Es ist mein Job, Ihnen vorab sämtliche Details zu liefern, wann, wo und wie es passiert ist, damit Sie anhand dieser Fakten überprüfen können, ob es auch Sie hätte treffen können. *Ich gehe da abends nie allein hin*, denken Sie und legen die Zeitung neben Ihre Kaffeetasse, nachdem Sie die Überschrift und vielleicht noch den ersten Abschnitt gelesen haben. Mein Job ist es, Sie zum Weiterlesen zu bewegen, Ihnen meine Sehweise nahezubringen, Ihnen klarzumachen, wie Ihr Körper aussehen und wie schnell es mit Ihnen vorbei sein könnte.

Vor mir steht ein uniformierter Cop, der ständig den Kopf hin und her dreht. Sein Job ist es, die Medienleute und Schaulustigen vom Tatort fern zu halten. Sein weißes Haar ist schweißnass, die Haut seines Halses hängt über den zu engen Kragen seines Hemds. Er zieht ein Taschentuch heraus und wischt sich damit über Gesicht und Hals. Dann sagt er etwas über ein kleines weißes Mädchen.

»Was?«, frage ich.

»Hab gehört, es handelt sich um ein hübsches kleines weißes Mädchen«, antwortet er an mich gewandt.

»Schwer zu sagen, ob sie hübsch war«, gebe ich zurück.

»Sie haben sie gesehen?« Als ich nicke, starrt er mich überrascht an. »Haben Sie sie gefunden?«

»Nein«, antworte ich. »Bloß gesehen. Wissen Sie, wer sie gefunden hat?«

Ich habe mein Notizbuch in der Hand, lasse es aber geschlossen. Falls er vorhat, mir etwas zu verraten, möchte ich ihn nicht abschrecken.

Er gibt mir keine Antwort auf meine Frage. Stattdessen sagt er: »Sie werden Albträume davon bekommen.«

»Ich habe nie Albträume«, entgegne ich. Er sieht mich skeptisch an, aber es stimmt. In letzter Zeit träume ich nur noch in Worten. Meine Träume sind keine Filme mit Bildern und Geräuschen. Stattdessen sehe ich sie wie auf dem Computer an mir vorbeirollen – wie nach einem Videospiel, das man so lange gespielt hat, dass man die Zahlen und Buchstaben sogar noch mit geschlossenen Augen sieht.

Der Polizist beugt sich vor, als wollte er mir etwas sagen, entdeckt dann aber das Notizbuch in meiner Hand und erstarrt. »Sie sind Reporterin?«

Ich sage ja und wünsche mir, ich hätte das Notizbuch in meiner Tasche gelassen. Oft erzählen einem die Leute beiläufig Dinge, die man gut verwenden kann.

»Dann ist das ja eine tolle Story für Sie«, meint er. »Weißes Mädchen ermordet, wahrscheinlich vergewaltigt. Nicht der übliche Mord unter Schwarzen, den wir hier meistens haben. Dieses Mädchen war jung und unschuldig.«

»Niemand ist unschuldig«, gebe ich zurück. »Irgendwas findet sich immer.«

Er lacht. »Das sind ja schöne Gedanken für ein kleines Mädchen wie Sie! Sie reden wie ein Cop.«

Na bitte, wer sagt's denn. »Wir arbeiten oft auf demselben Terrain«, antworte ich.

Hinter dem Beamten taucht Detective Buchanan auf und sagt etwas zu ihm, das ich nicht höre. Der Polizist nickt, tritt einen Schritt nach rechts und spricht nicht mehr mit mir. Jetzt weiß ich endlich wieder, woher ich den Detective kenne. Er war der zuständige Beamte, als vor drei Wochen vier Männer mit halbautomatischen Waffen mitten in der Nacht die Tür eines Ehepaars eintraten, weil sie ihr Haus mit einem Crack-Haus verwechselt hatten. Sie vergewaltigten die Frau vor den Augen ihres Ehemannes und erschossen anschließend beide. Die kleine Tochter des Paars hatte sich unter dem Bett versteckt, bis die Männer weg waren. Als die Polizei kam, fanden die Beamten sie schlafend vor, an die Brust ihres toten Vaters gekuschelt, den Daumen im Mund. Meine Mitbewohnerin Hannah fragt mich oft, wie ich es schaffe, über solche Dinge zu schreiben.

Subjekt, Prädikat, Objekt, antworte ich dann.

Lieutenant Nash zieht zum wiederholten Mal seine Jacke aus und wieder an, hin und her gerissen zwischen dem Wunsch, professionell zu wirken, und dem Bedürfnis, die unerträgliche Hitze etwas zu lindern. Er ist ein korpulenter Mann, und sein rundes, dunkles Gesicht glänzt vor Schweiß. Jedes Mal, wenn er seine Jacke auszieht, sieht man, dass ihm sein weißes Hemd samt Unterhemd am Rücken klebt. Ich stehe direkt hinter ihm, nahe genug, um diesen Rücken berühren zu können, und rundherum drängt sich der Rest der Presse. Während er uns um den abgesperrten Tatort führt, halten wir alle Ausschau nach jemandem, der uns mehr sagen könnte – jemandem, der uns vielleicht etwas erzählen könnte, was kein anderer Reporter weiß.

Nash, der offizielle Sprecher in diesem Fall, hat uns nichts mitgeteilt, was ich nicht schon wusste. Ich habe trotzdem alles in mein Notizbuch geschrieben: *totes Mädchen, weiß, Mitte 20, noch nicht identifiziert, Todesursache noch unbekannt, bisher keine Verdächtigen.* Bis jetzt habe ich kaum etwas in der Hand, nicht einmal wer, was, wann, wo und wie, geschweige denn warum, was sowieso alle am meisten interessiert. Die Leute wollen wissen, warum sich dieser Sportler mit AIDS infiziert hat, warum jener Nachbar seine Frau verlassen hat, warum dieses bestimmte Haus niedergebrannt ist und alle Kinder darin umgekommen sind. Warum ist ausgerechnet dieses Mädchen einem Mord zum Opfer gefallen, und jenes nicht, beispielsweise ich? Diese Frage stellen sich die Leute, und ich suche für sie nach den Gründen.

»Haben Sie schon eine Ahnung, wie lange es dauern wird, bis Sie sie identifiziert haben?«, wende ich mich an Nash.

Er wirkt entnervt. »Bis heute Abend«, antwortet er. »Wir rufen Sie heute Abend an.«

Damit ist mir nicht geholfen. Abends bleibt mir nicht mehr genug Zeit, jemanden aufzuspüren, der sie gekannt haben könnte. In meinem Artikel wird nicht viel mehr als ihr Name stehen, und keiner wird ihn lesen, weil die Leute sämtliche Informationen bereits in den Abendnachrichten gehört haben. »Danke«, sage ich und lächle ihn nett an. Eine Reporterin von Channel 7 rempelt mich an, und ich muss mich sehr beherrschen, um nicht den Ellbogen in die Seite ihres rosa Kostüms zu rammen. Stattdessen löse ich mich aus der Meute und schlendere zurück zur Absperrung, um die Aktivitäten rund um die Leiche zu beobachten, kann aber nichts sehen, bis plötzlich alle auseinander treten, um den Leichensack durchzulassen.

Dass ich so wackelige Knie habe, muss definitiv an der Hitze liegen. Als sie die Leiche vorbeitragen, schimmert die Plastikhülle wie Wasser in der Sonne.

Auf der Polizeiwache ist es immer kalt, sogar Mitte Juni. Die Möbel sehen aus, als wären sie seit den Siebzigern nicht mehr erneuert worden. Vor zwanzig Jahren, als die Stühle neu waren, hat ihr Orangeton wahrscheinlich geleuchtet und die Wache fröhlicher wirken lassen, aber inzwischen sind sie nur noch heruntergekommen, ein Teil der allgemeinen, schmuddelig-tristen Atmosphäre. Der Bereich der Mordkommission ist weiß gestrichen, und die in Reihen angeordneten Metallschreibtische quellen über von Akten. Auf einer dieser Akten sitze ich im Moment. Sie lag auf dem Stuhl, auf dem ich mich niederlassen wollte, und auf dem Schreibtisch von Sergeant Morris war absolut kein Platz, wo ich sie hätte hinlegen können.

»Ich darf Ihnen nichts sagen«, erklärt Morris gerade. Samstags bringt er immer für alle etwas zu essen mit, sogar für mich, und erzählt mir Geschichten aus seinen Jahrzehnten im Dienst. Im Moment hält er gerade ein Foto hoch, natürlich so, dass ich es nicht sehen kann.

»Verraten Sie mir bloß ihren Namen! Bitte!« Während ich versuche, ihn zu erweichen, starre ich auf sein Namensschild, muss es immer wieder lesen. Ich weiß gar nicht, ob sie die Dinger überhaupt Namensschilder nennen. Wahrscheinlich gibt es irgendeine offizielle Bezeichnung, Brustharnisch vielleicht. »Bitte!«

»Ich weiß nicht«, antwortet er. »Unsere hohen Tiere greifen zurzeit ziemlich hart durch.«

Ich werfe einen Blick auf meine Uhr. »Bitte, Sergeant! Sie wissen, dass ich Sie niemals zitiere. Ich werde nichts veröffentlichen, was nicht offiziell bestätigt ist. Bitte! Mein Redaktionsschluss rückt immer näher!«

»Es gefällt mir gar nicht, dass Sie an einer solchen Geschichte arbeiten«, antwortet er. »Ein so nettes kleines Mädchen wie Sie.«

Auf den Straßen von Memphis sehe ich lauter Polizisten mit prallen Muskeln unter ihren knapp sitzenden Uniformen. Zu zweit oder zu dritt schlendern sie wie eine Westerngang die Straße hinunter und strotzen vor Selbstsicherheit, während sie die Blicke schweifen lassen. Mit solchen Cops habe ich nie zu tun. Meine Cops sind immer fett, alt und auf eine grimmige Art traurig. Sie sprechen mit einem starken Südstaatenakzent und nennen mich »kleine Lady«. Es gibt auch weibliche Cops, aber die sprechen nie mit mir.

Morris blättert ein paar von den Papieren auf seinem Schreibtisch durch. Ich beuge mich vor. Gleich wird er mir den Namen verraten, das spüre ich genau.

»Vor ein paar Tagen ist ein kleines Mädchen ums Leben gekommen«, sagt er. »Ein Typ hat mit einem Revolver in die Luft geschossen, und als die Kugel wieder runterkam, hat sie die Kleine getroffen.«

Ich nicke. Diese Geschichte habe ich bereits geschrieben.

»Wissen Sie, was mich wirklich nervt?«, fährt er fort. »Im Fernsehen, meine ich? Wenn sie einen Revolver nehmen und einen Schalldämpfer draufsetzen.« Er schüttelt den Kopf. »Bei einem Revolver funktioniert ein Schalldämpfer nicht.«

Meine Beine beginnen zu vibrieren, in meinem ganzen Körper macht sich Ungeduld breit. »Sergeant ...«, sage ich.

»Und erst die Wasserleichen! Die treiben nicht auf der Wasseroberfläche. Wenn man tot ist ...«

Er zielt mit einer imaginären Waffe auf mich. »Wenn man tot ist, sinkt man wie ein Stein auf den Boden. Passen Sie mal auf, wenn im Fernsehen Leute erschossen werden. Die fallen in einen Swimmingpool und treiben wie Korken an der Oberfläche.«

»Stimmt.« Ich habe das alles schon gehört. Ich weiß, dass er mir als Gegenleistung irgendwas verraten wird, wenn ich ihm nur lange genug zuhöre.

»Olivia«, fährt Morris fort. »Weiß Ihre Mutter, womit Sie Ihr Geld verdienen?«

»Sie weiß, dass ich als Reporterin arbeite.«

»Aber weiß sie auch, worüber Sie berichten? Weiß sie, dass ihr kleines Mädchen sich an Schauplätzen von Verbrechen herumtreibt?«

»Haben Sie sie schon identifiziert?«, frage ich.

»Sie haben die Leiche gesehen?«, fragt er zurück, und als ich nicke, schüttelt er den Kopf.

»Die anderen Detectives zeigen mir mit Vorliebe Fotos von Mordopfern«, erkläre ich. »Das macht sie an.«

»Weil Sie ein Mädchen sind«, antwortet er.

»Wie kommt es dann, dass Sie nicht wollen, dass ich so was sehe?«

»Weil Sie ein Mädchen sind.« Ein langsames Grinsen breitet sich auf seinem Gesicht aus.

»Demnach kann ich also bloß verlieren.« Ich bin selbst überrascht, wie grimmig meine Worte klingen, obwohl sie eigentlich scherzhaft gemeint waren. »Wer war sie?«, frage ich. »Erzählen Sie mir von ihr. Ich brauche Informationen.«

Er zögert, schüttelt das Foto wie ein Zuckerpäckchen zwischen zwei Fingern hin und her, bis er es mir schließlich doch reicht. Es ist nicht das Tatort-Foto, mit dem ich gerechnet habe. Das Bild zeigt eine junge, sehr überrascht dreinblickende Frau mit einem Bier in der Hand: Ihre Augenbrauen sind hochgezogen, ihr lachender Mund steht offen. Ein Typ mit Baseballkappe küsst sie gerade auf die Wange. Sie hat glänzendes dunkles Haar, das ihr bis auf die Schultern fällt, grüne Augen, einen großen Mund. Es dauert einen Augenblick, bis ich begreife, dass es dasselbe Mädchen ist, über dessen zerquetschten Körper ich mich heute Morgen gebeugt habe.

Morris erzählt mir, dass ihre Freunde sie an diesem Morgen vermisst gemeldet haben, nachdem sie Samstagabend zu einem vereinbarten Treffen nicht erschienen ist und sie seitdem vergeblich nach ihr gesucht haben. Nachbarn war aufgefallen, dass sie ihr Auto vor dem Haus geparkt hatte, statt wie sonst auf dem Parkplatz hinter dem Wohnblock. Die Polizei geht deswegen davon aus, dass sie nur schnell hineingelaufen ist, um etwas zu holen und jemand ihr aufgelauert hat, als sie wieder herauskam. Sie hat im Madison Medical Center in der Ambulanz gearbeitet. Ihr Name war Allison Avery.

Ich suche nach etwas in ihrem Gesicht, irgendeinem Detail, das mir verraten wird, wer sie war. Sie lacht mich an. Im Grunde könnte sie eins von den Mädchen sein, die mit mir auf dem College waren, eins von den Mädchen, denen ich beim Einkaufen begegne.

Morris streckt die Hand aus, um mir das Foto wieder abzunehmen. »Viel Glück«, sagt er.

»Kann ich es behalten?«, frage ich, ohne das Bild herauszugeben.

»Nein«, antwortet er. »Aber ich werde Ihnen eine Fotokopie machen lassen.« Er blickt von dem Foto in meiner Hand in mein Gesicht. »Sie sehen ihr ein bisschen ähnlich«, sagt er. »Die gleiche Haarfarbe. Die gleiche Gesichtsform.« Er modelliert in der Luft die Linie meiner Wange.

»Sie war hübscher«, wende ich ein und lege ihm das Foto auf den Schreibtisch. Ohne mir zu widersprechen greift er nach dem Bild und sieht es sich erneut an. »Was ist mit dem Wagen?«, frage ich.

Morris schüttelt den Kopf. »Wir haben ihn noch nicht gefunden.«

»Haben Sie schon eine Theorie?«

Er runzelt die Stirn.

»Geben Sie mir einen Tipp«, füge ich hinzu.

Über seinen Schreibtisch gebeugt, sieht er mich seufzend an. »Wie lange machen Sie das jetzt schon? Ein paar Monate?«

»Drei.«

Er nickt. »Lange genug, um Bescheid zu wissen«, sagt er. »In neun von zehn Fällen hat ein solcher Mädchenmord mit Sex zu tun, das ist Ihnen sicher bekannt. Sie hat Schluss mit ihm gemacht, ihn betrogen, was auch immer. Falls es sich um einen Fremden handelt, hat er sie vielleicht vergewaltigt und hinterher die Beherrschung verloren oder Angst bekommen, sie könnte ihn identifizieren.«

»Worauf tippen Sie in diesem Fall?«

»Nichts davon kommt in die Zeitung?« Er wartet, bis ich nicke, dann sagt er: »So, wie sie im Freien gefunden worden ist, würde ich sagen, irgendein Fremder hat sie sich geschnappt und ist erst mal eine Weile mit ihr durch die Gegend gefahren, bis er sich darüber im Klaren war, was er mit ihr anfangen wollte. Wenn ein Mädchen vom eigenen Freund umgebracht wird, dann meistens zu Hause. Er erschießt sie oder prügelt sie zu Tode. Natürlich besteht auch die Möglichkeit, dass es ein geplantes Verbrechen war oder dass sie mit einem Typen unterwegs war, der sie kannte und der sie dann dort hingebracht hat.« Er beugt sich noch tiefer über seinen Schreibtisch. Als er weiterspricht, klingt seine Stimme erschöpft: »Sie wissen ja, wie das abläuft. Wir werden sämtliche Freunde und Exfreunde unter die Lupe nehmen und herauszufinden versuchen, wo sie in den Stunden war, die zwischen ihrem Dienstschluss und dem Zeitpunkt liegen, als die Nachbarn ihren Wagen gesehen haben.«

Das ist alles, was er weiß. »Danke«, sage ich. »Ich bin Ihnen wirklich dankbar.«

Er starrt auf das Foto und reibt sich mit einer Hand über den Nacken. Dann sagt er: »Sie war ungefähr in Ihrem Alter.«

Auf dem Gang setze ich mich erstmal hin und stelle in meinem Notizbuch eine Liste zusammen. *Familie befragen. Arbeitsplatz aufsuchen. Peggy anrufen. Wo ist der Wagen? Freund? Todesursache? Gerichtsmedizin anrufen. Milch kaufen. Scheck zur Bank bringen. Abspülen. Mom anrufen.* Eigentlich bräuchte ich mir das alles gar nicht zu notieren, aber es vertreibt die Zeit. Ich hoffe, ihre Angehörigen abfangen zu können, nachdem sie mit der Polizei gesprochen haben. Sie sind leicht zu identifizieren, weil sie immer weinend herauskommen. Ich kritzle eine Reihe kleiner Blumen unten auf die Seite und denke an die Leiche des Mädchens. Wenn ich die Augen schließe, sehe ich kein Bild vor mir. Stattdessen sehe ich die Worte, die ich in mein Notizbuch geschrieben habe – *T-Shirt, Schnur, Blut.*

Ich arbeite nun seit drei Jahren als Vollzeit-Reporterin und kann mich nur noch an die Hälfte dessen, was ich auf dem College gelernt habe, erinnern, aber Wörter wachsen in mir wie Unkraut. Seit drei Monaten ist es mein Job, über die Verbrechen in der Stadt zu berichten. Seitdem liegen überall auf meinem Schreibtisch Fotos von Leichen, begraben unter Stapeln von Papier, bis ich auf der Suche nach etwas anderem auf sie stoße. Nicht diese Bilder erscheinen in meinen Träumen, sondern die Wörter, die ich verwendet habe, um sie zu beschreiben.

Immer wieder sehe ich auf die Uhr. Mit jeder Sekunde rückt mein Redaktionsschluss näher. Mittlerweile haben die Blumen auf meiner Notizbuchseite die Liste überwuchert, und ich überlege gerade, ob ich hier vielleicht doch auf verlorenem Posten sitze, als ein Paar eng aneinander geklammert auf den Gang heraustritt. Der Mann hat offensichtlich geweint, die Frau sieht aus, als hätte sie gerade eine Ohrfeige bekommen, ihre Wangen sind rot, der Rest ihres Gesichts ist weiß wie Papier. Ich bin mir sicher, dass es sich um die Eltern des Mädchens handelt. Langsam stehe ich auf. Die Kunst besteht darin, es so klingen zu lassen, als würde man ihnen irgendeine Art von Chance bieten. Auf keinen Fall darf man sie fragen, wie sie sich fühlen – das überlässt man besser den Fernsehreportern. Wichtig ist, im Präsens von der Ermordeten zu sprechen, die Tatsache, dass sie tot ist, nicht direkt zu erwähnen, und sich nach ihrem Freund zu erkundigen, denn in vielen Fällen stellt sich am Ende heraus, dass er es war. Das alles in höflichem, bedauerndem Tonfall.

»Ich störe Sie wirklich nur ungern«, beginne ich, »aber ich möchte mit Ihnen über Ihre Tochter sprechen.«

»Sind Sie Reporterin?«, fragt die Frau.

»Ja, Ma'am.« Ich starre in ihr Gesicht. Sie kommt mir bekannt vor, aber ich weiß nicht, woher.

»Wir können jetzt nicht mit Ihnen sprechen«, sagt sie. Die Stimme versagt ihr den Dienst, aber sie macht keine Anstalten, nach einem Taschentuch zu suchen oder das Gesicht in ihren Händen oder an der Schulter ihres Mannes zu vergraben. Stattdessen starrt sie mich wütend an, obwohl ihr bereits die Tränen über die Wangen laufen. Mir fällt auf, dass ihr Mann zwar nicht den Versuch unternimmt, sie zu trösten, den Blick aber keine Sekunde von ihr abwendet, als wäre ich für ihn einfach nicht vorhanden, solange er mich nicht ansieht.

»Ich weiß, wie schwer das für Sie ist«, sage ich. »Es tut mir Leid.«

»Schwer?«, wiederholt sie. »Was wissen Sie schon davon?«

Ich habe dieses Gespräch schon so oft geführt, dass ich mir fast wie ein unbeteiligter Betrachter vorkomme, als würde ich mir eine Szene aus einem Fernsehdrama ansehen. Es gibt nur eine beschränkte Anzahl von Möglichkeiten, diese Dinge auszudrücken, nur eine beschränkte Anzahl möglicher Reaktionen. *Was war sie für ein Mensch?*, werde ich fragen. *Sie war unsere Tochter,* werden sie antworten. *Wir haben sie geliebt.* Manche Leute sind dankbar, dass ihnen jemand zuhört, und reden bereitwillig darüber. Andere, wie diese Frau, muss man erst zum Reden bringen.

»Ma'am«, sage ich so sanft ich kann, »ich möchte bloß über Allisons Leben schreiben.«

»Wenn sie nicht tot wäre«, erwidert sie, »dann würden Sie sich einen Dreck um ihr Leben scheren.«

Sie kehren mir den Rücken zu und gehen. Ich lausche ein paar Augenblicke ihren leiser werdenden Schritten, ehe ich mich meiner Liste zuwende und einen dicken Strich durch *Familie befragen* mache. Ich krame in meiner Tasche nach meinem Autoschlüssel. *Arbeitsplatz aufsuchen* steht da als Nächstes.

»Sie ist einfach ein ganz, ganz netter Mensch«, sagt die Empfangsdame im Madison Medical Center immer wieder. Ihre Augen werden feucht. »Der netteste Mensch, den man sich vorstellen kann.« Sie hat mir außerdem erzählt, dass Allison in der Klinik als medizinisch-technische Assistentin gearbeitet hat, immer ein Lächeln auf den Lippen hatte und gut mit Patienten umgehen konnte. Ich muss mich beherrschen, nicht mit den Fingern auf ihrer Theke herumzutrommeln.

Eines weiß ich inzwischen: Die Leute sagen selten etwas über einen Menschen, das man nicht auch über jeden anderen sagen könnte. Ich weiß nicht, ob das daran liegt, dass die Leute, mit denen ich spreche, in letzter Zeit hauptsächlich über Menschen reden, die gerade gestorben sind, sodass der oder die Betreffende sofort zu einem netten Mädchen, einem großartigen Kerl, einer liebevollen Mutter oder einem großzügigen Freund mutiert. Allmählich glaube ich, es liegt daran, dass die Menschen sich gegenseitig tatsächlich so sehen: als Angehörige solch trauriger Gattungskategorien. Allison Avery, Kategorie Nettes Mädchen.

Die Empfangsdame erzählt mir, Allison sei mit Angela Schultz befreundet gewesen, einer der Krankenschwestern der Klinik. Sie weist mir den Weg zum Schwesternzimmer, den Gang hinunter und dann die dritte Tür rechts.

»Danke«, sage ich, »Sie haben mir sehr geholfen.« Sie wollte nicht einmal wissen, wer ich bin. Das ist der Regelfall. Wenn man Leuten eine Frage stellt, dann beantworten sie sie.

Angela Schultz weiß noch nicht, dass ihre Freundin tot ist. Als ich es ihr sage, wird ihr Blick so leer und ihr Gesicht so fahl, dass ich einen Moment lang befürchte, ihr Herz hätte zu schlagen aufgehört.

Angela gehört zu der Clique von Freunden, mit denen sich Allison am Samstagabend treffen wollte. Von ihr erfahre ich, dass Allison nach der Arbeit noch ein paar Besorgungen machen und dann nach Hause fahren wollte, um sich umzuziehen und ihre Einkäufe abzuladen. Sie sollte um neun in der Lizard Lounge sein. Ich notiere den Namen, *Lizard Lounge*, und starre auf die Worte. Ich war auch schon dort, mit meinem Freund David.

»Wie lange haben Sie gewartet, bis Sie bei ihr angerufen haben?«, frage ich Angela.

»Eine halbe Stunde«, antwortet sie. »Allison kam immer zu spät.« Nachdem sie wiederholt versucht hatte, Allison zu Hause, bei ihren Eltern und bei einer anderen Freundin zu erreichen, hatte Angela die Polizei angerufen. Das ist alles, was sie weiß, und sie ringt immer wieder schluchzend nach Luft, während sie es erzählt, sodass es lange dauert, bis ich ihr alles entlockt habe. Angela ist eine weitere Version des Mädchens auf dem Foto, das ich an diesem Morgen gesehen habe. Ihr dunkles, glattes Haar ist aus dem Gesicht gebunden, ihre Züge sind ebenmäßig und auf unauffällige Weise hübsch. Sie ist geschminkt wie ein respektables Mädchen aus dem Süden: leichtes Make-up, pfirsichfarbener Lippenstift, dunkler Lidschatten und Wimperntusche, die jetzt verschmiert ist.

Das ist heute sicher nicht das letzte Mal, dass ich jemanden aus Allisons Freundeskreis oder Verwandtschaft mit dieser schlimmen Nachricht erschüttern muss. Ich fühle mich ausgelaugt, es schnürt mir die Kehle zu mitanzusehen, wie ein Mensch, den ich nicht kenne, um einen anderen trauert, dem ich nie begegnet bin.

Wenn man etwas Schreckliches über jemanden erfährt, den man nicht kennt – wenn einem beispielsweise eine Cousine erzählt, dass ihre Schwägerin unheilbar an Krebs erkrankt ist –, dann weiß man oft einen Moment nicht, was man sagen soll. Vielleicht ist man der Frau ein- oder zweimal begegnet und fühlt sich ein paar Sekunden lang wirklich schlecht, aber letztendlich sagt man nur: »Das ist ja schrecklich!«, um nach kurzem Schweigen über etwas anderes zu reden. Als Reporter spricht man ständig mit Leuten, denen gerade etwas Schreckliches widerfahren ist. Am College habe ich mal einen berühmten Journalisten für die Schulzeitung interviewt: »In Vietnam waren die Flüsse voller Leichen«, erklärte er. »Entweder man hatte einen robusten Magen oder man hatte ihn nicht.«

Ich habe einen robusten Magen.

Hätte ich den nicht, könnte ich nicht hier sitzen und Angela Schultz zuhören, während vor meinem geistigen Auge das Bild ihrer toten Freundin aufsteigt, genauso real wie das Gesicht der lebenden Frau vor mir. »Das ist alles, was ich weiß«, sagt sie gerade, schlägt die Hände vors Gesicht und fängt an, sich auf ihrem Stuhl vor und zurück zu wiegen. »O Gott! Nicht Allison! O Gott, o Gott!« Ich schreibe in mein Notizbuch *alles, was sie weiß*. Sie zieht die Hände weg und wendet mir ihr Gesicht zu. Mit den schwarzen Strömen aus Mascara-Tränen und dem verwischten Lippenstift sieht sie inzwischen aus wie ein Gespenst. »Sind Sie sicher, dass sie es war? Sind Sie absolut sicher? Haben Sie die Leiche gesehen?«

Ich zögere einen Moment, ehe ich nicke. »Sie war es. Tut mir Leid.« Mit einem Aufheulen lässt sie den Kopf wieder sinken. Der Raum, in dem wir uns befinden, ist ein typisches Sprechzimmer: ein Stuhl, ein Rollhocker, ein gerahmtes Diplom an der Wand. Insgesamt ziemlich steril, abgesehen von einer Vase mit Lilien, die nicht weit vom Waschbecken entfernt in einer Ecke steht, und einem gerahmten Foto an der Wand daneben. Ich gehe hinüber, um mir das Foto näher anzusehen, während Angelas Klagelaute hinter meinem Rücken langsam in ein leises Schluchzen übergehen. Es handelt sich um ein Foto aus dem Krankenhaus. Allison und Angela lächeln links und rechts von einem großen Mann in einem weißen Labormantel, bei dem es sich wohl um einen der Klinikärzte handelt.

Ich bin froh, dass ich diese Bilder des toten Mädchens gesehen habe, und nicht das acht Jahre alte Schulfoto aus dem Abschluss-Jahrbuch, das sie wahrscheinlich auf der Titelseite bringen werden. Wenn man jung stirbt, zerren sie immer diese High-School-Fotos hervor. Kein Mensch sieht wirklich so aus – aufgesetztes Lächeln, schief gelegter Kopf, linkisch auf die gefalteten Hände gestützt.

Neben dem Foto wird in einer separaten Zeile mein Name

abgedruckt sein. Dann der Artikel selbst. Das Opfer war vierundzwanzig Jahre alt. Sie arbeitete als medizinisch-technische Assistentin, stammte aus einer mittelständischen Familie und war erst vor einem Jahr in eine eigene Wohnung in der Innenstadt gezogen. Am Samstagabend arbeitete sie lange, kaufte anschließend in einem Lebensmittelgeschäft ein paar Sachen ein und fuhr zu ihrer Wohnung. Da sie sich mit Freunden in einer Bar in der Innenstadt treffen wollte und schon spät dran war, parkte sie ihren Wagen auf der Straße vor ihrem Wohnblock, statt wie sonst auf dem Parkplatz hinter dem Haus. Als sie wieder herauskam, wahrscheinlich in Eile, den Blick auf die Uhr gerichtet, lauerte ihr jemand auf. Was als Nächstes passierte, ist noch nicht ganz geklärt. Ich schätze, die Polizei wird mir mitteilen, jemand habe sie in ihrem eigenen Wagen zum Tom Lee Park gefahren, vergewaltigt, geschlagen und schließlich überfahren.

Ihr Name war Allison Avery. Sie war ein nettes Mädchen.

Ich drehe mich um. Angela sitzt in sich zusammengesunken da, ohne einen Laut von sich zu geben. Ich gehe auf sie zu und strecke die Hand aus, halte aber knapp über ihrer Schulter inne. Mit leiser Stimme frage ich sie, ob Allison mit jemandem zusammen gewesen sei, ob sie in letzter Zeit mal ein Rendezvous gehabt habe, ob irgendein Mann besonderes Interesse an ihr gezeigt habe.

Sie schüttelt den Kopf, ohne hochzublicken.

»Sie hatte keinen Freund?«

Angela hebt den Kopf. Sie beantwortet meine Frage mit einem so definitiven Nein und sieht mir dabei so fest in die Augen, dass ich sicher bin, dass sie lügt.

»Es hat in ihrem Leben keinen Mann gegeben?«

»Nein«, sagt sie noch einmal. Wir fixieren einander einen Moment, dann lässt sie den Kopf wieder auf die Knie sinken. Ich betrachte ihren gebeugten Nacken, die widerspenstigen kleinen Haarsträhnen, die sich aus ihrem Knoten gelöst haben. Um wen konnte es sich bei Allisons Freund handeln, wenn ihn ihre beste Freundin sogar noch nach ihrem Tod geheim hielt?

Wie aufs Stichwort kommt ein Mann hereingestürmt. Ich kenne sein Gesicht von dem Foto an der Wand. Er tritt zwischen uns und zieht Angela in seine Arme, als wäre sie leicht wie ein Baby. Er ist auffallend gut aussehend, zwischen fünfunddreißig und vierzig, mit einem markanten Kinn und dunklem Haar, in das sich bereits eine Spur von Grau mischt.

Er trägt einen Ehering. »Ist es wirklich wahr?«, fragt er mich.

»Ich fürchte ja, Sir«, antworte ich.

Zitternd presst Angela ihr Gesicht gegen seine Brust. Mir geht durch den Kopf, dass ihre verschmierte Wimperntusche schwarze Spuren auf seiner strohfarbenen Leinenjacke hinterlassen wird. »Es tut mir so Leid«, flüstert er. »Armes Mädchen!« Ich frage mich, welche von beiden er meint.

Auf meine Frage hin sagt Dr. Gregerson wie erwartet, Allison ist sehr fleißig und fähig gewesen, ein nettes Mädchen. Oft habe sie unaufgefordert Blumen mit zur Arbeit gebracht. Endlich ein Detail, das ich gebrauchen kann. Nelken waren ihre Lieblingsblumen, fährt er fort, weil sie so lange hielten, aber hin und wieder brachte sie auch Lilien mit, weil sie, wie sie selbst sagte, ihrer Schönheit nicht widerstehen konnte. »Die Blumen da drüben in der Vase«, fügt er hinzu. »Das sind ihre.«

Angela löst sich aus seinen Armen, richtet sich auf und bringt ihren lädierten Haarknoten in Ordnung. Ihr Schluchzen ist in einen leichten Schluckauf übergegangen. Ansonsten wirkt sie jetzt seltsam ruhig, der Blick ihrer Augen glasig. Über ihre Schulter hinweg beobachte ich den Arzt, der gerade die Make-up-Spuren auf seiner Jacke entdeckt. Mit zusammengekniffenen Augen betrachte ich sein Gesicht, halte nach Anzeichen von Betroffenheit Ausschau. Er wischt stirnrunzelnd an den Flecken herum, bemerkt plötzlich meinen

Blick und lässt verlegen die Hand sinken. Einen Augenblick später legt er dieselbe Hand auf Angelas Schulter.

»Angela«, sage ich sanft und fahre mit den Fingerspitzen leicht über ihren Unterarm. »Haben Sie ein Foto von Allison, das Sie mir leihen könnten?« Ich deute auf das gerahmte Foto an der Wand, obwohl mir eine Aufnahme von Allison allein lieber wäre. Dann öffne ich den Mund, um die übliche Rede darüber zu halten, warum wir ein Foto brauchen – das Verbrechen wirke dann konkreter, gehe dem Leser eher unter die Haut –, aber Angela nickt bereits, greift wie in Trance nach einer roten Tasche und holt eine Börse heraus. Aus einem dieser Klarsichtfächer, die speziell für Fotos gedacht sind, zieht sie eine kleine Aufnahme, die sie mir wortlos reicht. »Vielen Dank!«, sage ich. Mein Blick fällt – natürlich auf das notorische High-School-Jahrbuchfoto: das sorgfältig geschminkte Gesicht des toten Mädchens, eingerahmt von toupiertem Haar, an der Hand unter ihrem Kinn ein schwerer Ring, wahrscheinlich ein Geschenk von einem Klassenkameraden.

Angela sagt gerade, wenn ich wirklich über Allison schreiben wolle, sollte ich wissen, dass sie ein heimliches Ziel hatte. Ihr größter Wunsch war es, Sängerin in einer Rock 'n' Roll-Band zu werden.

»Sie ist ein zu praktisch denkender Mensch, um deswegen ihren Job aufzugeben«, erklärt Angela. »Aber hin und wieder ist sie hier in der Gegend aufgetreten.« Als ich nicke, spricht sie weiter. »Das war ihre wirkliche Leidenschaft. Man hat das sofort gemerkt, wenn man sie auf der Bühne gesehen hat. Die Art, wie diese überwältigende Stimme aus ihrem kleinen Körper strömte – das hat einen einfach mitgerissen. Das war sie. Ihr wahres Ich.« Sie erzählt mir, der Klang von Allisons Stimme habe einem das Herz zerrissen – ein so sehnsuchtsvoller Klang habe in der Luft gehangen. Jeder sei davon berührt gewesen und habe weinen müssen, ob er wollte oder nicht. Angela selbst weint inzwischen so heftig, dass sie nicht mehr weitersprechen kann, aber sie hat bereits genug erzählt.

Was ich zu Allisons Mutter gesagt habe, war die Wahrheit. Als Reporter möchte man über das Leben eines Menschen schreiben, auch wenn manchmal erst sein Tod Anlass dazu gibt, überhaupt über ihn zu schreiben. Allison Avery hat gerade die Kategorie gewechselt, und während ich den Raum verlasse, der einmal ihr Arbeitsplatz war, kritzle ich in meinem Notizbuch herum, kreise *Lilien* ein, markiere *Rock & Roll* und streiche *nettes Mädchen, nettes Mädchen, nettes Mädchen* durch, auf der ganzen Seite.

2

Meine nächste Station ist Allisons Appartmenthaus. Es handelt sich um ein großes, breites, ziemlich neu aussehendes Gebäude. Ich parke vor dem Haus, genau wie sie es getan hat, und neben meinem Parkplatz versuche ich, mir vorzustellen, wie es wäre, wenn mich ein Fremder von hinten packen würde, ob ich dann schreien, vor Schreck erstarren oder dem Kerl wie eine Heldin in einem Action-Film den Ellbogen in die Leiste rammen würde. Im hellen Sonnenlicht wirkt alles so klar und scharf umrissen. Der Bereich vor dem Wohnblock des Mädchens ist sehr schön angelegt, sodass man sich überhaupt nicht vorstellen kann, dass hier etwas Schlimmes passieren könnte.

Drinnen stehe ich vor ihrer Wohnungstür und lausche, ob irgendwelche Geräusche darauf hinweisen, dass die Polizei noch da ist. Nichts. Vielleicht sind sie schon wieder weg. Die Tür ist weiß und schlicht, genau wie alle anderen entlang des Gangs. Langsam versuche ich, den Türknauf zu drehen. Abgesperrt. Unter der Wohnungsnummer aus Messing hat Allison ein Bild der New Yorker Skyline gehängt, skizziert in leuchtenden, pink- und lilafarbenen Strichen auf einem tiefschwarzen Hintergrund. Ich verfolge mit einem Finger die metallene 13, eine gute Zahl für ein Mädchen mit so schrecklichem Pech.

Im Haus ist es sehr ruhig, auch meine Schritte machen auf dem beigen Flurteppich keine Geräusche. Forsch klopfe ich an die Türen von Allisons Nachbarn. Zwei Wohnungen weiter höre ich jemanden an die Tür kommen. Sie öffnet sich einen Spalt breit, und eine Frau späht zu mir heraus. »Entschuldigen Sie, Ma'am«, sage ich. »Tut mir Leid, wenn ich Sie störe. Ich bin von der Zeitung und würde Ihnen gern ein paar Fragen stellen.«

Die Tür geht ganz auf. Eine kleine Frau mit ungepflegtem braunem Haar und Brille blinzelt mich an. Sie ist so mager, dass die Haut um ihren Mund herum so straff ist wie Stoff, der fest in einen Rahmen eingespannt ist. »Geht es um das Mädchen aus Nummer dreizehn?«, fragt sie.

»Allison Avery?«, frage ich zurück.

Sie runzelt die Stirn. »Ich habe der Polizei schon alles gesagt, was ich weiß.«

Ich beschließe, einfach zu raten. »Über den Wagen?«

Mit einem gequälten Seufzer antwortet sie: »Ich habe ihn gegen zehn draußen stehen sehen. Als ich das nächste Mal geschaut habe, war er weg.«

»Wissen Sie, um welche Zeit das war, Ma'am?«

»Gleich nach den Nachrichten.«

Ich notiere mir das. »Ihr Fenster ist auf der Vorderseite des Gebäudes?«

»Das Schlafzimmerfenster. Aber Sie können nicht hereinkommen.«

»Kein Problem, Ma'am. Ich würde bloß gern wissen, ob Sie gestern Abend vor dem Haus vielleicht jemanden gesehen haben, den Sie nicht kannten.«

»Nein. Das habe ich der Polizei doch schon gesagt! Wie oft muss ich das denn noch wiederholen?« Sie starrt auf mein Notizbuch. »Kommt das in die Zeitung?«

»Vielleicht.« Ich lasse mir ihren Namen geben – Joan Bracken – und frage sie, wie gut sie die Tote gekannt habe.

»Ich war ein paar Mal gezwungen, hinüberzugehen und sie zu bitten, die Musik leiser zu drehen.« Sie blickt den Gang hinunter, als würde sie damit rechnen, jeden Moment wieder Musik aus der Wohnung dröhnen zu hören. »Ich musste sie mehrmals darum bitten.«

Ich gebe einen mitfühlenden Ton von mir, und sie spricht weiter: »Einmal habe ich sie gebeten, meine Pflanzen zu gießen, weil ich für eine Woche weggefahren bin. Damals wusste ich noch nicht, wie sie war. Sie hat mich bestohlen. Hinterher hat sie behauptet, sie sei es nicht gewesen, aber ich weiß, dass sie es war. Sie hatte schließlich einen Schlüssel zu meiner Wohnung!« Sie schüttelt den Kopf. »Sie hat die Unschuldige gespielt, aber ich bin nicht blöd!«

»Es tut mir Leid, das zu hören, Ma'am. Können Sie mir sagen, was sie genommen hat?«

»Einen rosafarbenen Angorapulli«, antwortet sie. »Und ein Paar Perlmuttohrringe. Sie waren von den Philippinen. Mein Bruder hat sie mir geschickt. Er ist bei der Luftwaffe.«

Angesichts dessen, was sie an diesem Tag trägt – einen langen Jeansrock, ein knalliges T-Shirt, auf dem in dicken Plastikbuchstaben der Name eines Country-Sängers prangt, und herabbaumelnde, wie Messer und Gabel geformte Silberohrringe –, neige ich zu der Annahme, dass besagte Ohrringe für das Mädchen wohl kaum ein lohnendes Diebesgut gewesen sein dürften. »Bestimmt waren sie sehr hübsch«, sage ich. »Haben Sie das der Polizei gemeldet?«

Sie schnaubt verächtlich. »Warum hätten die mir glauben sollen? Das hübsche Mädchen hätte ihnen schöne Augen gemacht und alles abgestritten.« Die Art, wie sie »hübsches Mädchen« sagt, verrät mir, dass sie eigentlich »Schlampe« meint.

»Das ist wirklich eine Schande«, sage ich. »Es ist schrecklich, so ausgenutzt zu werden.« Ich lächle sie mitfühlend an.

Sie verschränkt die Arme vor der Brust und kneift die Augen zusammen.

»Haben Sie hin und wieder Bekannte von Allison gesehen?«, frage ich. »Einen Freund?«

»Bei ihr gingen ständig junge Männer ein und aus«, antwortet sie. »Vor ein paar Tagen habe ich gegen Abend mal einen von ihnen gesehen. Ich bin auf ihn aufmerksam geworden, weil er so geschrien hat. Als ich einen Blick auf den Gang geworfen habe, sah ich, wie er ihrer Tür einen Tritt versetzt hat. Dann ist er gegangen.« Sie rümpft verächtlich die Nase.

Ich achte darauf, mit ruhiger Stimme weiterzusprechen. »Wie hat er ausgesehen?«

»Wie irgendein Junge eben«, antwortet sie.

»War er groß, klein, dunkelhaarig?«

»Keine Ahnung. Ich habe ihn bloß eine Sekunde gesehen. Ich wollte nicht, dass er auf mich losgeht.« Sie schüttelt immer wieder den Kopf, während ich die Dinge aufliste, die ihr vielleicht aufgefallen sein könnten – Kleidung, Brille, Bart. »Bart«, wiederholt sie und hält mitten in ihrer Kopfbewegung inne. »Er hatte einen von diesen ...« Sie zupft an ihrem Kinn herum. »Einen von diesen kleinen Bärten.«

»Einen Ziegenbart?«

»Genau. Einen Ziegenbart.« Mit einem energischen Nicken legt sie die Hand auf den Türknauf. »Jetzt habe ich Ihnen aber wirklich alles gesagt, was ich weiß.«

»Danke, Ma'am«, antworte ich. »Nur eins noch, bitte. Was für einen Wagen fuhr sie?«

»Einen blauen 1993er Honda Civic.« Zum ersten Mal lächelt sie. »Mit Autos kenne ich mich aus«, erklärt sie, während sie zurück in die Wohnung tritt. Als ich noch einmal »Danke« sage, spreche ich bereits mit ihrer geschlossenen Tür und höre, wie drinnen der Riegel einrastet.

In Appartment 17 treffe ich auf eine junge blonde Frau mit Mississippi-Akzent und zwei kleinen Kindern. Während sie an der Tür steht und das Gewicht ihres schlafenden Babys von einer Hüfte auf die andere verlagert, schallen aus dem Wohnzimmer die Geräusche eines Zeichentrickfilms. Auf ihrem weißen T-Shirt prangen grüne und orange Flecken, aber ihr rosafarbener Lippenstift ist perfekt aufgetragen. Ich erkläre ihr, dass ich von der Zeitung sei und gerne wüsste, ob sie die Frau aus Wohnung 13 kenne. »Natürlich«, antwortet sie. Allison habe hin und wieder auf ihre Kinder aufgepasst. Sie könne gut mit Kindern umgehen. Ein nettes Mädchen.

»Sie sind mit ihr befreundet?«, frage ich, worauf sie nickt.

»Obwohl das eigentlich ziemlich seltsam ist«, fügt sie mit einem Lachen hinzu. »Sie ist älter als ich, aber so wie sie lebt, während ich mit meinen zwei Kleinen hier sitze, fühle ich mich eine Million Jahre alt.«

»Wie alt sind Sie?«

»Zweiundzwanzig.«

»Noch sehr jung.« Drinnen in der Wohnung ist plötzlich ein Krachen zu hören, und lautes Heulen setzt ein. Sie blickt sich um, als suche sie nach einer geeigneten Stelle, um das Baby abzusetzen.

»Soll ich ihn für Sie halten?«, frage ich.

»Oh, vielen Dank!« Sie drückt ihn mir rasch in die Arme, dreht sich um und läuft den Gang hinunter. Der kleine Junge ist schwer, heiß und am ganzen Körper feucht. Ich presse meine Wange gegen seinen warmen weichen Kopf. »Kommen Sie rein«, ruft seine Mutter von drinnen. Das Kindergeheule nimmt kein Ende. Das Baby kuschelt sich an meine Brust, öffnet nur kurz die Augen und schließt sie wieder, als würde es noch träumen. Ich gehe durch eine Galerie von Familienfotos ins Wohnzimmer hinüber, wo sich die junge Frau über ihr weinendes Kind beugt, neben dem eine umgestürzte Topfpflanze liegt. »Ist ja gut, dir ist ja nichts passiert!«, murmelt sie immer wieder und streichelt dabei sein Haar. Allmählich schwächt sich das Geschrei des kleinen Jungen zu einem mit Schluckauf durchsetzten Schniefen ab. Seine Mutter nimmt ihn hoch und richtet sich auf. Wir stehen uns gegenüber, jede eines ihrer Kinder im Arm.

»Er hat sich mehr erschrocken als wehgetan«, erklärt sie. »Nicht wahr, mein Schatz?« Der kleine Junge starrt mich an. Als sich unsere Blicke begegnen, lächelt er.

»Zwei Jungs«, stelle ich fest.

»Ja, und nicht mal ein Jahr auseinander. Gott steh mir bei!«

Ich versuche mir vorzustellen, dies wäre mein Leben, mein

Gesicht in einer Wolke weißen Tülls auf dem Hochzeitsfoto an der Wand, meine Augen, kunstvoll geschminkt, um möglichst groß und hoffnungsvoll zu wirken, mein rosafarbener Mund, der dort so süß und enthusiastisch lächelt. Meine Arme beginnen, vom Gewicht des Babys zu schmerzen. Ich frage sie nach den Namen der Jungen – Nathan und Parker –, nach ihrem eigenen – Lisa –, was ihr Mann macht, wo sie herkommt, was sie nach Memphis geführt hat. Als ich wieder von Allison anfange, sitzen wir bereits mit zwei Tassen Kaffee im Wohnzimmer. Nathan spielt auf dem Boden zu ihren Füßen, das Baby schläft noch immer auf meinem Arm. Obwohl Lisa gefragt hat, ob sie mir den Kleinen wieder abnehmen solle, war sie, glaube ich, ziemlich erleichtert über meine Antwort, es mache mir Spaß, ihn zu halten. Ich finde, ihr ganzer Körper sieht gleich viel leichter aus, wenn keine Kinder an ihr hängen. Lisa hat noch nicht mit der Polizei gesprochen. Sie sagt, sie habe wohl gerade ein Nickerchen gemacht, als sie da waren, anders könne sie es sich nicht erklären, denn sie sei ja weiß Gott immer zu Hause. Ich musste heute schon zu viele Leute über Allisons Tod informieren, deswegen sage ich Lisa bloß, dass sie vermisst ist. Immer wieder sagt sie: »Ich hoffe, sie finden sie. Sie ist ein so liebes Mädchen.«

Ich frage sie, ob sie manchmal zusammen ausgingen, und ob sie Allisons Freunde kenne. Sie hat Angela kennen gelernt, aber keinen von den männlichen Freunden, und sie weiß auch nichts von einem wütenden jungen Mann vor Allisons Tür. Joan Bracken sei eine alte Wichtigtuerin, sagt sie.

»Worüber sprechen Sie und Allison für gewöhnlich?«, frage ich sie.

»Oh, Sie wissen schon, ob sie einen Typ anrufen soll, der sich schon ein paar Tage nicht mehr gemeldet hat, und ob es sich für mich so anhört, dass er sie mag. Das Übliche. Sex. Ob man soll oder nicht.« Sie wirft einen Blick auf ihre Kinder. »Ein schwieriges Thema. Sie sehen ja, wo es mich hingebracht hat.« Sie lacht.

»Sie meinen, Allison wollte damit bis nach der Heirat warten?«

»Ich weiß es nicht sicher«, antwortet sie. »Ich weiß aber, dass sie regelmäßig in die Kirche geht. Sie ist ein braves Mädchen. Ich hoffe wirklich, sie finden sie bald.«

»Fällt Ihnen sonst noch was ein, was wichtig sein könnte?«, frage ich sie. »Irgendwas über einen wütenden Freund?«

Sie schüttelt den Kopf. »Ich habe nie erlebt, dass jemand wütend auf sie ist. Alles, was sie mir über ihre Freunde erzählt hat, klingt, als hätten sie Allison wirklich sehr gern.«

»Kennen Sie ihre Familie?«

»Ich habe sie nie kennen gelernt, aber ich weiß, wer ihre Mutter ist.«

Ich schweige einen Moment. Anscheinend ist mir irgendwas entgangen. »Wer ist sie?«

»Oh, wissen Sie das nicht? Sie leitet das Kinderkrankenhaus, oder ist dort zumindest ein hohes Tier. Sie war auf den Werbeanzeigen zu sehen, die sie in der Zeitung gebracht haben, erinnern Sie sich?«

»Ach ja, richtig«, sage ich mehr zu mir selbst. »Ich wusste doch, dass ich sie irgendwoher kenne.« Aufgeregt wippe ich mit den Knien. Nun habe ich viel bessere Aussichten, es auf die Titelseite zu schaffen. Ich mache mir eine Notiz, dass ich im Archiv der Zeitung nach Ausschnitten über die Mutter suchen muss.

Bevor ich gehe, bitte ich Lisa, mich anzurufen, falls ihr noch etwas einfallen sollte. Sie winkt mir mit dem Baby auf dem Arm nach, als wäre ich eine alte Freundin, die auf einen Besuch vorbeigeschaut hat. »Ich hoffe, wir sehen uns mal wieder!«, ruft sie.

»Ja!«, antworte ich und habe einen Moment lang tatsächlich das Gefühl, in ihr eine Freundin gefunden zu haben, die ich anrufen könnte, um sie zu fragen, was sie von meinem Freund David hält, ob er wirklich der Richtige für mich ist.

Bis ich das Ende des Flurs erreicht habe, hat sich das Gefühl wieder gelegt.

Wir sind keine Freundinnen. Das ist nur mein üblicher Rhythmus, in das Leben all dieser Fremden einzutauchen und es wieder zu verlassen.

Die Nachrichtenredaktion sieht aus wie ein überdimensionales Klassenzimmer, lang und rechteckig, mit Reihen brauner Metallschreibtische und, an der Vorderseite des Raumes, den gläsernen Büros der Redakteure. Die Außenwand besteht von oben bis unten aus Fenstern. Ich sehe fast nie hinaus. Es ist sowieso nur die Straße zu sehen, und mein Schreibtisch steht auf der gegenüberliegenden Seite. Eine Ansammlung von Schreibtischen in der hintersten Ecke des Raumes bildet die Abteilung für die Sonderberichte, ein Teil des Raumes, den ich selten betrete. Auf dem Weg zu meinem Schreibtisch komme ich an Leuten vorbei, die angestrengt auf ihren Bildschirm starren, steile senkrechte Falten zwischen den Augen, oder in ihr Telefon murmeln, während ihre Finger über die Tastatur sausen. Andere haben die Zeitungen des Tages auf ihrem Schreibtisch ausgebreitet und halten nach ihrem Namen Ausschau. Manche sind seriös gekleidet, in Anzug oder Kostüm, andere tragen Kurzarmshirts und lässige Hosen, je nachdem, worüber sie berichten oder wen sie beeindrucken müssen. Ich selbst trage fast immer Kostüm oder Hosenanzug, weil ich damit älter wirke. Im Vorbeigehen grüße ich einen der Lokalteil-Redakteure. Er erwidert meinen Gruß mit einem Nicken, das seine Dreadlocks zum Wippen bringt. Als Nächstes komme ich an einem Reporter vorbei, der an seinem Schreibtisch ununterbrochen Sonnenblumenkerne kaut und dabei leise vor sich hinpfeift. Ich wechsle einen viel sagenden Blick mit der Reporterin am Tisch neben ihm, einer nervösen Kettenraucherin aus dem Bildungsressort, die stets mit Bodybag um die Taille unterwegs ist. Sie verdreht die Augen und seufzt.

Sämtliche Frauen in der Nachrichtenredaktion bewegen sich entweder an der Grenze zur Magersucht oder werden immer fetter, weil sie sich nach Redaktionsschluss zu viele nächtliche Pizzen oder Bierchen gönnen. Ich selbst schwanke noch irgendwo zwischen den Extremen.

An meinem Schreibtisch beginne ich mit der Recherche über Cynthia Avery, die Mutter der Toten. Ich überfliege ein paar Artikel, in denen sie zitiert wird, meist geht es dabei um Geld für das Kinderkrankenhaus. Ein Artikel ist ganz ihrer Person gewidmet, beziehungsweise den Freuden und Leiden, die die Pflege schwer kranker Kinder mit sich bringt. Ich notiere eine ihrer Äußerungen: »Wir tun unser Bestes, die Familien zu trösten. Es gibt nichts Schlimmeres, als ein Kind zu verlieren.«

Ich greife zum Telefonhörer. Wenn es darum geht, mit den Angehörigen Kontakt aufzunehmen, ist das Telefon normalerweise nicht meine erste Wahl. Es ist erfahrungsgemäß leichter, einfach aufzulegen, als jemanden zu ignorieren, der persönlich vor der Tür steht. Aber da mein persönlicher Vorstoß auf der Polizeiwache gescheitert ist, wähle ich nun doch ihre Nummer und habe gleich die Mutter des Mädchens an der Strippe. Da ich mich bei unserer kurzen Begegnung nicht vorgestellt habe, muss sie nicht unbedingt wissen, dass sie es schon wieder mit mir zu tun hat.

»Es tut mir sehr Leid, wenn ich Sie störe, Dr. Avery«, beginne ich. »Ich rufe an, weil ich der Stadt von Ihrer Tochter erzählen möchte. Von ihren Kollegen habe ich erfahren, dass sie eine sehr begabte Sängerin war.«

Die Frau am anderen Ende der Leitung gibt ein ersticktes Geräusch von sich und legt auf.

Ich zähle bis zehn und rufe noch einmal an. Oft geht beim zweiten Mal jemand hin, der viel ruhiger ist. Das Telefon klingelt und klingelt. Am Schreibtisch neben mir tut Evan Fitzpatrick so, als würde er nicht auf mich achten. Ich kenne Evan schon seit meiner Collegezeit, seit wir beide einen Sommer lang als Praktikanten hier gearbeitet haben. Er ist morgens immer schon da, wenn ich eintreffe, und er ist auch noch da, wenn ich abends wieder gehe. Einmal die Woche bringt er mir Ausschnitte aus *The New York Times* oder *The Boston Globe* zur Lektüre mit. »Dieser Typ weiß wirklich, was er tut«, sagt er dann beispielsweise. »Sieh dir an, wie gekonnt er die Hintergrundinformationen in den Artikel einarbeitet.« Am Sonntag darf ich ihn nicht anrufen, weil er sich dann durch drei oder vier Sonntagszeitungen kämpft und am Telefon einen sehr scharfen Ton anschlägt. Er ist der einzige mir bekannte Reporter, der anderen Reportern Fan-Briefe schreibt. Evan glaubt an die Wahrheit. Er übernimmt eine Story wie einen göttlichen Auftrag. Er muss niemals innehalten und sich fragen, was er eigentlich vor der Tür irgendeines Fremden zu suchen hat, denn er trägt die Antwort wie ein Kreuz an einer Goldkette mit sich herum – das Recht der Öffentlichkeit auf Information. Jedes Mal, wenn mir Zweifel kommen, denke ich an Evan und schäme mich, genauso wie ich mich früher vor meinem baptistischen High-School-Freund dafür geschämt habe, dass ich nie den Wunsch verspürte, in die Kirche zu gehen.

»Wie ich höre, arbeitest du an dem Mädchenmord«, sagt er, als ich auflege. Ich greife erneut nach dem Hörer, wähle die Nummer des Wetterberichts und murmle »wichtiges Telefonat«. Ich möchte noch nicht darüber reden.

»Ich warte.« Er verschränkt die Arme und fixiert mich.

Ich tue, als würde ich mir Notizen machen, merke dann aber, wie lächerlich das ist, weil ich ja noch kein einziges Wort in den Hörer gesagt habe, und lege auf. »Was ist?«, frage ich.

»Was hast du denn für einen Knüller auf Lager?«

»Nichts«, antworte ich. »Die Polizei tappt noch völlig im Dunkeln.« Evan liebt Wörter wie »Knüller«. Wenn er mal deprimiert ist, geht er nach Hause und sieht sich *Die Unbestechlichen* an, dann ist sein Glaube wiederhergestellt. Ich habe mir den Film einmal mit ihm zusammen angesehen und ihn hinterher gefragt: »Aber was ist dann passiert?«

»Wie meinst du das?«, gab Evan zurück. »Du hast doch gesehen, was passiert ist. Sie haben die Story bekommen.«

»Wirklich schlimm, dass man nicht immer solche Storys bekommt«, sagte ich. »Diese Story war wirklich ungemein wichtig.«

»Jede Story ist für irgendjemanden wichtig«, antwortete Evan.

Jetzt wühlt er unter seinem Schreibtisch herum und taucht einen Moment später mit einer schmutzigen, halb zerfledderten Zeitschrift wieder auf, bei der man schon am Papier merkt, wie billig sie gemacht ist. »Sieh dir das an!«, sagt er.

Ich greife danach, aber er zieht die Hand zurück. »Mit den Augen, nicht mit den Händen!«, ruft er mit der höhnischen Stimme eines Schuljungen. »Das ist eine Satanisten-Zeitschrift!«

»Und?«

»Verstehst du nicht?« Er beginnt die Zeitschrift langsam durchzublättern. »Ich habe sie im Müll dieses Jungen gefunden.«

»Welches Jungen?«

»Ich spreche von dem Jungen, den sie verdächtigen, in Arkansas eine Zehnjährige getötet zu haben. Du kennst die Geschichte, oder?«

»Natürlich kenne ich sie. Ich habe den ersten Artikel darüber geschrieben, falls du dich erinnerst.« Ich schaue ihn konsterniert an. »Du hast also seinen Müll durchwühlt?«

»Es hat sich gelohnt«, antwortet er. »Das ist Stoff für die Titelseite.«

»Du machst mir Angst.« Ich meine das nur halb scherzhaft.

»Hey«, sagt er. »Ich muss was schreiben.« Offenbar habe ich ihn mit meinen Worten beleidigt. Er legt die Zeitschrift weg und spricht nicht mehr mit mir.

Das ist einer der Gründe, warum wir so scharf auf Neuigkeiten sind: Wenn es keine gibt, müssen wir welche konstruieren, und das ist keine leichte Aufgabe. Als ich bei der Zeitung noch keinen speziellen Aufgabenbereich hatte, verbrachte ich mal einen Sonntagnachmittag im Mississippi River Museum und fragte die Leute nach den Gründen ihres Kommens. »Wir wollten mal was richtig Touristenmäßiges, Geschmackloses machen«, gab mir ein Mädchen zur Antwort. »Wir hatten die Wahl zwischen hier und Graceland, und in Graceland war ich schon.«

»Ich noch nicht«, mischte sich ihr Freund ein.

»Er noch nicht«, sagte sie. »Aber ich schon.«

Hinterher fuhr ich zurück in die Redaktion und machte eine Story daraus. Als ich sie schließlich zu Papier brachte, stand im Grunde nicht viel mehr drin, als dass wenig Leute im Museum waren. Die Überschrift des Artikels lautete: MISSISSIPPI RIVER MUSEUM MÖGLICHERWEISE IN SCHWIERIGKEITEN – ZU WENIG BESUCHER.

Peggy, eine der Lokalteil-Redakteurinnen, beugt sich über mich, beide Handflächen auf meinen Schreibtisch gestützt. »Wie läuft's mit deiner Story, Kleines?«, fragt sie. Peggy ist schwarz, hat kurz geschorenes Haar und ein paar dunkle Sommersprossen auf den Wangen. Sie ist meine Lieblingsredakteurin, weil sie niemals Änderungen an einem Artikel vornimmt, ohne sie mir vorher zu zeigen. Außerdem ist sie die Cleverste von allen, sodass es sehr schwer ist, ihr etwas vorzumachen. Ich neige inzwischen dazu, die Eltern des Mädchens in Ruhe zu lassen. Mir ist klar, dass Peggy da anderer Meinung sein wird, aber ich brauche für diese Story ihre Unterstützung. Ich habe in diesem Fall nämlich größere Ambitionen als die erste Seite des Lokalteils, wo alle örtlichen Verbrechen landen, es sei denn, es handelt sich um eine besonders sensationelle Geschichte.

»Peggy«, beginne ich, beuge mich vor und senke die Stimme, »ich denke, dies ist etwas für die Titelseite.«

»Ach, tatsächlich?« Sie lacht und richtet sich ein wenig auf. »Warum das?«

»Junges Mädchen, brutaler Mord, wahrscheinlich sexuelles Motiv, und sie hat prominente Eltern.«

»Ich weiß nicht, Kleines«, antwortet Peggy und zieht eine Liste aus der Tasche. »Wir haben heute ziemlich viel Konkurrenz. Sieh mal, womit du sonst noch aufwarten kannst.«

Nachdem sie gegangen ist, trommle ich mit den Fingern eine Weile auf meiner Schreibtischplatte. Evan wirft mir ein zusammengeknülltes Blatt Papier an den Hinterkopf.

»Wofür ist das?«, frage ich.

»Von wegen Titelseite«, antwortet er. »Du dreistes Frauenzimmer! Womit *kannst* du denn noch aufwarten?«

Ich greife nach dem Telefon, um Sergeant Morris anzurufen. »Wart's ab«, sage ich zu Evan, während es läutet. Vor ein paar Wochen hat Morris mal erwähnt, dass sich die Stadt in diesem Jahr früher als je zuvor auf ihr hundertstes Mordopfer zubewege. Ich frage mich, ob Allison Avery unter Umständen die Grenzmarke erreicht hat.

»Kann ich Ihnen noch nicht sagen«, antwortet Morris, als ich ihn danach frage. »Dieses Wochenende war bei uns ziemlich viel los. Die genauen Daten stehen noch aus.«

»Aber möglich wäre es, oder? Sie muss auf jeden Fall nahe dran sein.«

»Ja«, antwortet er. »Wir sind inzwischen definitiv über hundert. Nach meinen bisherigen Informationen ist sie es.«

Nachdem ich aufgelegt habe, notiere ich mir: *»Allison Avery Nr. 100.«* Es ist vielleicht nicht die Wahrheit, aber doch nahe genug dran, um zu zählen.

Bei Peggy am Schreibtisch sage ich: »Sie ist das hundertste Mordopfer, das es dieses Jahr in der Stadt gegeben hat. Soweit sich die Cops erinnern können, haben wir die Grenze noch nie so früh im Jahr überschritten.«

»Also gut.« Sie blickt von ihrem Computer hoch. »Ich werde sehen, was ich tun kann.«

»Danke.« Ich habe mich bereits umgedreht, als sie mir nachruft: »Setz dich mit der Familie in Verbindung. Jetzt brauchen wir die Familie.«

Die Averys leben in einer ruhigen, mittelständischen Wohngegend, in der sich elegante zweistöckige Ziegelhäuser aneinander reihen, jedes mit Doppelgarage ausgestattet, jedes eine kleine Variation des vorherigen. Ihr Rasen ist sauber gemäht. In der Auffahrt ist ein Basketballkorb angebracht. Ich stehe auf der Veranda und betrachte den Garten, in dem hauptsächlich Narzissen und niedrig gehaltene Büsche wachsen. Auf einer Seite wiegen sich drei große Kaiserkronen im Wind.

Nachdem ich an die Tür geklopft habe, höre ich langsame Schritte und dann ein leises Atmen, das mir verrät, dass jemand mich durch den Türspion betrachtet. Ich versuche, eine Miene aufzusetzen, die irgendwo zwischen einem Lächeln und einem traurigen Gesicht liegt, und lande – da bin ich mir sicher – bei einer schrecklichen Grimasse. Ein paar Momente verstreichen, aber wer immer mich durch den Spion beobachtet, macht nicht auf. Die Schritte entfernen sich wieder.

Ich wende mich zum Gehen, vor Enttäuschung plötzlich müde und erschlagen. Hier auf der Veranda ist es kühl und schattig, und es widerstrebt mir, wieder in die Hitze hinauszutreten. Ans Geländer gelehnt, blicke ich von Allison Averys Veranda auf die Nachbarschaft, in der sie gelebt hat. Hier ist es ganz anders als dort, wo ich aufgewachsen bin. Einen Moment lang höre ich die Stimme meiner Mutter, als würde sie mir aus dem Haus zurufen: »Lauf nicht zu weit weg! Bleib in der Nähe des Hauses, wo ich dich sehen kann!« Die Sonne hinter mir badet die Straße in Licht. Ein paar Häuser weiter zanken sich zwei kleine Kinder um ein Dreirad. Über ihre hohen, wütenden Stimmen hinweg höre ich das Klapp-Klapp von schnellen Tennisschuhen auf Asphalt, und wenige Augenblicke später kommt ein halbwüchsiger Junge in Sicht, der mitten auf der Straße rennt. Ich beobachte ihn. Er trägt ein T-Shirt und eine kurze Sporthose, und er läuft, so schnell er kann, die Knie weit hochgezogen, die langen Arme und Beine im rechten Winkel. Seine Füße trommeln hart auf den Asphalt, jeder Schritt muss wie ein Schlag durch seinen ganzen Körper gehen.

Als er das Nachbarhaus erreicht, kommt ein roter Sportwagen um die Ecke geschossen, direkt auf ihn zu. Laut hupend reißt der Fahrer das Lenkrad herum, der Junge springt zur Seite, der Wagen verfehlt ihn um Haaresbreite. Der Junge läuft ein paar Schritte hinterher, schwenkt seinen Arm und schreit: »Vollidioten!« Das Gejohle von Teenager-Stimmen dringt aus dem Wagen. Heftig atmend bleibt der Junge stehen, die Hände in die Hüften gestemmt. Er schüttelt den Kopf. »Verdammt!«, schreit er. Dann dreht er sich um und geht mit gesenktem Kopf in meine Richtung.

Als er die Auffahrt der Averys erreicht, bleibt er stehen und beugt sich vor, die Hände auf die Oberschenkel gestützt, immer noch heftig atmend. Dann hebt er den Kopf und späht hinauf zu den Fenstern im ersten Stock. Während ich ihm dabei zusehe, wie er das Haus beobachtet, frage ich mich, wer er wohl sein mag. Ob er Allison gekannt hat und schon Bescheid weiß? Er ist ein gut aussehender Junge, der sich mit lässiger, gazellenhafter Anmut bewegt. Nach ein paar Augenblicken öffnet er den Briefkasten und greift tief hinein. Ich mache einen Schritt auf ihn zu, weil ich wissen möchte, was er da tut. Von der Sonne geblendet, kann er mich nicht sehen. Als er sich aufrichtet, hat er eine Schachtel Zigaretten und ein Feuerzeug in der Hand. Während er sich eine anzündet, behält er das Haus im Auge. Dann hebt er sein T-Shirt an und klemmt die Schachtel unter den Bund seiner grünen Sporthose.

Den Blick auf den Boden gerichtet, kommt er quer über den Rasen auf mich zu und zieht dabei immer wieder an seiner Zigarette. Plötzlich wird mir klar, dass er ihr Bruder sein muss und hier wohnt. Er ist groß und weist noch diese unfertige, schlaksige Magerkeit auf, die viele Jungs auszeichnet, bevor ihr Gewicht ihre Größe einholt. Sein Haar hat den satten braunen Farbton von gutem Leder und umspielt sein herzförmiges Gesicht mit einer Spur von Locken. Sein weißes T-Shirt klebt ihm schweißnass an Bauch und Brust.

Ich richte mich auf, gehe die Verandastufen hinunter und betrete den Rasen. Ich will ihn nicht erschrecken. »Hallo!«, rufe ich ihm zu. Er hält mitten in der Bewegung inne und blickt hoch. Mit zusammengekniffenen Augen versucht er mein Gesicht auszumachen. Für ihn muss ich vor dem blendenden Hintergrund wie eine dunkle Silhouette wirken. Ich hebe die Hand und winke, als würde ich ihn kennen. Er macht einen schnellen Schritt auf mich zu, dann noch einen. Seine Hand streckt sich mir entgegen. Ein Ausdruck von Hoffnung und Verwunderung breitet sich auf seinem Gesicht aus. Langsam öffnet er den Mund und fragt: »Allison?«

Es ist ein schrecklicher Moment. Wie sehr muss er sich wünschen, sie wäre noch am Leben. So sehr, dass er sofort bereit ist, es zu glauben. Ich hole tief Luft, bringe aber kein Wort heraus, sodass er mich noch ein paar Sekunden länger für seine Schwester hält. Er lächelt, seine Augen füllen sich mit Tränen, und er ist plötzlich so schön, dass ich den Blick abwenden muss.

Ich trete ein paar Schritte vor, sodass er mein Gesicht sehen kann. Er lässt die Hand sinken, und seine Miene wirkt plötzlich so schmerzerfüllt, als hätte ich ihm gerade das Herz gebrochen. Der Ausdruck verschwindet ebenso schnell, wie er gekommen ist, sein Mund wird zu einer schmalen Linie, der Blick seiner Augen leer. Er wendet sich ab, fährt mit der freien Hand durch sein feuchtes Haar und zieht ein weiteres Mal an seiner Zigarette. Dann sieht er mich wieder an. »Sind Sie eine Freundin meiner Schwester?«, fragt er.

»Nein, tut mir Leid, das bin ich nicht«, sage ich und stelle zu meiner eigenen Überraschung fest, dass meine Stimme zittert, als würde ich gleich in Tränen ausbrechen.

»Wer sind Sie dann?«, fragt er in schneidendem Ton.

Ich überlege, ob ich sagen soll: »Ich habe mich im Haus geirrt«, aber da ich den Jungen wahrscheinlich noch öfter sehen werde, entscheide ich mich für die Wahrheit.

Er blickt einen Moment zu Boden. Dann lässt er seine erst halb gerauchte Zigarette fallen und drückt sie mit der Fußspitze aus. Langsam hebt er sein T-Shirt an und benutzt den unteren Teil, um sich seine schweißnasse Stirn abzuwischen. Sein flacher Jungenbauch wirkt in der Sonne leuchtend weiß. »Kommen Sie sich nicht blöd vor, hier einfach so aufzutauchen?«, fragt er, während er sein Shirt wieder fallen lässt. »Meine Schwester ist kaum einen Tag tot.«

»Doch, ich komme mir blöd vor.« Krampfhaft zermartere ich mir mein Gehirn, was ich als Nächstes sagen soll. Nach einer Weile wird mir bewusst, dass ich mit offenem Mund dastehe, und klappe ihn zu.

»Ich habe erst gedacht, Sie wären eine von ihren Freundinnen«, sagt er, während er mich von oben bis unten mustert. Sein Blick bleibt an meinem Busen hängen, als wollte er mich absichtlich nervös machen. Bestimmt hat er das Bedürfnis, sich für den Augenblick zu rächen, als er glaubte, seine Schwester wiederzuhaben. »Für eine Reporterin sind Sie noch ziemlich jung.«

»Alt genug«, antworte ich und verschränke die Arme über der Brust. »Für eine Reporterin, meine ich.«

»Jetzt fällt mir ein, wo ich Sie schon mal gesehen habe. Im Four Corners.«

»Das ist gegenüber meiner Wohnung.«

Er nickt. »Ich arbeite am Wochenende dort«, erklärt er. »Als Aushilfskellner.« Inzwischen mustert er mein Gesicht. »Ihr Haar war länger, nicht wahr? Ungefähr bis hier.« Er streckt die Hand aus, als wollte er meine Schulter berühren. »Sie bestellen immer den Bananenpudding. Einmal hatten wir keinen mehr, und als ich Ihnen das sagte, sind Sie wieder gegangen.«

Ich kann mich nicht erinnern und weiß nicht, was ich sagen soll. Es ist zu spät, die »Ich will der Welt von deiner geliebten Schwester erzählen«-Nummer bei ihm auszuprobieren. Ich frage mich, was aus meiner sonst so professionellen Art geworden ist. Dann macht es plötzlich klick, und ich weiß wieder, wie ich jetzt sein sollte – mitfühlend, bedauernd, sogar ein wenig beschämt. »Sind deine Eltern zu Hause?«, frage ich in sanftem Ton. Er zieht gerade die Zigarettenschachtel unter dem Bund seiner Shorts hervor.

»Sie möchten nicht mit Ihnen reden.« Nachdem er sich eine weitere Zigarette zwischen die Lippen geschoben hat, hält er mir die Schachtel hin. Ich sehe ihn an. Die Zigarette lässig im Mundwinkel, die Augen zusammengekniffen, spielt er den harten Jungen. Ich stelle mir vor, wie er diese Pose vor dem Spiegel geübt hat.

Ich schüttle den Kopf. »Ich würde auch nicht mit mir reden wollen«, sage ich. »Das mit deiner Schwester tut mir Leid.« Ich setze mich in Bewegung, will an ihm vorbeigehen. Er packt mich am Arm, lässt ihn aber gleich wieder los.

»Werden Sie mich in der Zeitung zitieren?«, fragt er. Er nimmt seine noch nicht angezündete Zigarette aus dem Mund und gestikuliert damit durch die Luft. »Egal, was ich sage?«

»Ja.«

»Dann sage ich Ihnen jetzt was«, fährt er fort. »Meine Schwester ist tot. Was glauben Sie, wie ich mich fühle?«

Inzwischen ist es Abend, und ich weiß, dass der Junge Peter heißt und siebzehn Jahre alt ist. Ich weiß, wo er zur Schule geht, wo er arbeitet, wo er wohnt und wie er aussieht. Aber ich weiß nicht, wie er sich fühlt.

Die Wahrheit ist, dass mir selbst noch nie etwas wirklich Schreckliches passiert ist, auch wenn ich, bevor ich lernte, mich abzuhärten, vor allen möglichen Dingen Angst hatte. Beispielsweise war ich eine Zeit lang der festen Überzeugung, dass ich mal von einem Serienkiller umgebracht werden würde – nicht von irgendjemandem, der einen einfach erschoss, sondern von einem Irren, der einen folterte, in kleine Stückchen schnitt und anschließend Stück für Stück in der ganzen Stadt verteilte. Noch früher hatte ich Angst vor Haien und Alligatoren, eigentlich aus dem gleichen Grund, weil sie einen zerstückeln. Dann war es der Tod – das Sterben an sich, egal, auf welche Art. Schon bei dem Gedanken daran setzte in meinem Magen und meinem Gesicht ein kaltes Brennen ein. Bis zu meinem vierundzwanzigsten Lebensjahr war ich auf keiner einzigen Beerdigung gewesen. Inzwischen war ich auf der Beerdigung eines Babys, das im Schoß der Mutter erschossen wurde, auf der Beerdigung einer Vierzehnjährigen, die in einer kleinen Seitenstraße erstochen wurde, den Beerdigungen aller möglicher Fremder, aber noch nie auf der Beerdigung eines von mir geliebten Menschen.

Allison wird in drei Tagen beerdigt. Es ist mein Job hinzugehen. Einen Teil von dem, was ihr Bruder gesagt hat, bringe ich in meinem Artikel. Peggy findet, dass es ein großartiges Zitat abgibt. »Der aufsteigende Dampf gefällt mir auch«, hat sie gesagt. »Das gibt dem Ganzen eine besondere Note.« Meine Story kommt auf die Titelseite. Schlagzeile: STADT BEKLAGT 100. OPFER IN DIESEM JAHR. Darunter: Tochter prominenter Ärztin tot aufgefunden. Darunter: Olivia Dale.

Es ist elf Uhr nachts. Statt endlich nach Hause zu gehen, bleibe ich an meinem Schreibtisch sitzen und sehe zu, wie der zweite Zeiger der Wanduhr um das Zifferblatt wandert. Die Nachrichtenredaktion ist fast leer und so still, wie sie es tagsüber nie ist. Nur noch das Murmeln von zwei Redakteuren ist zu hören, und das Klicken der Uhr, wenn eine Minute vorüber ist. Ich sitze einfach nur da und denke über den Jungen nach, Peter. Es ist lange her, dass mir ein Siebzehnjähriger derart zugesetzt hat. Damals war ich vierzehn, und Fred Lamar wollte mir im Band-Bus an die Wäsche, obwohl er mich vorher noch nicht mal geküsst hatte. Während meiner Schulzeit habe ich sieben Jahre lang Klarinette gespielt. An der Schule wurden wir »Band-Tussis« genannt, und wenn mich jemand nach meinem Stundenplan fragte, antwortete ich Englisch, Band, Französisch, wobei ich das »Band« so schnell sagte, dass ich es fast verschluckte. Meine Mutter ließ nicht zu, dass ich aufhörte. Sie sagte immer: »Eines Tages wirst du verstehen, dass es gut für dich war.« Es ist ein schreckliches Gefühl, sich für etwas zu schämen und sich ständig zu wünschen, man könnte damit aufhören. Am liebsten würde ich dieses Gefühl nachträglich aus meinem Leben streichen.

Die erste Ausgabe ist im Druck. Ich stehe auf und gehe bis zu dem Fenster, durch das man in die Druckerei hinuntersehen kann. Die riesigen stählernen Maschinen drehen sich surrend, ohne innezuhalten. Ich drücke die Stirn an das Glas, das von der Druckerschwärze schon ganz dunkel ist, und sehe zu, wie die Seiten vorüberfliegen. Bisher habe ich noch jedes Mal, wenn ich eine Story für besonders wichtig hielt und der Meinung war, dass das, was ich geschrieben hatte, Leben verändern würde, nachts hier gestanden und zugesehen. Das ist es, wofür ich lebe, während ich mich mit langweiligen Verkehrsunfällen und bewaffneten Raubüberfällen herumschlage und an meinem Schreibtisch endlose Stunden damit verbringe, möglichst beschäftigt zu tun, während ich darauf warte, dass jemand ein Verbrechen begeht. Es ist, als würde man stundenlang allein einen schnurgeraden texanischen Highway entlangfahren, nur um irgendwann die funkelnden Lichter einer Stadt aus der Dunkelheit der Ebene auftauchen zu sehen.

Immer wieder fliegt die Titelseite vorbei. Der Text unter der großen fetten Schlagzeile ist meine Story, und erst dann folgen die übrigen Nachrichten des Tages.

3

Beim Hinausgehen verabschiede ich mich vom Nachtwächter, einem dicklichen älteren Mann mit den aufgedunsenen Gesichtszügen eines Alkoholikers. »Passen Sie auf da draußen!«, meint er in jovialem Ton. Ich nicke mit zusammengepressten Lippen, eine Hand fest um meinen Schlüsselbund geklammert. Die Spitzen der Schlüssel ragen durch meine Finger, so wie ich es am College in einem Selbstverteidigungskurs gelernt habe. Das Zeitungsgebäude ist nicht weit entfernt von ein paar Blöcken mit Sozialwohnungen und hoher Kriminalität. Nachdem die Tür hinter mir zugefallen ist, steuere ich schnellen Schrittes auf meinen Wagen zu. Er steht knapp außerhalb des schwachen Lichtscheins, den die Lampen des Gebäudes auf den Parkplatz werfen. Meine Schritte hallen auf dem Asphalt wider. Als ich nahe genug bin, beuge ich mich hinunter, um sicherzugehen, dass niemand unter dem Wagen ist. Letzten Monat habe ich einen Artikel über drei Frauen geschrieben, denen von einem Mann, der auf dem Parkplatz eines Einkaufszentrums unter ihrem Wagen lauerte, die Achillessehnen durchschnitten wurden. Der Täter ist nie gefasst worden.

Ich öffne den Wagen, schwinge rasch meine Beine hinein, ziehe die Tür hinter mir zu und sperre von innen ab. Dann drehe ich mich um. Ich habe vergessen zu überprüfen, ob jemand hinter meinem Rücken kauert. Zum Glück bin ich allein. Ich hole tief Luft und entspanne mich einen Moment, ehe ich den Wagen anlasse. Der Motor springt sofort an, ich schalte weich in den ersten Gang und gleite aus dem Parkplatz. Es gibt nichts, was ich jetzt lieber täte, als nach Hause zu fahren, aber ich habe noch eine Verabredung mit der Polizei. Ein Cop namens Smiley wird mich mit auf seine Nachtschicht nehmen. Der Vorschlag kam von Peggy. Sie hält das für eine gute Möglichkeit, die Cops kennen zu lernen. »Womöglich ist eine Story für dich drin«, hat sie gesagt. »Wer weiß, vielleicht hast du Glück.«

Officer Smiley wartet auf dem Parkplatz an seinen Streifenwagen gelehnt, die Arme vor der Brust verschränkt. Er ist ein Farbiger mit relativ heller Haut und genau der Typ Cop, der aussieht, als würde er seine Zeit zwischen seinem Revier und dem Kraftraum aufteilen. Sein kurz geschorener Kopf sitzt wie ein fester Block auf seinem kräftigen, dick geäderten Hals. Als ich auf ihn zugehe, hebt er bloß ganz leicht den Blick.

»Officer Smiley«, begrüße ich ihn, als ich nur noch zwei Schritte von ihm entfernt bin. »Ich bin Olivia Dale.« Ich strecke ihm die Hand entgegen.

Er wartet einen weiteren Augenblick, bevor er seinen Körper vom Wagen löst und ebenfalls die Hand ausstreckt. »Ma'am«, sagt er formell.

Ich muss lachen. Dieses Lachen ist nicht gewollt, ein kurzer nervöser Ausbruch. Ich traue mich kaum, ihn noch einmal anzusehen, aber als ich es dann doch tue, lächelt er, und mir wird plötzlich bewusst, wie jung er ist, vielleicht sogar noch jünger als ich.

Er begleitet mich zur Beifahrerseite und wartet, bis ich mich auf dem warmen schwarzen Vinyl niedergelassen habe, ehe er die Tür schließt. Dann geht er mit dem langsamen, breitbeinigen Gang eines muskelbepackten Mannes um den Wagen herum. Als er einsteigt, kommt es mir vor, als würde das Auto unter seinem Gewicht nachgeben.

»Danke, dass Sie sich dazu bereit erklärt haben«, sage ich.

»Ich habe mich nicht *bereit erklärt*«, erwidert er. »Ich habe eine Anweisung bekommen.«

»Oh. Naja, trotzdem vielen Dank.«

Er wirkt sehr angespannt, als wir aus dem Parkplatz biegen. Mit beiden Händen umklammert er das Lenkrad. Erst, als wir die Innenstadt verlassen haben, entspannt er sich ein wenig, legt eine Hand auf den Oberschenkel und dreht den Hals nach Art eines Gewichthebers, der seine Muskeln dehnt, von einer Seite zur anderen. Er hat bisher noch kein Wort gesagt.

»Sind Sie aus Memphis?«, frage ich.

»Orange Mound«, antwortet er. »Dort wohne ich immer noch. Meine Familie lebt dort.«

Ich bringe ihn dazu, ein wenig von seiner Herkunft zu erzählen, wie er sein armes Viertel verlassen hat, um ans College zu gehen, und hinterher beschlossen hat, zu den Menschen zurückzukehren, die ihn aufgezogen hatten, und etwas für die Gemeinschaft zu tun. Er erzählt mir, dass er tatsächlich der Meinung sei, etwas bewegen zu können. Während ich zustimmend nicke, skizziere ich im Geiste bereits einen Artikel über einen jungen, in Memphis geborenen und voller Enthusiasmus in seine Heimatstadt zurückgekehrten Cop, nur für den Fall, dass ich eine solche Story irgendwann mal brauche.

»Was sollte die Stadt Ihrer Meinung nach in Sachen Verbrechensbekämpfung tun, was sie nicht ohnehin schon tut?«, frage ich ihn.

»Mehr Cops, das wäre das Allerwichtigste. Ich weiß, dass der Bürgermeister das anstrebt, aber niemand will höhere Steuern zahlen.« Er schüttelt den Kopf. »Es ist immer das Gleiche. Niemand will für uns bezahlen, aber andererseits erwarten alle, dass wir sofort zur Stelle sind, wenn sie nach dem Telefon greifen.«

»Was …«, beginne ich. Er unterbricht mich mit einer Handbewegung und dreht den Funk lauter, während die mechanisch klingende Stimme des Einsatzleiters den Code für Familienstreit wiederholt. Smiley funkt zurück und setzt dann zu einer schwungvollen Wende an. Ich halte mich am Türgriff fest. Während wir die Straße entlangbrausen, heult die Sirene unseren Schlachtruf.

Das Haus ist riesengroß und ziemlich heruntergekommen, eines dieser vornehmen alten Memphiser Häuser, bei denen inzwischen die Hälfte der Fenster mit Brettern zugenagelt sind und das Dach langsam in sich zusammenfällt. Alles ist ruhig. »Bleiben Sie hier«, sagt Smiley zu mir. Er schließt die Tür und lässt mich in der Sicherheit des stickigen Wagens zurück. Nach ein paar Augenblicken öffne ich die Beifahrertür und setze mich so hin, dass ich in Richtung Haus blicken kann. Ich sehe, wie Smiley an die Tür klopft. »Polizei!«, ruft er mit lauter Stimme. Dann beugt er sich vor und versucht, durch das nächstgelegene Fenster zu spähen. Ich sehe, wie sein Körper sich versteift. »Hey!«, ruft er, greift nach seiner Waffe und stürzt sich durch die Tür ins Haus. Als Sekunden später ein Schuss fällt, bin ich bereits auf den Beinen, renne quer über den Rasen auf das Haus zu. Ich stolpere über die unterste Verandastufe und krieche den Rest auf allen vieren hinauf. Drinnen schwillt eine Frauenstimme zu einem Schrei an. Auf der Veranda presse ich mein Gesicht ans Fenster.

Smiley und ein anderer Mann stehen sich mit gezogenen Waffen gegenüber und zielen jeweils auf das Gesicht des anderen. Eine Frau in einem rosafarbenen Hauskleid steht mit blutender Nase daneben und wiegt sich stöhnend hin und her. Ich zeichne rasch eine Strichmännchen-Skizze in mein Notizbuch, um später in der Lage zu sein, die Szene zu beschreiben, die Maße des Raumes wiederzugeben, die Entfernung zwischen den beiden Männern abzuschätzen. Auf das Gesicht der Strichmännchenfrau zeichne ich ein paar Blutstropfen.

»Lassen Sie die Waffe fallen!«, stößt Smiley zwischen den Zähnen hervor. Der Mann blickt mit wild verzerrter Miene von einer Seite zur anderen. Dann entdeckt er plötzlich mein Gesicht am Fenster, und seine Augen werden schmal. Als er die Waffe hochreißt, lasse ich mich auf den Verandaboden fallen. Eine Kugel durchschlägt die Scheibe, Glas regnet auf meinen Rücken. Drinnen schreit die Frau laut auf. Dann höre ich Geräusche, die nach einem Handgemenge klingen. Als ich mich ganz vorsichtig aufrichte, um mich nicht an den Glasscherben zu verletzen, die meinen Rücken hinunterrieseln, liegt der Mann auf dem Boden, Smileys Waffe am Kopf, Smileys Fuß im Rücken. Die Frau sieht aus, als müsste sie sich gleich übergeben.

»Verdammt!«, sage ich laut. »Ich habe es verpasst!« Ich hebe mein Notizbuch auf und schüttle die Glasscherben heraus. Auf dem weißen Papier ist ein roter Fleck. Ich werfe einen Blick auf meine Hand und sehe, dass mein Zeigefinger blutet. Vorsichtig zupfe ich einen winzigen Glassplitter heraus. Mein Herz hämmert gegen meine Brust, als würde es jeden Moment nach außen durchbrechen.

Officer Smiley schiebt den mit Handschellen gefesselten Mann vor sich durch die Haustür. Im Gehen klärt er ihn über seine Rechte auf und sieht dabei durch mich durch, als wäre ich Luft. Der Mann dagegen starrt mich an, das gerötete Gesicht vor Wut bebend. Ich stehe bloß da, mein Notizbuch in der schlaffen Hand, während die Frau drinnen noch immer schreit. Smiley bringt den Mann zum Wagen, legt ihm eine Hand auf den Kopf und schiebt ihn auf den Rücksitz. Dann geht er langsam auf die Fahrerseite hinüber und nimmt das Funkgerät heraus.

Ich setze mich in Bewegung. Als ich Smileys Seite erreiche, legt er das Funkgerät gerade vorsichtig zurück an seinen Platz. »Was ist passiert?«, frage ich ihn.

»Was passiert ist? Sie wären beinahe erschossen worden.«

Ich mache eine wegwerfende Handbewegung. »Ich meine, wie haben Sie es geschafft, ihn flachzulegen?«

»Als er zum Fenster hinübergesehen hat, bin ich auf ihn losgegangen, und er hat die Waffe fallen lassen.«

»Warum haben Sie nicht auf ihn geschossen?«

»Ich weiß nicht.« Er sieht zum Haus hinauf. »Shit!«, sagt er. »Diese Frau kann vielleicht schreien!«

»Was werden Sie ihretwegen unternehmen?«

»Sie schicken jemanden«, antwortet er geistesabwesend. Ich beuge mich in den Wagen und mustere den Gefangenen durch den Maschendraht, der den vorderen Teil des Wagens vom hinteren trennt. Er starrt mich finster an. »Warum haben Sie Ihre Frau geschlagen?«, frage ich ihn.

Er gibt mir keine Antwort. Ein Stück Kautabak beult seine Unterlippe aus, und er sieht aus wie ein bockiges Kind.

»Warum hatten Sie eine Waffe in der Hand?«, frage ich.

»Um das Luder umzubringen!«, knurrt er. Dann dreht er den Kopf zur Seite und spuckt eine braune Pfütze neben sich.

Ich richte mich auf. Officer Smiley sieht mich an und schüttelt den Kopf, als wollte er sagen: Warum haben Sie überhaupt gefragt? Ich blicke auf das Blut, das in Form einer ordentlichen kleinen Blase aus meinem Finger quillt. Wir warten auf das Eintreffen eines zweiten Streifenwagens. Schweigend stehen wir beieinander und lauschen dem Heulen der Frau, das ohne Unterbrechung andauert, bis es uns schließlich wie ein fester Bestandteil der Nacht vorkommt: die Hitze, der Geruch nach feuchtem Staub und Gras, jener gequälte, endlose Laut.

Als wir vor der Wache aussteigen, fragt mich Smiley: »Wird das in der Zeitung stehen?«

»Held John Smiley«, antworte ich und schreibe mit der Hand eine Schlagzeile in die Luft.

»Bloß nicht«, meint er lachend. »Sonst kann ich mir das ewig anhören.« Er schüttelt mir zum Abschied die Hand. Dann geht er um den Wagen herum, um seinen Gefangenen herauszuholen.

»Danke«, sage ich. Er hört es nicht mehr, und ich wiederhole es auch nicht. Ich drehe mich einfach um und gehe zu meinem Wagen.

Als ich nach Hause komme, ist das Haus dunkel. Auf meinem Weg durch das Wohnzimmer stoße ich gegen den windigen Couchtisch, den Hannah und ich irgendwo am Straßenrand entdeckt haben. Ein Stapel Zeitschriften kommt ins Rutschen und landet auf einem Karton, in dem noch eine halbe Pizza liegt. Ich weiß, wenn ich jetzt in die Küche gehe, finde ich im Spülbecken einen Berg schmutzigen Geschirrs vor, außerdem eine Arbeitsplatte voller Brösel, garniert mit der einen oder anderen Küchenschabe, sowie einen überquellenden Mülleimer, umgeben von zusammengeknüllten Papiertüchern, die es nicht bis in den Eimer geschafft haben. Über die Couch sind jede Menge Klamotten drapiert, zum Teil meine eigenen. Ich lasse mich zwischen ihnen nieder und starre auf den Videorecorder, der 12 : 00 Uhr blinkt. Meine Gedanken kreisen um ein mögliches neues Projekt. Vielleicht kann ich den Vorfall des heutigen Abends als Einstieg für eine Serie zum Thema Gewalt in der Familie verwenden, bezogen auf den Raum Memphis, oder Gewalt gegen Frauen im Allgemeinen, wenn ich das tote Mädchen miteinbeziehe. Ich überlege, ob ich mir eine Liste machen soll – *Statistiken besorgen, in einem Frauenhaus anrufen* –, aber ich bin zu müde, um meine Tasche nach meinem Notizbuch zu durchwühlen oder auch nur das Licht anzuschalten. Es kommt mir vor, als wäre eine Million Jahre vergangen, seit ich mich heute Morgen über jene Leiche gebeugt habe.

Ich hätte erschossen werden können, sage ich mir. Egal, wie sehr ich mich auch bemühe, es gelingt mir nicht, das zu glauben. Eines aber weiß ich sicher: Wenn Sie heute Abend in der Zeitung lesen, was passiert ist, wird Ihnen niemals in den Sinn kommen, dass ich dabei war.

4

Als ich die Augen aufschlage, beugt sich gerade meine Mitbewohnerin Hannah über mich. Zu einem ärmellosen pinkfarbenen Sommerkleid trägt sie eine schwarze Strickjacke. Sie sieht aus, als hätte sie keine Ahnung, welche Jahreszeit wir gerade haben. Als würde sie sich alle Möglichkeiten offen halten. »Was machst du denn hier?«, fragt sie.

»Ich wohne hier.« Das Sprechen bereitet mir Schwierigkeiten, meine Zunge fühlt sich geschwollen an. Ich setze mich auf. »Ist dir nicht heiß?« Wir haben keine Aircondition, nur Fensterklappen in unseren Schlafzimmern, sodass die Hitze wie eine weitere Person im Raum steht. Ich muss angekleidet eingeschlafen sein, mein Shirt klebt mir völlig durchgeschwitzt am Körper.

»Warum hast du auf der Couch geschlafen?« Hannah flegelt sich neben mich und schaltet den Fernseher an.

Ich blicke auf meinen zerknitterten Rock. »Das war nicht geplant.«

»David hat gestern Abend dreimal angerufen«, sagt sie.

»Was wollte er denn?« Ich rubble mein schweißnasses Gesicht kräftig mit meinen Händen.

»Keine Ahnung«, antwortet sie. »Er ist *dein* Freund.« Sie sagt das mit Verachtung. Hannah ist ein überzeugter Single. Ihrer Meinung nach schafft es keine Frau, eine Beziehung mit einem Mann zu haben, ohne dafür etwas zu opfern. Sie hat Angst vor Männern, die mehr als nur Sex wollen. Wenn wir abends lange weg sind, marschiert sie hinterher immer allein nach Hause, um zu zeigen, dass sie vor nichts Angst hat.

»Wie spät ist es?«, frage ich. »Gehst du heute nicht zur Arbeit?«

»Dasselbe könnte ich dich fragen«, gibt sie zurück. »Es ist viertel vor zehn.«

»O mein Gott.« Ich springe auf. »Ich komme zu spät. Warum hast du mich nicht geweckt?«

»Ich habe mir gedacht, du brauchst den Schlaf«, antwortet sie, ohne mich anzusehen. Ihr Blick ist auf den Fernseher gerichtet. Es läuft ein Musikvideo, in dem gerade eine Großaufnahme von einem sehr jungen, sehr leicht bekleideten Mädchen mit beängstigend großen, bestürzt dreinblickenden Augen zu sehen ist. Das Mädchen ist so dünn, dass die Wölbung ihrer Lippen einen krassen Gegensatz zu ihren eingefallenen Wangen bildet. »Soll das vielleicht attraktiv sein?«, sagt Hannah. Mir fällt auf, dass sie nicht umschaltet.

Hannah ist ebenfalls sehr schlank, wenn auch nicht so dünn wie das Mädchen in dem Video. Ihre Wangenknochen und Schlüsselbeine zeichnen sich elegant geschwungen unter ihrer Haut ab, die bleich ist wie Seife. Sie hat grüne Augen und kinnlanges rotbraunes Haar, das weich ihr Gesicht umspielt. Das satte Kastanienrot ihres Haars ist ein weiterer Grund, warum sie kein Pink tragen sollte. Am College war sie eine Weile mit einem Typen zusammen, der sie »Red Velvet« nannte, was sie absolut nicht ausstehen konnte. Sie ist groß und in jeder Hinsicht gut aussehend, auch wenn sie diese Tatsache hartnäckig bestreitet. »Hast du den gestrigen Abend gut überstanden?«, frage ich sie.

»Offensichtlich.« Sie wirft den Kopf zurück und dreht sich zu mir um. »Oder sehe ich aus, als hätte ich ihn schlecht überstanden?«

»Du weißt, was ich meine. Wie war deine Verabredung?«

»Wir haben ein Gläschen miteinander getrunken, dann habe ich ihn heimgeschickt.« Sie zieht ein Gesicht. »Er war ziemlich anhänglich. Wie ein junger Hund.«

»Hat er dir das Gesicht geleckt?«

»Nein, den Hals«, antwortet sie schaudernd. »Reden wir nicht mehr darüber.« Sie wendet ihre Aufmerksamkeit wieder dem Bildschirm zu. Das Video-Mädchen wälzt sich gerade auf einem Teppichboden herum. Ihre langen, nackten Beine wirken weiß und knochig. Vor meinem geistigen Auge sehe ich sie ohne ihre Haut, die Form ihres Schädels, ihre tiefen Augenhöhlen. Obwohl mir bei der Vorstellung richtig übel wird, wende ich den Blick nicht ab. Ich bin ein Fernseh-Junkie. Die vielen imaginären Leben üben einen unwiderstehlichen Sog auf mich aus. Sogar Werbespots ziehen mich in ihren Bann. Deswegen bleibe ich trotz meiner Verspätung vor dem Fernseher stehen, bis Hannah sagt: »Setz dich. Du versperrst mir die Sicht.«

»Ich kann nicht«, antworte ich. »Ich muss mich fertig machen.«

»Dann mach dich fertig!«

»Soll ich dich mitnehmen?«

»Ich weiß nicht«, meint sie. »Hast du vor, wieder über den Randstein zu brettern, wie beim letzten Mal?«

»Frau aus Memphis erstickt Mitbewohnerin mit Couchkissen«, sage ich. »Polizeiberichten zufolge rastete Dale, fünfundzwanzig, nach der dritten blöden Bemerkung innerhalb von fünf Minuten aus.«

»Wehe.« Lachend zeigt sie mir den Stinkefinger, steht dann aber auf, um mich rasch in den Arm zu nehmen. »Guten Morgen«, sagt sie.

In meinem Zimmer liegen überall Klamotten herum: auf dem Boden neben dem offenen Schrank, auf dem ungemachten Bett, sogar aus den herausgezogenen Schubladen der Kommode hängt das Zeug. Aus diesem Grund kommt David fast nie zu mir. Ich stopfe Jeans und Unterwäsche zurück in die Schubladen, schiebe sie mit der Hüfte zu und finde auf dem Bett etwas, das ich anziehen kann.

Als ich aus meinem Zimmer komme, ist Hannah nicht mehr im Wohnzimmer, obwohl aus dem Fernseher noch immer laute Musik schallt. Ich schalte ihn aus und suche sie. Im Gehen werfe ich mir meine Tasche über die Schulter. Hannah sitzt am Küchentisch, den Kopf über die heutige Zeitung gebeugt. Ich trete hinter sie und werfe einen Blick auf die Zeitung. Es ist die Titelseite mit meinem Artikel. »Ich muss los«, sage ich. »Soll ich dich nun mitnehmen oder nicht?« Hannah arbeitet freiberuflich als Sekretärin. Momentan gibt sie in einem Krankenhaus in der Nähe der Zeitung Daten in den Computer ein.

Sie antwortet nicht.

»Hannah? Willst du mitfahren?«

»Du hast mir nicht gesagt, dass du über diesen Fall berichtest«, sagt sie vorwurfsvoll.

»Du hast mich nicht danach gefragt«, gebe ich zurück. »Hannah, ich muss los!«

Sie blickt hoch. Zu meiner Überraschung hat sie Tränen in den Augen. »Olivia«, flüstert sie. »Ich kenne dieses Mädchen.«

»Ist das dein Ernst?« Ich lasse mich auf den Stuhl neben ihr sinken und ziehe mein Notizbuch aus der Tasche. »Woher kennst du sie?«

Sie starrt mich an, ohne etwas zu sagen.

»Woher kennst du sie?«, wiederhole ich.

»Was soll das?«, fragt sie. »Hast du vor, mich zu *interviewen*? Ich erzähle dir gerade, dass ein Mädchen, das ich kenne, tot ist, und schon zückst du dein Notizbuch?«

Ich spüre, wie mir die Röte in die Wangen steigt. »Tut mir Leid«, sage ich. »Tut mir Leid.« Langsam öffne ich meine Tasche und lasse das Notizbuch verschwinden. Leise frage ich sie noch einmal: »Woher kennst du sie?«

»Ich habe sie nicht besonders gut gekannt«, antwortet sie. »Ich weiß bloß, wer sie war. Sie ist an dieselbe High-School gegangen wie ich. Wahrscheinlich habe ich nicht öfter als zweimal mit ihr gesprochen.«

»Trotzdem ist es ein Schock.« Ich zögere einen Moment, ehe ich weiterspreche: »Wie war sie?«

»Ein High-School-Mädchen eben. Ich weiß nicht. Sie war

ganz in Ordnung, glaube ich. Eins von diesen Mädchen, denen immer ein paar Jungs hinterherliefen.«

»War sie der Typ, der es darauf anlegte, oder konnte sie einfach nichts dagegen tun?«

»Ich weiß nicht«, antwortet Hannah. »Hätte sie denn etwas dagegen tun sollen?«

Ich zucke mit den Achseln.

»Jetzt erzähl mir bloß nicht, dass du nicht auch gern so ein Mädchen wärst, wenn du könntest«, meint Hannah. An ihrem bleichen Hals leuchten plötzlich rote Flecken. »Was natürlich nicht heißen soll«, fügt sie hinzu, »dass du kein Männertyp bist.«

»Bin ich tatsächlich nicht«, gebe ich zurück. »Will ich auch nicht sein.« Bis jetzt habe ich Hannah ins Gesicht gesehen, aber nun richte ich den Blick auf die Zeitung und lese den Anfang meines Artikels. *Gestern wurde im Tom Lee Park die Leiche einer 24-jährigen Frau aus Memphis gefunden.*

Hannah seufzt. »Ich kann es gar nicht glauben. Dabei hat sie in einer recht guten Gegend gewohnt.«

»Lass dir das eine Lehre sein«, sage ich, »und lauf nachts nicht mehr allein durch die Stadt.«

»Sie ist nicht kilometerweit durch die Stadt gelaufen, Olivia. Es ist direkt vor dem Haus passiert, in dem sie gewohnt hat. Genau aus diesem Grund hat es keinen Sinn, ständig in Angst zu leben. Man kann der Gefahr nicht aus dem Weg gehen.«

»Vielleicht«, räume ich ein. »Aber man muss sie auch nicht suchen.«

»Du meinst, ich suche sie?« Sie dreht sich mit hochgezogenen Augenbrauen zu mir um.

Ich halte ihrem Blick stand. »Manchmal.«

»Wie hat sie dieses Mädchen denn gesucht?« Sie fuchtelt mit der Zeitung herum und zerknittert dabei das lächelnde Gesicht des Mädchens.

»Ich weiß es nicht«, antworte ich.

»Du … weißt … es … nicht.«

»Stimmt.« Ich werfe einen Blick auf die Uhr. »Ich muss los, Hannah.«

»Bis später«, sagt sie, ohne mich anzusehen.

Ich schiebe lautstark meinen Stuhl zurück. An der Küchentür drehe ich mich noch einmal um. Mit hochgezogenen Schultern sitzt sie über den Tisch gebeugt und versucht, die Falten aus dem Gesicht des toten Mädchens zu streichen. »Ich weiß es nicht«, sage ich ein weiteres Mal zu ihr. »Noch nicht.«

»Die große wilde Reporterin«, antwortet Hannah. Sie hört nicht auf, die Zeitung glatt zu streichen. »Ich wette, wenn du so weitermachst, wirst du eines Tages alles wissen, was es zu wissen gibt.«

Vor der Tür bleibe ich stehen und hole tief Luft. In unserer Sackgasse, in der hauptsächlich Doppelhäuser und kleine Ziegelhäuser stehen, ist kein Mensch zu sehen. Alle Jalousien sind heruntergelassen.

Unsere Straße mündet in eine mehrspurige, von Bäumen gesäumte Straße, die am Overton Park entlangführt, wo der Zoo und das Kunstmuseum sind. Als ich noch geregelte Arbeitszeiten hatte, habe ich oft in dem bewaldeten Bereich des Parks gejoggt, vorbei am Museum, den Baseballfeldern und den Picknicktischen. Sobald der Weg in den Wald eintaucht, hat man das Gefühl, ganz allein auf der Welt zu sein. Das Einzige, was man dann noch hört, sind die eigenen Schritte und Atemgeräusche. Die Sonnenstrahlen zwischen den hohen, dicken Bäumen lassen den Staub in der Luft wie Goldpartikel glitzern.

Einmal habe ich den Fehler gemacht, erst kurz vor Sonnenuntergang zu laufen. Als es zu dämmern begann, veränderte sich plötzlich der ganze Ort. Irgendwo in der Nähe hörte ich einen Wagen viel zu langsam vorbeifahren, und dann hörte ich jemanden rufen. Ich rannte, als wäre jemand hinter mir her. Das Blut pochte in meinen Ohren, und als ich schließlich den Rand des Waldes erreichte, waren die Familien von den Wiesen und Picknicktischen verschwunden, als hätten sie sich alle in dem Moment, als die Sonne unterging, in Luft aufgelöst. Ich zwang mich, ruhig zu meinem Wagen zu gehen.

Hannah und ich sind in diese Gegend gezogen, um sicherer zu wohnen. Vorher wohnten wir im zweiten Stock eines Wohnhauses an der Madison, gleich gegenüber einem Nachtclub. Wir sind manchmal auf einen Drink hinübergegangen, und nachts saßen wir oft in unserer Wohnung am Fenster und beobachteten, wie drüben die Leute aus und ein gingen, Betrunkene, die über den Randstein stolperten, und Mädchen mit hohen Absätzen, die sich an irgendwelche Typen lehnten, während ihr Lachen die dunkle Straße entlanghallte. Ich war damals noch Reporterin ohne speziellen Aufgabenbereich und für die allgemeine Berichterstattung über Süd-Memphis und DeSoto County, Mississippi zuständig. Grundsteinlegungen für neue Kirchen, Programme für die städtische Jugend, Gracelands Kampf gegen Verstöße gegen das Elvis-Copyright. Eines Samstags, als sich der für die Cops zuständige Reporter krank meldete, wurde ich mit dem Auftrag zur Polizei geschickt, die Berichte des Tages durchzusehen. Größtenteils handelte es sich dabei um Raubüberfälle, Körperverletzungen und Morde, die mich alle nicht sonderlich schockten – ich hatte oft genug in meiner eigenen Zeitung darüber gelesen, jeden Tag in den Abendnachrichten davon gehört.

Was mich viel mehr schockierte, war die Tatsache, dass in der Nacht drei Frauen vergewaltigt worden waren, eine davon in der Gasse neben dem Nachtclub, der gleich gegenüber unserer Wohnung lag. Es war gegen elf passiert, als drinnen noch die Musik lief und draußen die Leute beschwipst die Straße entlangschlenderten. Warum hatte ich in der Morgenzeitung nichts darüber gelesen? Von unserem Fenster aus konnten Hannah und ich den Teil der Gasse sehen, wo die Mülltonnen standen. Dahinter begann die Dunkelheit.

Hannah und ich kannten ein paar von den Stammgästen vom Sehen, und uns fiel auf, dass eine von den Frauen nicht mehr kam, eine Wasserstoffblondine mittleren Alters, die immer stark geschminkt war und über ihren engen Röcken kurze Oberteile trug, die das Speckröllchen um ihre Taille unbedeckt ließen. Sie trank zu viel, und wenn sie mit Männern sprach, beugte sie sich so weit vor, dass ihr tiefes Dekolleté den Blick auf ihre schweren weißen Brüste freigab. Wir vermuteten, dass es sich um sie handelte. Dieser Gedanke war mir lieber als die Vorstellung, ein normales Mädchen wie wir könnte einem solchen Verbrechen zum Opfer gefallen sein.

Als ich am Montag wieder in der Redaktion saß, nahm ich mir als Erstes die Ausgaben eines ganzen Monats vor. Ich suchte nach einem Artikel oder zumindest einer kurzen Meldung über eine vergewaltigte Frau, wurde aber kein einziges Mal fündig. Als Nächstes überprüfte ich die wöchentlichen Verbrechensstatistiken über die verschiedenen Stadtteile von Memphis, Straßenkarten, die einem zeigten, womit man vor der eigenen Haustür rechnen musste: Wagendiebstahl, Einbruch, Mord. Zum Thema Vergewaltigung gab es keine Statistiken, als wären die schrecklichen Dinge, die Frauen passierten, entweder zu beschämend oder zu banal, um darüber zu berichten. Vor Entrüstung ganz rot im Gesicht, lief ich zum Chefredakteur und fragte ihn, warum wir nie über Vergewaltigungen berichteten. Eine Stunde später war er bereits in eine hitzige Debatte mit dem Nachrichtenredakteur verstrickt.

So kam ich schließlich zum Ressort Verbrechen.

Und deshalb sitze ich inzwischen oft Frauen gegenüber wie der, die ich letzte Woche interviewt habe, nachdem sie in einer ruhigen Straße von einem Fremden mit einem Messer von ihrer Veranda gezerrt worden war. Er hatte sie in ihrem eigenen Garten vergewaltigt, und sie hatte sich nicht gewehrt. »Mir war klar, dass er AIDS haben konnte«, sagte sie zu mir. »Ich dachte, entweder sterbe ich gleich, oder ich sterbe später.« Sie wartet noch auf ihr Testergebnis.

Das ist meine Stadt. Jeden Morgen sitzen in Memphis unzählige Leute mit ihrer Zeitung am Frühstückstisch und überfliegen die Liste der Verbrechen. Jeden Sommer versammeln sich in Graceland Tausende von Menschen in der schrecklichen Augusthitze und trauern um einen Mann, der vor zwanzig Jahren gestorben ist. Sie weinen, als wäre es erst gestern passiert.

Endlich an meinem Schreibtisch, hänge ich eine Weile an der Strippe, schaffe es aber nicht, von der Gerichtsmedizin eine vernünftige Information zu bekommen. Nachdem ich aufgelegt habe, beobachte ich, wie Bishop durch die Nachrichtenredaktion schlendert, die Hände in den Hosentaschen. Bishop ist einer der Männer, die jeder nur mit Nachnamen anredet, sodass man das Gefühl hat, sein Vorname hätte gar nichts mit ihm zu tun – so, wie es den meisten Leuten mit ihrem zweiten Vornamen geht. Dass er Martin heißt, weiß ich nur aus der Zeitung, wo er jeden Tag als Autor auftaucht.

Bishop ist weiß, siebenunddreißig, hat eine hohe Stirn und glattes schwarzes Haar, das ihm bis zum Kinn reicht. Er trägt eine John-Lennon-Brille und hat den Mund immer leicht geöffnet, sodass man ständig seine Schneidezähne sieht. Zur Arbeit trägt er Khakihosen, Sportschuhe und karierte Kurzarmhemden. Aus der Brusttasche seines Hemds ragt stets ein kleines Notizbuch. Er fährt einen Dodge Colt, bei dem die Sicherheitsgurte fehlen und dort, wo einmal das Handschuhfach war, ein ungleichmäßiges Loch klafft. Jemand, der ihn zufällig auf der Straße träfe, könnte ihn für den Typ Mann halten, der noch bei seiner Mutter wohnt, aber in Wirklichkeit hat er eine eigene Wohnung und eine Reihe von Freundinnen, die sich ihren Lebensunterhalt hauptsächlich als Kellnerinnen verdienen. Seine Freunde außerhalb der Zeitung sind alle Martini-Trinker, die jedes zweite Wochenende eine Party schmeißen. Ich war noch nie dabei, weil ich Partys nicht mag. Als ich Evan danach fragte, schüttelte er bloß den Kopf und machte: »Puh!« Im hintersten Winkel einer Bar hat Bishop mich mal geküsst, nicht weit entfernt von den Toiletten und dem Münztelefon. Es war ein sehr sanfter Kuss. Er hat mich dabei nicht mal angefasst, sondern sich bloß vorgebeugt und seine Lippen auf meine gepresst. »Also ...«, begann ich, als es vorbei war.

»Wenn dir das unangenehm war, tut es mir Leid. Ich werd's nicht wieder tun.« Er berührte meinen Arm so leicht, dass ich es gerade noch als Berührung registrierte, und ging dann zurück an den Tisch. Die Wahrheit war, dass ich es mochte. Aber ich war betrunken, und damit lässt sich vieles erklären.

Jetzt bemerkt Bishop meinen Blick und zwinkert mir zu. Als ich ihm winke, kommt er leise pfeifend zu mir herüber. »Hast du eine Informationsquelle in der Gerichtsmedizin?«, frage ich ihn.

Er lehnt sich mit der Hüfte gegen meinen Schreibtisch. »In der Stadt wimmelt es nur so von meinen Quellen«, antwortet er. »Kann ich dir mit irgendwas behilflich sein?«

»Es geht um das Mädchen von gestern«, erkläre ich. »Ich muss unbedingt die Todesursache in Erfahrung bringen, habe aber absolut kein Glück.«

Er richtet sich auf und nickt. »Bin gleich wieder da.«

Während ich ihm hinterhersehe, klingelt das Telefon. »Olivia Dale«, melde ich mich und klemme mir den Hörer zwischen Ohr und Schulter.

»Hallo«, sagt eine männliche Stimme. »Hier ist Peter.«

Eine Sekunde lang überlege ich krampfhaft, wer Peter ist. Dann fällt mein Blick auf die Titelseite auf meinem Schreibtisch, und es wird mir klar. »Hallo, Peter.« Mit Betroffenheit in der Stimme füge ich hinzu: »Wie geht es dir?«

»Ähm ...« Er zögert einen Moment. Dann fährt er in nüchternem Ton fort: »Haben Sie inzwischen etwas Neues erfahren?«

»Noch nicht«, antworte ich vorsichtig. Ich weiß nicht, ob

er auf etwas Bestimmtes hinaus will. »Ich war heute noch nicht bei der Polizei.«

»Verstehe.«

»Hast du inzwischen etwas erfahren?«

»Nein«, antwortet er. Dann bricht es aus ihm heraus: »Nichts, überhaupt nichts! Das kann doch verdammt noch mal nicht sein!« Sein Atem klingt jetzt gepresst. Ich sage nichts, lasse ihm Zeit, sich zu fangen. Schließlich frage ich: »Peter? Wolltest du über etwas Bestimmtes mit mir sprechen?«

»Ich habe Ihren Artikel gelesen«, antwortet er. »Sie haben mich zitiert. Es ist seltsam ...«

»Ja, ich weiß.« Ich versuche, meine Stimme tief und angenehm klingen zu lassen, so, wie meine Telefonsex-Stimme klingen würde, wenn ich so etwas täte – als wollte ich ihn damit einhüllen, weich und warm. »Ich wäre gern in der Lage, mehr über deine Schwester zu schreiben.« Ich schweige einen Moment. Ich weiß nicht, was er will, aber nachdem ich ihn nun schon mal an der Strippe habe, kann ich genauso gut versuchen, so viel wie möglich aus ihm herauszubekommen. »Steht ihr euch nahe?«

»Natürlich«, antwortet er. »Sie ist meine *Schwester*.« Seine Stimme klingt jetzt fast hysterisch.

»Da hast du aber Glück«, sage ich sanft. »Nicht alle Geschwister stehen sich nahe.«

»Haben Sie eine Schwester?«

»Ja«, antworte ich, halte aber sofort inne, denn das ist eine glatte Lüge, die mir einfach so über die Lippen gekommen ist. »Ich meine, nein. Ich *bin* eine Schwester. Ich habe einen Bruder.«

»Was würde er tun, wenn Ihnen etwas zustieße?« Er fragt das, als dächte er wirklich, dass ich darauf eine Antwort parat hätte – als suchte er nach einem Vorbild für sein eigenes Verhalten.

»Du willst wissen, wie er sich fühlen würde?«

»Nein, nein, mich interessiert, was er *tun* würde! Würde er herumsitzen und sich Fotoalben ansehen, wie meine Mutter es tut?« Seine Stimme wird zu einem Flüstern. »Oder würde er losziehen und nach dem Kerl suchen?«

»Nein, Peter, ganz bestimmt nicht.« In Wirklichkeit habe ich keine Ahnung, was mein Bruder tun würde. Falls mir etwas zustieße, wäre er bis zu einem gewissen Grad wahrscheinlich der Meinung, dass ich es mir selbst eingebrockt hätte, weil ich einen für ein Mädchen zu gefährlichen Job mache. »Er würde es der Polizei überlassen.«

»Aber was würde er tun?«, fragt er noch einmal. Dann sagt er ganz leise, fast als spräche er mit sich selbst: »Ich weiß nicht, was ich tun soll.«

»Keine Ahnung«, antworte ich. »Ich schätze, er würde trauern.«

»Ja.« Er schweigt einen Moment. »Ja. Aber wie?«

»Da ist jeder anders.« Vorsichtig füge ich hinzu: »Vielleicht würde es dir helfen, darüber zu reden.«

»Ja, aber mit wem? Meine Eltern sind ... mit meinen Freunden möchte ich darüber nicht sprechen. Eine Freundin habe ich nicht.«

»Du kannst mit mir darüber sprechen.« Während des Schweigens, das nun folgt, halte ich die Luft an.

In scharfem Ton stößt er hervor: »Sie würden doch bloß in der Zeitung darüber schreiben.«

»Nicht unbedingt.«

»Halten Sie mich nicht für blöd!«

»Warum hast du mich angerufen, Peter?«

»Ich weiß nicht«, antwortet er. »Ich hätte es lieber bleiben lassen sollen.« Ich höre ihn tief einatmen, wahrscheinlich zündet er sich gerade eine Zigarette an. Vor meinem geistigen Auge sehe ich ihn wieder vor dem Haus seiner Eltern stehen und zum ersten Stock hinaufstarren, die Zigarettenschachtel unter den Bund seiner Shorts geklemmt.

»Hast du keine Angst, dass deine Mutter dich beim Rauchen erwischt?«, frage ich ihn.

Er lacht bitter. »Sie hat zurzeit andere Dinge im Kopf.« Nach kurzem Schweigen fährt er fort: »Ich muss aufhören«, und legt abrupt auf.

Ich starre einen Moment lang verdutzt auf den Hörer in meiner Hand. »Was zum Teufel ...«

»Wie bitte?« Evan blickt von seinem Computer hoch.

»Das war gerade ein höchst seltsames Gespräch.« Ich lege den Hörer auf. »Der Bruder des toten Mädchens. Ruft mich an, fragt mich, ob ich eine Schwester habe, und legt wieder auf.«

Evan zuckt mit den Achseln. »Verrückt vor Kummer, nehme ich an.«

»Wahrscheinlich«, sage ich. »Oder einfach nur verrückt.«

»Wer ist verrückt?«, fragt Bishop, der hinzutritt.

»Niemand. Was hast du herausbekommen.«

Er lässt ein aufgeschlagenes Notizbuch vor mir auf den Schreibtisch fallen. WAGEN, steht da in großen Blockbuchstaben. SCHÄDEL.

»Was heißt das?«, frage ich. Er hat »Kürbislaterne« auf die Mitte der Seite geschrieben.

»Der Wagen hat ihren Schädel wie eine Kürbislaterne zerquetscht. Der Typ, mit dem ich gesprochen habe, hat mich gefragt, ob ich schon mal so einen Kürbis zerschlagen hätte.«

»Und, hast du?«

»Natürlich«, antwortet er. »Alle Jungs haben das gemacht.« Ich erzähle ihm nicht von meinem Heulanfall in dem Jahr, als die Nachbarjungs unsere Kürbislaternen auf der Haustreppe zertreten hatten. Von dem Jahr an blieben die Kürbisse drinnen auf dem Fensterbrett. Meine Mutter hat sie nie wieder vors Haus gestellt.

Während er weiterspricht, blättere ich durch seine restlichen Notizen. Man hat Hinweise auf eine Vergewaltigung gefunden, Sperma, ein paar Fasern. Unter ihren Fingernägeln war Haut. Die Hinweise deuten auf einen einzelnen Mann hin, obwohl nicht auszuschließen ist, dass er Komplizen hatte. Wahrscheinlich wurden dem Mädchen vom Täter – oder den Tätern – die Hände gefesselt, nachdem sie aus dem Kofferraum gehoben worden war und dabei mindestens eine Person gekratzt hatte. Ich lese Bishops Notizen zum Zustand der Leiche. Kratz- und Schürfwunden. Blutergüsse an Lunge und Leber. Blasen- und Magenriss. Blut in Brust- und Bauchraum. Dutzende von Rippenbrüchen. Brüche im Beckenbereich. Reifenspuren auf Kleidung und Haut.

»Für mich klingt das nach der Tat eines Fremden«, meint Bishop.

»Die Polizei nimmt an, dass sie noch am Leben war, als das Auto auf sie zufuhr?«

»Sie nehmen es nicht an, sie wissen es«, antwortet Bishop. »Sie war übel zugerichtet. Aber sie war am Leben.«

»Hoffentlich war sie nicht bei Bewusstsein.« Wieder sehe ich sie vor mir, den Körper wie ein Fötus zusammengerollt, die Hände vor dem Gesicht. Ich bin sicher, dass sie bei Bewusstsein war. Sie hörte das Motorengeräusch näher kommen, sie spürte die Berührung der Reifen, das tödliche Gewicht.

»Das kann man wirklich nur hoffen«, sagt Bishop. »Was für eine schreckliche Art zu sterben.«

Ich ziehe die Kopie ihres Fotos unter der Zeitung auf meinem Schreibtisch hervor. Sie lacht. Der Junge küsst ihre Wange. »Warum sie?«, frage ich und tippe mit meinem Stift auf ihr Gesicht. »Warum ausgerechnet dieses Mädchen?«

»Sie war gerade dort.« Bishop zuckt mit den Achseln. »Manchmal gibt es keinen Grund. Jemand ist einfach zur falschen Zeit am falschen Ort.«

»Das ist doch auch schon ein Grund«, sage ich. »Oder nicht?«

»Ich weiß nicht«, gibt er zurück. »Diese Art Gedanken können einen wahnsinnig machen.«

»Mich macht es viel eher wahnsinnig, wenn ich für etwas keinen Grund erkennen kann«, antworte ich. »Von wegen

Schicksal und all das. Das macht mich wahnsinnig. Es gibt kein Schicksal. Eine Handlung führt zur nächsten. Es gibt immer einen Grund, und wenn er noch so klein ist. Es gibt einen Grund dafür, dass dieses Mädchen gestorben ist. Es muss einen geben.«

»Lieber Himmel!«, sagt Bishop. »Denk nicht mehr darüber nach, okay? Über so was darf man nicht lange nachdenken. Manche Menschen sind eben böse, und einer von ihnen hat sich dieses Mädchen geschnappt und sie getötet. Ein schrecklicher Zufall. Deine Aufgabe ist es nun, dafür zu sorgen, dass die Geschichte weiterhin in der Zeitung bleibt, um der Polizei auf diese Weise Druck zu machen, den Täter zu fangen.« Er beugt sich vor und starrt auf das Foto. »Kaum zu glauben«, sagt er. »Sie sieht so normal aus.«

Das Telefon klingelt. Während ich nach dem Hörer greife, drückt Bishop meine Schulter und geht zurück an seinen Schreibtisch. Ich sehe ihm nach. Seine Lippen bewegen sich, als würde er singen. »Olivia Dale«, sage ich ins Telefon.

»Hallo, hier ist Hannah.« Sie klingt freundlich, als hätte sie unseren morgendlichen Wortwechsel bereits vergessen oder mir zumindest verziehen.

»Hallo!« Ich schiebe das Bild des toten Mädchens weg. »Was gibt's?«

»Kannst du dich an diesen Carl erinnern? Mit dem seltsamen Ziegenbart?«

»Nein.«

»Er war auf der Party, die wir im Januar gegeben haben. Ein Freund von Kathleen. Jemand hat ihn gefragt, ob er eine ganze Tüte Kartoffelchips in drei Minuten essen könne, und er hat's getan. Erinnerst du dich?«

»Ach ja, der«, antworte ich. »Willst du mit ihm ausgehen oder was?«

»Um Gottes willen, nein«, erwidert sie. »Aber er hat mich angerufen. Er hat diese Allison gekannt. Wahrscheinlich war er auch an meiner High-School, obwohl ich mir schon das

Gehirn zermartert habe und mich absolut nicht daran erinnern kann, ihn von der Schule her zu kennen. Er hat deinen Artikel in der Zeitung gelesen.«

»Hast du vorhin was von einem Ziegenbart gesagt?«, frage ich, während ich in meinen Notizen blättere.

»Was? Ja, er trägt einen Ziegenbart.«

Ich überfliege die Notizen, die ich mir nach dem Gespräch mit Joan Bracken gemacht habe. *Typ, der gegen Tür getreten hat. Ziegenbart.* »Wie heißt er mit Nachnamen?«, frage ich. »Kannst du mir sonst noch was über ihn sagen?«

»Ich habe seine Nummer«, antwortet Hannah. »Mehr weiß ich auch nicht.«

Sie gibt mir die Nummer. Ich bedanke mich und sage ihr, dass ich sie später noch mal anrufen werde. Als sie nicht reagiert, frage ich: »Hannah? Bist du noch da?«

Es dauert einen weiteren Moment, bis sie antwortet: »Es ist beängstigend, nicht wahr?«

»Was?« Nervös klopfe ich mit meinem Stift auf das Blatt, auf dem Carls Nummer steht.

»Wie viel sie mit uns gemeinsam hatte«, antwortet Hannah.

Carl Fitzner lebt in einem dieser gigantischen Wohnblöcke, die aussehen wie aus einem Science-Fiction-Film, Stockwerk über Stockwerk voller identisch geschnittener Ein-Zimmer-Appartments mit Kochnische, dünnem grauem Teppichboden und dem muffigen Geruch zu vieler Bewohner, die zu wenig staubsaugen. Er wohnt ganz unten, im Tiefparterre. Als er mir die Tür aufmacht, begrüßt er mich mit einem zögernden, hoffnungsvollen Lächeln, als wäre ich sein Blind Date, und bittet mich herein. Durch seine kleinen, hohen Fenster kann man den Fußboden und die Füße seiner Nachbarn sehen.

Carl ist groß und stämmig. Sein Gesicht hat etwas Weiches, Rundes, das ihn trotz seines hippen schwarzen Outfits und Ziegenbarts ein wenig naiv und schüchtern wirken lässt. Er macht einen nervösen Eindruck. Einen Moment lang stehen wir verlegen in seinem Wohnzimmer, bevor er mich auffordert, Platz zu nehmen. Seine braune Velours-Couch sieht aus wie aus den siebziger Jahren, und als ich mich darauf niederlasse, steigt um mich herum eine Staubwolke auf. Carl wird rot, entschuldigt sich für einen Moment und kommt gleich darauf mit einem Handtuch zurück, das er über das Kissen neben mir drapiert wie ein Gentleman, der seinen Mantel über eine Pfütze legt. Ich danke ihm und rutsche auf das Handtuch hinüber. Carl tritt nervös von einem Fuß auf den anderen, fragt mich, ob ich etwas zu trinken möchte und verschwindet dann in die Küchennische. Ich höre ihn Gläser abspülen. Offensichtlich bekommt er nicht oft Besuch.

Er kehrt mit zwei Gläsern Wasser zurück und setzt sich auf die Kante des Sessels gleich neben der Couch. Zum Aufwärmen mache ich ein bisschen Smalltalk über seine Ambitionen als Schauspieler, seinen Teilzeitjob als Inspizient bei der Black Horse Theater Company, gemeinsame Bekannte wie Kathleen, die er aus der Schauspielschule kennt. Hannah und Kathleen kennen sich aus dem Fitness-Studio. »Als ich deinen Namen in der Zeitung gelesen habe, ist er mir gleich so bekannt vorgekommen. Dann ist mir eingefallen, dass wir uns von eurer Party her kennen.« Er spricht langsam, als müsste alles, was er sagt, erst mal eine Schicht Watte in seinem Gehirn durchdringen. Ich frage mich, ob er vielleicht noch immer unter Schock steht. »Ich habe Kathleen angerufen, und sie hat mir Hannahs Nummer gegeben. Hannah ist ein nettes Mädchen.« Ich nicke. »Bist du Allison je begegnet?«, fragt er mich.

»Nicht dass ich wüsste, es sei denn, du hast sie zu der Party mitgebracht.«

Er schüttelt den Kopf. »Ich war mit Kathleen dort.«

Ich bin erleichtert, das zu hören. Ich hätte ungern erfahren, dass ich die Hand, die ich zur Faust geballt und mit fleckiger weißer Schnur gefesselt gesehen habe, vorher schon einmal geschüttelt hatte. »Woher kennst du Allison?«, frage ich ihn.

»Unsere Mütter waren sehr befreundet.«

»Waren?«

»Meine Mutter ist gestorben, als ich in der sechsten Klasse war.«

»Das tut mir Leid«, sage ich mitfühlend.

Carl zuckt mit den Schultern. Sein Blick ist auf sein Wasserglas gerichtet, in dem er die Eiswürfel herumwirbeln lässt. Es scheint ihm peinlich zu sein, dass er mir das erzählt hat. »Allisons Mutter hat mir geholfen, es durchzustehen«, fährt er fort.

»Dann seid ihr also zusammen aufgewachsen, du und Allison?«

»Als Kinder haben wir dauernd zusammengesteckt. In der High-School sind wir dann ein paar Mal miteinander ausgegangen, tanzen und so.«

»Du musst sie sehr gern gehabt haben.«

Er lächelt wehmütig. »Ich war jahrelang schrecklich in sie verliebt. Sie war sehr schön. Du kannst dir gar nicht vorstellen, wie schön sie war.«

»Ich habe Fotos von ihr gesehen.«

»Du hättest sie in natura sehen müssen. Sie hat praktisch geglüht. Ich weiß, das klingt blöd, aber es stimmt.«

»Aber ihr wart nie ein Paar, oder?«

Er schüttelt den Kopf.

Ich berühre ihn sanft am Knie. »Wärst du gern mit ihr zusammen gewesen?«

Er lacht und seufzt gleichzeitig. »Natürlich. Sie hat immer gesagt: ›Wie schade, dass ich mich nicht in einen netten Jungen wie dich verlieben kann, Carl.‹« Er blinzelt einen Moment. Dann legt er den Kopf in den Nacken und trinkt sein Wasserglas in einem Zug aus.

Ich lasse ihm einen Moment Zeit, denn ich weiß, wenn ich das Schweigen nicht fülle, wird er es tun.

»Ich habe sie geliebt«, sagt er schließlich, während er sein Glas zwischen beiden Handflächen hin und her rollt. »Aber für sie war ich nur ein Freund.«

Ich empfinde Mitleid mit ihm, weil er allein in dieser trostlosen Wohnung leben muss und seine Mutter so früh verloren hat, und weil seine Stimme bei den Worten »geliebt« und »nur« so brüchig geklungen hat. Es ist schwer, ihn sich schreiend und mit den Füßen gegen die Tür des toten Mädchens tretend vorzustellen.

Ich lächle ihn an. »Dann wart ihr an der High-School also immer noch eng befreundet?«

»Wir waren mit unterschiedlichen Leuten zusammen, aber ich habe sie trotzdem noch oft zu Hause besucht. Wie ich schon sagte, wir sind auch ein paar Mal miteinander ausgegangen.«

»Wie war sie damals? War sie ein Cheerleader?«

»Nein.« Er sieht mich fragend an. Ich weiß selbst nicht wieso, aber ich stelle sie mir immer im kurzen Rock und mit Pompoms vor.

»Sie war mehr mit den künstlerischen Typen unterwegs«, erklärt er. »Du weißt schon, Theater und Schulzeitung und so was. Sie war auch im Chor. Für Sport hatte sie nie viel übrig.«

»Ich frage dich das jetzt nur ungern, Carl, aber hat sie sich je auf irgendwelche gefährlichen Sachen eingelassen? Drogen oder so was?«

»Sie hat hin und wieder Marihuana geraucht.« Er hält inne. »Bitte schreib das nicht in der Zeitung!«

»Keine Angst, das bleibt unter uns«, beruhige ich ihn. »Das bleibt alles unter uns. Ich versuche nur ein Gefühl dafür zu bekommen, wie sie war, was für Leute sie gekannt haben könnte …«

»Ich glaube nicht, dass jemand aus ihrem Bekanntenkreis dazu fähig gewesen wäre, ihr das anzutun.«

»Du würdest dich wundern«, widerspreche ich. »Der Mörder ist oft ein Freund. Oder ein Exfreund.«

»Vielleicht«, sagt er langsam. »Vielleicht.«

»Fällt dir irgendjemand ein, der wütend auf sie gewesen sein könnte? Ein Typ, den sie zurückgewiesen hat?«

»Sie ist mit vielen Typen ausgegangen. Ich weiß von keinem speziellen, der ...« Er spricht den Satz nicht zu Ende. Den Blick auf mich gerichtet, wird er ganz still, als wäre ihm gerade der Gedanke durch den Kopf geschossen, dass ich nicht notwendigerweise seine Freundin bin.

»Wann hast du sie das letzte Mal gesehen?«, frage ich ihn.

»Ein paar Tage, bevor es passiert ist.«

»In ihrer Wohnung?«

Er nickt.

»Und ihr habt an dem Tag nicht gestritten?«

Er nickt, schüttelt den Kopf und wird denn erneut ganz still, als wüsste er nicht recht, wie er sich verhalten soll. Er fragt mich, ob es mir etwas ausmache, wenn er rauche, und fängt an, sich eine Zigarette zu drehen. »Wir haben nicht gestritten«, erklärt er schließlich. »Wir haben uns nie gestritten.« Er befeuchtet mit der Zunge seinen Finger. Ein paar Tabakfasern bleiben an seiner Haut hängen, er leckt noch einmal über seinen Finger, sodass der Tabak schließlich an seiner Zunge klebt. Er zieht eine Grimasse und versucht, die Krümel zu entfernen. Währenddessen entrollt sich das Papier wieder, ein Teil des Tabaks fällt heraus.

»Hier«, sage ich, rolle die Zigarette fertig und reiche sie ihm. »Ich frage das nur, weil eine Nachbarin vor Allisons Wohnung einen Mann mit Ziegenbart gesehen hat.«

»Heutzutage tragen viele Typen einen Ziegenbart«, entgegnet er und befingert sein Kinn.

Auf dem Couchtisch liegt eines von den silbernen Zippo-Feuerzeugen, die manche Leute mit sich herumtragen, um Aufmerksamkeit zu erregen. Ich greife danach und beuge mich vor, um ihm Feuer zu geben, was dazu führt, dass wir uns über der unnötig großen Flamme aus nächster Nähe in die Augen sehen. »Die Nachbarin behauptet, der Typ sei wütend gewesen. Angeblich hat er gegen Allisons Tür getreten.« Carl wendet den Blick ab. »Danke«, sagt er.

Ich beobachte ihn, während er an seiner Zigarette zieht. Er gibt sich größte Mühe, entspannt zu wirken. »Muss ein anderer gewesen sein«, sagt er. »Ich war's nicht. Ich war's definitiv nicht.«

»Hast du irgendeine Idee, wer es gewesen sein könnte?« Ich bemühe mich, nicht sarkastisch zu klingen.

»Tja«, sagt er langsam. Er betrachtet die Zigarette in seiner Hand. »Allison hat viele Leute gekannt. Und sie hat gern gefährlich gelebt.« Mit einem nervösen Lachen blickt er hoch. »Damit meine ich nicht, dass sie ein Doppelleben als Stripperin oder so was geführt hat.«

»Was meinst du dann?« Ich greife nach meinem Stift.

»Sie ist ein bisschen zu schnell gefahren, hat zu viel getrunken, war mit einer leichtlebigen Clique unterwegs.«

Ich notiere mir, *hat zu viel getrunken*.

»Ein paar von den Typen, mit denen sie herumgezogen ist ... und erst diese Angela!« Er spricht den Namen aus wie meine Mutter das Wort Pickel.

»Was ist mit ihr?«, frage ich und versuche, mir das weich geschwungene Gesicht des Mädchens aus dem Ärztesprechzimmer vorzustellen, sehe vor meinem geistigen Auge aber nur ihren weißen Mantel und ihre beringte, ein Taschentuch umklammernde Hand.

»Sie ist kein Engel«, sagt er. »Auch wenn sie so heißt.«

Mit zusammengepressten Lippen unterdrücke ich ein Lachen. In mein Notizbuch schreibe ich, *Angela kein Engel?* »Weißt du, ob eine von beiden je etwas gestohlen hat?« Ich denke an Joan Bracken, ihren Pulli und ihre Ohrringe.

Carl runzelt die Stirn. »Ich weiß noch, dass Angela mal was aus der Tasche einer Lehrerin geklaut hat. Kann schon sein, dass Allison auch mal irgendwas stibitzt hat, als wir noch Kinder waren. Aber zu Angela fällt mir noch etwas anderes ein. Sie hatte an der High-School einen Freund, der gern mit Messern gespielt hat. Angeblich war er in ziemlich widerliche Geschichten verstrickt.« Nach kurzem Zögern beugt er sich vor und flüstert: »Sadomaso.« Ich brauche ihm keine Fragen mehr zu stellen. Er lehnt sich zurück und redet weiter. »Wir waren zusammen im Sportunterricht, da habe ich ihn mal ohne sein Hemd gesehen. Er hatte am ganzen Rücken lange Striemen, wie Peitschennarben.«

Mir fällt auf, dass er die Angewohnheit hat, beim Reden hin und wieder leicht zu schmatzen, als würde ihm beim Gedanken an irgendetwas Köstliches das Wasser im Mund zusammenlaufen. Ich bemühe mich um einen interessierten, respektvollen Ton, als ich frage: »Und Angela?«

»Immerhin war sie mit ihm zusammen. Inzwischen sieht man es ihr ja nicht mehr an, aber als Schülerin war sie eine langmähnige Heavy-Metal-Tussi, malte sich die Fingernägel schwarz und hing während der Pause mit einer Kippe im Mund auf dem Parkplatz rum. Mit vierzehn war Angela auf einer Party, wo ein Junge starb, weil er, um high zu werden, Butan geschnüffelt hatte.«

»Und Allison?«

»Sie wirkte wie ein ganz normales Mädchen«, antwortet Carl, mit besonderer Betonung auf »wirkte«. »Andererseits war sie Angelas beste Freundin.«

Er fährt fort, mich über die übrigen Leute aufzuklären, die Allison kannte. Er hat von allen eine schlechte Meinung. Außerdem erzählt er mir, Allison habe zu weit ausgeschnittene Oberteile und zu kurze Röcke getragen, zu laut über die Witze gelacht, die ihr die Jungs erzählten, und zu viel Zeit auf Autorücksitzen verbracht. Seine Andeutungen legen sich wie eine Staubschicht auf meine Haut. Manches von dem, was er sagt, könnte durchaus stimmen, sodass ich weiter nicke und mir Notizen mache.

»Das klingt, als wärst du der Meinung, Allison hätte sich das alles selbst eingebrockt.«

Er atmet pfeifend aus, als hätte ich ihm einen Magenschwinger verpasst. »Das wollte ich damit überhaupt nicht sagen«, stößt er stotternd hervor. Er drückt seine Zigarette aus und starrt einen Moment auf den Aschenbecher. Dann hebt er beschwörend beide Hände. »Ich wollte nur klarstellen, dass sie kein braves kleines Mädchen war. Sie war mit einer wilden Clique unterwegs. Wer sich in Gefahr begibt, der lebt nun mal gefährlich, oder etwa nicht?«

Ich antworte nicht. Einen Moment lang bedaure ich, dass ich ihn dazu gebracht habe, sein Innerstes nach außen zu kehren – den einsamen jungen Mann, der so nett war, ein Handtuch für mich auf die Couch zu legen, und der sich nun als gar nicht so nett entpuppt hat. Das bekomme ich am Ende von allen: die Bitterkeit, den Hass, die heimlichen Gefühle, die unter der Oberfläche verborgen liegen.

Er starrt mich an. Plötzlich zerbröckelt seine harte, abweisende Miene, und sein Kummer bricht wieder durch. »Du siehst ein bisschen so aus wie sie«, sagt er, und seine Augen füllen sich mit Tränen.

Ich sitze bei geschlossenen Fenstern und Türen in meinem Wagen und sehe zu, wie das Licht am Tatort immer schwächer wird. Es geht kein Wind, das gelbe Absperrungsband der Polizei bewegt sich nicht. Das eine Ende, das an einem Baum befestigt war, hat sich bereits gelöst und hängt auf dem Boden. Ich rauche eine von Davids Zigaretten, der Rauch schwebt in der heißen, stickigen Luft des Wagens.

Allison Avery und ich sind im selben Jahr auf die Welt gekommen. Ich bin wie sie in einer weißen Mittelklasse-Gegend aufgewachsen, in einem Haus mit Doppelgarage und einem Basketballkorb in der Auffahrt, mit zwei Elternteilen und einem Bruder, auch wenn meiner drei Jahre älter ist und wir uns nicht sehr nahe stehen. Überraschenderweise hat sie wie ich für die Schulzeitung gearbeitet und Theater gespielt, und unsere Wege haben sich nicht so früh getrennt, wie ich erwartet hätte. Vor meinem Gespräch mit Carl hatte ich Allison Avery für die Sorte High-School-Mädchen gehalten, die man nicht besonders gut kennen musste, um sie einschätzen zu können. Solche Mädchen hatte es auch an meiner Schule gegeben. Sie fingen schon mit zwölf an, sich die Haare zu blondieren und am Swimmingpool Bikinis zu tragen. Sie waren Cheerleader und gingen mit Fußballspielern aus. Sie nannten ihre Väter »Daddy«, waren auf Partys angeblich bereit, den Jungs einen zu blasen, und fuhren in großen roten Schlitten herum, neben sich eine große Tasse Orangensaft, den sie mit väterlichem Wodka veredelt hatten. Ich glaube noch immer, dass Allison Avery etwas mit diesen Mädchen gemeinsam hatte. Sie wandten nie den Blick ab, wenn man sie ansah, und es war klar, dass sie keinen Moment lang an die Folgen ihres Tuns dachten. Sie fanden sogar das Erwischtwerden aufregend. Kurz gesagt, wollte ich als Mädchen immer so sein wie sie.

Ich hatte damals eine Freundin namens Lydia, die trotz ihrer reichen Familie eine Schwäche fürs Klauen hatte. Sie brachte mir bei, wie man im Drugstore Make-up stibitzen, die Bar ihrer Eltern aufstemmen und den Wodka, den wir tranken, anschließend durch Wasser ersetzen konnte. Mit dreizehn schminkten wir uns in stark beschwipstem Zustand mit gestohlenem Make-up und fielen kichernd vom Bett. Wir wurden erwischt. Meine Mutter weinte, und ich tat es nie wieder. Eines Tages fiel mir auf, dass Lydia eins von jenen Mädchen geworden war. Ihr Haar glänzte wie das eines Models. Von da an gingen wir auf dem Gang aneinander vorbei, ohne uns zu grüßen, und es war uns beiden peinlich, dass wir jemals Freundinnen gewesen waren. In meinem Leben hatte alles Konsequenzen.

Wäre ich mit Allison aufgewachsen, wäre bestimmt ebenfalls der Moment gekommen, wo wir es vermieden hätten, uns im Vorbeigehen anzusehen, auch wenn uns nur zwanzig Zentimeter getrennt hätten. Ich weiß nicht, was das ausgelöst hätte. Sie hat etwas getan, das ich nicht getan habe, und deswegen ist sie tot. Ich bin noch am Leben.

Als ich die Wagentüren öffne, hallt das Klicken der Zentralverriegelung einen Augenblick lang nach. Rasch steige ich aus, lasse meine Zigarette auf den Boden fallen und trete sie mit der Schuhspitze aus. Sogar hier draußen ist die Luft so stickig und feucht, dass man das Gefühl hat, Flüssigkeit einzuatmen.

Die Hände in meinen Taschen, umrunde ich langsam die gelbe Absperrung. Über dem Ort hängt jene postapokalyptische Stille, die sich immer nach etwas Schrecklichem einstellt, als würde sogar die Luft das Tempo verlangsamen wie ein vorbeifahrender Wagen, um sich den Schaden anzusehen. Mir sind solche Orte mittlerweile vertraut – die Überreste eines verbrannten Hauses, die einsamen Straßenabschnitte, die mit verbogenem Metall und Glasscherben übersät sind – Orte, an denen die meisten Leute wie in Zeitlupe vorbeigehen oder -fahren und sich den Kopf verrenken, um einen weiteren Blick auf das werfen zu können, was ihnen selbst, Gott sei Dank, nicht passiert ist. Wie Touristen auf einem Ausflugsdampfer gleiten sie unbeschadet durch die Trümmer des zerstörten Lebens eines anderen Menschen.

Ich dagegen bleibe stehen und mache mir Notizen.

Der Boden rund um den Tatort ist voller sich kreuzender Reifenspuren – ein paar davon stammen von meinem Wagen, ein paar von ihrem. Im Nachhinein lässt sich nicht mehr auseinander halten, welche von wem sind, bis sich ihre Spuren von meinen, denen der Cops und denen der anderen Reporter lösen und in jenen abgesperrten Bereich münden. Dort verlaufen sie durch eine dunkle, blutgetränkte Stelle und verlassen die Absperrung dann wieder, einem anderen Ziel entgegen, weg von hier, dem Ort, wo Allison gestorben ist.

5

Die Lizard Lounge, wo Angela in der Nacht, in der Allison starb, auf sie wartete, ist für kleine Bands die wichtigste Bühne in der Stadt. Ich bin dort mit David verabredet. Viel zu spät biege ich in den Parkplatz ein. Das Gebäude ist rechteckig und fensterlos. Unter einer riesigen Eidechse mit gelben, pulsierenden Augen steht in grüner Neonschrift der Name Lizard Lounge. Bevor ich hineingehe, bleibe ich noch einen Moment auf dem heißen Parkplatz stehen und betrachte die blinkenden Augen. Ich hasse es, mich in Clubs mit David zu treffen. Es ist dort immer viel zu laut, um sich zu unterhalten, und David interessiert sich sowieso nur für die Musik. Ich weiß nicht, warum er immer wieder darauf besteht, dass ich komme. Im Zusammenhang mit unserer heutigen Verabredung hat er gesagt: »Diese Band könnte so richtig einschlagen, und ich meine nicht nur hier in der Gegend. Ich glaube, sie werden bei uns unterschreiben. Du musst unbedingt kommen!« David arbeitet für eine kleine Memphiser Plattenfirma. Er und seine Freunde hocken gern zusammen, rauchen Joints und Zigaretten und reden über Stax und Big Star und davon, Al Green im Full Gospel Tabernacle predigen zu sehen. Memphis, so behaupten sie, werde wieder einen Aufschwung erleben. »Memphis ist das Bethlehem der Popkultur«, sagt David gern und fuchtelt dabei mit seiner Bierflasche herum. »Elvis mag ja in Mississippi geboren sein, aber *Memphis*« – an dieser Stelle lehnt er sich immer in seinem Stuhl zurück und balanciert halsbrecherisch auf zwei Beinen – »Memphis ist der Geburtsort des King!«

Als ich die Bar betrete, trifft mich die Musik wie ein Schlag, die helle Puppenstimme der Sängerin schwillt gerade an wie zu einem Schrei. Ich drücke dem gelangweilten Türsteher mein Geld in die Hand, und während er einen Blick auf meinen Führerschein wirft, überfliege ich die Namen der Bands, die mit rotem Marker auf einer Tafel angekündigt sind. The Barnacles. Guys and Dolls. Der Türsteher reicht mir meinen Führerschein zurück und wirft einen langen, argwöhnischen Blick auf mein Gesicht. »Das bin wirklich ich«, sage ich, woraufhin er mich reinwinkt.

Drinnen sehe ich einen Moment lang nur dunkle, synchron wippende Gestalten, über deren Köpfen dicker Rauch in der Luft hängt. Mir schießt der Gedanke durch den Kopf, dass Allison Avery noch leben würde, wenn sie am Samstagabend pünktlich diesen Raum betreten hätte. Ich frage mich, ob wir wohl jemals gleichzeitig hier waren, uns womöglich im Gedränge gegenseitig angerempelt haben.

Wegen der vielen Leute kann ich die Band nicht sehen, bloß das Gesicht und das Haar des Bassisten, einen kleinen, abgetrennten Kopf, der im Rhythmus der Musik wippt. Dann entdecke ich David. Er steht hinten an der Bar gegen einen Hocker gelehnt, einen Fuß auf die Querleiste gestützt. Für mich ist es einer jener Momente, in denen die Welt auf dem Kopf steht und ein Mensch, den man schon bei sich im Bett hatte, plötzlich aussieht wie ein völlig Fremder. Was ich sehe, ist ein großer, durchschnittlich attraktiver Mann, dessen braunes Haar aussieht, als wäre er mit den Fingern durchgefahren. Seine Hände sind groß und von dicken Adern durchzogen, die Finger lang und anmutig. Unter seinem T-Shirt und seiner Jeans zeichnet sich ein schlanker, muskulöser Körper ab, der erste Ansätze zeigt, ein wenig dicker zu werden.

Er raucht nicht, aber an der Art, wie er nervös mit dem Knie wippt, erkenne ich, dass es ihn nach einer Zigarette gelüstet. Ich denke: *Deswegen hat er sich die Haare zerrauft*, und in dem Moment ist er plötzlich wieder David, der Freund, mit dem ich seit fast sechs Jahren zusammen bin.

»Gutes Timing«, ruft er, als ich neben ihn trete. »Sie hören gleich auf!«

»Entschuldige die Verspätung«, rufe ich zurück.

»Was?« Er zieht einen Ohrstöpsel aus dem einen Ohr.

»Entschuldige die *Verspätung*!«

»Kein Problem!«, ruft er. »Habe ich gar nicht bemerkt.«

»Hast du nicht bemerkt?«

»Du arbeitest immer so lange«, antwortet er. »Ich rechne ständig damit, dass du zu spät kommst.« Mit hochgezogenen Augenbrauen deutet er hinter sich auf die Bar. Als ich den Kopf schüttle, fragt er noch einmal, ob ich wirklich nichts trinken will. Dann bestellt er sich ein Bier. Während er wartet, deutet er quer über die Bar und ruft: »Hannah ist auch da.« Ich folge seinem Blick. Zuerst sehe ich nur einen Schwarm wippender, selbstvergessener Gesichter, dann ein Mädchen mit einem eingefrorenen Grinsen, dessen Lippen so weit nach hinten gezogen sind, dass es beinahe schmerzhaft aussieht. Sie tritt beiseite, und ich sehe meine Mitbewohnerin auf einem hohen Hocker sitzen, die Ellbogen auf die Leiste gestützt, die hinter ihr an der Wand entlangläuft. Eigentlich sitzt sie gar nicht richtig, sondern lehnt eher auf dem Hocker, ein langes Bein leicht angewinkelt, sodass ihr Fuß knapp über dem Boden schwebt, den anderen Fuß auf den Querstab des Hockers gestützt. Neben ihr steht ein Mann, der wild gestikulierend auf sie einredet, aber Hannah hat den Blick auf die Bühne gerichtet, obwohl sie zu seinen Worten nickt. Ihr rotes Haar fällt ihr ins Gesicht. Sogar in Ruheposition hat Hannah etwas an sich, das Bewegung suggeriert.

»Ich glaube, der Typ ist in sie verliebt«, bemerkt David in leiserem Ton. Seine Lippen sind nur Zentimeter von meinem Ohr entfernt. »Der arme Kerl.« David war früher selbst in Hannah verliebt. Ich habe ihn sechs Monate lang darüber reden gehört, bevor er seine Aufmerksamkeit mir zuwandte.

Ich beobachte, wie sich der Mann ganz nahe an Hannah lehnt und sie leicht am Knie berührt. Als er ihr etwas ins Ohr sagt, dreht sie sich um und sieht ihn mit hochgezogenen Augenbrauen an. Langsam schüttelt sie den Kopf, woraufhin er etwas sagt, das sie zum Lachen bringt. Wie auch immer seine Frage gelautet hat, die Antwort bleibt nein, und ein paar Augenblicke später entfernt er sich quer durch die Bar in Richtung Toilette. Hannahs Blick fällt auf mich. Sie hebt die Hand und winkt. Dann gleitet sie von ihrem Hocker und verschwindet in der Menge.

Ich lehne mich gegen Davids warme Brust. Über meinen Kopf hinweg beobachtet er die Band, die ich nicht sehen kann. Ich beobachte währenddessen die Leute und versuche, mir das tote Mädchen zwischen ihnen vorzustellen, lachend und mit einem Bier in der Hand, während ein Junge sie mit schmachtendem Blick anstarrt. Nach einer Weile stelle ich mich auf die Zehenspitzen, lege den Kopf zurück und sage immer wieder Davids Namen, bis er mich endlich hört und erneut den Stöpsel aus seinem Ohr zieht. »Kennst du ein Mädchen namens Allison Avery?«, rufe ich zu ihm hinauf.

Er runzelt die Stirn. »Wen?«

»Allison«, wiederhole ich, wobei ich jede Silbe betone. »Avery.«

Er schüttelt den Kopf. »Nicht, dass ich wüsste. Warum?«

»Sie wollte Sängerin werden«, rufe ich. »Ich dachte, du hättest vielleicht schon von ihr gehört.« Wieder schüttelt er den Kopf. »Kannst du dich mal umhören? Vielleicht gibt es unter deinen Bekannten jemand, der sie kennt.«

»Klar«, antwortet er. »Erinnere mich später noch mal dran.« Dann schiebt er den Stöpsel zurück in sein Ohr und richtet seine Aufmerksamkeit wieder auf die Bühne. Die Menge teilt sich ein wenig, sodass ich einen Moment lang das Mädchen sehen kann, das dort oben singt und dabei das Becken wie ein weiblicher Elvis in Richtung Mikrofon stößt. Dann verschwindet sie erneut hinter den wippenden Köpfen vor mir, und ich lasse mich wieder auf meine Fersen sinken. Im selben Augenblick tritt Hannah aus der Menge. Bei ihr hat man nie das Gefühl, dass sie die Leute zur Seite schieben muss. Die Menge teilt sich einfach für sie, wie Vorhänge auf einer Bühne. »Da kommt sie«, flüstert David mir amüsiert ins Ohr, »Miss America.« An Hannah gewandt, sagt er in lauterem Ton: »Na, hast du eine Eroberung gemacht?«

Hannah verdreht die Augen. »Er hat mich eingeladen, mit ihm zu koksen«, antwortet sie. »Ich hab ihn auf ein andermal vertröstet.« Dann wendet sie sich an mich und berührt meinen Arm. »Du siehst müde aus«, stellt sie fest. »Einen harten Tag gehabt?«

»Das Übliche«, antworte ich. »Du wirst es doch hoffentlich nicht tun, oder?«

»Mit ihm koksen, meinst du? Nein. Ich steh nicht drauf. Wenn ich Koks nehme, habe ich das Gefühl, als würde mein Herz auf einem Trampolin herumspringen. Außerdem«, fügt sie grinsend hinzu, »bin ich schon ziemlich zugedrönt. Wieso soll ich mir diesen Zustand mit Koks verderben?«

»Du hast schon mal Koks genommen?« Ich kenne Hannah seit sieben Jahren und wohne seit fünf Jahren mit ihr zusammen, aber sie schafft es immer noch, Geheimnisse vor mir zu haben.

»Ein paar Mal.« Sie macht eine vage Handbewegung. »Hast du mit diesem Carl gesprochen?«, fragt sie. Als ich nicke, fährt sie fort: »Ein unheimlicher Typ, nicht wahr?«

»Er war in das Mädchen verliebt«, antworte ich. »Der klassische Pirschjäger. Genau wie dieser Hardwick am College, der dich so oft bis nach Hause verfolgt hat.«

Sie schaudert. »Weißt du noch, als du sein Zimmer gesehen hast?«

»Das war schrecklich«, antworte ich. Ein Freund von mir wohnte damals auf demselben Stockwerk wie Hardwick, und eines Tages erhaschte ich im Vorbeigehen zufällig einen Blick durch seine offene Tür. Der ganze Raum war mit Fotos von Hannah tapeziert, ein richtiger Schrein. Ein paar der Bilder hatte er aus der Schulzeitung oder dem Jahrbuch ausgeschnitten, die anderen waren Schnappschüsse, als hätte er hinter irgendwelchen Büschen gelauert und Hannah ohne ihr Wissen ständig fotografiert. Es war erschreckend und traurig, aber das Schlimmste daran war, dass ich in dem Moment Eifersucht empfand. Ich stand da und starrte auf die Bilder von Hannah, auf denen jeder einzelne Gesichtsausdruck von ihr eingefangen war. Das Mädchen auf den Fotos war meine Freundin und war es gleichzeitig doch nicht, weil ich sie noch nie auf diese Weise gesehen hatte, als eine Obsession, ein Symbol für unerreichbare Vollkommenheit. Sie wirkte so schön und fern. Gegen meinen Willen fühlte ich plötzlich die schreckliche Intensität seiner Sehnsucht nach ihr und empfand Eifersucht. Ich weiß nicht, welchen Teil davon ich mir eigentlich wünschte – eine derartige Sehnsucht selbst zu empfinden, oder das Ziel einer solchen Sehnsucht zu sein.

Ich drehe mich zu David um. Sein Blick ist auf die Bühne gerichtet.

Als das Konzert vorbei ist und die Rausschmeißer das Licht andrehen, sagt David zu mir: »Komm, du musst unbedingt die Band kennen lernen!« Ich folge ihm quer über die Tanzfläche durch die sich zerstreuenden Kids, die im jähen grellen Licht einen benommenen Eindruck machen. David öffnet die Tür zur Garderobe, und ich sehe ihn wie durch einen Bilderrahmen mit ausgestreckter Hand auf einen der Typen zugehen. »Tolles Konzert«, sagt er, »wirklich Spitze!« Ich bleibe stehen und lasse die Tür vor mir zuschwingen. Die Hände in den Taschen, stehe ich da und beobachte zwei Mädchen, die versehentlich zusammenstoßen, einen Moment später »O mein Gott!« schreien und sich voller Freude in die Arme sinken. Wäre ich David in die Garderobe gefolgt, würde er mich jetzt vorstellen, und alle würden beteuern, wie sehr sie sich freuen, mich kennen zu lernen, und mir die Hand schütteln, und ich würde dastehen und verzweifelt versuchen, interessiert auszusehen, wenn sie über die Akustik und die Mischung sprechen, oder über Davids Vorschlag, beim nächsten Mal mit einem anderen Song anzufangen. Und heute Nacht weiß ich genau, was ich tun würde, während ich mit geheucheltem Interesse der Sängerin mit der Puppenstimme zuhören würde, was sie über die Reaktion des Publikums zu sagen hat, denn dasselbe tue ich gegen meinen Willen schon den ganzen Abend, sooft mein Blick in dieser Bar auf ein sorgloses Mädchen fällt.

Ich würde sie mir tot vorstellen.

Als David schließlich herauskommt, lehne ich mit halb geschlossenen Augen an der Wand. Anfangs sieht er mich nicht. Er geht an mir vorbei und verrenkt suchend seinen Kopf, wobei er etwas vor sich hinmurmelt, das ich nicht verstehen kann. Dann kommt die Sängerin aus der Garderobe. Sie trägt ein enges Top, einen Minirock und Stiefel, die ihr bis zu den Oberschenkeln reichen. Ihr blondiertes Haar ist mit viel Gel zu einer wilden Sturmfrisur gestylt. Sie tritt hinter meinen Freund und berührt ihn am Arm. Er dreht sich lächelnd um. Sie stellt sich auf die Zehenspitzen und legt die Hand auf seine Schulter, während sie mit leicht schräg gelegtem Kopf auf ihn einredet. Er hört ihr aufmerksam zu und nickt. Als sie aufhört, erwidert er etwas und deutet auf die Bühne. Sie steht so nahe bei ihm, dass ich kaum zwischen ihnen hindurchsehen kann.

Schließlich tritt sie einen Schritt zurück und sagt so laut, dass ich es hören kann: »Dann sehen wir uns also später noch?« Als er nickt, dreht sie sich um und steuert wieder auf die Garderobe zu. David sieht ihr nach und entdeckt dabei mich. Das Mädchen lässt den Blick über mich gleiten, ohne mich wahrzunehmen, und verschwindet durch die Tür.

David kommt zu mir herüber, packt meine Hand und schüttelt sie ein wenig. »Wo warst du denn plötzlich?«, fragt er. »Weißt du, wie peinlich das für mich war? Ich habe gesagt: ›Und das hier ist meine Freundin‹ und mich umgedreht, aber hinter mir stand niemand.«

»Mir war nicht danach«, antworte ich.

Er starrt mich an. »Dir war nicht danach«, wiederholt er langsam. Dann wendet er sich kopfschüttelnd ab. Drüben an der Bar wird Hannah erneut von dem Typen von vorhin belabert. Als sich unsere Blicke treffen, lächelt sie. »Sollen wir dich heimfahren?«, forme ich lautlos mit den Lippen.

Sie schüttelt den Kopf. »Ich gehe zu Fuß!«, ruft sie mir durch den fast leeren Raum zu.

Ich gehe zu ihr hinüber. »Du kannst nicht zu Fuß gehen«, sage ich. »Es ist mitten in der Nacht.«

»Ich komme schon klar, Olivia.«

»Lass dich von uns heimfahren. Es ist zu gefährlich.«

»Ich möchte aber zu Fuß gehen«, seufzt sie. »Wir sehen uns morgen, ja?« Sie wendet sich wieder dem Typen zu, der unseren Wortwechsel mit großen Augen verfolgt hat, und sagt ihm, dass es sie freue, ihn kennen gelernt zu haben. Dann verabschiedet sie sich von David und rauscht hinaus. Ich sehe sie gehen und frage mich, ob Allison Avery wohl auch diese lässige Anmut besessen hat. Ob sie mit ihrem hübschen Körper ebenfalls die nächtlichen Straßen entlanggewandert ist.

Ich lasse den Typen ohne ein Wort stehen und gehe zu David hinüber. »Lass uns gehen«, sage ich zu ihm. »Ich möchte ihr nachfahren.«

»Sie kommt schon klar, Olivia.«

»Es ist viel zu weit für einen Fußmarsch.«

»Sie ist doch auch zu Fuß gekommen, oder etwa nicht?«

»Ich meine es ernst, David. Es ist zu gefährlich.«

Er seufzt. »Also gut. Brechen wir auf.«

Wir fahren Hannah in unseren beiden Autos hinterher. Als ich sie eingeholt habe, lasse ich das Fenster herunter und bitte sie einzusteigen. »Verschwinde«, antwortet sie, ohne mich anzusehen oder stehen zu bleiben. »Sonst rufe ich die Polizei!« Ich werfe einen Blick in den Rückspiegel und sehe, dass der Typ aus der Bar im Galopp angelaufen kommt. Als er

Hannah erreicht hat, packt er sie am Arm und hält sie fest. »Bist du in Ordnung?«, stößt er heftig atmend hervor, während er mich argwöhnisch mustert. »Belästigen dich diese Leute?«

Hannahs Lachen hallt durch die stille Straße. David hat offensichtlich die Nase voll, denn er hupt zweimal und wendet. Als er an mir vorbeifährt, lehnt er sich aus dem Fenster und winkt mir, ihm zu folgen, was ich schließlich auch tue. Solange ich kann, sehe ich Hannah im Rückspiegel nach, wie sie den Gehsteig entlanggeht, als könnte ihr nichts auf der Welt etwas anhaben, während dieser Typ beherzt versucht, ihr den Arm um die Taille zu legen.

David wohnt auf Mud Island. Ich folge ihm die Third hinunter, vorbei an einer Reihe dunkler und leerer Parkplätze. Das Licht meiner Scheinwerfer fällt auf die weißen Schilder mit der Aufschrift: $ 5 pro Tag. Unsere Wagen holpern über die Straßenbahnschienen auf die Auction Street Bridge, und schon haben wir die Innenstadt verlassen, den Fluss überquert und die Insel erreicht. Wir biegen in Davids Viertel ein und fahren an Häusern entlang, die mich an die Strandferien meiner Kindheit erinnern. Davids Rücklichter vor mir werden kleiner, weil ich das Tempo verlangsame, um mir die Häuser besser ansehen zu können. Sie wirken irgendwie leichtgewichtig, ihr Holz ist mit blassem Gelb gestrichen, und durch die großen Fenster sehe ich Deckenventilatoren und wie Spinnen aussehende Pflanzen, deren ineinander verschlungene Triebe aus Ampelgefäßen hängen. Sooft ich hier vorbeifahre, drängt sich mir das Gefühl auf, dass das Leben in diesen Häusern nicht ganz real ist, als müsste dort nie jemand staubsaugen, weil das Abstauben, Polieren und Waschen mit größter Sorgfalt von unsichtbaren Hausmädchen erledigt wird.

Als ich in Davids Auffahrt einbiege, lässt er gerade seinen Hund Lou aus dem Haus. Der Hund stellt sich auf die Hinterbeine, versucht mit der Zunge Davids Gesicht zu erreichen, und die beiden vollführen einen linkisch wirkenden Kreistanz. Schließlich streckt sich der Hund am Boden aus, und David lässt sich auf der Haustreppe nieder. Als ich auf ihn zugehe, sieht er mich nicht an, sondern reibt stattdessen so energisch Lous Bauch, dass ein Bein des Hundes in der Luft hin und her wackelt, als würde es ihm gar nicht gehören. Ich setze mich neben David auf die Treppe. Er zieht eine Zigarette heraus und zündet sie sich an.

»Ich dachte, du wolltest aufhören.«

»Ich arbeite daran«, antwortet er gereizt, noch immer verärgert über mein Verhalten. Ich stütze mich auf meine Ellbogen. Mein Körper ist vor Erschöpfung ganz schwer, aber meine Gedanken rasen noch, und die Musik dröhnt noch in meinen Ohren.

Eine junge rothaarige Frau geht mit einem großen weißen Hund vorbei. David winkt, und Lou hebt seinen schweren Kopf, bellt einmal leise und schläft weiter. Die gewölbte Brust des Hundes hebt und senkt sich, als wäre er gerade ein paar Kilometer gelaufen. »Es muss schön sein, wenn man sich so sicher fühlen kann«, sage ich.

»Das ist eine gute Gegend«, antwortet David. Ich schließe die Augen, öffne sie aber gleich wieder. Von der Frau ist nichts mehr zu sehen. Die Straße wirkt leicht dunstig und irgendwie fröhlich, was auf das helle künstliche Licht der Straßenlampen zurückzuführen ist. Hin und wieder fährt eine leichte Brise durch die Luft, die sich feucht und schwer auf meine Haut legt.

David singt leise »Every Little Thing She Does Is Magic« von The Police. Das ist sein Lieblingssong. Ich weiß eine Menge über David: die Titel seiner Lieblingssongs, dass er unter Höhenangst leidet, dass er siebenundzwanzig Jahre alt, 1,90 Meter groß und 190 Pfund schwer ist, von kleineren Gewichtsschwankungen mal abgesehen. Sein Haar hat jenen Braunton, der einem verrät, dass er als kleines Kind blond war. Seine Augen sind grau. Ich weiß noch, wie ich ihm das erste Mal nahe genug war, um festzustellen, dass sie nicht blau waren, wie ich gedacht hatte, sondern grau, und wie ihn das für mich zu etwas Besonderem machte, faszinierend und geheimnisvoll. Inzwischen kann ich mich nicht mehr daran erinnern, wie es sich anfühlte, diese Dinge über ihn zu denken.

»Du kennst sie?«, frage ich.

»Hmmmm?«

»Das Mädchen, das gerade vorbeigegangen ist?«

»Die Rothaarige? Wie sie heißt, weiß ich nicht. Ich laufe ihr nur gelegentlich über den Weg, wenn ich mit Lou spazieren gehe. Lou ist ziemlich angetan von Petra.«

»Wer ist Petra?«

»Ihr Hund«, antwortet er. »Der große weiße Hund.« Nur wenige Zentimeter vor Davids Gesicht blitzt ein Leuchtkäfer auf. »Weißt du«, fährt er fort, »dass ich heute das erste Mal seit mindestens drei Wochen wieder in einem Club war?«

»Das sieht dir gar nicht ähnlich«, gebe ich zurück. Als ich David kennen lernte, war er ständig auf der Suche nach guten neuen gefälschten Ausweisen, nicht, weil er sich wie die meisten unserer Freunde betrinken wollte, sondern weil er ganz begierig darauf war, Bands zu sehen. Wenn er von einem guten Konzert zurückkam, schwärmte er mir oft mit strahlendem Gesicht und atemlos vor Aufregung vom großen Potenzial der entsprechenden Gruppe vor, als wäre er selbst ein Mitglied. »Eines Tages werde ich jemanden entdecken, Olivia«, sagte er dann manchmal. »Jemand wirklich Großen.«

»Ich weiß nicht«, antwortet er jetzt. »Wenn ich weiß, dass eine Band gut ist, dann ist das etwas anderes. Aber ich habe nicht mehr die Zeit, mir irgendwelchen Mist anzuhören.«

»Was ist mit all den Vorträgen, die du mir gehalten hast? ›Man muss allen eine Chance geben, Olivia. Man weiß vorher nie, was einen erwartet.‹«

»Das stimmt schon«, entgegnet er. »Aber ich habe es langsam satt, ständig mit dröhnenden Ohren und nach Rauch stinkenden Klamotten heimzukommen. Weißt du, zu viele Bands verwechseln laut mit gut.« Lou rollt sich auf den Rücken und streckt die Pfoten in die Luft, und David beugt sich vor, um ihm fest über den Bauch zu reiben. »Als ich heute nach der Arbeit mit Lou in den Garten raus bin, ist mir der Mistkerl einfach ausgebüchst.« Er versetzt Lou einen Klaps. »Du Mistkerl!«

Der Hund ist ein halber Jagdhund und ziemlich störrisch, zugleich aber so dumm, dass er allem hinterherjagt, was sich bewegt. Hin und wieder treffe ich die beiden im Liebestaumel an, wenn ich den Raum betrete, was in der Regel heißt, dass der Hund David mit seinem Gewicht zu Boden drückt und ihm mit seinem Waschlappen von einer Zunge heftig übers Gesicht leckt. Lou und ich kommen nicht wirklich gut miteinander aus. »Ich habe ihn im Garten gelassen und bin kurz ins Bad«, erzählt David. »Als ich zurückkam, war er nicht mehr da. Ich musste zwei Blocks weit gehen, bis ich ihn fand.«

»Warum hast du ihn allein im Garten gelassen?«, frage ich. »Musstest du da nicht damit rechnen, dass er ausbüchsen würde?«

»Ich dachte, das wäre kein Problem«, antwortet David achselzuckend und stupst den Hund mit dem Fuß an. »Verdammter Köter«, sagt er grinsend. »Du verdammter Köter!«

Wir schweigen einen Moment. Ich bin gespannt, ob er mich fragen wird, was ich heute gemacht habe. David gefällt es nicht, dass ich über die Verbrechen der Stadt berichte. Ihm war wohler, als ich noch Artikel über Senioren-Schwimmtreffen und andere aufregende kleinstädtische Belange schrieb.

»Dummer Hund«, sagt er und zieht an Lous Ohr. Den Blick auf David gerichtet, ertappe ich mich dabei, wie ich gegen den Drang ankämpfe, ihn zu provozieren.

»David«, sage ich langsam. »Erinnerst du dich, dass ich dich gefragt habe, ob du Allison Avery kennst?«

Er nickt.

»Ich habe das gefragt, weil ich gestern früh neben ihrer Leiche gestanden habe. Ich war so nahe dran«, sage ich. Ich rutsche ein Stück von ihm weg und strecke den Arm aus, um sein Knie zu berühren. »So nahe. Jemand hat sie sich geschnappt, sie vergewaltigt, mit ihrem eigenen Auto überfahren und dann einfach liegen lassen.« David verzieht das Gesicht und zieht an seiner Zigarette. »Den Rest des Tages habe ich damit zugebracht, mit den Leuten zu sprechen, die sie kannten, ihren Freunden, ihren Verwandten, und ihnen beim Weinen zugesehen. Manche von ihnen wussten noch gar nicht Bescheid, sodass ich sie erst darüber informieren musste, was ihr zugestoßen war. Und gestern Nacht habe ich zugesehen, wie ein Cop einen Mann davon abgehalten hat, seine Frau zu erschießen.« Ich trommle mit dem Finger gegen Davids Knie und überlege, wie viel ich ihm von dem Mann und dem Gewehr erzählen soll, mit dem er durchs Fenster auf mich zielte.

David lässt seine Zigarette fallen und tritt sie mit dem Fuß aus. Dann lehnt er sich zu mir herüber, legt den Arm um meine Schulter und zieht mich zu sich. »Ich mag gar nicht daran denken, wie gefährlich dein Job ist«, sagt er leise. »Das macht mir Angst.«

»Was hast *du* heute gemacht? Du hast dich mit der hübschen Sängerin von Guys and Dolls herumgeschlagen. Wahrscheinlich hast du sie zum Mittagessen ausgeführt und über ihren Gitarrensound diskutiert.«

David erstarrt und lässt den Arm sinken. »Vielleicht kann ich arrangieren, dass man mir morgen ein paar Leichen ins Büro legt«, sagt er. »Vielleicht wird mein Job dann auch so wichtig wie deiner.« Er fischt eine weitere Zigarette aus der Schachtel.

»Das wollte ich damit nicht sagen.«

»Ach?« Er zündet die Zigarette an. »Was wolltest du denn sagen?«

»Vergiss es«, antworte ich. »Tut mir Leid, dass ich davon angefangen habe.«

Lou hebt den Kopf und sieht uns an. Die Augenbrauen des Hundes tanzen besorgt auf und ab. »Schon gut, mein Junge«, sagt David mit leiser, beruhigender Stimme. Ich muss an eine Postkarte denken, die David mir mal geschrieben hat, als er mit seinen Freunden im Sommerurlaub war. Jeder Satz endete mit einem Ausrufezeichen. Der Strand ist wunderschön! Wir waren schwimmen! Du fehlst mir! Nur die Worte »In Liebe, David« kamen ohne aus.

»Ich hatte einen schlechten Tag«, sage ich. »Lass uns nicht streiten.«

David nickt und zieht an seiner Zigarette. Ich lege die Hand auf seinen Oberschenkel und spiele auf imaginären Klaviertasten. »Für Elise«, den Teil für die rechte Hand. An mehr kann ich mich nicht erinnern, obgleich ich fünf Jahre lang Klavierunterricht hatte. Die rothaarige Frau kommt wieder mit ihrem Hund vorbei, diesmal aus der Gegenrichtung, auf dem Weg nach Hause.

In dem Haus auf der anderen Straßenseite läuft ein Radio. Davids Gesichtsausdruck sagt mir, dass er gerade versucht, den Song zu identifizieren. »Okay«, flüstert er geistesabwesend. Dann lächelt er. Er hat den Song erkannt und fängt an, auf meinem Bein den Schlagzeug-Part zu spielen. Ich schließe die Augen und spüre, wie sich meine Gereiztheit verflüchtigt. Die warme Luft hüllt mich ein wie eine Decke, und Davids Finger tanzen an meinem Oberschenkel auf und ab. Ich versuche, mir uns für immer so vorzustellen, aber es gelingt mir nicht richtig.

Der Hund atmet schwer, seine Brust hebt und senkt sich heftig. David singt eine Melodie ohne Worte. Ein Windhauch streichelt über mein Gesicht. Schließlich verkünde ich meine Absicht, ins Bett zu gehen.

»Okay«, sagt David. »Ich komme auch gleich.« Ich küsse ihn auf die Wange, stehe auf und gehe hinein, wo es kühl ist, und alles, was David gehört, sauber und ordentlich an seinem Platz ist.

6

Es gibt in dieser Stadt kein wichtigeres Thema als Verbrechen. Es ist immer präsent und jagt seinen Strom durch deinen Körper – wie das hohe elektrische Summen von Computern und Neonlampen.

Es gibt in der Stadt bestimmt niemanden mehr, der nicht weiß, dass Allison Avery tot ist und wie sie gestorben ist. Ihr Fall war auch heute Morgen wieder die Nachricht des Tages. Die Sender haben meine Geschichte vom hundertsten Opfer aufgegriffen und die Stelle gezeigt, wo inzwischen Blumen, Kerzen und handgeschriebene Gebete die Blutflecken am Boden bedecken. Wie jeder weiß, *ist das die moderne Welt mit ihren Gefahren,* und Sie denken, wie zerbrechlich Ihr eigener Kopf ist, auch wenn er sich unter Ihren Händen stabil anfühlt.

Ich sitze an einem runden Tisch, zusammen mit sieben Männern, die alle Jackett und Krawatte tragen und mit der Gabel in ihrem Rührei herumstochern. Ich höre ihnen zu, wie sie Geschichten austauschen – wer in welchem Stadtteil erschossen worden ist, welche Läden ausgeraubt worden sind. Es handelt sich um das Besorgte-Bürger-für-ein-besseres-Memphis-Frühstück, bei dem auch der Bürgermeister zugegen ist, um über die anstehenden Probleme zu reden, anders ausgedrückt, er ist gekommen, um über Verbrechen zu sprechen. Mehrere Kellner schenken uns diskret Wasser nach, während der Bürgermeister die Serviette von seinem Schoß nimmt, aufsteht und auf das Rednerpodium zusteuert. Im Raum wird es schlagartig still. Ich greife nach meinem Notizbuch.

Der Bürgermeister ist ein großer gut aussehender Mann

mit markanten Gesichtszügen und tiefbrauner Haut. Als er die Treppe zum Podium hinaufgeht, registriere ich, wie gut sein silbergrauer Anzug sitzt. Als er zu sprechen beginnt, rollt seine Stimme wie eine sich entfaltende Flagge in den Raum hinaus. »Meine Damen und Herren, vielen Dank, dass Sie heute hierher gekommen sind.« Er lässt sich Zeit, sein Blick wandert von einem zum anderen und bleibt einen Moment an meinem Gesicht hängen. Er lächelt, als würde er mich kennen, und ich lächle automatisch zurück. »Lassen Sie mich als Erstes sagen, dass ich weiß, dass Sie alle diese Stadt ebenso sehr lieben wie ich, und sich daher jeden Tag Sorgen machen wegen der Gefahren, die sie bedrohen.«

Gefahren, notiere ich mir träge. Als Nächstes rührt er die Werbetrommel für seine Pläne für eine Wiederbelebung der Innenstadt sowie die Annektierung bestimmter Teile von Shelby County und kommt dann zum Budget, und vom Budget zur Verstärkung der polizeilichen Einsatzkräfte, was uns wieder zum Thema Verbrechen führt.

Weit nach vorne gebeugt, sagt er: »Es gibt kein fundamentaleres Anliegen als unsere Sicherheit und die Sicherheit unserer Kinder. Ich behaupte nicht, dass das kein Geld kosten wird. Aber ich möchte, dass Sie wissen, dass dieses Geld nicht verschwendet sein wird. Wir werden Memphis zu einer sichereren Stadt machen. Wir werden den Verbrechern ins Auge blicken und mit vereinter Stimme zu ihnen sagen: ›Wir wehren uns gegen euch!‹« Er lässt eine Pause für Applaus, der sofort losbricht, als hätten alle nur auf die Chance gewartet, endlich klatschen zu können.

»Sie alle haben in der Zeitung die schreckliche Geschichte von einer jungen Lady gelesen, die in einem unserer öffentlichen Parks brutal ermordet worden ist. Mit ihr beklagen wir dieses Jahr bereits das hundertste Mordopfer in unserer Stadt. Eine viel versprechende junge Frau, die Tochter einer angesehenen Ärztin, selbst ebenfalls im medizinischen Dienst tätig. Wer weiß, wie viele Leben sie gerettet hätte, wenn sie hätte weiterleben dürfen? Wir haben alle schon zu viele solche Geschichten gehört, von Menschen aus allen Schichten und Berufen, jung und alt, schwarz und weiß. Wir dürfen nicht zulassen, dass sie umsonst gestorben sind. Die tragische Ermordung dieser jungen Frau wird uns anspornen, zum Gegenschlag gegen die auszuholen, die ihr das Leben genommen haben – die schon so viele junge Leben unserer Stadt genommen haben.«

Er sieht bei diesen Worten wieder mich an. Ich spüre seinen Blick, während ich seine Worte in mein Notizbuch schreibe, und frage mich, ob er weiß, dass Allison Avery meine Story ist.

Hinterher warte ich geduldig, während der Bürgermeister lächelnd Hände schüttelt und allen möglichen Leuten dankt. Ich blättere meine Notizen durch, möchte ihn nach Einzelheiten fragen, wie viele neue Beamte eingesetzt werden sollen, und wo.

»Herr Bürgermeister«, sage ich, als ich an der Reihe bin, »ich bin Olivia Dale, von der Zeitung.«

»Ja, Miss Dale«, antwortet er und nimmt meine Hand. »Ich habe Ihren Namen schon oft gelesen. Mit Ihrer Berichterstattung über den Tod dieser armen jungen Frau haben Sie gute Arbeit geleistet. Eine schreckliche, tragische Geschichte.«

»Vielen Dank.« Ich spüre, wie mir die Röte in die Wangen steigt.

Ein anderer Mann kommt auf uns zu. Der Bürgermeister dreht sich zu ihm um, ohne meine Hand loszulassen. »Charles Franklin«, begrüßt er ihn. »Ich möchte Ihnen Olivia Dale vorstellen, die junge Frau, die die traurige Aufgabe hatte, über Miss Averys Tod zu berichten.« Er reicht meine Hand an Charles Franklin weiter, der sie fest drückt. »Eine Tragödie«, erklärt er. »Ein junges, unschuldiges Leben, auf so entsetzliche Weise ausgelöscht.«

Als der Bürgermeister sich abwendet, erzählt mir Charles Franklin von einer Geschichte, über die ich seiner Meinung nach schreiben sollte, ein innerstädtisches Programm, geleitet von einem ehemaligen Drogendealer, der es inzwischen zu seiner Aufgabe gemacht habe, Kindern einen Ort zu bieten, wo sie nach der Schule hin können. Ich notiere mir die Thematik mit dem Hintergedanken, sie an unsere Rubrik »Mitmenschliches« weiterzureichen, und sehe mich dann wieder nach dem Bürgermeister um. Er ist gerade von einer Menschentraube umringt, die eher größer als kleiner zu werden scheint. Resignierend beschließe ich, wegen der Details in seinem Büro anzurufen.

Auf dem Weg zum Ausgang sehe ich einen Mann zielstrebig und mit ausgestreckter Hand auf mich zusteuern. Er sieht mich an, als würde er mich kennen, auch wenn mir beim besten Willen nicht einfällt, woher. Während ich ihm angestrengt lächelnd entgegenblicke, zermartere ich mir das Gehirn nach seinem Namen. »Miss Dale«, sagt er, als er mich erreicht, und nimmt meine Hand. Seine Stimme ist tief, sein Griff fest.

»Hallo«, sage ich und versuche, die Unsicherheit in meiner Stimme zu kaschieren. »Wie geht es Ihnen?«

»Gut, danke«, antwortet er. Er schweigt einen Moment, lässt meine Hand los. »Ich bin Reverend James Freeland. Wir haben uns letztes Jahr kennen gelernt, bei der Grundsteinlegung für meine neue Kirche.«

»Ich erinnere mich«, sage ich erleichtert. Ich war damals voller Panik eine halbe Stunde herumgeirrt, bis ich schließlich am richtigen Ort aus meinem Wagen stieg. An dem Tag regnete es so heftig, dass die Tinte meines Stifts verlief, als ich mir Notizen zu machen versuchte. Sämtliche Gemeindemitglieder standen in ihren Sonntagssachen eng aneinander gedrängt unter ihren Schirmen und sangen »To God Be the Glory«, während die Absätze der Frauen immer tiefer in den aufgeweichten Boden sanken. »Ist die Kirche fertig?«

»Nein, noch nicht«, antwortet er. Er verlagert das Gewicht auf die Fersen, als wollte er unser Gespräch auf körperliche Weise in andere Bahnen lenken. »Sie wissen sicher, dass ich der Vorsitzende der Initiative ›Besorgte Bürger für ein besseres Memphis‹ bin.«

»Ja«, schwindle ich.

»Wie der Bürgermeister sehr richtig gesagt hat und Sie ja auch selbst wissen, ist Verbrechensbekämpfung für die Menschen dieser Stadt das größte Anliegen. Ich habe den Artikel, den Sie damals über unsere Kirche geschrieben haben, sehr geschätzt, und bin davon überzeugt, dass Sie auch an einem morgen Abend stattfindenden Treffen interessiert sein werden.«

»Reverend, ich weiß nicht, ob …«, beginne ich.

»Miss Dale«, unterbricht er mich in sanftem Ton, wobei er mir fest in die Augen blickt. »Liegt Ihnen die Verbrechensbekämpfung in dieser Stadt nun am Herzen oder nicht?«

»Natürlich liegt sie mir am Herzen«, antworte ich.

»Ich glaube nämlich, dass es genauso wichtig ist, über die Maßnahmen zu schreiben, die die Leute ergreifen, um dagegen zu kämpfen, wie darüber, wenn wir verlieren.«

»Also gut«, sage ich. »Ich werde da sein. Aber, Reverend«, rufe ich ihm nach, als er sich zum Gehen wendet, »falls ein Verbrechen geschieht, kann ich leider nicht zu dem Treffen kommen!«

»Dann hoffen wir, dass keines geschieht!«, antwortet er.

Auf der Polizeiwache höre ich als erste Nachricht, ein Hund habe den Kopf einer Frau auf einen Spielplatz in einer armen schwarzen Wohngegend geschleppt und ihn dort zwei Kindern vor die Füße gelegt. »Wenn es kommt, dann heftig«, meint Peggy seufzend, als ich ihr mitteile, dass ich zum Fundort unterwegs sei.

Auf dem Weg dorthin komme ich an alten Hotels vorbei, die inzwischen in Wohnungen für Familien mit niedrigem

Einkommen umgewandelt worden sind, und an riesigen, verlassenen Häusern mit verblichener oder abgeblätterter Wandfarbe und Glaszacken, wo eigentlich Fensterscheiben sein sollten. All diese alten, heruntergekommenen Memphiser Häuser zerbröckeln langsam zu Staub. Auf einer Veranda sitzen zwei schwarze Frauen in Sommerkleidern. Offenbar ist ihnen so heiß, dass sie sich nicht einmal mehr die Mühe machen, sich Luft zuzufächeln, während sie zusehen, wie ihre Kinder im Garten in einem kleinen Schwimmbecken herumplantschen. Würde ich die Straße in die andere Richtung entlangfahren, dann käme ich wieder in die Innenstadt, in die Nähe des Annesdale Historic District, wo reiche weiße Leute unter grünen Dächern aus üppigen Hängepflanzen auf ihrer Verandaschaukel sitzen und Eistee schlürfen.

Während ich mich meinem Ziel nähere, höre ich über den Polizeifunk, dass die Leiche der Frau auf einer nahe gelegenen Müllkippe gefunden worden ist. Dieses Mal weiß ich, dass ich nicht nahe genug herankommen werde, um irgendetwas zu sehen, und ich bin nicht böse darüber.

Jedes Gebäude hier sieht aus wie ein überdimensionaler Ziegelstein mit Türen und Fenstern, die ganze Gegend scheint aus solch langweiligen roten Ziegelsteinen zu bestehen. Die Kinder sitzen auf den winzigen Veranden herum oder fahren mit alten Rädern über ein paar Quadratmeter verdörrten Rasens. Die Straßen sind von verbeulten alten Autos gesäumt. Als ich aussteige, sehe ich, dass der Bereich rund um den kleinen Spielplatz von Cops und Schaulustigen bevölkert ist. Die nahe gelegene Düngerfabrik verpestet die Luft mit dem Geruch von Chemikalien und Dung.

Ich steuere auf eine kleine Menschentraube zu und stelle fest, dass sich die Leute um zwei Kinder scharen. Eine junge Frau hat schützend die Arme um die beiden gelegt. »Ich bin von der Zeitung, Ma'am«, sage ich zu ihr. »Sind das die Kinder?« Sie nickt. Ich frage sie, ob sie die Mutter sei – ja – und ob sie etwas dagegen habe, wenn ich ihnen ein paar Fragen stelle. Das würde mir sehr helfen, sage ich, und bloß eine Minute ihrer Zeit in Anspruch nehmen. Sie nickt.

Ich kauere mich vor die beiden hin. Der kleine Junge trägt eine leuchtend gelbe Windjacke und presst ein Spielzeugauto an sich. Das Mädchen spielt nervös mit dem Saum ihres Streifenshirts. »Könnt ihr mir sagen, was passiert ist?«, frage ich.

Der kleine Junge zittert und kann mich nicht einmal ansehen. Er wirkt schuldbewusst und kneift verängstigt die Augen zu, als würde er damit rechnen, bestraft zu werden. Seine Schwester antwortet: »Der Kopf hat geblutet.« Ihre Stimme klingt ehrfürchtig. »Der Hund der Tuckers hatte ihn im Maul.«

»Was hast du dir gedacht, als du ihn gesehen hast?«, frage ich sie. Sie sieht mich an, kaut auf ihrer Unterlippe. »Ich weiß, wie das ist«, füge ich hinzu. Vor meinem geistigen Auge sehe ich einen Kopf mit wehendem dunklem Haar über eine Straße rollen. »Ich habe auch schon schlimme Dinge gesehen.«

Sie nickt, ihre Miene hellt sich ein wenig auf. Wir verstehen uns. »Erst habe ich gedacht, es wäre ein Scherz«, antwortet sie. »Aber es war ein echter Kopf.« Sie schüttelt ihren eigenen. »Die arme Lady. Jetzt ist sie tot.«

»Hast du die Lady gekannt?«

Sie nickt. Ihre Mutter erklärt: »Sie ist aus der Gegend hier. Ihr Name ist Bernadette Smith.« Sie deutet auf eine Frau, die still und mit ausdrucksloser Miene in der Menge steht. »Das ist ihre Schwester Janice.«

Der kleine Junge stößt plötzlich aus: »Ich habe ihn berührt!« Seine Stimme klingt fast ein wenig hysterisch. »Ich habe ihr *Gesicht* berührt!« Er beginnt zu heulen, und seine Mutter beugt sich zu ihm hinunter, um ihn auf den Arm zu nehmen. Ich kann mir seine zitternde Stimme vorstellen, als er zu seiner Schwester sagte, er habe keine Angst, den Kopf zu berühren. Bestimmt hat er nervös gelacht, als er seine Fingerspitzen gegen die Haut drückte, und dann erschrocken aufgeschrien, als er spürte, wie sie nachgab.

»Er hat es nicht gewusst«, sagt das kleine Mädchen. »Wir haben nicht gedacht, dass er echt ist.« Sie legt eine schützende Hand um den Knöchel ihres Bruders. »Ist schon gut«, sagt sie und wendet ihm das Gesicht zu. »Du hast es ja nicht gewusst.« Schaudernd schmiegt er den Kopf an die Schulter seiner Mutter.

»Wir müssen weg aus dieser Gegend!«, erklärt die Mutter. Ich weiß nicht, ob sie mit mir, ihren Kindern oder sich selbst spricht. Sie nimmt ihren kleinen Jungen noch ein wenig fester in den Arm. Wie fürchterlich es sein muss, unerwartet mit solchen Schrecken konfrontiert zu werden. Ich kann mir immerhin aussuchen, was ich sehen möchte und was nicht.

Das kleine Mädchen starrt mich erwartungsvoll an.

»Kannst du mir sonst noch was sagen?«, frage ich sie.

Sie überlegt einen Moment. Schließlich antwortet sie: »Ich habe schon viele schlimme Dinge gesehen. Das war das Schlimmste, was ich je gesehen habe.«

Bernadette Smiths Schwester Janice hat die Hände in die Taschen ihrer Jeans geschoben und starrt so gebannt auf einen bestimmten Punkt, dass ich mich gegen meinen Willen umdrehe und ihrem Blick folge. Es gibt nichts zu sehen außer der Straße, dem Spielplatz und der Menge, die von der gelben Absperrung der Polizei zurückgehalten wird. »Ma'am«, sage ich zu ihr. »Es tut mir schrecklich Leid, dass Sie Ihre Schwester verloren haben. Hätten Sie etwas dagegen, wenn ich Ihnen ein paar Fragen stelle?«

»Nur zu«, antwortet sie.

»Haben Sie eine Ahnung, wer das getan haben könnte?«

Sie richtet den Blick für einen Moment auf mein Gesicht, sieht aber gleich wieder weg. »Meine Schwester war eine Prostituierte«, sagt sie schließlich achselzuckend. »Ein Junkie und eine Prostituierte, und schon seit zehn Jahren auf der

Straße. Sie hat es mir überlassen, ihr Kind aufzuziehen und uns mit einem anständigen Job über Wasser zu halten. Ich weiß nicht, wer sie umgebracht hat, vielleicht jemand, den sie gevögelt hat, oder jemand, dem sie Geld schuldete. So, wie sie gelebt hat, musste irgendwann etwas Schlimmes passieren. Es war nur eine Frage der Zeit.«

Ich notiere mir: *nur eine Frage der Zeit.* Während ich das Gesicht der Frau betrachte, frage ich mich, an welchem Punkt ihre Leben sich getrennt haben, sodass ihre Schwester nun tot und sie selbst noch am Leben ist. »Wie ist es dazu gekommen, dass sie Prostituierte geworden ist?«

Janice Smith ballt die Hände in ihren Jeanstaschen zur Faust. »Bernadette hat viele schlechte Entscheidungen getroffen«, erklärt sie. »Schon damals, als wir noch Kinder waren. Diese beiden tun mir Leid.« Sie macht eine Kopfbewegung zu den beiden Kindern hinüber. »Wie schrecklich, so etwas sehen zu müssen. Wahrscheinlich werden sie Albträume davon bekommen.«

»Hat Bernadette für jemanden gearbeitet?«, frage ich. »Einen Zuhälter? Einen Freund? Hatte sie vielleicht mit jemandem Streit?«

»Bernadette hatte viele Männer«, antwortet sie mit verächtlicher Stimme. »Ich kann Ihnen dazu nichts sagen.« Sie richtet den Blick wieder auf mein Gesicht. »Es war nur eine Frage der Zeit«, erklärt sie erneut. »Nur eine Frage der Zeit.«

Im Gehen blicke ich mich noch einmal um. Innerhalb des abgesperrten Bereichs wimmelt es von Cops. Zwei von ihnen stehen lachend beieinander, der eine klopft dem anderen auf die Schulter. Passanten bleiben stehen und steuern dann auf die Menge zu, wobei sie langsam den Mund öffnen und die Worte formen: »Was ist passiert, was geht da vor sich?« Felicia Fitzgerald von Channel 2 spricht gerade in ein Mikrofon. Die Stirn sorgfältig in sorgenvolle Falten gelegt, blickt sie auf ein paar Notizen außerhalb der Reichweite der Kamera. Inmitten der Menge stehen noch immer die Mutter, die ihre beiden Kinder fest an sich drückt, und die reglose Janice Smith. Ihr Körper wirkt angespannt, ihre Miene hart. Sie muss diesen neuen Schlag in ihrem Leben erst einmal verdauen.

In der Redaktion lese ich mir immer wieder meine Notizen durch und überlege, welche Zitate ich verwenden soll. Schließlich entscheide ich mich für das, was das kleine Mädchen gesagt hat, den Ausspruch ihrer Mutter, sie müssten weg aus der Gegend, und die Bemerkung von Janice Smith, die Kinder täten ihr Leid. Nachdem ich die Erklärung der Polizei eingefügt habe, tippe ich »nur eine Frage der Zeit« und lösche es sofort wieder. Nachdem ich es noch zweimal getippt, gelöscht und wieder getippt habe, entscheide ich mich dafür, es stehen zu lassen und schicke Peggy die Story.

Später kommt Peggy an meinen Schreibtisch und bittet mich, aus dem Artikel eine kurze Nachricht zu machen. Ich kürze ihn zusammen auf die reinen Fakten. Leiche gefunden. Als Prostituierte bekannt. Polizeiliche Ermittlungen. Ein kurzer Absatz, mehr ist dieser Tod nicht wert.

Am Nachmittag schreibe ich einen Nachruf und telefoniere eine Weile mit der Verkehrspolizei, um mich über die Zahl der Unfalltoten zu informieren. In der Nacht sind zwei Teenager ums Leben gekommen, Unfallursache Alkohol am Steuer. Ich hasse es, wenn ich achtzehn oder neunzehn neben den Namen von Verstorbenen schreiben muss. Beim Durchsehen der Nachrufe achte ich immer auf das Alter. An guten Tagen sind alle Verstorbenen über sechzig. Wenn jemand unter fünfzig ist, überfliege ich den Nachruf, und wenn es sich um eine Frau in meinem Alter handelt, lese ich ihn Wort für Wort und atme erleichtert auf, wenn als Todesursache eine »lange Krankheit« genannt wird. Ein solcher Tod ist unvermeidlich und hätte sich nicht durch einen Drink oder eine Lenkraddrehung weniger verhindern lassen.

An meinem Computer lehnt das Foto von Allison Avery. Der

Junge küsst ihre Wange, die Bierflasche in ihrer Hand neigt sich zur Seite. Ich starre sie an, als würde sie gleich den Kuss dieses Jungen erwidern, ihr Bier zu Ende trinken, mir zuzwinkern und mit den Lippen meinen Namen formen. Irgendwo muss es ein College-Foto von mir geben, auf dem ich genauso aussehe, halb betrunken und rot vor freudiger Aufregung. Ich blättere meine Notizen durch und mache mir eine Liste. *Hübsch. Fleißig. Sängerin. Diebin. Schlampe. Süß. Jung. Kirchgängerin. Kifferin. Säuferin. Verführerin.* Ich frage mich, was diese Dinge zusammenhält, damit eine Person daraus wird, und ob Haut und Knochen da wirklich ausreichen.

Eine Seite meines Notizbuchs ist fast leer, ich habe mir nur eine kurze Notiz zu meinem ersten Gespräch mit ihrem Bruder Peter gemacht. Ich füge meiner Liste ein Wort hinzu. *Tot.*

Dann rufe ich Angela Schultz an und frage, ob wir uns unterhalten können. Ich erzähle ihr, dass ich mit Carl Fitzner gesprochen hätte und gerne ihre Version zu einigen Punkten hören würde.

Sie schweigt lange, ehe sie antwortet: »Also gut. Wahrscheinlich ist es besser, ich erzähle Ihnen, wie es wirklich war.«

Angelas Wohnung ist hell und geräumig. Die Wände sind in gedämpften Grün- und Pfirsichtönen gestrichen, der Boden ist aus glänzendem Parkett. Die sorgfältig verteilten Bilder, die Pflanzen, die Vorhänge, das alles führt mir vor Augen, wie wenig Hannah und ich in unserer Wohnung getan haben, und wie provisorisch sie immer noch aussieht. In der Küche haben wir Kisten gestapelt, wir schlafen auf Matratzen auf dem Boden, und unsere Veranda ziert eine vertrocknete Pflanze in einem billigen Plastiktopf.

Tatsächlich ist Angela Schultz zu Hause nicht das brave Mädchen, das ich im Sprechzimmer des Arztes gesehen habe. Ihr offenes Haar fällt als dunkler, glatter Strom bis über ihre Brüste. Über ihrer Jeans trägt sie ein eng anliegendes T-Shirt mit V-Ausschnitt. Sie ist barfuß, ihre Zehennägel sind rot lackiert. Ich kann sie mir noch immer nicht so vorstellen, wie

Carl sie mir beschrieben hat, Butan schnüffelnd und eine Peitsche schwingend. Falls diese Dinge trotzdem der Wahrheit entsprechen, werde ich es herausfinden. Was man ist, blubbert früher oder später immer an die Oberfläche, genau wie eine Leiche in einem See, die es irgendwann nach oben treibt.

»Dieser kleine Scheißkerl«, sagt Angela, nachdem ich sie über ein paar von Carls Ansichten aufgeklärt habe. Dann erzählt sie mir, dass Carl in Allison verliebt gewesen sei, sie ihm aber einen Korb gegeben habe und er deswegen sauer war. Er habe ihr ein Gedicht an die Tür gepinnt, in dem es sinngemäß hieß, dass er sich früher gewünscht hat, sie auf dem Arm zu wiegen wie ein kleines Kätzchen, jetzt aber erkannt hat, dass sie kein weiches Kätzchen, sondern eine spitzzüngige Schlange ist, die ihn gebissen und ihr heißes Gift durch seine Adern gejagt hat.

»Irgendwas in der Art«, sagt sie seufzend. »Der Kerl ist nicht normal. Obwohl es so viele Jahre her ist, dass wir zusammen an der High-School waren, ist er ihr auf Schritt und Tritt gefolgt. Er erschien zu all ihren Auftritten, tauchte überall auf, wo wir üblicherweise zu finden waren. Ich an ihrer Stelle hätte das nicht so gutmütig ertragen.«

Inzwischen ist ihre Wut verraucht, ihre Augen füllen sich mit Tränen. Ich tue so, als würde ich es nicht bemerken, und schreibe in mein Notizbuch: *spitzzüngige Schlange*. Ich muss an Carls Zunge denken, an die Art, wie sie hervorschnellte, um die Tabakkrümel abzulecken. Ich notiere: *nicht normal* und unterstreiche es doppelt.

Peitschen?, fragt Angela. Messer? Sie zeigt mir Fotos aus ihrer High-School-Zeit, auf denen sie in knallengen Jeans zu sehen ist, und weist mich darauf hin, dass sie sich die Fingernägel damals schwarz lackiert habe. »Und wenn schon?«, fragt sie, während sie die dicken Seiten ihres Fotoalbums umblättert. »Haben Sie in der High-School nicht auch zu viel Make-up getragen?«

»Natürlich.« Die Wahrheit ist, dass ich mich nicht erinnern

kann, wann ich damit aufgehört habe, aber das spielt keine Rolle, denn mit nichts kann man das Vertrauen einer Quelle besser gewinnen als mit Mitgefühl. Ich habe schon in die Augen eines Mörders geblickt und gesagt: »Ich verstehe.« Verglichen damit ist es eine Lappalie, so zu tun, als hätte ich bis zu meinem zwanzigsten Lebensjahr eine dicke Schicht Make-up und blauen Lidschatten getragen. Als könnte das Mädchen, das auf den Fotos so knallenge Jeans trägt, genauso gut ich sein.

Den Deckel von Angelas Album zieren eigenhändig ausgeschnittene Buchstaben und Zahlen aus Filz: ihre Initialen, der Name ihrer High-School, das Jahr ihres Abschlusses. Sie erzählt mir, dass sie Allisons Album genauso dekoriert hat. Violett und weiß seien die Farben ihrer High-School gewesen, sagt sie und streicht mit den Fingern über den Filz, als wäre es Blindenschrift. Allison ist auf einigen der Fotos ebenfalls zu sehen, mit einer Dauerwelle, die wie explodiert aussieht, und dick getuschten Wimpern. Manche der Aufnahmen zeigen sie mit einem Jungen, auf manchen hält sie eine Bierflasche, und einmal hat sie etwas Weißes in der Hand, das aussieht wie ein Joint. Auf einem anderen Foto sieht man Allison in einer High-School-Turnhalle auf einer Bühne stehen, ein Mikrofon in der Hand, eine Band hinter sich. »Man kann es nicht wirklich erkennen, aber das am Schlagzeug bin ich«, erklärt Angela. »Ich war schrecklich. Allison hat zu mir gesagt: ›Angela, Liebes, deine Talente liegen anderswo.‹ Sie hat es verstanden, einem die Wahrheit zu sagen, ohne einem das Gefühl zu geben, kritisiert worden zu sein.«

»Ist das ein Joint?«, frage ich und deute auf das Foto.

»Ja, ich glaube schon«, antwortet Angela und beugt sich vor.

»Dann hat Carl also nicht in allen Punkten gelogen.«

»Natürlich nicht«, entgegnet sie. »Allison hat großartige Partys geschmissen, wenn ihre Eltern nicht in der Stadt waren. Wir hatten eine Menge Spaß.«

»Und als ihr dann älter wart?«

Sie seufzt. »Hören Sie, es gibt bestimmt Leute, die Allison als ein bisschen wild beschreiben würden, vor allem fanatische Bibelverfechter wie meine Mutter.«

»Oder meine«, sage ich. Sie lächelt.

»Allison war nicht so, wie Carl sagt«, fährt sie fort. »Sie hat getan, was sie wollte, das ist alles.«

Sie zeigt mir ein Foto, auf dem sie beide geblümte Kleider tragen und Arm in Arm in die Sonne blinzeln. »Wir waren ganz normale Mädchen, Allison und ich.«

»Und Ihr Freund?«, frage ich. »Der mit den Peitschennarben?«

»In Wirklichkeit hat ihn sein Daddy geschlagen. Wenn er damals irgendwelche Sadomaso-Geschichten erzählt hat, dann nur, weil das seiner Meinung nach besser war, als zuzugeben, dass sein Daddy ihn im Keller auspeitschte, wenn er betrunken war.« Sie zeigt mir ein Foto von einem schlanken dunkelhaarigen Jungen mit Heavy-Metal-T-Shirt und Sonnenbrille. Er hat eine Zigarette in der Hand und ein cooles Lächeln auf den Lippen. »Er wollte stark wirken«, erklärt Angela, »aber in Wirklichkeit war er bloß ein armer, verängstigter Junge.« Sie klappt das Fotoalbum zu. »Viele Leute haben Geheimnisse«, fügt sie traurig hinzu. »Sie sind nicht immer das, wofür man sie hält.«

»Ich glaube Ihnen.«

Sie beugt sich vor und berührt mein Knie. »Männer wie Carl«, sagt sie, »bringen es manchmal fertig, dass man sich wie Dreck fühlt, bloß weil man eine Frau ist. Wissen Sie, was ich meine?« Sie sieht mir aufmerksam ins Gesicht. Als ich nicke, lächelt sie. »Sie müssen entschuldigen«, sagt sie. »Ich habe Ihnen gar nichts zu trinken angeboten.«

Obwohl ich mit meinen Worten bloß versucht habe, sie für mich zu gewinnen, glaube ich ihr tatsächlich, denn die Meinung, die wir uns von anderen Menschen bilden, gründet sich auf Details, Angelas Filzbuchstaben-Fotoalbum gegen

Carls Zippo-Feuerzeug. Es stimmt: Nach dem Gespräch mit Carl hatte ich das Gefühl, dass er der Typ Mann ist, der eine Frau mit einem tiefen Ausschnitt, die Opfer einer Vergewaltigung wird, für selbst schuld hält.

Es stimmt aber auch, dass ich, sooft ich auf der Straße eine Frau sehe, der fast die Brüste aus dem Ausschnitt fallen, *Schlampe* denke, genau wie Carl.

Ich betrachte Angelas Gesicht. Sie weint ein bisschen, ich reiche ihr ein Taschentuch, ihre Wut flammt wieder auf, wir schütteln gemeinsam vor Abscheu den Kopf, sie lässt sich über ihre Philosophien aus, ich murmle zustimmend vor mich hin. Ich gebe ihr Stichworte. Obwohl ich aufgehört habe, mir Notizen zu machen, achte ich genau auf alles, was sie sagt, und denke mir dabei die ganze Zeit: *Warum vertraut sie mir? Ich habe nie versprochen, dass ich nichts davon in der Zeitung bringen werde.*

Den Umfragen zufolge sind Reporter bei allen Menschen unbeliebt. Eigentlich dürfte niemand den Wunsch haben, mit mir zu sprechen. Mein Geheimnis ist, dass fast alle es trotzdem tun. Anfangs sind sie auf der Hut, bis ihnen klar wird, was sie an mir haben. Ich bin etwas sehr Seltenes, eine Zuhörerin, die so sehr an dem interessiert ist, was ihr die Leute zu sagen haben, dass sie ihre weitschweifigen Sätze Wort für Wort aufschreibt. Es beginnt langsam, mit den Fakten, aber sobald sie richtig angefangen haben, können sie nicht mehr aufhören. Eine Enthüllung nach der anderen purzelt heraus. Der Grund ist, dass die Leute gehört werden wollen. Sie wollen ihre Ansichten erklären und auf diese Weise berühmt werden, denn sobald ihre Meinung in der Zeitung gedruckt ist, wird eine Tatsache daraus. Und da ich den Leuten zuhöre, halten sie mich für ihre Freundin.

Oft können sie sich nicht mehr daran erinnern, was sie gesagt haben. Manche von ihnen rufen, nachdem sie ihre Worte in der Zeitung gelesen haben, in der Redaktion an und beschweren sich lautstark, ich hätte alles verdreht. Einmal hat eine Frau sogar darauf bestanden, in die Redaktion zu kommen und sich die Aufzeichnung ihres Interviews anzuhören. Wir setzten uns zusammen und hörten zu, wie der Recorder jedes einzelne Wort wiederholte, das ich in der Zeitung gebracht hatte. Trotzdem glaubte sie es noch immer nicht. »Aber das habe ich damit überhaupt nicht gemeint!«, beteuerte sie immer wieder. Sie deutete mit dem Zeigefinger auf mich. »Sie hat genau gewusst, dass ich es nicht so gemeint habe!«

Egal, was ich damals wusste oder nicht wusste, es spielt keine Rolle, was sie mit ihren Worten gemeint hat. Ich habe berichtet, was sie gesagt hat.

Angela erzählt, mit sechzehn sei sie mit Allison in eine Abtreibungsklinik gefahren. »Ich habe sie dazu überredet«, erklärt sie und hält den Blick dabei starr auf mein Gesicht gerichtet. »Ihr klargemacht, dass sie zu jung war. Wenn ich das nicht getan hätte …« Sie ringt schluchzend nach Luft, schlägt die Hand vor den Mund. »Wenn ich das nicht getan hätte, dann hätte sie es vielleicht bekommen. Jetzt wird sie nie eines haben!«

»Das konnten Sie doch nicht wissen.« Ich greife quer über den Couchtisch nach ihrer Hand und drücke sie. Sie erwidert meinen Händedruck, ohne meine Hand loszulassen. Ich muss an die Mädchen denken, die an meiner High-School schwanger wurden. Manche von ihnen kamen weiter in die Schule, bis sie so dick waren, dass sie nicht mehr hinter ihr Pult passten, und später sah man sie dann bei McDonald's oder im 7-Eleven arbeiten. Die reicheren von ihnen verschwanden ein paar Tage und erzählten nach ihrer Rückkehr, sie hätten eine Tante in der Stadt besucht. Ein Mädchen verließ die Stadt mitten im Schuljahr. Als sie im Herbst zurückkam, trat sie sofort den Cheerleaders bei, als sollte die ganze Schule sehen, wie sie in einem dieser kurzen Röckchen ihre Pompoms durch die Luft wirbeln ließ.

»Ich bin froh, dass ihre Mutter nichts davon weiß«, sagt

Angela. »Sie würde sonst vielleicht denken, ich hätte sie um ein Stück von Allison gebracht, das sie hätte behalten können.« Ich muss daran denken, wie meine eigene Mutter kopfschüttelnd über diese Mädchen gesagt hat, sie seien alle leichtfertige Sünderinnen, und manche von ihnen sogar Mörderinnen. Ich weiß bis heute nicht, wie sie überhaupt davon erfahren hatte. Ich hatte ihr jedenfalls nichts erzählt.

Angela ringt wieder schluchzend nach Luft. Ihre Hand ist heiß und feucht, und meine Schulter beginnt zu schmerzen, aber ich halte die Stellung. »Wie ist denn Allisons Mutter?«

»Ich sage das jetzt nur ungern«, antwortet sie. »Aber die Wahrheit ist, dass ich sie nie besonders gemocht habe. Sie hat Allison angesehen, als wollte sie etwas von ihr. Ich hatte immer das Gefühl, dass sie eifersüchtig auf mich war, dass sie dachte, ich sei nicht gut genug für Allison.«

»Und Peter?«

»Peter ist ein großartiger Junge. Er vergöttert Allison. Sie wissen ja, wie das ist, manchmal sind jüngere Geschwister fast ein bisschen verliebt in ihren großen Bruder oder die ältere Schwester. Bei Peter ist das so. Allison ist die gute große Schwester. Sie kümmert sich um ihn, passt auf ihn auf. Einmal, als er noch keinen Führerschein hatte, hat sie ihn mit dem Wagen ihrer Mutter fahren lassen. Er hat einen parkenden Wagen angefahren, einen kleinen Blechschaden verursacht. Allison hat die Schuld auf sich genommen. Sie musste einen Teil des Schadens bezahlen, hat aber von Peter keine Hilfe angenommen, sagte, es sei ihre Schuld gewesen, schließlich habe sie ihn fahren lassen.« Sie drückt meine Hand. »So war sie. Das, was Carl Ihnen erzählt hat, wird ihr überhaupt nicht gerecht.«

Sie lässt meine Hand los, um nach einem Taschentuch zu greifen. Ich lehne mich zurück, widerstehe aber dem Drang, mir die Schulter zu reiben. »Und Allisons Freund?«

»Das habe ich Ihnen doch schon gesagt!«, antwortet sie in scharfem Ton. »Es gibt keinen Freund!« Sie schlägt die Hände vors Gesicht. Ich frage nicht noch einmal. »Dauernd muss ich weinen«, sagt sie mit schwacher Stimme. »Ich kann einfach nicht damit aufhören.« Sie sieht mich an, und mir fällt auf, wie groß und grün ihre Augen sind, und dass ihre Wimperntusche schon wieder verschmiert ist. Ich frage mich, ob ich mich noch schminken würde, wenn Hannah gerade ermordet worden wäre.

»Liegt das daran, dass sie mir so fehlt?«, fragt sie mich mit zitternder Stimme. »Oder bloß daran, dass ich Angst habe?«

»Beides«, antworte ich. »Das ist nur natürlich. Sie trauern um sie.« Ich greife wieder nach ihrer Hand.

»Was ihr passiert ist, hätte auch mir passieren können. Es könnte mir immer noch passieren.« Ihre Hand liegt noch immer in meiner, aber sie weint nicht mehr. »Es hätte auch Ihnen passieren können. Sie sehen sogar ...« Sie hält inne, fährt nicht fort: »ein bisschen aus wie sie«, sondern starrt mich bloß an. Als sie weiterspricht, klingt ihre Stimme plötzlich so hart und kalt, dass ich ihr meine Hand entziehe und zurück auf meinen Schoß lege. »Aber das wissen Sie bestimmt, oder?«

Mir gegenüber auf dem Sofa sitzt ein Mädchen wie viele andere auch, ein Mädchen, das vor Aufregung rosige Wangen hat, sorgfältig geschminkt ist und einen durchaus cleveren Eindruck macht, aber selbst in ihrer Trauer nicht zu clever oder zu hübsch wirkt. Sie sieht sich ihrerseits einer Frau in ihrem Alter gegenüber, die Lippenstift, sonst aber kein Make-up trägt, das Haar kurz geschnitten hat, mit Rock und Designer-Bluse geschäftsmäßig gekleidet ist und ein zugeklapptes Notizbuch neben sich auf der Couch liegen hat. Wir sitzen hier schon eine ganze Weile gemütlich beisammen und unterhalten uns wie Freundinnen, aber nun, da sie mich so anstarrt, durchzuckt mich der Gedanke, dass keine von uns beiden eine Ahnung hat, was sich unter der Haut der anderen verbirgt.

Plötzlich werden ihre Augen wieder feucht, und sie lässt

das Gesicht auf die Hände sinken. »Sie hat es nicht verdient, auf diese Weise zu sterben«, schluchzt sie. Während ich sie beobachte, schwindet mein Unbehagen. Ich weiß genau, wer Angela Schultz ist. Ich könnte ein paar Einzelheiten herausgreifen und in der Zeitung so über sie schreiben, dass jeder sie sehen könnte, gefangen in einem Satz wie eine Motte unter einem Glas.

An der Tür drehe ich mich noch mal um und umarme sie. Sie lässt sich gegen mich sinken, als wäre sie sich selbst zu schwer geworden. Alles an ihr fühlt sich weich an, ihr Busen an meinem, die Baumwolle ihres Shirts unter meinen Händen. Sie holt zitternd Luft. »Danke fürs Zuhören«, sagt sie.

»Gern geschehen.« Ich füge nicht hinzu: »Das ist mein Job.«

»Bitte rufen Sie mich an, wenn Ihnen nach Reden zumute ist. Nicht für eine Story oder so. Einfach nur Reden.«

Sie löst sich von mir, lässt aber eine Hand auf meinem Oberarm liegen. »Hören Sie«, sagt sie. »Ich muss noch mal in Allisons Wohnung und ein paar Sachen holen, bevor ihre Mutter dort aufräumt. Würden Sie mitkommen? Ich kann den Gedanken nicht ertragen, allein hinzugehen.«

So einfach ist das. Ein paar Papiertaschentücher, eine Umarmung, und schon öffnet mir dieses Mädchen die Tür zu ihrem Leben und bittet mich hinein. Ich mag sie. Sie tut mir Leid. Wir könnten Freundinnen sein, auch wenn ich sie nur benutze. Wenn es für mich schon so schwer ist, beides klar zu trennen, dann kann man das von ihr erst recht nicht erwarten. Einen Moment lang bin ich versucht, sie zu fragen, warum sie ausgerechnet mich darum bittet, und ob sie nicht lieber eine andere Freundin von Allison mitnehmen möchte, statt mich, eine Reporterin, zu fragen.

Als ich damals bei meiner College-Zeitung anfing, erklärte mir die Nachrichtenredakteurin, wenn man von jemandem, der eigentlich nicht bereit sei zu reden, trotzdem eine

Antwort wolle, sei es am besten, das Notizbuch zuzuklappen, ein paar Nettigkeiten auszutauschen und dann ganz nebenbei die relevante Frage zu stellen. Hinterher brauche man sich nur noch zu bedanken, auf den Gang hinauszutreten und sich alles aufzuschreiben. Ich spiele mit dem Gedanken, Angela zu sagen, dass die Tatsache, dass ich mein Notizbuch nicht gezückt habe, nicht automatisch bedeutet, dass ich mir keine Notizen mache.

»Natürlich komme ich mit«, antworte ich. »Wann?« Wir verabreden, uns am Montagmorgen vor dem Gebäude zu treffen, und verabschieden uns. »Ach übrigens«, sage ich und drehe mich in der Tür noch einmal um, »wer war der Vater?« Ich tippe auf einen schlanken, muskulösen Footballspieler oder einen dunklen, von Sorgen geplagten Jungen wie auf Angelas Foto.

Sie schaut mich fragend an.

»Als Allison damals schwanger wurde.«

»Oh.« Sie gibt ein kurzes, bitteres Lachen von sich. »Ich schätze, ihr damaliger Freund. Tommy.«

Ich zögere. »Sie *schätzen*?«

Sie zuckt mit den Achseln. »Allison war nie wirklich treu. Sie hat die Männer sozusagen ... gesammelt.«

»Hat Carl auch zu ihrer Sammlung gehört?«

»Oh, Carl. Ich glaube, sie ist einmal mit ihm ausgegangen, vielleicht hat sie ihn sogar geküsst.« Mein Mienenspiel veranlasst sie zu ergänzen: »Sie müssen das verstehen. Sie war etwas ganz Besonderes. Alle wollten mit ihr zusammen sein. Es war, als würde sie sprühen vor ... irgendeiner Art von Energie.«

»Sex?«

Sie runzelt die Stirn, fasst es als Kritik an ihrer toten Freundin auf. »Mehr als das. Es war, als wollte sie jeden *berühren*. Nicht bloß körperlich.« Sie schüttelt den Kopf. »Ich kann es nicht richtig ausdrücken.« Den Blick zur Zimmerdecke gewandt, fügt sie langsam hinzu: »Es war, als wollte sie die ganze Welt berühren.«

Wir schweigen beide. *Und ihr Tod hat sie schließlich berühmt gemacht*, denke ich, obwohl ich weiß, dass Angela nicht wirklich über Ruhm spricht. Unsere Blicke treffen sich. Sie drückt mir etwas in die Hand und schließt die Tür. Ich bleibe auf dem Gang stehen. Das Bild, das ich mir von Allison gemacht hatte, ist erneut verschwommen, wie ein Amateurfilm, der immer wieder unscharf wird. Ich sehe nach, was sie mir gegeben hat. Es ist das Foto, auf dem sie und Allison geblümte Kleider tragen und Arm in Arm in die Sonne lächeln.

Als ich in die Redaktion zurückkomme, habe ich zwanzig Nachrichten auf meinem Band, drei Anrufer, die auflegen, ein Mann, der mit überraschter Stimme »Oh« sagt und dann schwer ins Telefon atmet, bis ihn der Signalton unterbricht, und sechzehn Frauen, die alle in gehetztem, ängstlichem Ton erklären, sie wüssten, wer Allison Avery getötet habe.

Ich verbringe ein paar Stunden damit, sie zurückzurufen. Alle diese Frauen geben mit bitterer, angsterfüllter Stimme ihren Vater, ihren Freund oder ihren Exmann als den Mörder an. Er schlägt mich, erklären sie. Er hat meine Mutter geschlagen. Er hat mir das Bein gebrochen. Er trinkt zu viel. Er ist ein Dieb, er lügt, er ist drogenabhängig. Er hat mich gefesselt und vergewaltigt, erzählt eine Frau und bricht dann zusammen. Eine ganze Weile schluchzt sie leise ins Telefon.

Ich schreibe mir die Namen auf, die sie mir nennen. Einer kommt mir bekannt vor, auch wenn es ein paar Minuten dauert, bis mir einfällt, woher. Der Mann ist tot. Seine Leiche ist vor fast drei Monaten auf einem Golfplatz aufgetaucht, und trotzdem erzählt mir seine Tochter voller Überzeugung, er habe vor drei Tagen ein junges Mädchen vergewaltigt und ermordet. »Ich weiß es«, sagt sie mit gepresster Stimme. »Ich weiß es einfach.«

Ich glaube nicht, dass eine dieser Frauen wirklich weiß, was Allison Avery zugestoßen ist. Sie können mir nur erzählen, was ihnen selbst zugestoßen ist.

Nach dem Gespräch mit der letzten Frau lasse ich den Kopf auf meinen Schreibtisch sinken und schließe die Augen. Ich muss an die Dinge denken, die Carl Fitzner mir erzählt hat. Als er über Allisons leichtlebige Clique, ihre tief ausgeschnittenen Shirts und ihre kurzen Röcke sprach, meinte er das Gleiche wie Janice Smith. Nur eine Frage der Zeit.

Das Telefon klingelt so nahe an meinem Ohr, dass ich erschrocken hochfahre. »Olivia Dale«, melde ich mich in scharfem, gereiztem Ton.

Ein paar Augenblicke lang höre ich nichts, dann: »Hier ist Peter Avery.«

Ich richte mich auf. »Hallo, Peter. Was kann ich für dich tun?«

»Haben Sie irgendwas erfahren?« Er klingt geschäftsmäßig und brüsk, nicht wie der verstörte Junge von gestern.

»Nichts Neues«, antworte ich vorsichtig. »Hast du mit der Polizei gesprochen?«

»Wozu?«, entgegnet er bitter. Dann schweigt er wieder. Ich warte, bis er schließlich sagt: »Meine Mutter hat mich gebeten, Sie anzurufen. Sie will eine Belohnung aussetzen.«

Ich greife nach meinem Notizbuch. *Für Informationen, die zur Ergreifung des Täters führen.* »Wie viel?«

»Zehntausend.«

»Ganz schön viel«, sage ich, ohne nachzudenken.

»Ja«, antwortet er langsam und verächtlich. »Kann man wohl sagen.«

Vor meinem geistigen Auge sehe ich bereits die Schlagzeile: FREUNDE UND VERWANDTE DES OPFERS ERKLÄREN, SIE ›HAT ES NICHT VERDIENT, AUF DIESE WEISE ZU STERBEN‹, oder etwas noch Besseres, je nachdem was die Mutter sagen wird. Darunter: Untröstliche Eltern setzen Belohnung aus. »Hör zu, Peter«, sage ich. »Ich kann diese Information gerne bringen, aber es wäre sehr hilfreich, wenn ich mit deinen Eltern sprechen könnte. Ein persönlicher Appell ist immer –«

»Nein«, unterbricht er mich. »Dazu sind sie noch nicht bereit. Meine Mutter ist ... meine Mutter legt sehr viel Wert auf ihre Privatsphäre.«

Ich überlege, ob ich nachhaken soll. »Also gut«, sage ich schließlich. »Aber wenn sie so weit sind, möchte ich, dass sie wissen, dass ich angemessen darüber berichten würde.«

»Sie werden sich auf jeden Fall an Sie wenden, keine Angst«, antwortet er. »Wir wollen uns nicht mit dem Fernsehen herumschlagen.«

»In Ordnung.« Ich beschließe, es dabei zu belassen. Mit weicherer Stimme fahre ich fort: »Wie geht es dir?«

Er schluckt. »Ich weiß nicht.«

»Du weißt es nicht?«

»Ich bin viel gelaufen und ich, ähm ... ich bin einfach ...« Er schweigt einen Moment, ehe er mit ganz kleiner Stimme fortfährt: »Ich weiß es nicht.«

»Wie geht es deinen Eltern?«

»Meine Mutter sitzt bloß noch in Allisons Zimmer. Wenn ich ihr sage, dass ich nach draußen gehe, dann antwortet sie: ›Bitte geh nicht‹, als würde sie befürchten, dass ich, sobald ich einen Schritt aus dem Haus tue ... aber sie spricht nicht mit mir. Mit meinem Vater spricht sie auch nicht. Sie sitzt bloß auf der Bettkante. Als ich heute Morgen hineinging, lag sie zusammengerollt da, Allisons Kissen im Arm. Ohne zu weinen. Ihre Füße hingen aus dem Bett.« Er schluckt noch einmal und verstummt.

Ich frage mich, ob der Mutter bewusst war, dass sie mit ihren bis zur Brust hochgezogenen Knien die Sterbehaltung ihrer Tochter imitiert hat.

»Sie haben einen Bruder, nicht wahr?«, fragt mich Peter. »Stehen Sie sich nahe?«

»Nicht sehr, nein.«

»Wieso nicht?«

»Meine Familie ist sehr religiös«, antworte ich. »Ich nicht.«

»Wie ist Ihre Mutter?«

Einen Moment lang weiß ich nicht recht, was ich sagen

soll. Dann antworte ich. »Sie ist nett. Sie setzt sich sehr für gemeinnützige Zwecke ein.«

»Gemeinnützige Zwecke?«, wiederholt er, und ich glaube, aus seiner Stimme herauszuhören, dass ich in der Lage sein sollte, über meine eigene Mutter mehr als nur das zu sagen. »Sehen Sie sie viel?«

Ich erzähle ihm von meinem letzten Treffen mit meiner Mutter, als wir bei meinem Bruder zum Abendessen eingeladen waren. Dass ich, nach meiner Arbeit gefragt, wahrheitsgetreu geantwortet habe. Dass mich mein Bruder Rob hinterher beiseite genommen und mit leiser Stimme angezischt hat, ich solle vor den Kindern gefälligst nicht über solche Dinge reden und ob ich denn um Gottes willen nicht wisse, dass das nicht normal sei. Dass meine Mutter gesagt hat, sie könne nicht verstehen, wieso ich die Tragödien anderer Leute stören müsse. Dass ich aber weiß, dass sie selbst die Zeitungen nach genau solchen Geschichten durchforstet. Dass sie mir mein ganzes Leben lang von Gangstern vorgelesen hat, die mein Auto in eine dunkle Straße locken würden, von Männern, die mich an einer roten Ampel aus dem Auto zerren, von Vergewaltigern, die mich im Park überwältigen und ins Gebüsch ziehen würden.

»Heute braucht sie mir diese Geschichten nicht mehr vorzulesen. Heute schreibe ich sie selbst.«

»Und ich bin jetzt eine von diesen Geschichten«, sagt der Junge am anderen Ende der Leitung. »Beziehungsweise meine Schwester.«

Ich verziehe erschrocken das Gesicht. »Mein Gott, es tut mir so Leid. Wie gedankenlos von mir.«

»Schon gut.« Wieder schweigt er einen Moment. Dann erklärt er abrupt: »Ich glaube, Sie sind ein guter Mensch.«

Tränen steigen mir in die Augen. *Wie seltsam*, denke ich und blinzle sie weg. »Danke.«

»Ich muss jetzt aufhören«, erklärt er. »Ich rufe Sie wieder an.«

»Ich hoffe.«

Nachdem ich aufgelegt habe, sitze ich eine Weile reglos da und starre die Wand an. Dann ziehe ich das Bild seiner Schwester näher heran. Ich verfolge den Umriss ihres Gesichts mit dem Ende meines Stifts. *Wer bist du?* denke ich. *Sag's mir!* Irgendein abergläubischer Impuls lässt mich die Augen schließen und auf die Antwort warten, aber die einzige Stimme in meinem Kopf ist meine eigene.

»Olivia?«

Ich öffne die Augen. Evan steht mit schief gelegtem Kopf vor mir und sieht mich fragend an. »Ich und Bishop gehen ins M&O, einen trinken. Kommst du mit?«

Das M&O ist Bishops Lieblingskneipe, gleich in der Nähe der Zeitung und sehr dunkel, mit einem Billardtisch im hinteren Teil. Die Wände und die Decke zieren bunte Karikaturen von städtischen Politikern und Exzentrikern. Wir gehen zwei-, dreimal die Woche hin, um ein oder zwei Bier zu trinken und uns so weit zu entspannen, dass wir nach Hause gehen können. Bishop stellt uns bei diesen Gelegenheiten gern Fragen – was war eure schmerzhafteste Erfahrung, was war das Verrückteste, was ihr je im Namen der Liebe getan habt –, und nachdem Evan und ich unsere Geschichten erzählt haben, blickt er in sein Bierglas, als wäre es eine Kristallkugel, bis ihm einer von uns die gleichen Fragen stellt. Dann übertrumpft er uns jedes Mal, egal, wie gut unsere Geschichten waren.

An diesem Abend bestellt Bishop einen Krug Bier und fragt: »Welches war der schlimmste Artikel, den ihr je schreiben musstet?«

»Was meinst du mit der schlimmste?«, frage ich. »Ich kann dir erzählen, welches der blödeste Artikel war, den ich je schreiben musste.«

Bishop nickt mir zu und füllt mein Glas.

»Als Charles und Di zum ersten Mal Stress miteinander hatten«, beginne ich, »arbeitete ich gerade für eine Zeitung in Nashville und bekam den Auftrag, bei möglichst vielen Eheberatern anzurufen und sie zu fragen, ob die Ehe noch zu retten sei.«

»Das ist nicht dein Ernst«, sagt Evan.

»Ich habe einen einzigen Typen angerufen, der völlig entsetzt war über die Frage und nichts dazu sagen wollte. Das Ganze war mir so peinlich, dass ich meine Redakteurin anlog und behauptete, ich hätte sieben Leute angerufen, die sich alle geweigert hätten, mit mir zu reden. Sie sagte: ›Man möchte meinen, die Leute hätten mehr Sinn für Humor‹, bestand aber nicht weiter darauf, dass ich die Story schrieb.«

»Okay«, sagt Bishop unbeeindruckt. Er nickt zu Evan hinüber. »Und was war deine schlimmste Story?«

»Ich schätze, eine von diesen Geschichten über den so genannten ›Mann von der Straße‹«, antwortet Evan. Er spielt es uns vor. »Entschuldigen Sie, Sir, wie denken Sie über die derzeitige Situation in Bosnien?« Dann sagt er mit schleppender Proletenstimme: »Die gehören alle umgebracht. Soll Gott sich doch mit ihnen herumschlagen!«

»Okay«, sage ich an Bishop gewandt. »Jetzt lass deine hören.«

»Gut, Kinder«, beginnt er. »Ihr erinnert euch vielleicht noch an den Jungen, der in DeSoto County umgebracht worden ist. Euer lieber Kollege hier hatte den Auftrag, mit den Eltern zu sprechen, eine Aufgabe, um die mich bestimmt niemand beneidet hat. Als der Fotograf und ich zum Haus der Eltern kamen, war der Rasen schon überfüllt mit Reportern, Fotografen, Fernsehkameras, dem ganzen Drum und Dran. Und der Vater stand da und trank ein Bier.« Er formt mit seinen Händen ein Rechteck, als wäre er ein Regisseur, der eine Dreheinstellung abzuschätzen versucht. »Jetzt stellt euch Folgendes vor«, sagt er. »Auf dem T-Shirt, das der Mann trägt, prangt eine Flasche Jack Daniel's, und der Flaschenhals wird von einer Hand umklammert. Darüber steht ›Jack-off Daniel's.‹ Und alle fotografierten diesen Typen.«

Evan bricht in brüllendes Gelächter aus und klatscht mit der Hand auf den Tisch. »Du verscheißerst uns!«, meint er.

»Du hältst dich nicht an die Regeln«, sage ich. »Was hat das mit der schlimmsten Story zu tun, die du schreiben musstest?«

»Das war ein ziemlich schlimmer Fall«, entgegnet er. »Dieser Mord.« Ich sehe, wie er sich in sich selbst zurückzieht – den Kopf gesenkt, die Schultern eingezogen.

»Wenn es das ist, was du meinst«, sage ich, »dann ist die Geschichte, die ich gerade geschrieben habe, meine bisher schlimmste. Das tote Mädchen.« Ich greife in meine Tasche und ziehe das Foto heraus, das Angela mir gegeben hat. »Jetzt zeige ich euch Jungs etwas.« Ich lege das Foto auf den Tisch. Sie beugen sich vor, um es sich anzusehen.

»Ist es eine von den beiden?«, fragt Evan.

»Ja«, antwortet Bishop an meiner Stelle. »Die linke.« Dann sieht er mich an. »Was ist damit?«

»Seht sie euch an«, antworte ich, woraufhin sie den Blick gehorsam auf Allisons Gesicht richten. »Ihr findet nicht, dass ich ihr ähnlich sehe, oder?«

»Warum?«, fragt Evan.

»Die Leute behaupten es ständig«, antworte ich. »Aber ich glaube nicht, dass sie Recht haben.«

Bishop lehnt sich zurück. »Ich sage es dir nur ungern, aber sie haben Recht«, erklärt er. »Da besteht tatsächlich eine leichte Ähnlichkeit.«

Evan nickt, lässt den Blick von dem Foto zu meinem Gesicht und wieder zurück wandern. »Definitiv«, sagt er. »Um die Augen herum.«

»Sergeant Morris hat gesagt, es sei die Form meines Gesichts«, entgegne ich. »Euch beiden wäre überhaupt nichts aufgefallen, wenn ich euch nicht danach gefragt hätte.«

»Mir ist es schon viel früher aufgefallen«, widerspricht Bishop.

»Warum hast du nichts gesagt?«

»Ich sage nicht alles, was ich mir denke.« Er richtet den Blick wieder auf sein Bierglas.

»Vergesst es einfach«, sage ich, nehme das Foto und schiebe es wieder in meine Tasche. »Ist ja auch nicht so wichtig.« Dann greife ich nach dem Bierkrug und schenke uns allen nach.

Bishop sieht uns prüfend an. »Wie wär's damit: Wie weit seit ihr je für eine Geschichte gegangen?«

»In den Müll«, antwortet Evan lachend. »Ich habe mir dabei meine Schuhe ruiniert.«

»Hast du was gefunden?«, frage ich.

»Ich habe es dir sogar gezeigt«, erwidert er. »Erinnerst du dich an das Satanisten-Magazin?« Er hebt sein Glas und fügt hinzu: »Stoff für die Titelseite!« Wir stoßen miteinander an.

Bishop nickt mir zu. »Lasst mir noch ein bisschen Zeit«, sage ich. »Ich muss erst überlegen. Antworte du zuerst.«

Bishop erzählt uns von seinem Unterfangen, von einem des Steuerbetrugs verdächtigten Senator ein Zitat zu ergattern. Während er spricht, winke ich der Bedienung und bestelle einen Bourbon. Ich sehe ihr zu, wie sie zur Bar hinübergeht und mit dem Drink zurückkommt. Das kleine Glas steht in der Mitte ihres großen runden Tabletts.

Bishop erzählt uns, er sei dem Typen in ein Vier-Sterne-Restaurant gefolgt, habe seinen schrecklichen Wagen von einem Angestellten des Restaurants auf den Parkplatz fahren lassen, sich vom Oberkellner ein Jackett und eine Krawatte ausgeliehen und sich dann zu einem Fünf-Gänge-Menü niedergelassen, wobei er stets ein Auge auf den Senator hatte, während er seinen Fasan verspeiste. Als der Senator aufstand, um auszutreten, folgte ihm Bishop. Im Toilettenraum stürmte er an das Urinal direkt neben dem Senator. »Wir stehen also da und pissen«, fährt Bishop fort, »und ich ziehe meinen Reißverschluss hoch, drehe mich zu dem Typen um, der noch am Pissen ist, strecke ihm die Hand hin und sage: ›Guten Tag, Herr Senator, ich bin Martin Bishop von der Zeitung. Was können Sie mir zu den gegen Sie erhobenen Vorwürfen sagen?‹«

»Was hat er gemacht?«, fragt Evan.

»Er hat mir die Hand geschüttelt.« Evan prustet los. »Ich nehme an, es war ein Reflex«, fügt Bishop hinzu.

»Ich hoffe, du hast dir hinterher die Hände gewaschen«, sage ich.

»Natürlich«, antwortet Bishop. »Mit Seife und heißem Wasser.«

»Hat er dir eine zitierbare Antwort gegeben?«, fragt Evan.

»Er hat gesagt: ›Diese Vorwürfe sind völlig aus der Luft gegriffen, mein Sohn. Ich habe mir nichts zuschulden kommen lassen. Und jetzt entschuldigen Sie mich bitte, ich muss meine Hose schließen.‹«

»Diesen Teil hast du gerade erfunden«, sage ich.

Bishop hebt abwehrend die Hände. »Wieso sollte ich so etwas tun?« Er nickt mir zu. »Jetzt bist du dran!«

»Ich überlege immer noch krampfhaft.«

»Deine Bedenkzeit ist um«, meint Evan.

»Ich weiß nicht«, erkläre ich. »Wahrscheinlich mache ich den Job noch nicht lange genug, um eine Antwort auf diese Frage zu haben.«

Die Bedienung nimmt im Vorbeigehen mein leeres Glas mit. »Möchten Sie noch einen, Süße?«, fragt sie.

»Klar«, antworte ich. »Warum nicht?« Evan sieht mich mit hochgezogenen Augenbrauen an. »Was ist?«, frage ich.

»Den Letzten hast du ganz schön schnell getrunken.«

»Ich bin Reporterin«, gebe ich zurück. »Da erwartet man von mir, dass ich einen guten Zug habe.« Als die Bedienung meinen Drink bringt, kippe ich ihn sofort hinunter. Obwohl mein ganzer Hals brennt, verziehe ich keine Miene. Dann lächle ich Evan an und stelle mein Glas mit der Öffnung nach unten auf den Tisch. Er schüttelt den Kopf. Bishop lacht. »Bleib cool, Cowgirl!« Er zwinkert mir zu. Dann fragt er: »Warum seid ihr beide eigentlich Reporter geworden?«, und lässt den Blick zwischen Evan und mir hin und her schweifen, bevor er sich dazu entschließt, mit Evan zu beginnen.

»Weil ich wie Woodward und Bernstein in *Die Unbestechlichen* sein wollte«, erklärt Evan. »Ich wollte derjenige sein, der die Wahrheit herausfindet und dafür sorgt, dass andere wegen ihrer Taten zur Rechenschaft gezogen werden. Ich weiß, es klingt blöd ...« Er verstummt.

»Sprich weiter«, sagt Bishop.

»Ich hatte das Gefühl, eine Mission zu haben.«

Bishop nickt und wendet sich an mich. »Warum bist du Reporterin geworden?«

Ich lasse mein leeres Glas auf dem Tisch kreiseln. »Aus den gleichen Gründen wie Evan.«

Bishop lächelt und schüttelt den Kopf. »Warum bist du Reporterin geworden?«

»Das habe ich dir doch gerade gesagt.«

»Wenn du einen Cop fragst, warum er Cop geworden ist, was meinst du, wird er dir dann antworten?«

»Dass er seinen Mitmenschen als Freund und Helfer zur Seite stehen möchte«, antworte ich, während ich mich nach der Bedienung umblicke.

»Und was sind deiner Meinung nach die wahren Gründe für seine Berufswahl?«

»Macht. Eine Waffe an der Seite zu haben und eine Sirene auf dem Dach, damit er auf der Straße an allen anderen vorbeibrausen kann.«

»Korrekt«, sagt Bishop.

»Das ist nicht fair«, protestiert Evan. »Manche Cops fühlen sich tatsächlich als Freund und Helfer.«

Bishop ignoriert ihn, wendet den Blick keine Sekunde von mir ab. »Warum bist du Reporterin geworden?«

»Warum fragst du Evan nicht auch noch einmal?« Ich gebe der Bedienung ein Zeichen, mir einen weiteren Drink zu bringen.

»Evan hat die Wahrheit gesagt«, antwortet er. »Ich möchte wissen, was dich dazu treibt, diesen Job zu machen. Bist du neugierig? Oder vielleicht sensationslüstern? Oder fällt es dir leichter, das Leben anderer Leute unter die Lupe zu nehmen als dein eigenes? Warum bist du Reporterin geworden?«

Ich starre ihn eindringlich an. »Ich bin es einfach geworden. Manchmal kommt es mir vor, als wäre das gar keine bewusste Entscheidung gewesen. Als hätte ich mich einfach im Lauf der Zeit dazu entwickelt, so, wie ich jedes Jahr ein paar Zentimeter gewachsen bin, bis ich schließlich eins sechzig groß war.«

»So einfach ist das nicht, und das weißt du ganz genau«, meint Bishop. »Von jemandem, den du interviewst, würdest du eine solche Antwort nie akzeptieren.«

Kürzlich habe ich zu Sergeant Morris gesagt: »Ich muss es wissen«, und er hat mich nicht gefragt, warum. Nie kommt jemand auf die Idee, mich zu fragen, warum. Es ist einfach mein Job. »Also gut, wie wär's damit«, sage ich. »Laut meiner Mutter wollte ich schon als Kind immer Leute beobachten. Angeblich habe ich sofort geweint, wenn mich jemand so gehalten hat, dass ich den Rest des Raumes nicht sehen konnte.«

»Du meinst also, du wärst dafür geboren?« Bishop spricht diese Frage aus, als würden die Worte in seinem Mund einen schlechten Geschmack hinterlassen.

»Ich nehme es an. Warum bist *du* denn Reporter geworden?«

»Ich bin neugierig«, antwortet er. »Ich bin sensationslüstern. Es fällt mir leichter, das Leben anderer Leute unter die Lupe zu nehmen als mein eigenes.« Grinsend hebt er sein Glas, als wollte er mir zuprosten. »Mach dir nichts draus«, meint er dann sanft. »Ich mache diesen Job schon länger als du.«

Während die beiden Männer sich auf den Grund des Bierkrugs vorarbeiten, gönne ich mir einen weiteren Bourbon. Als das Bier schließlich alle ist, meint Evan, es sei Zeit zu gehen. »Noch einen Drink«, sage ich. »Komm schon!«

Er steht auf. »Du hast genug getrunken. Ich fahre dich nach Hause.«

»Nein, danke«, entgegne ich. »Ich will noch einen.« Lächelnd drehe ich mich zu Bishop um. »Bishop? Einen letzten Drink?«

»Einer Lady kann ich keinen Wunsch abschlagen«, antwortet er mit übertriebenem Südstaatenakzent. »Ich nehme einen Whiskey.«

Bevor Evan geht, sagt er noch einmal, dass ich nicht mehr selbst nach Hause fahren soll. Bishop und ich bleiben sitzen und bestellen unsere Drinks. Während wir warten, erzählt er mir Geschichten, von denen manche schrecklich, aber alle auch irgendwie lustig sind. Er macht einen Betrunkenen nach, der festgenommen wurde, weil er auf der Straße auf die Haustiere der Nachbarn schoss. Bishop tut so, als würde er leicht torkeln, während er durch das Visier eines imaginären Gewehrs späht und lockt: »Hierher, Kitty Kitty Kitty!« Dann erzählt er noch einmal die »Jack-off Daniel's«-Geschichte.

»Das ist ja schrecklich!«, sage ich immer wieder, während ich hilflos lache. »Das ist ja schrecklich!«

»Lass dir eins gesagt sein, Kleines«, erwidert Bishop. »Das ist noch nicht mal die Hälfte.«

Bishop weiß alles, was es über diese Stadt zu wissen gibt. Wo er auch hingeht, er sieht überall eine Story, die er geschrieben hat.

Wenn ich nächsten Mai zum Musikfestival gehe, werde ich sehen, wie Scharen von Menschen direkt über die Stelle laufen, wo der Wagen den Schädel von Allison Avery zermalmt hat. Ich werde sie dabei beobachten: die weißen Kids mit ihren Dreadlocks und Hanfketten, die Cowboys mit ihren engen Wranglers und spitzen Stiefeln, die Paare mittleren Alters mit ihren Jeansjacken, die College-Jungs mit ihren khakifarbenen Hosen und Baseballkappen, die viel zu stark geschminkten Mädchen in ihren engen Tops, aus denen ihr Busen quillt. Die Jungs, die den Mädchen an den Hintern fassen, die Leute, die sich unter ihren Schirmen drängen, während ihre Füße immer tiefer in den Schlamm einsinken, und die schrankgroßen Security-Leute, die mit finsterem Blick in die Menge starren, den Rücken zur Bühne, während die Frauen laut kreischend die Arme in die Luft recken, wenn Al Green eine Rose von der Bühne wirft. Der Boden, vom Regen und Tausenden von stampfenden Füßen in Schlamm verwandelt, wird von Plastikbierbechern und Schokoladenverpackungen übersät sein. Nichts wird darauf hinweisen, dass dieser Mord je passiert ist. Ich aber werde es wissen. Ich werde genau wissen, wo.

Ich muss Hannah anrufen und sie bitten, mich abzuholen. »Du bist ja völlig am Ende«, erklärt sie in vorwurfsvollem Ton, sobald ich eingestiegen bin. »Du kannst nicht mal mehr gerade gehen!«

»Hallo, ich freue mich auch, dich zu sehen!«, gebe ich zurück. Ich bin tatsächlich schlimm betrunken. Wenn ich es endlich bis in mein Bett geschafft habe, werde ich einen Fuß auf den Boden stellen müssen, um zu verhindern, dass sich der Raum um mich dreht wie ein Karussell. Dreimal müssen wir am Straßenrand anhalten, damit ich mich übergeben kann.

Der Wagen unserer Nachbarin blockiert die Zufahrt zum Parkplatz, sodass Hannah mich vor unserem Haus herauslässt und weiterfährt, um den Wagen irgendwo entlang der Straße zu parken ... Plötzlich finde ich mich auf allen vieren am Randstein wieder. Mein ganzer Körper schwankt. Mühsam stehe ich auf, um mich in würdigerer Haltung auf die Haustreppe zu setzen.

Ich wache auf. Unter meinem Rücken spüre ich Treppenstufen, und das Verandalicht scheint mir direkt in die Augen. Als ich den Kopf von einer Seite zur anderen drehe, sehe ich, dass ich beide Arme über dem Kopf ausgestreckt habe. Ich hebe den Kopf ein wenig an und blicke an mir hinunter. Meine Beine sind weit gespreizt, mein Rock ist bis über die Taille hochgerutscht. Ich kann meine Unterwäsche sehen. Blaue Streifen. Ich höre Schritte. »Hannah?«, rufe ich, aber niemand antwortet. Als ich erneut den Kopf hebe, geht gerade ein Mann an mir vorbei. Er dreht sich zu mir um und starrt mich an. Schlagartig wird mir bewusst, was für einen Anblick ich bieten muss. Bei diesem Gedanken fühle ich mich fast wieder nüchtern. »Hey«, sagt er. »Fehlt Ihnen etwas?«

»Nein, danke, alles in Ordnung«, antworte ich. Ich setze mich auf und rücke meinen Rock zurecht.

Der Mann geht einen Schritt auf mich zu. »Alles in Ordnung«, sage ich noch einmal, aber meine Stimme wankt. Er geht noch einen Schritt in meine Richtung und macht Anstalten, die Hand nach mir auszustrecken. Ich schreie heiser auf, und er reißt erschrocken die Hand zurück. »Verschwinden Sie!«, rufe ich.

Zögernd geht er einen Schritt zurück. Er ist nicht groß, aber massig und breitschultrig. Seine Gesichtszüge kann ich in der Dunkelheit jenseits der Veranda nicht genau erkennen. Das Verandalicht flackert. Meine Oberschenkel, die ich fest aneinander presse, kleben vor Schweiß. Außer uns ist auf der Straße kein Mensch zu sehen. Als ich den Kopf drehe, sehe ich nur Dunkelheit, lauter stille Häuser, wo hinter verschlossenen Türen alles schläft.

Der Mann und ich starren uns an. Wenn er sich erneut in meine Richtung bewegt, werde ich schreien. »Was wollen Sie?«, frage ich. Meine Stimme klingt verängstigt.

Ich bilde mir ein, ein Lächeln auf seinem Gesicht zu sehen, ein wildes, abschätzendes Lächeln. Panik steigt in mir hoch. »Hören Sie, Miss«, antwortet er. »Ich bin einfach nur nett. Ein barmherziger Samariter.« Seine Stimme trieft vor Hohn. »Vielleicht sollten Sie mal in den Spiegel schauen und sich fragen, was *Sie* eigentlich wollen. Sie sind nämlich diejenige, die hier halb nackt auf der Straße herumliegt.« Mit diesen Worten macht er auf dem Absatz kehrt und stolziert davon.

Ich beiße mir selbst in die Finger, um das Zittern meiner Hände zu stoppen. Ich hatte auf der Haustreppe das Bewusstsein verloren und dabei meine Arme und Beine ausgestreckt wie ein Seestern, der nur darauf wartet, von jemandem in die Tasche geschoben zu werden. »Hannah, wo bist du?«, sage ich. »Wo bist du, wo bist du?«

Als Nächstes finde ich mich knapp vor unserer Haustür wieder, halb fallend, halb auf Hannah gestützt. »War ich schon wieder weg?«

»Ja«, antwortet Hannah.

»Wo gehen wir hin?«

»Ins Bett.«

»Hannah«, sage ich. »Ich fühle mich schrecklich.«

»Tja«, antwortet sie und lehnt mich gegen die Wand, damit sie die Haustür aufsperren kann. Sie sieht mich an. »Morgen wirst du einen ganz schönen Kater haben.«

In meinem Zimmer manövriert sie mich auf mein Bett und verlässt den Raum. Als ich die Augen schließe, sehe ich rot, blutrot. Alles dreht sich wie Klamotten in einem Trockner, das tote Mädchen, der Mann auf der Straße, das Chaos in meinem Zimmer. Plötzlich merke ich, dass Hannah neben meinem Bett steht. Ich stütze mich auf einen Ellbogen und packe mit der anderen Hand ihr Handgelenk. »Du musst aufpassen«, sage ich zu ihr. »Die Welt ist voller Gefahren.« Ich schüttle ihren Arm. »Versprich mir, dass du aufpassen wirst.«

»Du bist wirklich sturzbetrunken.« Sie befreit ihr Handgelenk aus meinem Griff.

»Oh. Okay.« Ich lasse mich wieder auf den Rücken sinken. Auf einmal habe ich einen Kloß im Hals und würde am liebsten losheulen. »Ein Trauerkloß«, sage ich dümmlich, während ich versuche, meiner weinerlichen Stimmung nicht nachzugeben.

»Mach den Mund auf!«, sagt Hannah. Sie platziert zwei Aspirin auf meine Zunge und reicht mir ein Glas Wasser.

Dann wird es so still, dass ich schon meine, Hannah wäre gegangen, bis ich spüre, wie sie mir die Schuhe auszieht. Dann kommt sie ans Kopfende des Bettes und hält mir mein Kontaktlinsengefäß hin. »Los«, sagt sie. »Nimm sie raus.« Allein schon das Aufsetzen verursacht mir Brechreiz.

»Das wird so richtig übel«, sage ich.

»Kurz nachdem ich dich abgesetzt hatte, habe ich gewendet und bin in die andere Richtung gefahren. Da hast du schon mit weit gespreizten Beinen auf der Haustreppe gelegen, direkt unter der Lampe, wie von einem Scheinwerfer angestrahlt«, erklärt Hannah. »Ich habe es richtig mit der Angst zu tun bekommen. Als ich endlich einen Parkplatz gefunden hatte, bin ich sofort losgespurtet. Was, wenn dir das auf der Straße vor der Bar passiert wäre?«

»Ich habe ganz brav auf der Treppe gesessen«, lüge ich. »Ich war nicht unvorsichtig!«

»Du warst ohnmächtig, Olivia! Und das nach all den Vorträgen, die du mir gehalten hast, deinem ganzen Gerede darüber, ich würde es herausfordern. Du Idiotin!«

»Ich möchte nicht mehr darüber sprechen, okay? Bitte!«

Wortlos befreit Hannah mich von meinen Ohrringen. Ich weiß, dass sie morgen kein Wort mehr über die Sache verlieren wird, und mit ein bisschen Glück werde ich mich gar nicht mehr daran erinnern, wie mies und verängstigt und dumm ich mich im Moment fühle. Hannah fährt mir mit der Hand durchs Haar. Dann löscht sie das Licht.

7

Unter der Veranda des Nachbarhauses wohnen kleine schwarzweiße Kätzchen. Kürzlich habe ich eine ganze Stunde lang versucht, sie mit einem Stöckchen und leisen Schnalzlauten anzulocken. Eines traute sich so nahe heran, dass es nur noch wenige Zentimeter von mir entfernt war, ehe es wieder davonsprang. Es war ein sonniger Tag, das Gras wirkte an manchen Stellen wie von Scheinwerfern angestrahlt, und die Härchen an meinen Armen glänzten golden. Auf der anderen Straßenseite waren ein Mann und seine zwei Töchter damit beschäftigt, ihr Auto zu waschen. Das Metall des Wagens und das Wasser, das sich auf der Straße sammelte, reflektierten das Sonnenlicht. Die Häuser hier sind alle gleich, eingeschossige Ziegelbauten, die flach und behäbig auf dem Boden kauern. Von meinen Nachbarn kenne ich niemanden. Gerne wäre ich diesen Kätzchen auf ihren Rasen gefolgt, wollte aber nicht, dass ihr Besitzer herauskommen und mich anschnauzen würde.

Jetzt kann ich die Kätzchen nirgendwo entdecken. Ich sitze vor dem Haus auf unserer Veranda und trinke ein Glas Wasser. Obwohl es erst halb neun ist, brennt die Sonne, als wäre es bereits Mittag. Heute wird Allison Avery beerdigt, und ich bin so verkatert, dass ich kaum stehen kann. Vor meinem geistigen Auge sehe ich mich immer wieder wie tot hier auf der Verandatreppe liegen. Wie leichtsinnig und dumm von mir. Heute Morgen habe ich mich vor dem Spiegel ausgezogen und meinen Körper nach Anzeichen dafür abgesucht, dass sich jemand an mir zu schaffen gemacht hatte – dass mein Rock nicht von selbst verrutscht, sondern von jemandem hochgeschoben worden war. Es war nichts zu sehen, nur die roten Abdrücke, die meine eigenen Finger hinterließen, wenn ich sie fest gegen meine Haut drückte.

Mein Körper fühlt sich an, als wollte er sein Innerstes nach außen kehren. Wenn ich mich krank melde, werden sie bei der Zeitung denken, dass ich mich vor der Beerdigung drücken will. Sie werden mir einen neuen Aufgabenbereich zuweisen oder mich womöglich sogar feuern. Ich werde als die Reporterin verschrien sein, die einen zu empfindlichen Magen hat – zu empfindlich für Alkohol, Blut und Tod.

Deswegen muss ich jetzt aufstehen, mich unter die Dusche stellen und versuchen, meinen Brechreiz zu unterdrücken, während ich mich hinunterbeuge, um mir die Beine zu rasieren. Ich muss ein schwarzes Kleid anziehen, mein Notizbuch suchen und mich von Hannah zu meinem Wagen bringen lassen, denn heute Vormittag ist die Beerdigung, und ich muss hin. Ich muss jetzt aufstehen.

Ich muss gehen.

Bei Beerdigungen bin ich immer darauf bedacht, den nächsten Angehörigen nicht zu sehr auf die Pelle zu rücken und eine ohnehin schon schlimme Sache nicht noch schlimmer zu machen. Es ist mir egal, was Peggy über Zitate sagt. Ich nehme, was ich bekomme. Anfangs sieht es so aus, als würde ich diesmal gar nichts bekommen, denn als ich die Leichenhalle betreten will, eilt ein Angestellter des Bestattungsinstituts auf mich zu und bittet mich, wieder zu gehen. Deswegen warte ich draußen auf dem heißen Parkplatz an mein Auto gelehnt, gegen meinen ständigen Brechreiz ankämpfend. Ich schlage mein Notizbuch auf und gehe meine Aufzeichnungen durch. *Zu viel getrunken*, steht da auf einer Seite. Ich klappe das Notizbuch wieder zu. Als die Trauernden blinzelnd ins Sonnenlicht treten, folge ich ihnen über den Bogen der Dudley Street Bridge, vorbei an dem aufwändig gearbeiteten schmiedeeisernen Schild, das die Richtung zum Elmwood Cemetery weist.

Ich habe für die Zeitung mal einen Artikel über diesen Friedhof und seine achtzigtausend Leichen geschrieben, die ich in der Zeitung als seine »Bewohner« titulierte. Annie Cook, die ihr Bordell während der Gelbfieberepidemie von 1878 als Krankenstation zur Verfügung stellte. Robert Church, erster farbiger Millionär der Stadt. Dorothea Henry Winston, Tochter von Patrick Henry. Fünfzehnhundert Opfer des Gelbfiebers, zusammengeworfen in Massengräbern, die von den Leuten *Niemandsland* genannt werden. Der Friedhof ist ein schöner Ort mit üppiger grüner Vegetation und schmalen verschlungenen Pfaden, die an prunkvollen Marmorengeln und Totenstatuen vorbeiführen. Als ich aus dem Wagen steige, tönt Glockengeläut durch die feuchte, stille Luft.

Am Grab sehe ich Allisons Bruder Peter neben seinen Eltern stehen, zwei Menschen, von denen ich nur sagen kann: durchschnittlich groß, schwarz gekleidet. Es ist kein guter Tag für Schwarz, mein Kleid klebt an meiner Haut. Als der Fotograf meiner Zeitung, Bryce, eine Aufnahme macht, wirft ihm der Vater einen wütenden Blick zu. Ich stehe weit weg von Bryce auf der anderen Seite der Menschenmenge und fächel mir mit der Hand Luft zu. Mein Magen revoltiert noch immer.

Mir ist völlig schleierhaft, wie ich es schaffen soll, diese Story zu schreiben. Ich kann mich auf nichts konzentrieren. Ständig wandert meine Hand nach unten, um meinen schwarzen Rock glatt zu streichen. Ich stelle mir vor, wie es wäre, jemanden von den Trauergästen um einen Kommentar zu bitten und dabei festzustellen, dass mein Rock bis zur Taille hochgerutscht ist. Nach ein paar Minuten erwache ich plötzlich aus meinen Tagträumen und kann mich nicht mehr erinnern, worüber ich gerade nachgedacht habe. Ich lasse den Blick über die Menge schweifen. Peter hat den Mund zu einer schmalen geraden Linie zusammengekniffen, seine Augen sind auf einen Punkt in der Ferne gerichtet. Der Ausdruck auf dem angespannten Gesicht seiner Mutter ist mit seinem fast identisch. Der Vater sucht gerade mit zuckenden Schultern nach einem Taschentuch. Angela wirkt in ihrem gut sitzenden schwarzen Kleid sehr sittsam, ihr Haar ist hochgesteckt, ein paar herausgerutschte Strähnen kleben ihr feucht im Nacken. Mit gesenktem Kopf starrt sie tapfer ins Grab und hebt von Zeit zu Zeit die Hand, um sich mit einem zerknüllten Taschentuch die Augen zu wischen. Sie scheint etwas gelernt zu haben – ihr läuft keine Wimperntusche über die Wangen.

Carl steht direkt hinter Allisons Mutter. Der Stoff seines Jacketts spannt, als er den Arm hebt, um ihre Schulter zu drücken. Er lässt die Hand einen Moment liegen, und Allisons Mutter reagiert, indem sie seine dicken Finger mit ihren schlanken berührt. Als er mich entdeckt, lächelt er mich zögernd an. Ich begrüße ihn mit einer Handbewegung, wende den Blick aber gleich wieder ab. Weiter hinten steht die Nachbarin des toten Mädchens, die junge Frau aus Mississippi, diesmal ohne ihre Kinder. Sie hat beide Hände an die Wangen gelegt und lässt ihren Tränen freien Lauf. Ansonsten kenne ich nur noch den Arzt. An seiner Schulter lehnt eine hübsche blonde Frau mit einem Ausdruck höflicher Trauer.

Nicht weit von Allison Averys Grab entfernt steht ein steinerner Engel mit ausgebreiteten Flügeln und einem Mädchengesicht, aus dem himmlisches Entzücken spricht. Die Augen des Engels sind gen Himmel gerichtet. Er soll an Mattie Stephenson erinnern, ein Mädchen, das nach Memphis gekommen war, nachdem ihr Verlobter eine andere geheiratet und ihr damit das Herz gebrochen hatte. Ich kann mich gut an ihre Geschichte erinnern. Auf der Info-Kassette, die ich mir bei der Friedhofsverwaltung ausgeliehen hatte, hieß es, sie »habe ihr Leben hingegeben«, indem sie Opfer der Gelbfieberepidemie pflegte. Ich frage mich, ob es zu einer Zeit, als in dieser Stadt so viele Menschen starben, dass ihre Leichen sich in den Straßen stapelten und niemand die Zeit hatte, vor ihrem Abtransport ihre Gesichter zu identifizieren, tatsächlich möglich war, sich wegen einer weiteren Toten Gedanken zu machen.

An Allison Averys Grab wird es keine Statue und keinen Engel geben, nur einen einfachen Granitblock mit ihrem Namen, ihrem Geburts- und Sterbedatum, den Worten »Geliebte Tochter«. Besuchern des Friedhofs wird ihr Grabstein nicht besonders auffallen, es sei denn, weil ihre Lebensspanne so kurz war. Ihr Name wird auf der nächsten Info-Kassette nicht erwähnt werden, obwohl sie wie Mattie Stephenson jung war und diese Stadt ihr Leben forderte. Was könnte man in ihrem Fall auch sagen? Wofür hat Allison Avery ihr Leben hingegeben?

Nachdem ich mich noch weitere fünfzehn Minuten erfolgreich auf den Beinen gehalten habe, überrollt mich eine so heftige Welle der Übelkeit, dass ich das Gefühl habe, gleich ohnmächtig zu werden. Ich entferne mich, so schnell ich kann, wobei ich mich bemühe, auf dem Kiesweg möglichst leise zu gehen. Als ich es nicht mehr aushalte, verschwinde ich hinter einen Busch und übergebe mich. Auf allen vieren kauere ich neben einer flachen Steinplatte mit den Daten von »Dixie«. Nachdem ich mich einigermaßen gefangen habe, krieche ich ein Stück rückwärts, weg von dem unappetitlichen Häufchen, das ich gerade von mir gegeben habe, und lasse den Kopf zwischen meinen Ellbogen auf den Boden sinken.

»Miss?«, fragt eine Frauenstimme hinter mir. Ich drehe ein wenig den Kopf. Die Stimme gehört einer älteren Frau in Kirchenkleidung. »Kann ich Ihnen irgendwie helfen?«

»Nein, danke, es geht schon wieder«, flüstere ich. Sie zögert einen Moment, ehe sie mich allein lässt – mit meinem Kummer, wie sie glaubt.

Als die Beerdigung vorüber ist, kann ich Peter nirgendwo entdecken, deswegen wandere ich zwischen den Grabsteinen davon, um nach ihm Ausschau zu halten. Dabei umklammere ich mit beiden Händen meine Tasche, als könnte sie mich aufrecht halten.

Ich biege um eine Ecke, und da ist er, der Länge nach auf einer Bank ausgestreckt, die Füße noch auf dem Boden, als hätte er im Sitzen seinen eigenen Körper als zu schwer empfunden. Seine offene schwarze Jacke hängt auf beiden Seiten der Bank herunter, sein weißes Hemd ist hochgeschoben, seine Hände ruhen auf seinem nackten Bauch. Er hat mich noch nicht entdeckt. Ich beobachte, wie seine Finger sich über den unteren Rand seines Brustkastens bewegen und die Knochen abtasten, als wäre er überrascht, an seinem Körper etwas so Festes, Hartes zu finden. Er hebt die Hand ans Gesicht und fährt mit einem Finger rund um eine Augenhöhle.

Als er mich bemerkt, wendet er mir den Kopf zu und runzelt die Stirn. Rasch wandern seine Hände nach unten, um sein Hemd in Ordnung zu bringen. »Was wollen Sie?«, fragt er. »Lassen Sie mich in Ruhe!« Er bemüht sich um einen wütenden, abweisenden Ton, aber die Stimme versagt ihm den Dienst. Er schließt die Augen. Die einfachste Art, mich verschwinden zu lassen. Das scheint sehr langsam zu passieren – ich sehe seine Wimpern zittern –, und dann beginnt er plötzlich zu weinen.

»Oh!«, sage ich, gehe neben ihm in die Hocke und greife nach seiner Hand. Da er sie mir nicht entzieht, nehme ich sie zwischen meine beiden Hände und reibe seine Finger, als wollte ich sie wärmen, obwohl sie genauso heiß sind wie meine. Mein Gesicht ist dem seinen so nahe, dass ich seinen Atem spüre. Er öffnet die Augen, blinzelt zu mir hinauf. »Sie sind diese Reporterin.« Er versucht, mit möglichst ruhiger Stimme zu sprechen. »Was tun Sie hier?«

»Ich bin von der Zeitung hergeschickt worden«, antworte ich. Ich frage mich, ob er wohl befürchtet, dass mir der Fotograf auf den Fersen folgt, bereit, ein Foto von ihm zu schießen, während ich bereits die Überschrift schreibe – »Junge,

17, trauert um seine ermordete Schwester. Mörder ist noch auf freiem Fuß.« Prompt kann ich es tatsächlich nicht lassen, im Geiste Überschriften zu formulieren – »Peter Avery, 17, Bruder des toten Mädchens.« – »Bruder, 17, lässt Reporterin seine Hand halten.« Ich stelle mir das entsprechende Foto in der Zeitung vor – ich, ganz in Schwarz, über seinen Körper gebeugt, sein Gesicht überschattend. Ohne seine Hand loszulassen, setze ich mich ans freie Ende der Bank. Sein ganzer Körper schaudert. Dann höre ich plötzlich ein Flüstern, und es dauert einen Moment, bis mir klar wird, dass es von ihm kommt. »O Gott!«, sagt er leise, »o Gott o Gott o Gott!«, bis es nur noch wie Atmen, wie qualvolles Atmen klingt. Ich bin in so was gar nicht gut. In meiner Kehle sammeln sich Fragen. *Wer ist ihr Freund? Wann wird deine Mutter mit mir sprechen?* Es wäre herzlos, diese Fragen jetzt zu stellen. Ich denke: *Gewinne sein Vertrauen.* Einen Moment lang überlege ich, ob ich seine weiche, vom Weinen rot gefleckte Wange berühren soll. Wenn ich ein anderer Typ Mensch wäre, würde ich ihn jetzt in den Arm nehmen, so aber halte ich bloß seine Hand, bis er zu weinen aufhört, indem er tief einatmet und dann eine ganze Weile die Luft anhält.

Schließlich setzt er sich auf und sagt: »Ich muss zu meinen Eltern.« Er hält noch immer meine Hand. In dem Moment fällt mir auf, dass er sie tatsächlich hält, und nicht bloß ich seine nicht loslasse.

Ich drücke noch einmal seine Hand, woraufhin er mich auf herzzerreißende Weise anlächelt. »Jetzt bin ich ganz allein«, sagt er. Obwohl er nicht mehr weint, glänzt die Haut rund um seine Augen noch immer feucht. Er erhebt sich von der Bank, entzieht mir seine Hand und richtet sich zu seiner vollen Größe auf. Dann stopft er sein Hemd zurück in die Hose, streicht seine Jacke glatt und reibt sich fest die Augen. »Sehe ich aus, als hätte ich geweint?«, fragt er und wendet mir das Gesicht zu. Seine Nase ist rot, seine Augen sind gerötet und wässrig.

»Nein«, schwindle ich.

»Gut.« Mit einem kurzen Nicken setzt er sich in Bewegung. Ich sehe ihm nach. Eine ganze Weile bleibe ich so sitzen, eine Hand auf meinen empfindlichen Magen gepresst, die andere flach auf die Bank gestützt, wo der Stein noch warm von Peters Körper ist. Ich habe keine Ahnung, was morgen unter der Zeile mit meinem Namen in der Zeitung stehen wird. Alles, was ich vor mir sehe, ist ein großer freier Fleck, zwei leere Spalten unter meinem Namen.

Ich brauche den ganzen Nachmittag, um den Bericht über die Beerdigung zu schreiben, dreißig Zentimeter, die ich normalerweise in weniger als einer Stunde herunterhämmern würde. Mein Kopf fühlt sich genauso ausgelaugt an wie mein Körper. Als ich endlich fertig bin, bringe ich Peggy den Text und erkläre ihr, dass ich eher Schluss machen würde, weil es mir nicht gut gehe. Ich habe schon die halbe Strecke zu Davids Haus hinter mich gebracht, als mir Reverend James Freelands Veranstaltung zum Thema Verbrechensbekämpfung einfällt. »Ich werde nicht hingehen«, sage ich laut, obwohl ich den Wagen bereits wende.

Eine halbe Stunde später sitze ich im Untergeschoss der Brighter Day Baptist Church. Eine von den langen Neonlampen flackert über meinem Kopf, während Reverend James Freeland umreißt, »warum wir an diesem Abend alle hier sind«. Ich bin nicht sicher, warum ich an diesem Abend hier bin, denn diese Geschichte ist wahrscheinlich etwas für unsere wöchentliche Rubrik »Nachbarschaftliches«, es sei denn, es taucht gleich jemand mit einer Waffe auf, um uns alle auszurauben.

Ich setze mich auf meinem Metallklappstuhl anders hin, löse langsam meine festgeklebten Oberschenkel voneinander, obwohl ich aus Erfahrung weiß, dass sie gleich wieder aneinander kleben werden. Einen Moment lang betrachte ich das ernste, ehrliche Gesicht des Reverend, dann lasse ich den

Blick wieder auf meine Füße sinken, die auf dem glatten grauen Boden leicht vor sich hinwippen. Die langen Tische, die niedere Decke, die Einrichtung aus Metall und Plastik, der Geruch nach gedünstetem Fleisch und Desinfektionsmittel, der in der Luft hängt – ich könnte wieder sechzehn sein und in der Kirche meiner Eltern in einem Gebetskreis sitzen, den Kopf gesenkt, den Blick auf mein rosa geblümtes Kleid gerichtet, die Hände auf dem Schoß. Hier ist die Kirche, der Turm, die Tür …

»… Olivia Dale!«, dröhnt der Reverend gerade. Erschrocken reiße ich den Kopf hoch. Alle haben sich halb umgewandt und lächeln in meine Richtung. »Ich möchte, dass ihr alle Miss Dale erzählt, wie die hohe Kriminalitätsrate in dieser Stadt euer Leben und euren Lebensraum verändert hat, und auf welche Weise wir vorhaben, dagegen anzukämpfen. Wir werden heute Abend eine Nachricht in die Stadt schicken!«

Von den zwanzig Leuten im Raum sind nur vier Männer, einer davon ein junger Mann, der aussieht, als wäre er in meinem Alter. Tief auf seinen Stuhl gelümmelt, hat er die Arme vor der Brust verschränkt und dreht sich nicht zu mir um. Alle anderen sehen mich erwartungsvoll an. Ich hebe die Hand zu einem zaghaften Winken. »Hallo«, sage ich. »Vielen Dank, dass Sie mich eingeladen haben. Ich werde erst mal bloß zuhören und Ihnen hinterher ein paar Fragen stellen, wenn Sie nichts dagegen haben.«

Kleidung raschelt, und Stühle ächzen, als sie ihre Aufmerksamkeit wieder nach vorne richten. Eine Frau hält weiter den Blick auf mich gerichtet. Sie ist ziemlich dick, hat sehr dunkle Haut und noch dunklere Schatten unter den Augen. Ich nicke ihr lächelnd zu. Sie erwidert mein Nicken, aber ohne zu lächeln. Dann dreht sie sich langsam wieder nach vorne.

Sie sprechen eine Weile über die wachsende Drogenszene in ihrem ruhigen, mittelständischen Viertel, wo viele von ihnen schon seit zwanzig Jahren oder noch länger leben. Eine gut sechzigjährige Frau namens Katie Mae Olson erinnert sich daran, dass sie früher auf ihrer Veranda schlafen konnte, ohne sich irgendwelche Sorgen machen zu müssen. Eine andere Frau erzählt, sie habe in der Ferne schon mehrfach Schüsse gehört und sehe des Öfteren Leute, von denen sie sicher sei, dass es Drogendealer wären, an bestimmten Straßenecken auf und ab gehen. Manchmal würden auch seltsame Wagen ganz langsam ihre Straße entlangfahren. »Wir müssen uns zusammenschließen«, erklärt sie. »Wir dürfen nicht tatenlos zusehen.«

»Das ist richtig«, antwortet der Reverend. »Jedes Mal, wenn mir ein Wagen irgendwie seltsam vorkommt, gehe ich daran vorbei und spähe hinein, damit die Leute, die drin sitzen, merken, dass ich sie beobachte. Auf diese Weise werden sie begreifen, dass sie nicht erwünscht sind, und verschwinden. Es ist nun mal eine Tatsache«, erklärt er und beugt sich dabei weit vor, »dass unsere ruhige Gegend sich über Nacht verändern kann, wenn wir uns bloß zurücklehnen und die Hände in den Schoß legen.«

Ich mache mir Notizen, während sie darüber sprechen, dass die Polizeipräsenz in Süd-Memphis unbedingt verstärkt werden müsse, und dass es manchmal sehr lange dauere, bis die Polizei einen telefonischen Notruf annehme. Ich notiere mir: *überprüfen, wie lange es im Schnitt dauert, bis Notrufe angenommen werden.* Jemand erwähnt die Möglichkeit, eine Petition einzureichen und auf diese Weise eine Verstärkung der Polizeikräfte zu fordern. Ein Mann spricht von seiner Idee, eine Aktion »Wachsamer Nachbar« ins Leben zu rufen.

Dann erhebt sich die dicke Frau. »Meine Tochter Tamara war achtzehn Jahre alt, als sie in der Nähe unseres Hauses auf dem Gehweg erschossen wurde«, sagt sie. »Achtzehn.« Obwohl sie langsam und mit ruhiger Stimme spricht, greift sie nach der Stuhllehne vor ihr, um sich darauf abzustützen. »Die Polizei ist gekommen, aber sie haben nie etwas herausgefunden, und das Monster, das meinem Baby das angetan hat, läuft noch immer frei herum. Das war letztes Jahr, am 14. Mai vor einem Jahr. Glaubt ihr, irgendjemand interessiert sich jetzt noch dafür? Seitdem sind hundert andere Morde passiert!«

Während ich ihre Worte in mein Notizbuch schreibe, geht mir durch den Kopf, dass die entsprechende Zahl wahrscheinlich näher bei einhundertdreißig oder einhundertvierzig liegt. *Das ist gut*, denke ich, *das werde ich wahrscheinlich verwenden können.* Ich notiere mir: *Statistiken überprüfen. Namen der Frau erfragen.*

»Niemand interessiert sich noch dafür«, sagt sie gerade. »Niemand hat die Zeit, sich dafür zu interessieren.«

Allgemeines Gemurmel setzt ein: »Wir interessieren uns dafür!« und: »Wir fühlen mit dir!« Sie dreht sich zu mir um, den Blick auf mein Gesicht gerichtet. »Und dieses weiße Mädchen!«, sagt sie. Einen Augenblick lang glaube ich, sie meint mich, und zwinge mich, ihren Blick zu erwidern, obwohl ich am liebsten auf meinem Stuhl nach unten sinken würde. »Sämtliche Titelseiten sind voll von ihr. Als meine Tamara gestorben ist, hat mich kein einziger Reporter irgendwas gefragt. Kein einziger. Was ist der Unterschied zwischen Tamara und diesem Mädchen, abgesehen davon, dass sie weiß war? Beide waren jung. Beide sind tot. Tot und begraben.«

Ich starre auf mein Notizbuch hinunter und schreibe: *Niemand interessiert sich dafür.*

Katie Mae Olson hat sich von ihrem Platz erhoben und den Arm um die Frau gelegt. »Wir interessieren uns für deine Tamara«, erklärt sie, ehe sie mit lauter, entrüsteter Stimme fortfährt, »und wir werden kämpfen! Das hier war einmal ein schöner Ort, um seine Kinder aufzuziehen, und wir werden dafür sorgen, dass es wieder so wird. Wir werden uns die vielen Verbrechen nicht mehr gefallen lassen.« Sie wendet sich an mich. »Schreiben Sie das in Ihrer Zeitung!«, sagt sie.

»Wir sind es leid. Und wir werden es uns nicht gefallen lassen. Nicht mehr!«

Da sich nun alle zu mir umdrehen, frage ich: »Glauben Sie, Sie können diesen Stadtteil wieder so sicher machen, wie er einmal war?«

»Ich hoffe es«, antwortet Reverend Freeland. »Früher konnten die Leute nachts in ihrem Garten schlafen, ohne Angst haben zu müssen, dass irgendein Irrer durch die Gegend rennt und Frauen vergewaltigt oder jemandem die Kehle durchschneidet. Ich weiß nicht, ob es uns je wieder möglich sein wird, in unseren Häusern zu schlafen, ohne uns Gedanken darüber zu machen, ob wir die Tür abgeschlossen haben oder nicht.«

Katie Mae Olson nimmt Tamaras Mutter noch ein wenig fester in den Arm. Die dicke Frau lässt sich gegen ihre Schulter sinken. »Ich bin achtundsechzig Jahre alt und wohne nun schon mein ganzes Leben in dieser Stadt«, erklärt sie. »Eines kann ich euch sagen: Es ist nicht mehr so, wie es früher mal war.« Sie blickt sich im Raum um, lässt den Blick über die ihr zugewandten Gesichter ihrer Nachbarn schweifen. »Aber ich werde hier leben, bis ich sterbe, und ich will verdammt sein, wenn ich vorher aufgebe. Das ist meine Stadt!« An meine Adresse gerichtet, fährt sie mit lauterer Stimme fort: »Sorgen Sie dafür, dass das alle erfahren! Das hier ist auch meine Stadt!«

Ich schreibe ihre Worte auf und kreise sie ein. Ich kann ihr schon jetzt versprechen, dass ich sie ganz am Ende meines Artikels zitieren werde. Was sie gesagt hat, ist der perfekte Schluss.

Ich gehe über den dunklen Parkplatz zu meinem Wagen. Der Mond hängt tief am Himmel, fett und gelb. Ich spüre, wie sich die Feuchtigkeit der Luft über mein Haar legt. Die Hitze hat wahrscheinlich erst um wenige Grad nachgelassen, seit die Sonne untergegangen ist. Wenn ich nach Hause komme, werde ich mich nackt ausziehen und vor den Ventilator stellen, bis das klebrige Gefühl in meinem Haar, zwischen meinen Brüsten und in meinen Kniekehlen verschwunden ist.

Irgendwo hinter mir ruft ein Mann: »Hey!« Ohne anzuhalten, blicke ich mich um. Der junge Mann von drinnen kommt auf mich zu, eine Hand in meine Richtung ausgestreckt. »Hey, warten Sie!«, ruft er noch einmal. Ich drehe mich zu ihm um, gehe ein paar Schritte zurück. Er zieht den Kopf ein und joggt auf mich zu.

»Danke«, sagt er, als er vor mir zum Stehen kommt. Er atmet heftig aus. Ich sage nichts, sondern warte darauf, dass er weiterspricht. Als er mir die Hand hinstreckt, greife ich danach. Sie ist warm und trocken. »Ich bin Russell Freeland«, stellt er sich vor.

»Olivia Dale«, antworte ich automatisch.

Seine Mundwinkel heben sich ein wenig. »Ich weiß. Ich komme von drinnen.« Er lässt meine feuchte Hand los und wischt sich die Handfläche an seiner Jeans ab. Als er meinen Blick bemerkt, hält er mitten in der Bewegung inne.

»Sind Sie ein Verwandter?«, frage ich mit einer Kopfbewegung in Richtung Kirche.

Er dreht sich um und wirft einen Blick zurück. »Ja«, antwortet er dann. »Er ist mein Dad.«

Ich warte einen Moment. Er steht nur da und reibt mit einer Hand fest über seinen Nacken. »Also dann«, sage ich, weil die Hitze mich ungeduldig macht, »hat mich gefreut, Sie kennen zu lernen.«

»Warten Sie bitte!« Er tritt von einem Fuß auf den anderen. »Ich muss mit Ihnen sprechen.«

Über seine Schulter sehe ich, wie die Kirchentür aufgeht. Eine Männerstimme ruft: »Russell?«

Sein Körper versteift sich, als würde er sich für einen Magenschwinger wappnen. »Das ist mein Dad!«, erklärt er, ehe er mit leiser, gepresster Stimme fortfährt: »Ich muss mit Ihnen sprechen. Können wir uns irgendwo treffen?«

»Worum geht's?«

»Allison Avery.« Er tritt einen Schritt zurück.

»Allison …«, wiederhole ich. Ohne nachzudenken, greife ich in meine Tasche, taste nach meinem Notizbuch. »Was ist mit ihr?«

»Ich kenne sie«, antwortet er. Dann presst er die Lippen fest aufeinander und blinzelt ein paar Mal. Er tritt einen weiteren Schritt zurück.

Ich lege die Hand auf seinen Unterarm, um ihn aufzuhalten. »Gibt es etwas, das Sie mir erzählen möchten?«

»Russell?«, ruft sein Vater erneut. »Bist du da draußen?«

»Komme schon!«, antwortet er. Dann sagt er an mich gewandt: »Ich muss gehen. Kann ich mit Ihnen sprechen?«

»Geben Sie mir Ihre Nummer, damit ich Sie erreichen kann.«

»Ich rufe Sie an«, entgegnet er. Dann wendet er und joggt in Richtung Kirche zurück.

»Wann?«, rufe ich ihm nach. Er gibt mir keine Antwort. Ich bleibe stehen und sehe ihm nach, bis er seinen Vater erreicht, der ihm den Arm um die Schultern legt und ihn ins Innere der Kirche führt. Die schwere Tür schließt sich hinter ihnen.

Ich sperre Davids Haus mit dem Schlüssel auf, den er mir immer in seinen Briefkasten legt. An der Tür begrüßt mich Lou mit lautem Kläffen. Der Hund macht Anstalten, sich auf seine Hinterbeine zu erheben. Nachdem ich laut »Nein!« gerufen habe, lässt er sich wieder auf alle viere sinken. Ich tätschle ihn ein- oder zweimal, und er leckt mir die Hand. »Wo ist denn dein Daddy?«, frage ich ihn, während ich mir die Hand an meiner Hose abwische. Er lässt die Zunge aus dem Maul hängen und starrt mich mit seinem Hundeblick an.

Ich bin gerne bei David, wenn er nicht zu Hause ist. Lou folgt mir auf den Fersen, während ich von Raum zu Raum wandere und mich umsehe. Alles ist ordentlich aufgeräumt. Ich ziehe eine Schublade heraus und streiche mit der Hand über seine sauber zusammengelegten Boxershorts. Ein weißes T-Shirt, das auf dem Bett liegt, riecht noch nach David.

Auf seinem Schreibtisch steht ein Schuhkarton mit der Aufschrift »Demobänder«. Der Karton enthält zwei ordentliche Reihen von Kassetten in Plastikhüllen. Er hat sie sogar alphabetisch geordnet. Ich lasse meinen Finger zum A wandern, und da ist sie. Allison Avery. Er hat mir gesagt, er habe noch nie von ihr gehört. Ich ziehe die Kassette heraus und stehe einen Moment lang wie betäubt da.

Dann stecke ich die Kassette in meine Tasche und fange an, seinen Schreibtisch zu durchsuchen. Ich wühle in sämtlichen Schubladen, blättere durch Stapel von Papieren, halte Ausschau nach irgendetwas anderem, auf dem ihr Name steht. Lou stupst mit der Pfote gegen mein Bein. »Was willst du?«, frage ich ihn. Er legt den Kopf schräg. Erst jetzt fällt mir auf, wie der Schreibtisch aussieht. Alle Schubladen sind herausgezogen, die Papiere über den ganzen Tisch verstreut. Ein paar Kassetten sind auf den Boden gefallen.

In großer Eile, weil David jeden Moment nach Hause kommen könnte, mache ich mich daran, das Chaos zu beseitigen, das ich angerichtet habe, indem ich als Erstes alle Schubladen schließe und dann alle Papiere wieder ordentlich staple. Als das Telefon klingelt, gehe ich ran, weil ich annehme, dass es David ist.

»Hey«, sagt Hannah. »Ich dachte mir schon, dass du bei David bist.«

»Habe ich dir das nicht gesagt?«

»Was machst du gerade?«

»Ein paar Papiere aufsammeln, die ich runtergeworfen habe.« Ich trete einen Schritt zurück und betrachte den Schreibtisch. Er sieht wieder sauber und ordentlich aus. Eigentlich dürfte ihm jetzt nicht mehr auffallen, dass ich mich daran zu schaffen gemacht habe. Ich nehme die Kassette mit

Allisons Namen aus meiner Tasche und sehe sie mir noch einmal an. Er bekommt viele Kassetten zugeschickt. Wahrscheinlich hat er ihren Namen einfach vergessen.

»Warum bist du so still?«, fragt Hannah.

»Du erinnerst dich an das tote Mädchen? Ich habe eine von ihren Demo-Kassetten auf Davids Schreibtisch gefunden.«

»Gruselig«, meint Hannah. »Hast du sie dir angehört?«

»Noch nicht. Ich frage mich, warum er mir nichts davon erzählt hat.«

»Hast du ihn darauf angesprochen?«

»Ich habe ihn gefragt, ob er sie kennt. Er hat nein gesagt.«

»Wahrscheinlich hat er es einfach vergessen.« Nach einer kurzen Pause fährt Hannah fort: »Es sei denn, er ist der Mörder.«

»Das ist nicht lustig, Hannah!«

»Jetzt hör aber auf!«, antwortet sie. »Natürlich ist es das! Mein Gott, bist du paranoid!«

»Wie meinst du das?«

»Wie viele Jahre bist du jetzt schon mit diesem Jungen zusammen?«, fragt Hannah. »Meinst du nicht, er hätte es dir gesagt, wenn er sich an den Namen des Mädchens erinnert hätte?«

»Sie war sehr hübsch. Vielleicht hatte er eine Affäre mit ihr und will nun nicht, dass ich es erfahre.« Meine Worte sind nur bedingt scherzhaft gemeint. Ich werfe einen Blick auf die andere Seite der Kassette. »Vielleicht kenne ich ihn nicht so gut, wie ich glaube.«

»Immerhin sagt er dir dauernd, dass er dich liebt, oder etwa nicht?«, meint Hannah. »Was willst du mehr?«, fügt sie lachend hinzu. Sie findet das lustig.

»Ich will alles«, erwidere ich.

»Das glaube ich dir nicht.«

Einen Moment lang sage ich nichts, lausche nur Hannahs Atem. »Was machst du gerade?«, frage ich schließlich.

»Ich höre zu, wie Denise Sex hat. Heute sind sie mal wieder besonders laut.«

Denise wohnt in der anderen Hälfte unseres dünnwandigen Doppelhauses. In Anbetracht der Tatsache, dass wir uns nur selten mit ihr unterhalten, wissen wir eine ganze Menge über sie, weil sie ein ziemlich lautes Leben führt. Sie hat einen verrückten Freund, der sie ihrem Geschrei zufolge *nicht* gut behandelt. Den Geräuschen nach zu urteilen, die sie von sich gibt, behandelt er sie von Zeit zu Zeit sogar sehr gut.

Hannah möchte wissen, ob ich über Nacht bleibe, und ich antworte ja, ich würde erst morgen nach der Arbeit wieder nach Hause kommen. Nachdem wir unser Gespräch beendet haben, schalte ich den Fernseher an, und Lou lässt sich zu meinen Füßen nieder. Er hält den Blick auf mein Gesicht gerichtet, während seine Augenbrauen besorgt auf und ab tanzen. Auf dem Bildschirm sucht ein Mann verzweifelt nach der Frau, die er liebt. Wie sich herausstellt, hat sie einen Unfall gehabt und liegt im Krankenhaus, wo sie nichts tut außer atmen und er die ganze Nacht darauf wartet, dass sie die Augen aufschlägt. Am Morgen sagen ihm die Ärzte, er solle heimfahren und ein wenig schlafen, und als er schließlich zu Hause eintrifft, hat er nicht mehr die Kraft, stark zu sein, sondern sinkt einfach auf den Boden und weint.

Es würde mich interessieren, was David täte, wenn er nach Hause käme und ich nicht da wäre. Wenn ich tot wäre, vermisst, im Krankenhaus, bewusstlos, sodass er nichts für mich tun könnte, wie würde er sich verhalten? Würde er auch zu Boden sinken? Würde er mit dem Rücken die Wand hinunterrutschen und dabei langsam in die Knie gehen? Würde er stoßweise atmen, verzweifelt nach Luft ringen? Würde er dabei irgendwelche Geräusche von sich geben, vielleicht schluchzen oder aufschreien? Würde er wie dieser Mann auf dem Boden knien und vor dem Körper die Hände spreizen, hilflos, ohnmächtig, voller Liebe? Oder würde er seine Jacke aufhängen, ins Bett gehen und mich am frühen Morgen mit

Blumen besuchen? Würde er mir Tulpen bringen, weil ich die am liebsten mag, oder Rosen, weil das seine Lieblingsblumen sind?

Eine Hand streift meinen Oberschenkel. Ich richte mich kerzengerade auf und blinzle. Es ist dunkel. »Allison«, sage ich. Meine ausgestreckten Finger berühren Haut.

»Wer?«, fragt David. Er steht über mich gebeugt und lächelt amüsiert.

»Oh!« Ich lasse mich auf den Stuhl zurücksinken. »Was ist?«

David setzt sich auf die Stuhllehne und streicht mir das Haar aus dem Gesicht. »Du hast geschlafen.« Er hält etwas hoch. »Was ist das?«

Es dauert einen Moment, bis ich begreife, was er meint, als müsste ich seine Worte erst aus einer mir schwer verständlichen Sprache in meine eigene übersetzen. Am liebsten würde ich David fragen: »Wer *bist* du?«

»Eine Kassette«, antworte ich.

Er lacht leise, die Finger noch immer in meinem Haar. »Ich weiß. Warum hast du damit geschlafen? Du hattest sie in der Hand.«

»Ich habe mir deine Demo-Kassetten angesehen. Die hier ist von Allison Avery.«

»Ja? Wer ist das?«

»Lieber Himmel, David, hörst du mir eigentlich nie zu? Liest du meine Artikel nicht? Allison Avery ist das tote Mädchen, nach dem ich dich gefragt habe!«

»Schrei mich nicht an, Olivia«, sagt er ruhig. »Ich hatte in den letzten Tagen keine Zeit zum Zeitunglesen. Deswegen ist mir ihr Name auch nicht bekannt vorgekommen.«

»Hast du dir die Kassette schon angehört?«

Er schüttelt den Kopf. »Ich habe den Karton erst gestern mitgebracht. Sie muss sie mir kurz vor ihrem Tod geschickt haben.«

Er steht auf und geht zur Stereoanlage. Ich schließe die Augen. Einen Moment später erfüllt die Stimme von Allison Avery den Raum.

»Wie alt war dieses Mädchen?«, fragt David im Flüsterton, um ihre Stimme nicht mit seiner zu übertönen.

Ich sage ihm, sie sei vierundzwanzig gewesen. Ich weiß, warum er das gefragt hat. Ihre Stimme klingt nicht wie die eines Mädchens. Wenn ich es nicht besser wüsste, würde ich mir unter dieser Sängerin eine wesentlich ältere Frau vorstellen, die mindestens schon zwanzig Jahre Schmerz und Herzensleid hinter sich hat.

»Eine großartige Stimme«, sagt David in der kurzen Pause vor dem nächsten Song. »Was für eine Verschwendung!«

»Hättest du sie angerufen?«

»Auf jeden Fall.«

Wir hören schweigend zu. Ihre Stimme hängt wie ein Geist im Zimmer. Keiner von uns macht Anstalten, die Kassette nach dem letzten Song herauszunehmen. Wortlos lauschen wir dem Surren des leeren Bandes. Erst nach einer ganzen Weile schaltet David die Anlage aus, und es kehrt Stille ein. Als er zu mir zurückkommt, stelle ich zu meinem Erstaunen fest, dass er Tränen in den Augen hat. »Wie schrecklich«, sagt er.

Ich gebe ihm keine Antwort. »Was ist mit ihr passiert?«, fragt er.

»Das habe ich dir schon gesagt. Jemand hat sie sich vor ihrer Wohnung geschnappt. Er hat sie geschlagen, vergewaltigt, getötet.«

David schüttelt ungläubig den Kopf.

»Das hatte ich dir schon erzählt«, sage ich.

Er streckt die Arme nach mir aus und zieht mich an sich. »Es kommt mir erst jetzt real vor«, erklärt er. Ich spüre seinen warmen Atem an meinem Ohr. Er nimmt mich noch fester in den Arm.

Ich schließe die Augen. Ich habe ihre Leiche im Dreck liegen sehen. Mir ist es von Anfang an real vorgekommen.

»Ich liebe dich«, flüstert er.

Ich würde ihm gerne antworten, dass ich ihn auch liebe, aber ich bringe es nicht über die Lippen. Wie kann ich es, wenn ich weiß, dass er es nur sagt, weil er sich mich gerade tot vorstellt?

Als ich am nächsten Morgen noch vor dem Weckerläuten aufwache, liegt David neben mir. Ich streichle mit der Hand über seine Wange, die vom Schlafen ganz weich ist, und küsse ihn, woraufhin er seufzt und die Augen aufschlägt. »Guten Morgen«, sagt er lächelnd.

»Das wird sich gleich zeigen«, gebe ich zurück.

Wir lieben uns, ohne uns zu küssen. Egal, wie lange oder wie fest ich ihn halte, er ist nie nahe genug. Er steht auf und geht unter die Dusche. Ich bleibe schweißgebadet liegen, benommen vor Verlangen.

8

An meinem Schreibtisch lese ich, mit einer Tasse Kaffee in der Hand, als Erstes meine Story über die Beerdigung. Der Artikel informiert darüber, was der Priester über Glauben und Trost gesagt hat, welchen Gesichtsausdruck die Familienmitglieder hatten und welche Sorte Blume – eine Lilie – die Mutter trug. Mein Text beginnt: »Wie die Lilie, die ihre Mutter auf ihren Sarg legte, war auch Allison Avery …« Ich überspringe den nächsten Teil, weil mir die glatte Sentimentalität dessen, was ich erst gestern geschrieben habe, peinlich ist. Ich habe Allisons Arbeitgeber zitiert, der erklärt, wie sehr man sie im Krankenhaus vermissen werde, außerdem Angelas Aussage, sie sei eine wundervolle Freundin gewesen, und die Äußerung eines Avery-Cousins, die Familie vertraue darauf, dass die Polizei den Fall schnell aufklären werde. Der Artikel informiert nicht darüber, wie heiß die Sonne auf unsere schwarzen Sachen brannte, wie still es wurde, nachdem der Priester zu sprechen aufgehört hatte, und wie sich die Hand des Jungen in meiner anfühlte. Neben dem Text ist ein Foto von Allisons Mutter abgedruckt, auf dem sie sich mit der Blume in der Hand vorbeugt. Ihr Mann steht mit gesenktem Kopf hinter ihr. Am Rand des Fotos ist ein Teil von Peters Körper zu sehen. Irgendein rücksichtsloser Trauergast versperrt den Blick auf den Rest.

Ich lege die Zeitung beiseite und suche im Telefonbuch nach der Nummer von James Freeland. Es gibt zwei J. Freelands. Als ich die erste Nummer anrufe, erklärt mir eine missmutige alte Frau mit klagender Stimme, sie habe noch nie von einem Russell Freeland gehört. Bei der zweiten Nummer schaltet sich ein Anrufbeantworter ein. Eine Mädchenstimme wiederholt die Telefonnummer, nennt aber keine Namen. Ich lege vor dem Signalton auf. Wenn man eine Nachricht hinterlässt, kann man nicht noch einmal anrufen.

Ich sehe nach, ob ich E-Mails bekommen habe. Eine, von Bishop. »Ich langweile mich«, steht da. »Gibt's irgendwas Neues über dein totes Mädchen?« Ich schreibe ihm zurück, dass ich absolut kein Glück bei den Cops hätte und nicht recht wisse, was ich als Nächstes tun solle. Ein paar Minuten später taucht er an meinem Schreibtisch auf. »Lass uns aufs Revier fahren«, sagt er. »Ich werde versuchen, einen von meinen Jungs für dich anzuzapfen.«

Als wir unterwegs an einem billigen Motel vorbeikommen, meint Bishop: »Da hat ein Typ seine Frau umgebracht.«

»Wirklich?« Ich wende den Kopf, um einen Blick auf das Gebäude zu werfen. »Wie?«

»Erdrosselt.«

»Siehst du die Ecke da?«, frage ich und deute in die entsprechende Richtung. »Da ist dieser Professor dabei erwischt worden, wie er eine zwölfjährige Prostituierte mitnehmen wollte.«

»Was ist mit ihm passiert?«, fragt Bishop.

»Er gibt immer noch Literaturkurse für Erstsemester«, antworte ich und lache.

Auf dem Polizeirevier setze ich mich auf eine Bank und warte, während Bishop in den Räumen der Mordkommission verschwindet. Nach ein paar Minuten kommt Sergeant Morris heraus. Ich stehe auf.

»Ich kann Ihnen nichts sagen«, erklärt Morris, sobald er mich entdeckt hat. Er steuert auf den Trinkbrunnen zu, und ich folge ihm.

»Heißt das, dass es nichts Neues gibt, oder dass Sie mir nichts sagen dürfen?«

»Die Frage kann ich Ihnen nicht beantworten«, entgegnet er. »Schreiben Sie einfach, dass die Ermittlungen noch laufen.« Er beugt sich über den Trinkbrunnen. Schwer zu sagen, wie alt er ist. Für mich sieht er aus wie sechzig, aber die Arbeit bei der Polizei scheint eine Beschäftigung zu sein, die einen schnell altern lässt.

»Nun kommen Sie schon!«, gebe ich zurück. »Wie oft soll ich das denn noch schreiben?«

»Ich habe Ihren Artikel über die Beerdigung gelesen«, sagt er, während er sich den Mund abwischt. »Sie halten sich diesmal ziemlich zurück, oder? Keine Zitate von den nächsten Angehörigen.«

»Verraten Sie mir was!«, dränge ich ihn. »Irgendwas!«

Er hält mir seine Handflächen hin. »Ich habe nichts, Olivia. Gar nichts. Und jetzt muss ich aufs Klo, also hören Sie auf, mich zu verfolgen, okay, Süße?«

»Werden Sie mich wissen lassen ...«

»Fragen Sie einfach wieder an«, unterbricht er mich. »Früher oder später werde ich Ihnen etwas sagen können.«

Ich gehe zurück an meinen Platz. Neben mir lässt sich eine etwa fünfzigjährige Weiße auf die Bank plumpsen. Sie hat schulterlanges graublondes Haar und so viele Falten im Gesicht, dass ich an zerknülltes Papier denken muss. Sie trägt eine grüne Polyesterhose, in die sie ein gelbes Hemd gestopft hat. Auf ihrem Schoß thront eine riesige abgewetzte Handtasche, deren Henkel sie so fest umklammert, dass ihre Knöchel weiß hervortreten.

Ich frage sie, ob es ihr nicht gut gehe, und als sie antwortet, nein, nicht besonders, erkundige ich mich, was ihr denn fehle. Für sie sieht es bestimmt so aus, als wäre ich einfach nur höflich.

»Es geht um meinen Bruder«, antwortet sie. »Die Cops haben ihn zu einem Gespräch herbestellt.«

Ich behaupte, dass ich nachempfinden könne, wie sie sich fühle, und sehe ihr dabei zu, wie sie immer wieder nervös ihren Ehering dreht.

»Dabei gehört er nicht einmal zu den Verdächtigen«,

seufzt sie. »Hoffe ich zumindest. Er hat nämlich eine Vorgeschichte.«

»Er ist vorbestraft?«

Sie lässt ihre Tasche aufschnappen und wühlt darin herum. Ein paar Fläschchen mit Medikamenten klirren aneinander. Sie holt eines davon heraus, nimmt eine rosafarbene Pille in die Hand und schluckt sie ohne Wasser, wobei sie den Kopf weit in den Nacken legt. Dann fährt sie fort: »Er ist ein Triebtäter. Sie sprechen mit ihm über dieses Mädchen.«

»Welches Mädchen?«

»Die, die im Park vergewaltigt und ermordet worden ist. Lesen Sie denn keine Zeitung?«

»Glauben Sie, Ihr Bruder hat etwas mit der Sache zu tun?«

»Er ist kein Mörder«, antwortet sie.

»Aber ein Vergewaltiger?« Ich blicke sie eindringlich an. Ihr Gesicht wirkt wie eine Maske, nichts darin verrät, was für ein Verhältnis sie zu ihrem Bruder hat, außer vielleicht die tiefen Falten in ihrer Haut.

Sie beginnt wieder in ihrer Tasche zu wühlen. »Er ist, was er ist. Da kann man nichts machen.«

Ich beobachte sie dabei, wie sie ihre Sachen durchsucht, halte nach etwas Ausschau, das mir verraten könnte, wie es ist, das Leben dieser Frau zu leben. Ich sehe zusammengeknüllte Taschentücher, einen Lippenstift, eine vom Kleingeld pralle Geldbörse, einen Kamm voller graublonder Haare. Sie zieht eine Rolle Minzbonbons heraus und bietet mir eines an. Ich nehme es. Mein Mund ist trocken. Ich stehe auf und gehe zur Toilette, wo ich mich in eine Kabine stelle und alles aufschreibe, was die Frau gesagt hat. Als ich zurückkomme, ist sie weg.

Nach einer Weile taucht Bishop wieder auf. Er schüttelt den Kopf und sagt: »Lass uns heimfahren.« Sein Kopfschütteln bedeutet, dass er nichts erfahren hat, und mit »heim« meint er zurück in die Zeitung. In seinem Wagen wirft er mir sein Notizbuch auf den Schoß, und ich sehe, dass er »Nada«

quer über die Seite geschrieben und umkringelt hat. Seltsam, dass man sich als Reporter angewöhnt, alles aufzuschreiben, sogar, wenn es sich um nichts handelt. Ich sage ihm, was ich mir aufgeschrieben habe: dass die Polizei aufs Geratewohl Leute verhört, dass sie noch völlig im Dunkeln tappen, und dass ich eine Frau kennen gelernt habe, deren Bruder ist, was er ist.

»Das ist mehr, als ich erfahren habe«, meint er. »Etwas wissen wir nun immerhin schon.«

Ich weiß tatsächlich etwas. Ich weiß, was in meinem Notizbuch steht: *Da kann man nichts machen.*

Auf der Rückfahrt schreibe ich immer wieder das Wort *»nada«*, bis die Seite voll ist. »Wie soll ich damit einen Artikel zustande bringen?«, frage ich Bishop.

Bishop zuckt mit den Achseln. »Da lässt sich tatsächlich nicht viel sagen.«

»Ich möchte, dass dieser Fall in der Zeitung bleibt. Was müsste ich deiner Meinung nach tun, damit Peggy mitzieht?«

»Lass dir von der Polizei bestätigen, dass sie noch keine entscheidenden Erkenntnisse haben und im Moment verschiedene Leute verhören«, schlägt er vor. »Vielleicht wäre es auch hilfreich, die Familie anzurufen. Sieh zu, dass du an ein paar gute Zitate kommst.«

»Bis jetzt waren sie ziemlich unkooperativ«, entgegne ich.

»Dann bring sie dazu zu kooperieren.« Er wirft mir einen Seitenblick zu. »Das ist dein Job.«

Als wir wieder in der Redaktion sind, rufe ich bei den Averys an. Das Band schaltet sich ein. »Hier spricht Olivia Dale von der Zeitung«, beginne ich. »Ich weiß, dass Sie nicht mit mir reden wollen, aber ich möchte einen Artikel über Allison schreiben – darüber, was für ein Mensch sie war. Meiner Meinung nach ist es wichtig, dass der Fall in den Nachrichten bleibt. Sie wollen sicher nicht, dass das Schicksal Ihrer Tochter in Vergessenheit gerät. Die Polizei …«

»Hallo«, meldet sich eine Frauenstimme. Dann beginnt es in der Leitung zu pfeifen. »Augenblick«, sagt sie und legt den Hörer weg, um die Maschine auszuschalten.

»Okay«, meldet sie sich nach wenigen Augenblicken. »Ich werde mit Ihnen reden.«

»Jetzt?« Ich kann mein Glück kaum fassen. Ich hatte nicht einmal zu hoffen gewagt, dass sie ans Telefon gehen würde.

»Kommen Sie gegen drei zu uns«, antwortet sie. Dann legt sie auf.

Evan beobachtet mich. »Sie hat ja gesagt?«

Ich nicke.

»Großartig.«

»Kaum zu glauben«, sage ich. »Vor ein paar Tagen hat mich diese Frau noch für den Teufel in Person gehalten.«

»Die Leute ändern ihre Meinung«, erwidert Evan.

»Oder es gibt jetzt etwas, das sie in der Zeitung haben möchte.«

»Lieber Himmel, Olivia!« Evan schüttelt grinsend den Kopf. »Du bist wirklich ein misstrauischer Mensch. Wahrscheinlich ist sie einfach nur bereit, über das Mädchen zu sprechen.«

»Ich soll um drei dort sein.« Ich werfe einen Blick auf meine Uhr. Es ist erst viertel vor zwölf.

»Was machst du jetzt?«, fragt Evan. »Ich wollte eine kleine Runde mit dem Wagen drehen. Hast du Lust mitzukommen?«

Evan dreht gerne diese Runden durch die Stadt. Er sagt, das erinnere ihn daran, wo er sei. Wir nehmen seinen Wagen. Aus dem Parkplatz biegen wir in die Beale ein und fahren an den Blöcken mit den Sozialwohnungen vorbei, bis wir ins Geschäftsviertel kommen. Langsam ziehen wir an den Bars vorüber. Ohne das Menschengewimmel und die Dunkelheit, die ihre Neonschilder zum Leuchten bringt, verlieren sie einen Großteil ihres grellen Charmes. Tagsüber ist es hier so viel ruhiger als nachts, die ganze Straße scheint nur darauf zu warten, dass es endlich Abend wird.

Wir fahren zum Fluss hinunter und bleiben am Wolf River Harbor stehen. Hier legen die Flussdampfer an, und die Touristen gehen an Bord, um langsam den Mississippi hinunterzutuckern. Von hier bis zum Wasser besteht die Straße aus unregelmäßigen Pflastersteinen. Als Evan den Motor abschaltet, wird es sofort heiß im Wagen. Ich drehe mein Fenster herunter, auch wenn das nicht viel bringt. Evan ist schon öfter mit mir hierher gefahren. Er genießt es, einfach nur dazusitzen und zu beobachten, wie der Fluss vorüberströmt.

Vor uns auf dem Wasser sind zahlreiche Boote zu sehen, außerdem ein schwimmendes Restaurant und Mud Island, wo David lebt. Im Süden erstreckt sich die Arkansas-Tennessee-Brücke über den Fluss. Bewusst habe ich sie zum letzten Mal vor zwei Monaten überquert, als das zehnjährige Kind umgebracht worden war, aber bestimmt bin ich seitdem ein paar Mal darübergefahren. Im Norden liegt die große neue Hernando-DeSoto-Brücke, die wie ein M geformt ist. Nachts wird sie von einer Vielzahl winziger weißer Glühbirnen beleuchtet, deren Licht sich glitzernd im darunter fließenden Wasser spiegelt.

Wenn der Fluss Hochwasser hat, stehen die Pflastersteine und das südliche Ende von Mud Island unter Wasser, und der Fluss rauscht dann so schnell und heftig vorüber, dass Bäume entwurzelt und mitgerissen werden. Selbst jetzt sieht man, was für eine starke Strömung das Wasser hat – stark genug, um einen Körper nach unten zu ziehen, bevor man auch nur einmal mit den Augen blinzeln kann. Wir sitzen da und beobachten, wie sich an manchen Stellen Strudel bilden, die aussehen wie kleine Whirlpools. Ein riesiger Ast treibt vorbei. »Sieh dir an, wie er vorbeisaust«, sagt Evan leise. »Ganz schön schnell.«

Dann richtet er sich plötzlich auf, als würde er aus einer Art Trance erwachen, und fährt mit lauterer Stimme fort:

»Als wir den Fluss mit dem Kanu hinuntergefahren sind – ich habe dir davon erzählt, oder? –, da merkte ich irgendwann, als ich zufällig hochblickte, dass ein Baum genau auf uns zusteuerte. Genau wie wir trieb er mit der Strömung dahin, bloß dass er viel schneller war als wir.«

»Was habt ihr gemacht?« Ich sehe zu, wie sich der Ast langsam nach rechts dreht, dann wieder in die Gegenrichtung.

Evan lacht. »Wir haben so schnell wie möglich den Weg für ihn freigemacht.« Er richtet den Blick wieder auf den Fluss. »Wusch!«, sagt er.

Ich schaue durch das Fenster auf der Fahrerseite nach links, an Evan vorbei. Wenn man in dieser Richtung die Riverside entlangfährt, kommt man zum Tom Lee Park, wo Allison gestorben ist.

»Hast du Hunger?«, fragt Evan. Er beugt sich nach hinten, nimmt eine Papiertüte vom Rücksitz und holt zwei Käse-Sandwiches und einen kleinen Tetrapak Schokoladenmilch heraus. Mit feierlicher Miene öffnet er die Schokoladenmilch und reicht sie mir. »Ich liebe dich, Evan«, sage ich lachend.

»Ich weiß«, gibt er zurück, während er die Sandwiches auspackt. »Aber du wirst mich nie kriegen.«

Evan ist schwul, und ich bin eine der wenigen Personen, die es wissen. Es ist nicht einfach, in Memphis, Tennessee, schwul zu sein, und noch schwieriger ist es in einer Kleinstadt in South Carolina, aus der Evan stammt. Seine Eltern fragen sich langsam, wann er endlich das nette Mädchen kennen lernen wird, auf das sie hoffen, aber Homosexualität liegt so weit außerhalb ihres Vorstellungsvermögens, dass sie noch nie auf die Idee gekommen sind, Evan könnte schwul sein. Ich glaube, dass seine Schwester Kate einen Verdacht hat. Als sie ihn mal besuchte und er gerade nicht im Zimmer war, sagte sie zu mir: »Evan ist ganz schön *extrovertiert*, nicht wahr?«

Manchmal muss ich an Evans Eltern denken, die bestimmt

überzeugt sind, ihn genau zu kennen, in Wirklichkeit aber keinen blassen Schimmer von seinem tatsächlichen Leben haben.

»Lass mir was von der Milch übrig!«, sagt Evan und reicht mir ein Sandwich.

Um Punkt drei läute ich an der Haustür der Averys. Keine Reaktion. Ich lausche angestrengt, aber es sind keine Schritte zu hören. Als ich mich vorbeuge, um ein zweites Mal zu läuten, öffnet Cynthia Avery die Tür. Ich zucke zusammen wie eine erschrockene Katze. Sie ist größer als ich und trägt eine ärmellose weiße Bluse, die sie in eine schwarze Leinenhose gesteckt hat. Ihr Haar ist in dem hellen Blondton gefärbt, den ich besonders mit Frauen aus der Oberschicht der Südstaaten assoziiere. Sie blinzelt in die Sonne, den Blick auf einen Punkt über meinem Kopf gerichtet. »Kommen Sie herein.« Mit diesen Worten dreht sie sich um und geht langsam den Gang hinunter.

Ich folge ihr, schließe leise die Tür hinter mir. Cynthia Avery ist die Sorte Frau, die sich stirnrunzelnd umdrehen würde – langsam und bewusst, die Augenbrauen fragend hochgezogen –, wenn eine Tür laut ins Schloss fiele. Ich versuche, auf dem Fliesenboden so leise wie möglich zu gehen. Das Wohnzimmer ist ganz in Weiß gehalten – dicker weißer Teppich, weiße Couch mit dezent schimmerndem Muster. Ich bleibe stehen, bis sie mich auffordert, Platz zu nehmen, und lasse mich dann vorsichtig auf der äußersten Kante eines bestickten weißen Sessels nieder. Der Raum hat irgendetwas Ungesundes, er wirkt so bewusst gestylt, die weißen Sachen so klinisch sauber. Cynthia Avery setzt sich auf die Couch und lässt den Kopf nach hinten sinken, als würde sie ihr Haar vom Friseur waschen lassen. Über dem Kamin hängen zwei riesige gerahmte Bilder von Peter und Allison. Allison trägt Weiß.

An die Decke gewandt erklärt ihre Mutter: »Peter hat mir

erzählt, dass Sie nach der Beerdigung mit ihm gesprochen haben. Als ich dann die Zeitung las, ist mir aufgefallen, dass Sie ihn nicht zitiert und auch sonst nichts über das Gespräch mit ihm geschrieben haben. Aus diesem Grunde spreche ich jetzt mit Ihnen. Denn wenn es schon sein muss, dann möchte ich, dass es auf die bestmögliche Art geschieht.«

»Ich verstehe.«

Abrupt steht sie auf. Ohne einen Blick in meine Richtung zu werfen, verlässt sie den Raum. Während ich warte, weiß ich nicht so recht, wo ich hinsehen soll. Irgendwie habe ich das Gefühl, ich sollte den Blick respektvoll auf den Boden richten, als wäre sie noch im Raum und würde versuchen, ihre Tränen vor mir zu verbergen. Als sie zurückkommt, weist nichts in ihrem Gesicht darauf hin, dass sie geweint hat, und sie verliert auch kein Wort über ihr plötzliches Verschwinden. Stattdessen tritt sie direkt vor mich, sodass ich wie ein kleines Kind zu ihr aufblicken muss. Sie greift nach meiner Hand, die auf meinem Schoß liegt, und drückt sie mit beiden Händen. »Das ist *Ihre* Geschichte«, erklärt sie. »Ich werde nicht mit den Leuten vom Fernsehen sprechen. Wenn sie mich fragen, werde ich ihnen antworten, dass ich nur mit Ihnen spreche.«

Ich nicke.

»Wenn es nach mir ginge, würde ich mit niemandem sprechen, auch nicht mit Ihnen, aber ich bekomme von allen Seiten zu hören, wie wichtig es sei, dass in den Zeitungen weiter über Allisons Fall berichtet werde, weil das für öffentliches Interesse sorge und die Polizei unter Druck setze. Vielleicht trägt es dazu bei, dass der Mörder meiner Tochter gefasst wird.«

Wieder nicke ich. Das ist eigentlich meine Rede. Sie stiehlt mir meine Worte.

»Es ist Ihre Pflicht als Journalistin, darüber zu berichten. Meine Pflicht ist es, Ihnen dabei zu helfen.« Ihre Miene wirkt noch eine Spur entschlossener, als sie hinzufügt: »Gemeinsam werden wir dafür sorgen, dass in dieser Sache niemand aufgibt.«

Sie drückt meine Hand noch ein wenig fester und starrt mich eindringlich an, bis ich antworte: »Ja, das werden wir.« Meine Stimme klingt piepsiger als beabsichtigt. Endlich lässt sie meine Hand los und kehrt an ihren Platz zurück. Erleichtert richte ich mich auf, muss erst einmal schlucken. Ich habe das Gefühl, als hätte ich mich gerade in den Dienst von Allison Averys Andenken gestellt, als hätten ihre Mutter und ich einen Pakt unterzeichnet. Das weckt in mir die Frage, wieso sie einen solchen Pakt für nötig hält.

»Ich schalte jetzt den Kassettenrecorder an«, erkläre ich. »Bloß, um sicherzustellen, dass ich alles, was Sie sagen, richtig mitbekomme.«

Dr. Avery gibt mit einer Handbewegung ihre Zustimmung.

»Ich würde gern mehr über Allison erfahren«, beginne ich. »Was war sie für ein Mensch?«

»Sie war ...« Nach einem Moment des Zögerns hebt sie plötzlich den Kopf und sieht mir ins Gesicht. Ich erwidere ihren Blick. Wir sitzen beide da und starren uns an. Alles an dieser Frau wirkt sorgfältig gestylt, die gesprayte Perfektion ihres kinnlangen blonden Haars, das dezente, exakt aufgetragene Rouge auf ihren Wangenknochen, die Art, wie sich ihr goldenes Medaillon in die kleine Mulde unterhalb ihres Halses schmiegt, der noch kaum Altersfältchen aufweist. Sie ist die Sorte Frau, die mehrere Schichten zwischen das legt, was sie meint und was sie sagt, genau wie sie mehrere Schichten Make-up zwischen ihr Gesicht und die Welt legt.

Ich blinzle als Erste. Sie platziert ihre schlanken Hände übereinander auf ihrem Schoß. »Sie war vollkommen«, erklärt sie. Dann presst sie die Lippen aufeinander. Als ich nicht reagiere, zieht sie die Augenbrauen hoch, als wollte sie mich auf diese Weise dazu bringen nachzufragen.

»Vollkommen?«, wiederhole ich.

»Sehen Sie sich ihr Foto an«, sagt sie. Gehorsam richte ich

den Blick auf die Aufnahme. Allison dürfte darauf etwa siebzehn sein, ihre Wangen wirken weich und leicht gepudert. Sie trägt ein weißes Kurzarmkleid, dessen Oberteil mit Spitze besetzt ist, und sitzt mit leicht abgewandtem Oberkörper da, den Blick über die Schulter auf die Kamera gerichtet, die Hände auf dem Schoß übereinander gefaltet. Ihre Nägel sind in einem blassen Rosaton lackiert, ihr dunkles Haar fällt ihr in einzelnen Locken über die Schultern. Ihre rosa glänzenden Lippen sind zu einem leichten Lächeln verzogen. Die vollkommene Reglosigkeit ihres Gesichts, ihrer Hände und ihrer Körperhaltung verrät mir, dass sie diese Pose noch stundenlang hätte durchhalten können, wie ein Mannequin. »Sehen Sie sich dieses liebe Gesicht an«, sagt ihre Mutter in verträumtem Ton. »Dieses liebe Lächeln.«

Auf mich wirkt dieses Lächeln verschmitzt, und ihre Augen scheinen mir ein innerlich aufsteigendes Lachen zu verbergen. Ihre Mutter sagt: »Ich hätte mir keine bessere Tochter wünschen können.«

»Jemand hat mir erzählt, sie sei eine talentierte Sängerin gewesen.«

Sie hebt die Hand, um sich das Haar hinters Ohr zu streichen, und antwortet dann, als hätte ich ihr eine ganz andere Frage gestellt. »Ich weiß noch, wie wir zum ersten Mal mit ihr in einen Kinofilm gegangen sind – *Dumbo*, glaube ich. Als Dumbo seiner Mutter weggenommen wurde, musste sie so weinen, dass sie gar nicht mehr aufhören konnte. So war sie immer – ein richtig mitfühlender Mensch. Sie bekam auch jedes Mal feuchte Augen, wenn sie einen dieser UNICEF-Werbespots sah. Oder einen von denen, die Sie bestimmt auch kennen, wo der Sohn lange weg war und unerwartet nach Hause kommt und die Mutter so glücklich ist, ihn zu sehen, und die beiden dann gemeinsam Kaffee kochen.« Sie zupft mit einer Hand an ihrer Hose herum, schnippt einen Fussel von ihren Fingern. »Ich habe sie oft ausgelacht«, fährt sie leise fort. »Aber einmal, ich kann mich noch genau erinnern, haben wir uns zusammen die Nachrichten angesehen. Damals war gerade der Papst in Amerika, und eine große Menschenmenge hatte sich versammelt, um ihn zu sehen. Er konnte vor Rührung kaum sprechen, und plötzlich war ich auch ganz gerührt, und Allison sah aus, als würde sie gleich anfangen zu weinen, aber dann mussten wir plötzlich losprusten, weil wir beide mit Tränen in den Augen dasaßen. Dabei sind wir nicht mal katholisch!« Sie richtet den Blick wieder auf das Foto. »Sie hatte eine empfindsame Seele.«

Allison Avery, die perfekte Tochter. Ich warte einen Augenblick, ehe ich frage: »Und ihr Talent als Sängerin?«

»Sie hatte eine sehr schöne Stimme. Sie hat im Kirchenchor gesungen«, antwortet ihre Mutter. »Aber sie wollte das mit dem Singen nicht professionell betreiben. Sie wollte in meine Fußstapfen treten.«

Ich weiß, dass das nicht stimmt, bin mir aber nicht sicher, ob Allisons Mutter das auch weiß. »Hat sie deswegen im Krankenhaus gearbeitet?«

Sie nickt. »Ich wollte, dass sie gleich im Anschluss an die Schule Medizin studiert, aber sie wollte erst mal eine Weile arbeiten. Sie meinte, sie habe noch so viel Zeit.« Bei diesen Worten versagt ihr die Stimme zum ersten Mal. Sie presst einen Finger gegen den unteren Rand ihres rechten Auges.

Als sie sich wieder gefangen hat, sprechen wir über Allisons Freundeskreis. Sie bezeichnet Carl als lieben Jungen, der Allison immer ein guter Freund gewesen sei. Als ich sie nach Angela frage, zögert sie gerade lange genug, um ihr Missfallen zum Ausdruck zu bringen, und erklärt dann, Angela sei ein recht nettes Mädchen, aber vielleicht doch nicht der beste Umgang für ihre Tochter. Weiter lässt sie sich über dieses Thema nicht aus. Als ich nachhake, macht sie bloß eine wegwerfende Handbewegung, um die üblichen Teenager-Eskapaden anzudeuten, als müsste ich darüber aus eigener Erfahrung Bescheid wissen.

Ich blättere kurz meine Notizen durch und frage sie nach

Russell Freeland. »Russell Freeland«, antwortet sie langsam. »Ja, ich glaube, er und meine Tochter waren am College miteinander befreundet. Ich bin ihm bloß ein- oder zweimal begegnet.« Sie beugt sich vor. Ihre Augen werden schmal, und ihr Mund wirkt plötzlich angespannt, als wollte sie etwas sagen, aber dann scheint sie es sich anders zu überlegen. »Warum fragen Sie?«, erkundigt sie sich freundlich lächelnd. »Haben Sie mit ihm gesprochen?«

»Ich habe ihn zufällig kennen gelernt. Dabei hat er erwähnt, dass er Ihre Tochter kannte.«

Sie nickt langsam. »Warum fragen Sie mich nach ihm?«

»Ich möchte über alle Freunde Ihrer Tochter möglichst viel erfahren.«

»Aber warum ausgerechnet über ihn?« Ihre Stimme hat einen gereizten Unterton. »Er muss doch irgendwas zu Ihnen gesagt haben, was Sie dazu veranlasst hat, nach ihm zu fragen. Was war das?«

Ich runzle die Stirn, als würde ich nachdenken. Sie selbst ist diejenige, die in mir den Verdacht weckt, dass er wichtig sein könnte.

»Was hat er zu Ihnen gesagt?« Sie beugt sich über den Couchtisch, um mir ihre kühle Hand auf den Arm zu legen. »Sagen Sie es mir, meine Liebe. Ist er derjenige, der ...«

»Ist er derjenige, der was, Ma'am?«

Sie schüttelt den Kopf, richtet sich zu ihrer vollen Größe auf. »Was hat er zu Ihnen gesagt?«

»Das weiß ich nicht mehr so genau«, antworte ich. Auch ich kann Geheimnisse bewahren, wie klein sie auch sein mögen. Einen Moment lang herrscht zwischen uns angespanntes Schweigen. Ich formuliere im Geiste gerade eine neue Frage, als sie plötzlich sagt: »Ich bin eigentlich gegen die Todesstrafe, aber trotzdem möchte ich, dass ihr Mörder stirbt. Wenn sie ihn erwischen, möchte ich, dass er stirbt. Wissen Sie, was er ihr angetan hat?«

»Ja.« Ich weiß genau, was er ihr angetan hat.

»Ich wünschte, ich wüsste es nicht«, sagt sie. »Ich muss ständig …« Sie schüttelt den Kopf. »Ich muss ständig daran denken.«

»Werden Sie sich besser fühlen, wenn sie den – oder die – Schuldigen erwischt haben?«

»Ich weiß es nicht«, antwortet sie. »Ich hoffe es. Es ist so schrecklich, sich so zu fühlen, wie ich mich zurzeit fühle. Ich weiß nicht, was schlimmer sein könnte. Es ergibt einfach keinen …« Sie schüttelt erneut den Kopf und beugt sich vor, um aus der weißen Schachtel auf dem Couchtisch ein Taschentuch zu ziehen, mit dem sie sich über die Augen wischt. »Was ihr passiert ist, ergibt keinen Sinn. Es gibt keinen Grund dafür, es gibt einfach keinen … mein Gott! Es gibt einfach keinen Grund!«

Gegen meinen Willen steigen mir die Tränen in die Augen. Ich beginne heftig zu blinzeln. »Wie geht es Peter?«, frage ich.

»Peter? Abends höre ich ihn manchmal weinen. Dann stehe ich vor seiner Tür und weiß nicht, ob ich hineingehen soll oder nicht. Gestern Abend bin ich hineingegangen, und er hat auf meinem Schoß geweint. Das hat er nicht mehr getan, seit er ein Baby war. Er hat geweint, bis keine Tränen mehr kamen.« Sie hält inne und wirft mir einen scharfen Blick zu, als wäre ihr gerade wieder bewusst geworden, mit wem sie da eigentlich spricht. Ich kenne diesen Blick. »Bitte bringen Sie das nicht in der Zeitung.«

»Das werde ich nicht.«

»Es hat etwas Lähmendes«, erklärt sie. »Diese ganze Traurigkeit.«

»Es tut mir so Leid«, antworte ich. Dann notiere ich mir: *diese ganze Traurigkeit.*

Während ich in der Redaktion sitze und meine Notizen in den Computer tippe, geht mir durch den Kopf, dass Cynthia Avery mir nur gesagt hat, was sie mir sagen wollte – was sie sich bereits zurechtgelegt hatte, noch ehe ich den Raum betreten hatte. Ich sehe sie wieder vor mir, wie sie mir zum Abschied mit einem traurigen Lächeln die Hand drückte, mir für meine Umsicht dankte und erklärte, ich sei anders als die meisten anderen Reporter und deswegen habe sie mich ausgewählt. Der Gedanke, dass ich bei ihren Worten tatsächlich so etwas wie Dankbarkeit empfunden habe, macht mich wütend.

Trotzdem schreibe ich die Story so, wie sie es wollte, als die Geschichte einer gutherzigen, brutal ermordeten jungen Frau, deren Mutter in ihrem Kummer ertrinkt und darum betet, dass die Polizei den Täter fassen wird. Zum Glück ist an diesem Tag nicht viel passiert. Obwohl Peggy von meinem Artikel nicht allzu begeistert ist, wird er gedruckt.

Nach der Arbeit gehe ich ins Four Corners, um dort einen Happen zu Abend zu essen. Peter ist nicht da. Ich setze mich allein an einen Fenstertisch und bestelle bei einer schlanken Blondine mit rosigen Wangen Bananenpudding. Als sie ihn mir bringt, frage ich sie, ob sie Peter kenne.

Sie nickt und wippt dabei auf ihren Absätzen vor und zurück.

»Ist das mit seiner Schwester nicht schrecklich?«, meint sie. »Der arme Pete. Er ist so ein lieber Kerl.«

»Haben Sie seine Schwester gekannt?«

Sie schüttelt den Kopf, beugt sich dann aber ein Stück vor und sagt mit leiser Stimme: »Was Peter so von ihr erzählt, klingt, als wäre sie ziemlich wild gewesen.« Sie richtet sich wieder auf und fügt in normaler Lautstärke hinzu: »Eine schreckliche Sache, nicht wahr?«

»Ja«, antworte ich. »Wirklich schrecklich.«

Sie nickt mit gesenktem Kopf. Dann blickt sie hoch und lächelt mich an. »Kann ich Ihnen sonst noch was bringen?« Als ich den Kopf schüttle, sagt sie: »Lassen Sie es sich schmecken!«, und marschiert beschwingt davon.

Ich fixiere meinen Teller. Mir ist der Appetit vergangen.

Ich sehe wieder das Foto von Allison Avery vor mir, das ihre Mutter im Wohnzimmer hängen hat, ihr perfektes Lächeln, ihre anmutig übereinander gefalteten Hände. Ich muss an ihre Hände denken, wie ich sie das erste Mal gesehen habe, steif und voller Blut, in die Luft greifend.

9

Am Samstagmorgen dauert es eine Weile, bis ich richtig wach werde. Ich fühle mich verschwitzt und völlig erschlagen. Der Arm, auf dem ich offenbar die ganze Nacht gelegen habe, ist so taub, dass ich ein paar benebelte Momente lang den Eindruck habe, als würde das tote Ding unter meinem Körper gar nicht zu mir gehören. Ich strecke eine Hand nach David aus, berühre aber nur ein feuchtes Laken. Als ich die Augen aufschlage, sehe ich als Erstes das Gesicht des toten Mädchens, das mich auf meinem Nachttisch angrinst. Ich muss es gestern Abend dort aufgestellt haben. Mit einer raschen Handbewegung fege ich es auf den Boden, wo es mit dem Gesicht nach oben auf einem Stapel von Papieren und Notizbüchern landet, noch immer grinsend. Ich setze mich auf und massiere meinen Arm, bis mit einem schmerzhaften Kribbeln das Gefühl zurückkehrt. Dann rufe ich nach meiner Mitbewohnerin. »Hannah? Bist du schon auf?«

Sie erscheint in Shorts und einem Sport-BH in meiner Zimmertür, das Gesicht rot und glänzend. »Ob ich schon auf bin?«, wiederholt sie. »Ich bin gerade acht Kilometer gelaufen!« Sie lässt sich auf das Fußende meines Bettes fallen und zieht ein Knie an die Stirn, um ihre Muskeln zu dehnen. »Ich habe versucht, dich zu wecken«, erklärt sie. »Du hast was vor dich hingemurmelt und dich auf die andere Seite gerollt.«

»Was habe ich denn gesagt?«

Sie lässt das eine Bein aufs Bett fallen und greift nach dem anderen. »Ich glaube, es war *nada*«, antwortet sie. »*Nada, nada, nada.*«

Aus irgendeinem Grund bin ich erleichtert. »Das hat Bishop in mein Notizbuch geschrieben.«

»Siehst du in deinen Träumen immer noch Worte?«, fragt sie. »Das ist wirklich seltsam.«

Ich setze meine Brille auf. »Hast du die Zeitung mit reingebracht?«

»Liegt in der Küche.« Plötzlich springt sie auf und stellt sich neben dem Bett in Position, die Beine leicht gegrätscht, die Hände locker zur Faust geballt. »Los – wer als Erste in der Küche ist!«

Während ich die Bettdecke zurückwerfe, stürmt sie bereits lachend den Gang hinunter.

In der Küche koche ich uns Kaffee, während sie den Kulturteil der Zeitung liest. »Dieser Carl«, sagt sie, während sie raschelnd umblättert. »Er arbeitet doch für das Black Horse Theater, oder? Hier ist eine Anzeige von denen. Sie geben zurzeit gerade Macbeth.«

»Lass sehen!« Sie reicht mir die Seite.

»Heute Nachmittag ist eine Vorstellung«, erkläre ich. »Lass uns hingehen.« Sie zieht eine Augenbraue hoch. »Nein, allen Ernstes, lass uns hingehen!«

»Warum nicht«, antwortet sie.

Das Black Horse Theater befindet sich über einer Pizzeria. Man muss an der Außenseite des Gebäudes eine metallene Feuertreppe hinaufsteigen. Die Stufen wackeln unter unseren Füßen. Ich klammere mich ans Geländer. Drinnen ist es dunkel, und der Duft von frischem Pizzateig vermischt sich mit dem Geruch von Staub und Desinfektionsmitteln. Ein fröhliches, bereits für die Bühne geschminktes Mädchen verkauft uns Eintrittskarten aus weißem, handbedrucktem Papier. »Darf ich fragen, wie Sie von uns erfahren haben?«, erkundigt sie sich, während sie uns unsere Programme reicht.

»Wir kennen Carl Fitzner.« Ich beobachte ihre Reaktion. Ihre Lippen formen ein »Oh«. »Sie haben Glück«, erklärt sie. »Carl springt heute für Bob ein, weil der mit Grippe im Bett liegt.«

»Ist Carl die zweite Besetzung für die Rolle?«, frage ich.

»Eigentlich nicht«, antwortet sie. »Aber Carl kann immer sämtliche Rollen auswendig, sogar meine.« Sie lacht. »Ich glaube, wenn ich krank wäre, würde er ein Kleid anziehen und für mich weiterspielen.«

»So haben Shakespeares Stücke schließlich ihren Anfang genommen«, meint Hannah. Das Mädchen starrt sie fragend an. »Mit Männern in Frauenkleidern«, fügt Hannah hinzu. Das Mädchen nickt leicht benommen, als würde sie noch immer nicht verstehen, und wendet sich einem hinter uns wartenden älteren Paar zu. »Was war noch mal der Grund für unser Kommen?«, fragt mich Hannah auf dem Weg zu unseren Plätzen.

»Recherchen«, antworte ich, während ich das Programm nach Carls Namen absuche. Ich finde ihn auf der Rückseite, unter dem Beleuchter und dem Kostümdesigner. Hannah fasst meine Antwort als Witz auf und lacht.

Ein älterer Mann geht an uns vorbei den Mittelgang entlang, macht dann aber kehrt und bleibt neben mir stehen. »Entschuldigen Sie, junge Dame«, sagt er. »Kennen wir uns nicht?«

Ich blicke zu ihm hoch. Er lächelt mich hoffnungsvoll an. Seine Augen sind von Lachfältchen umgeben. »O ja, guten Tag, Sir«, sage ich und stehe auf. »Ich bin Olivia Dale.« Ich reiche ihm die Hand.

Er drückt sie mit der rechten, während er sie mit der linken großväterlich tätschelt. »Sie sind mir gleich so bekannt vorgekommen. Woher kennen wir uns? Sind Sie eine Freundin meiner Enkeltochter?«

»Ja, Sir«, antworte ich. »Bitte grüßen Sie sie von mir.«

»Das werde ich.« Er tätschelt erneut meine Hand. »Es hat mich sehr gefreut, Sie zu treffen.«

»Mich auch, Sir.« Nachdem er meine Hand losgelassen hat, setze ich mich wieder. Er lächelt Hannah an und geht dann weiter den Gang entlang.

»Netter Mann«, sagt Hannah. »Wer ist seine Enkeltochter? Kenne ich sie?«

»Keine Ahnung. Ich bin ihr nie begegnet«, antworte ich. »Der Typ sitzt im Stadtrat. Ich habe vor zwei Jahren mal einen Artikel über ihn geschrieben.«

»Warum hast du ihm das nicht gesagt?«

»Weil es kein sehr schmeichelhafter Artikel war«, gebe ich zurück. »Er ist mit einer Nutte erwischt worden.«

»Dieser süße alte Mann?« Sie klingt erstaunt.

»Ja, Ma'am«, antworte ich. »Genau der.«

»Lieber Himmel!«, meint Hannah. Sie verrenkt sich den Kopf, um noch einmal einen Blick auf den alten Mann zu werfen, als würde sie plötzlich einen lüsternen alten Bock in Boxershorts sehen, wo vor wenigen Momenten noch der nette Großvater stand. Kopfschüttelnd dreht sie sich wieder zu mir um. Ich muss über ihre fassungslose Miene lachen. »Verdammt!«, sagt sie. »Da muss ich mir ja direkt Sorgen machen, was mein eigener Großvater so treibt.«

Kurz darauf wird es im Raum dunkel, und die drei Hexen erscheinen auf der Bühne. Dann tritt Macbeth selbst aus der Kulisse. Es dauert einen Augenblick, bis ich Carl erkenne. Die meisten der Schauspieler sind unglaublich schlecht und beten ihren Text herunter, ohne auch nur die leiseste Ahnung zu haben, was er bedeutet. Carl ist die große Ausnahme. Sogar sein Aussehen hat sich verändert. Er wirkt größer und dünner, seine Kinnpartie energisch, sein Mund entschlossen. Als in ihm die Mordgier erwacht, starre ich in sein Gesicht und bin plötzlich davon überzeugt, dass er zu allem fähig ist. Vielleicht war der traurige, einsame Mann, den ich kürzlich kennen gelernt habe, nur eine weitere Rolle.

Nach der Vorstellung stehen wir herum, bis Carl nach vorne kommt, um sich feiern zu lassen. Seine Wangen sind gerötet, sein Blick wandert rastlos von einem Gesicht zum nächsten. Wir warten hinter vier oder fünf anderen Leuten, um ihm zu seiner Leistung zu gratulieren. Er sieht mich über die Schulter einer anderen Frau an und grinst dabei so breit, dass alle seine Zähne zu sehen sind. Ich erwidere sein Lächeln, als wären wir Freunde.

»Carl, das war wundervoll!«, sagt Hannah, als wir schließlich vor ihm stehen, und tätschelt seinen Arm. Ich nicke zustimmend. Er legt uns beiden eine Hand auf die Schulter. »Danke, dass ihr gekommen seid«, sagt er. Durch mein Hemd spüre ich die Wärme seiner feuchten Handfläche. Plötzlich fühle ich mich schmutzig, schmutzig und verschwitzt. Ich widerstehe dem Drang, einen Schritt zurückzuweichen. Seine schwarz umrandeten Augen wirken riesig, seine geschminkten Lippen rau und aufgesprungen. In seinem Ziegenbart klebt ein wenig Make-up.

»Wir haben es sehr genossen«, erklärt Hannah. »Du warst großartig!«

»Danke«, sagt er noch einmal und nickt dabei immer wieder. »Vielen Dank.« Er drückt meine Schulter. Ich versuche, unter seiner Hand die Muskeln zu entspannen und mir vorzustellen, wie es wohl wäre, wenn ich mich danach sehnen würde, von diesem Jungen berührt zu werden. Als er mir ins Gesicht sieht, senke ich lächelnd den Blick. »Du warst wirklich großartig«, sage ich. Er nimmt seine Hand von Hannahs Schulter und wischt sich mit dem Handrücken über den Mund, was auf seiner Haut rosafarbene Streifen hinterlässt. Die Hand auf meiner Schulter bleibt.

»Was macht ihr Mädels jetzt?«, fragt er. »Ich habe abends noch eine Vorstellung. Vorher wollte ich einen Happen essen. Habt ihr Lust mitzukommen?«

Hannah sieht mich an. Ich nicke. »Klar«, antwortet sie, und ich stimme ihr zu. Carl drückt noch einmal meine Schulter, bevor er endgültig seine Hand wegnimmt. Ich kann der Versuchung nicht widerstehen, mir über die Schulter zu fahren, als könnte ich auf diese Weise seine Fingerabdrücke wegwischen.

Wir gehen in ein Restaurant namens The Pie Lady, geführt von einer Frau, die mit selbst gebackenen Kuchen angefangen hat, um Geld für ihre gelähmte Tochter zusammenzubekommen, nachdem diese mit nur achtzehn Jahren von der Kugel eines Einbrechers getroffen worden war. Ihr berühmtester Kuchen heißt Glory Hallelujah. Als ich vor Carl das Restaurant betrete, berührt er mich am Rücken. Ich weiche ihm aus, zwinge mich dann aber, mich umzudrehen und ihn anzulächeln. Das Lokal ist leer, nur die Pie Lady selbst sitzt hinter dem Tresen auf einem Barhocker. Während Carl mit ihr spricht, flüstert Hannah mir zu: »Flirtest du mit ihm?«

Achselzuckend studiere ich die Kuchen in der Vitrine. Hannah zieht die Augenbrauen hoch.

Carl dreht sich zu uns um. »Für das Mittagsbüffet sind wir zu spät, aber sie sagt, sie macht uns eine Kleinigkeit.«

»Was hättet ihr Mädels denn gern?«, fragt sie, während sie uns an einen Tisch führt. »Ich könnte euch Fisch-Sandwiches machen, oder vielleicht gebratenes Hähnchen.«

Hannah und ich bestellen den Fisch, Carl das Hähnchen. Die Pie Lady wischt sich an ihrer Schürze die Hände ab und verschwindet in die Küche. Ich habe sie schon mal interviewt, sodass ich eine Menge über sie weiß, auch wenn sie sich wohl nicht an mich erinnern kann. »Dann habt ihr mich also wirklich gut gefunden«, sagt Carl, nachdem sie gegangen ist.

»Natürlich«, antworte ich. »Du warst der Beste auf der Bühne.«

Er lächelt mich an. Dann wird sein Gesichtsausdruck wieder ernst. »Wie kommst du mit deiner Story voran?«, fragt er. »Haben sie schon irgendetwas herausgefunden?« Er greift nach seinem Messer. Ich sehe zu, wie er es mit beiden Händen immer wieder dreht.

»Über Allison?«, sage ich, nur um seine Miene zu sehen, wenn er ihren Namen hört. Er nickt, ohne den Blick von dem Messer in seiner Hand abzuwenden. »Bis jetzt habe ich noch nicht viel erfahren. Bloß, dass ihre Mutter der Meinung ist, sie sei vollkommen gewesen.«

»Das war sie auch«, antwortet Carl. »In gewisser Weise.« Seufzend legt er das Messer weg. »Für ihre Mutter war sie vollkommen.«

»Und für dich?«

Er sieht mich an. »Sie war nicht vollkommen«, entgegnet er. »Aber ich habe sie trotzdem lange Zeit geliebt.« Er weicht meinem Blick nicht aus, obwohl ihm die Tränen in die Augen steigen. »Ich wünschte, sie hätte mich heute auf der Bühne sehen können.« Bei den letzten Worten beginnt seine Stimme zu zittern. Einen Moment lang nehme ich ihm sein gebrochenes Herz ab. Dann fällt mir ein, was für ein guter Schauspieler er ist. »Tut mir Leid«, sage ich. »Ich gebe wirklich mein Bestes, um herauszufinden, was passiert ist.« Ich drücke seine Hand, woraufhin er mich dankbar anlächelt. »Ich bin froh, dass ihr heute da wart«, sagt er.

Die restliche Zeit bin ich ziemlich still und sehe ihm dabei zu, wie er das Hühnerfleisch vom Knochen reißt. Hinterher isst er den Glory Hallelujah Pie, den er sich bestellt hat, und erzählt Hannah lachend von einem Bühnenbild, das während der Vorstellung umgefallen sei. Als er mir mit seiner Gabel ein Stück Birne mit Streuselkruste vor den Mund hält, schüttle ich den Kopf. Mir gegenüber liegt ein unberührtes Besteck vor einem leeren Stuhl. Ich stelle mir vor, dass Allison Avery dort sitzt. Ihr dunkles Haar fällt ihr über die Schultern. Sie sieht mich mit diesem verschmitzten, geheimnisvollen Lächeln an. Nicht wegsehen, sagt dieses Lächeln. Ich fordere dich heraus. Wer zuerst wegsieht, hat verloren!

Bevor wir gehen, verschwindet Hannah noch rasch auf die Toilette. Carl und ich warten an der Tür auf sie. Ich greife nach einer Zündholzschachtel, öffne und schließe sie, lese ein paar von den Artikeln, die die Pie Lady an die Wand geklebt hat. Meinen kann ich nicht entdecken. Carl saugt an einem Bonbon und spielt mit seinem großen silbernen Feuerzeug. Nachdem er es eine Weile hin und her gedreht hat, lässt er es aufschnappen, betrachtet ein paar Sekunden lang die Flamme und klappt es dann wieder zu. Ich bin mittlerweile dazu übergegangen, auf meinen Absätzen vor und zurück zu wippen, wobei ich den Blick auf die Zimmerdecke gerichtet halte, weil ich jedes Mal, wenn ich in Carls Richtung sehe, feststellen muss, dass er mich unverhohlen anstarrt. Auch jetzt ruht sein Blick wieder auf meinem Gesicht, als ich zu ihm hinübersehe. »Weißt du«, sagt er, »ich habe mich gerade gefragt, ob du, ähm, vielleicht mal mit mir ausgehen würdest.«

Ich öffne den Mund, um ihm zu sagen, dass ich einen Freund habe, und spüre dabei, wie mir die Röte in die Wangen steigt. Er starrt mich aus großen, traurigen Augen an. Der arme Junge, dessen Mutter viel zu früh gestorben ist. »Klar«, antworte ich lächelnd. Bestimmt wird er mir noch etwas Interessantes über Allison erzählen. »Ruf mich an.«

Hannah kommt zurück. »Bereit zum Aufbruch?«, fragt sie.

»Auf Wiedersehen!«, ruft die Pie Lady.

Fünf Stunden später bin ich von einer dichten Menschenmenge umgeben und so stoned, dass ich nicht mehr sagen kann, ob ich schwanke oder nicht. David hat mich in diesen Club geschleppt, weil er sich irgendeine neue Band anhören will, von der er sagt, sie habe »einen guten Sound«. Bisher war jede Beziehung, die ich hatte, ein Kurs in irgendetwas. Mein High-School-Freund war ein Experte in Sachen Bibel. Damals bin ich oft über dem Buch Deuteronomium eingeschlafen. Er versuchte auch, mir das Singen beizubringen – aus dem *Zwerchfell,* aus dem *Zwerchfell* –, aber meine Stimme kam immer nur als Krächzen heraus. Nachdem David und ich ein Paar geworden waren, ging er meine CD-Sammlung durch und teilte sie auf zwei Regalfächer auf. »Das ist das Fach mit den coolen Scheiben«, erklärte er. »Die hier sind ... nicht so gut.«

Mit »nicht so gut« meinte er Elton John, Lynyrd Skynryd und einen Großteil der Countrymusik, die ich während meines ersten Jahrs am College gesammelt hatte. Obwohl ich mich damals über seine herablassende Art ärgerte, höre ich mir diese CDs inzwischen nicht mehr an. Es ist mir sogar peinlich zuzugeben, dass ich sie jemals besessen habe. David hat Recht, sie sind nicht gut. Alles sieht plötzlich anders aus, wenn man weiß, wo man hinschauen muss.

Im Moment schaue ich David an und frage mich, wie lange ich ihn noch anstarren muss, bis er es merkt. Er steht reglos da, die Arme über der Brust verschränkt, den Hals in Richtung Bühne gereckt. Der Raum ist lang und schmal. Vorne befindet sich die Bühne, hinten die Bar mit ein paar Tischen. Um uns herum tanzen Kids in engen T-Shirts, bewegen sich nur zentimeterweise, Schulter an Schulter, Hüfte an Hüfte, eine Hand streift die Seite einer Brust. Ihre Augen sind glasig, ihre Gesichter die ekstatischen Gesichter süchtiger Fans. Neben mir tanzt ein großer Junge. Er hat den Kopf gesenkt und schleudert sein dunkles, schweißtriefendes Haar wild hin und her. Plötzlich wirft er sich in meine Richtung, und ich lande hart an Davids Brust. Ich drehe mich zu dem Jungen um, die Faust drohend erhoben, aber David hält mich am T-Shirt fest. Der Junge taumelt in eine andere Richtung davon. Die Menge teilt sich, nimmt ihn in sich auf und schließt sich wieder. David fragt mich, ob ich in Ordnung sei, und drückt beruhigend meine Schulter. »Vielleicht sollten wir uns hinsetzen«, schlage ich vor.

»Ich bleibe lieber stehen«, antwortet er.

»Ich suche mir jedenfalls einen Sitzplatz.«

»Okay.« Sein Blick ist auf die Sängerin gerichtet. »Ich komme bald nach.«

Ich bleibe noch eine Minute neben ihm stehen und betrachte sein Profil, die klare, markante Linie seines Kinns, seine perfekt geformte Nase. »Vielleicht gehe ich demnächst mit diesem Carl aus«, erkläre ich. Die Musik ist so laut, dass er mich nicht versteht, deswegen beuge ich mich vor und wiederhole es direkt neben seinem Ohr.

»Soll das heißen, ihr habt euch verabredet?«

»Nicht direkt«, antworte ich. »Für mich ist er bloß eine Quelle, aber er wird es vielleicht für eine Verabredung halten.«

»Ich weiß nicht, ob mir das gefällt, Olivia.« Er starrt mich stirnrunzelnd an. »Nein, das gefällt mir überhaupt nicht.«

»Es wäre keine richtige Verabredung«, versuche ich ihn zu beruhigen. »Ich würde ihn nicht küssen oder so was.«

Er sieht mich ungläubig an. »Was ist bloß los mit dir? Du hattest es doch bisher nie nötig, deinen Quellen ein Rendezvous vorzugaukeln.«

»Es handelt sich nicht um ein Rendezvous. Wirklich nicht.« Er starrt mich noch immer an. »Keine Sorge!« Ich lehne mich an ihn und streife mit den Lippen über seinen Mund. Er mustert mich eindringlich. Am liebsten wäre es mir, er würde mich jetzt an sich ziehen und mit einem Kuss dazu bringen, den Kopf zurückzulegen. »Also gut«, sagt er. »Aber sei vorsichtig!« Mit diesen Worten richtet er seine Aufmerksamkeit wieder auf die Bühne.

»Ich wünschte, wir wären ins Kino gegangen«, sage ich.

»Ich wollte diese Band hören«, antwortet er gereizt. »Einen Film kann man jederzeit sehen. Hast du nicht gesagt, du willst dir einen Sitzplatz suchen?«

Ich finde keinen freien Tisch, deswegen lehne ich mich an die Bar. Als der Barmann zu mir herüberkommt, bestelle ich ein Bier, das ich eigentlich gar nicht will, dessen Kälte ich dann aber doch als sehr wohltuend empfinde. Das ist das Schöne daran, stoned zu sein – das gute Gefühl, das kleine Sinneswahrnehmungen in diesem Zustand hinterlassen: die Flüssigkeit, die deinen trockenen Hals hinunterläuft, die Luft in deinen Lungen, die Lippen, die sich auf deine pressen. Ein Mann lehnt sich neben mich, um den Barmann heranzuwinken. Ich spüre seinen warmen Arm an meiner Schulter, seinen Oberschenkel an meiner Hüfte.

Evan hat mir mal von seinen Erfahrungen im »Fummelraum« eines New Yorker Schwulenclubs erzählt. Es handelt sich dabei um einen dunklen Raum voller Männer, die einander bloß anfassen. Hin und wieder zieht sich einer von ihnen aus, woraufhin sich eine Schar um ihn versammelt. Ich kann mir vorstellen, wie befreiend das sein muss – keine Gesichter, keine Erwartungen, bloß Körper an Körper, Haut an Haut. Evan erzählte mir, er habe einen der Männer geküsst und sei dann gegangen. Das Ganze sei zu viel für ihn gewesen. Zu anonym. Zu animalisch.

Als Evan damals darüber sprach, erkannte ich darin eine sexuelle Fantasie wieder, die ich als junges Mädchen gehabt hatte, zu einer Zeit, als ich noch nie von einem Mann geküsst worden war und meine ganze Vorstellung von Sex aus Romanen stammte, die ich jedes Mal unter meinem Bett versteckte, wenn meine Mutter ins Zimmer kam. Inzwischen scheint mir das für ein junges Mädchen eine recht seltsame Fantasie zu sein. Es heißt schließlich immer, Frauen würden sich nach Intimität und Liebe sehnen. Anonymer Sex ist angeblich eher eine Domäne der Männer.

»Entschuldigung«, sagt der Mann neben mir. »Habe ich Sie angerempelt?«

»Kein Problem«, antworte ich.

»Mögen Sie die Band?«

»Ich höre sie heute zum ersten Mal«, antworte ich. Der Mann stützt sich auf die Bar, als wollte er eine Weile bleiben und mit mir plaudern. Ich will bloß, dass er möglichst schnell wieder geht. Typisch für mich. Gerade denke ich noch über anonymen Sex nach, aber sobald sich auch nur die kleinste Chance bietet, schrecke ich zurück wie eine nervöse Katze. Lehnte statt meiner jetzt Allison Avery an dieser Bar, dann würde sie wahrscheinlich den Kopf schräg legen und genauso automatisch lächeln, wie ich das Gesicht wegdrehe.

»Ich finde sie ziemlich gut«, erklärt der Mann.

Ich neige den Kopf in seine Richtung und versuche zu lächeln. Ich spüre, wie verkrampft ich dabei wirke. Einen Moment lang lächelt er unsicher zurück, dann wendet er sich dem Barmann zu, der ihm sein Wechselgeld reicht. Bevor er geht, prostet er mit seinem Bier in meine Richtung. »Vielleicht sehen wir uns noch«, sagt er zum Abschied. Ich lege meine Hand auf meinen Mund.

Über den wippenden Köpfen der Menge kann ich bloß die Gesichter der Bandmitglieder sehen, drei Männer und eine Frau, die mit ernster Miene und gerunzelter Stirn auf ihre Mikrofone blicken. Der Bass ist so laut, dass ich ihn wie einen zweiten, schmerzhaften Herzschlag spüre, während sich der Rauch von hundert Zigaretten auf meinem Haar, meiner Kleidung und meiner Haut niederlässt.

Die Reihe vor mir teilt sich, um eine drängelnde Gruppe durchzulassen. »Lasst uns woanders hingehen!«, sagt ein Mädchen, das aussieht wie sechzehn. Sie trägt eine enge schwarze Hose und ein knappes Top. Das blonde Haar reicht ihr bis auf die nackten Schultern. »Es ist so langweilig!«, jammert sie. »Hier ist es total lahm!« Ihre Freunde, lauter Jungs, lachen gerade mit weit aufgerissenem Mund, ohne auf ihre Worte zu achten. Sie sind alle so betrunken, dass sie kaum noch stehen können. »Ihr seid auch alle total lahm!«, erklärt sie. Einer von den Jungs dreht sich zu ihr um. Er sieht aus, als wäre er etwa in meinem Alter, und schwitzt sehr stark. Sein Gesicht ist rot, der Blick seiner weit aufgerissenen Augen wild. Ich erkenne ihn als den Typen wieder, der mich eine halbe Stunde zuvor auf der Tanzfläche gerammt hat. Jetzt reißt er das Mädchen in seine Arme und beginnt sie heftig herumzuwirbeln. Sein lautes Lachen klingt wie das eines Wahnsinnigen. Sie drängt ihn, sie loszulassen, aber er umschlingt sie nur noch fester. Ihre Stimme schwillt zu einem Schrei an. Die anderen Jungs lachen, mit Ausnahme von einem, der benommen auf den Boden starrt, während er eine Bierflasche zwischen seinen Handflächen hin und her rollt. Als er den Kopf hebt, sehe ich, dass es Peter ist.

Ich wende mich ab, bevor sich unsere Blicke treffen können. Das Mädchen schreit inzwischen so laut, dass sie sogar die Band übertönt. Der Typ, der sie weiter mit angewinkelten Armen hochhält und herumwirbelt, wirkt wie in Trance. Ich gehe auf sie zu. »Hey!«, rufe ich. »Hey, lass sie sofort runter!« Der Kerl hält abrupt inne und starrt mich über die Schulter des Mädchens an. Einen Moment lang könnte ich schwören, dass seine Augen in seinem Kopf wie Windrädchen weiterwirbeln. »Lass mich los, Steve!«, sagt das Mädchen. »Bitte!«

»Kein Problem«, antwortet er. Er lockert seinen Griff, und das Mädchen gleitet an seinem Körper nach unten, bis ihre Füße den Boden berühren. »Wer zum Teufel sind Sie?«, fragt er mich.

Ohne ihn zu beachten, lege ich die Hand auf den Arm des Mädchens. »Bist du okay?« Sie sieht mich kurz an und wendet dann den Blick ab. »Ja«, murmelt sie. »Geht schon wieder.«

»Es geht ihr gut«, erklärt Peter und tritt einen Schritt vor. »Es geht uns allen gut.« Die Flasche rutscht ihm aus der Hand, landet auf dem Boden. Er starrt mich an. Sein hübsches Gesicht ist stark gerötet. »Verfolgen Sie mich?«

»Du kennst die Frau, Pete?«, fragt Steve. Er mustert mich, als würde er mir am liebsten eine knallen.

»Wir sind uns ein paar Mal begegnet«, antwortet Peter. »*Kennen* wäre übertrieben.« Er mustert mich wieder mit diesem prüfenden Blick. »Sie ist eine Freundin von Allison«, erklärt er plötzlich, den Blick auf mein Gesicht gerichtet. »Aber ich mag sie nicht.« Ich ziehe die Augenbrauen hoch, ohne etwas zu sagen. Allmählich macht er mich wütend.

Nachdem ihr Name gefallen ist, wird der Rest der Gruppe

still. Ich frage mich, ob das wohl die »leichtlebige Clique« ist, von der Carl mir erzählt hat. Nur das Mädchen sieht jung genug aus, um eine Freundin von Peter zu sein.

»Wir alle sind Freunde von Allison«, meint einer der Jungen leise. Er trägt ein Konzert-T-Shirt und eine Army-Hose. Mit seinen roten, zusammengekniffenen Augen wirkt er ziemlich stoned. Er hebt eine Hand, als wollte er sie Peter auf den Rücken legen, lässt sie dann aber wieder sinken, ohne seinen Freund zu berühren.

»Das stimmt«, antwortet Peter tonlos. »Das stimmt.«

»Lass uns gehen, Pete«, sagt das Mädchen. Sie legt ihm eine Hand auf den Arm, aber er schüttelt sie mit einer schnellen, ungeduldigen Bewegung ab. »Geht schon mal vor«, antwortet er.

Sie zögert einen Moment unentschlossen, ehe sie sich umdreht und in der Menge verschwindet. Die Jungs folgen ihr. Der Typ, der als Letzter gesprochen hat, gibt mir die Hand, bevor er geht. Seine Handfläche ist heiß und verschwitzt.

Peter bleibt noch einen Moment stehen und starrt mich an. Ich erwidere seinen Blick. »Weißt du was?«, sage ich. »Du bist ein Arschloch!«

Ich rechne damit, dass er lachen oder mich als blöde Kuh beschimpfen wird, aber er tut nichts dergleichen. Stattdessen wird er blass und reißt die Augen auf, als hätte ich seine Gefühle verletzt. »Es tut mir Leid«, flüstert er mit verwirrtem Gesichtsausdruck. Schwankend steht er vor mir und presst beide Hände gegen die Stirn. Der arme Junge sieht aus, als wäre ihm ziemlich schlecht. Wie das Mädchen ist er viel zu jung, um sich in Bars herumzutreiben. Plötzlich lässt er die Hände sinken und geht ein paar Schritte auf mich zu. Bei der schwachen Beleuchtung kann ich seine Gesichtszüge kaum erkennen. »Olivia.« Er lächelt mich grimmig an. »Ich habe Ihre Artikel gelesen.« Inzwischen schwankt er wieder so heftig, dass ich eine Hand auf seinen Arm lege, um ihn zu stützen.

»Was tust du überhaupt hier?«, frage ich. »Wie bist du reingekommen?«

Mit der extremen Präzision stark Betrunkener greift er in die Gesäßtasche seiner Jeans. »Sie wollen meinen Ausweis sehen?« Er reicht mir seine Brieftasche.

Ich ziehe einen Führerschein heraus. »Voilà!«, sagt er. »Ich bin zweiundzwanzig.« Über meine Schulter wirft er einen Blick auf den Führerschein. »Der Typ sieht mir wirklich ähnlich, finden Sie nicht?«

»Du bist betrunken.« Ich reiche ihm die Brieftasche zurück.

»Den hat mir Allison besorgt«, erklärt er. »Die Brieftasche habe ich auch von ihr. Sie hat gesagt, es sei an der Zeit, dass ich eine Erwachsenen-Brieftasche bekäme.«

»Sie ist sehr schön.«

»Ja.« Er schüttelt sich, als versuchte er, einen klaren Kopf zu bekommen. »Ich bin total betrunken. Das macht mir Sorgen.«

»Warum?«

Er seufzt. Von seinem Draufgängertum ist nichts mehr zu spüren, er wirkt plötzlich sehr kindlich. »Sie kennen ja inzwischen meine Mutter«, erklärt er. »Ich muss irgendwann nach Hause.«

»Da solltest du vorher lieber noch ein bisschen ausnüchtern.«

Er lacht. »Das könnte eine Weile dauern.«

»Wo sind deine Freunde hin?«

»Meine Freunde«, wiederholt er. »Meine *Freunde.* Die hängen hier bestimmt noch irgendwo herum.« Er nimmt mir mein Bier aus der Hand und trinkt einen Schluck. »Sie sind stoned, habe ich Recht?«

»Woher weißt du das?«

»Ihre Augen«, antwortet er und deutet mit dem Bier auf mein Gesicht. »Die sind ganz rot und schmal.« Er grinst. Die Entdeckung scheint ihm Freude zu bereiten. »Ist es in Ordnung, wenn Reporter sich so zukiffen?«

»Ist es in Ordnung, wenn Teenager nachts in Bars herumhängen?« Ich nehme ihm die Flasche aus der Hand. »Vielleicht solltest du langsam aufbrechen.«

»Sie haben Recht«, antwortet er und wendet sich zum Gehen. »Ich werde mal meine Freunde suchen.«

»Peter!« Ich folge ihm ein paar Schritte. Als er sich nach mir umdreht, berühre ich ihn mit den Fingerspitzen leicht am Arm. »Bitte sei vorsichtig!« Ich weiß selbst nicht, woher die Dringlichkeit in meiner Stimme plötzlich kommt.

Peter zieht fragend die Augenbrauen hoch. Dann hebt er lächelnd die Hand und wuschelt mir durchs Haar, als wäre er der Erwachsene und ich das verängstigte, unachtsame Kind.

Nachdem er in der Menge verschwunden ist, kehre ich an die Theke zurück und drehe meinen Barhocker so, dass ich einen guten Überblick über den Raum habe. Noch immer spüre ich Peters Hand in meinem Haar. Der Junge hat etwas Wildes, Rasantes an sich. Ich frage mich, ob er von seiner Schwester gelernt hat, das Leben wie einen Rock 'n' Roll-Song zu leben. Offenbar bin ich der einzige Mensch auf der Welt, der nicht auf eine wilde Jugend zurückblicken kann. Sogar mein Bruder Rob hat mir schon heftige Geschichten darüber erzählt, wie er die Jahre in seiner Kirchenjugendgruppe wieder wettgemacht habe. Ich habe kein wildes Sex-Leben gehabt oder auf Tischen getanzt. Ich habe meinen Wagen niemals knapp vor einem Zug über die Schienen gejagt. Ich kann mich nicht rühmen, irgendwelche gefährlichen Abenteuer überlebt zu haben. Ich werde bloß langsam älter, ohne jemals von meiner vorsichtigen Art abgewichen zu sein – als würde ich mich an die Routine des Ehelebens gewöhnen, ohne je jenen ersten wilden Taumel der Liebe verspürt zu haben.

Neben mir wippt ein vollbusiges Mädchen auf den Zehenspitzen, um den Barmann auf sich aufmerksam zu machen. Ihre Brüste drücken sich gegen meinen Arm. »Hey!«, sagt sie immer wieder mit hoher Stimme. Als sich ein Mann herüberbeugt und mich um Feuer bittet, ziehe ich Streichhölzer aus der Tasche und zünde eines an. Ich finde es jedes Mal von neuem faszinierend, wenn wie aus dem Nichts plötzlich diese Flamme auftaucht.

Peter kommt wieder auf mich zugetorkelt. Ich habe das Gefühl, als wären Stunden vergangen, seit er losgezogen ist, seine Freunde zu suchen. Ein Blick auf meine Uhr sagt mir, dass es gerade mal fünf Minuten her ist.

»Ich kann meine Freunde nicht finden«, erklärt er. »Ich glaube, ich muss mich gleich übergeben!«

»Halt dich an mir fest«, sage ich. »Ich bringe dich raus.« Er nimmt meine Hand, und ich führe ihn durch die Menge zum Seitenausgang. Fragende, zum Teil auch lachende Gesichter tauchen vor mir auf und verschwinden wieder. Ich halte nach David Ausschau, kann ihn aber nirgendwo entdecken. Nachdem ich Peters Hand noch ein wenig fester gepackt habe, treten wir durch eine schwere Metalltür auf die Seitenstraße, und Peter sinkt neben dem Gebäude auf die Knie. Ich kauere mich neben ihn. Sein Kopf schlenkert hin und her. »Scheiße, Scheiße!«, murmelt er. »Ich sterbe!«

»Das wird schon wieder! Was hast du getrunken?«

»Alles«, antwortet er.

»Ich weiß, wie schrecklich du dich fühlst. Versuch einfach, ruhig zu bleiben.« Ich lege meine rechte Hand auf seinen Rücken und massiere ihn mit kleinen, kreisenden Bewegungen. »Das wird schon wieder!«, wiederhole ich ständig, ich weiß nicht wie viele Male, bis die Stimme, die diese Worte sagt, mir fremd erscheint. Peter übergibt sich währenddessen mehrfach. Ich versuche, nicht darauf zu achten, weil ich weiß, dass mir sonst selbst schlecht wird. Stattdessen konzentriere ich mich auf die Kreisbewegung meiner Handfläche auf seinem Rücken und beobachte, wie sein T-Shirt abwechselnd Falten wirft und sich glättet, während meine Hand ihre Runden dreht.

Nach einer Weile fällt mir auf, dass er sehr still geworden ist. »Bist du okay?«, frage ich. »Peter?«

»Ich weiß nicht«, antwortet er. »Ich glaube, ich muss nicht mehr brechen.«

Ich schaffe es, ihn an seinem Arm in eine sitzende Position zu ziehen. Er lehnt den Kopf nach hinten an die Wand. Sein glatter Hals ist perfekt geschwungen. Ich hebe die Hand und streife mit meinen Fingern seine Haut. Er scheint es nicht zu bemerken.

»Wir müssen deine Freunde finden«, erkläre ich. Peinlich berührt von dem Impuls, der mich veranlasst hat, ihn zu berühren, nehme ich meine Hand weg.

»Ich kann da nicht mehr reingehen«, sagt er. »Bitte zwingen Sie mich nicht, da noch mal reinzugehen!«

»Dann bleib hier«, antworte ich. »Ich bin gleich wieder da.« Die Metalltür ist von dieser Seite nicht zu öffnen, sodass ich um den Club herumgehen und dem skeptischen Türsteher den verschmierten Stempel auf meiner Hand zeigen muss. Sein Blick wandert von meiner Hand zu meinem Gesicht und wieder zurück, ehe er schließlich zur Seite tritt. Als ich das Ende des dunklen Ganges erreicht habe, trifft mich die Musik erneut wie ein Schlag gegen den Brustkorb. Die Sängerin singt gerade mit hoher, klagender Stimme, während die Basstrommel einen schweren, dumpfen Beat spielt. Immer wieder »Entschuldigung« murmelnd, schiebe ich mich zwischen warmen, schwitzenden Körpern hindurch. Ein Mädchen erwischt mich mit ihrer Zigarette am Arm, ein fetter Mann steigt mir auf den Fuß, eine Frau rempelt mich so heftig an, dass ich fast das Gleichgewicht verliere. Ich schiebe mich immer weiter. Alle Gesichter um mich herum haben den gleichen weggetretenen Gesichtsausdruck und scheinen sich leicht ruckartig zu bewegen, wie Bilder in einem Daumenkino. Ich selbst bin nicht einmal mehr sicher, wo ich herkomme und wohin ich unterwegs bin. Ich fühle mich wie ein Kind, das sich im Schwimmbad ohne seine Brille verlaufen hat.

Dann strecken sich mir plötzlich zwei Hände entgegen und greifen nach mir. Es ist David. Er hebt mich hoch und setzt mich vor sich wieder ab, sodass ich an seiner Brust lehne.

»Hey!«, sagt er. »Ich wollte mich gerade auf die Suche nach dir begeben.«

»Ich muss kurz weg!«, erkläre ich atemlos. »In einer halben Stunde bin ich wieder da.«

»Wo musst du hin?«

»Jemanden nach Hause fahren.«

»Jemanden, den du kennst?«

»Eine Freundin von Hannah«, antworte ich. »Kathleen. Sie ist so am Ende, dass ich sie besser so schnell wie möglich nach Hause bringe.« Die Lüge rutscht mir einfach so heraus. Am liebsten würde ich sie sofort zurücknehmen, weiß aber nicht, wie ich erklären soll, warum ich nicht gleich die Wahrheit gesagt habe.

»Das ist nett von dir«, meint David. »Möchtest du, dass ich mitkomme?«

Ich schüttle den Kopf.

»Bist du noch fahrtüchtig?«

»Ja, David.«

»Na dann.« Er zieht mich an sich und gibt mir einen raschen Kuss. Seine Lippen sind warm. »Pass auf dich auf!« Ich schiebe mich zurück durch die Menge, die Hand an den Mund gepresst. Als ich die Metalltür aufstoße, ringe ich erst einmal nach Luft.

Peter sitzt mit geschlossenen Augen an das Gebäude gelehnt, die Beine vor sich ausgestreckt. Zu meiner großen Erleichterung öffnet er die Augen, als ich seinen Namen sage. Ich weiß nicht, wie ich ihn ins Auto geschafft hätte, wenn er nicht bei Bewusstsein gewesen wäre. Nachdem ich ihn irgendwie zum Aufstehen gebracht habe, lege ich von hinten die Hände an seine Taille und schiebe ihn in Richtung Parkplatz. Meine Handflächen und sein Hemd sind schweißnass. »Wo gehen wir hin?«, fragt er.

»Ich fahre dich heim«, antworte ich.

Er torkelt so abrupt nach rechts, dass er fast stürzt und mich beinahe mit zu Boden reißt. »Vorsicht!«, sage ich.

»Ich kann in diesem Zustand nicht nach Hause«, erklärt er.

»Ich weiß nicht, was ich sonst mit dir machen soll.«

»Allison ist erst mal eine Weile mit mir herumgefahren. Wir haben irgendwo Kaffee getrunken.« Er bleibt stehen, lehnt sich mit dem Rücken gegen mich. »Ich brauche einen Kaffee.«

Ich zögere einen Moment. Während ich mich gegen sein Gewicht stemme, muss ich an David denken, der im Club auf mich wartet. »Diesmal nicht«, antworte ich.

»Allison ist erst mal eine Weile mit mir herumgefahren«, sagt er noch einmal.

»Ich bin aber nicht Allison!«, erwidere ich in scharfem Ton und schubse ihn an, damit er sich wieder in Bewegung setzt.

»Ich weiß.« Seine Stimme klingt stockend. Sofort schäme ich mich für meine heftige Reaktion. »Das wird schon wieder!«, sage ich. »Hier ist der Wagen.« Ich lehne ihn gegen die Beifahrerseite und öffne die Tür für ihn. Bis ich die Fahrerseite erreicht habe, ist er bereits eingestiegen. Er hat den Kopf so weit zurückgelegt, dass ich schon vom Hinsehen Nackenschmerzen bekomme. »Schnall dich an«, sage ich zu ihm.

»Ich kann nicht!« Seine Antwort lässt ein Gefühl von Gereiztheit in mir aufflackern, aber als ich zu ihm hinüberblicke, sehe ich, dass unter seinen geschlossenen Lidern Tränen hervorquellen. Einen Moment lang sitze ich reglos da und betrachte ihn. Er wendet den Kopf ab, hebt die Hand vors Gesicht und versucht, lautere Schniefgeräusche zu unterdrücken.

Ich greife an ihm vorbei nach dem Sicherheitsgurt und lasse ihn energischer als wahrscheinlich nötig einrasten, wobei meine Hand seinen weichen, flachen Bauch und seine langen Oberschenkel streift. Das Gefühl, ihn berührt zu haben, haftet irgendwie an meiner Haut. Ich schüttle die Hand, als könnte ich es auf diese Weise loswerden. Bis zum Haus seiner Eltern sind es von hier aus keine zehn Minuten. Auf dem Weg dorthin spricht keiner von uns ein Wort.

Als wir in seine Auffahrt einbiegen, öffnet er die Augen und blickt sich um, als hätte er dieses Haus und diesen Garten noch nie im Leben gesehen.

»Du bist zu Hause«, erkläre ich.

Mit großen, flehenden Augen dreht er sich zu mir um. »Kommen Sie mit rein«, sagt er. »Ich möchte da nicht allein reingehen.«

»Du weißt, dass das nicht geht«, antworte ich. Ich reiche ihm einen Kaugummi. »Geh einfach rein, nimm ein Aspirin, und dann schnurstracks ab ins Bett!«

Er öffnet die Wagentür. »Hören Sie«, sagt er, ohne mich anzusehen. »Tut mir Leid, dass ich vorhin so ein Arschloch war!«

»Schon gut.«

Er holt zitternd Luft. »Darf ich Sie wieder anrufen? Zu Hause?«

»Wozu?«, frage ich. Ich muss daran denken, wie Carl sein Feuerzeug aufschnappen ließ und ich ihm lächelnd sagte, er dürfe mich anrufen. Das scheint Tage her zu sein. Ich bin so müde, dass ich mich auf der Stelle zusammenrollen und einschlafen könnte, hier, wo Peters Eltern mich zusammen mit ihrer Morgenzeitung finden würden.

»Ich versuche nicht, Sie anzumachen«, erklärt er. »Lieber Himmel! Ich nehme an, Sie halten mich für ziemlich blöd. Wahrscheinlich würde ich Sie auch nicht fragen, wenn ich nicht betrunken wäre. Es ist bloß, mir fehlt ... ich habe das Gefühl, dass ich mit Ihnen reden kann.«

»Warum?«

Er zuckt mit den Achseln. »Sie haben mich weinen sehen.«

»Woher willst du wissen, dass ich das nicht in der Zeitung bringen werde?«

»Mussten Sie das jetzt sagen?« Er wirkt verletzt.

»Tut mir Leid.« Ich nehme das Kaugummipapier und schreibe ihm meine Privatnummer auf. Als ich es ihm hinhalte, greift er danach und berührt dabei meine Finger. Ich blicke auf seinen gesenkten Kopf, die braunen Locken, den schlanken, schön geschwungenen Hals. Wie ein Handleser dreht er meine Handfläche nach oben und fährt mit den Fingerspitzen über die Linien auf meiner Haut. Dann hebt er den Kopf, sieht mir prüfend ins Gesicht. Ich weiß nicht, was er dort sieht, aber irgendetwas lässt ihn lächeln. Er lehnt sich vor. Ohne nachzudenken schließe ich die Augen, als würde ich wie zu High-School-Zeiten nach einer Verabredung mit einem Freund in seinem Wagen vor dem Haus seiner Eltern sitzen. Er küsst mich. Seine leicht geöffneten Lippen zupfen sanft an meinen. Plötzlich wird mir bewusst, wo ich mich befinde und mit wem ich zusammen bin. Ich öffne die Augen und löse mich von ihm.

Ohne sich dadurch entmutigen zu lassen, streicht Peter mir eine Haarsträhne hinters Ohr und lässt seine Hand dann an meinem Hals bis zu meiner Schulter gleiten. Am liebsten würde ich mich gegen diese Hand lehnen wie eine schmusige Katze. Stattdessen starre ich ihn mit gerunzelter Stirn an. Ich spüre, wie mir die Röte in die Wangen steigt. »Du solltest jetzt hineingehen.« Ich versuche, meiner Stimme einen entschiedenen, erwachsenen Klang zu geben.

Er nickt mit ernster Miene. »Danke«, sagt er. Bevor er mich endgültig loslässt, drückt er noch einmal sanft meine Schulter. Bereits im Aussteigen begriffen, fügt er hinzu: »Ich rufe dich an«, und bleibt dann mit erhobener Hand in der Auffahrt stehen, während ich rückwärts auf die Straße fahre. Im Rückspiegel sehe ich, dass er mir nachsieht, bis ich um die Ecke biege.

Als ich wieder auf dem Parkplatz des Clubs eintreffe, wartet David bereits auf mich. Seine große Gestalt wird von der

Straßenlaterne wie von einem Scheinwerfer angestrahlt, sein Gesicht wirkt vor Sorge leicht verkniffen. Als er mich sieht, entspannt sich sein Mund zu einem Lächeln. Er hebt grüßend eine Hand und steuert auf den Wagen zu.

Während wir nach Mud Island fahren, meint David: »Ich habe über das tote Mädchen nachgedacht, diese Allison.«

»Was ist mit ihr?«

»Die Songs, die sie mir geschickt hat«, fährt er fort. »Glaubst du, ihre Familie wäre daran interessiert, dass wir sie herausbringen? Wir könnten einen Teil des Gewinns für einen gemeinnützigen Zweck verwenden. Was meinst du? Soll ich mit ihnen reden?«

Einen Moment lang frage ich mich, warum ich am liebsten nein sagen würde. Schließlich antworte ich: »Wenn du es für richtig hältst.«

»Ich glaube einfach, dass die Leute ihre Musik kaufen würden. Hübsches Mädchen, tragische Geschichte. Ganz zu schweigen von ihrer Stimme. Es wäre schade, wenn niemand sie zu hören bekäme. Kannst du mir die Nummer ihrer Eltern geben?«

»Sicher. Erinnere mich noch mal daran.« Ich stelle mir vor, wie er sich immer wieder ihre Kassette anhört. Wie er mit leiser, mitfühlender Stimme mit Cynthia Avery spricht und Peters Hand schüttelt.

»Wäre das nicht eine gute Story für dich?«, fragt er. »Eine Geschichte, die das Leben schrieb?«

»Sicher«, antworte ich, obwohl er inzwischen wirklich wissen sollte, dass diese Art von Story nicht in mein Ressort fällt. Bald wird er in diesem weißen Wohnzimmer sitzen und ihr vollkommenes Foto anstarren. Sogar David gerät langsam in ihren Bann.

10

Montagmorgen. Angela lässt mich warten. Während ich vor Allison Averys Wohnblock auf und ab gehe, lege ich wohl mehrfach den Weg zurück, den das tote Mädchen genommen haben muss, als sie an jenem Abend von der Haustür zu ihrem Wagen eilte. Ich stelle mich auf die Haustreppe und lasse den Blick die Straße entlangschweifen. Das hat sie in den Momenten gesehen, bevor ihr Leben aus den Fugen geriet – dicht belaubte sommerliche Bäume, Gras, das dringend gemäht werden müsste, einen Fleck mit pinkfarbenen und gelben Tulpen, ihren Wagen, der nur ein paar Schritte entfernt auf sie wartete. Vielleicht hat sie aber auch gar nichts von all dem gesehen, weil sie in Eile war und sich in Gedanken bereits mit dem weiteren Verlauf des Abends beschäftigte, während sie in ihrer Tasche nach ihrem Schlüsselbund wühlte.

Ein Wagen hält und parkt ein, Angela steigt aus. Sie hebt grüßend die Hand und beugt sich noch einmal ins Auto, um ihre Tasche herauszuholen. Dann kommt sie schnellen Schrittes auf mich zu, denselben Weg, den auch Allison gegangen ist. Mit ihrem blauen Leinenkleid, unter dem sie ein T-Shirt trägt, und dem hochgesteckten Haar wirkt sie recht brav. »Entschuldigen Sie die Verspätung«, sagt sie. »Vielen Dank, dass Sie gekommen sind!« Sie berührt mich kurz am Arm und geht dann vor mir ins Haus.

Im Eingangsbereich von Allisons Wohnung empfängt uns ein Durcheinander aus Schuhen – Sandalen, Joggingschuhen, Cowboystiefeln, eleganten, hochhackigen schwarzen Pumps, hohen silberfarbenen Stiefeln, designed für schlanke Waden. »Sie hat eine Schwäche für Schuhe«, erklärt Angela. »Sie gibt die Hälfte ihres Gehalts dafür aus.«

Mir fällt auf, dass sie im Präsens von Allison spricht. Gedankenverloren starrt sie auf die verschwenderische Fülle von Sandalen, Stiefeln und Turnschuhen hinunter. Vielleicht stellt sie sich Allison in ihrem Zimmer vor, wo sie gerade mal wieder viel zu lange braucht, um sich für einen gemeinsamen Abend zurechtzumachen, und jeden Moment fragen wird, welche Schuhe sie anziehen soll. Vielleicht überlegt Angela aber auch gerade, welche von den Schuhen sie behalten will.

»Kommen Sie!«, sagt sie nach einer Weile. Sie streckt den Arm nach mir aus. Ich greife nach ihrer Hand und drücke sie einen Moment.

»Sie schaffen das schon!«, sage ich. Sie geht den Gang hinunter und schaltet die Lichter an. Im Wohnzimmer ist der Boden rund um die Stereoanlage mit Kassetten und CD-Hüllen übersät. Auf dem Fernseher stapeln sich Videos. Ich greife nach einem. Es ist beschriftet: Allison 5, 9. Mai 1992. Die übrigen Videos sind ebenfalls beschriftet: Allison 1, Allison 2, hinauf bis Allison 11. Angela ist inzwischen in die Küche hinübergewandert. Ich stecke das Video in meine Tasche, um Angela nachher danach zu fragen. Auf dem Couchtisch türmen sich mehrere Zeitschriftenstapel. Einen der Stapel krönt eine halb volle Kaffeetasse, auf deren Rand der rosafarbene Lippenstiftabdruck von Allisons Unterlippe zu sehen ist. Mein Blick fällt auf ein Fläschchen Feuchtigkeitslotion, das zerbrochen unter dem Tisch liegt. In dem gelben Fleck auf dem Boden glitzern Glassplitter. Ich inspiziere den Anrufbeantworter. Das Band fehlt. Ich frage mich, ob die Polizei es mitgenommen hat.

In der Küche quellen Töpfe und Tupperware-Behälter aus den Schränken. Auf dem Tisch liegt ein Berg Bügelwäsche, auf der langen Arbeitsplatte sind weitere Zeitschriften verstaut. Angela starrt auf das Spülbecken.

Ich gehe zum Kühlschrank und werfe einen Blick hinein. Eine Packung Magermilch, noch ungeöffnet. Eine Flasche Cola Light, ein paar Eier, ein Karton mit zuckerfreiem Erdbeerjoghurt, ein halber, bereits brauner Apfel. Nicht sehr viele Lebensmittel für jemanden, der gerade beim Einkaufen war. Angela sagt meinen Namen. Ich drehe mich zu ihr um. Sie starrt mich mit gerunzelter Stirn an. »Da ist noch Essen von ihr«, sagt sie und deutet auf die Spüle. Sie hat Tränen in den Augen. »Fertig-Spaghetti. Sie war nie eine große Köchin.«

Eine tolle Henkersmahlzeit, denke ich. Laut sage ich: »Ich habe mich gerade gefragt, warum im Kühlschrank nicht mehr Lebensmittel sind.«

»Haben Sie im Gefrierfach nachgesehen?«, fragt Angela. »Es steckt wahrscheinlich voller Gefriergerichte. Ich habe manchmal für sie gekocht. Das hätte ich viel öfter tun sollen!«

»Warum wohnen Sie beide nicht zusammen?« Ich achte darauf, wie Angela das Präsens zu verwenden, obwohl ich hören kann, wie falsch und heuchlerisch das aus meinem Munde klingt.

»Sie ist zu chaotisch«, antwortet sie mit einer abwehrenden Handbewegung. »Sehen Sie sich bloß diesen Raum an!« Sie dreht das Wasser auf und schiebt die Nudeln mit der Hand in den Müllzerkleinerer. Als sie ihn anschaltet, beginnt das Geschirr auf der Arbeitsplatte klirrend zu wackeln.

Ich öffne das Gefrierfach. Die Wände sind mit einer dicken Eisschicht überzogen. Neben einer offenen Schachtel Popsicles liegt etwas, das in Alufolie eingewickelt ist, außerdem eine Tüte Pommes frites. Ansonsten enthält das Eisfach nur leere Eiswürfelbehälter. »Ich glaube nicht, dass sie zum Einkaufen gegangen ist«, sage ich.

Angela dreht sich um und starrt ins Gefrierfach. »Wo zum Teufel war sie dann?«

»Keine Ahnung. Vielleicht bei einem Mann?«

Angela senkt wortlos den Kopf. Ihre Schultern wirken angespannt. In einer Ecke des Gefrierfachs entdecke ich etwas, das hinter die Eiswürfelbehälter gestopft ist, und ziehe eine prall gefüllte Tüte Dope heraus. Ich zeige sie Angela. »Vielleicht schaffen Sie das hier besser aus der Wohnung, bevor ihre Mutter es findet.«

Sie greift nach der Tüte und dreht sie ein paar Mal. »Möchten Sie was rauchen?«, fragt sie. »Das Zeug ist gut!«

Es ist acht Uhr morgens, und ich muss um zehn in der Redaktion sein. »Gern«, antworte ich.

»Dort in der Schublade müsste Papier zum Rollen sein.« Sie macht eine Kopfbewegung in die entsprechende Richtung.

Ich öffne die Schublade und wühle zwischen alten Gutscheinen, Gummibändern, Scheren und Werkzeugen nach dem Papier. Als ich schließlich fündig werde und das Papier herausnehmen möchte, ritze ich mir an irgendetwas Spitzem den Finger auf. Erschrocken ziehe ich die Hand zurück, um gleich darauf noch einmal vorsichtig in die Schublade zu fassen. Es handelt sich um die Nadel einer Subkutanspritze.

In der Schublade finde ich eine Kappe für die Nadel. Angela steht mit dem Rücken zu mir und betrachtet die Fotos an der Kühlschranktür. Das Zigarettenpapier und die Nadel in der Hand, rufe ich ihren Namen. Als sie sich umdreht, halte ich die Nadel hoch, wie meine Mutter früher immer die Feuerzeuge hochhielt, die sie in den Schubladen meines Bruders fand.

»Was ist das?«, frage ich.

Sie kommt herüber, nimmt mir die Nadel aus der Hand und sieht sie sich an. »Eine Subkutannadel.« Sie reicht sie mir zurück.

»Warum hatte Allison so was im Haus?«, frage ich. Ich lege die Nadel auf die Küchentheke und rolle sie mit einem Finger hin und her.

»Keine Ahnung. Vielleicht hat sie sie von der Arbeit mitgebracht. Oder ihre Mutter hat sie hier liegen lassen.« Sie nimmt mir das Papier aus der Hand, lässt sich neben der Küchentheke auf einem Hocker nieder und beginnt fachmännisch, einen Joint zu drehen.

»Nehmen Sie auch Nadeln mit nach Hause?«, frage ich.

Sie schüttelt den Kopf, ohne den Blick von der Arbeitsfläche abzuwenden, wo ihre Finger vorsichtig jedes einzelne Blatt in den von ihr produzierten Falz schieben.

»Warum hat Allison es dann getan? War sie Diabetikerin?« Ich schlucke. »Sie hatte doch kein AIDS, oder?«

Angela wirft mir einen schnellen Blick zu. »Natürlich nicht.«

»Ich habe mir nämlich damit in den Finger gestochen«, erkläre ich und lasse mich auf den anderen Hocker sinken.

»Selbst wenn sie infiziert gewesen wäre, hätten Sie sich mit der Nadel nicht anstecken können. Der Virus wäre inzwischen längst abgestorben«, informiert mich Angela, während sie eine Zündholzschachtel aus der Tasche zieht. Der Joint ist inzwischen fertig. »Ich weiß nicht, wieso sie die Nadel im Haus hatte. Bestimmt hat es überhaupt nichts zu bedeuten.« Sie zündet den Joint an, nimmt einen Zug und reicht ihn dann an mich weiter.

»Angela«, sage ich, während ich den Joint entgegennehme, »hat Allison mehr als nur Dope genommen?«

»Zum Beispiel? Heroin?« Sie schüttelt stirnrunzelnd den Kopf. »Wir haben die Grenze bei Dope gezogen. Keine von uns hat je auch nur geschnüffelt oder sich LSD eingeworfen. Ich hatte am College mal eine Freundin, die sich LSD einwarf. Sie hat gesagt, sie habe oft geglaubt, die Wände würden bluten. Das klingt für mich nicht gerade nach großem Spaß.« Während sie mir dabei zusieht, wie ich an dem Joint ziehe, umspielt ein Lächeln ihre Lippen. »Allison ist eine Sammlerin«, erklärt sie. »Sie sollten mal sehen, wie viel Mist sie aufbewahrt. Klamotten, die sie schon seit der zehnten Klasse nicht mehr trägt. Die ganzen Schuhe in der Diele haben Sie ja selber gesehen. Ich weiß nicht, wozu sie die Nadel gebraucht hat, aber ich bin ganz sicher, dass es nicht Heroin war.« Sie lehnt sich zu mir herüber. »Wir haben uns alles erzählt. Glauben Sie mir, das hätte ich gewusst!«

Ich reiche ihr den Joint. Sie ist von dem überzeugt, was sie sagt, aber mit der gleichen Überzeugung hätte ich noch vor kurzem behauptet, alles über Hannah zu wissen. Dabei hatte ich keine Ahnung, dass sie jemals Kokain genommen hatte. »Darf ich Sie was fragen?«, wechsle ich das Thema. »Warum wollten Sie, dass ich Sie begleite?«

»Ich mag Sie, Olivia.« Sie inhaliert tief und atmet dann langsam aus. »Sie wollten doch wissen, was für ein Mensch sie war.«

»Ja«, antworte ich. *War*, hat sie gesagt. Obwohl sie sich nach wie vor weigert, es zu glauben, ist ihr die Wahrheit herausgerutscht. »Und was war sie für ein Mensch?«, hake ich nach.

»Sie war witzig. Sie war … großzügig. Sie …« Hilflos fuchtelt sie mit dem Joint durch die Luft, der eine feine Rauchspur hinter sich herzieht.

»Ja«, sage ich. »Aber was war sie für ein *Mensch*?«

»Wir haben uns näher gestanden als Schwestern«, erklärt sie mit feuchten, leuchtenden Augen. »Ich habe sie geliebt.«

Später sitze ich auf dem Bett, die Nadel in meiner Tasche und sehe zu, wie Angela in der Kommode des toten Mädchens herumstöbert. »Den sehe ich heute zum ersten Mal«, erklärt sie plötzlich. Sie hält einen rosafarbenen Pulli in der Hand.

»Darf ich mal sehen?«

Angela reicht ihn mir. Ich werfe einen Blick auf das Etikett. Es ist ein Angorapulli, Größe SX. Der Pullover von Joan Bracken. »Ich glaube, der gehört Joan Bracken«, sage ich.

»Wem?«

»Der dürren Frau, die ein paar Türen weiter wohnt.«

»Passt zu ihr«, meint Angela. »So was von potthässlich!«

Angela fügt hinzu, Allison habe sich den Pulli bestimmt nur ausgeliehen, und beharrt auf dieser Meinung, bis ich ihr drei- oder viermal erklärt habe, laut Joan Bracken habe Allison ihn gestohlen. Daraufhin entgegnet Angela, vielleicht habe Allison es aus einem Impuls heraus getan, vielleicht, um die magersüchtige Kuh zu ärgern. Genauso gut sei aber auch denkbar, dass sie es gar nicht getan habe und Joan Bracken bloß Lügengeschichten erzähle. »Wie auch immer«, sagt sie dann, »es spielt jetzt sowieso keine Rolle mehr.« Sie nimmt mir den Pulli aus der Hand, stopft ihn in die Kommode zurück, knallt die Schublade zu und stolziert aus dem Raum.

Ich bleibe noch ein paar Minuten sitzen. Gedankenverloren wippe ich auf Allisons Matratze, die sich brandneu anfühlt. Die Wohnung hat eine zentrale Aircondition, genau wie die von David, und mir geht durch den Kopf, wie schön es wäre, auf einer harten neuen Matratze zu schlafen und jeden Morgen in einem kühlen Zimmer aufzuwachen, statt schweißgebadet am Laken zu kleben, von der drückenden Hitze völlig geplättet. In Allisons Schlafzimmer herrscht noch schlimmeres Chaos als in meinem, überall liegen Kleidungsstücke herum, der Aschenbecher auf der Kommode quillt über, der Mülleimer neben dem Bett ist zum Bersten voll. Ich beuge mich vor, um einen Blick hineinzuwerfen. Papiertaschentücher. Eine zerbrochene Lidschattendose, die alles rundherum mit einem glitzernden Bronzeton überpudert hat. Ich muss an Evan und seine Satanistenzeitschrift denken, die ihm zu einem Artikel auf der Titelseite verholfen hat. Vorsichtig nehme ich die Taschentücher weg, die die oberste Müllschicht bilden.

Darunter finde ich zusammengeknüllte Zettel, den Rest einer Klopapierrolle, eine kleine Schachtel, in der wahrscheinlich mal ein Schmuckstück gesteckt hat. Ich stecke meine Hand tiefer in den Müll, stoße auf weitere zusammengeknüllte Zettel, weitere weiche, feuchte Taschentücher, die zerknitterte Verpackung eines Schokoriegels. Dann berühren meine Finger plötzlich etwas Glattes, Klebriges. Ich zucke zurück wie von der Tarantel gebissen. Es handelt sich um ein benutztes Kondom. Ich stürze ins Bad und wasche mir fünf- oder sechsmal die Hände. Ich mag gar nicht darüber nachdenken, was ich da eben angefasst habe. Die Intimität meines Fundes verursacht mir ein Gefühl von Übelkeit. Ich frage mich, ob Evan das auch passiert, wenn er den Müll anderer Leute durchwühlt, ob er seine Hände dabei auf benutzte Tampons, schmutzige Windeln und feuchte Zahnseidefäden legt, die wie Spinnweben an seinen Fingern kleben, und falls ja, ob er es dann als Teil des Jobs abschüttelt und einfach weitergräbt.

Ich trockne mir die Hände an einem von Allisons Handtüchern ab. Den Arm bereits nach dem Türknauf ausgestreckt, halte ich zögernd inne, mache kehrt und wasche mir ein weiteres Mal die Hände. Von dem vielen heißen Wasser sind meine Finger schon ganz rot. Diesmal trockne ich sie an meinem T-Shirt ab. Dann überlege ich, welche Möglichkeiten ich jetzt habe. Ich könnte Angela mit dem Beweisstück konfrontieren und sie ein weiteres Mal fragen, wer Allisons Geliebter gewesen sei. Ich könnte das Kondom zur Polizei bringen. Bestimmt würden sie es analysieren und das Ergebnis mit dem der gerichtsmedizinischen Untersuchung vergleichen. Dazu müsste ich es allerdings noch einmal anfassen. Ich werfe einen Blick in den Spiegel. Das Gesicht, das mir entgegenstarrt, wirkt bleich und mitgenommen. Mein Mund ist vom Rauchen ausgetrocknet. Ich lege zwei Finger an meinen Hals, um meinen Puls zu fühlen, und spüre, wie schnell mein Herz schlägt.

Ich trete an die Schlafzimmertür und lausche, ob ich etwas von Angela höre. Sie rumort im Wohnzimmer herum, nimmt Dinge hoch und stellt sie wieder hin, führt dabei leise, bestürzt klingende Selbstgespräche. Offenbar laufe ich nicht Gefahr, von ihr beim Herumschnüffeln erwischt zu werden. Beruhigt wende ich mich dem Schreibtisch am Fenster zu.

Das Erste, was ich sehe, ist eine handgeschriebene Liste mit dem Datum ihres Todestags. *Lebensmittel einkaufen* steht ganz oben, und darunter sind andere Dinge aufgelistet, die sie nun nie mehr tun wird: *Demobänder abschicken. Oma anrufen. Videos zurückbringen.* Allison hatte die schnörkelige Handschrift, auf die die meisten Mädchen in der Grundschule größte Mühe verwenden. Meine Schrift hat auch einmal so ausgesehen, bevor ich erwachsen wurde.

Unter der Liste liegt ein Brief von einer Plattenfirma. Jemand schreibt ihr, er finde ihr Demoband »viel versprechend« und wolle gern mehr hören. David hätte ihr wahrscheinlich einen ähnlichen Brief geschrieben. Vielleicht steckt seine Adresse irgendwo in ihrem Schreibtisch, als weitere Option für eine Zukunft im Rampenlicht, inmitten von Rauch und Menschenmassen. Ich frage mich, ob sie in den letzten Augenblicken vor ihrem Tod an all die Dinge gedacht hat, die sie nicht mehr schaffen würde, oder ob der Schmerz und die Angst alle anderen Gedanken aus ihrem Kopf gefegt haben.

In der obersten Schublade rechts herrscht ein Chaos aus Briefen und Postkarten, darunter auch Geburtstagskarten von Allisons Mutter – »An eine ganz besondere Tochter«. Ich greife nach einer Postkarte, auf der Memphis bei Nacht zu sehen ist, und im Vordergrund der dunkle Fluss, auf dem die Lichter der Stadt glitzern. Ich drehe die Karte um. »Allison«, steht da in kindlichen Druckbuchstaben, »ich hasse die Boy Scouts. Heute gab es ganz eklige Rühreier. Ich habe richtig Bauchweh davon. Dein Bruder, Peter.«

Ich lege die Karte zurück auf den Schreibtisch und mache weiter.

Ein Brief von Carl, datiert vom letzten Oktober. »Du bist so ein wichtiger Mensch für mich. Warum errichtest du eine Mauer zwischen uns? Du sagst, ich komme dir vor wie ein völlig anderer Mensch, aber du gibst dir auch besondere Mühe, mich so zu behandeln, als wäre ich nicht mehr der Carl, den du immer schon gekannt hast. Schließ mich nicht aus aus deinem Leben! Wenn du mich wie einen Freund liebst, wie du gesagt hast, dann kann ich damit umgehen. Solange du mich überhaupt noch liebst. Bitte, Allison!«

Ein Stück Papier, zu einem winzigen Rechteck zusammengefaltet und mit einer Büroklammer fixiert. Genauso haben wir an der High-School immer unsere Nachrichten gefaltet. »PRIVAT!« steht darauf. »NICHT LESEN!« Ich öffne das Briefchen. Es ist von Angela. »A, ich weiß nicht, was ich wegen Bryant machen soll. Hilfe! Sag mir, was ich tun soll. A.«

Zwei Sätze auf der Rückseite einer Rechnung. »Wo bist du? Ich suche nach dir. R.«

Ich blicke auf all diese Briefe und Nachrichten, die auf ihrem Schreibtisch ausgebreitet sind. *Du fehlst mir. Sag mir, was ich tun soll. Wo bist du? Liebe mich. Bitte.* Ich stelle mir vor, dass all diese Menschen noch immer solche Briefe schreiben, sie anschließend aber in eine Schublade legen, weil nun niemand mehr da ist, um sie zu lesen. All diese Menschen, die ohne sie ziellos herumirren – wie Planeten, die einst einen Stern umkreisten.

Ich werfe einen raschen Blick in ihren Schrank, streiche mit der Hand über die lange Reihe farbenfroher Blusen und Kleider aus Seide, Baumwolle und glattem Polyester. Ich nehme eines der Kleider heraus und halte es mir an. Der Rock würde nicht einmal die Hälfte meiner Oberschenkel bedecken. Das glänzende schwarze Material verströmt einen leichten Geruch nach Rauch und Schweiß. Seltsam, dass ich sie noch riechen kann, obwohl sie schon seit Tagen tot ist.

Nachdem ich das Kleid zurückgehängt habe, wende ich mich der Kommode zu. Ich beeile mich, weil ich befürchte, dass Angela sich langsam fragen wird, was ich hier so lange mache. Ich ziehe die Schublade heraus, in der Angela den Pulli gefunden hat, und lasse beide Hände über das Durcheinander aus Baumwolle, Wolle und Leinen gleiten. Der Angorapulli fühlt sich unter meinen Fingern angenehm weich an. Ich schließe die Schublade wieder und öffne die darüber. Allison Avery war eins von den Mädchen, die zu ihrem Slip einen farblich passenden BH tragen. In der Schublade herrscht ein Chaos aus rosafarbener, violetter und roter Spitzenunterwäsche. Ich nehme einen schwarzen Satin-BH heraus und lege meine Faust in eines der Körbchen. Dann wird mir plötzlich bewusst, was ich da tue, und ich lasse den BH zurück in die Schublade fallen. Ich frage mich, welche Farbe sie in der Nacht getragen hat, in der sie gestorben ist, und ob der Slip, den ihr Mörder behalten hat, wohl aussieht wie einer von diesen hier.

Was werde ich mit all dem anfangen? Der farblich abgestimmten Unterwäsche, den Briefen, dem Kondom, den Trümmern des Lebens dieses Mädchens? Ich setze mich auf ihr Bett und stelle mir vor, wie ihre Mutter die Tüte Dope im Kühlschrank und das Kondom im Mülleimer findet, konfrontiert mit jener Tatsache des Lebens, an die sich niemand von uns gewöhnen kann: dass jeder Mensch, den wir kennen, eine eigene Welt hat, zu der wir keinen Zugang haben.

Ich fahre mit der Hand über das glatte Holz des Kopfteils. Irgendein Instinkt veranlasst mich dazu, mich hinzuknien und in den Spalt zwischen Bett und Wand zu spähen. Tatsächlich steckt da irgendetwas. Indem ich meinen Arm hinunterzwänge, bis ich mir fast die Schulter auskugel, gelingt es mir, das Ding zu fassen zu bekommen, an der Wand hochzuschieben und es mit beiden Händen zu greifen.

Es handelt sich um eine rechteckige, etwa fünfzehn Zentimeter lange Schachtel. Der Deckel ist mit einem silberblauen Fisch bemalt. Ich öffne sie.

Ein großer Metalllöffel. Eine weitere Nadel. Ein kleines Päckchen aus Alufolie, das ein weißes Kügelchen, etwa so groß wie eine Aspirin-Tablette, enthält.

Nachdem ich das Kügelchen wieder eingewickelt und in die Schachtel zurückgelegt habe, überlege ich einen Augenblick.

Angela ruft meinen Namen. »Komme schon!«, antworte ich. Ich mache die Schachtel wieder zu und schiebe sie zurück in den Spalt zwischen Bett und Wand. Dann begebe ich mich auf die Suche nach Angela. Ich finde sie in der Küche, wo sie mir einen weiteren Joint reicht und sich vorbeugt, um ihn für mich anzuzünden.

Wir sitzen im Wohnzimmer auf dem Boden, gleich neben der Stereoanlage. Ich bin so stoned, dass mir alles um mich herum besonders scharf konturiert und hell vorkommt, und habe das Gefühl, langsam auf eine Erkenntnis zuzusteuern. Vielleicht hat der Tod des Mädchens gar nichts mit Carl oder dem Kondom im Mülleimer zu tun, dafür aber sehr viel mit dieser Schachtel und der Nadel in meiner Tasche. Vielleicht hat Allison die Leute gekannt, die sie umgebracht haben. Vielleicht haben sie ihr Drogen verkauft. Ich berühre die Nadel durch den Stoff meiner Hose. Womöglich habe ich hier in meiner Tasche die Antwort auf alle Fragen.

»Hören Sie sich das an!«, sagt Angela. Sie legt eine Kassette ein und drückt auf Start. Zuerst ist ein Klicken zu hören, dann ein surrendes Geräusch. Schließlich sagt eine weibliche Stimme: »24. April 1997.« Ihre Stimme klingt heiser, hat einen leichten Südstaatenakzent. Man hört sie Luft holen. Dann beginnt sie zu singen, einen John-Prine-Song mit dem Titel »The Speed of the Sound of Loneliness«. Ich versuche mir vorzustellen, was Angela jetzt empfindet, während die körperlose Stimme den Raum erfüllt. Der Song endet mit einem Husten. »So ein Mist!«, sagt die Stimme. Nach einem lauten Klicken setzt wieder das surrende Geräusch ein. Angela nimmt die Kassette heraus und streichelt mit einem Finger über das Plastik, als wäre es die Haut des toten Mädchens. Dann klappt sie zusammen. Sie schluchzt so sehr, dass ihr ganzer Körper zuckt, gibt dabei aber kaum ein Geräusch von sich. Eine Weile ist nur ihr heftiges Atmen zu hören, dann ein leises Keuchen, gefolgt von einem fast lautlosen Stöhnen.

Uns trennen keine dreißig Zentimeter voneinander, aber ich strecke nicht den Arm aus, um sie zu trösten. Ich habe inzwischen gelernt, mich aus so etwas herauszuhalten. Ich kann das Leben eines anderen Menschen in mich aufsaugen, bis es mir so vertraut ist wie mein eigenes, und hinterher, wenn die Story fertig ist, kann ich es wie eine Akte ablegen. Eines aber kann ich nicht: Ich kann nicht fühlen, was Angela fühlt – diesen heißen, unerträglichen Ansturm von Emotionen.

Ich sehe bloß zu, wie immer. Dann strecke ich plötzlich doch die Hand aus und ziehe sie zu mir heran. Den Arm um sie gelegt, wiege ich uns beide vor und zurück. Ich spüre ihre heißen Tränen an meiner Wange. »Allison«, sagt sie. »Allison.«

Auf dem Weg zur Arbeit lege ich eine kurze Kaffeepause ein. Während ich rasch einen Doughnut esse, atme ich immer wieder tief durch, als könnte ich das Dope zusammen mit meiner Atemluft aus meinem Körper blasen. Ich werde den Vormittag einfach an meinem Schreibtisch verbringen, bis die Wirkung nachlässt.

Während ich durch die Redaktion gehe, sage ich mir immer wieder, dass es mir niemand ansieht, keiner mich neugierig anstarrt. Als ich vorhin im Wagen einen Blick in den Rückspiegel warf, waren meine Augen so groß wie immer, und kein bisschen rot. »Guten Morgen«, sagt Evan, als ich mich an meinem Schreibtisch niederlasse.

»Guten Morgen«, antworte ich in fröhlichem Ton. »Wie geht's dir?«

»Müde.« Er gähnt demonstrativ. »Ich war gestern Abend noch ewig hier und habe meine Story fertig geschrieben.«

»Welche Story?« Ich greife nach der heutigen Ausgabe und überfliege die Titelseite.

»Diese da«, antwortet er und deutet auf den entsprechenden Artikel. »Hast du denn heute noch keinen Blick in die Zeitung geworfen?« Ich lese die Schlagzeile. VERDÄCHTIGER LAUT AUSSAGEN DER NACHBARN IN KULT-AKTIVITÄTEN VERWICKELT. »Es geht um den Satanisten-Jungen, der den Zehnjährigen getötet hat«, erklärt Evan. »*Angeblich* getötet hat«, korrigiert er sich.

Ich überfliege den Artikel. Ein Plastiktotenkopf in seinem Spind. Die Hexenzeitschrift, die Evan in seinem Müll gefunden hat. Ein umgekehrtes Kreuz, das eine Lehrerin an einer Kette an seinem Hals gesehen haben will. »Tja«, sage ich. »Ich schätze, er war's.«

»Meinst du das jetzt ironisch?« Evan klopft mir mit seinem Stift auf die Hand.

»Nein«, entgegne ich. »Wahrscheinlich war er es wirklich.«

»Es passt alles zusammen«, sagt er. »Für sich allein genommen, sind es lauter Kleinigkeiten. Aber zwei und zwei macht nun mal vier. Das ist einfach eine Tatsache.«

»Das brauchst du mir nicht zu sagen«, antworte ich. »Ich glaub's dir ja.«

Nachdem Evan sich wieder seinem Computer zugewandt hat, hole ich die Nadel aus meiner Tasche und sehe sie mir genauer an, wobei ich darauf achte, sie unter meinem Schreibtisch zu halten, sodass Evan sie nicht sehen kann. Ich greife nach einem Notizbuch und schreibe: *Heroin. Wo hat sie es her? Mit wem hat sie es genommen?* Ich glaube nicht, dass sie es allein gemacht hat. Irgendjemand muss sie auf die Droge gebracht haben. Jemand muss sie ihr verkauft haben. Ich muss an Carls Worte denken, Allison Avery habe gefährlich gelebt. Für ein Mädchen aus der Mittelklasse gibt es nur eine begrenzte Anzahl von Möglichkeiten, gefährlich zu leben. Ich notiere mir: *1. Sex 2. Alkohol 3. Drogen.* »Was hast du da?«, höre ich Evan fragen.

Ich drehe mich um. Er hat sich weit über seinen Schreibtisch gebeugt und späht unter meinen. »Schreibst du jetzt eine Story über mich?«

Er zwinkert mir zu. »Du solltest aufpassen, was du in deinen Müll tust.«

»Ich habe nichts zu verbergen«, gebe ich zurück und

schließe meine Hand um die Nadel. Ich möchte nicht, dass er sie sieht. Es ist meine Geschichte, mein Geheimnis. Zumindest vorerst.

Er lässt sich auf seinen Stuhl zurücksinken. »Jetzt mal ernst, was hast du da in der Hand?«

»Nichts.« Ich lasse die Nadel auf den Boden fallen und halte ihm meine Handfläche hin. »Siehst du?«

Seine warmen braunen Augen mustern mich eindringlich. Er hat beneidenswert lange Wimpern, wie man sie sonst nur mithilfe von Wimperntusche bekommt. »Was ist los mit dir?«, fragt er mich.

»Nichts.« Ich kämpfe gegen den Drang an, zwei Finger an meinen Hals zu legen und meinen Puls zu fühlen. Vor lauter Marihuana und Koffein scheint mein Herz doppelt so schnell wie sonst zu schlagen. »Wieso kommst du auf die Idee, dass mit mir etwas los ist?«

»Ich kenne dich, Olivia«, antwortet er. »Du bist irgendwie anders als sonst. Liegt es an dieser Story? Zieht sie dich runter?«

Ich weiche seinem Blick nicht aus, sondern schaue direkt in seine schönen Augen. Einen Moment lang spüre ich, was für ein gutes Gefühl es wäre, mich an seine Brust zu kuscheln und mich von ihm in den Schlaf wiegen zu lassen, nirgendwo so sicher aufgehoben wie in seinen Armen. Verlegen wende ich den Blick ab. »Es geht mir gut, Evan«, sage ich. »Mich zieht gar nichts runter. Hast du vergessen, was für ein toughes Luder ich bin?« Während ich das sage, glaube ich es sogar selbst. Einen Moment lang fühle ich mich fast euphorisch. »Ich komme schon klar«, füge ich hinzu und grinse ihn an, bis er erleichtert zurücklächelt.

Den Rest des Vormittags verbringe ich in der Bibliothek der Zeitung und sehe mir Ausschnitte über den Heroinmissbrauch in der Stadt an. Die Bibliothek besteht aus Reihen von Regalen voller Schachteln, gefüllt mit Umschlägen voller ausgeschnittener Artikel. Schon nach kurzer Zeit habe ich von der Druckerschwärze schwarze Fingerspitzen. Die Ausschnitte fühlen sich zwischen meinen Fingern dünn und brüchig an, als würde ihr Papier leicht reißen. Ich lerne, dass Heroin inzwischen so rein ist, dass man es auch schnupfen oder rauchen kann. Neuere Studien haben ergeben, dass es sich bei den Süchtigen hauptsächlich um hippe junge Leute ab zwanzig handelt, die oft aus Familien der Mittel- oder Oberschicht kommen, und dass die Zahl der Verhaftungen, die mit Heroin zu tun haben, im Ansteigen begriffen ist. Letzteres erfahre ich aus einem Artikel über Verbrechensstatistiken, der offenbar aus meiner eigenen Feder stammt. Benommen starre ich auf die Buchstaben, die meinen Namen ergeben. Ich kann mich nicht daran erinnern, diesen Artikel geschrieben zu haben, ebenso wenig, wie ich mich daran erinnern kann, deswegen mit Lieutenant Nash telefoniert zu haben, der im Text zitiert wird. Ich lasse den Blick über all die Regale voller Schachteln wandern und überlege, wie viele andere Storys ich wohl vergessen habe, wie viele Fakten und Meinungen durch mich hindurch in die Welt gewandert sind, auch wenn sie inzwischen aus meinem Kopf verschwunden sind, als hätte ich sie nie gekannt.

Ich lege den Ausschnitt zur Seite und ziehe einen anderen heraus. Es ist ein Artikel von Peggy, etwa drei Jahre alt. Ich überfliege den Text, in dem es um Drogenmissbrauch unter Jugendlichen aus der Mittelschicht geht. Die meisten der von Peggy zitierten Kids nahmen damals Marihuana und Kokain. Ein paar Mal wird eine Süchtige namens Paula zitiert, die berichtet, sie sei in einer normalen Familie aufgewachsen und habe lauter Einsen in Mathematik und Biologie geschrieben, bevor sie Heroin genommen habe. »Auch wenn es mein Leben zerstört hat«, erklärt sie, »gibt es für mich nichts Schöneres, als high zu sein. Es ist das beste Gefühl auf der ganzen Welt.«

Vorsichtig falte ich den Ausschnitt wieder zusammen und

schiebe ihn zurück in den Umschlag. Vor meinem geistigen Auge sehe ich dunkle Gebäude, ausgelegt mit abgewetzten grünen Teppichen, Allison Avery bewusstlos auf dem Boden. Paula berichtet in Peggys Artikel, an die dreißig Leute zu kennen, die ebenfalls Heroin nähmen. Es kann in dieser Stadt nicht allzu viele Heroinquellen geben. Vielleicht kann mich Peggy mit Paula zusammenbringen, oder mit jemand anderem, der mir sagen kann, was sich Allison Avery in die Adern gespritzt hat.

Auf dem Weg zu meinem Schreibtisch sehe ich Peggy auf mich zukommen, mit gerunzelter Stirn in irgendeinen Text vertieft. Ich halte sie auf und frage sie, ob ich mit ihr über eine alte Story reden könne.

Sie mustert mich, noch immer stirnrunzelnd. »Du hast ja das ganze Gesicht voll Druckerschwärze. Halt mal still!« Sie zieht ein Taschentuch aus der Tasche und wischt mir damit über die Nase. »Berufsrisiko«, meint sie lachend. Dann setzt sie sich wieder in Bewegung, den Blick auf die Unterlagen in ihrer Hand gerichtet.

»Peggy«, rufe ich ihr nach. »Kann ich mit dir über diese Sache reden? Es ist wichtig!«

»Später, Kleines!«, antwortet sie. »Ich muss zu einer Besprechung.«

An meinem Schreibtisch fällt mir die Nadel wieder ein. Ich beuge mich hinunter, um sie aufzuheben, aber sie ist nicht mehr da. Ich fahre so schnell hoch, dass ich mit dem Kopf gegen die Tischplatte knalle. Während ich fluchend dasitze und die Hand auf die schnell wachsende Beule an meinem Kopf presse, entdecke ich die Nadel neben meinem Papierkorb, wo ich sie hingekickt haben muss, als ich aufgestanden bin. Rasch blicke ich mich um. Evan ist nicht da. Alle anderen hängen an der Strippe oder betrachten stirnrunzelnd ihren Bildschirm, die Finger auf der Tastatur. Ich hebe die Nadel auf und lasse sie in meine Tasche fallen.

Ich rufe zu Hause an, um mein Band abzuhören, gespannt,

ob Carl oder Peter angerufen haben. Mein Schädel brummt. Nach viermaligem Läuten geht eine Frau ran. »Hannah?«, frage ich, obwohl die Stimme nicht nach ihr geklungen hat. Die Frau am anderen Ende der Leitung legt auf. Ich rufe noch mal an.

»Hallo?«, meldet sich dieselbe Frauenstimme. Hannah bringt manchmal eine Kollegin zum Essen mit. Ich zermartere mir das Gehirn nach ihrem Namen.

»Hallo, spreche ich mit Alice?«

»Wem?«

»Entschuldigung«, antworte ich. Offenbar habe ich den falschen Namen erwischt. »Ist Hannah da?«

»Wer?«

»Ich muss mich wohl verwählt haben.«

»Kein Problem«, antwortet die Frau.

Ich versuche es ein weiteres Mal.

»Hallo?« Dieselbe Frauenstimme.

»Ist dort 555–5999?«

»Ähm … Augenblick.« Nach einer kurzen Pause sagt sie: »Ich weiß nicht. Auf dem Telefon steht keine Nummer. Wen brauchen Sie denn?«

»Hannah.«

»Sie ist nicht da, aber Sie können gerne vorbeischauen, wenn Sie möchten«, antwortet die Frau.

»Wer sind Sie?«, frage ich.

»Wer sind *Sie*?«, gibt sie zurück.

»Hannahs Mitbewohnerin.«

»Oh, Mist!«, sagt die Frau und lässt das Telefon fallen. Ich höre sie etwas rufen, dann ein lautes Krachen, gefolgt von einem Klicken. Das Freizeichen ertönt.

Ich beginne, die Nummer der Polizei zu wählen, lege aber gleich wieder auf. Mir ist eingefallen, dass unsere Nachbarin Denise in unserem Teil des Hauses gewesen sein könnte. Zumindest könnte sie etwas gehört haben. Deswegen rufe ich erst mal bei ihr an.

»Wovon redest du überhaupt?«, fragt sie. »Du weißt doch, dass ich keinen Schlüssel für eure Hälfte habe. Wie soll ich da in eure Wohnung kommen?«

»Hast du irgendwas Ungewöhnliches bemerkt?«

»Wirkt alles ganz friedlich«, antwortet sie. »Vielleicht hast du die falsche Nummer gewählt.«

»Ich kenne doch meine eigene Nummer!«

»Dann bist du vielleicht in irgendeine andere Leitung geraten«, meint sie. »So was passiert.«

Ich bitte sie, mich anzurufen, falls sie irgendetwas hören sollte, und lege auf. Wenn ich jetzt bei der Polizei anrufe und sich herausstellt, dass es bloß eine falsche Nummer war, werde ich mir vorkommen wie eine Vollidiotin. Ich weiß, wie es ist, wenn man bei seinem Arzt über bestimmte Symptome klagt und der Arzt dann nach der Untersuchung sagt: »Ich kann nichts finden, Sie sind kerngesund.« Andererseits sollte ich doch meine eigene Nummer kennen. Ich versuche es noch einmal. Der Anrufbeantworter geht ran, und ich höre Hannah mit ruhiger Stimme erklären, wir seien nicht zu Hause. »Hallo?«, frage ich nach dem Signalton. »Wenn jemand da ist, würde ich Ihnen raten, schleunigst zu verschwinden, weil ich jetzt nämlich die Polizei anrufe. Hören Sie mich? Ich lege jetzt auf und rufe sofort bei der Polizei an!«

Nachdem ich aufgelegt und ein paar Sekunden lang das Telefon angestarrt habe, rufe ich Hannah an.

»Wahrscheinlich war es doch Denise. Vielleicht hat sie von unserem Telefon aus ein Ferngespräch geführt«, meint Hannah. »Die Frau ist verrückt.«

»Klingt plausibel«, antworte ich.

»Überleg doch mal! Wieso sollte ein Einbrecher ans Telefon gehen? Und wieso hat Denise so schnippisch reagiert, wenn sie es nicht war? Und wenn sie es wirklich nicht war, warum hat sie dann nichts gehört? Wir hören schließlich sogar, wenn sie Sex hat, und jemand, der unsere Tür einbricht, wäre bestimmt noch um einiges lauter. Weißt du, was? Sie hat definitiv gelogen – sie hat nämlich doch einen Schlüssel zu unserer Wohnung! Wir haben irgendwann mal Ersatzschlüssel ausgetauscht, für den Fall, dass wir uns mal aussperren.«

»Das hatte ich ganz vergessen«, sage ich.

»Wir können ja auf unserer Telefonrechnung nachsehen, ob Gespräche nach Cookeville geführt worden sind.«

»Wieso Cookeville?«

»Weil sie von dort kommt.«

»Wer?«

»Denise«, antwortet Hannah. »Sag mal, was ist mit dir los?«

»Ich bin bloß ein bisschen nervös. Du meinst also, ich sollte nicht bei der Polizei anrufen?«

»Nein. Ich bin sicher, dass alles in Ordnung ist.«

Ich sage ihr nicht, dass ich Angst habe und doch lieber bei der Polizei anrufen würde. Ich möchte mich nicht aufführen wie ein kleines Kind, das einen bösen Mann im Schrank vermutet und wegen nichts zu schreien anfängt.

Peggy tritt an meinen Schreibtisch und gibt mir ein Zeichen, das Gespräch zu beenden. Als ich aufgelegt habe, erklärt sie: »In der Innenstadt ist ein leer stehendes Gebäude zusammengebrochen. Mach dich auf die Socken, Kleines!«

Es dauert keine fünf Minuten, und ich bin unterwegs.

Den Rest des Nachmittags verbringe ich damit, Schutt zu inspizieren. Die Story kommt auf die Titelseite, mit einem Farbfoto von dem Gebäude, das in sich zusammengestürzt ist, als wäre es von einer Bombe getroffen worden. Als ich um halb sieben nach Hause komme, sind alle Lichter an, obwohl Hannahs Wagen nirgendwo zu sehen ist. Ich bleibe ein paar Minuten im Auto sitzen und starre auf die Haustür. Sie sieht nicht aus, als hätte sich jemand daran zu schaffen gemacht. Vielleicht hat Denise das Licht brennen lassen. Nur zu meiner Beruhigung gehe ich zur Hinterseite des Hauses. Die äußere Windfangtür steht offen, aber das ist nichts Ungewöhnliches – sie ist kaputt. Ich komme mir albern vor, weil ich mir deswegen überhaupt Gedanken mache, aber als ich näher komme, sehe ich, dass die eigentliche Tür aufgebrochen ist und auf dem Küchenboden Glasscherben blitzen. »Verdammt!«, sage ich.

Ich stoße die Tür auf und springe zur Seite wie ein Cop in einem Fernsehkrimi. Dann durchwühle ich meine Tasche nach etwas Schwerem und verfluche mich selbst, weil mir das erst jetzt einfällt, nachdem ich die Tür bereits aufgestoßen habe. Als Erstes bekomme ich eine Rolle Bonbons zu fassen, dann einen Stift und mein Notizbuch, ehe ich schließlich auf meine Kosmetiktasche stoße, die diverse Lippenstifte und Fläschchen mit Feuchtigkeitslotion enthält und deshalb relativ schwer ist. Damit bewaffnet, wage ich mich in gebückter Haltung hinein.

Der ganze Boden ist mit Glasscherben übersät. Der Glaseinsatz der Küchentür ist herausgeschlagen, das Schloss aufgebrochen. Ich trete auf eine Küchenschabe. Das scheußliche Knacken lässt mich erschrocken nach Luft schnappen und die Hand vor den Mund schlagen. Riesige Nachtfalter flattern hektisch um die Küchenlampe herum. Der Anblick erinnert mich an einen Campingurlaub. Ich werfe die Kosmetiktasche auf den Tisch und greife nach einer leeren Sektflasche. Das schwere Glas liegt gut in der Hand.

Langsam schleiche ich den Gang entlang in Richtung Wohnzimmer, den Rücken an der Wand. Außer dem leisen Rascheln, mit dem mein Hemd über die Wand gleitet, und meinen Atemgeräuschen ist nichts zu hören. Ich halte die Flasche mit beiden Händen umklammert. Schon kann ich den Fernseher sehen. Der Videorecorder steht noch darauf. Ich trete in den Raum, lasse die Flasche sinken. Rasch mache ich eine Bestandsaufnahme – Stereoanlage, CDs, Anrufbeantworter, Telefon, Hannahs Computer. Im Wohnzimmer scheint nichts zu fehlen. Auf Zehenspitzen schleiche ich den Gang zurück ins Bad, obwohl mir durch den Kopf schießt: *Nein, du Idiotin, geh da nicht hinein!* Die Flasche schlagbereit in der Hand, reiße ich den Duschvorhang zur Seite. Nichts. Zuletzt sehe ich in den Schlafzimmern nach, spähe mutig unter die Betten und in die Schränke, auch wenn mir das Herz dabei bis zum Hals schlägt. Niemand.

Ich setze mich auf Hannahs Bett und starre benommen an die Wand, während ich die Sektflasche zwischen meinen Händen rolle. Die Wirkung des Adrenalins lässt nach, und ich muss mich über meine eigene Dummheit wundern. Wie leicht hätte mir jemand mit einer Waffe auflauern können. Ein Mann hätte im Wohnzimmer auf mich warten können, um mich zu schlagen und zu vergewaltigen, mich in ein Polizeifoto zu verwandeln, das Sergeant Morris am Morgen Bishop in die Hand drücken würde.

Die Haustür fällt ins Schloss, und ich springe erschrocken auf. Einen Moment lang überlege ich, ob ich mich im Schrank verstecken soll. Dann fällt mir ein, dass es Hannah sein könnte, aber ich kann nicht nach ihr rufen, denn falls sie es nicht ist, möchte ich mich nicht verraten. Deswegen stelle ich mich ein Stück neben die Tür, sodass ich von draußen nicht zu sehen bin, und reiße die Hand mit der Sektflasche hoch. Als Hannah den Raum betritt und mich sieht, stößt sie einen erschrockenen Schrei aus.

Ich lasse die Flasche fallen. »Das bin bloß ich«, sage ich.

»Was zum Teufel ...!« Hannah ringt nach Luft. »Ich hätte fast einen Herzinfarkt bekommen!«

»Jemand hat bei uns eingebrochen. Wirf mal einen Blick in die Küche.«

Ich höre sie den Gang entlanggehen, anhalten und wieder zurückkommen. »Eine schöne Bescherung!«, sagt sie. »Hast du schon die Polizei angerufen?«

Während wir auf die Polizei warten, erzähle ich Hannah genau, was ich getan habe, seit ich das Haus betreten habe.

Dabei kann ich keine Minute still sitzen, nervös gehe ich im Raum auf und ab, während Hannah seelenruhig auf der Couch sitzt. In meiner eigenen Geschichte gefangen, beginne ich zu glauben, dass ich die Situation gemeistert hätte. Wenn ich in der Wohnung auf Einbrecher gestoßen wäre, hätte ich sie mit der Flasche k. o. geschlagen und neben ihnen gewartet, bis die Polizei eingetroffen wäre. »Ich bin mir vorgekommen wie eine von den Mädels aus *Drei Engel für Charlie*«, erkläre ich. »Ich habe mir nicht die Zeit genommen, lange nachzudenken. Ich hatte nicht mal besonders viel Angst.«

»Aber warum hast du dein Kosmetiktäschchen nicht in der Tasche gelassen?«, fragt Hannah. »Wäre es nicht sinnvoller gewesen, mit der ganzen Tasche zuzuschlagen?«

Ich starre sie an. »Lieber Himmel, Hannah!«, sage ich. »Ich weiß selbst, dass ich eine unglaubliche Idiotin bin!«

»War ja nur so ein Gedanke!«, sagt sie.

»Nächstes Mal werde ich daran denken!« Ich tue so, als würde ich mir im Geiste eine Notiz machen. »Mit der ganzen Tasche zuschlagen.«

»Du kannst mich mal!«, antwortet sie.

»Nein, du kannst *mich* mal!«, gebe ich zurück. Dann breche ich zu meinem eigenen Entsetzen in Tränen aus.

»Meine Heldin!«, sagt Hannah, aber in nettem Ton.

»Sei still! Kannst du eigentlich nie deinen Rand halten?«

Sie steht auf und nimmt mich in den Arm. »Du warst sehr mutig«, erklärt sie. »Das meine ich ernst!«

Anfangs dachten wir, es würde nichts fehlen. Die Einbrecher hatten meine Schmuckschatulle durchwühlt und alles Mögliche herausgezerrt – echte Perlenohrringe, Sparverträge, meinen Pass –, aber nichts mitgenommen. Dann merkten wir, dass sie doch etwas mitgenommen hatten: eine Goldkette von mir, ein paar Ohrringe von Hannah, eine Schachtel mit meinen gemischten Kassetten, einen alten Walkman, zwei

Paar billige Sonnenbrillen und ein bisschen Kleingeld aus Hannahs Kommode. Außerdem hatten sie aus Hannahs Zimmer eine Tüte Gras mitgehen lassen. Davon erzählten wir der Polizei natürlich nichts. »Wahrscheinlich High-School-Kids oder Junkies«, meinte einer der Cops. »Die wollten Bargeld oder Kleinkram, den sie in die Tasche stecken konnten. Wahrscheinlich war der Einbruch eine spontane Idee, oder sie waren zu blöd oder zu high, um ihn besser zu planen. Sie sagen, die sind ans Telefon gegangen?«

»Da haben Sie wirklich Glück gehabt«, meinte der andere mit einem Blick auf unseren Fernseher und Videorecorder. »Sie haben die dümmsten Einbrecher in ganz Tennessee erwischt.«

Nachdem die Cops gegangen waren, rief ich David an, der sofort herbeigeeilt kam. Jetzt liegt er neben mir und schläft wie ein Murmeltier, das Gesicht von mir abgewandt. Mit einem Finger schreibe ich meinen Namen auf seinen Rücken. Ich liege schon die halbe Nacht wach und denke darüber nach, was auf diesen gemischten Kassetten war, vor allem auf einer, die ich auf dem College zusammengestellt habe. Wahrscheinlich kann ich sie nicht neu aufnehmen. Ich weiß genau, dass es die beste gemischte Kassette war, die ich je hatte, auch wenn ich mich nur noch an die Hälfte der Songs erinnern kann. Ich hatte mir damals ein paar CDs von meinen Mitbewohnern ausgeliehen, und es ist leider eine traurige Tatsache, dass ich diese Leute inzwischen nicht mal mehr sympathisch finde.

Ich stehe auf und suche in meiner Tasche nach der Nadel, die ich bei Allison gefunden habe. Mit der Nadel in der Hand lasse ich mich auf der Bettkante nieder und betrachte meinen schlafenden Freund. Vorsichtig entferne ich die Kappe und drücke den Zeigefinger gegen die Spitze – nur ganz leicht, ohne die Haut zu verletzen. Als David sich plötzlich zu mir herumrollt und dabei vor sich hinmurmelt, passe ich einen Moment lang nicht auf und drücke zu fest. Ein Tropfen Blut quillt hervor. Benommen verreibe ich ihn zwischen Daumen und Zeigefinger. Ich weiß nicht, was all das zu bedeuten hat.

Ich werde es herausfinden.

11

Am Morgen fährt David nach Hause, um zu duschen und den Hund rauszulassen. Beim Hinausgehen sagt er, dass er heute Allisons Eltern anrufen wolle. Noch ganz schlaftrunken, rate ich ihm, ihnen nicht zu sagen, dass er mich kennt.

»Warum nicht?«, fragt er und bleibt an meiner Schlafzimmertür stehen.

»Ich bin Reporterin«, antworte ich. »Sie mögen mich nicht.«

Er nickt. »Ich werde bloß sagen, dass sie mir ein Demoband geschickt hat.« Mit diesen Worten geht er, ein Mann mit einer Mission.

Hannah ruft unseren Vermieter an, um ihm mitzuteilen, dass er die Hintertür reparieren lassen muss, und ich gehe in die Küche, um nachzusehen, was aus den Monsterfaltern geworden ist. Ich entdecke ein paar von ihnen weit oben an der Wand, knapp unter der Zimmerdecke. Mein erster Impuls ist, sie einfach zu lassen, wo sie sind, aber dann zwinge ich mich doch, auf die Küchentheke zu steigen, um sie, einen nach dem anderen, in der hohlen Hand zu fangen und nach draußen zu tragen. Wenn ich daran denke, wie sie zwischen meinen Handflächen mit ihren kleinen Flügeln schlagen, bekomme ich eine Gänsehaut, aber solange ich mich auf meine Aufgabe konzentriere, habe ich kein Problem damit. Im Nebenraum höre ich das Murmeln von Hannahs Stimme, den sanften Rhythmus ihres Südstaatenakzents, der mir schon kaum mehr auffällt. Sie lacht. Ich kenne sie mittlerweile so lange, dass ich sie allein anhand dieses Geräuschs identifizieren könnte.

Hannah kommt herein, lehnt sich mir gegenüber an die

Arbeitsplatte und sieht mir zu. Ich versuche gerade, den letzten Falter zwischen meinen Handflächen zu fangen, aber er flattert mir immer wieder davon. Dass ich jetzt eine Zuschauerin habe, macht mich nervös. Ich spüre, wie sich meine Rückenmuskeln anspannen.

»Oooh, beinahe!«, sagt Hannah, als mir der Falter erneut entwischt.

»Was willst du, Hannah?«, frage ich.

»Charmant«, antwortet sie und verschränkt die Arme vor der Brust.

»Tut mir Leid. Nachtfalter zu jagen ist ziemlich frustrierend.« Endlich bekomme ich mit Daumen und Zeigefinger einen Flügel zu fassen. Der Falter flattert hektisch, voller Panik, während ich so sanft wie möglich versuche, ihn zwischen meine Handflächen zu verfrachten, ohne ihm den Flügel auszureißen.

»Du hast ihn!«, sagt Hannah. Vorsichtig steige ich von der Küchentheke auf einen Stuhl. Hannah hält mir die Tür auf, und sobald ich draußen bin, öffne ich die Hände, um den Falter freizulassen. Er bleibt einfach auf meiner Handfläche sitzen. »Los!«, sage ich und schüttle die Hand. Ohne Erfolg. Erst als ich die Hand in die Luft werfe, als wollte ich einen Tennisball servieren, fliegt er weg.

»Er hat dich sympathisch gefunden«, meint Hannah lachend.

Ich reibe meine Handflächen aneinander. »Ich war nicht so begeistert.« Von sämtlichen Glasscherben und Faltern befreit, sieht die Küche fast wieder normal aus. Hannah folgt mir den Gang hinunter in mein Schlafzimmer. Sie lässt sich auf meinem Schreibtischstuhl nieder und sieht mir beim Anziehen zu. Nach einer Weile fragt sie: »Was machst du heute Abend?«

»Wahrscheinlich werde ich nach der Arbeit mit den Jungs auf einen Drink gehen«, antworte ich, während ich mir mein T-Shirt über den Kopf ziehe.

»Hast du Lust, hinterher noch was zu unternehmen? Irgendwie bekomme ich dich in letzter Zeit kaum noch zu sehen.«

»Gern«, antworte ich. »Ich rufe dich an.«

Lächelnd steht sie auf. »Gut.« An der Tür dreht sie sich noch einmal um, den Arm gegen den Türrahmen gestützt. »Gestern hast du dich wirklich heldenhaft benommen. Ich war schwer beeindruckt.«

Ich ziehe eine Hose vom Bügel. »Danke«, antworte ich, aber sie ist schon weg.

In der Redaktion bin ich eine Berühmtheit. Alle kommen an meinen Schreibtisch, um die Geschichte zu hören. Nach einer Stunde beginne ich, sie auszuschmücken und meinem Publikum vorzuspielen, wie ich neben der Tür in Deckung gegangen bin. Ich tue so, als hätte ich einen Revolver in der Hand gehabt, bevor ich in den Raum wirbelte. Peggy biegt sich vor Lachen. Dann hält sie plötzlich inne und sieht mich mit ernster Miene an. »Mach das nicht noch mal«, sagt sie. »Ruf nächstes Mal die Polizei an!«

»Ruf nächstes Mal mich an!«, mischt sich Bishop ein. »Dann eile ich los und rette dich!«

»Nicht nötig! Ich bin lieber einer von Charlies Engeln als eine hilflose Maid in Not«, gebe ich zurück. »Nächstes Mal habe ich eine richtige Waffe.«

»Das ist nicht dein Ernst!«, meint Peggy.

»Natürlich nicht«, antworte ich, obwohl ich mir durchaus vorstellen kann, wie es sich anfühlen würde, eine schwere, kalte Waffe in der Hand zu haben. »Im Übrigen hoffe ich, es wird kein nächstes Mal geben.«

»Das hoffen wir auch«, sagt Bishop. Bevor er geht, legt er mir die Hand auf die Schulter und drückt sie kurz.

»Ich bin froh, dass dir nichts passiert ist«, meint Peggy. »Versprich mir, dass du nächstes Mal vorsichtiger sein wirst, Kleines!« Sie grinst mich an. »Was nicht heißen soll, dass es ein nächstes Mal geben wird. Sei trotzdem vorsichtiger!«

Als sie sich zum Gehen wendet, fällt mir der Artikel wieder ein, nach dem ich sie fragen wollte. »Augenblick noch, Peggy!«, sage ich. »Ich möchte mit dir über einen Artikel reden, den du über Drogenmissbrauch geschrieben hast.«

Sie lacht. »Da musst du schon ein bisschen genauer werden.«

»Es war vor ungefähr drei Jahren. Du hast damals mit einem Junkie namens Paula gesprochen.«

Sie runzelt die Stirn. »Was willst du wissen?« Ihre Stimme klingt plötzlich ungewohnt eisig.

»Ich habe mich gefragt, ob du mich vielleicht mit Paula zusammenbringen könntest, oder ob du noch andere Quellen kennst. Ich brauche ein paar Hintergrund-Infos zum Thema Heroinmissbrauch in der Stadt.« Während ich spreche, schüttelt Peggy die ganze Zeit den Kopf.

»Das ist eine ganze Weile her«, erklärt sie. »Ich glaube nicht, dass ich dir da weiterhelfen kann. Diese Szene verändert sich minütlich.«

»Alles, was du mir sagen könntest, wäre mehr, als ich im Moment habe«, sage ich. »Es ist wirklich wichtig!«

Seufzend lehnt sie sich an den Schreibtisch. »Es gibt eine Bar namens Lizard Lounge. Da hat Paula die entsprechenden Leute kennen gelernt.«

In dieser Bar wurde Allison Avery an dem Abend erwartet, an dem sie starb. Ich schreibe *Lizard Lounge* in mein Notizbuch. »Ich kenne die Bar«, sage ich. »Vielen Dank.«

Sie sieht mich an und nickt dann langsam, ohne etwas zu sagen. Zwischen ihren Augen zeichnet sich eine leichte Steilfalte ab. Nachdem sie an ihren Schreibtisch zurückgekehrt ist, versuche ich, mir weitere Notizen zu machen. *AA ein Junkie? Warum weiß Angela nichts davon?* Ich kaue eine Weile auf meinem Stift. Dann schreibe ich: *Warum will P nicht mit mir darüber sprechen?* Dabei muss ich die ganze Zeit denken: *Nächstes Mal, nächstes Mal, nächstes Mal.* Als ich auf die Seite sehe, merke ich, dass ich die Worte auch aufgeschrieben habe. *Nächstes Mal.* Ich presse beide Hände auf die Schreibtischplatte und schiebe mich hoch. Mein Stuhl rollt nach hinten weg und kracht mit so viel Schwung gegen Evans Schreibtisch, dass ein Stapel Papiere ins Rutschen kommt. Ich erstarre, weil mir klar ist, dass sich alle im Raum nach mir umgedreht haben. Einen Moment lang bin ich das Zentrum eines gespannten Schweigens, die Augen all dieser neugierigen Leute sind prüfend auf mich gerichtet. Dann setzen die Stimmen und das Klicken der Tastaturen wieder ein, und ich atme erleichtert aus.

Peggy steht neben mir. »Geht es dir nicht gut?«, fragt sie leise. Aus ihrer Stimme klingt mütterliche Sorge.

Ich blicke mich um. Sofort beginnt Evan, seine Papiere aufzusammeln. Bishop sucht meinen Blick und sieht dann weg.

»Mir geht es gut. Warum fragst du?«

»Nur so.«

»Es geht mir gut«, wiederhole ich mit einem kleinen Lachen. »Ich wollte nur auf die Toilette. Es war nicht meine Absicht, so laut zu werden.«

»Schon gut«, nickt Peggy mir zu. »Schon gut.«

Auf der Toilette halte ich mein Gesicht ganz nahe vor den Spiegel und sehe mir in die Augen. Ich schaffe es eine ganze Weile, ohne zu blinzeln. Dann bemerke ich, dass ich schon wieder Druckerschwärze im Gesicht habe. Ich befeuchte ein Papiertuch und wische die Farbe ab.

Draußen hat es zu regnen begonnen. Immer schneller und fester trommeln die Tropfen auf das Dach. Ich bin froh, dass ich hier drin bin, wo es kühl und trocken ist und mir nichts passieren kann.

Mittags fahre ich für eine Stunde nach Hause. Zu Evan sage ich, ich wolle nur sichergehen, dass in meinem Wohnzimmer keine Party steige. Ich sage das im Scherz, und er lächelt. Vor unserem Haus angekommen, bleibe ich ein paar Minuten im Wagen sitzen. Ich lechze nach einer von Davids Zigaretten. In letzter Zeit rauche ich zu viel. Mittlerweile hat es zu regnen aufgehört, die Mittagssonne brennt auf die stillen Häuser. Die ganze Straße wirkt sehr ruhig. Hier und da entdecke ich auf ungemähtem Rasen verwaistes Spielzeug.

Ich steige aus und gehe vorsichtig auf das Haus zu, als wäre es ein Tier, das ich nicht erschrecken will. Die Haustür ist abgeschlossen. Ich gehe um das Haus herum zur Hintertür, um zu sehen, ob es auch hier einen sicheren Eindruck macht. Die Windfangtür steht ein wenig auf. Ich schiebe sie zu, aber sie hält nicht. Nachdem ich sie mit einem großen Stein fixiert habe, gehe ich zurück zur Vordertür und drehe den Türknauf. Abgeschlossen. Ich werfe mich mit der Schulter gegen die Tür. Sie bewegt sich nicht.

Ich trete auf die Veranda, schirme mein Gesicht mit beiden Händen gegen die Sonne ab und spähe durchs Wohnzimmerfenster. Das Einzige, was sich drinnen bewegt, ist der im Sonnenlicht schwebende Staub. Ich tue so, als würde ich die Leute, die hier wohnen, nicht kennen, und lasse den Blick über ihre schäbigen Möbel schweifen, ihre Stapel von Klamotten, Büchern und Zeitschriften, ihre auf dem Boden verteilten CDs. Diese Leute sind jung, chaotisch und schlampig, das ganze Wohnzimmer wirkt wie das kunterbunte Durcheinander in einer Ramschschublade.

Hinter mir fährt langsam ein Wagen vorbei. Ich drehe mich um. Wie seltsam ich den Nachbarn vorkommen muss, wie ich hier im Gebüsch stehe, die Absätze halb im Boden versunken, ein Voyeur, der durch ein Fenster seines eigenen Hauses starrt.

Als ich mich schließlich hineinwage, schaue ich in alle Räume, meine Tasche fest an mich gepresst. Niemand. In meinem Zimmer spähe ich in die Ecken meines Schrankes. Nichts, bloß eine Stange Arbeitskleidung, Jacken und Blusen in gedämpften Farben. Ganz hinten finde ich ein knappes schwarzes Cocktailkleid, an dem ein Preisschild hängt. Ich habe es noch nie getragen, kann mich nicht mal mehr erinnern, wann ich es gekauft habe.

Unter dem Bett herrscht ein Chaos aus Zeitungen. Ganz hinten an der Wand entdecke ich einen Schuh, den ich schon lange vermisse. Auf dem Schreibtisch liegen weitere Zeitungen. Als ich die Schubladen aufziehe, stoße ich auf alte Notizbücher, eine Postkarte von David, auf der er mir schreibt, Paris gefalle ihm, obgleich ihn seine Eltern auf den Eiffelturm geschleppt hätten, einen Brief von meiner Mutter, in dem sie mich fragt, ob ich je in Betracht ziehen würde, wieder in die Kirche einzutreten. Ich lasse einen Finger über die Bücher in meinen Regalen gleiten: College-Lehrbücher, ein paar Romane, das AP-Stilhandbuch. Wenn ich über die Bewohnerin dieses Raums schreiben müsste, würde ich sagen, sie habe bloß ihre Arbeit im Kopf.

Ich ziehe die Schubladen meiner Kommode heraus. Hier sind die Kleidungsstücke jünger, farbenfroher, ungeordneter. Unter einem Pullover entdecke ich meine alte Pfeife, ein kleines graues Ding, kühl und glatt wie Marmor, immer noch mit ein bisschen Asche. Ich drehe sie hin und her. Meine Mutter wäre ziemlich schockiert, allerdings glaube ich, dass Hannah, wenn ich tot wäre, sie verschwinden ließe, bevor meine Mutter in die Wohnung käme. Wenn ich tot wäre. Nachdenklich blicke ich mich um. Was in diesem Raum würde den Leuten Aufschluss darüber geben, wer ich war?

Im Wohnzimmer setze ich mich auf die Couch, meine Tasche auf dem Schoß. Ihr Gewicht erinnert mich an das Videoband, das ich mir aus Allisons Wohnung ausgeliehen habe. Ich hole es heraus. Allison 5, 9. Mai 1992.

Ich lege die Kassette in den Videorecorder ein und spule zum Anfang zurück. Als ich auf Play drücke, ist erst einmal ein Knistern zu hören, dann ein Klicken. Schließlich taucht ein Gesicht auf, das den ganzen Bildschirm ausfüllt und von so nahe aufgenommen ist, dass ich nur erkennen kann, dass es sich um eine weiße Person handelt. Dann weicht der Kopf zurück, Gesichtszüge werden deutlich. Es ist Allison. Sie beißt sich konzentriert auf die Unterlippe, während die Kamera nach oben und unten schwenkt. Dann verschwindet Allison nach rechts. Die Kamera bewegt sich erneut, ein hoher Hocker kommt ins Bild, und wenige Sekunden später ist auch Allison wieder da. Sie geht rückwärts, beugt sich vor, um nach einer Gitarre zu greifen, und lässt sich auf dem Hocker nieder.

Allison hebt den Kopf und lächelt in die Kamera. »Neunter Mai Neunzehnhundertzweiundneunzig«, sagt sie. »Ich bin Allison Avery.« Ihre Stimme schmiegt sich weich um die Worte, als wäre ihr Name bereits ein Teil des Songs. »Allison«, wiederholt sie langsam, jede einzelne Silbe betonend. »Avery.« Sie lacht, kehlig und heiser, und dann beginnt sie zu spielen. Sie senkt den Kopf über die Gitarre, sodass ihr nach vorne fallendes Haar die Hälfte ihres Gesichts verdeckt. Ihr Körper bewegt sich zum Rhythmus des Songs, sie sieht plötzlich sehr schön aus. Dann beginnt sie zu singen, und der Raum ist von ihrer Stimme erfüllt. Ich muss daran denken, wie Angela mir die Kassette vorgespielt hat, und frage mich, warum sie sich nicht für ein Video entschieden hat. Vielleicht hat sie befürchtet, dass sie den Anblick nicht ertragen würde – dass es sie in Stücke reißen würde zu sehen, wie Allisons Brust sich beim Atmen hebt und senkt und ihre Finger über die Gitarrensaiten gleiten.

Es ist das erste Mal, dass ich das Mädchen lebend sehe. Ich kann nicht aufhören daran zu denken, was diesen schönen Körper erwartet, auf welch grausame Art er zerbrochen und liegen gelassen werden wird, ohne jedes Leben.

Allison gleitet vom Hocker und geht auf die Kamera zu, bis ihr Torso das ganze Bild ausfüllt. Sie beugt sich seitlich vor, sodass ihr Gesicht wieder zu sehen ist, und sagt: »Bis später!« Der Bildschirm wird schwarz.

Ich stehe auf, trete an den Fernseher, spule das Band ein kleines Stück zurück, bis Allisons schräg gelegtes Gesicht den Bildschirm erfüllt, und drücke auf Pause. Sie wirkt verschmitzt, als hätte sie den Film für jemanden gemacht, der sie begehrte, jemanden, den sie necken wollte. Eine Strähne ihres Haars klebt an ihrem Mundwinkel. Ihre Lippen sind zu einem kleinen Lächeln verzogen, zwischen den Zähnen ist die Zungenspitze zu sehen. Ihre halb gesenkten Augenlider sind in einem dunklen, glänzenden Bronzeton geschminkt, ihre Wimpern dick getuscht. Ihr Gesichtsausdruck wirkt verheißungsvoll, rätselhaft.

Es ist ein Gesicht voller Geheimnisse.

Auf dem Polizeirevier blättere ich die Berichte des Tages durch. Die Klimaanlage sorgt für so kühle Luft, dass ich fast fröstle. An diesem Tag ist in der Stadt wieder einiges passiert. Ein Unfall mit Fahrerflucht. Zwei Einbrüche. Ein Mord an einer Frau, deren Freund erst ihr und dann sich selbst eine Kugel in den Kopf gejagt hat, während ihr fünfjähriger Sohn zusah. Der Freund ist noch am Leben.

Benommen gehe ich den Gang hinunter, beginne im Kopf bereits zu formulieren. »Der fünfjährige Sergio Davis … Lucille Davis, 29 … Kugel in die Schläfe …« Ich nehme Sergeant Morris erst wahr, als er mich anspricht. »Sie haben es schon gehört?«, fragt er mich.

»Ja«, antworte ich, obwohl ich keine Ahnung habe, wovon er spricht. Trotzdem weiß ich, dass es sich wahrscheinlich um eine gute Nachricht handelt. Ich schlage mein Notizbuch auf. »Was ist passiert?«

»Er wurde drüben in Mississippi gefunden, nicht weit vom Highway Sixty-one.« Er sagt das knapp neben meinem Ohr, fast im Flüsterton.

»Ich nehme an, Sie sprechen von dem Wagen. Dem Wagen des toten Mädchens.«

»Wovon sonst?«, gibt er zurück. Er erzählt mir, sie hätten den fehlenden Schuh des Mädchens im Kofferraum gefunden. Ihre Tasche lag auf dem Rücksitz. Ihre Geldbörse war nicht im Wagen, ebenso wenig wie ihre Unterwäsche, was bedeuten könnte, dass der Mörder sie noch hat. »Als Souvenir«, meint Morris grimmig.

Ich wage einen Versuch. »Irgendwelche Drogen im Wagen? Oder vielleicht Zubehör wie Spritzen oder sonstiges?«

Er starrt mich überrascht an.

»Heroin?«, frage ich.

Morris schüttelt den Kopf. »Morphium. Woher wissen Sie ...« Plötzlich versteift er sich, starrt an mir vorbei den Gang hinunter. Offenbar kommt jemand auf uns zu. Ich drehe mich nicht um, lasse bloß mein Notizbuch sinken, damit der Betreffende es nicht sieht. »Lieutenant«, sagt Morris.

Lieutenant Nash geht stirnrunzelnd an uns vorbei. Wahrscheinlich überlegt er gerade, woher er mich kennt. »Sergeant.« Er bleibt nicht stehen. Ich werde ihn später anrufen und um eine Bestätigung bitten müssen, und hoffe, er wird dann nicht die Verbindung zu Morris herstellen. Morris macht Anstalten, in die entgegengesetzte Richtung aufzubrechen. Als ich ihn am Arm berühre, dreht er sich noch einmal um und wirft mir einen warnenden Blick zu. Angesichts seiner fast schon wütenden Miene verkneife ich mir eine weitere Frage zum Thema Drogen. »Was für eine Art Schuh war es?«, frage ich stattdessen.

Er runzelt die Stirn und geht noch einen Schritt weiter. »Was hat denn das mit dem Fall zu tun?«

»Es könnte wichtig sein«, antworte ich mit gezücktem Stift. Er mustert mich skeptisch. »Wenn Sie meinen!« Ich sehe ihn schon vor mir, wie er später seinen Kumpels davon erzählen wird. »So was kann wirklich nur eine Frau fragen!«, wird er sagen, und sie werden alle lachen.

»Was für eine Art Schuh es war?« Bishop schnaubt in sein Bierglas. »Wieso um alles in der Welt hast du ihn das gefragt?«

»Das ist genau der Punkt«, antworte ich. »Deswegen erzähle ich es euch ja.«

»Sie weiß selbst nicht, warum sie es gefragt hat«, erklärt Evan.

»Mit welcher Art von Schuh hast du denn gerechnet?«, fragt Bishop.

»Mit einer schwarzen Sandale«, antworte ich. »Ich habe ihn richtig vor mir gesehen – diesen einen Schuh, der im Kofferraum lag, als sie ihn öffneten. Ich wette, sie hat ihn ausgezogen, um damit gegen den Kofferraumdeckel zu schlagen. Gebracht hat es ihr allerdings nicht viel.«

Evan wirft einen Blick unter den Tisch. »Du trägst auch schwarze Sandalen«, stellt er fest.

»Kein Grund, mich deswegen einer Psychoanalyse zu unterziehen«, entgegne ich. »Die halbe Stadt trägt schwarze Sandalen.«

»Ich nicht«, widerspricht Bishop. »Du, Evan?«

»Turnschuhe. Weiß.«

»Vergesst nicht, dass ich die Leiche gesehen habe«, gebe ich zu bedenken. »Wahrscheinlich habe ich es deswegen gewusst. Es war nämlich *tatsächlich* eine Sandale. Morris hat es mir verraten.«

»Welche Farbe?«, fragt Bishop.

»Das habe ich ihn nicht gefragt.« Ich trinke mein Bier aus. Es schmeckt bitter. »Und falls es euch interessiert – ihre Zehennägel waren rosa lackiert.« Vor meinem geistigen Auge sehe ich einen kleinen Fuß, dessen Nägel in einem Farbton namens Innocence lackiert sind. Ich bin nicht sicher, ob ich mich an die Farbe wirklich erinnere oder diesen Teil gerade erfinde, aber ich weiß, dass diese Nagellackfarbe existiert – meine Mutter hat mir letztes Jahr Weihnachten ein Fläschchen davon in meinen Strumpf gesteckt. Ich habe ihn noch nie benutzt. Rosa, eine typische Mädchenfarbe. Manche Frauen bleiben ihr Leben lang Mädchen. Ich wollte nie eines sein.

»Was hast du sonst noch zu bieten?«, fragt Bishop.

»Ich verfolge mehrere Spuren«, antworte ich. »Ich habe in ihrer Wohnung ein paar interessante Sachen gefunden.«

»In ihrer Wohnung?« Bishop sieht mich erstaunt an. »Wie bist du da reingekommen?«

»Ihre Freundin Angela hat mich mitgenommen. Sie scheint mich für ihre Freundin zu halten.«

»Ein bisschen seltsam, oder?«, meint Evan.

»Ja, wahrscheinlich«, antworte ich. »Sie wollte wohl nicht allein hingehen.«

»Demnach hängst du also mit ihren Freunden herum«, stellt Bishop fest. »Schießt du da nicht ein ganzes Stück übers Ziel hinaus?«

»Wieso, verbringst du denn keine Zeit mit den Leuten, die du interviewst? Wenn es dir darum geht, ihnen etwas zu entlocken?«

»Das ist etwas anderes«, erwidert Bishop. »Was versuchst du ihnen denn zu entlocken? Sie ist schließlich von einem Fremden umgebracht worden.«

»Das weißt du doch gar nicht!«, widerspreche ich.

»Was mich betrifft, mache ich bloß auf gut Freund, solange ich die Leute interviewe«, mischt sich Evan ein. »Das ist vorbei, sobald ich zur Tür raus bin. Ich rufe sie nicht später an, um sie ins Kino einzuladen.«

»Sie hat mich eingeladen«, antworte ich. »Außerdem habe ich in der Wohnung des Mädchens etwas Interessantes herausgefunden.«

»Was denn?«, fragt Bishop.

»Ja, was?«, wiederholt Evan.

Beide haben sich vorgebeugt, begierig darauf, eine sensationelle Geschichte zu hören. Mir wird bewusst, dass ich es ihnen noch nicht erzählen möchte. Bis jetzt ist es allein meine Geschichte. »Sie war eine Diebin«, erkläre ich. »Sie hat ihrer Nachbarin einen Pulli gestohlen.«

Bishop schnaubt entnervt. »Ich glaube nicht, dass sie *deswegen* umgebracht worden ist.« Er lehnt sich zurück, hat das Interesse verloren. »Was hast du denn sonst noch in Erfahrung gebracht? Die Schuhgröße des Mädchens?«

»Ihren Möbelgeschmack?«, stimmt Evan ein. »Ob sie ihr Bett gemacht hat?«

»Sei du bloß still!«, sage ich und deute auf Evan. »Du wühlst sogar im Müll der Leute herum!« An Bishop gewandt, füge ich hinzu: »Und du bist schon mal in einem Wohnwagencamp rumgeschlichen und hast durch Fenster gespäht!«

»Es waren die Fenster eines Verdächtigen«, gibt Evan zu bedenken. »Und der Müll eines Verdächtigen.«

Bishop erklärt in ernstem Ton: »Sie ist von einem Fremden umgebracht worden. Wieso beschäftigst du dich so intensiv mit dem Opfer? Was erhoffst du dir davon?«

»Warum hackt ihr zwei eigentlich so auf mir herum?«, frage ich. »Ihr seid doch diejenigen, die mir alles beigebracht haben. Ihr habt mir gezeigt, wie man lügt und betrügt und stiehlt.«

»Ich könnte dir auch beibringen, wie man mit einer Waffe umgeht«, erklärt Bishop. »Deswegen bin ich noch lange nicht schuld, wenn du damit einem Mann den Kopf wegschießt.« Er zielt mit dem Finger auf mich.

Wir gehen hinaus. Schon nach wenigen Sekunden ist meine Haut von einer Schweißschicht überzogen. »Verdammt«, seufzt Bishop. »Ich ziehe nach Alaska.« Er zerrt sein Hemd aus der Hose und fächelt sich damit Luft zu.

»Schick mir eine Postkarte, wenn du dort bist«, sage ich. »Ich fahre jetzt nach Hause.« Ich binde mir das Haar zu einem Pferdeschwanz hoch und mache kehrt, um meinen Wagen zu holen.

»Brauchst du einen Chauffeur?«, ruft mir Evan nach. Ich schüttle den Kopf, ohne stehen zu bleiben. »Bis morgen!«, ruft Evan.

Als ich zwei Häuserblocks später an einer Telefonzelle vorbeikomme, bleibe ich stehen und höre meinen Anrufbeantworter ab. Drei Nachrichten von Peter. Ich durchforste meine Tasche nach Kleingeld und rufe ihn zurück. »Olivia«, sagt er gehetzt, noch ehe ich mich richtig gemeldet habe. »Meine Eltern sind nicht da. Kannst du kommen?«

Ich parke ein Stück vom Haus der Averys entfernt und gehe den Rest zu Fuß. Peter wollte nicht, dass die Nachbarn mein Auto in der Auffahrt sehen können. »Ich weiß, dass sie mich beobachten«, erklärte er. »Ich habe gehört, wie meine Mutter mit Mrs. McAndrews telefoniert hat.« Mir ist zwar nicht ganz klar, warum ich ein Geheimnis bleiben muss, aber ich tue ihm den Gefallen. Ich habe den starken Verdacht, dass er mir noch etwas zu erzählen hat, und das möchte ich wissen.

Als Peter die Tür aufmacht, streichelt kühle Luft über meine Haut. Er trägt Jeans und ein weißes T-Shirt, und er lächelt bei meinem Anblick. »Komm rein«, sagt er und tritt einen Schritt zurück. Ich folge ihm in die Küche. »Ich habe gerade Kaffee gemacht. Möchtest du auch eine Tasse?« Als ich nicke, nimmt er zwei zusammenpassende blaue Becher aus dem Schrank und füllt sie. Alle seine Bewegungen wirken langsam und präzise, als hätte er wieder getrunken und wäre sich bewusst, dass er vorsichtig sein muss, um ja nichts zu verschütten. Nachdem ich mich am Küchentisch niedergelassen habe, stellt er die Tassen vor mir ab. Aus einer schwappen ein paar Tropfen Kaffee auf den Tisch. »Mist«, stößt er leise hervor und dreht sich langsam zur Küchentheke um, um ein Papiertuch zu holen. Ich sehe zu, wie er das Tuch flach auf den Tisch legt und seine Hand daraufpresst, bis das Papier den braunen Fleck vollständig aufgesaugt hat. Ich sehe ihm ins Gesicht. Er starrt auf das Tuch und seine Hand hinunter, ohne etwas wahrzunehmen.

Als ich seine Hand mit einem Finger berühre, zuckt er erschrocken zusammen.

»Setz dich«, sage ich. »Lass mich das machen.«

Er lässt sich auf einen Stuhl sinken. Ich eile energisch hin und her, frage ihn in sachlichem Ton, wo der Zucker ist, öffne und schließe Schränke. Ich stelle alles auf den Tisch, seine Tasse vor ihn hin, lege einen Löffel daneben, öffne den

Milchkarton. Der Kaffee ist stark und bitter. »Guter Kaffee«, sage ich und nicke ihm über meine Tasse hinweg zu.

»Was?«, fragt er. Er hat seinen noch nicht angerührt.

»Guter Kaffee«, wiederhole ich. »Danke.«

Schließlich greift er nach seinem Löffel und nimmt sich Zucker. »Ich bin froh, dass du gekommen bist«, erklärt er.

»Tja«, antworte ich. Ich greife in meine Tasche, betaste die Metallringe meines Notizbuchs. »Wie geht es dir?«

Er sieht mich an und lächelt. Aus seiner Miene spricht tatsächlich so etwas wie Dankbarkeit. »Geht schon«, antwortet er und nimmt seine Tasse.

Er erzählt mir, dass er versuche, sich zu beschäftigen. Er habe keine große Lust, seine Freunde zu sehen, sie seien ihm gegenüber so nervös, er fühle sich von ihnen neuerdings immer beobachtet, als wäre er ein völlig anderer Mensch geworden, unberechenbar und seltsam. Sie hätten Angst, in seiner Gegenwart zu lachen und über etwas anderes als Allison zu sprechen, und er könne ihre Beteuerungen, wie Leid ihnen das alles tue, allmählich nicht mehr hören. Er habe auch versucht zu arbeiten. Zwei Frauen hätten sich an einem seiner Tische niedergelassen, bevor er mit dem Abräumen fertig gewesen sei, und er habe sich etwas ungeschickt dabei angestellt, das Geschirr abzuräumen, ohne mit ihren Ellbogen und Taschen zu kollidieren. Als er wegging, hörte er eine der Frauen sagen: »Ich hoffe wirklich, das Essen ist besser als der Service«, und wurde so wütend, dass er das Tablett auf den Boden fallen ließ, wo es mit einem lauten Knall zerbrach. Im Lokal war plötzlich Totenstille. Mit geballten Fäusten habe er sich zu der Frau umgedreht und zwischen den Zähnen hervorgestoßen: »Wenn Sie glauben, …« In dem Moment wurde er von der Geschäftsführerin gepackt und rasch in die Küche geschoben, wo sie ihm mit leiser, mitfühlender Stimme erklärte, es wäre wohl besser, wenn er sich ein paar Tage freinähme. Seitdem habe er viel ferngesehen, erzählt er mir. Und in seinem Gewächshaus gearbeitet. Selbst mit seinen

Eltern könne er zurzeit nicht reden, sie seien zu sehr in ihrer eigenen Wut, ihrem eigenen Kummer gefangen.

»Ich komme mir vor, als wäre ich nicht ganz richtig im Kopf«, erklärt er. »Zumindest behandeln mich alle, als wäre ich verrückt.«

»Die Leute haben Angst vor dir, weil dir etwas so Schreckliches passiert ist.« Ich stehe auf und trete an die Küchentheke, um die Kaffeekanne zu holen. Über Peter gebeugt, schenke ich ihm noch eine Tasse ein. Dabei lege ich für einen Moment die Hand auf seine Schulter.

»Ich schätze, du hast oft mit Leuten zu tun, denen etwas Schreckliches passiert ist«, sagt er.

»Ja. Sehr oft.«

»Und was ist mit dir?«, fragt er. »Ist dir auch schon mal etwas Schreckliches passiert?«

»Nein.« Ich sage ihm nicht, dass ich mich manchmal frage, ob ich dann ebenso empfinden werde, wie er jetzt. Vielleicht werde ich einen Schritt Abstand haben, als wäre sogar mein eigenes Leben nur eine Story, die ich schreiben muss.

»Du Glückliche«, meint er. Dann nimmt er mir die Kaffeekanne ab und stellt sie auf den Tisch. »Möchtest du mein Gewächshaus sehen?«, fragt er. »Es steht im Garten hinter dem Haus. Ich würde es dir gerne zeigen.«

Unter seinem »Gewächshaus« hatte ich mir einen üppigen Dschungel aus tropischen Blumen und Kletterpflanzen vorgestellt, so dicht zugewuchert, dass es unmöglich sein würde, durch die beschlagenen Glaswände zu sehen. In Wirklichkeit stehen dort nur ordentliche Reihen winziger Bäume, und die untergehende Sonne scheint ungehindert hindurch.

»Das hier«, erklärt er, »ist ein Ahornwäldchen. Vierzig Jahre alt.« Anfangs sehe ich nur belaubte Stöckchen, die aufrecht in einen Topf gesetzt worden sind, aber dann wechselt plötzlich meine Perspektive, und ich erkenne, dass sie die Schönheit richtiger Bäume besitzen. Einen Moment kommt es mir vor, als würden meine eigenen Ausmaße nicht stimmen – als wäre ich überdimensional groß, ein Monstrum. »Sagst du jetzt gar nicht, wie klein sie sind? Manche Mädchen sagen« – er hebt die Stimme, um sie zu imitieren – »Oh, wie süß! Sie sind so winzig!«

»Ich bin kein Mädchen«, antworte ich.

Er sieht verblüfft aus. »Wie meinst du das?«

»Ich bin fünfundzwanzig. Damit ist man kein Mädchen mehr.«

Er grinst, ein verschmitztes Funkeln in den Augen, und legt dann den Arm um mich. »Komm«, sagt er, »ich mache eine Führung für dich.«

Ich versuche, nicht auf das Gewicht des schlanken Arms auf meiner Schulter zu achten. »Das hier ist der informelle aufrechte Stil.« Er deutet auf ein Bäumchen.

»Was heißt das?«

»Jeder Bonsai-Baum wird zu einer von mehreren möglichen Formen getrimmt. Den hier habe ich gezwungen, so zu wachsen«, erklärt er. »Auch wenn nicht viel Zwang nötig war. Es handelt sich hierbei um die einfachste Grundform, weil sie dem natürlichen Wuchs des Stammes folgt.« Er zieht mit der Hand eine Linie durch die Luft. »Es geht darum, eine klare Stammlinie zu entwickeln, von den Wurzeln bis zur Spitze, und dabei eine natürlich wirkende Aststruktur zu erzielen. Der unterste Ast soll sich in etwa auf Höhe des ersten Drittels befinden. Aber siehst du diese Stelle? Hier hab ich's vermasselt. Solche großen Zwischenräume sind nicht erwünscht.«

»Ich wette, du bringst eine Menge Mädchen in dieses Gewächshaus«, necke ich ihn. Es ist das erste Mal, dass ich ihn in fröhlicher Stimmung erlebe. Ich trete einen Schritt vor, winde mich aus seinem Arm und lasse meine Finger über den Wipfel des Bäumchens gleiten.

»Natürlich, Darling!«, sagt er mit aufgesetztem britischen Akzent. »Aber letztendlich gibt's nur dich!«

»Natürlich«, sage ich.

»Natürlich«, wiederholt er.

Mir fällt kein passender Scherz ein. Neben den winzigen Blättern erscheinen mir meine Finger klobig wie Baumstämme. Als ich wieder zu Peter blicke, lächelt er nicht mehr, und ich sehe seiner Miene an, dass er an seine Schwester denkt. Seine Schwester. Wenn ich in seiner Gegenwart an sie denke, fällt es mir schwer, sie beim Namen zu nennen. Allison. Er denkt an Allison. Ohne den Blick von dem Baum abzuwenden, greift er nach einer kleinen Schere, die auf einem Tisch liegt, und zwickt einen der Miniaturäste ab. »Ich muss sie ständig trimmen«, erklärt er, bevor er die Baumreihe abschreitet.

Ich folge ihm. Er hat den abgeschnittenen Ast noch in der Hand, rollt ihn zwischen seinen Fingern hin und her. »Kann ich den haben?«, frage ich.

Er sieht mich überrascht an. »Wozu?«

»Weil er so klein ist.« Ich nehme an, er wird das als Begründung akzeptieren. Er kann es unter der Kategorie »Mädchen« abheften.

Er reicht mir den Ast. Ich lasse ihn in meine Tasche fallen. »Vielleicht sollte ich jetzt besser gehen«, sage ich.

Peter kaut auf seiner Unterlippe, ohne mir eine Antwort zu geben, sodass ich mich frage, ob er meine Worte überhaupt gehört hat. »Vielleicht sollte ich jetzt besser gehen«, wiederhole ich.

»Du hast mich noch gar nichts gefragt«, stellt Peter fest. »Über Allison.«

»Ein andermal.« Ich trete einen Schritt zurück.

Nachdenklich mustert er mein Gesicht. Dann fragt er mich: »Möchtest du ihr altes Zimmer sehen?«

Ja. Natürlich möchte ich es sehen.

Oben in ihrem Zimmer sind die Jalousien heruntergelassen, und auf den Fensterbänken stehen halbtote Pflanzen. Ich bilde mir ein, einen leichten Moschusduft wahrzunehmen. Es muss sich um das Parfum ihrer Mutter handeln, denn es ist kaum vorstellbar, dass ihres nach so langer Zeit noch in der Luft hängt. In der Mitte des Raumes bleibe ich stehen und drehe mich mehrfach um die eigene Achse. Peter sieht mir von der Tür aus zu. »Sie ist erst vor einem Jahr ausgezogen«, erklärt er. »Ich komme ab und zu hier herein, und es ist jedes Mal so, als hätte sie gerade den Raum verlassen.«

Ich habe das Gefühl, er erwartet von mir, dass ich ihre Sachen anziehe, mich auf ihr Bett kuschle und dort vielleicht sogar einschlafe, ihr Kissen unter der Wange. Der Gedanke ängstigt mich nicht so, wie er eigentlich sollte. Ich würde das tote Mädchen gerne besser kennen. Ich könnte so viel über das erfahren, was mit ihr passiert ist, wenn ich bloß für einen Moment in ihre Haut schlüpfen könnte.

Ich rufe mir ins Gedächtnis, dass sie in diesem Zimmer nicht mehr gewohnt hat, und dass das die Kleinmädchen-Möbel – weiß gestrichenes Holz, bemalt mit winzigen gelben und rosafarbenen Blümchen – und die gerahmten Kreuzstich-Arbeiten an den Wänden erklärt. Bei einer handelt es sich um das schlampig gearbeitete Bild eines Hauses mit einem Zaun und rosafarbenen Blumen rundherum. »Segne dieses Haus!«, prangt in Rot über dem Haus, und in die untere rechte Ecke hat Allison ihre Initialen »AMA« und das Datum gestickt. Auf dem Schreibtisch liegt eine weitere ihrer Listen. *Kreditkartenrechnung bezahlen. Tante Lucy schreiben. Arzttermin vereinb. G-Geschenk für Pete.*

»Wann hast du Geburtstag?«, frage ich ihn. Er antwortet direkt hinter meinem Rücken: »Am Valentinstag.« Als ich mich umdrehe, steht er keine zehn Zentimeter von mir entfernt. Er beugt sich vor, als wollte er hier im Schlafzimmer seiner toten Schwester seine Lippen auf meine pressen. Mein erster Impuls ist, einen Schritt zurückzuweichen, aber wie sich herausstellt, nimmt er mich nur in den Arm und lässt den Kopf auf meine Schulter sinken. »Sie fehlt mir so sehr!«, erklärt er. Ich lege meine Hände sanft auf seinen Rücken, und wir bleiben eine ganze Weile so stehen. Noch nie hat mich jemand so verwirrt wie dieser Junge, der mich ständig zwischen Beruf und Privatleben hin und her schwanken lässt, zwischen Mitgefühl und Verlangen. Ich denke: *Ich halte ihn bloß im Arm, damit er mir erzählt, was ich wissen will.* Aber er hat Recht – ich habe ihm noch keine einzige Frage gestellt, seit ich das Haus betreten habe. »Komm einfach ins Zimmer! Komm verdammt noch mal in dieses Zimmer!«, flüstert er. Ich weiß, dass er damit nicht mich meint.

»Du armes Baby!« Ich streichle tröstend seinen Hinterkopf. Sein Haar ist schweißfeucht, sein Kopf ruht schwer auf meiner Schulter. »Allison!«, sagt er. Ich versuche, mich nicht zu versteifen. Das ist nun schon das zweite Mal, dass jemand diesen Namen in meine Haut murmelt.

»Ich will sie wiederhaben«, sagt er. »Ich will sie einfach nur wiederhaben!« Er tritt einen Schritt zurück und mustert mich eindringlich, als würde er in meinem Gesicht nach ihr suchen.

»Nichts kann es besser machen«, fährt er fort. »Noch nie in meinem ganzen Leben habe ich mir so sehr etwas gewünscht, das ich nicht haben kann. Weißt du, was das für ein Gefühl ist?«

»Was, wenn sie den oder die Täter erwischen?«

»Ich weiß nicht, ob ich mich dann besser fühlen werde«, entgegnet er mit müder, erwachsen klingender Stimme. Dann fügt er hinzu: »Was meinst du?«, und plötzlich hat seine Stimme wieder etwas sehr Kindliches, als glaubte er wirklich, dass ich darauf eine Antwort weiß.

»Ich hoffe es«, sage ich. »Ich werde alles mir Mögliche tun, um zu helfen.«

»Warum bist du so nett zu mir?«, fragt er. Ich berühre mit den Fingerspitzen seine Wange. »Du hast mich noch gar nichts über sie gefragt«, stellt er erneut fest. »Warum bist du wirklich hergekommen? Um mich zu sehen?«

»Du hast mich gebeten zu kommen.« Ich ziehe meine Hand zurück.

Er zupft an einer Strähne meines Haars. »Warum trägst du dein Haar nicht mehr lang, so wie früher?«, fragt er. »Das hat dir gut gestanden.«

»Du weißt noch, wie ich damals ausgesehen habe?«

»Natürlich. Ein hübsches Mädchen vergesse ich nie.« Seine Hand gleitet auf meine Schulter. Ich spüre, wie sich der Druck seiner Finger verstärkt. »Ich würde dich jetzt wirklich gerne küssen«, flüstert er. Dass ihm dabei fast die Stimme versagt, verrät mir, wie sehr er es sich tatsächlich wünscht. »Ist das in Ordnung?« Während sein Kopf sich meinem nähert, sehe ich über seine Schulter hinweg das rosa und weiß gemusterte Bett seiner Schwester, und dann schließe ich die Augen, und er lässt seine Zunge in meinen Mund gleiten. Er schmeckt nach Kaffee und ganz leicht auch nach Zigaretten. Unten fällt die Haustür ins Schloss. Mit einem Ruck löst sich Peter von mir. »Mist, meine Mutter!« Er wirkt zugleich erschrocken und trotzig. »Sie ist früh dran.« Er tritt an die Tür und späht den Gang hinunter. »Bleib hier!«

Mit diesen Worten gleitet er aus dem Raum. Ich höre seine Schritte auf der Treppe, dann Stimmen von unten. Im Spiegel seiner Schwester sehe ich mein Gesicht. Meine Wangen und mein Hals leuchten rosig, meine Lippen rot.

Mein Blick fällt auf etwas Pinkfarbenes, das hinter den Spiegel geklemmt ist. Ich ziehe es heraus. Es ist eine Perücke – ein Bob mit Pony, in einem leuchtenden Pinkton. Ich setze sie auf, stopfe mein eigenes Haar darunter und betrachte das Ergebnis. Sie steht mir, auch wenn ich mich mit dem Mädchen im Spiegel nicht identifizieren kann, genau wie eine Katze, die statt ihres eigenen Spiegelbildes eine andere Katze zu sehen glaubt.

Jemand kommt die Treppe hoch. Ich reiße mir die Perücke vom Kopf und stopfe sie in meine Tasche. Als Peter in den Raum tritt, ist es zu spät, um es mir anders zu überlegen.

»Komm«, flüstert er. »Ich schmuggle dich über den Balkon raus!«

»Bist du verrückt?«

»Willst du, dass dich meine Mutter hier oben sieht?«

Eilig führt er mich den Gang entlang in ein Arbeitszimmer und durch eine gläserne Schiebetür auf den Holzbalkon hinaus. Ich lasse zu, dass er mir hilft, die Beine übers Geländer zu schwingen, aber als er mich auffordert, nach dem dicken Ast des Baumes zu greifen, der keinen halben Meter von mir entfernt ist, schüttle ich den Kopf. »Ich kann das nicht.«

»Ich habe es schon tausendmal gemacht«, erklärt er. »Allison hat es mir gezeigt. Du schaffst das auch.« Mit diesen Worten schlingt er einen Arm um meine Taille. Ich spüre seine harten, angespannten Armmuskeln an meinem Bauch. Er drückt mir einen Kuss auf die Wange. »Greif nach dem Ast!« Sein warmer Atem streichelt mein Ohr. »Ich halte dich!«

»Ich muss verrückt geworden sein«, sage ich, strecke die Arme aus und umklammere den Ast mit beiden Händen wie eine Turnerin am Barren.

»Jetzt schwing«, sagt er, lässt mich los und versetzt mir einen kleinen Schubs. Einen Moment lang hänge ich einfach in der Luft. In meinem Hals steckt ein Schrei, den ich nicht herauslassen kann. Dann finden meine panischen Füße einen Ast, und ich stehe. Mein Herz rast wie wild, aber nicht vor Angst, sondern vor Euphorie. Ich sehe zu Peter hinüber, der lässig am Geländer lehnt. Die untergehende Sonne lässt sein braunes Haar golden aufleuchten. »Ich habe gewusst, dass du es kannst!«, sagt er. »Der Rest ist leicht!«

Halb fallend, halb kletternd, schaffe ich es bis zum untersten Ast. Von dort aus springe ich und lande auf den Knien. Als ich schließlich stehe, beugt sich Peter über das Balkongeländer und lässt meine Tasche zu mir heruntersegeln. Auf einer Seite flattert eine heraushängende pinkfarbene Strähne durch die Luft. Ich fange die Tasche und schiebe die Perücke ganz nach unten.

»Geh durch den Nachbargarten«, ruft Peter mir leise zu. »Wir treffen uns bei deinem Wagen!«

Während ich durch den Garten eile, bellt der Nachbarhund drinnen. Ich höre eine Stimme fragen: »Was ist denn, Apollo?«, aber es kommt niemand zur Tür. Ich möchte losprusten, weil der Hund Apollo heißt, aber dann ist mir genauso plötzlich nach Weinen zumute. Ich beginne zu laufen und erreiche mein Auto verschwitzt und keuchend. Im Wageninneren herrscht eine drückende Hitze, und meine Oberschenkel kleben am Vinyl des Sitzes. Ich werfe einen Blick in den Rückspiegel, richte mein Haar und versuche, ruhig durchzuatmen. Mein Notizbuch als Fächer benutzend, warte ich auf Peter.

Als er schließlich kommt, öffnet er die Beifahrertür und steigt ein. »Du sagst, Allison hat dir das beigebracht? War sie Turnerin?«, frage ich.

»Nein, sie war bloß mutig. Wenn sie etwas wollte, bekam sie es auch.«

»Zum Beispiel?«

Er erzählt mir, Allison habe irgendwann gehört, dass der Vater eines Jungen an ihrem College ein hohes Tier bei einer Nashviller Plattenfirma sei. Sie brachte in Erfahrung, welche Kurse er besuchte, und ging dann in einen dieser Kurse – Infinitesimalrechnung für Fortgeschrittene oder so was in der Art, erklärt Peter. Sie setzte sich neben den Jungen und machte sich Notizen. Dann fragte sie ihn, ob sie zusammen lernen wollten. Zwei Wochen lang büffelte sie für einen Kurs, den sie nicht einmal belegt hatte, bis sie eines Abends eine ihrer eigenen Kassetten in die Stereoanlage schob und darauf wartete, dass er sie nach dem Namen der Sängerin fragte, um ihm dann zu sagen, dass es ihre eigene Stimme sei. Er habe ihr versprochen, die Kassette seinem Vater vorzuspielen. »Ich weiß nicht, ob er es wirklich getan hat«, erklärt Peter. »Aber das spielt jetzt wohl auch keine Rolle mehr.«

Er erzählt mir die Geschichte voller Begeisterung für seine Schwester. Ich dagegen muss an den armen Jungen denken, an die Art, wie sie ihn manipuliert und ausgenutzt hat. Dann sehe ich plötzlich Carl vor mir, wie er sich über den Tisch beugte und ich ihn anlächelte, als wünschte ich mir, von ihm berührt zu werden. Ich bin keine Spur besser als Allison Avery. Ich habe es bloß nicht so gut drauf wie sie.

»Habe ich dir schon erzählt, dass heute ein Typ angerufen hat, der eine CD von ihr herausbringen will?«, sagt Peter. »Ich schätze, nun wird sie doch noch bekommen, was sie wollte.«

»Demnach haben deine Eltern zugestimmt?«

»Ich glaube schon. Er hat meiner Mutter gesagt, es würde angemessen geschehen. Als Tribut an Allison.«

»Ich kenne den Typen«, erkläre ich. »Er wird es bestimmt gut machen.«

»Du kennst ihn?« Peter sieht mich erstaunt an. »Er hat sich angehört, als würde er sich wirklich für meine Schwester interessieren. Hat er sie gekannt?«

»Ich glaube nicht«, antworte ich. Ich hätte einfach nein sagen sollen, aber vielleicht ist David ihr ja doch einmal begegnet. Vielleicht hatte er es bloß vergessen, bis er ihre großartige Stimme hörte und ihr hübsches Gesicht sah. »Wenn Allison immer bekommen hat, was sie wollte«, sage ich, »warum hatte sie dann vor, Medizin zu studieren, obwohl sie eigentlich Sängerin werden wollte?«

»Hat dir das meine Mutter erzählt?« Ich nicke. »Sie hatte nie vor, Medizin zu studieren«, fährt er fort. »Es schadet aber nichts, wenn meine Mutter das glaubt. Das alles spielt jetzt keine Rolle mehr.« Er schweigt eine Weile. Dann streckt er den Arm aus und drückt an den Zigarettenanzünder. »Macht es dir etwas aus, wenn ich rauche?«, fragt er, während er eine Zigarettenschachtel aus der Hosentasche zieht.

Ich sage ihm, es macht mir nichts aus, und sehe zu, wie er sich seine letzte Zigarette zwischen die Lippen schiebt und nach dem Anzünder greift. Beides scheint in Zeitlupe zu geschehen. Er nimmt einen tiefen Zug, als hätte er schon eine Weile nicht mehr geraucht.

»Darf ich mal ziehen?«, frage ich. Als er mir die Zigarette reicht, berühren sich unsere Finger. Ich inhaliere einmal tief und reiche sie ihm zurück. Er hat einen Arm über seinen Bauch gelegt. Der andere hebt und senkt sich, hebt und senkt sich mit seiner Zigarette.

So weit ist es also gekommen. Ich bitte ihn um einen weiteren Zug. Wieder berühren sich unsere Finger. Als er zu Ende geraucht hat, beginnt er zu reden. Er erzählt mir, wie sehr er seine Schwester geliebt habe, dass sie hübsch und mutig und wundervoll war. Während er sich erinnert, bricht draußen die Dämmerung herein. Er erzählt mir, sie habe mit ihm Algebra gepaukt und ihm das Autofahren beigebracht. Alles, was er anfing, hatte sie bereits hinter sich und konnte ihm den Weg zeigen. Sie habe sich immer um ihn gekümmert, egal, worum es ging.

»Du klingst wie deine Mutter«, sage ich. »Sie hat zu mir gesagt, deine Schwester sei vollkommen gewesen.«

»Sie war nicht vollkommen.« Er seufzt. »Aber meine Mutter weigert sich, das zuzugeben.« Peter erzählt mir, er dürfe in ihrer Gegenwart nicht einmal erwähnen, dass Allison geraucht habe, eine Zeit lang fast eine ganze Schachtel am Tag, trotz ihres Versuches, damit aufzuhören. »Sie hat mir auch diesen falschen Ausweis besorgt. Hin und wieder ist sie mit mir ausgegangen.« Er schüttelt den Kopf und fügt bitter hinzu: »Meine Mutter hat sie nie wirklich gekannt.« Dann schweigt er, den Blick ins Leere gerichtet.

Das ist der richtige Moment.

»Peter«, sage ich sanft. »Erzähl mir von dem Morphium.«

Plötzlich wirkt sein Kinn angespannt. Er sieht mich nicht an. »Dann weißt du es also«, antwortet er matt. »Ich hätte wissen müssen, dass du es herausfinden würdest«, fährt er in schärferem Ton fort. »Der Gerichtsmediziner hat gesagt, nur die Polizei und die Familie würden darüber informiert, aber euch Reportern ist wohl nichts heilig. Wer hat es ausgeplaudert?«

Was ich als Nächstes sage, muss stimmen, damit er weiterredet. Eine direkte Frage würde ihm verraten, dass ich nichts weiß. Er hat den Gerichtsmediziner erwähnt. Das heißt, er spricht von Autopsieberichten, Drogentests, vielleicht sogar von Drogenspuren in ihrem Blut. »Manchmal haben wir eben unsere Quellen«, antworte ich vorsichtig.

»Das ist reichlich vage!« Er schüttelt wütend den Kopf. »Sie haben meinen Eltern gesagt, die Medien würden nie davon erfahren.«

»Ich weiß nur von dem Morphium. Sonst nichts.«

»Das reicht doch, oder nicht?« Er dreht sich zu mir um. In diesem dämmrigen Licht sieht er um Jahre älter aus, als er ist. Seine Mundpartie wirkt verkniffen, und er hat dunkle Ringe unter den Augen. »Es war eine Menge Morphium«, erklärt er. »Vielleicht sogar genug, um sie zu töten, wenn das nicht jemand anderer besorgt hätte.«

»Ich bin überrascht, dass dir deine Eltern davon erzählt haben.«

»Sie wollten wissen, ob ich wusste, woher sie es hatte.«

»Und? Hast du es gewusst?«, frage ich. »Hast du gewusst, dass sie süchtig war?«

Seine Augen weiten sich. Er stößt ein kurzes, überraschtes Lachen aus. »Aber das war sie doch gar nicht, das ist ja das Verrückte! Das ist genau der Punkt, der keinen Sinn ergibt!«

»Mich brauchst du nicht anzulügen, Peter.« Ich lege meine Hand auf seinen Oberschenkel und drücke ihn sanft. »Das passiert vielen Leuten, die im medizinischen Bereich arbeiten.«

Er starrt mich an, dann spricht er ganz langsam, wie zu einem Kind. »Was passiert vielen Leuten?«

»Abhängigkeit von Schmerzmitteln.« Ich überlege, ob ich ihm auch von dem Heroin erzählen soll. Vielleicht hat sie versucht, die Leiter herunterzusteigen, eine Sprosse nach der anderen. Warum sollte sie sonst Morphium nehmen, solange sie noch Heroin in ihrem Zimmer hatte?

»Olivia …«, beginnt er, verstummt dann aber. Er richtet den Blick wieder auf die Windschutzscheibe. Sein ganzer Körper wirkt plötzlich seltsam hölzern. Stumm und reglos sitzt er da. Ich kann ihn nicht mal mehr atmen hören.

»Peter?« Ich strecke die Hand aus, um ihn an der Schulter zu berühren. Mit der Behendigkeit einer Katze packt er meine Hand und drückt sie. »Bitte bring das nicht in der Zeitung, Olivia!« Obwohl er sich bemüht, ruhig und vernünftig zu klingen, zittert seine Stimme. »Das ist nicht fair.«

»Warum nicht?«

»Es hat nichts damit zu tun … Es ergibt nicht einmal einen Sinn.«

Behutsam antworte ich: »Wenn Allison Drogen gekauft oder verkauft hat, könnte das eine Menge mit dem zu tun haben, was passiert ist.«

»Aber das hat sie nicht getan«, erklärt er mit lauter, entnervt klingender Stimme. Er entzieht mir seine Hand. »Das hat sie nicht getan, da bin ich mir ganz sicher.«

»Es ist nicht nur das Morphium.« Ich zögere. Er starrt mich beängstigend eindringlich an. »Ich habe in ihrer Wohnung Heroin gefunden …«

»Du hast …« Er wendet den Blick ab und sagt eine Weile gar nichts. Als er wieder zu sprechen beginnt, klingt seine Stimme ruhig. »Wieso hat die Polizei das Zeug nicht gefunden?«

»Es war gut versteckt. Ich weiß selbst nicht, was mich dazu veranlasst hat, gerade an der Stelle nachzusehen.«

»Wo war es?«

»In ihrem Schlafzimmer.«

»Was hast du damit gemacht?«

»Ich habe es dort gelassen.«

»Ich möchte nicht, dass meine Mutter es findet.«

»Es ist gut versteckt«, wiederhole ich, ohne ihm das genaue Versteck zu nennen.

»Es ist auch so schon schlimm genug.«

»Ich weiß.«

»Du wirst es nicht in der Zeitung bringen, oder?«

»Das kann ich dir nicht versprechen.« Er blickt mich mit flehender Miene an. »Ich werde es vorerst nicht bringen«, sage ich.

»Die Leute sollten über das reden, was meiner Schwester zugestoßen ist«, sagt er in bitterem Ton. »Nicht über die Dinge, die sie getan hat.«

Einen Moment lang sitzen wir schweigend da. Das einzige Geräusch ist das Knistern des Zellophans, als Peter eine neue Zigarettenschachtel öffnet. Er klopft mit der Schachtel hart gegen seine Handkante. Ich beobachte ihn aus dem Augenwinkel. Sein Blick ist gesenkt. Er hat mir ein Geheimnis verraten, ich habe ihm eins verraten. Wieso habe ich das Gefühl, dass er als Erster damit herausgerückt ist?

»Wann kann ich dich wiedersehen?«, fragt er abrupt.

»Peter«, antworte ich, »mir ist klar, dass dir deine Schwester fehlt ...« Ich weiß nicht so recht, wie ich den Satz zu Ende bringen soll.

»Ich möchte dich sehen«, erklärt er. »Glaubst du mir das nicht? Oder möchtest du mich nicht sehen?«

»Ich weiß nicht, was ich möchte.« Mein Kopf schwebt über meinem Körper wie ein Ballon an einer Schnur. Ein Cocktail aus Koffein, Nikotin und Adrenalin pulsiert durch meinen Blutkreislauf. Ich habe es satt, ständig vorsichtig das Terrain zu sondieren, um ihn ja nicht zu verschrecken. Am liebsten würde ich ihn geradeheraus fragen: »Was kannst du mir sonst noch geben?«

Mit zitternden Fingern zündet sich Peter eine weitere Zigarette an. »Du bist der einzige Mensch, mit dem ich reden kann«, erklärt er mit matter Stimme, ohne mich anzusehen. »Niemand sonst versteht mich.«

»Also gut«, sage ich. »Also gut.«

Mit einer schnellen Bewegung dreht er sich zu mir um. »Wann?«

»Freitag«, antworte ich. »Vorausgesetzt, wir sprechen über deine Schwester. Ich möchte, dass du mit mir dort hingehst, wo sie mit dir immer hingegangen ist. Ich möchte die Leute kennen lernen, die sie gekannt hat.«

Auf seinem Gesicht breitet sich ein Lächeln aus. Er nickt. »Freitag.« Er beugt sich vor, um mich zu küssen, aber ich drehe den Kopf weg, sodass seine Lippen auf meiner Wange landen. »Freitag«, wiederholt er und schwingt seine langen Beine aus dem Wagen. Vorsichtig schließt er die Tür und tritt einen Schritt zurück.

Ich umklammere das Lenkrad und fahre los. Er beobachtet mich, rauchend, und ich weiß, was ich möchte. Ich möchte den Wagen stoppen und meine Hand nach dieser Zigarette ausstrecken, nur, um noch einmal von ihm berührt zu werden.

Eins weiß ich: Wenn du bekommst, was du möchtest, möchtest du stets noch was anderes.

Als ich meine Haustür aufsperre, fällt mir wieder ein, dass ich eigentlich mit Hannah ausgehen wollte. In der Wohnung brennt kein Licht, und auf dem Couchtisch finde ich eine Nachricht von ihr. »Habe bis neun auf dich gewartet«, steht da. »Bin mit Linda ins Kino gegangen. Bis später. PS: Carl hat angerufen.«

Ich lasse mich auf die Couch fallen und falte den Zettel mit ihrer Nachricht zu einem kleinen Rechteck, wie wir es früher in der Schule immer getan haben. Dann falte ich ihn wieder auseinander, drehe ihn um und schreibe auf die Rückseite: »Hannah, es tut mir so Leid! Die Arbeit hat mich nicht losgelassen. Weck mich, wenn du heimkommst. Liebe Grüße, Olivia.«

Am Morgen weckt mich die Sonne. Nicht Hannah.

12

Ich sitze weit über das Lenkrad meines Wagens gebeugt, als könnte ich meine Körperbewegung auf die Autoschlange vor uns übertragen. Neben mir schimpft Bryce leise vor sich hin, vor allem über den Polizisten vor uns, der gerade einen Wagen von Channel 5 durchgewunken hat. Durch die Windschutzscheibe blendet mich die Sonne, bringt meine Augen zum Tränen. »Verdammt«, sagt Bryce. »So eine gottverdammte Scheiße. Er lässt uns nicht durch.«

Auf der Interstate ist ein Unfall passiert – ein Lastwagen mit Anhänger und mindestens drei Personenwagen sind darin verwickelt. Wir versuchen gerade, den Unfallort zu erreichen.

Bryce lässt das Fenster herunter und streckt den Kopf hinaus. »Officer«, sagt er. »Wir sind ebenfalls Reporter. Von der Zeitung.« Der Beamte sieht ihn bloß wortlos an. »Nun kommen Sie schon, die anderen haben Sie doch auch durchgelassen.« Als der Polizist noch immer nicht antwortet, fügt Bryce hinzu: »Was soll das, sehen Sie sich gerne im Fernsehen?« Die Autos vor uns setzen sich in Bewegung. Bryce ruft aus dem Fenster: »Ich könnte ein Foto von Ihnen machen. Sie könnten es sich einrahmen lassen.«

»Lass gut sein«, sage ich. »Wir finden einen anderen Weg.«

Durch ständiges Spurwechseln gelingt es mir, bis zu der Autobahn-Überführung vorzudringen, die nicht weit von der Unfallstelle entfernt ist. Ich parke am Seitenstreifen, und wir steigen aus. Am Geländer stehen bereits eine Menge Schaulustige, von denen sich einige kopfschüttelnd vorbeugen, andere mit dem Finger auf die Unfallstelle deuten. Weitere Wagen bremsen ab und bleiben am Straßenrand stehen. Allen, die aussteigen, steht die Frage »Was ist passiert?« ins Gesicht geschrieben. Bryce kämpft sich bis zum Geländer vor, indem er immer wieder sagt: »Entschuldigung, Presse« und zum Beweis seine Kamera vorreckt. Als er es schließlich geschafft hat, gräbt er einen Film aus einer der zahlreichen Taschen seiner Fotografenweste und beginnt, Aufnahmen zu machen. Die Unfallszene ist von hier aus gut zu überblicken, mitten auf der Straße liegt der umgestürzte Lkw-Anhänger, im Graben daneben ein Personenwagen. Zwei weitere Wagen sind offenbar ins Schleudern geraten und ein Stück von dem Anhänger entfernt zum Stehen gekommen. Einer davon ist halb eingedrückt. Rundherum blinken die Lichter von Kranken- und Streifenwagen, und mehrere Kameraleute machen ihre Ausrüstung bereit. Ich kann Lydia McKenzie erkennen, die gerade ihr wasserstoffblondes Haar kämmt.

Ich beuge mich weit über das Geländer. Etwa drei Meter unter uns fällt ein grasbewachsener Hügel in Richtung Autobahn ab. Ein Gedanke schießt mir durch den Kopf: Um zu bekommen, was man will, muss man mutig sein. »Bryce«, sage ich, »ich springe da runter.«

Er lässt seine Kamera sinken und beugt sich vor, um einen Blick nach unten zu werfen. »Es ist zu tief«, sagt er.

»Deshalb lässt du mich ein Stück runter.« Ich werfe einen Blick in die Runde und frage mit lauter Stimme: »Entschuldigung, kann jemand helfen, mich auf den Hügel runterzulassen?«

Ein großer Farbiger tritt vor und hebt den Arm. »Ich helfe«, sagt er. Langsam breitet sich auf seinem Gesicht ein Grinsen aus.

»Du hast dir den falschen Tag für einen Rock ausgesucht«, meint Bryce, während ich meinen Rock hochschiebe und über das Metallgeländer klettere. Auf der anderen Seite drehe ich mich ganz langsam und vorsichtig um, bis ich mit dem Gesicht zum Geländer stehe und mich mit beiden Händen daran festhalten kann.

Dann nimmt Bryce meine rechte Hand, der andere Mann

die linke, und sie beugen sich gleichzeitig vor, während ich mich mit den Füßen abstoße. Niemand achtet mehr auf den Unfall, die erhitzten Gesichter sind alle mir zugewandt. Hinter mir heult die Sirene eines Krankenwagens. Ich hänge in der Luft. Keuchend beugen sich die beiden Männer immer weiter vor, während sie mit ihren vom Schweiß glitschigen Fingern meine Hände umklammern und mich langsam nach unten lassen.

»Weiter geht es nicht«, stößt Bryce hervor. Er holt tief Luft. Ein Schweißtropfen fällt von seiner Stirn auf mein Gesicht, und da ich keine Hand frei habe, um ihn wegzuwischen, rinnt er an meiner Wange hinunter.

»Okay«, sage ich. »Lasst mich los.« Bryce kommt meiner Aufforderung sofort nach, sodass ich plötzlich an einem Arm hänge, weil der andere Mann weiterhin mit beiden Händen meine Hand umklammert. »Es ist zu weit«, sagt er. »Sie werden sich verletzen.«

Mein Arm beginnt zu schmerzen. »Lassen Sie los«, antworte ich. »Ich schaffe es schon. Lassen Sie los.

Er sieht mich an, die Stirn vor Anstrengung und Sorge gerunzelt.

»Lassen Sie los«, wiederhole ich. »Bitte!«

Er lässt mich los, und für den Bruchteil einer Sekunde habe ich Angst. Dann falle ich auf den Boden, lande hart auf der Seite und beginne zu rollen. Einer meiner Schuhe fliegt davon, mir voraus den Hügel hinunter. Während ich weiterrolle, schließe ich die Augen, wie ich es schon als Kind getan habe, um das grünblaue Gewirbel aus Himmel und Erde nicht sehen zu müssen. Ich spüre, wie ich Schnitte und Blutergüsse sammle, meine Schulter trifft auf einen Stein, ein Stock kratzt meinen Oberschenkel entlang. Als ich schließlich zu rollen aufhöre und die Augen öffne, sehe ich über mir den sonnenheißen blauen Himmel. Ich stehe auf, wische mir das Gras vom Rock, taste vorsichtig die schmerzende Stelle an meiner Schulter ab. Plötzlich höre ich es.

Applaus.

Als ich mich zur Überführung umdrehe, bietet sich mir ein leicht verschwommenes Bild, weil entlang des Geländers alles in Bewegung ist, eine lange Reihe klatschender Menschen. Ich reiße die Arme hoch wie eine Turnerin, die gerade von ihrem Gerät gesprungen ist, und höre, wie jemand begeistert schreit.

Hinter mir beginnt eine weitere Sirene zu heulen. Erschrocken erinnere ich mich an den Grund meiner Kletteraktion. Ich finde meinen Schuh und ziehe ihn an. Halb kletternd, halb rutschend lege ich das verbleibende Wegstück bis zur Autobahn zurück. Der Unfall ist auf der anderen Straßenseite passiert, jenseits der Betonmauer, die die Fahrbahnen trennt. Als ich die Straße erreiche, merke ich, dass auch die Cops mich beobachten. Lachend und kopfschüttelnd stoßen sie einander an. Um über die Trennmauer klettern zu können, muss ich erneut meinen Rock hochschieben. Einer der Polizisten pfeift wie ein Bauarbeiter.

Ich ziehe meinen Rock zurecht, streiche mir das Haar hinter die Ohren und gehe lächelnd auf die Cops zu. Ein älterer Beamter klopft mir auf den Rücken, immer noch lachend. »Na, Kleine, für eine Story geben Sie wohl alles?«

»Ich tue nur meinen Job, Sir«, antworte ich. Die Polizisten erzählen mir, es gäbe zwei Tote und drei Schwerverletzte, darunter eine Schwangere. Alle sind bereits ins Krankenhaus gebracht worden. Es sehe so aus, als sei der Lastwagenfahrer betrunken gewesen, fügen sie hinzu, aber das müsse ich mir erst noch offiziell bestätigen lassen, ehe ich es in der Zeitung bringen könne.

Als ich fertig bin, bleibt mir nichts anderes übrig, als wie ein Affe auf allen vieren den Hügel hinaufzuklettern. Ein paar Leute halten Bryce und den anderen Mann fest, sodass sie sich noch weiter herunterbeugen können, um mich an den Händen zu packen. Dann beginnen alle zu ziehen, Bryce, der andere Mann und alle ihre Helfer, und ich hebe ab. Es ist fast wie Fliegen.

Als ich wieder festen Boden unter den Füßen habe, bin ich sofort von einer Menschenschar umringt. Alle wollen mir auf die Schulter klopfen oder meine Hand schütteln. Eine Frau sagt: »Am Rücken sind Sie noch ganz voll Gras, Süße!«, und wischt ein paar Mal energisch über meine Bluse.

»Du bist verrückt«, sagt Bryce bewundernd, während wir auf meinen Wagen zusteuern. Er hält seine Kamera hoch. »Warte, bis du die Fotos siehst. Wir sollten dich auf der Titelseite bringen.«

Ich stelle mir die Bildunterschrift vor: »Für eine Story gebe ich alles, erklärt Reporterin.« Ich drehe mich um und winke den Leuten zum Abschied zu. Sie winken lachend zurück.

Ich schreibe gerade die letzten Sätze meiner Story, als das Telefon klingelt. Ich hebe ab und klemme mir den Hörer unters Kinn, ohne mit dem Tippen aufzuhören. Eine männliche Stimme sagt: »Hallo. Ich habe heute deine Artikel gelesen.« Es dauert einen Moment, aber dann identifiziere ich Peters Stimme.

»Hey«, sage ich, um einen sanften Ton bemüht. Bestimmt war es nicht leicht für ihn, den Artikel über den Wagen seiner Schwester zu lesen. »Hast du schon Bescheid gewusst?«

»Worüber?«, fragt er.

»Über den Wagen.«

»Nein, nein«, antwortet er. »Ich weiß bloß, was ich in der Zeitung gelesen habe.«

»Das tut mir Leid.« Nach einer kurzen Pause frage ich: »Geht es dir einigermaßen?«

Er atmet schwer aus. »Ich denke schon.« Dann wird sein Ton etwas fröhlicher. »Es hat gut getan, dich zu sehen.«

»Ich habe mich auch gefreut, dich zu sehen.« Lachend füge ich hinzu: »Du ahnst nicht, was ich heute getan habe. Ich glaube, von deinem Balkon zu schwingen hat mich inspiriert.«

Am anderen Ende der Leitung herrscht Schweigen. Als er

wieder zu sprechen anfängt, klingt seine Stimme ganz anders, verwirrt und misstrauisch. »Wovon redest du?«

Ich sage eine Weile gar nichts. »Mit wem spreche ich?«

»Mit Carl. Carl Fitzner«, antwortet er. »Für wen hast du mich denn gehalten?«

Eine Minute lang sitze ich bloß mit offenem Mund da. Dann hole ich tief Luft. »Hallo, Carl«, sage ich in munterem Ton. »Entschuldige. Wie geht es dir?«

»Gut«, antwortet er irritiert. »Ich wollte fragen, ob du Lust hättest, mit mir zu Mittag zu essen.«

»Also –«, fange ich an, aber er lässt mich nicht ausreden. »Für wen hast du mich gehalten?«, fragt er noch einmal.

»Gern«, antworte ich. »Wo sollen wir uns treffen?«

Im Restaurant entdecke ich Carl an einem der Tische im Freien. Verlegen steht er auf und beugt sich vor, um mich mit einer angedeuteten Umarmung zu begrüßen. Ich setze mich mit dem Gesicht zur Sonne und behalte meine Sonnenbrille auf. »Eine Margarita?«, fragt Carl, während er die Kellnerin zu uns herüberwinkt.

»Ich weiß nicht«, antworte ich. »Ich muss noch arbeiten.« Ich lächle ihn an.

»Dann solltest du definitiv eine trinken.« Er erwidert mein Lächeln. »Dann erst recht!«

Ich nicke, und als die Kellnerin kommt, bestelle ich eine. »Tut mir Leid, dass ich dich nicht eher zurückgerufen habe«, sage ich zu Carl. »Es war eine stressige Woche.«

»Ich habe ein paar Mal deinen Namen in der Zeitung gesehen.«

»Du hast den Artikel über Allisons Wagen gelesen?«

»Ja.« Carls Gesichtszüge scheinen nach unten zu sacken. Er blickt auf seine Hände.

»Erzähl, wie geht's dir?«, frage ich betont fröhlich. »Wie läuft das Stück?«

»Gut, gut«, antwortet er und nickt. »Bob hat sich dafür

entschieden, nicht zurückzukommen, sodass ich seine Rolle jetzt fest übernommen habe.«

»Du warst der beste Schauspieler dort.« Ich beuge mich vor und berühre seinen Handrücken.

Er errötet.

Als die Kellnerin kommt, greife ich nach der Margarita und halte das kühle Glas einen Moment an meine Wange, bevor ich den ersten Schluck nehme. Wir bestellen unser Essen, und während wir darauf warten, erzähle ich ihm Geschichten über die Zeitung. Ich schildere ihm, wie ich an diesem Morgen zur Autobahn hinuntergerollt bin. Dann erzähle ich ihm Bishops Jack-off-Daniel's-Geschichte, gebe sie aber als meine eigene aus. Während Carl mir zuhört, trinkt er seinen Cocktail aus, und als die Kellnerin unser Essen bringt, bestellt er einen neuen. Bis wir beim Nachtisch angelangt sind, hat er schon den dritten Drink vor sich stehen. Ich nippe immer noch an meinem ersten.

»Weißt du, was mich an der Schauspielerei wirklich begeistert?«, fragt er mich gerade. »Die Möglichkeit, all diese verschiedenen Menschen zu verkörpern.« Er macht eine ausladende Handbewegung. »Ich war schon ein Drogenabhängiger, ein Priester, ein Soldat ... Es wäre schrecklich, immer nur Carl Fitzner zu sein, irgendein ganz normaler Typ. Jedes Mal, wenn ich eine Rolle übernehme, bin ich jemand anderer.« Er sagt das, als würde es ihn selbst erstaunen. »Du kannst wahrscheinlich ein wenig nachempfinden, wie das ist«, fügt er hinzu. »Du findest ja auch immer wieder neue Dinge heraus, nicht wahr?« Sein Gesicht ist rot vom Alkohol und dem erhebenden Gefühl, ein Publikum zu haben. Sein Grinsen ist breit und sentimental. Er ist begierig darauf, mir zuzuhören, begierig darauf zu reden.

»Im Moment bereitet es mir ziemliche Schwierigkeiten, herauszufinden, was ich wirklich wissen möchte«, erkläre ich.

»Und das wäre?«

»Was Allison wirklich passiert ist. Wer ihr das angetan hat.

Wie sie wirklich war. Ich habe eine Menge widersprüchliche Geschichten gehört.«

»Zum Beispiel?«, fragt er stirnrunzelnd.

»Dass sie regelmäßig in die Kirche ging«, antworte ich, den Blick auf sein Gesicht gerichtet. »Dass sie heroinabhängig war.«

Er stößt ein kurzes, erstauntes Lachen aus, dann runzelt er vorwurfsvoll die Stirn. »Das stimmt nicht«, sagt er. »Wer hat dir denn das erzählt?«

»Also ...«, sage ich. Ich weiß nicht recht, wie viel ich ihm verraten soll. Um noch ein wenig Zeit zum Nachdenken zu haben, lege ich meine Tasche auf den Tisch, ziehe mein Notizbuch heraus und tue so, als würde ich nachsehen, von wem welche Informationen stammen. Carl lässt mich nicht aus den Augen. Er beugt sich ein wenig vor, als wollte er lesen, was ich geschrieben habe, und stößt dabei mit dem Ellbogen gegen meine Tasche. Ein Teil ihres Inhalts ergießt sich seitlich auf den Tisch und den Stuhl darunter.

»So ein Mist, entschuldige bitte!«, sagt er. Ich beuge mich unter den Tisch, um ein paar Stifte und zusammengeknülltes Papier einzusammeln. Als ich mich wieder aufrichte, hält Carl die pinkfarbene Perücke in der Hand und starrt sie mit kalkweißem Gesicht an, als wäre soeben Allison auf die Terrasse getreten. »Wo hast du die her?«, fragt er.

»Sie hat Allison gehört.« Ich bin zu durcheinander, um zu lügen.

Er richtet seinen schmerzerfüllten Blick auf mich. »Die hat sie manchmal auf der Bühne getragen«, erklärt er. »Sie hat gesagt, es helfe ihr, eine andere Person zu werden.«

»Das kann ich mir vorstellen.«

Sein Blick wandert von meinem Gesicht zu der Perücke und wieder zurück. »Hast du sie gestohlen?«

Ich schüttle den Kopf. »Jemand hat sie mir gegeben.«

»Wer?«

»Peter.« Sofort bereue ich meine Antwort.

Er runzelt die Stirn. »Warum?«

»Ich weiß es nicht.« Mir fällt kein plausibler Grund ein. Er nickt in sich hinein, lässt die Finger über die glatten, leuchtend pinkfarbenen Strähnen der Perücke gleiten. »Vielleicht, weil du ein bisschen aussiehst wie sie.« Plötzlich hält er sie mir hin. »Setzt du sie mal auf?«

»O nein!« Ich lehne mich auf meinem Stuhl zurück, hebe abwehrend die Hände. Er fuchtelt mit der Perücke vor meiner Nase herum. »Ich kann nicht, Carl. Das ist mir zu verrückt!«

»Bitte!« Er versucht es mit einem Lachen. »Bitte setze sie auf! Ich möchte sehen, wie du damit aussiehst.« Seine Stimme wird immer lauter. Ich blicke mich um und merke, dass uns eine ältere Frau unverhohlen anstarrt. Offenbar war sie gerade im Begriff, sich eine Gabel voll Enchilada in den Mund zu schieben, und hat mitten in der Bewegung innegehalten. Als ich die Stirn runzle, wendet sie den Blick ab. »Bitte!«, sagt Carl noch einmal.

»Also gut!«, murmle ich und nehme ihm die Perücke aus der Hand. Er atmet laut hörbar aus. Ich beuge mich vor und stülpe mir die Perücke über den Kopf. Als ich mich wieder aufrichte, werfe ich den Kopf zurück und hebe die Hände. »Ta da!«, sage ich, bemüht, einen Scherz daraus zu machen. »Eine ganz neue Frau!«

Er starrt mich an. Sein Gesicht wird noch eine Spur bleicher, seine Lippen zucken. Dann steigt ihm plötzlich die Röte in die Wangen. Er greift nach seinem Glas und kippt den Rest seiner Margarita hinunter. »Tut mir Leid!«, sagt er, nachdem er sein Glas wieder abgestellt hat. »Mit dieser Sonnenbrille und der Perücke …« Er schluckt, sein Adamsapfel hüpft auf und ab. Sein Blick ist auf sein Glas gerichtet, das er zwischen seinen Handflächen hin und her dreht. Er kann mir nicht in die Augen sehen.

Mir ist leicht übel, genau wie damals, als ich als Zehnjährige mit den Nachbarskindern Doktor spielte und mich hinterher fragte, welche schlimme Seite in mir mich wohl dazu veranlasst hatte, solche Dinge zu tun, obwohl ich doch genau wusste, wie sich die Augen meiner Mutter erst weiten und dann verengen würden, wenn sie mich dabei erwischen würde. Ich ziehe mir die Perücke vom Kopf und stopfe sie zurück in meine Tasche.

»Tut mir Leid«, wiederholt er mehrmals mit zitternder Stimme, den Tränen nahe. »Ich hätte dich nicht darum bitten sollen. Ich weiß nicht, warum ...«

»Schon gut!«, murmle ich. »Ich weiß ja, dass ihr euch sehr nahe gestanden habt.«

Schließlich hebt er den Kopf und sieht mich an. »Oh!« Seine Stimme klingt zugleich überrascht und enttäuscht. »Du hast sie abgenommen.«

Ich warte einen Herzschlag lang. »Ihr hattet euch kurz vor ihrem Tod noch gestritten. Das muss hart für dich sein.«

Er nickt. Er ist so am Ende, dass er mich nicht mal fragt, woher ich von dem Streit weiß. »Es tut mir so Leid!«, sagt er.

»Was tut dir Leid?«, frage ich in sanftem Ton. »Erzähl es mir.«

Erneut wandert sein Adamsapfel auf und ab. Er beginnt, mir von Allisons Leichtsinn zu erzählen – dass er mitbekommen habe, wie sie nach einem Auftritt einen Typen mit nach Hause nahm. Eine Woche später habe er sie dann mit einem anderen Typen gesehen, einem Schwarzen. »Sie hat gesagt, sie sei mit diesem Typen zusammen und werde sich auch weiterhin mit ihm treffen.« Er presst den Ballen seiner Hand gegen seine Stirn und wiegt sich dabei leicht vor und zurück. »Sie hat es nie verstanden, auf sich aufzupassen. Ich wollte sie beschützen.« Bei dem Wort »beschützen« versagt ihm die Stimme den Dienst.

»Carl«, sage ich. »Was waren das für Männer, mit denen sie sich getroffen hat? Wie waren ihre Namen?«

»Namen?«

»Hat sie sie nie erwähnt?«

Er legt seine Hand auf den Tisch, und ich greife danach. »Lass mich nachdenken, lass mich nachdenken!« Er drückt meine Finger. »Einer war weiß, der andere schwarz, an mehr kann ich mich nicht erinnern.«

Russell Freeland, schießt mir durch den Kopf. Ich muss an die Nachricht denken, die ich in ihrem Schreibtisch gefunden habe. *Wo bist du? Ich suche nach dir. R.* »Hieß einer von den beiden Russell Freeland?«

»Russell? Woher kennst du ihn?«, fragt er misstrauisch.

»Ich habe ihn kennen gelernt, als ich für einen Artikel recherchierte. Woher kennst du ihn?«

»Ich bin ihm nie begegnet, aber ich weiß, dass sie am College eine Weile mit ihm zusammen war«, antwortet er langsam. »Ich wette, der war es!« Seine Finger schließen sich um mein Handgelenk. »Weißt du, was?«, fährt er fort. »Ich gehe zur Polizei.«

»Nicht so schnell, Carl«, sage ich. Er tut mir weh. Außerdem hat er gerade damit gedroht, mir meine Geschichte unter den Füßen wegzuziehen. Ich befreie mein Handgelenk aus seinen Fingern. »Wieso hältst du das für nötig?«

»Wenn er sich mit ihr getroffen hat, warum hat er dann nichts gesagt? Das erscheint mir verdächtig.«

»Wir wissen doch nicht mal, ob er es war.«

»Er war es ganz bestimmt. Und ich wette, er weiß etwas.«

»Warte wenigstens, bis ich ihn gefunden habe. In Ordnung, Carl? Warte, bis ich ihn gefunden habe.«

Er starrt zornig an mir vorbei, ohne mir eine Antwort zu geben. Ich greife erneut nach seiner Hand, reibe mit dem Daumen über einen seiner Finger. »Bitte. Gib mir ein paar Tage.«

Er nickt. Die Wut in seinem Gesicht zerschmilzt wieder zu Kummer. Er greift mit seiner freien Hand nach meiner. »Danke«, sagt er.

»Gern geschehen«, antworte ich, obwohl ich nicht genau weiß, wofür er mir eigentlich dankt.

Während der nächsten fünfzehn Minuten versuche ich, ihn

loszuwerden, indem ich nur noch halbherzige Versuche unternehme, das Gespräch wieder in Gang zu bringen. Ständig muss ich an Russell Freeland denken. Wieso habe ich damals auf dem Parkplatz nicht gleich die Gelegenheit genutzt, mit ihm zu sprechen? Carl will mich nicht gehen lassen, er will aber auch nicht mehr reden. Er sitzt einfach nur da, nickt vor sich hin und sagt jedes Mal »Was?«, wenn ich ihn etwas frage, und dann »Tut mir Leid«, als müsste er sich für etwas viel Schlimmeres als seine Unaufmerksamkeit entschuldigen. In diesem Moment interessiert es mich nicht einmal mehr, was er zu sagen hat. Wie jemand, der nach einem Alkohol-Exzess in einem fremden Bett aufwacht, möchte ich nur noch wissen, wann ich endlich verschwinden kann.

Noch ehe ich richtig sitze, greife ich nach dem Hörer. Bei den Freelands meldet sich eine Mädchenstimme. »Russell? Der arbeitet.«

»Ach ja, stimmt«, antworte ich. »Ich werde ihn dort anrufen.«

»Gut.«

»Wissen Sie was?«, sage ich. »Gerade merke ich, dass ich die Nummer doch nicht habe.«

»Moment«, antwortet sie. »Ich suche sie Ihnen heraus.«

Ich rufe die Nummer an, die sie mir gegeben hat. Eine Männerstimme meldet sich mit dem Namen einer ortsansässigen Anwaltskanzlei. Ich frage nach Russell. Während der Mann mich weiterverbindet, kritzle ich zackige, wie Blitze aussehende Linien über die Seite meines Notizbuchs.

»Hallo?« Er klingt, als spräche er aus dem Inneren eines Tunnels.

»Russell.« Ich sage den Namen fast zärtlich. *Russell.* Bitte sei der Richtige. »Hier spricht Olivia Dale.«

Schweigen. »Hallo.«

»Sie haben gesagt, Sie wollen mit mir über Allison Avery sprechen?«

»Das habe ich gesagt, ja. Aber inzwischen habe ich Ihre Artikel gelesen. Ich glaube nicht, dass ich Ihnen etwas sagen kann, das Sie nicht schon geschrieben haben.«

»Ich würde trotzdem gern mit Ihnen reden. Ich glaube, Sie wissen mehr über Allison als die meisten anderen.« Ich warte eine Sekunde, bevor ich weiterspreche. »Sie ist Ihre Freundin, nicht wahr?«

Am anderen Ende der Leitung herrscht eine ganze Weile Schweigen. Ich trommle mit den Fingern auf der Schreibtischplatte herum. Am liebsten würde ich in den Hörer schreien: »Sagen Sie es mir!«

»War«, antwortet er. »Sie *war* meine Freundin.«

Es gelingt mir nicht, die Enttäuschung aus meiner Stimme herauszuhalten. »Sie haben sich getrennt?«

»Nein.« Er stößt ein bitteres Lachen aus. »Sie ist gestorben.«

Gegen meinen Willen empfinde ich bei seinen Worten so etwas wie Freude.

Es ist halb sechs, noch zwei lange Stunden, bis ich mich mit Russell Freeland in der Kirche seines Vaters treffen werde. Ich versuche, mir die Zeit zu vertreiben, indem ich die AP-Nachrichten überfliege. Plötzlich höre ich Evan meinen Namen rufen. Ich sehe mich um. Er steht in der Tür zum Fernsehraum. »Schnell, seht euch das an!«, ruft er. Im Laufschritt komme ich seiner Aufforderung nach, gefolgt von Bishop, Peggy und zwei anderen Reportern. Evan tritt beiseite, um uns durchzulassen. »Du lieber Himmel«, sagt Bishop. »Das bist ja du.«

Auf dem Bildschirm sieht man mich von der Überführung hängen. Meine Füße rudern in der Luft, als würde ich Wasser treten. Dann lassen mich die Hände, die mich bis dahin gehalten haben, plötzlich los, und ich falle. Als ich meinen Körper so durch die Luft segeln sehe, hebt sich mein Magen, und ich spüre, wie mir die Röte in die Wangen schießt. Die

Frau im Fernsehen schlägt auf dem Boden auf und beginnt, auf die Interstate zuzurollen. Dann stoppt sie, steht auf, schwankt ein wenig, streicht ihren Rock glatt. Ich höre den Applaus. Die Frau auf dem Bildschirm dreht der Kamera den Rücken zu und wirft die Arme hoch. In diesem Moment des Sieges gefriert das Bild zum Standbild. Ich kann gar nicht glauben, dass ich das bin, diese Frau mit dem angespannten Körper, die dort die Arme in den Himmel reckt.

»Endlich mal eine Frau, die sich richtig für ihren Beruf engagiert, Ted«, sagt Lydia McKenzie an ihren Co-Moderator gewandt. »Mangelndes Engagement kann man ihr wirklich nicht vorwerfen«, antwortet er lachend. »Von uns bekommt sie jedenfalls eine Eins für besonderen Einsatz.« Lydia McKenzie kichert einen Moment. Dann werden sie beide wieder ernst, schieben die vor ihnen liegenden Papiere zusammen und wünschen ihren Zuschauern eine gute Nacht.

»Na so was.« Bishop klopft mir auf den Rücken. »Du bist eine Berühmtheit.« Ich lächle ihn an.

Peggy schüttelt grinsend den Kopf. »Du wirst allmählich ganz schön waghalsig.« Sie deutet mit dem Finger auf mich. »Sei von jetzt an ein bisschen vorsichtiger, Kleines. Du sollst über die Taten anderer Leute berichten, nicht selbst für Schlagzeilen sorgen.« Sie grinst noch immer.

»Ich versuche nur, meinen Job zu machen, Peggy«, antworte ich.

»Weißt du noch, als Bishop und ich dich gefragt haben, wie weit du für eine Story gehen würdest?«, meint Evan. »Ich schätze, jetzt weißt du es.«

»Das? Das war noch gar nichts!«, entgegne ich lachend. »Wartet, bis ich richtig loslege!«

Gerade, als ich mich wieder an meinen Schreibtisch setzen will, läutet das Telefon. Es ist David. »Hast du mich im Fernsehen gesehen?«, frage ich.

»Was? Nein. Du warst im Fernsehen?«

»In den Lokalnachrichten. An einer Unfallstelle. Du musst

dir heute Abend unbedingt die Nachrichten ansehen. Vielleicht zeigen sie es noch mal.«

»Kannst du es für mich aufnehmen?«, fragt er. »Möglich, dass ich es nicht schaffe. Ich bin ziemlich im Stress.«

»Klar«, antworte ich. »Kein Problem.«

»Ich wollte dir bloß erzählen, dass Allisons Eltern ihr Einverständnis zu der CD gegeben haben. Ihre Mutter ist übrigens sehr nett. Sie wird Allisons Aufnahmen durchsehen und mir ein paar davon bringen, damit ich mir überlegen kann, was alles auf die CD soll.«

»Das ist ja großartig, David.«

»Ja«, antwortet er. »Ich bin richtig aufgeregt. Ich kann es kaum erwarten, das andere Material zu hören, denn wenn es nur halb so gut ist wie das, was sie mir geschickt hat, dann wird das einzige Problem darin bestehen, zu entscheiden, was wir weglassen.« Er schweigt einen Moment, ehe er hinzufügt: »Wenn alles gut läuft, kann ich vielleicht mehr als eine machen.«

»Vielleicht«, antworte ich.

»Mein Gott«, sagt er leise. »Was für eine Stimme.«

Bei meinem zweiten Besuch in der Brighter Day Baptist Church sitze ich mit Russell Freeland im Licht einer flackernden Neonlampe. Der Rest des Raumes liegt im Dunkeln. Ich habe mich auf der vorderen Kante eines metallenen Klappstuhls niedergelassen und mein Notizbuch hinter mir auf den Sitz gelegt. Er erzählt mir, wie sehr er Allison vermisst und wie schwierig seine Situation ist, weil er mit großer Wahrscheinlichkeit den Verdacht auf sich lenken würde, sobald er die Polizei über ihre geheim gehaltene Beziehung informiert. Ich versuche, meine Ungeduld so weit wie möglich zu zügeln und das Gespräch auf die schwierigeren Fragen zu lenken, ohne ihn allzu sehr zu drängen. Obwohl ich mich fühle wie ein brennendes Streichholz, bemühe ich mich, still zu sitzen.

Russell Freeland sitzt vornübergebeugt, die Ellbogen auf

die Knie gestützt. Seine gefalteten Hände hängen zwischen seinen Beinen nach unten, wie die Umkehrung eines Gebets. »Wir hatten unsere Probleme«, erklärt er.

»Wegen eurer unterschiedlichen Hautfarbe?«, frage ich. Er hebt den Kopf, wirft mir einen schnellen Blick zu. »Nein.« Seine Stimme klingt vorwurfsvoll. »Das war nur für unsere Eltern ein Problem. Wir hatten andere Streitpunkte.«

Er verstummt.

Ich beschließe zu raten. »Sie war nicht treu?«

Er lächelt freudlos. »Wissen eigentlich alle darüber Bescheid?«

»Angela hat mal gesagt, Allison habe die ganze Welt berühren wollen.«

»Ich nehme an, so könnte man es ausdrücken«, antwortet er trocken. Er blickt auf seine Hände. »Sind Sie je mit einem Menschen zusammen gewesen, der so ... so charismatisch war ... Ich war einfach nur glücklich, wenn sie bei mir war, und habe versucht, nicht darüber nachzudenken, was sie tat, wenn sie nicht bei mir war.« Er holt ein paar Mal zitternd Luft. Eine Träne läuft ihm über den Nasenrücken und bleibt an seiner Nasenspitze hängen. Er schüttelt sie weg. »Ich weiß nicht, wie ich es Ihnen erklären soll.« Er blickt zu mir hoch und streckt mir seine Hand hin. Ich greife danach.

»Ich weiß noch, wie wir uns das erste Mal begegnet sind. Sie schaut einem in die Augen, als würde sie einen schon lange kennen.« Er lässt meine Hand wieder los.

Mir fällt auf, dass er zum ersten Mal das Präsens benutzt hat. »Woher haben Sie gewusst, dass sie Ihnen nicht treu war?«

»Sie hat es mir gesagt.« Offenbar sieht er mir meine Überraschung an, denn er fügt rasch hinzu: »Oh, sie hat nie gelogen. Ihre Einstellung war eher, akzeptiere mich, wie ich bin, oder lass es bleiben.«

»Muss ein gutes Gefühl sein, so viel Selbstbewusstsein zu haben.« Ich wollte das eigentlich nicht laut sagen, aber an seiner Antwort merke ich, dass ihm dieser Gedanke auch schon durch den Kopf gegangen sein muss.

»Manche Mädchen betrachten es als ganz normal, dass jeder Mann, den sie kennen lernen, sich in sie verliebt«, sagt er.

Ich versuche herauszuhören, ob da ein bitterer Unterton in seiner Stimme mitschwingt. »Und das gibt diesen Mädchen Macht«, antworte ich.

»Ja.« Er atmet laut aus. »Ich habe ihr alles durchgehen lassen, und nun ist sie ...« Er verschluckt das Wort. Tot.

Ich lasse Russell reden, darüber, wie er und Allison sich am College wegen ihrer Treulosigkeit trennten, wie sie sich wieder trafen, als er letztes Jahr zu Weihnachten aus Knoxville, wo er damals noch Jura studierte, nach Hause kam. Er gebraucht immer wieder Worte wie *Charisma, Talent, faszinierend, unwiderstehlich*. Trotzdem kann er mir nicht wirklich vermitteln, was für ein Gefühl es war, mit Allison zusammen zu sein, ebenso wenig, wie ich ihm vermitteln kann, was für ein Gefühl es war, sie tot zu sehen, egal, wie genau ich ihm ihren zerschmetterten Körper auch beschreiben würde.

»Haben eure Eltern über euch Bescheid gewusst?«

»Sie wussten, dass wir am College zusammen waren, aber diesmal hielten wir es für besser, uns bedeckt zu halten, bis wir unserer Sache sicher waren, weil ... warum unnötig Staub aufwirbeln? Ihre Mutter ... erinnern Sie sich an die Werbekampagne in der Zeitung? Da hatte sie ein schwarzes Kind im Arm und lächelte ganz zärtlich. Aber glauben Sie, sie hätte mich in ihrem weißen Haus haben wollen? Und mein Vater ... für ihn wäre das gewesen, als hätte ich alles aufgegeben, wofür er kämpft.«

Ich beuge mich vor. »Ist das der Grund, warum Sie bisher nicht zur Polizei gegangen sind?«

»Das, und ...« Er holt tief Luft. »Ich habe sie geliebt.«

Er spricht nicht weiter. Ich weiß, was er meint. Dieser Schritt würde für ihn bedeuten, den ihm zustehenden Platz als Allisons trauernder Freund zu verlieren. Er würde mit

Beschuldigungen vonseiten seiner Eltern rechnen müssen, wahrscheinlich mit Dementis durch Allisons Mutter, mit Fragen der Polizei. Für eine Weile würde das die Linse sein, durch die Russell Freeland von allen gesehen werden wird. Sein schimmerndes, verzerrtes Bild würde kaum etwas zu tun haben mit seiner Liebe zu ihr, ihrem schrecklichen Tod.

Er sagt, sie war schön, was nicht stimmt.

Er erklärt mir noch einmal, dass sie keine Lügnerin war, womit er vielleicht Recht hat. Es ist ein Unterschied, ob man lügt oder bloß die Wahrheit verschweigt.

Er sagt, sie war ein wenig wild, was definitiv stimmt. Ich habe das Gefühl, dass nun der richtige Moment gekommen ist.

»Demnach wissen Sie über die Drogen Bescheid?« Ich beobachte sein Mienenspiel. Er runzelt die Stirn.

»Sie sprechen von Gras?«

Ich schüttle den Kopf. »Ich spreche von Heroin.«

Er starrt mich ungläubig an. »Wovon reden Sie überhaupt?«

Ich lasse einen Moment verstreichen. »Peter hat mir von dem Morphium erzählt.«

»Morphium?«, wiederholt er. »Peter? Ich verstehe überhaupt nichts.«

»Die Autopsie hat ergeben, dass sie Morphium im Blut hatte. Peter hat mir davon erzählt.«

Abrupt springt er auf und beginnt, hinter seinem Stuhl auf und ab zu gehen, immer wieder zwischen Licht und Schatten wechselnd. »Erstens hat dieser Junge einen ziemlichen Sprung in der Schüssel. Ich würde kein Wort von dem glauben, was er sagt. Außerdem kann ich mir wirklich nicht vorstellen, welchen Grund er haben sollte, Ihnen das zu erzählen, selbst, wenn es wahr wäre, aber das glaube ich nicht.«

»Die Polizei hat es mir bestätigt«, antworte ich.

»Was? Was?«, faucht er, noch bevor ich ganz ausgeredet

habe. »Die Polizei hat es mir bestätigt«, wiederhole ich ruhig. »Morphium. Heroin.«

Er lässt sich wieder auf seinen Stuhl sinken. »Vielleicht haben die Typen, die ihr das angetan haben ...« Er schluckt. »Vielleicht haben die es ihr gegeben.«

»Warum?«

»Ich weiß es nicht«, schreit er. Er springt wieder auf. »Mein Gott, warum hat man ihr das alles überhaupt angetan?« Er drückt seine Finger fest in seine Augen. »Peter.« Er schüttelt den Kopf. »Warum hat er Ihnen das bloß erzählt?«

»Ich weiß nicht. Vielleicht wollte er einfach mal mit jemandem reden.«

Russell lacht bitter. »Und da hat er sich ausgerechnet eine Reporterin ausgesucht?«

Ja, denke ich. *Genau wie du.*

»Ich sage Ihnen jetzt mal was über Peter. Was er für seine Schwester empfunden hat, war nicht normal.«

Ich runzle die Stirn. »Wie meinen Sie das?«

»Sie wissen genau, wie ich das meine. Die Art, wie er sie manchmal angesehen hat, hatte nichts vom Blick eines Bruders. Es war der Blick eines Mannes.«

Plötzlich habe ich einen Kloß im Hals. »Sie haben gesagt, sie habe grundsätzlich eine sehr starke Wirkung auf Männer gehabt.«

»Er war ihr Bruder!«, stößt er hervor. Er beginnt wieder auf und ab zu gehen.

»Hat er von Ihnen gewusst?«

»Das weiß ich nicht. Sie konnte ein Geheimnis bewahren, wenn sie wollte, aber die beiden standen sich sehr nahe. Sie hat immer gesagt, er sei wie ein Teil von ihr. Aber bei ihr waren das schwesterliche Gefühle. Sie war immer der Meinung, dass ihre Eltern sich nicht genug um ihn kümmerten, und deswegen hatte sie das Gefühl, für ihn da sein zu müssen. Sie hat ihn beschützt. Als er noch klein war, hat sie seine Hausaufgaben gemacht.«

»Und als er älter wurde …«, versuche ich, ihn zum Weiterreden zu bewegen.

»Ich weiß nicht. Sie hat ihn ihren Freunden vorgestellt. Sie hat ihm ihren Wagen geliehen.« Der Wagen erinnert ihn an ihren Tod. Er verstummt, den Blick starr auf die Wand gerichtet.

»Russell … die Stunden zwischen Allisons Dienstschluss und dem Zeitpunkt, als sie …« Ich halte inne und formuliere meine nächsten Worte sehr vorsichtig: »… als sie den Nachbarn zufolge nach Hause kam. Wissen Sie, wo sie da war?«

Er schüttelt den Kopf. »Wir waren eigentlich zum Essen verabredet, aber sie ist nicht gekommen. Ich habe sie angerufen. Sie ist nicht ans Telefon gegangen.«

»Haben Sie ihr eine Nachricht hinterlassen?«

»Ja, ich …« Er starrt mich an. »Das heißt, die Polizei weiß schon von mir, nicht wahr?«

»Was haben Sie gesagt?«

»Irgendwas wie: Ich bin im Restaurant. Wo zum Teufel bleibst du?« Seine Finger umklammern die Rückenlehne seines Stuhls. »Ich war ziemlich sauer. Ich glaube, ich habe gesagt: ›Bei wem bist du?‹« Er schluckt, schließt die Augen. »O Gott! Ich habe gesagt: ›Bei wem zum Teufel bist du?‹«

»Sie haben also vom Restaurant aus angerufen. Haben Sie Ihren Namen genannt?«

»Ich glaube nicht. Dann wissen sie also doch nicht, um wen es sich handelt …«

»Aber sie wissen, dass Sie existieren.« Ich gehe zu ihm hinüber und lege ihm sanft die Hand auf den Arm. »Ich glaube, es ist an der Zeit, dass Sie mit der Polizei sprechen.«

»Ich weiß. Das ist ein Gespräch, auf das ich mich nicht freue.«

»Sie versuchen herauszufinden, wo sie in den betreffenden Stunden war. Es könnte wichtig sein.«

»Ich kann ihnen bloß sagen, dass sie nicht bei mir war.

Aber wo war sie dann?« Wir starren uns an. »Wissen Sie, wo ich anfangen würde, wenn ich Sie wäre? Ich würde bei Peter anfangen.«

Ich wende den Blick ab. Er klingt, als wäre er eifersüchtig auf Peter. Ich für meinen Teil fange lieber bei dem Morphium in ihrem Blut an. Ich fange bei dem Heroin an, das hinter ihrem Bett versteckt war.

»Also gut.« Er seufzt. »Sie kennen die Typen von der Polizei, oder? Würden Sie mich begleiten?«

Ich zögere einen Moment. Ich weiß nicht, ob meine Anwesenheit ihm nützen oder schaden wird. *Es geht um die Story*, denke ich. *Folge der Story.* »Natürlich«, antworte ich. »Das mache ich gern.« Ich muss an das denken, was Morris damals am ersten Tag zu mir gesagt hat. Dass sie nach ihrem Freund suchen würden. Hier ist er, und er sorgt dafür, dass ich problemlos an diese Story herankomme – dass sie mir wie ein Geschenk in den Schoß fällt.

Eines weiß ich, für Russell Freeland fangen die Probleme erst an.

Während Russell bei den Cops ist, führe ich ein paar Telefongespräche. Als Erstes informiere ich die Redaktion. Dann die Familie. Die Mutter braucht ein paar Augenblicke, bis sie meine Worte verdaut hat. Dann erklärt sie: »Ich möchte dazu Folgendes sagen. Haben Sie was zu schreiben da?«

»Ja, ich bin bereit.« Ich klemme mir den Hörer unters Kinn und schlage mein Notizbuch auf.

Sie spricht langsam, damit ich jedes Wort mitbekomme. »Wir sehen keine Veranlassung, diesen jungen Mann als Verdächtigen zu betrachten, und wir vertrauen darauf, dass die Polizei …« Sie hält inne. »Was meinen Sie? Irgendwas Allgemeines wie, dass die Polizei alles in ihrer Macht Stehende tun wird? Oder lieber etwas, das sich auf ihn bezieht? Die Polizei wird … nein. Wie wär's mit: Wir sind sicher, dass er die Polizei nach Kräften unterstützen wird.«

»Betrachten Sie ihn als Verdächtigen?«

Sie seufzt. »Schreiben Sie das nicht, Olivia, aber ich werde es Ihnen sagen. Es macht mich misstrauisch, dass er sich erst jetzt gemeldet hat. Aber wenn ich ihn deswegen beschuldige, könnte ich wie eine Rassistin klingen.«

»Stimmt.«

»Und abgesehen von seinem Schweigen gibt es wirklich keinen Grund für die Annahme, dass er es gewesen sein könnte.«

»Stimmt.«

»Also belassen wir es fürs Erste bei dieser allgemeinen Aussage, meinen Sie nicht auch?«

Ich nicke ins Telefon, während ich mir ihre Worte notiere.

»Könnten Sie vielleicht noch hinzufügen, wie Leid es uns tut, dass die beiden das Gefühl hatten, ihre Beziehung geheim halten zu müssen?«

»Ja, Ma'am«, antworte ich. »Das werde ich hinzufügen.«

»Vielen Dank, meine Liebe.«

Nachdem ich aufgelegt habe, lese ich mir meine Notizen noch einmal durch. Maßgeschneiderte Zitate, spontan aus dem Ärmel geschüttelt. Die Frau hat etwas an sich, das ich bewundere, auch wenn ich gleichzeitig anfange, sie zu verachten.

Ich sitze vor den Räumen der Mordkommission auf der Bank und blättere mit müden Augen in meinem Notizbuch. Die Story ist geschrieben, es fehlt nur noch ein Kommentar der Polizei, den ich um diese Uhrzeit wahrscheinlich nicht mehr bekommen werde. Bei der Zeitung haben sie auf der Titelseite Platz für mich freigehalten, indem sie eine von Evans Satanisten-Storys gekürzt haben.

Sergeant Morris kommt heraus und gibt mir ein Zeichen. Ich folge ihm ein kleines Stück den Gang hinunter, wo er mir den Arm um die Schulter legt und mich Richtung Ausgang geleitet. »Danke, dass Sie ihn uns gebracht haben«, sagt er. »Sie können jetzt nach Hause fahren.«

»Ich warte noch auf einen Kommentar von euch Jungs.«

»Dafür ist es jetzt zu spät«, erklärt er. »Morgen.«

»Morgen wird es überall im Fernsehen sein.« Ich bleibe stehen. Er dreht sich zu mir um.

»Sie brauchen nichts zu sagen. Wir wissen, dass wir Ihnen was schuldig sind. Deswegen werden wir auch als Erstes mit Ihnen reden.«

»Versprochen?«

Er lacht. »Versprochen.«

»Wie lange werdet ihr ihn dabehalten?«

Er zuckt mit den Achseln. »Wir haben nicht vor, ihn unter Anklage zu stellen oder etwas in der Art. Wir wollen bloß mit ihm reden.«

»Gilt er als Verdächtiger?«

Seufzend verdreht er die Augen zur Decke, ehe er mir erklärt: »Wir verfolgen alle möglichen Spuren.«

»Es bleibt unter uns. Gilt Russell als Verdächtiger?«

»Olivia ...«

»Gilt er als Verdächtiger?«

Er mustert mich eingehend. Ich öffne den Mund, aber es kommt nichts heraus. »Was glauben *Sie* denn?« Mit diesen Worten dreht er sich um und geht langsam den Gang entlang. »Er ist kein Mörder!«, würde ich ihm am liebsten hinterher schreien. Ich verkneife es mir. Vor meinem geistigen Auge sehe ich Russell Freeland mit einem Kloß im Hals am Telefon sitzen und sich fragen, wo sie wohl sein könnte, wer es diesmal wohl war. Ständig bekomme ich von allen Seiten zu hören, dass jede x-beliebige Frau einem solchen Verbrechen zum Opfer fallen könnte. Was ist nötig, um aus einem x-beliebigen Mann einen Mörder zu machen?

13

Als ich gestern nach Hause gekommen bin, schlief Hannah bei laufendem Fernseher auf der Couch. Der Anrufbeantworter blinkte, und als ich ihn abhörte, baten David, Carl und Peter nacheinander um Rückruf. Carl erwähnte mit warmer, bewundernder Stimme, dass er mich im Fernsehen gesehen habe. Ich rief keinen zurück. Stattdessen deckte ich Hannah mit einer Decke zu und schob das Video von Allison Avery in den Recorder. Bei leise gestelltem Ton sah ich es mir mehrere Male an, hielt immer wieder an einer anderen Stelle das Bild an, um ihren jeweiligen Gesichtsausdruck zu studieren, als wäre jedes Lächeln, jedes Stirnrunzeln eine mögliche Antwort auf alle meine Fragen.

Als Hannah aufwachte und meinen Namen murmelte, schaltete ich das Band ab, und wir gingen beide schlafen. Ich weiß nicht, wovon Hannah träumte. Ich selbst schreckte immer wieder hoch und wusste jedes Mal von neuem nicht, wo ich war. In dem dunklen Raum war es heiß, mein Herz raste, und mein Körper fühlte sich auf dem feuchten Laken so schwer an, dass ich das Gefühl hatte, unter Medikamenten zu stehen.

Heute Morgen habe ich zwei Tassen Kaffee getrunken und mich zwanzig Minuten lang unter die Dusche gestellt. Trotz meiner drei Ausflüge zur Redaktions-Kaffeemaschine brummt mir vor Erschöpfung noch immer der Schädel. Ich habe Peter und David angerufen. Mit Peter treffe ich mich am Freitag, David sehe ich am Samstag. Carl habe ich noch nicht zurückgerufen.

Wie erwartet, hat die Polizei Russell wieder gehen lassen. Von Lieutenant Nash erfahre ich lediglich, dass er zu diesem

Zeitpunkt nicht als Verdächtiger betrachtet werde. Ich notiere mir: *zu diesem Zeitpunkt.* Ich habe vergeblich versucht, Morris zu erreichen. Russell ist nicht in der Kanzlei, und als ich im Haus der Freelands anrufe, habe ich seinen Vater an der Strippe. »Es geht schon los«, erklärt er. »Wir haben schon die ersten Anrufe bekommen.«

»Es tut mir so Leid.«

»Bleibt unter euresgleichen. Und das ist noch das Harmloseste.«

»Es tut mir Leid«, wiederhole ich. »Ist Russell da?«

»Mein Sohn hat Ihnen bereits genug erzählt, Miss Dale. Er hat Ihnen nichts mehr mitzuteilen.«

»Aber er ist von sich aus zu mir gekommen«, entgegne ich. »Sind Sie sicher, dass er nicht ...«

»Er hat nichts mehr zu sagen«, erklärt Reverend Freeland. »Nicht einmal Ihnen. Mir ist klar, dass das Ihre Story ist, Miss Dale, aber Russell ist *mein* Sohn.«

Ich schreibe diese Worte in mein Notizbuch. *Ihre* Geschichte. *Mein* Sohn. Am liebsten würde ich das Notizbuch quer durch den Raum an die Wand schleudern, um zu sehen, wie sich alle in der Redaktion synchron nach mir umdrehen würden, alle mit dem gleichen neugierigen Ausdruck in den Augen. Russell Freeland scheint sich als Sackgasse zu entpuppen. Ich brauche etwas Neues. Ich lechze nach Informationen.

Ich muss an all die Videobänder in der Wohnung des toten Mädchens denken, die auf dem Tisch und dem Boden zu schiefen Stapeln aufgerichtet waren. Ich muss unbedingt mehr von ihnen sehen.

Angela ist nicht im Krankenhaus, als ich anrufe, deshalb versuche ich es unter ihrer Privatnummer, in der Hoffnung, dass sie zu Hause ist. Nach dem vierten Klingeln geht sie ran. Ich erkundige mich nach ihrem Befinden und murmle ein paar mitfühlende Worte, als sie mit leiser Stimme antwortet, es gehe einigermaßen. Dann erkläre ich ihr, dass ich sie nur ungern belästigen würde, aber fürchte, in Allisons Wohnung einen Ohrring verloren zu haben. Angela antwortet erst einmal gar nichts. Schließlich erklärt sie: »Ich glaube nicht, dass ich es schaffe, heute noch mal in die Wohnung zu gehen.«

»Kein Problem«, sage ich. »Das ist ...« Perfekt. »Kann ich einfach vorbeikommen und mir bei Ihnen den Schlüssel abholen? Ich bringe ihn hinterher gleich zurück. Tut mir wirklich Leid, dass ich Ihnen damit auf die Nerven gehen muss, aber die Ohrringe sind von meiner Mutter, sodass ...«

»Nein, das ist schon in Ordnung«, sagt sie. »Kommen Sie ruhig vorbei.«

Angela trägt einen Frotteebademantel, als sie mir die Tür öffnet. Sie scheint gerade erst geduscht zu haben, das Haar klebt ihr feucht am Kopf. Ihre Augen sind geschwollen, die Haut unter ihrer Nase ist schuppig und rot. Sie bittet mich herein. Nachdem sie die Tür hinter uns zugezogen hat, breite ich die Arme aus, woraufhin sie den Kopf an meine Schulter legt und einen langen, zittrigen Seufzer ausstößt. Über ihre Schulter hinweg lasse ich den Blick durchs Wohnzimmer schweifen. Auf dem Boden liegt ein Pizzakarton, daneben stapelt sich schmutziges Geschirr. Von der Couch sind ein paar Papiere und Kuverts auf den Boden gefallen, und mehrere aufgeschlagene Fotoalben liegen übereinander auf dem Couchtisch. Im ganzen Raum sind Zeitungen verstreut. Bei der auf der Couch ist die Seite mit meinem Artikel über Allisons Wagen aufgeschlagen. Ich kann meinen Namen von hier aus nicht lesen, erkenne aber seine Form.

Als ich Angelas warmen, feuchten Rücken tätschle, holt sie tief Luft. »Es tut mir Leid, dass ich Sie wegen Russell angelogen habe. Ich hatte es ihr versprochen, und ein Versprechen ist nun mal ein Versprechen.«

»Ich verstehe.«

Sie tritt einen Schritt zurück und mustert mein Gesicht. »Glauben die von der Polizei, dass er es war?«

»Glauben Sie das?«

Sie schüttelt entschieden den Kopf. »Er hat sie geliebt.«

Ja, und ist nicht genau das sein Motiv? Laut sage ich: »Ich weiß. Er gilt nicht als Verdächtiger.«

»Gut.« Ihr Blick irrt ziellos durch den Raum. »Ich habe ein paar Briefe gefunden.« Sie deutet mit einem zerknüllten Papiertaschentuch in Richtung Couch. »Sie hat sie mir geschrieben, als sie mal ohne mich im Ferienlager war.« Wahrscheinlich erzählt sie mir das, um ihren emotionalen Zustand zu erklären. Ich frage mich, wie viele Tage sie schon auf diese Weise zugebracht hat. Ihre Wohnung, die einen so ordentlichen Eindruck gemacht hat, als ich sie das erste Mal sah, wirkt inzwischen fast so chaotisch wie meine. Fast so chaotisch wie Allisons.

Angela geht zur Couch hinüber und greift nach einem der Briefe. »›In meiner Hütte wohnt ein wirklich cooles Mädchen namens Susie‹«, liest sie vor. »›Sie behauptet, schon drei Jungen geküsst zu haben. Sie sagt, Zungenküsse erfordern Übung.‹« Lachend faltet sie den Brief zusammen. Dann lässt sie sich auf die Couch sinken. »Sie hat geschrieben: ›PS: Sie ist nicht so cool wie du.‹ Ich nehme an, sie hat befürchtet, ich könnte eifersüchtig werden.«

Wenn ich könnte, würde ich diese Briefe jetzt aufsammeln, mit nach Hause nehmen und dann an meinem Schreibtisch genau unter die Lupe nehmen. Ich würde sie chronologisch ordnen, mir mit ihrer Hilfe Aufschluss über Allisons Kindheit verschaffen, sie der Landkarte hinzufügen, die ich gerade von ihrem Leben erstelle: Hieraus ergab sich dieses, daraus ergab sich jenes, und das ist der Grund. Angela faltet den Brief ein weiteres Mal zusammen und drückt ihn an ihre Brust. Mir fällt keine Möglichkeit ein, ihn ihr abzuluchsen.

»Ich habe Ihren Artikel über den Wagen gelesen«, sagt sie. »Bedeutet das, dass sie den Tätern auf der Spur sind?«

»Es ist bestimmt hilfreich«, antworte ich. »Wenn sie sie finden, wird das Beweismaterial im Wagen dazu beitragen, sie der Tat zu überführen.«

»Die Polizei glaubt, dass sie noch immer ihre Unterwäsche haben«, sagt sie mit matter Stimme. »Als Souvenir.«

»Sie haben möglicherweise auch ihre Brieftasche«, antworte ich. »Wenn wir Glück haben, wird ihnen das zum Verhängnis werden.«

Angela wendet mir das Gesicht zu. »Sie tun alles in Ihrer Macht Stehende, nicht wahr?« Ihre Augen werden feucht.

Ich nicke. Auch ich habe plötzlich einen Kloß im Hals. Ich nehme ein Papiertaschentuch vom Couchtisch und reiche es ihr. Dann frage ich sie, so sanft ich kann, ob ich den Schlüssel haben könne.

Allein in Allisons Wohnung, gehe ich von Raum zu Raum und schalte die Lichter an. Es ist jemand hier gewesen und hat aufgeräumt. Die Möbel sind abgestaubt, Kleidungsstücke und Geschirr weggeräumt, sogar die Schuhe in der Diele ordentlich aufgereiht. Ich stelle mir ihre Mutter vor, wie sie hier auf dem Boden kniet und die einzelnen Paare zusammensucht. Silberne Stiefel. Pinkfarbene Leinenschuhe. Rote, hochhackige Sandalen. Es erscheint mir irgendwie nicht richtig, dass diese Dinge ohne sie weiterexistieren – als hätten alle Spuren ihres Lebens mit ihr zusammen verschwinden müssen. Jetzt ist alles, was sie besessen hat, sauber und wohl geordnet, und die Wohnung wirkt wie ein Museum, ein historisches Zuhause. Eigentlich sollte ich hinter einem roten Samtseil stehen und andächtig die Brille auf dem Schreibtisch betrachten, die Hausschuhe neben dem Bett, all jene sorgfältig arrangierten, gespenstischen Details, die den Eindruck erwecken sollen, als hätte die Person, die das Zimmer bewohnt, nur für einen Moment den Raum verlassen.

Ich gehe ins Schlafzimmer hinüber und halte abrupt inne, die Hand am Türknauf. Wie in den anderen Räumen hat auch hier jemand aufgeräumt, aber danach hat offensichtlich noch jemand anderer herumgestöbert. Aus den Schubladen der Kommode ragen Ecken farbenfroher Stoffe heraus, als wäre die betreffende Person zu sehr in Eile gewesen, um die Sachen wieder ordentlich zu verstauen. Die Bettwäsche ist zerknittert, die Matratze liegt leicht schief, und unter dem Bett lugt ein Schmuckkästchen hervor. Der Mülleimer ist leer. Die Papiere auf dem Schreibtisch sind offensichtlich bewegt worden, seit sie – wahrscheinlich von Allisons Mutter – gestapelt wurden. Die betreffende Person hat sie nicht mehr ordentlich zusammengeschoben. Ich habe keine Ahnung, wer es gewesen sein könnte, vielleicht jemand von der Polizei, vielleicht Angela, Peter, Russell oder jemand anderer, auf der Suche nach einem Andenken an Allison oder nach Beweisen für irgendwelche Missetaten – von Allison, vielleicht aber auch von sich selbst.

Ich werfe einen Blick hinter das Kopfteil des Bettes. Die Schachtel ist noch da. Ich ziehe sie heraus und öffne sie. Nichts fehlt. Nachdem ich mit einer Fingerspitze den Löffel, die Nadel und die Alufolie berührt habe, schließe ich die Schachtel und lasse sie in meine Tasche fallen.

Im Wohnzimmer finde ich die Videokassetten ordentlich gestapelt an der Wand neben dem Fernseher. Jemand hat sie geordnet, eins bis elf. Ich fahre mit dem Zeigefinger den Stapel entlang. Zwei Nummern fehlen. Die Fünf, die ich mitgenommen habe, und die Neun. Einen Moment lang wünsche ich mir nichts sehnlicher, als zu wissen, was auf dieser Kassette ist. Ich nehme die Nummer Eins vom Stapel und schiebe sie in den Videorecorder. Während der nächsten Stunde sehe ich mir ein Band nach dem anderen an, bis die darauf festgehaltenen Momente in meinem Kopf durcheinander purzeln.

Allison mit der pinkfarbenen Perücke und einem kurzen schwarzen Kleid, ein Mikrofon vor sich. Am Ende des Songs wirft sie den Kopf zurück und breitet weit die Arme aus, um Platz zu schaffen für den letzten mächtigen Ton. Als sie den Kopf wieder hebt, wirkt ihr Blick triumphierend, und ihr ganzer Körper scheint zu sprühen, erfüllt vom Wissen um ihre eigene Macht.

Allison und Angela an der Küchentheke, einen Joint in der Hand. Ihre leisen Stimmen und die langen Pausen in ihrem Gespräch verraten mir, dass sie schon sehr stoned sind. »Ich muss einfach ich selbst sein«, sagt Allison gerade. »Ich weiß nicht, wie ich sonst sein sollte.«

Allison auf der Bühne, einen Rhythmus auf ihrer Gitarre schlagend.

Allison, eine Hand in ihrem Haar.

Allison, lachend.

Allison. Allison. Allison.

Die Kamera zoomt Peters Gesicht heran. Er verdreht die Augen, schiebt sich eine Zigarette in den Mund und beugt sich vor, um sie anzuzünden.

Allisons Stimme sagt: »Das ist mein kleiner Bruder Peter. Ist er nicht bezaubernd?« Peters Gesicht füllt das ganze Bild aus. Er verdreht die Augen und streckt die Zunge heraus.

Allisons Lachen lässt die Kamera wackeln. »Ich bringe Peter jetzt das Tanzen bei«, erklärt ihre Stimme. Als sie die Kamera aufs Stativ legt, wackelt das Bild ein weiteres Mal, dann erscheint Allison selbst, die Hand nach Peter ausgestreckt. »Komm«, sagt sie. »Wenn du zum Schülerball willst, musst du tanzen können.«

»Muss ich nicht«, widerspricht er. »Beim Schülerball tanzt kein Mensch auf diese Art.«

»Nun komm schon«, sagt sie. »Das wird lustig.«

Seufzend legt Peter seine Hand in ihre, und sie beginnen zu tanzen. Allison führt. Während sie im Raum herumwirbeln, singt sie vor sich hin, di da da di da da. Peter stimmt ein. Di da da di da da. Sie drehen sich immer schneller, bald ist nur noch ein Wirbel aus dunklem Haar und lächelnden Gesichtern zu sehen, bis Allison sich schließlich lachend auf die Couch fallen lässt und atemlos hervorstößt, sie könne nicht mehr. Peter steht da und grinst in die Kamera. Dann streckt er die Hand nach ihr aus. »Einen letzten Tanz?«, fragt er.

Sie schüttelt den Kopf.

»Bitte!«

»Also gut«, antwortet sie und steht auf. Ich sehe ihnen ein weiteres Mal beim Tanzen zu, sehe Allisons Hände an Peters Nacken, Peters Hände auf Allisons Rücken. Ich sehe, wie er sie ansieht, und weiß, was es bedeutet. Russell hatte Recht. Peter wirbelt sie herum, und als sie schließlich stehen, lässt er sie nicht los. Lachend versucht sie, sich von ihm zu lösen, aber er schlingt seine Arme nur noch fester um ihre Taille.

»Lass mich los«, sagt sie, immer noch lachend. Sie trommelt sacht mit den Fäusten auf seine Schultern. »Lass mich los, kleiner Bruder.«

Er schüttelt den Kopf und schweigt.

»Nun komm schon, Peter.« Inzwischen lacht sie nicht mehr. »Lass mich schon los! Ich weiß, dass du stärker bist als ich. Das ist nicht lustig.«

Er starrt sie noch immer schweigend an, ein seltsames Lächeln in den Augen. Allison versucht, sich mit aller Kraft von ihm wegzudrücken. »Verdammt noch mal.« Die Anstrengung lässt sie keuchen. »Lass endlich los!« Mit ihrem ganzen Körpergewicht stemmt sie sich gegen die Arme, die ihre Taille umschlingen. Als Peter plötzlich loslässt, taumelt sie nach hinten gegen die Couch. Ich kann ihr Gesicht nicht mehr sehen, nur noch ihren Torso und ihre Oberschenkel. »Lieber Himmel«, sagt sie. »Wann wirst du endlich erwachsen?«

Peter steht reglos da. Er gibt ihr keine Antwort. Langsam kriecht die Röte an seinem Hals und seinen Wangen hoch, und er wendet sich ab, als könnte er ihr vor Scham nicht mehr in die Augen sehen. »Was ist los mit dir?«, fragt sie, während sie ganz aus dem Bild verschwindet. Dann wird die Kamera abgeschaltet.

Ich bleibe noch einen Moment sitzen und starre benommen auf den flimmernden Bildschirm. Ich weiß nicht, ob er sich des Verlangens bewusst war, das ihn dazu getrieben hat, sie auf diese Weise im Arm zu halten. Ich weiß nicht, ob sein jetziger Kummer von Schuldgefühlen überschattet ist. Ebenso wenig weiß ich, ob die entfernte Ähnlichkeit zwischen mir und dem toten Mädchen erklärt, wieso er mich nach der Beerdigung seine Hand hat halten lassen und mich an jenem ersten Abend in meinem Wagen geküsst hat.

Eines aber weiß ich.

Ich bin eifersüchtig.

Ich finde Evan im Fernsehraum, wo er gerade ein Sandwich vertilgt, den Blick auf die Zwölf-Uhr-Nachrichten gerichtet. Als ich den Raum betrete, verspricht Lydia McKenzie ihren Zuschauern gerade überraschende neue Entwicklungen im Mordfall Allison Avery. »Da ist sie ein bisschen spät dran, findest du nicht auch?« Den Mund voller Sandwich, nickt er in Richtung Bildschirm, auf dem Lydias ernstes Gesicht zu sehen ist.

»Es sei denn, sie haben noch etwas anderes auf Lager.« Ich spüre ein leichtes Gefühl von Übelkeit hochsteigen.

»Was könnten die haben, was du nicht schon längst hast?« Er schiebt mir eine Tüte Chips hin.

»Nichts.« Ich nehme mir ein paar. »Tut mir Leid, dass es auf Kosten deiner Story ging.«

Er zuckt mit den Achseln. »Bishop möchte, dass wir nach der Arbeit mit ihm einen trinken gehen.« Er wirft mir einen raschen Blick zu, ehe er sich wieder dem Bildschirm zuwendet. »Um deine großen Storys zu feiern.«

Ich betrachte ihn, suche in seinem Gesicht nach Anzeichen von Wut, Eifersucht oder Spott. Seine Stimme hat eben ganz neutral geklungen.

»Gleich bringen sie es«, sagt er.

Wir sehen zu, wie ein Korrespondent des Senders vor dem Polizeirevier über das berichtet, was alle bereits in der Zeitung gelesen haben. Dann folgt ein Schnitt, man sieht die Averys das Polizeigebäude verlassen. Dr. Avery bleibt stehen. Eine leichte Brise hebt ihr blondes Haar wie Flügel. Um sie herum werden Fragen laut. Sie antwortet mit ruhiger Stimme: »Ich habe Olivia Dale gegenüber bereits ein Statement abgegeben. Sie können es in der Zeitung lesen. Mehr habe ich dazu im Moment nicht zu sagen.«

»Wow!«, sagt Evan, während wir zusehen, wie sie davonmarschiert. »Du bist wirklich die Auserwählte!«

»Seltsam, nicht wahr?« Auf dem Bildschirm zitiert der Korrespondent fast wörtlich, was ich in meinem Artikel geschrieben habe. »Irgendwie gibt sie mir das Gefühl, ihre Verbündete zu sein.«

»Wozu braucht sie eine?«, fragt Evan.

»Ich weiß es nicht«, antworte ich. »Genau das versuche ich herauszufinden.«

Dr. Gregerson steht vor seinem Büro auf dem Gang, die Hände in den Hosentaschen. Mit leicht geöffnetem Mund starrt er ins Leere, sodass es etwas dauert, bis er mich überhaupt wahrnimmt. Blinzelnd richtet er sich auf. »Miss Dale? Wie kann ich Ihnen helfen?«

Wir setzen uns in ein Untersuchungszimmer, auf einem Nebentisch liegen medizinische Untersuchungsinstrumente bereit. Er erzählt mir, was er auch schon der Polizei erzählt hat: Möglicherweise sei Allison irgendwie an die Schlüssel zum Medikamentenschrank herangekommen und habe das Morphium gestohlen. Vielleicht habe sie aber auch eine der Krankenschwestern überredet, es für sie zu tun. »Wir sind jetzt gezwungen, alle einem Lügendetektortest zu unterziehen«, erklärt er. »Es ist wirklich eine Schande!«

Ich muss an Angela denken. Bestimmt steht sie auf der Liste der Verdächtigen ganz oben. Ich hoffe, sie besteht den Test.

Der Doktor sagt, dass er bei Allison niemals Anzeichen für Medikamentenmissbrauch bemerkt hat, dass er gar nicht auf die Idee gekommen ist, sich deswegen Gedanken zu machen. Dann fragt er mich: »Wenn Sie das alles bereits wissen, warum hat es dann noch nicht in der Zeitung gestanden?«

»Meine Informationen sind zu bruchstückhaft«, antworte ich vage. »Ich warte noch.«

Er nickt, als würde das einen Sinn ergeben. »Ich hoffe, es findet sich eine Erklärung.«

»Das hoffe ich auch.«

Draußen auf dem Gang stecke ich mein Notizbuch in die Tasche und schüttle ihm die Hand. Dann runzle ich die Stirn, als wäre mir gerade noch etwas eingefallen. »Doktor«, sage ich, »hatten Sie und Allison jemals eine Affäre?«

Er wird bleich. »Was ist denn das für eine Frage?«

»Entschuldigen Sie.« Ich wende mich zum Gehen.

Er hält mich am Arm fest. »Nein«, sagt er. »Aber ich habe sie sehr ...« Er sucht nach den richtigen Worten. »Ich habe sie sehr gern gehabt ...«

»Entschuldigen Sie«, sage ich noch einmal.

Als ich jünger war, kamen manchmal Fremde mit zotteligen Haaren und Tätowierungen zu uns in die Kirchenjugendgruppe, um uns zu erzählen, sie hätten früher wilden Sex gehabt und Drogen genommen, aber jetzt hätten sie voller Reue ein neues Leben begonnen und wollten uns ermahnen, immer den geraden, anständigen Weg zu gehen und einen weiten Bogen um die Stadt der Sünde zu machen. Trotzdem hatten sie selbst all diese Dinge getan, sie hatten die Sünde gekostet und überlebt, um sich anschließend von ihr zu distanzieren. Aber machte sie das nicht irgendwie zu Helden?

Wenn Allison Avery am Leben geblieben wäre, hätte sie eines Tages vielleicht einen Ehemann gehabt, der grinsend zu den Kindern gesagt hätte: »Eure Mama hatte eine wilde Jugend.« Sie selbst hätte gelächelt und ihre Geheimnisse für sich behalten. Aber sie ist gestorben, sodass sie in einer Version ihrer Geschichte als dumm und leichtsinnig dasteht, als ein schlechtes, warnendes Beispiel.

Ich habe diese Version nicht geschrieben. Das hätte ich dem Doktor auf seine Frage antworten können.

Wir befinden uns in Amerika, einem Land der Rebellen, aber auch einem Land der Puritaner und Heuchler. Wenn ich schreibe, Allison Avery hat Drogen genommen, gilt sie sofort als schlimmes Mädchen, mit dem es ein schlimmes Ende genommen hat.

Schreibe ich es nicht, bleibt sie, was sie im Moment noch ist. Das perfekte Opfer.

Bishop, Evan und ich gehen nebeneinander zum M&O. Ich gehe zwischen den beiden, wir haben die Arme untergehakt und lachen. Bishop nennt mich dauernd sein »kleines Mädchen« und redet davon, wie weit ich es gebracht habe. Er erinnert an meine Anfangszeiten, als es mich noch nervös gemacht hat, jemandem auf der Straße eine Frage zu stellen. Irgendwann singt er einen Refrain aus »Sunrise, Sunset«.

Drinnen bestehen die beiden darauf, mir ein Bier auszugeben. Evan schlägt vor, auf meinen Sprung von der Überführung zu trinken, und dann trinken wir auf Bryce, weil er so schnell bereit war, meine Hand loszulassen. Während der nächsten zwei Stunden erzähle ich ihnen zum wiederholten Mal von den Recherchen zu meinen Artikeln, von meiner Reaktion auf den Einbruch, meiner Roll- und Rutschpartie den Hügel hinunter, meiner Fahrt mit Russell zum Polizeirevier. Ich lasse mich ausgiebig von ihnen bewundern. Ich erzähle ihnen nicht, wie ich an einem Ast vom Balkon der Averys geschwungen bin, und wie Peter zuvor den Arm um meine Taille geschlungen hatte. Ebenso wenig erzähle ich ihnen von meinem Plan, ins Lizard Lounge zu gehen und mit den Leuten zu reden, die Allison gekannt haben könnten, ihr womöglich Drogen verkauft haben oder jemanden kennen, der es getan hat.

Als wir uns vor dem Lokal verabschieden, nimmt Bishop mich in den Arm und küsst mich auf die Wange. »Du bist eine verdammt gute Reporterin«, sagt er mit leicht verschleiertem Blick. »Ich bin sehr stolz auf dich.«

Über seine Schulter hinweg verdreht Evan grinsend die Augen. »Ich auch«, sagt er. Ich umarme ihn. »Pass bloß auf, dass du dir nicht das Genick brichst«, fügt er hinzu. Ich spüre seinen warmen Atem an meinem Ohr.

Auf dem Rückweg zu meinem Wagen spiele ich beschwingt mit meiner Schlüsselkette und summe vor mich hin. Ich fühle mich hellwach, als hätte ich gerade eine ganze Kanne Kaffee getrunken. Mir schwirrt auf angenehme Weise der Kopf, und meine Wangen fühlen sich heiß und rosig an. Mir ist zumute, als würde ich gleich aus meiner Haut platzen. »Allison, Allison«, murmle ich leise vor mich hin. Ich werde jetzt in diese Bar gehen, und vielleicht werden mir die Leute dort erzählen, welche Wendung in ihrem Leben sie an den Ort gebracht hat, wo ich sie das erste Mal gesehen habe.

Ich werde ihnen sagen, ich sei auf der Suche nach dem besten Gefühl der Welt. Mal sehen, was ich finden werde.

Bevor ich aussteige, werfe ich einen Blick in den Spiegel. Mein Anblick schockiert mich, er passt so gar nicht zu meinem Gefühl. Ich habe dunkle Augenringe, und mein Haar klebt schlaff an meinen Wangen. Mit meiner braven Bluse und dem knielangen Rock wirke ich überhaupt nicht wie die Sorte Mädchen, die ein Typ in einer Bar ansprechen würde. Ich sehe kein bisschen aus wie Allison Avery.

Ich leere den Inhalt meiner Tasche auf den Beifahrersitz. Die pinkfarbene Perücke hebt sich als leuchtender Farbfleck von dem beigen Bezug ab. Ich nehme sie, drehe sie um, fahre mit den Fingern über ihre glatten Strähnen. Dann stülpe ich sie mir auf den Kopf, überprüfe im Rückspiegel, ob sie richtig sitzt. Ich öffne einen weiteren Knopf meiner Bluse und ziehe meine dunkle Strumpfhose aus. In meiner Tasche finde ich einen roten Lippenstift. Ich ziehe mir damit die Lippen nach, tusche meine Wimpern dick mit Mascara. »Hallo«, sage ich zu dem fremden Mädchen im Spiegel.

In der Bar ist es fast so dunkel wie draußen, sodass ich eine

Weile im Türrahmen stehen bleibe, bis sich meine Augen an das Dämmerlicht gewöhnt haben. Zigarettenrauch hängt in der Luft. Ich werfe einen Blick in den Seitenraum, wo der Billardtisch steht. Ein Typ mit langem Haar, das er sich hinter die Ohren geschoben hat, konzentriert sich gerade auf einen Stoß. Sein Gegner steht auf der anderen Seite des Tisches, die Hände über der Spitze seines Queues gefaltet. Ich kann seine kräftigen Armmuskeln sehen. Er schaut mich an, sein Blick bleibt an meiner Perücke hängen. Sofort ziehe ich den Kopf ein und sehe weg. Dann zwinge ich mich dazu, dem Kerl direkt ins Gesicht zu blicken. Er sieht nicht mehr zu mir herüber. Stattdessen beobachtet er, wie der andere Typ mit einem perfekten Schuss eine Kugel versenkt.

An diesem Abend spielt keine Band, sodass die Bar nicht besonders voll ist. Ein Paar sitzt an der Bar, eine Gruppe von Jungs im College-Alter, alle mit Baseballkappen, hat zwei Tische besetzt. Ich beobachte sie aus den Augenwinkeln. Sie trinken Bier, rauchen Marlboros und schenken mir keine Beachtung. Einer von ihnen erzählt einen schmutzigen Witz, woraufhin die anderen in brüllendes Gelächter ausbrechen und mit der flachen Hand auf die Tischplatte schlagen.

Ich gehe an die Bar, schwinge mich auf einen Hocker und bestelle einen Bourbon on the Rocks. Den kalten Drink in der Hand, lasse ich den Blick nach links und rechts schweifen. An der einen Seite sitzt ein Mädchen mit wilder Haarmähne neben einem Jungen, dessen Locken feucht im Nacken kleben. Er beugt sich zu ihr und flüstert ihr etwas ins Ohr, das sie lachend in ihr Bier prusten lässt. Er legt seine Hand auf ihre Schulter. Ihr ganzer Körper neigt sich ihm entgegen, ihr Blick ist auf sein Gesicht gerichtet.

Hinter der Theke spült der Barmann mit ernster, geschäftsmäßiger Miene Gläser. »Entschuldigen Sie«, sage ich und lehne mich über die Bar. Er wischt sich an einem Lappen die Hände ab und kommt zu mir herüber. »Kann ich Ihnen noch etwas bringen?«

»Eigentlich wollte ich Sie bloß fragen, ob Sie Allison Avery kennen.«

»Allison Avery«, wiederholt er langsam. »Kommt mir irgendwie bekannt vor. Wie sieht sie aus?«

»Sie hat ungefähr meine Größe«, antworte ich. »Dunkles Haar. Möglicherweise hat sie manchmal eine Perücke wie diese getragen.«

Er starrt mich einen Moment an. Dann sagt er: »Ich glaube, ich weiß, wen Sie meinen. Eine Sängerin, richtig? Mit einer total sexy Stimme?«

»Das ist sie. Kommt sie oft her?«

»Hören Sie.« Er senkt die Stimme. »Vielleicht wissen Sie es noch nicht. Sie ist tot.« Er deutet mein Schweigen als ein Zeichen von Schock und fügt rasch hinzu: »Tut mir Leid. Es war dauernd in den Nachrichten.«

Ich senke meine Stimme zu einem verschwörerischen Flüstern. »Ich weiß, dass sie tot ist. Ich beschäftige mich mit dem Fall.«

Er zieht die Augenbrauen hoch. »Sie sind von der Polizei?« Er klingt skeptisch.

Ich sehe ihn an, ohne ihm eine Antwort zu geben. »Mir wäre schon geholfen, wenn Sie mir sagen würden, wer von den Leuten hier sie gekannt hat.«

Er sieht sich um und erklärt, dass er sich nicht sicher ist. »Ich glaube nicht, dass sie mit irgendeinem von diesen Typen befreundet war«, erklärt er. »Vielleicht haben sie sie trotzdem gekannt.«

Ich danke ihm, und er kehrt zu seinen Gläsern zurück. Ich drehe mich auf meinem Hocker um, stütze die Ellbogen auf die Bar und lasse den Blick durch den Raum wandern. Die Bühne ist leer bis auf einen hohen Schemel und einen Mikrofonständer. Sie könnte hier gewesen sein, auf dem Schemel gesessen haben, das Mikrofon dicht an ihre Lippen haltend, lachend. Ich beobachte die Billard spielenden Typen, die immer lauter werdenden Jungen an den beiden Tischen.

Jeder von ihnen hätte ihr Drogen verkaufen können. Vielleicht war der langhaarige Typ, der sich gerade vorbeugt, um die Achter-Kugel zu versenken, unsterblich in sie verliebt, und sie hat ihm einen Korb gegeben. Vielleicht hielt sein Freund sie für ein reiches Mädchen, das er einschüchtern wollte, weil er hoffte, dass sie ihm dann mehr zahlen würde. Vielleicht hat er sich von hinten an sie rangeschlichen und ihr seinen dicken Bizeps um den Hals gelegt. Vielleicht hat er sie mit einer dieser starken Hände zu Boden geschlagen. Die lachenden Jungs an den zwei Tischen sehen aus wie harmlose College-Studenten. Vielleicht wollten sie ihr einen Streich spielen. Möglicherweise hat sie Angst bekommen und einen von ihnen gekratzt, woraufhin er zum Schlag ausgeholt hat. In dem Moment könnte die ganze Situation umgekippt sein, sodass ein Schlag zum nächsten führte, wie manchmal ein Drink zum nächsten führt. Während ich sie jetzt beobachte, stacheln sie sich gegenseitig an, und einer ruft: »Noch eine Runde!«

Sogar das Paar an der Bar könnte in Frage kommen. Aus dem Augenwinkel beobachte ich, wie die beiden sich küssen. Beide haben den Mund weit geöffnet, und seine Hand gleitet an ihrer Seite bis zur Rundung ihrer Brust hinauf.

»Du kommst mir irgendwie bekannt vor«, höre ich eine Männerstimme sagen. »Kennen wir uns?«

Neben mir steht der Mann vom Billardtisch, einen seiner muskulösen Arme auf die Theke gestützt. Er hat kleine Augen unter buschigen schwarzen Augenbrauen, und eine Nase, die aussieht, als hätte er sie sich mal gebrochen. »Vielleicht«, antworte ich. »Gut möglich.« Ich nehme einen Schluck von meinem Drink. Der Bourbon läuft warm durch meine Kehle.

»Ich glaube schon«, sagt er. »Ich glaube, ich habe dich hier schon mal gesehen.« Er schnippt mit den Fingern und deutet dann mit dem Zeigefinger auf mich. »Wir haben miteinander getanzt.«

Ich mustere ihn von oben bis unten. In der Bar ist es dunkel, und der Pony der Perücke hängt mir in die Augen. Ich nehme an, dass er die Perücke wiedererkennt – dass er mit Allison getanzt hat, sie fest an sich gedrückt hat. Vielleicht ist er derjenige, der mir sagen kann, was ich wissen will. »Stimmt«, antworte ich.

»Ich bin Vance«, stellt er sich vor. »Die Perücke gefällt mir. Ist mal was anderes.«

»Danke.«

Ich stelle mein Glas ab und deute auf seinen Arm. »An diesen Bizeps kann ich mich erinnern.«

Grinsend lässt er seine Muskeln für mich spielen. Sein Bizeps schwillt gehorsam an. »Du kannst ihn ruhig anfassen«, erklärt er. »Alle Mädels wollen das.«

Ich hebe die Hand und lasse meine Finger über den Muskel gleiten. Er ist hart, seine Haut straff und warm. Sie gibt unter dem Druck meiner Finger nicht nach. Ich lege meine ganze Hand um den Muskel und drücke zu.

»Hart wie Stein«, sagt er. Ich lasse los. Er hebt die Hand, um dem Barmann ein Zeichen zu geben. »Darf ich dir noch einen Drink bestellen?«

»Ich hatte eigentlich auf etwas Stärkeres gehofft.« Ich hebe die Augenbrauen und lächle ihn an.

»Ah.« Er nickt. »Ich weiß genau, was du meinst.« Er beugt sich zu mir herüber und fährt leiser fort: »Lass uns einen Ausflug auf den Parkplatz machen. In meinem Truck habe ich genau das Richtige für dich.«

Als wir an den College-Jungs vorbei durch den Barraum gehen, legt er mir die Hand auf den Rücken. »Jerome«, ruft er seinem Freund zu, der inzwischen mit einem der Jungs Billard spielt. »Ich komme gleich wieder.« Jerome hebt den Kopf, mustert mich von oben bis unten und grinst. »Aber sicher«, antwortet er.

Sein Truck hat ein überdimensionales Führerhaus und riesige Reifen. Er führt mich zur Beifahrerseite und hält mir die

Tür auf. Beim Anblick der schwarzen Ledersitzbank frage ich mich, ob das wirklich eine so gute Idee war. »Los«, sagt er. »Steig ein.«

Als ich sitze, schließt er die Tür hinter mir und geht auf seine Seite hinüber. An seinem Rückspiegel baumelt ein Kreuz. Das Führerhaus wirkt makellos. Auf dem Boden ist kein Müll verstreut, und auf der Sitzbank liegt lediglich eine Baseballkappe. Er schwingt sich herein, zieht die Tür hinter sich zu und lässt sich auf dem Sitz zurücksinken. »Gefällt dir mein Truck?«, fragt er.

Während ich nicke, spähe ich durch die Windschutzscheibe auf den dunklen Parkplatz. Dann werfe ich einen Blick auf meine Tür, um sicherzustellen, dass sie nicht verriegelt ist. Wie zufällig lasse ich meine Hand zum Türgriff wandern.

»So, nun wollen wir mal sehen«, sagt er leise. »Verzeihung.« Er lehnt sich zu mir herüber, um das Handschuhfach zu öffnen. Sein Arm streift mein Knie, sein Kopf ist nur wenige Zentimeter von meinem Busen entfernt. Ich drücke mich nach hinten in den Sitz. Leise vor sich hinpfeifend, wühlt er im Handschuhfach. Inzwischen liegt sein Arm fast auf meinem Oberschenkel. »Es muss hier irgendwo sein«, sagt er. Ich habe keine Ahnung, was er herausziehen wird. Wenn ich Glück habe, wird es ein kleines Alufolienpäckchen sein. Wenn ich Pech habe, ein Messer oder ein Revolver. Ich versuche, ruhig zu atmen und jede Berührung mit ihm zu vermeiden.

»Na bitte«, sagt er, als er sich schließlich wieder aufrichtet. Er hat einen schlanken weißen Joint in der Hand.

»Marihuana?«, frage ich enttäuscht. »Hast du denn nichts anderes?«

Er lässt stirnrunzelnd die Hand sinken. »Zum Beispiel?«

»Zum Beispiel Heroin.«

Er lacht. »Nein, Süße, so harte Sachen nehme ich nicht.«

»Hätte ja sein können.«

»Du siehst gar nicht aus wie ein Junkie.«

»Ich bin auch keiner.« Ich wende den Kopf ab und sehe aus dem Fenster.

»Was bist du dann? Ein Cop oder so was?«

»Nein.« Offenbar klinge ich nicht sehr überzeugend, denn er schaltet die Innenbeleuchtung an, legt mir die Hand unters Kinn und mustert mein Gesicht. »Ich glaube, ich kenne dich doch nicht«, sagt er schließlich. »Ich habe dich für ein anderes Mädchen gehalten.«

»Tut mir Leid«, antworte ich. Ich schiebe die schwere Tür auf und springe hinaus. Im Gehen ziehe ich mir die Perücke vom Kopf und fahre mir mit der Hand durch mein eigenes, feuchtes Haar. »Ein ganz anderes Mädchen«, ruft er mir nach. Ohne mich umzudrehen, wische ich mir mit dem Handrücken den Lippenstift ab.

In meinem Wagen sitzend beobachte ich, wie er aus seinem Truck klettert und kopfschüttelnd zur Bar zurückgeht. Er hat die Hände in seine Jeanstaschen geschoben, und sogar von hier aus kann ich die Wölbung seines Trizeps erkennen. Als er die Tür zur Bar öffnet, dringt ein Schwall von Lachen auf den Parkplatz. Das Geräusch wird abrupt abgeschnitten, als die Tür hinter ihm zufällt. Egal, welche Richtung ich einschlage, ich lande jedes Mal in einer Sackgasse. Ich irre durch ein Labyrinth. Die Stelle, an der Allison gestorben ist, bildet zugleich den Ausgangs- und den Endpunkt. Es ist, als würde sie vor mir herrennen und immer wieder rufen, fang mich, wenn du kannst.

David findet mich mit der Perücke ausgesprochen sexy. Als ich mit dem Ding in der Hand seine Wohnung betrete, mustert er mich von oben bis unten und fragt: »Warst du auf einem Kostümfest?«

»Nein, ich war als Undercoveragentin unterwegs«, antworte ich neckend. Ich setze die Perücke wieder auf, um sie ihm vorzuführen. Er geht um mich herum, als wäre ich ein Auto, das er kaufen möchte, und lässt seine Finger leicht über meine Wirbelsäule gleiten. »Sie gefällt mir«, flüstert er in mein Ohr. Dann schlingt er seine Arme um mich. »Hey«, murmelt er. »Lust auf ein bisschen Spaß?«

»Ich kenne Sie doch gar nicht«, antworte ich.

»Möchten Sie mich kennen lernen?«, fragt er.

Er führt mich ins Schlafzimmer, wo er mir alles auszieht, nur nicht die Perücke.

Mitten in der Nacht wache ich auf. In der Wohnung ist es ruhig, aber als die Klimaanlage einsetzt, kommt mir das Geräusch vor wie das Donnern eines Düsenjägers. Sogar Davids Atemgeräusch erscheint mir zu laut. Ich kann nicht mehr schlafen und frage mich, was ich wohl geträumt habe. Durch das Fenster fällt schwaches Licht, sodass ich sehen kann, dass die Schranktür offen steht. Plötzlich bin ich der festen Überzeugung, dass im Schrank jemand ist. Diese Angst verfolgt mich schon seit meinen Kindertagen. Vorsichtig, um ja David nicht zu stören, krieche ich an den Rand des Bettes und strecke den Arm aus, um ein paar Hemden beiseite zu schieben. Nichts als schwankende Kleidung und ordentlich aufgereihte Schuhe. Ich krieche zurück an Davids Seite und ziehe mir die Bettdecke bis über die Nasenspitze, aber in meinem Magen brennt noch immer diese dumme Angst.

Schließlich stehe ich auf, trete an den Schrank und schiebe mit einer energischen Bewegung die Kleidungsstücke auseinander. Ich kann nichts sehen, aber es ist ein begehbarer Schrank, sodass trotzdem jemand ganz hinten hinter den Mänteln stehen könnte. Auf allen vieren krieche ich bis zur Rückseite des Schranks, den Kopf zwischen den schweren Mänteln. Meine Hände finden einen verirrten Gürtel, ein Paar Laufschuhe, dann die Rückwand des Schranks. Während ich mein Gesicht gegen die kühle Wand presse, muss ich daran denken, dass ich als Kind glaubte, wenn ich nur oft genug bis zur Rückwand meines Schrankes kriechen würde, dann könnte ich dort vielleicht irgendwann eine Tür finden.

Ich war immer auf der Suche nach einem Fluchtweg, wenn mir etwas Angst machte. Eines Abends, ich war damals neun und allein zu Hause, läutete das Telefon, und eine tiefe Männerstimme fragte nach meiner Mutter. Ich antwortete, wie mir beigebracht worden war, dass sie unter der Dusche sei. »Dann geh und hol sie«, sagte der Mann, und als ich antwortete, dass ich sie nicht stören wolle und ob ich ihr etwas ausrichten könne, holte er tief Luft und fragte: »Möchtest du, dass ich deine Mutter vergewaltige?«

»Nein«, flüsterte ich. Durch meinen Körper schoss ein solches Entsetzen, dass mir schlagartig der kalte Schweiß ausbrach.

Der Mann lachte und sagte: »Ich weiß, wo ihr wohnt.«

Ich ließ den Hörer fallen und rannte. Als meine Mutter nach Hause kam, fand sie mich zitternd hinten im Schrank.

Ich kann ihn noch immer hören, den Giftpfeil in seiner körperlosen Stimme, den Hass, der aus ihr sprach.

Als ich die Augen schließe, schießt mir ein Gedanke durch den Kopf: *Das Einzige, wovor wir Angst haben müssen, ist die Angst selbst.* Ich muss fast lachen.

Eine Hand berührt meinen Rücken.

Ich schreie und schreie. Arme schlingen sich um meine Taille und ziehen mich nach hinten, und ich falle gegen einen Körper, noch immer schreiend. »Um Himmels willen, Olivia«, ruft David. »Ich bin es. Ich bin es.«

Ich setze mich auf. Meine Halsschlagader pulsiert so heftig, dass ich spüren kann, wie sich die Haut darüber bewegt. »Du hast mich erschreckt«, stoße ich hervor.

»Unsinn«, sagt David, während er mir mit der Hand über den Arm streicht. »Was ist los mit dir?«

»Ich weiß es nicht«, antworte ich. »Ich bin eine Vollidiotin.«

»Armer Liebling«, sagt er. »Hast du schlecht geträumt?« Er schließt mich in seine Arme – »schließen« ist in diesem Fall der richtige Ausdruck, denn genauso fühle ich mich, wenn er seine Einsneunzig um meine Einssechzig schlingt – eingeschlossen und festgehalten, irgendwo zwischen Geborgenheit und Angst.

14

Nun hat die Temperatur schon fünfunddreißig Tage hintereinander die Dreißig-Grad-Marke um mehrere Grad überschritten. Zwei alte Damen sind gestern in ihren Wohnungen tot aufgefunden worden. Ich habe heute Morgen einen Artikel darüber geschrieben. Insgesamt sind in diesem Sommer schon sechs Leute ein Opfer der Hitze geworden.

Während ich vor dem Four Corners auf Peter warte, fächle ich mir mit der Hand Luft zu. Es ist ein langer und frustrierender Tag gewesen. Ich schaffe es nicht, Allison auf der Titelseite zu halten. Aufgrund der gerichtsmedizinischen Beweislage ist Russell Freeland als Verdächtiger praktisch ausgeschieden. Es ist mir nicht gelungen, ein Statement von ihm zu bekommen, und der Platz war knapp, sodass es bloß zu einem kurzen Artikel auf einer der inneren Seiten gereicht hat. Nur Verdächtige und Mörder schaffen es auf die Titelseite, und oft ist nicht einmal ein Mord spektakulär genug.

Peter kommt heraus. Über die Schulter verabschiedet er sich von jemandem im Restaurant. Er trägt noch seine Arbeitskluft, weißes Hemd und schwarze Hose. Seine Ärmel sind bis zum Ellbogen hochgerollt, sein Haar wirkt zerzaust. Er sieht aus, als würden ihm gleich vor Erschöpfung die Augen zufallen. »Unglaublich, wie heiß es ist«, stöhnt er, als er mich auf dem Gehsteig entdeckt. »Ich könnte mich auf der Stelle hinlegen und einschlafen. Heute stand in der Zeitung, dass eine alte Dame an einem Hitzschlag gestorben ist.«

»Es waren zwei«, antworte ich. »Alte Leute, die keine Klimaanlage hatten.«

»Der Artikel war von dir«, erklärt Peter. »Es ist seltsam, deinen Namen in der Zeitung zu lesen.«

»In dem Fall habe ich nicht viel getan. Bloß mit einem Polizisten telefoniert.« Während er mir mit einem Ohr zuhört, zieht er sein Hemd aus der Hose und knöpft es auf. Darunter trägt er ein weißes T-Shirt.

»Wo soll's denn hingehen?«, frage ich.

»Wo meine Schwester immer hinging. Das wolltest du doch, oder nicht?« Er streift sich das Hemd ab und knüllt es zusammen. »Mein Wagen steht gleich da vorne.«

Am Wagen macht Peter die Beifahrertür für mich auf und grinst dabei, als hätte er diesen Trick gerade erst gelernt. Im Wageninneren riecht es nach Rauch und auch ein wenig nach Schweiß. Ich werfe einen Blick auf den Rücksitz. Er ist mit Musikkassetten übersät. Auf dem Boden liegen eine gammelige Sporthose und ein Paar Laufschuhe. Peter steigt ein. »Du musst das Chaos entschuldigen.« Als er den Motor anlässt, setzt das Radio in voller Lautstärke ein. »Mist.« Rasch schaltet er es aus. »Tut mir Leid.«

Er reiht sich in den Verkehr ein. »Was erwartest du dir davon?«

»Ich möchte mit Leuten reden, die sie gekannt haben«, antworte ich. »Ich hoffe, jemand kann uns helfen, eine Verbindung zu finden, die die Polizei vielleicht übersehen hat.«

»Du meinst, jemand könnte wissen, wer sie getötet hat?« Er schluckt. »Ich dachte, die Cops hätten gesagt, als Täter käme bloß ein Fremder in Frage?«

»Damit haben sie wahrscheinlich auch Recht, Peter«, antworte ich. »Ich möchte das bloß noch mal überprüfen.«

»Ich nehme an, das kann nicht schaden«, sagt er, als wir an einer roten Ampel anhalten. »Die Polizei hat bisher nicht das Geringste herausgefunden.« Seine Stimme klingt plötzlich wütend. »Nicht das Geringste«, sagt er noch einmal.

Ich sage nichts. Er atmet laut aus. Dann schaltet die Ampel um, und wir fahren weiter. Draußen huschen die Straßenlampen vorbei, und ich frage mich, ob irgendjemand mich so sehr liebt wie Peter seine tote und begrabene Schwester.

»Fahren wir zum Lizard Lounge?«, frage ich. Als er nickt, füge ich hinzu: »Ich habe gehört, dort werden eine Menge Drogen verkauft.«

Er wirft mir einen misstrauischen Blick zu. »Denkst du darüber immer noch nach?«

Ich hole die Schachtel aus meiner Tasche und halte sie ihm hin. Er wirft einen kurzen Blick darauf, ehe er seine Aufmerksamkeit wieder auf die Straße richtet, die Hände fest um das Lenkrad geklammert. »Wo hast du die her?«

»Kommt sie dir bekannt vor?« Er antwortet mit einem knappen Nicken. Dann sagt er: »Sie gehört Allison«, aber etwas an seinem Gesichtsausdruck verrät mir, dass er weiß, was sie enthält. »Du hast mich wegen des Heroins angelogen, stimmt's?«, frage ich.

»Seltsam, wie du ›Heroin‹ aussprichst«, antwortet er. »Her-o-in. So gespreizt. Sag doch Junk. Oder Smack.«

»Junk«, sage ich. »Smack. Du hast mich belogen.«

»Ja.« Seine Stimme trieft vor Sarkasmus. »Wie bist du dahintergekommen?«

Ich öffne die Schachtel, um ihm die Nadel, den Löffel und das kleine Alupäckchen zu zeigen. Er nimmt sie mir aus der Hand und berührt mit einem Finger die Nadel. Sein Gesicht ist bleich geworden. »Du weißt, was das ist, nicht wahr?«, sage ich.

»Natürlich«, murmelt er, ohne mich anzusehen. »Wo war es?«

»In der Wohnung deiner Schwester. Ich hab es dir erzählt.«

Er nickt und stößt dann einen gequälten Seufzer aus. »Wo?«

»Das warst du, nicht wahr? Du hast ihre Wohnung durchsucht.«

Er antwortet nicht. Er lässt seinen Finger über den Löffel gleiten, und ich frage mich, was er gerade denkt. Ob er jemals gesehen hat, wie seine Schwester ihn benutzt hat?

»Warum hast du es mitgenommen?«, fragt er.

Ich zögere. »Ich wollte nicht, dass deine Mutter es findet.«

»Danke.« Er wirft mir einen dankbaren Blick zu.

Einen Moment lang habe ich ein schlechtes Gewissen, weil er mir alles glaubt, was ich sage. »Was kannst du mir darüber sagen?«, frage ich ihn vorsichtig.

Achselzuckend hebt er das Alupäckchen aus der Schachtel und lässt es wieder hineinfallen. »Was immer du wissen willst«, antwortet er. »Ich werde dir sagen, was immer du wissen willst.«

»Kannst du mir zeigen, woher das kommt?«, frage ich. »Ich möchte die Leute kennen lernen, die du und deine Schwester gekannt habt.«

Er starrt mich an, als hätte er mit dieser Antwort nicht gerechnet. Dann nickt er langsam. Er lächelt mich an. Ich frage mich, ob ich wohl jemals in den Genuss dieses umwerfenden Lächelns kommen werde, ohne dabei gleichzeitig Tränen in seinen Augen zu sehen. Als er den Wagen an einer weiteren Ampel stoppt, legt er seine freie Hand an meinen Nacken und zieht mich zu sich, um fest seine Lippen auf meine zu pressen. »Danke«, sagt er und küsst mich wieder und wieder. »Danke.«

Fast schon lachend, versuche ich zu sagen: »Gern geschehen«, obwohl ich nicht genau weiß, wofür er mir dankt. Vielleicht dafür, dass ich die Geheimnisse seiner Schwester bewahre. Oder dafür, dass ich mich überhaupt für diese Geheimnisse interessiere. Als er mich endlich wieder freigibt, ist mir schon leicht schwindelig. Mit zitternden Fingern greife ich nach der Schachtel. Peter lässt sie nicht los. »Vielleicht sollte ich sie besser behalten«, sagt er.

»Das glaube ich nicht«, entgegne ich. »Was, wenn deine Mutter dich damit erwischt?«

»Wahrscheinlich hast du Recht.« Er lässt zu, dass ich sie ihm abnehme. »Manchmal durchsucht sie mein Zimmer«, meint er mit einem freudlosen Lachen. »Ich muss sogar meine Zigaretten vor ihr verstecken.« Während ich die Schachtel wieder in meiner Tasche verstaue, zündet er sich eine Zigarette an. Ich registriere, dass seine Hände ebenfalls zittern.

Als die Ampel auf Grün schaltet, wendet Peter vor den entgegenkommenden Wagen rasch in die Gegenfahrbahn. »Wo fahren wir hin?«, frage ich, während ich mich abstütze, um den Schwung abzufangen.

»Vergiss das Lizard Lounge«, erklärt Peter. »Da, wo ich dich jetzt hinbringe, wirst du es viel interessanter finden.«

Der Typ, der uns die Tür öffnet, trägt nichts als Shorts. Er ist bleich und so dünn, dass seine Rippen vorstehen. Einen Moment lang verspüre ich das Bedürfnis, mit den Fingern über die unterste Rippe zu fahren. Er kneift die Augen zusammen und starrt mich fragend an. Seine Lider sind gerötet. »Hallo«, sagt er. Ich habe sein Gesicht schon einmal gesehen. An dem Abend, an dem ich Peter heimgefahren habe, war er ebenfalls in der Bar.

»Hallo, Nate«, sagt Peter und stellt sich neben mich.

Der ratlose Ausdruck verschwindet aus Nates Gesicht. »Mr. Avery.« Er streckt Peter die Hand hin. »Wie geht es Ihnen, Sir? Kommt rein, kommt rein!« Er tritt beiseite, um uns durchzulassen. Der Eingangsbereich ist mit braunem Teppich ausgelegt. In einer Ecke steht ein offener Mülleimer. Vor uns erstreckt sich ein langer Gang. Nachdem Nate die Tür hinter uns geschlossen hat, mustert er uns lächelnd von oben bis unten. »Hey«, sagt er und deutet auf mich. »Eine Freundin von Allison?« Noch während er ihren Namen ausspricht, wirft er Peter einen besorgten Blick zu. »Olivia«, sage ich zu Nate und strecke ihm die Hand hin. Statt sie zu schütteln, führt er sie an seine Lippen und hinterlässt einen nassen Kuss auf meiner Haut.

»Angenehm«, sagt er. Ohne meine Finger loszulassen, wirft er Peter den anderen Arm um die Schulter. »Pete, mein Guter«, kräht er. »Warum hast du diese bezaubernde junge Dame nicht schon eher mitgebracht?« Peter starrt den Gang hinunter, ohne Nate zu beachten. Er hat die Hände in seinen Hosentaschen zu Fäusten geballt. »Mir ist bekannt, dass dieser kleine Junge charmant zu den Damen sein kann«, wendet sich Nate in vertraulichem Ton an mich. »Aber hätten Sie nicht lieber einen Mann?«

»Ich kenne keinen«, antworte ich achselzuckend. Nate wirft den Kopf zurück und brüllt vor Lachen. »Lasst uns hineingehen«, sagt er, als er sich wieder beruhigt hat. »Die anderen sind im Wohnzimmer.«

Wir gehen durch den langen, leeren Gang auf einen Raum zu, in dem es erstaunlich ruhig ist. Sechs oder sieben Leute sitzen an Kissen gelehnt auf dem Boden. Ich erkenne zwei von ihnen wieder – Steve, der Peter sofort begrüßt, und das Mädchen, das er an dem Abend in der Bar gequält hat. Sie sitzt mit geschlossenen Augen in einer Ecke, den Kopf gegen die Wand gelehnt. Alle Gesichter im Raum scheinen auf eine ungesunde Weise rot zu glühen, und mir fällt auf, dass sogar die Wände in dieser Farbe leuchten. Zuerst glaube ich, dass mir meine Augen einen Streich spielen, aber dann fragt Nate: »Gefallen euch meine neuen Glühbirnen?«, und deutet auf eine Lampe in der Ecke. Erleichtert nehme ich zur Kenntnis, dass das rote Licht real ist und keine Fiebervision meinerseits.

Im ganzen Raum gibt es nur drei Möbelstücke, einen Sessel, ein winziges, durchhängendes Sofa und einen wackeligen Couchtisch. Auf der winzigen Couch liegt eine E-Gitarre, auf dem Tisch steht ein Aufnahmegerät. Nate registriert meinen Blick. »Ich habe gerade was aufgenommen«, erklärt er. »Wollt ihr es hören?«

»Klar.« Ich sehe mich weiter um, während Nate sich daran macht, das Aufnahmegerät an seine Stereoanlage anzuschließen. An seinen Wänden hängen Rock 'n' Roll-Poster und Werbeanzeigen, die er aus Hochglanz-Zeitschriften ausgeschnitten hat. Die meisten zeigen ein dünnes Model mit strähnigem Haar. Peter lässt sich auf der Couch nieder. Ich setze mich auf die vordere Kante des abgewetzten Sessels und lasse den Blick durch den Raum schweifen. An einer der Wände ist knapp über dem Boden ein rotbrauner Fleck. »Was ist das?« Ich deute darauf.

»Kotze«, antwortet Nate. »Hab ich absichtlich nicht weggewischt. Soll mich daran erinnern, keine Speedballs mehr einzuwerfen.«

»Was ist ein Speedball?« Ich beuge mich vor, schlinge die Arme um meinen Magen und versuche, nicht mehr zu dem Fleck hinzuschauen. Ich frage mich, wie viel Zeit Allison in dieser Wohnung verbracht hat und ob sie wohl gelacht oder den Blick abgewandt hat, als sie den Fleck an der Wand zum ersten Mal sah.

»Kokain und Heroin«, antwortet Peter. Ich werfe ihm einen raschen Blick zu. Er starrt mit ausdrucksloser Miene auf ein Rolling-Stones-Poster.

Nate nickt. »Hätte mich fast umgebracht«, meint er lachend. »So, es kann losgehen.« Er lässt sich neben Peter auf die Couch fallen und drückt auf Play.

Einen Moment lang ist nur ein schwaches Surren zu hören. Nate lehnt sich mit geschlossenen Augen zurück. Eine Gitarre spielt ein paar verzerrt klingende Akkorde, dann setzt Nates Stimme ein. Anfangs kann ich den Text, den er brummt, nicht verstehen, aber als der Refrain beginnt, stimmt Nate auf der Couch ein: »Oh, baby, I've been livin' on the edge, drivin' all night just to see you.« Dann verstummt die Stimme, und ich höre das unverkennbare Gurgeln einer Wasserpfeife.

Nate öffnet die Augen. »Ist das nicht cool?«, fragt er. »Das ist mir vorhin erst eingefallen, kurz bevor ihr gekommen seid.« Er nickt mir zu. Er nickt ständig, wie eine Puppe, deren Kopf ein wenig locker sitzt.

»Wirklich cool«, antworte ich. Ein zufriedenes Lächeln breitet sich auf seinem Gesicht aus. Es macht mich traurig. Erneut klingt das Gurgeln der Wasserpfeife aus den Lautsprechern, und Nate deutet grinsend auf die Anlage.

»Spielst du schon wieder diesen Scheiß?«, stöhnt Steve am

Boden. Mühsam steht er auf und tritt hinter meinen Sessel. Er stützt sich so fest auf die Rückenlehne, dass ich samt Stuhl ein Stück nach hinten kippe, bis ich ihm direkt von unten ins Gesicht sehe. Seine Züge wirken massig und hängend, als hätte die Schwerkraft auf ihn eine stärkere Wirkung als auf uns. »Dich kenne ich«, sagt er zu mir. »Du bist eine Freundin von …« Er wirft Peter einen raschen Blick zu und spricht den Satz nicht zu Ende.

»Allison«, sagt Peter scharf. »Du kannst es ruhig aussprechen.«

»Woher kanntest du sie?«, frage ich Nate.

»Vom College«, antwortet Nate. »Wir hatten ein paar gemeinsame Kurse. Chemie.« Er stößt ein bellendes Lachen aus. »Ich war darin eine richtige Flasche. Allison hat mir ihre Aufzeichnungen gegeben. Sie ist cool.« Er runzelt die Stirn. »Sie war cool«, korrigiert er sich leise. Dann berührt er Peter am Arm. »Tut mir Leid.«

»Verdammt noch mal«, platzt Peter heraus. »Hör verdammt noch mal auf, dich dauernd zu entschuldigen!«

»Tut mir …« Unsicher hält Nate inne. Peter stürmt aus dem Raum. Ich höre eine Tür zuknallen.

»Mist«, sagt Steve leise.

Da Steves Gewicht den Sessel noch immer nach hinten zieht, kostet es mich einige Mühe, nach vorne zu rutschen und aufzustehen. Nate sieht mir wortlos zu. Ich gehe in die Küche und halte nach einer geschlossenen Tür Ausschau. Als ich eine entdecke, klopfe ich. Keine Reaktion. »Peter, ich bin's«, sage ich. »Kann ich reinkommen?« Ich höre ihn auf der anderen Seite antworten, verstehe aber nicht, was er sagt. Ich öffne die Tür. Es handelt sich um die Toilette. Peter sitzt auf dem Klodeckel. Die Arme um den Bauch geschlungen, wiegt er sich langsam vor und zurück.

»Bist du okay?«, frage ich, weil man das nun mal fragt, auch wenn man schon vorher weiß, dass die Antwort nein lautet.

»Ich brauche etwas«, flüstert er. »Ich brauche ganz dringend etwas.«

Ich knie mich neben ihn, lege die Hand auf seinen warmen Oberschenkel. »Was brauchst du denn?«

Er fährt mit der Hand über meinen Kopf, streicht mir das Haar zurück. Dann lässt er seine Hand auf mein Gesicht gleiten, auf meine Wange. Er starrt mir ins Gesicht, als könnte er dort etwas lernen. Dann legt er die andere Hand an meine andere Wange und gleitet gleichzeitig vom Klodeckel, sodass er mit mir auf dem Boden kniet. Ehe ich mich versehe, küsst er mich, sind seine Hände unter meiner Bluse. Aus seinen Berührungen spricht eine solche Dringlichkeit, dass ich nicht anders kann, als sie ebenfalls zu empfinden, wie einen Schmerz in der Magengrube, ein Prickeln auf meiner Haut.

»Du wirst es tun, nicht wahr?«, murmelt er in mein Ohr. Ich lehne mich stirnrunzelnd zurück. Seine Hand liegt noch immer auf meiner Brust. »Nicht wahr?«, wiederholt er mit flehender Stimme. Ich gebe ihm keine Antwort, weil ich nicht sicher bin, wie die Antwort lautet. Dann sagt er: »Ich möchte, dass du es auch nimmst«, und mir wird klar, dass er nicht von Sex spricht.

»Dass ich was nehme?«, frage ich. Ich ziehe seinen Arm aus meiner Bluse.

»Her-o-in«, antwortet er. Seine Stimme klingt leicht vorwurfsvoll, als hätte ich wissen müssen, was er meinte.

»Du möchtest, dass ich Heroin nehme?« Auf seine Schulter gestützt, schiebe ich mich hoch.

»Ja«, antwortet er und steht ebenfalls auf. »Wozu sind wir sonst hergekommen?« Wir stehen in dem schmutzigen Bad und starren uns an. Ich frage mich, ob es wohl so ähnlich war, als er mich das erste Mal geküsst hat – ob er in meinem Gesicht etwas sieht, von dessen Existenz ich selbst bisher keine Ahnung hatte. »Ja, wozu?«, wiederhole ich dümmlich.

»Weißt du es denn nicht?«, fragt er. In dem Moment klopft

es an der Tür. »Peter?« Es ist Nate. »Olivia? Ist bei euch drinnen alles klar?«

Peter schiebt sich an mir vorbei und reißt die Tür auf. Nate steht vor uns, die Hand erhoben, um ein weiteres Mal zu klopfen, den Mund zu einem überraschten Oh aufgerissen. »Hör zu, Nate«, erklärt Peter. »Es geht uns gut, aber wir hätten gern etwas, das uns ein bisschen das Gehirn vernebelt. Du weißt, was ich meine?«

»Ich habe nichts da, Mann,« antwortet Nate mit weit gespreizten Fingern.

»Wir haben selber was«, sagt Peter. »Kannst du das Drumherum übernehmen?«

»Ja, klar, natürlich«, antwortet Nate. »Du brauchst es bloß zu sagen, wenn ich dir irgendwie helfen kann, das weißt du ja.«

Nate und Peter verlassen den Raum, und ich folge ihnen, weil ich nicht weiß, was ich sonst tun soll. Ich fühle mich verantwortlich für das, was er vorhat. Schließlich bin ich diejenige, die ihm Allisons geheimen Vorrat gezeigt hat. Ich habe ihn gebeten, mich zu ihren Freunden zu bringen. Vielleicht glaubt er, dass das Heroin ihm helfen wird, sich nicht mehr an sie zu erinnern. Vielleicht kann er sich im Moment nichts Besseres vorstellen, als sie zu vergessen.

Nate führt uns in sein Schlafzimmer, weg von den »anderen gierigen Arschlöchern«, wie er sagt. Auch dieser Raum ist mit Postern gepflastert, ansonsten aber ziemlich kahl. Die einzigen Möbel sind ein kleiner Tisch und ein hölzernes, überraschend kunstvoll gearbeitetes Doppelbett. Peter streckt die Hand nach meiner Tasche aus, und ich gebe sie ihm. Er holt die Schachtel hervor, öffnet sie und nimmt das kleine Alupäckchen heraus.

Er sieht mich fragend an.

»Wenn das der gleiche Stoff ist, den ich hatte«, sagt Nate, »dann ist er astrein!«

Ich habe mich inzwischen auf dem Bett niedergelassen. Immer wieder muss ich schlucken, als würde etwas in meinem Hals stecken. Da ich nicht recht weiß, wo ich hinsehen soll, lasse ich den Blick von Poster zu Poster schweifen. Nur eines von ihnen ist gerahmt. Wieder und wieder lese ich die Schrift. Syd Barrett. The Madcap Laughs. Bin ich deswegen hergekommen? Um herauszufinden, wie sich das anfühlt – zu wissen, was das tote Mädchen gewusst hat? Allmählich komme ich mir vor wie in einem Traum, als könnte ich tun, wonach mir gerade der Sinn steht, weil ich am nächsten Morgen bloß ein paar Mal zu blinzeln brauche und dann nichts davon mehr eine Rolle spielen wird.

Nate gibt einen Teil des Heroins auf einen Metalllöffel und erhitzt es über einer Kerzenflamme. Ich sehe zu, wie es sich in flüssigen Bernstein verwandelt. Ich sehe zu, wie Nate die Flüssigkeit mit einer Spritze aufzieht und sich dann lächelnd an Peter wendet. Er hat vor Verlangen und Vorfreude schwere Augenlider. »Möchtest du zuerst?«, fragt er Peter.

Peter schüttelt den Kopf. »Nein, sie zuerst.« Er richtet den Blick auf mich.

»Welcher Arm?«, fragt mich Nate wie eine Krankenschwester vor einer Impfung. Ich strecke den rechten Arm aus, überlege es mir dann aber anders und halte ihm den linken hin. Als ich auf meinen Arm blicke, bilde ich mir ein, den Puls in meinem Handgelenk wild flattern zu sehen, wie eine gefangene Motte. Ich widerstehe dem Drang, erneut den Arm zu wechseln. Vorsichtig legt Nate die Spritze auf dem Nachttisch ab und wickelt einen schwarzen Gürtel um meinen Oberarm. Er zieht ihn viel fester zu, als die Manschetten beim Blutdruckmessen aufgeblasen werden, und ich sehe, wie sich eine dicke Ader durch meine Haut drückt. Widerwille steigt in mir hoch. Als ich aufblicke, sehe ich Peter mit bleichem Gesicht auf meinen Arm starren.

Nate greift nach der Spritze und geht dann vor mir in die Hocke, auf seinen Zehen balancierend. Vor lauter Konzentration erscheint eine kleine Steilfalte zwischen seinen Augen.

Er nähert sich mit der Spritze meinem Arm, zögert dann aber und blickt zu mir hoch. »Das erste Mal?«, fragt er. Ich nicke. »Was du jetzt gleich fühlen wirst, ist mit nichts anderem zu vergleichen, was du jemals gefühlt hast«, erklärt er im ruhigen, geduldigen Ton eines Lehrers. »Das Wichtigste ist, dass du dich entspannst und es genießt. Es ist das schönste Gefühl auf der Welt.« Er richtet den Blick wieder auf meinen Arm. »Wie du es noch nie zuvor gefühlt hast.«

Mein Herz dröhnt in meinen Ohren. Ich denke an Allisons Gesicht, ihr Lachen, ihre mächtige, schmerzerfüllte Stimme. Wenn ich das jetzt tue, werden wir uns wenigstens in einer Hinsicht gleichen.

»Mach eine Faust«, sagt Nate. »So ist es gut.« Langsam nähert er sich mit der Spritze meinem Arm. Ich schließe die Augen und spüre, wie die Nadel in meine Vene dringt. Keuchend ringe ich nach Luft. Ich habe das Gefühl, als würde mein ganzer Körper schmelzen. Wieder taucht Allison vor mir auf, nicht ihr Gesicht, sondern ihr Körper. Er sieht aus wie der zerbrochene Körper einer Puppe.

Ich reiße den Arm weg und presse die Lippen zusammen, um nicht laut aufzuschreien.

Nate lässt sich auf seine Fersen zurücksinken. »Shit«, sagt er ruhig. »Ich habe dich noch nicht mal berührt.«

Einen Moment lang herrscht Schweigen. Ich starre auf meinen unversehrten Arm. Die Vene tritt noch immer dick und violett hervor, bereit, die Nadel aufzunehmen. »Ich … ich«, stammle ich. Ich spüre, wie mir das Blut ins Gesicht schießt und meine Wangen rot anlaufen lässt.

»Es ist ganz normal, dass du nervös bist«, meint Nate. »Los, starten wir einen zweiten Versuch.« Er beugt sich wieder vor. Ich hole tief Luft. Erneut sehe ich die Nadel näher kommen, und plötzlich weiß ich, dass ich es nicht schaffen werde, sie mir von ihm in die Vene stoßen zu lassen.

Ich bin ein Feigling, und deswegen bekomme ich auch nie, was ich will.

»Weißt du was?« Ich zerre mit der rechten Hand an dem Gürtel, versuche ihn zu lösen, ziehe ihn dabei aber nur enger. Ich halte den Blick starr auf meinen Arm gerichtet, weil ich Angst davor habe, Peter anzusehen, Angst davor, die Enttäuschung in seinen Augen zu sehen. »Ich habe es mir anders überlegt.«

»Oh«, sagt Nate. Er sieht verwirrt aus.

»Du zuerst«, sage ich.

»Aber ...«

»Du zuerst«, wiederhole ich in bestimmtem Ton. Ich strecke ihm den Arm hin. »Nimm mir den Gürtel ab.«

»Okay«, antwortet er, inzwischen wieder recht fröhlich. Er löst den Gürtel. Ich reibe über den roten Abdruck an meinem Arm. Dann sehe ich Peter an. Sein Gesicht wirkt abgespannt. Er schließt die Augen, und ich registriere, dass seine Hände zittern. »Nate«, sagt er mit geschlossenen Augen. »Zuerst bin ich an der Reihe.«

Nate seufzt. »Ich weiß«, antwortet er. Er macht Anstalten, Peter den Gürtel um den Arm zu legen.

»Peter, nicht!« Die Worte sind schneller draußen, als ich denken kann. Peter starrt mich aus leeren Augen an. »Wir können das nicht tun. Es ist idiotisch. Ich muss es den Cops erzählen.«

»Lieber Himmel!«, stöhnt Nate.

»Tu es nicht«, sage ich, den Blick noch immer auf Peter gerichtet, und diesmal klingt es wie eine Drohung. »Ich meine es ernst. Ich rufe deine Mutter an.«

Peter schließt die Augen. Offenbar hat er kapituliert. »Scheiße!«, stößt er leise hervor.

»Hört zu, mir ist das Ganze zu stressig. Werdet euch erst mal einig«, erklärt Nate. »Ich habe einen Joint, den ihr rauchen könnt.« Er fischt eine Plastiktüte aus seiner Tasche und zieht einen Joint heraus. »Damit ihr zwei euch nicht ausgeschlossen fühlt.«

Peter sagt eine Weile gar nichts zu mir. Aneinander gepresst sitzen wir auf dem Bett und lassen den Joint zwischen uns hin und her wandern, während Nate den Gürtel um seinen eigenen Arm festzieht. Wir sehen zu, wie er die Nadel unter seine Haut schiebt. Einen Augenblick später steht er auf und stolpert aus dem Zimmer. Wir schweigen. Nate kommt zurück, eine durchsichtige Plastikschüssel in der Hand. Er setzt sich hin, übergibt sich gelassen in die Schüssel und stellt sie dann auf dem Boden ab. Ich versuche, nicht hinzusehen, weil ich bereits spüre, wie es mir hochkommt. »Wie ist es?«, fragt Peter.

Nate lächelt. Sein Kopf nickt leicht auf und ab. Die Pupillen seiner blauen Augen sind nur noch winzige schwarze Punkte. »Tut mir Leid«, stößt er keuchend hervor. »Bin völlig high.«

Ich lasse ihn nicht aus den Augen, als bräuchte ich ihn bloß lange genug anzustarren, um einen kleinen Geschmack von dem Gefühl zu bekommen, das er gerade empfindet. Eigentlich wollte ich es selbst empfinden. Nun sitze ich wieder mal da und sehe bloß zu.

Nachdem wir Nate eine Weile beim Schweben zugesehen haben, nehme ich Peters Hand und stehe auf. Er steht ebenfalls auf. Leise gehen wir an den schweigenden Leuten im Wohnzimmer vorbei und verlassen die Wohnung.

Draußen ist die Luft still und warm. Ein junges Pärchen geht händchenhaltend vorüber. Das Mädchen spricht lebhaft auf ihren Freund ein und fuchtelt dabei mit der freien Hand durch die Luft. Peter beugt sich zu mir herunter und küsst mich auf die Wange. Es ist ein gutes Gefühl, seine kühlen Lippen auf meiner heißen Haut zu spüren. »Womit habe ich das verdient?«, frage ich. »Ich dachte, du wärst böse auf mich.«

»War ich auch«, antwortet er. »Aber ich weiß, dass du bloß versucht hast, auf mich aufzupassen. Allison war auch so.«

»Sie wollte dich nicht lassen?«

Er schüttelt wehmütig den Kopf. »Kein Mensch gönnt mir meinen Spaß.«

»Tut mir Leid.«

»Ich wünschte, die Leute würden endlich aufhören, sich ständig bei mir zu entschuldigen«, sagt er. »Du brauchst dich nicht zu entschuldigen.« Er hält mir die Wagentür auf. »Du willst doch hoffentlich noch nicht nach Hause? Ich würde gern noch ein bisschen herumfahren.«

Ich spüre, wie die Spannung aus meinem Körper weicht. Plötzlich habe ich so weiche Knie, dass ich mich am Wagen festhalten muss. Ich bin froh, dass Peter nicht weiß, wie schwach und ängstlich ich mich fühle. »Das klingt gut«, erkläre ich und steige ein.

Kaum sitze ich im Wagen, döse ich halb weg, sodass ich nicht darauf achte, wo wir hinfahren. Erst als Peter den Wagen stoppt, schlage ich die Augen wieder auf. Wir sind am Tatort. Ich hätte mir eigentlich denken können, dass wir hier landen würden. Nachdem Peter den Motor abgeschaltet hat, sitzen wir eine Weile schweigend da und lauschen der Stille. Dann steigt er aus, und einen Moment später folge ich ihm. Er lehnt an der vorderen Stoßstange, die Arme vor der Brust verschränkt. Ich stelle mich neben ihn. Unsere Schultern berühren sich. »Ich weiß, dass es makaber ist, hierher zu kommen«, sagt er. »Aber ich muss dauernd daran denken, dass das der letzte Ort ist, wo sie am Leben war.« Er macht eine ausladende Handbewegung. »Irgendetwas hier war das Letzte, was sie gesehen hat.«

Mir fällt keine passende Antwort ein. Vor mir taucht ihr Gesicht auf, wie ich es auf dem Bildschirm gesehen habe. Das dunkle Haar fällt ihr ins Gesicht. Ihre Lippen bewegen sich.

Peter wendet sich mir zu. Ich spüre, wie er mich von der Seite mustert. Ich rühre mich nicht von der Stelle. »Olivia?«, fragt er.

Ich drehe mich zu ihm um. Einen Moment lang sieht er mich prüfend an, dann wandert seine Hand langsam mein Gesicht hoch, seine Finger streifen meine Wange. Ich halte den Atem an. »Eine Wimper«, sagt er und hält mir seine Finger vor die Nase, um mir die Wimper zu zeigen. »Wünsch dir was.« Ich schließe die Augen und blase die Wimper von seinen Fingern. Neben mir höre ich Peter sagen: »Dein Leben endet.« Ich öffne die Augen und sehe ihn mit den Fingern schnippen. »Einfach so.«

Aus seinen Augen spricht Entsetzen. Ich nehme seine Hand, verschränke meine Finger mit seinen. Am liebsten würde ich mich in diesem Moment völlig öffnen, um alles so intensiv zu empfinden, wie ich nur kann: die Sterne, die dort, wo keine Lichter sind, so hell leuchten, die warme Luft auf meiner Haut, den Druck seiner Finger an meinen. Ich könnte ihm sagen, dass das Beste, worauf man hoffen kann, diese Momente sind, in denen du weißt, dass du in deiner eigenen Haut steckst, dich selbst spürst. Du fühlst das eigene Herz schlagen. Du holst Luft, und warme Luft strömt in deine Lungen. Es gibt keinen Raum, den du mit deinem Körper nicht ausfüllen kannst.

»Sieh, wie schön die Sterne sind«, sage ich.

Er lehnt den Kopf zurück. Wir verhalten uns still. »Ja«, antwortet er. »Ja.«

15

Es ist Samstag, und ich habe eigentlich frei. Ich schleiche mich durch die Hintertür in die Redaktion, weil ich weiß, dass Peggy, wenn sie da wäre und mich sähe, mich sofort wieder nach Hause schicken würde. Zum Glück sitzt ein anderer Redakteur an ihrem Schreibtisch. Als ich den Raum betrete, blickt er nur kurz von seinem Computerbildschirm hoch und nickt mir zu.

Wenn ich an gestern Abend denke, wird mir speiübel. Mich an meinen Computer zu setzen, Telefonate zu führen und mir Notizen zu machen – all das ist Balsam für mich, weil es mich von der quälenden Erinnerung an meine eigene Dummheit ablenkt und mir hilft, die Kontrolle über meine Story und mich selbst wiederzuerlangen.

Wie Allison an das Morphium gekommen ist, stellt nach wie vor ein kleineres Rätsel dar. Die Lügendetektortests sind für nächste Woche angesetzt. Ich habe inzwischen erfahren, dass das Fläschchen und die Subkutannadel im Kofferraum ihres Wagens gefunden worden sind. Morris ist der Meinung, Allison habe sich selbst einen Schuss gesetzt, während sie im Kofferraum eingesperrt war, weil sie wusste, dass ihr Schmerzen bevorstanden. Es widerstrebt mir, diese Erklärung zu akzeptieren. Sie hat bestimmt gewusst, dass eine hohe Dosis Morphium ihre Fähigkeit zur Gegenwehr beeinträchtigen würde. Sie hat bestimmt auch gewusst, dass die Droge sie unter Umständen umbringen würde, falls ihre Peiniger es nicht taten. Das würde bedeuten, dass sie aufgegeben hatte.

Angela behauptet noch immer, von den Drogen nichts zu wissen, und obgleich ich nicht weiß, warum, glaube ich ihr.

Ich habe erneut bei den Freelands angerufen, und zu meiner eigenen Überraschung hat Russell mich zurückgerufen, um mir mitzuteilen, dass er mir nichts mehr mitteilen werde. Er klang müde und machte einen traurigen Witz darüber, dass er sein Jurastudium nun mit Erfahrungen aus erster Hand wieder aufnehmen könne. Er erklärte, sie würden überhaupt nicht mehr ans Telefon gehen, unter anderem wegen der Medien, aber hauptsächlich wegen der obszönen Anrufe und Drohungen. »Es tut mir Leid«, sage ich zum tausendsten Mal.

»Mir auch«, antwortet er.

Bei den Averys habe ich noch nicht wieder angerufen. Ich möchte nicht mit Peter sprechen, obwohl ich dauernd an ihn denken muss.

Peter. Ich habe ihn inzwischen als seltsamen, labilen Jungen kennen gelernt, der seine Mutter zu sehr fürchtet und seine Schwester zu sehr geliebt hat. Das gestern Abend war wahrscheinlich nicht seine erste Erfahrung mit Heroin. Möglicherweise hat er nicht nur die ganze Zeit über von Allisons Drogenmissbrauch gewusst, sondern ihr dabei sogar Gesellschaft geleistet. Bisher weigere ich mich noch, das zu glauben. Mir ist klar, dass ich eine Schwäche für diesen Jungen habe. Wenn ich die Wurzel dieser Schwäche finden könnte, würde ich sie sofort herausreißen und in kleine Stücke schneiden.

Vielleicht haben so auch die Männer empfunden, die Allison liebten. Ich schreibe ihre Namen auf. *Russell Freeland. Carl Fitzner. Peter Avery*. Ich fügte *Antonio Roberts* hinzu. Das ist der Name des Mannes, der versucht hat, seine Frau zu erschießen, während ich ihn durchs Fenster beobachtete. Darunter schreibe ich *Kenneth Obie*. So heißt der Mann, der seiner Freundin Lucille Davis eine Kugel in den Kopf gejagt hat. Ich lasse eine Zeile frei für den Unbekannten, der die Prostituierte Bernadette Smith erschossen hat.

Ich muss an David denken, daran, was er wohl täte, wenn

er wüsste, dass Peter mich geküsst und meine Brust berührt hat, dass ich es nicht nur zugelassen, sondern gewollt habe.

Eines weiß ich: Nichts ist so mörderisch wie die Liebe eines Mannes.

David steht mitten auf dem Dach des Peabody Hotels und ruft hinter mir her, während ich im Kreis um ihn herumlaufe, so nahe am Rand wie möglich. »Warum fängst du mich nicht«, rufe ich und bleibe keuchend vor ihm stehen. Er sieht nicht aus, als hätte er Lust, mit mir Fangen zu spielen, aber dann stürzt er sich doch lachend und mit ausgestreckten Armen auf mich. Ich springe zur Seite und stürme zurück zu der Mauer am Rand des Daches, wo ich mich so weit wie möglich hinauslehne, nur um zu sehen, wie sich Davids Augen vor Angst um mich weiten.

»Komm her«, rufe ich. »Von hier aus hat man eine großartige Aussicht.«

»Ich sehe von da auch genug«, antwortet er. »Bitte lehne dich nicht so weit übers Geländer. Du weißt, dass mich das nervös macht.«

David leidet unter Höhenangst.

Wir waren in der Innenstadt beim Essen. Er hat mir alles über die geplante Allison-Avery-CD erzählt. »Eine fantastische Stimme«, hat er immer wieder gesagt. »Und so ein hübsches Mädchen. Was für eine Tragödie. Ich frage mich, ob ich ihr vielleicht doch einmal begegnet bin. Aber daran würde ich mich bestimmt erinnern.«

»Ja«, antworte ich. »Bestimmt.«

Nach dem Essen habe ich ihn überredet, mit mir hier herauf zu kommen, was mir nur selten gelingt. Ich liebe die Aussicht, die man von hier oben hat, das kleine Entenhaus, die dünnere, leichter zu atmende Luft. Manchmal sind Touristen hier, händchenhaltende Pärchen, lärmende Trauben betrunkener College-Jungs. Heute Abend sind David und ich allein. Ich drehe mich zu ihm um und werfe mich mit dem

Rücken zur Wand in Pose, die Arme ausgestreckt, den Kopf schräg gelegt. Es ist einer jener Abende, an denen mein ganzer Körper zu prickeln scheint und ich in meinen Fingerspitzen einen solchen Zauber spüre, dass ich das Gefühl habe, mit einer einzigen Berührung den ganzen Himmel in Flammen setzen zu können. »Komm her«, rufe ich.

Er schüttelt den Kopf. »Komm lieber du zu mir.«

»Ich möchte dich unter den Sternen küssen.«

»Wo ich stehe, sind auch Sterne«, erklärt er und verschränkt die Arme vor der Brust.

»Komm schon, David. Du musst dich deinen Ängsten stellen. Komm an den Rand und sieh hinunter!«

Er schüttelt den Kopf. Langsam gehe ich zu ihm hinüber. Er betrachtet mich misstrauisch. Als ich ihn erreiche, packe ich seinen rechten Arm und ziehe daran. Er löst seine Arme aus ihrer Verschränkung, rührt sich ansonsten aber nicht von der Stelle, sondern stemmt sich mit seinem ganzen Gewicht gegen mich. *»Nein«*, sagt er.

Ich ziehe mit aller Kraft an seinem Arm. Er entreißt ihn mir, und ich lande hart auf dem Steißbein. Am Boden sitzend, die Beine vor dem Körper ausgestreckt, blicke ich zu ihm hoch. »Immer machst du solchen Scheiß«, sagt er mit gerunzelter Stirn. Dann hält er mir die Liste meiner Verbrechen vor: Den Abend, als ich mich bei einem Kinobesuch mal so weit über das Geländer einer Galerie beugte, dass er mich packte und festhielt, weil er sicher war, dass ich sonst hinunterstürzen würde. Den Tag, an dem ich zuließ, dass mein Vater ihn zu einer Kletterpartie auf einen Felsen überredete, wo er irgendwann einfach die Knie steif machte, sodass mein Vater und ich ihn halb heruntertragen mussten. Er nennt weitere Beispiele, aber ich höre ihm nicht mehr zu, sondern richte meine Aufmerksamkeit auf seine Beine, die weichen braunen Haare auf seinen Knien. »Du hörst mir ja nicht mal zu«, stellt er resigniert fest. »Olivia, hörst du mir überhaupt zu?«

Der Gedanke, dieses Gespräch fortzusetzen, ermüdet

mich. Ich wünschte, ich könnte mich einfach von hier wegbeamen lassen oder wie Dorothy die Hacken zusammenschlagen und mich Sekunden später an einem anderen Ort wiederfinden.

»Was willst du damit eigentlich erreichen?«, fragt er. »Versuchst du, mich in den Wahnsinn zu treiben? Möchtest du, dass ich einen Herzinfarkt bekomme? Einfacher wäre es, wenn du dich einfach von mir trennen würdest!« Er stupst mich mit dem Fuß an. »Olivia? Bist du okay?«

Ich blicke zu ihm hoch. Sein Gesicht liegt im Schatten. »Ich versuche doch bloß, ein bisschen Spaß zu haben«, antworte ich.

»Was mich betrifft, habe ich für heute genug Spaß gehabt. Ich fahre nach Hause. Kommst du mit?«

»Lass uns noch ein wenig bleiben! Ich bin noch nicht so weit!«

»Du kannst mitkommen oder bleiben«, antwortet er. »Ich fahre jetzt.«

Wir starren uns schweigend an. Aus dem Entenhaus dringt das Rascheln von Federn zu uns herüber, gefolgt vom zufriedenen Quaken einer der Enten. Unten auf der Straße zischen die Autos vorbei. Jemand lacht. Ein süßer Duft, wie nach Blumen, steigt mit der Luft herauf. David streckt mir seine Hand hin, und als ich danach greife, zieht er mich hoch. Als ich stehe, lässt er meine Hand wieder los, und wir starren uns erneut an, nur noch wenige Zentimeter voneinander entfernt. »Ich fahre noch nicht nach Hause«, erkläre ich.

»Wie du meinst«, entgegnet er. Wir drehen uns beide um. Er verlässt das Dach, ich gehe wieder an den Rand. Auf das Geländer gestützt, blicke ich hinunter auf die Stadt, die wie jede nächtliche Stadt im Sommer sehr schön aussieht. Die Lichter funkeln durch die warme Luft, und die Leute bewegen sich träge die Straßen entlang, rufen einander etwas zu, strecken die Hände aus. Plötzlich verspüre ich in mir einen starken Drang zu springen. Es ist ein so intensives Gefühl, dass es mir richtig schwer fällt, meinen Körper davon abzuhalten. Irgendwie kommt es mir vor, als wäre ein Sprung von diesem Dach kein Selbstmord, sondern ein Eintauchen in die Stadt, vergleichbar mit dem Sprung eines Tauchers in einen Pool, eine schnelle und saubere Ankunft im Zentrum.

Die Tür zur Dachterrasse fällt zu. David ist weg, und ich bin erleichtert. Ich empfinde ihm gegenüber Schuldgefühle, und davon habe ich erst mal genug, genug von meiner Unsicherheit und Angst. Ich habe genug von mir selbst. Meine Finger schließen sich noch fester um das metallene Geländer. Irgendwo dort unten ist die Frau, die in mein Haus eingebrochen ist, der Mann, der Bernadette Smith umgebracht hat, die Person, die Allison Avery tot auf dem Boden liegen lassen hat. Die Mörder dieses Sommers verbergen ihre dunkle Seite in ihrem Inneren, während sie mit ihren Nachbarn spazieren gehen und zu den Sternen hinaufblicken.

Im Hotel gehe ich auf die Toilette und ziehe Allison Averys Perücke aus meiner Tasche. Ich konnte Nate diese Nadel nicht in meine Vene stechen lassen, aber zumindest auf diese banale, unspektakuläre Weise kann ich mich, wenn schon nicht in Allison, so doch in eine andere Frau verwandeln. Vor dem Spiegel zupfe ich die Perücke auf meinem Kopf zurecht, verstecke meine eigenen Haarsträhnen. Dann rufe ich von einem Kartentelefon aus Evan an. Er erklärt sich bereit, sich in einer halben Stunde in der Beale Street mit mir zu treffen.

In der Daiquiri-Bar am Ende der Beale bestelle ich mir einen Erdbeerdaiquiri, der zusammen mit einer grünen Plastikschaufel in einem kleinen Kindereimer serviert wird. Ich biete Evan eine Schaufel voll an. Er schüttelt den Kopf. Stirnrunzelnd betrachtet er meine Perücke. »Du bist heute seltsam drauf«, stellt er fest.

»Ich bin gut drauf«, antworte ich. Ich beuge mich vor und küsse ihn auf die Wange.

»Dein Mund ist so kalt«, beschwert er sich.

Ich küsse ihn auf die andere Wange, die genauso warm ist wie die Luft. Dann küsse ich ihn auf die Stirn.

»Was soll denn das ganze Geküsse?«, fragt Evan. »Es könnte noch jemand auf falsche Gedanken kommen.«

»Oder auf richtige«, gebe ich zurück. Was ich an Evan so mag, ist die Tatsache, dass ich ihn die ganze Nacht lang liebkosen kann und wir beide trotzdem wissen, dass es nichts zu bedeuten hat.

»Du stehst heute ganz schön unter Strom«, meint Evan. »Das macht mich langsam richtig nervös. Wo ist David?«

»Schon nach Hause gefahren«, antworte ich. »Wir sind allein, nur du und ich.«

Wir schließen uns der Menge an, die sich mitten auf der Straße dahinschiebt. Wir kommen an zwei Männern in langen Cowboymänteln vorbei, deren Gesichter absolut identisch sind. Ich drehe den Kopf, um ihnen hinterher zu sehen. Sie gehen genau im Gleichschritt, als würden sie jeden Schritt miteinander abstimmen. Sogar ihr Haar ist genau an der gleichen Stelle gescheitelt. »Hast du das gesehen?«

»Ich kenne die beiden«, antwortet Evan. »Sie sind eineiige Zwillinge, behaupten aber immer, Cousins zu sein.«

Ich bleibe stehen und starre ihn an. »Du glaubst wohl, du kannst mir jeden Mist erzählen!«

Er hebt die Hände. »Ich schwör's«, sagt er lachend. »Es ist die Wahrheit, so wahr mir Gott helfe.«

»Warum tun sie das?«

»Warum tun Leute überhaupt irgendwas?«, fragt er zurück. »Um anderen Leuten eins auszuwischen.«

»Man kann wirklich niemandem trauen«, sage ich. Erneut biete ich ihm eine Schaufel voll Daiquiri an. Diesmal beugt er sich vor und lässt ein wenig davon in seinen Mund gleiten. Als er sich wieder aufrichtet, leuchtet sein Mund rosafarben, und ich strecke die Hand aus, um ihm den Sirup von den Lippen zu wischen.

»Allison?«, fragt eine Stimme hinter mir.

Wie in Zeitlupe drehe ich mich um, als wäre dies eine Szene in einem Film. Hinter mir steht ein Mann, der mich überrascht anstarrt, als er mein Gesicht sieht. »Tut mir Leid«, sagt er. »Ich dachte, Sie wären …«

»Allison Avery?«

»Sie kennen sie?«, fragt er. Der Mann ist groß, und er trägt ein T-Shirt und eine Jeans, die so eng ist, dass man die langen Muskeln seiner Oberschenkel sehen kann.

»Ja, ich kenne sie«, antworte ich. Evan runzelt die Stirn. Er durchwühlt zwar manchmal den Müll anderer Leute, aber er lügt nicht gern. »Woher kennen Sie sie denn?«

»Ich bin ein paar Mal mit ihr ausgegangen«, antwortet er. »Einmal tauchte sie mit einer Perücke auf, die genauso aussah wie Ihre. Haben Sie die gemeinsam gekauft?«

Ich sage ja und erzähle ihm, Allison habe uns immer die pink Ladys genannt.

Er erzählt, Allison habe ihn in einer Bar gefragt, ob er den Unterschied zwischen Ring-Dings und Ding Dongs kenne, und nachdem er es ihr erklärt hatte, sei sie ihm um den Hals gefallen, weil sie seinetwegen eine Wette gewonnen hatte. Dann habe sie ihm ihre Telefonnummer gegeben. Bei ihrer ersten Verabredung habe sie ihn in einen Tanzsaal geschleppt, wo sie beide das einzige Paar unter Fünfzig waren. Sie konnte die Tänze nicht, bemühte sich aber nach Kräften und ließ sich von ein paar der älteren Männer eine Rumba zeigen, bis sie richtig ins Schwitzen kam. Allison habe ihm erzählt, dass sie an einem heißen Tag mal voll bekleidet in den Mississippi gewatet sei. »Ich wette, sie hat bloß den Fuß eingetaucht, und selbst das ist schon gefährlich. Dieses verrückte Huhn«, meint er kopfschüttelnd. »Sie konnte keine Minute still sitzen. Ich habe in einem Restaurant mal zwanzig Dollar mit ihr gewettet, dass sie es nicht schaffen würde, zehn Minuten lang absolut reglos dazusitzen. Sie hat es versucht, die Füße fest auf den Boden gestemmt, die Hände auf dem Tisch gefaltet. Schon nach kurzer Zeit begannen ihre Augen unruhig hin und her zu wandern, ihre Lippen zu zucken. Dann hat sie angefangen, auf ihrer Unterlippe herumzukauen.«

Erst jetzt fällt mir auf, dass Evan sich ein paar Schritte von mir entfernt hat. Er steht von mir abgewandt, den Blick konzentriert auf die Menge gerichtet, als suchte er nach einem bekannten Gesicht.

Der Mann sieht sich ebenfalls um. Ich weiß, dass er nach Allison Ausschau hält, und stelle mir vor, wie es wäre, wenn sie plötzlich hinter mir stünde und sich über die lange Schlange auf der Toilette beschweren würde. »Ist sie hier?«, fragt er mich.

»Nein«, antworte ich. Und dann platze ich heraus: »Sie ist tot.«

Er starrt mich entsetzt und ungläubig an. »Mein Gott!«, sagt er. »Wie?«

Ich schüttle den Kopf und presse die Lippen aufeinander, als versuchte ich, nicht zu weinen. Unter meinen Augenlidern brennen Tränen. Wem versuche ich etwas vorzumachen, diesem Mann oder mir selbst? »Jemand hat sie entführt und umgebracht«, erkläre ich. »Haben Sie denn nicht in der Zeitung darüber gelesen?«

Lesen Sie denn meine Artikel nicht?

»Ich habe gehört, dass eine Frau umgebracht worden ist«, antwortet er. »Aber den Namen habe ich nie mitbekommen.« Er klingt so ernst, als er sagt, wie Leid ihm das tue. Dann fasst er in seine Tasche und reicht mir ein Stofftaschentuch. Ich bin überrascht. Es gibt nicht mehr viele Männer, die ein solches Taschentuch mit sich herumtragen, vor allem nicht in seinem Alter. Es ist aus weicher weißer Baumwolle.

»Das brauche ich nicht«, sage ich.

»Sie weinen aber«, entgegnet er.

Ich habe bereits den Mund geöffnet, um ihm zu widersprechen, beschließe dann aber, dass es besser ist, mir einfach mit seinem Taschentuch die Augen abzutupfen. »Danke.«

»Behalten Sie es«, sagt er. Er wirkt so hilflos. Die Nachricht von Allisons Tod hat ihn in sich zusammensinken lassen wie eine nicht ausgestopfte Vogelscheuche, als würde er nur noch aus nutzlosen, schlaffen Gliedmaßen bestehen.

Ich werfe einen Blick auf das Taschentuch. »Sie haben Recht«, sage ich. »Ich weine tatsächlich.«

An Evans Seite zurückgekehrt, drehe ich mich noch einmal nach dem Mann um, der gebeugt in der wogenden Menge steht, als wäre etwas in ihm zerbrochen. Seine Lippen formen die Worte *mein Gott mein Gott*, die er auch dann noch vor sich hinzumurmeln scheint, als wir zurück in die Menge gleiten und weitergehen.

»Was sollte denn das?«, fragt Evan, die Hände in die Taschen seiner Jeans gerammt. »Konntest du irgendwas in Erfahrung bringen?«

»Nichts wirklich Relevantes. Trotzdem ein netter Typ. Er hat mir sein Taschentuch geschenkt.« Als Beweis wedle ich vor ihm damit herum.

»Warum hast du behauptet, sie zu kennen?«

»Das ist mir einfach so rausgerutscht«, antworte ich. »Immerhin hat es ihn zum Reden gebracht.«

»Ich weiß nicht.«

»Was weißt du nicht?«

»Ich weiß nicht«, wiederholt er, ohne mich anzusehen. »Ich weiß nicht.«

»Man weiß vorher nie so genau, was einem weiterhelfen wird und was nicht«, wende ich ein. Mit einer schwungvollen Geste werfe ich beide Hände in die Luft. »Das weiß wahrscheinlich keiner besser als du, nicht wahr?«

Neben uns geht eine Tür auf, und Musik schallt heraus. Drinnen sieht man die Leute auf und ab wippen, zum Teil eng umschlungen. »Lass uns reingehen.« Ich nehme Evans Hand und ziehe ihn hinter mir her. »Ich habe Lust auf Tanzen.«

»Keine Gespräche mit Fremden mehr?«, fragt Evan, der sich erst ein bisschen sträubt.

»Du kennst mich doch«, antworte ich. »Ich spreche nie mit

Fremden.« Ich klimpere mit den Wimpern. »Ich bin sehr schüchtern.«

Er grinst. »Also gut.«

Drinnen setzen wir uns an die Bar und bestellen zwei Bourbons. »Mit Eis«, sagt Evan.

»Pur«, sage ich, worauf Evan die Augenbrauen hochzieht und mir einen schnellen Blick zuwirft. Als unsere Drinks kommen, sagt er: »Auf die Nachrichten.« Wir stoßen an. Evan erzählt mir von der Story, an der er gerade arbeitet, aber mein Interesse gilt mehr den Tanzenden, die ich aus dem Augenwinkel beobachte. Nur hin und wieder dringen ein paar Worte zu mir durch: »schrecklich ... tot ... Polizei ... Knüller.« Als ich mein Glas hebe, merke ich, dass es leer ist. Der Barmann bringt mir einen weiteren Drink, und ich gebe ihm lächelnd zwei Dollar Trinkgeld. Bei dieser Gelegenheit werfe ich einen Blick quer über die Bar und bemerke, dass eine Frau mich anstarrt. Ich sehe weg, versuche meine Aufmerksamkeit auf Evan zu konzentrieren. »Verstehst du?«, fragt er mich gerade. »Verstehst du, was ich meine?«

»Ja«, antworte ich. »Klar.« Ein paar Minuten später riskiere ich einen Seitenblick, um zu sehen, ob sie mich noch immer beobachtet. Sie starrt direkt zu mir herüber. Dieses Mal starre ich zurück. Sie lässt sich nicht beirren. In der Dunkelheit kann ich ihr Gesicht kaum erkennen, aber ich sehe ihre Augen. Ich spüre ihren Blick. »Hörst du mir überhaupt zu?«, fragt Evan mich gerade. Diese Frage bekomme ich zurzeit ständig zu hören.

»Entschuldige mich einen Moment.« Ich gleite von meinem Barhocker und gehe einen Schritt in ihre Richtung. Meine Ohren dröhnen. Sie ist inzwischen ebenfalls aufgestanden und hat die Hände zu Fäusten geballt, bereit, mir irgendwelche Vorwürfe zu machen. Sie sieht mir direkt in die Augen. Offenbar kennt sie mich. Ich trete einen weiteren Schritt auf sie zu. Erst dann merke ich es.

Sie ist ich. Mein Spiegelbild.

Der Raum beginnt sich um mich zu drehen, und ich muss mich mit einer Hand an meinem Hocker festhalten. »Fehlt dir etwas?«, fragt Evan.

»Nein, alles in Ordnung«, antworte ich mit einem Lächeln. »Ich muss nur rasch zur Toilette.« Ich nehme die Hand vom Hocker und drücke seinen Arm. »Bin gleich wieder da.« Es ist ein langer Weg mitten durch die Menge. Endlich angekommen, lehne ich mich gegen das Waschbecken und klatsche mir kaltes Wasser ins Gesicht, wobei ich bewusst vermeide, in den Spiegel zu sehen.

Als ich mit gesenktem Kopf den Raum verlasse, pralle ich gegen die Brust eines Mannes. »Entschuldigung.« Als ich hochblicke, sehe ich in das gerötete Gesicht von Carl. »Oh«, stoße ich überrascht hervor.

Er legt seine Hand auf meine Schulter. »Geht es dir gut?«, fragt er mit sanfter Stimme.

»Ja, danke.« Ich hole tief Luft und trete einen Schritt zurück. Er nimmt seine Hand nicht weg. »Seit wann bist du hier?«, frage ich. »Ich habe dich noch gar nicht gesehen.«

»Ich weiß«, antwortet Carl. Seine Hand wandert von meiner Schulter zu meinem Haar. Er reibt ein paar Strähnen der Perücke zwischen seinen Fingern. »Du siehst damit sehr schön aus.« Seine Stimme klingt auch dann noch sanft und lieb, als er mich fragt: »Mit wem bist du da?«

»Mit meinem Freund Evan. Er sitzt an der Bar.«

»Meinst du, er hätte etwas dagegen, wenn wir tanzen?« Lächelnd streckt er mir die Hand hin.

»Natürlich nicht.« Ich lege meine Hand in seine und lasse mich von ihm auf die Tanzfläche ziehen. Gerade, als wir die Mitte erreicht haben, endet der Song. Einen Moment lang stehen wir da und starren uns verlegen an, dann setzt ein neuer, langsamer Song ein. Carl wird rot, zuckt mit den Schultern und streckt die Arme nach mir aus. Seine große, nervöse Hand landet auf meinem Rücken, knapp über meinem Po. Ich lege meine Hände an seine Schultern. Ich weiß nicht, wo ich hinschauen soll. Carl hält den Blick auf mein Gesicht gerichtet, ein kleines Lächeln umspielt seinen Mund. Ich lächle zurück, was er als Einladung auffasst, mich noch näher an sich zu ziehen, sodass ich an seine Brust gepresst bin und mir nichts anderes übrig bleibt, als meine Wange an seine Schulter zu legen. Er summt den Song mit. Seine Hand beschreibt auf meinem Rücken sanfte Kreise.

»War Allison eine gute Tänzerin?«, frage ich. Die Hand auf meinem Rücken hält abrupt inne. »Sie fehlt dir, nicht wahr?« Ich lehne mich zurück, damit ich sein Gesicht sehen kann. Er nickt, und sein Mund zuckt, als würde er gegen die Tränen ankämpfen. Als ich weiterspreche, bemühe ich mich um einen möglichst mitfühlenden Ton: »Besonders schlimm muss für dich sein, dass du dich wegen eures Streits nicht mehr entschuldigen kannst.«

Er nickt. Dann stößt er einen zitternden Seufzer aus.

»Was hast du an dem Abend zu ihr gesagt?«, frage ich. »Vielleicht fühlst du dich besser, wenn du es mir erzählst.«

Er schüttelt den Kopf und presst die Lippen aufeinander.

»Tu einfach so, als wäre ich sie«, schlage ich vor. »Du kannst dich bei mir entschuldigen.« Ich schlinge ihm die Arme um den Hals und presse meine Wange an seine Schulter. Ein paar Augenblicke lang wiegen wir uns sanft im Rhythmus der Musik, und ich befürchte schon, dass es nicht klappt, aber dann beginnt er doch zu reden.

»Als wir zusammen auf der High-School waren, wurde Allison schwanger. Es war nicht mein Kind, aber ich habe sie trotzdem gebeten, mich zu heiraten. Sie hat bloß gelacht. Ich habe sie gebeten, meine Frau zu werden, und sie hat gelacht.« Ich spüre, wie sich seine Hände auf meinem Rücken versteifen. »Sie hat es abtreiben lassen.«

»Aber deswegen habt ihr nicht gestritten, oder?«

»Nein«, antwortet er. »Ich muss bloß manchmal daran denken. Wie unser Leben hätte sein können.« Die nächsten Worte sagt er so leise, dass ich sie weniger höre als spüre, ein leichtes Knacken in seinem Hals: »Sie hat mir nie eine Chance gegeben.«

Obwohl der Song zu Ende ist, lasse ich zu, dass er mich weiter festhält. Als ein schneller Song einsetzt und die Leute sich voneinander lösen, um getrennt weiterzutanzen, nehme ich ihn an der Hand und ziehe ihn an den Rand der Tanzfläche. »Was ist an dem Abend passiert?«, frage ich ihn, den Blick auf sein Gesicht gerichtet. Er starrt auf den Boden.

»Stell dir vor, wie anders unser Leben verlaufen wäre, wenn sie zugelassen hätte, dass ich mich um sie kümmere«, sagt er. »Dann hätten wir jetzt ein Baby, und sie wäre noch am Leben.«

Ich stelle mir die beiden streitend vor, und in meiner Fantasie beschimpft er sie als Hure und Kindsmörderin und gibt ihr vielleicht sogar eine Ohrfeige. Ich stelle mir Allisons Gesicht vor, wie sie vor Wut und Scham rot anläuft, den weißen Abdruck seiner Hand auf der Wange. Sie packt Carl am Arm und schiebt ihn zur Tür hinaus, aber selbst dann, als er bereits auf der anderen Seite der Tür ist und ihren Namen ruft, ist ihr Wunsch zurückzuschlagen noch so groß, dass sie nach einer Flasche Feuchtigkeitslotion greift und sie auf den Boden schmettert, während draußen sein schwerer Fuß gegen ihre Tür donnert und sie sich fragt, wie er das Liebe nennen kann.

»Sie wäre noch am Leben«, wiederholt er und reibt sich mit den Fingern über die Augen. Schniefend wischt er sich mit dem Handrücken die Nase ab.

»Was läuft hier?«, fragt eine Stimme. Als ich mich umdrehe, sehe ich, dass Evan neben mir steht, ein unsicheres Lächeln auf den Lippen.

»Wer ist das?«, fragt Carl in scharfem Ton. »Dein Freund?«

»Das ist Evan, ein sehr guter Freund von mir«, stelle ich ihn vor. »Ich habe dir doch von ihm erzählt, Carl.«

»Und wer sind Sie?«, fragt Evan. Seine Stimme klingt gereizt. Er starrt Carl stirnrunzelnd an.

Carl würdigt ihn keines Blickes. Er zieht mich noch näher

an sich und sagt mit leiser Stimme: »Ich dachte, du hättest gesagt, er wäre kein Verehrer.«

»Bin ich auch nicht«, antwortet Evan.

»Was wollen Sie dann?«, fragt Carl scharf.

»Lieber Himmel«, sagt Evan. »Wer ist denn dieses Arschloch?«

»Evan …«, beginne ich und lege ihm meine freie Hand auf den Arm.

»Hey, Evan«, wendet sich Carl plötzlich an ihn. Er lässt meine Hand los und strafft die Schultern. »Verpiss dich!«

Evan schüttelt ungläubig den Kopf. An mich gewandt, sagt er: »Bist du so weit, Olivia? Können wir gehen?«

»Nein, sie ist nicht so weit«, antwortet Carl. »Wir unterhalten uns nämlich gerade.« Er sieht mich an. »Sag's ihm.«

Evan legt seine Hand auf meinen Arm. »Lass uns gehen, Olivia. Ich bringe dich nach Hause.« Mit einer raschen Bewegung schlägt Carl seine Hand weg. »Sind Sie ihr Freund?«

»Nein«, antwortet Evan. »Lieber Himmel!«

»Dann fassen Sie sie nicht an!«

Evan schüttelt erneut den Kopf. »Kommst du?« Er sieht mich fragend an.

Ich gebe ihm keine Antwort.

»Verdammt noch mal, Olivia«, sagt Evan. »Was soll denn das?«

Carl versetzt Evan einen Stoß gegen die Schulter. »Reden Sie gefälligst nicht in diesem Ton mit ihr!«

»Du kannst mich mal«, antwortet Evan, dessen Gesicht allmählich rot anläuft. Er schubst Carl zurück.

Carl packt Evan an der Schulter und beugt sich vor, bis sein Gesicht nur noch wenige Zentimeter von Evans entfernt ist. »Verpiss dich!«

»Olivia«, sagt Evan und schiebt Carl von sich weg, »würdest du diesem Arschloch jetzt bitte sagen, dass es sich verziehen soll?«

Ich schweige. Evan wirft mir einen angewiderten Blick zu

und geht. Carl streckt lächelnd die Arme nach mir aus. Ich trete einen Schritt zurück. »Bin sofort wieder da.« Mit diesen Worten drehe ich mich um und laufe Evan hinterher, der sich bereits durch die Tanzenden schiebt. Als ich ihn eingeholt habe, bleibt er stehen und fragt: »Was zum Teufel sollte das eben?«

»Tut mir Leid«, antworte ich. »Ich wollte ihn nicht verschrecken. Er ist wichtig für meine Story. Ich muss mit ihm reden.«

»Ich bin dein Freund, Olivia. Manchmal sollte das vor der Story kommen.« Er wirft einen Blick über meine Schulter. »Der Kerl ist schon wieder im Anmarsch«, stellt er fest. »Los, lass uns verschwinden.« Er packt mich am Handgelenk und zerrt mich von der Bar weg.

»Evan.« Ich bemühe mich um einen ruhigen Ton. »Evan. Lass mich los. Ich muss mit ihm reden. Ich möchte noch nicht nach Hause.«

»Was du möchtest, ist mir im Moment scheißegal«, zischt er. »Du bist betrunken, und wir gehen jetzt.« Er zerrt mich durch die Menge. Ich remple eine ältere Frau in einem rückenfreien Top an, stoße gegen eine ihrer gigantischen Brüste. »Entschuldigen Sie«, murmle ich.

»Kein Problem, Süße«, antwortet die Frau. Sie sieht mir nach. Wahrscheinlich empfindet sie Mitleid mit mir und fragt sich, was ich getan habe, dass mich mein Freund oder Mann auf diese Weise aus der Bar zerrt. Vielleicht hofft sie, dass er mich nicht schlagen wird, wenn wir nach Hause kommen. Oder sie denkt sich angesichts der Perücke und meines kurzen Rocks, dass ich es verdient habe.

Während ich versuche, mein Handgelenk aus Evans Umklammerung zu befreien, stolpere ich in eine Gruppe tanzender College-Studenten, die rund um mich herum Platz machen und es alle krampfhaft vermeiden, mir in die Augen zu sehen. Evan verstärkt seinen Griff und zieht noch energischer. »Lass mich los«, rufe ich.

»Schrei nicht so«, antwortet er. Dann presst er die Lippen aufeinander. Niemand will mir in die Augen sehen. Evan starrt stur nach vorne, alle anderen wenden den Blick ab.

»Sieh mich an, Evan.« Er geht einfach weiter. »Sieh mich an«, wiederhole ich, während ich versuche, mich so schwer zu machen, dass er mich nicht durch die Tür ziehen kann. Ein Ruck, und schon sind wir draußen in der dunstigen Nacht und zwingen die entgegenkommenden Fußgänger, einen Bogen um uns zu machen. Immer wieder bitte ich Evan, stehen zu bleiben, mich loszulassen, sich wenigstens einmal umzudrehen, aber er marschiert einfach weiter, ohne ein Wort zu sagen. Langsam frage ich mich, ob er überhaupt noch weiß, wen er da im Schlepptau hat. Vor meinem geistigen Auge taucht eine Schlagzeile auf: REPORTERIN IN BEALE STREET ÖFFENTLICH GEDEMÜTIGT. Ich starre auf seinen Hinterkopf, seine angespannten Nackenmuskeln. Er zerrt mich um eine Gruppe von Leuten herum. Ich stolpere, stürze fast, und plötzlich hasse ich ihn. »Lass mich los!«, schreie ich. »Lass mich endlich los, du verdammte Schwuchtel!« Kaum habe ich die Worte ausgesprochen, spüre ich schon ein flaues Gefühl in der Magengegend.

Evan lässt mein Handgelenk los.

»Evan«, sage ich und strecke den Arm nach ihm aus. »Mein Gott, es tut mir so Leid.« Er gibt mir keine Antwort. Etwa eine Minute lang steht er mit dem Rücken zu mir, die Hände zu Fäusten geballt. Dann stolziert er davon.

»Na toll«, rufe ich ihm nach. »Du mich auch!« Über meinem Kopf blinkt eine blaue Neongitarre. Neben mir zieht eine Frau ihr ärmelloses Top aus, lässt es auf den Gehsteig fallen und rennt lachend im BH die Straße entlang. Ihr Freund hebt das Top auf und läuft ihr nach. Ich lüpfe mein T-Shirt, meine Haut ist klebrig vom Schweiß und vom Alkohol, den ich aus meinen Poren strömen spüre.

Hinter mir fragt Carl: »Ist er weg?«

»Ja, er ist weg«, antworte ich, während ich mich zu ihm

umdrehe. Am liebsten würde ich meine Faust in seinen schwammigen Bauch rammen. »Du hättest nicht so mit ihm reden sollen.«

»Ich war eifersüchtig«, antwortet Carl wehleidig. Er streckt die Arme nach mir aus. »Tut mir Leid!«

»Ich bin nicht mit ihm zusammen, Carl.« Ich trete einen Schritt zurück, sodass seine ausgestreckten Hände linkisch in der Luft hängen. »Er ist nicht mal ein Verehrer«, füge ich hinzu.

»Wenn er kein Verehrer ist«, entgegnet Carl, »warum warst du dann den ganzen Abend mit ihm unterwegs? Ich habe gesehen, wie du deinen Daiquiri mit ihm geteilt hast. Ich habe auch seinen wütenden Blick gesehen, als du mit dem anderen Typen gesprochen hast.«

»Welchem anderen Typen?«, frage ich, aber im selben Moment wird mir klar, dass er den Mann meint, der Allison gekannt hat. Ich weiche einen weiteren Schritt zurück. »Bist du mir gefolgt?«

»Das habe ich dir doch gesagt«, antwortet Carl. Er nimmt meine Hand und hält sie fest. »Ich passe auf dich auf. Genau, wie ich es bei Allison gemacht habe.« Er drückt meine Hand noch fester, zieht mich zu sich heran. Dabei neigt er mir das Gesicht entgegen, als wollte er mich gleich küssen.

Ich spüre, wie ein Gefühl von Panik in mir hochsteigt. »Weißt du was, Carl?«, sage ich hektisch. »Ich muss jetzt gehen. Wir reden ein anderes Mal.« Ich entziehe ihm meine Hand.

»Wie meinst du das?«, fragt er. »Wir ...« Den Rest höre ich mir nicht mehr an. Ich drehe mich um und schiebe mich in die dahinströmende Menge. Im Laufschritt eile ich in die Richtung, in die Evan verschwunden ist, bis ich die Elvis-Statue am Ende der Straße erreiche. Ich kann Evan nirgendwo entdecken. Carl ist mir nicht gefolgt. Keuchend blicke ich mich um. Ein Mann, der sich, an Elvis gelehnt, gerade eine Zigarette anzündet, zwinkert mir zu. Ich starre ihn an. »Na, ganz allein unterwegs?«, fragt er. An seiner Schulter prangt ein tätowierter Drache. Mir geht durch den Kopf, dass ich noch nie tätowierte Haut berührt habe. Der Mann deutet mit seiner Zigarette zu mir herüber. »Wen stellen Sie dar?«

Ich habe ein ganz seltsames Gefühl, als hätte ich plötzlich Fieber – als hätte sich die Hitze klammheimlich in meinen Kopf gestohlen. Die Stimme des Mannes scheint von weit her zu kommen. »Was?«, frage ich.

»Ihre Haare.« Er deutet auf meinen Kopf. »Was haben die pinkfarbenen Haare zu bedeuten?«

Ich fasse an meinen Kopf, berühre die Perücke. Sie fühlt sich unter meinen Fingern sehr glatt an, nicht wie echtes Haar. »Ich weiß nicht«, antworte ich.

»Gefällt mir«, erklärt er, die Zigarette im Mundwinkel. »Sexy.«

Ich lasse den Blick die Beale Street entlangwandern. Carl ist nirgendwo zu sehen. Die Reklameschilder blinken. Ständig scheinen Scharen von Menschen die Straße zu überqueren. Die Stimme einer Frau erhebt sich aus der Menge. »Ist das zu fassen?«, ruft sie. »Ist das zu fassen?«

»Hey«, sagt der Mann an der Elvis-Statue. »Hey, pink Girl!«

Ich stemme die Hände in die Hüften. »Was wollen Sie?«

Er mustert mich von oben bis unten. »Was hast du denn zu bieten?«

»Das sehen Sie doch«, antworte ich.

»Allerdings«, sagt er. Grinsend tritt er einen Schritt auf mich zu. »Und wie ich das sehe.« Er hält mir eine Zigarette hin. »Willst du eine?«

Ich beuge mich vor und nehme sie. »Ich rauche nicht«, erkläre ich, während ich mir die Zigarette zwischen die Lippen schiebe.

»Das sehe ich«, antwortet der Mann lachend. Er zündet sie mir mit einem Streichholz an. »Was machst du hier ganz allein?«

Ich trete einen Schritt zurück, ziehe an meiner Zigarette. »Ich bin nicht allein«, entgegne ich. Er geht einen weiteren Schritt auf mich zu. In mir flattert ein Gefühl von Panik hoch. »Kommen Sie nicht näher«, sage ich.

»Was ist los, pink Girl?«, fragt er. »Ich möchte dich doch bloß besser kennen lernen!«

»Da gibt es nichts zu kennen.« Ich weiche noch einen Schritt zurück, dann noch einen. Ich lasse die Zigarette auf den Boden fallen und trete sie aus. Dann mache ich auf dem Absatz kehrt und gehe, so schnell ich kann, in die Richtung zurück, aus der ich gekommen bin. »Geh nicht, Süße«, ruft mir der Mann hinterher. »Ich fange doch gerade erst an, dich zu mögen.«

Eine Stimme in meinem Kopf fragt: *Was machst du da eigentlich? Was machst du da eigentlich?* Ich weiß nicht, was ich ihr antworten soll. Ich schiebe mich durch Gruppen von College-Jungs, vorbei an händchenhaltenden Pärchen, Touristen, sogar ein paar Kindern. Die Erwachsenen haben fast alle das gleiche starre Grinsen im Gesicht, während sie mich durchlassen, sich über meinen Kopf hinweg weiter unterhalten. Ich fühle mich unsichtbar.

Vor der Bar, vor der Evan mich verlassen hat, setze ich mich auf den Randstein und ziehe mir die Perücke vom Kopf. Mein eigenes Haar klebt nass an meiner Kopfhaut. Ich versuche, den Schweiß herauszuschütteln, indem ich mit den Fingern hindurchfahre. Gleichzeitig versuche ich, wieder nüchtern zu werden und zu mir zu kommen. Ich war schon öfter hier, um für einen Artikel Leute zu interviewen. Einmal war der Anlass, dass ein Straßenkünstler, der auf dem Gehsteig Porträts von Touristen gemalt hatte, an AIDS gestorben war. Jedes Jahr zu Weihnachten hatte er die Fenster sämtlicher Bars und Souvenirläden mit Bildern von Santa Claus geschmückt und kunstvoll mit Efeu umschlungen. Ich bin damals von Bar zu Bar gegangen und habe die Leute mit meiner Reporterstimme über den Tod ihres Freundes informiert.

Alles, was sie dazu zu sagen hatten, habe ich in mein Notizbuch geschrieben. Hinterher habe ich es in meinen Computer eingegeben, und am nächsten Tag stand es dann unter meinem Namen in der Zeitung, drei saubere Textspalten.

Jetzt kann ich mir vorstellen, selbst zum Gegenstand eines solchen Artikels zu werden. Ich kann richtig hören, wie diese Leute zu einem Reporter, jemandem wie mir, sagen: »Ich habe sie gesehen, mit dieser pinkfarbenen Perücke. Sie war völlig außer Rand und Band, hat sturzbetrunken auf der Straße herumgeschrien. Dann habe ich gesehen, wie sie mit einem seltsamen Typen geredet hat. Was danach mit ihr passiert ist, weiß ich nicht.«

Ich stehe auf und setze mich in Bewegung. Zwei Häuserblocks von der Beale entfernt ist es so still, dass sich meine Schritte auf dem Gehsteig wie Schüsse anhören. Ein Streifenwagen braust mit heulender Sirene vorbei. Ein Stück weiter vorne überquert eine große Gestalt im Licht einer Straßenlampe die Fahrbahn und verschwindet um eine Ecke. Ich gehe weiter. Ein Mann kommt auf mich zu, den Blick auf seine Füße gerichtet, die Hände in den Hosentaschen. Als er an mir vorbeigeht, hebt er den Kopf. Ich zwinge mich, ihm ins Gesicht zu sehen. Er zieht einen Moment die Augenbrauen hoch, dann starrt er wieder auf den Boden.

Während ich den nächsten Häuserblock entlanggehe, begegne ich niemandem. Erhellte und dunkle Abschnitte lösen sich ab, auf beleuchtete Geschäfte folgen finstere Ecken. Schließlich erreiche ich das Gebäude, das die Armee der Union damals, als sie die ganze Stadt eingenommen hatte, als Hauptquartier benutzte. Jetzt muss man $8.50 Eintritt bezahlen, wenn man hinein will.

Mein Blick fällt auf einen Mann, der in einem Hauseingang schläft. Erschrocken schnappe ich nach Luft. Kurz darauf zucke ich zusammen, weil irgendwo rechts von mir ein Wagen quietschend bremst. Als ein Auto in die Straße einbiegt, trete ich wie ein Flüchtling aus dem Scheinwerferlicht.

Ein Stück vor mir überquert eine Frau mit schnellen Schritten die Straße, wirft einen Blick über die Schulter und verschwindet dann in einer Seitenstraße. Ich habe das Gefühl, als müsste ich nur im richtigen Moment den Kopf umdrehen, um einen Blick auf Allison Avery zu erhaschen. Vor meinem geistigen Auge sehe ich sie mit ihrer pinkfarbenen Perücke, ihren silbernen Stiefeln und einem kurzen Kleid in die Gegenrichtung davoneilen und für einen Augenblick über die Schulter zu mir herüberstarren.

Ich drehe mich langsam um die eigene Achse. Ich bin allein. Alle auf diesen Straßen sind allein, Fremde, die ihre Angst und Einsamkeit an sich drücken wie eine Brieftasche, von der sie glauben, dass jemand sie ihnen stehlen will, und nach Hause eilen, um sich dort einzuschließen.

Ich brauche zehn Minuten, bis ich das Zeitungsgebäude erreicht habe. Eine Frau vom Sicherheitsdienst lässt mich zum Hintereingang hinein. Während ich ihr meinen Presseausweis zeige, lässt sie den Blick über mein Outfit schweifen. »Ganz schön spät«, meint sie.

»Hab meine Brieftasche liegen lassen«, sage ich munter. »Schön blöd.« Ich drücke den Aufwärts-Knopf des Aufzugs.

»Wartet im Wagen jemand auf Sie?«, fragt sie. Ich nicke. Der Aufzug kommt. »Seien Sie trotzdem vorsichtig«, meint sie, während ich hineintrete. »Haben Sie gehört, was gestern Nacht passiert ist?«

»Nein«, antworte ich und halte die Tür auf. »Was ist denn passiert?«

Sie nickt zum Parkplatz hinaus. »Eine Frau vom Vertrieb ist auf dem Parkplatz aufgehalten worden«, erklärt sie. »Ein Mann hat sie gezwungen, ihn oral zu befriedigen.«

»Das ist ja schrecklich«, sage ich. »Hat man ihn erwischt?«

»Noch nicht«, antwortet sie. »Immerhin hat die Polizei eine Beschreibung von ihm. Sie hängt im ganzen Gebäude aus. Von jetzt an sollten Sie immer jemanden von uns bitten,

Sie zum Wagen zu begleiten, wenn Sie spätabends das Haus verlassen.«

Ich nicke ihr zu. Die Aufzugtüren schließen sich vor ihrem besorgten Gesicht.

Auf dem Weg in die Redaktion komme ich an den Fenstern vorbei, durch die man in die Druckerei sehen kann. Die Maschinen stehen still. Trotzdem kommt es mir vor, als würde ein hohes elektrisches Summen das ganze Gebäude vibrieren lassen. In der Redaktion schalte ich alle Lichter an und lasse meine Finger über die scharfen Kanten der Metallschreibtische gleiten, während ich die Gänge entlanggehe. Ich weiß nicht, weshalb ich hergekommen bin. In diesem Moment fühle ich mich zu fast allem imstande, egal, ob es sich darum handelt, von einem Balkon zu schwingen, zu einer Autobahn hinunterzurollen oder mit entblößtem Busen die Beale Street entlangzurennen. Mir ist danach zumute, selbst für neue Nachrichten zu sorgen, statt bloß darüber zu berichten.

An der Wand bleibe ich stehen. Vor mir hängt ein blaues Blatt. Ich beuge mich vor, um es zu lesen.

ACHTUNG, steht da. EINE FRAU IST GESTERN NACHT AUF DEM PARKPLATZ SEXUELL BELÄSTIGT WORDEN. BITTE SEIEN SIE WACHSAM. GEHEN SIE NICHT ALLEIN AUF DEN PARKPLATZ.

Ich gehe zurück zu meinem Schreibtisch, greife nach dem Telefon und rufe mir ein Taxi.

Als ich die Augen aufschlage, steht jemand über mein Bett gebeugt. Ich hole gerade Luft, um loszuschreien, als ich Hannah sagen höre: »Ich bin es.« Sie trägt eine dicke Strickjacke über ihrem langen T-Shirt und hält mir die pinkfarbene Perücke übers Gesicht, als wollte sie mich damit ersticken.

»Lieber Himmel, Hannah.« Ich presse eine Hand auf mein Herz. »Wie spät ist es?«

»Viertel nach vier«, antwortet sie. »Ich bin aufgewacht und wollte bloß nachsehen, ob du nach Hause gekommen bist. Ich habe mir Sorgen gemacht.« Sie hält die Perücke hoch. »Was ist das?«

»Eine Perücke. Eine pinkfarbene Perücke.« Allein der Gedanke, mich jetzt vor Hannah rechtfertigen zu müssen, macht mich fertig. Ich weiß genau, was sie sagen wird: Wo hast du sie her, wo bist du gewesen, was hast du gemacht, wie viel hast du getrunken.

»Das sehe ich«, antwortet sie. »Wo hast du sie her?«

»Jemand hat sie mir geschenkt.«

»Wer?«

»Jemand von der Presse.« Ich versuche es mit einer Gegenfrage: »Warum hast du die Strickjacke an?« Auf ihrem T-Shirt steht: NIEMAND KANN DIR DAS GEFÜHL GEBEN, MINDERWERTIG ZU SEIN, WENN DU IHN NICHT LÄSST.

»Als ich aufgewacht bin, war mir kalt.« Stirnrunzelnd lässt sie sich auf der Bettkante nieder. Mir ist unbegreiflich, wie sie bei diesen Temperaturen frieren kann. Meine Haut und mein Laken sind völlig nass geschwitzt. Man könnte fast meinen, ich schmelze. Nachts schalte ich meine kleine Klimaanlage immer aus, weil sie so laut klappert, dass ich nicht schlafen kann.

Hannah dreht sich zum Spiegel um und hält sich die Perücke über den Kopf, um zu testen, ob sie ihr stehen würde. Im Raum ist es ziemlich dunkel, und ohne meine Brille sehe ich sowieso schlecht, sodass das Gesicht im Spiegel jedes beliebige Gesicht sein könnte, eingerahmt von leuchtend pinkfarbenem Haar. Einen kurzen schrecklichen Moment lang glaube ich, dass es das von Allison ist. Vor meinem geistigen Auge sehe ich uns alle mit pinkfarbenen Perücken und Strickjacken, Seite an Seite in einen Spiegel starrend, bis die leuchtende Farbe der Perücken unsere Gesichtszüge immer mehr in den Hintergrund treten lässt, sodass irgendwann jedes bleiche Oval nur noch ein Abbild des anderen ist.

»Probier sie mal«, sage ich, obwohl ich gar nicht möchte, dass sie sie aufsetzt.

»Nein danke«, antwortet sie, immer noch stirnrunzelnd. Sie lässt die Arme sinken und dreht die Perücke in ihren Händen. »Was …«, beginnt sie.

Ich schneide ihr mit einer Handbewegung das Wort ab. »Kein Kommentar.«

Sie presst die Lippen aufeinander und lässt die Perücke auf den Boden fallen. Lange starrt sie in den Spiegel, als müsste sie ihre weitere Vorgehensweise erst mit ihrem Spiegelbild besprechen. Dann erklärt sie: »Ich wollte nur fragen, was für ein Material das deiner Meinung nach ist, aber anscheinend ist das für dich ein Tabu-Thema.«

Sie steht auf und wendet sich zum Gehen. »Tut mir Leid, Hannah«, sage ich. »Ich würde bloß am liebsten vergessen, dass es diesen Abend jemals gegeben hat. Kannst du das verstehen?«

»Du brauchst mir überhaupt nichts zu erzählen, wenn du nicht willst«, antwortet sie, bevor sie die Tür schließt. »Ich bin schließlich keine gottverdammte Reporterin.«

16

Jemand klingelt an der Tür. Schlaftrunken lausche ich, ob Hannahs Schritte zu hören sind. Im Haus ist es still. Nach ein paar Sekunden klingelt es erneut. Ich setze mich auf und rufe nach Hannah. Keine Reaktion. Mein Kopf dröhnt. Zurzeit wache ich jeden Morgen mit noch schlimmeren Kopfschmerzen als am Vortag auf. Ich schwinge meine Füße aus dem Bett und rufe erneut nach Hannah. Als sie noch immer nicht antwortet, stehe ich auf und gehe in die Diele. Die ganze Wohnung macht heute einen chaotischen, verlassenen Eindruck, fast wie ein müllübersätes Motelzimmer. Die Person vor der Tür lässt inzwischen den Finger auf der Klingel.

Ich werfe einen Blick durch den Spion. Ein riesiges Auge starrt mir entgegen. Erschrocken mache ich einen Satz nach hinten und kicke dabei ein paar Schuhe gegen die Wand. Der Besucher, der das Geräusch offenbar gehört hat, beginnt an die Tür zu klopfen. Ich wage einen weiteren Blick durch den Spion, und diesmal sehe ich ein Gesicht. Es ist Carl.

Mein Blick wandert zum Türriegel hinunter. Er ist offen. So leise ich kann, schiebe ich den Riegel zu. Dann spähe ich wieder durch den Spion. Ich achte darauf, kein Geräusch zu machen. Carl wendet der Tür für einen Moment den Rücken zu, dreht sich aber gleich wieder um. »Mist!«, höre ich ihn sagen.

Mir wird bewusst, dass ich schon eine ganze Weile die Luft anhalte. Ich trete einen Schritt zurück und atme leise aus. Draußen ist es ruhig. Ich werfe einen weiteren Blick durch den Spion. Kein Carl.

Ich schleiche an der Wand entlang zum Fenster hinüber und stelle mich hinter einen der zurückgezogenen Vorhänge.

Langsam beuge ich mich ein kleines Stück vor, nur so weit, dass ich hinausspähen kann. Auf der anderen Seite des Glases, nur wenige Zentimeter von mir entfernt, sehe ich Carls Gesicht. Er hat die Stirn gegen die Scheibe gepresst und die Augen mit beiden Händen gegen die Sonne abgeschirmt. Sofort ziehe ich den Kopf zurück. Ich glaube nicht, dass er mich gesehen hat.

Er klopft mit der Faust ans Fenster. Ich drücke mich in die Ecke, so weit ich kann. Jedes Mal, wenn ich einen Horrorfilm sehe oder einen Artikel über eine Frau schreibe, die zu Hause überfallen worden ist, frage ich mich, was ich in einer solchen Situation tun würde. Die Wahrheit ist, dass ich panische Angst habe. Das Herz schlägt mir bis zum Hals, meine Hände zittern. Ich habe keine Ahnung, was ich tun werde, wenn er dieses Fenster einschlägt. Ich wünsche mir nur, dass er wieder weggeht.

Ich höre seine Stimme, die durch das Glas gedämpft klingt, als befände er sich unter Wasser. Er ruft meinen Namen. »Olivia! Bist du da drin? Ich möchte mit dir reden, Olivia!«

Ich blicke mich nach einer Waffe um. Auf dem Tischchen neben der Couch steht eine kleine Lampe. Ich brauche unbedingt etwas Schweres in der Hand. Ich stürze zu dem Tisch hinüber, und in dem Moment sieht er mich.

»Olivia!«, ruft er. »Das mit gestern Abend tut mir so Leid! Es tut mir so Leid!«

Ich starre ihn an, seine aufgerissenen Augen, seine vom Glas platt gedrückte Stirn, seine Lippen, die immer wieder dieselben Worte formen. *Es tut mir so Leid!* Ich gehe einen Schritt auf das Fenster zu, die Lampe in der Hand. »Verschwinde«, sage ich.

»Was?«, ruft er.

»Verschwinde!«, rufe ich zurück. »Verschwinde, und zwar schnell!«

Einen Moment lang schweigt er. Seine Hand rutscht mit einem quietschenden Geräusch an der Glasscheibe hinunter. Dann verzieht er das Gesicht und beginnt zu weinen. Seine Schultern zucken, seine Stirn stößt gegen das Glas. »Es tut mir Leid«, presst er mit erstickter Stimme hervor. Obwohl er es so leise sagt, dass ich es durch die Scheibe nicht höre, kann ich die Worte von seinen Lippen ablesen. Schließlich wendet er sich zum Gehen. Offenbar hat er aufgegeben, ich sehe ihn mit hängenden Schultern zu seinem Wagen schleichen. Nachdem er eingestiegen ist, starrt er einen Moment zu meinem Haus herüber. Obwohl ich nicht glaube, dass er mich jetzt noch sehen kann, weiche ich ein Stück zurück.

Erst, als sein Wagen am Ende unserer Straße um die Ecke biegt, stelle ich die Lampe zurück auf den Tisch. Dann ziehe ich die Wohnzimmervorhänge zu und drehe eine Runde durch die ganze Wohnung, um sicherzustellen, dass alle Türen und Fenster geschlossen, alle Jalousien heruntergelassen sind. Mittlerweile ist mir so übel, dass ich am ganzen Körper zittere. Ich gehe in mein Zimmer zurück und lege mich ins Bett. Unruhig wälze ich mich hin und her. Als ich mich schließlich wieder aufsetze, habe ich keine Ahnung, wie lange ich geschlafen habe. Das Haar klebt mir schweißnass an der Stirn.

Ich muss daran denken, wie Carl das Gesicht gegen mein Fenster gepresst hat. Ich greife zum Telefon und rufe Sergeant Morris an. Er geht gleich beim ersten Läuten ran.

»Sergeant, hier spricht Olivia Dale.«

»Hallo, meine Liebe. Was kann ich für Sie tun.« Er klingt, als wäre er guter Laune.

»Ich habe mich gefragt, ob Sie vielleicht Neuigkeiten im Fall Avery haben.«

»Da kann ich Ihnen leider nichts sagen.«

»Was ist mit den Männern, die sie gekannt hat?«, frage ich. »Haben Sie mit Carl Fitzner gesprochen?«

»Ich glaube, das hat Baker gemacht«, antwortet er. »Ein Freund von ihr, oder? Warum fragen Sie?«

»Ich habe mir bloß gedacht, es könnte vielleicht nicht schaden, wenn Sie ihn überprüfen würden.«

»Warum?«

»Er hat sie geliebt«, antworte ich. »Er hat es ihr nie verziehen, dass sie ihn zurückgewiesen hat.«

»Schon möglich«, sagt Morris. »Aber er hat sie nicht umgebracht, so viel kann ich Ihnen sagen.«

»Heißt das, es gibt einen Verdächtigen?«

Morris lacht. »Kann es sein, dass die Frage nach Fitzner bloß ein Trick war, um aus mir herauszubekommen, was ich weiß? Sie sind wirklich clever.«

»Nein, ich bin wirklich der Meinung, dass mit ihm etwas nicht stimmt.«

»Meine liebe Olivia«, antwortet er. »Tun Sie mir einen Gefallen und überlassen Sie die Polizeiarbeit der Polizei.«

»Dann werden Sie also nicht mit ihm reden?«

»Das ist nicht nötig«, erklärt er. »Machen Sie sich deswegen keine Sorgen. Wir haben alles unter Kontrolle.«

»Heißt das, es gibt einen Verdächtigen?«, frage ich noch einmal.

»Oho.« Er lacht. »Geben Sie's auf. Ich kann Ihnen nichts sagen.« Im Hintergrund höre ich eine Männerstimme leise fragen: »Morris, haben Sie eine Minute Zeit?«

»Klar«, antwortet Morris. Zu mir sagt er: »Meine Liebe, ich muss aufhören.« Er legt auf.

Ich sitze noch da und starre das Telefon an, als es plötzlich zu klingeln beginnt. Ich strecke die Hand aus, halte aber mitten in der Bewegung inne. Das Band schaltet sich ein, und der Anrufer legt auf. Nachdem ich einen Moment gewartet habe, greife ich nach dem Hörer und wähle die *69. Es klingelt dreimal, dann meldet sich eine muntere weibliche Stimme: »Black Horse Theater Company.«

»Hallo«, sage ich. »Kann ich mit Carl Fitzner sprechen?«

»Natürlich«, antwortet sie. »Einen Moment bitte.« Ich höre sie rufen: »Carl, ein Anruf für dich.«

Ich warte. »Hallo?«, meldet er sich.

Ich lege auf und schwinge die Beine aus dem Bett. Wenn Morris Carl nicht überprüfen will, muss ich es eben selbst tun.

Die Sonne blendet mich so, dass ich durch meine Windschutzscheibe kaum etwas anderes sehen kann. Ich hoffe, die Ampel, die ich gerade passiert habe, war noch grün. In zehn Minuten werde ich vor Carl Fitzners Wohnblock stehen. Ich weiß nicht genau, was ich tun werde, wenn ich dort bin. Ich möchte mir nur noch mal ansehen, wie er wohnt. Wenn er durch meine Fenster spähen kann, dann kann ich auch einen Blick durch seine werfen.

Als ich Carl Fitzner das erste Mal sah, glaubte ich zu wissen, wen ich vor mir hatte: einen einsamen jungen Mann in einer Kellerwohnung, von einer Aura des Scheiterns umhüllt wie von einer Decke, wütend auf Leute wie Allison, weil ihr Stern heller strahlte als sein eigener und sie das verkörperten, was er nicht sein oder haben konnte. Dann sah ich ihn auf der Bühne, und er entpuppte sich als einer jener begnadeten Schauspieler, bei denen man nicht einmal merkt, dass sie eine Rolle spielen. Jetzt frage ich mich, ob er womöglich auch das Zeug zum Mörder hat. Ob er ein Mensch ist, bei dem die Wut alles andere außer Kraft setzen kann.

Menschen sind wie russische Puppen. In der Person, die man zu glauben kennt, versteckt sich immer noch jemand anderer, eine Persönlichkeitsschicht nach der anderen, jede mit dem gleichen Gesicht bemalt. Ich möchte eine Person auseinander nehmen und jene letzte, massive kleine Puppe in der Hand halten. Ich kenne all die verschiedenen Rollen von Allison Avery, die der Femme fatale, der treuen Freundin, der mütterlichen und zugleich korrumpierenden Schwester, der jungfräulichen, gehorsamen Tochter und der Sängerin, deren eigener Zauber sie vor Leben sprühen ließ. Wer aber war sie wirklich, in ihrem tiefsten Inneren? Ich weiß nicht, ob ich an so etwas wie Seele glauben soll. Ich habe Angst vor der Dunkelheit, die ich in uns allen sehe, Angst vor den Geheimnissen, die jeder Einzelne von uns in sich birgt.

Ich habe einen Blick in den Spiegel geworfen und mich selbst nicht erkannt. Was aber unterscheidet mich von Allison Avery oder Carl Fitzner, wenn nicht die Züge meines Gesichts?

Als ich Carls Wohnblock erreiche, parke ich meinen Wagen in der hintersten Ecke des Parkplatzes und gehe von dort aus zum Gebäude zurück. Die Hitze steigt in Wellen vom Asphalt auf. Ich schwöre, dass ich sie fast riechen kann. Die Hitze füllt meine Nasenlöcher wie der Dampf eines Wasserkessels. Ich nähere mich Carls Fenster von der Seite, bleibe dabei möglichst nahe an der Wand und kauere mich dann so neben das Wohnzimmerfenster, dass ich hineinsehen kann. Wenn mich jemand fragt, werde ich sagen, ich hätte hier einen Ohrring verloren. Sogar Carl selbst würde mir diese Geschichte unter Umständen abkaufen. Sein Wohnzimmer wirkt noch genau so, wie ich es in Erinnerung hatte, kahl und verlottert.

Fünf Minuten vergehen, ohne dass Carl sich zeigt. Vom langen Kauern bekomme ich langsam Krämpfe in den Beinen. Während ich den Blick durch den Raum schweifen lasse, überlege ich, ob sich seit dem letzten Mal etwas verändert hat. Auf dem Bücherregal steht ein großes gerahmtes Foto, an das ich mich nicht erinnern kann. Ich beuge mich vor, bis ich das kühle Glas an meiner Stirn spüre, und versuche das Gesicht auf dem Foto zu erkennen. Das lange, volle Haar deutet auf eine Frau hin. Sie hat ein bleiches Gesicht – eine weiße Frau. Ich glaube, es handelt sich um Allison. Ich bin fast sicher. Inzwischen kenne ich dieses Gesicht ziemlich gut.

Durch ein Fenster um die Ecke spähe ich ins Schlafzimmer. Keine Spur von Carl. Der Raum ist ebenso spärlich eingerichtet wie das Wohnzimmer. Auf dem Doppelbett liegt eine blaue Decke, straff gespannt und an den Rändern ordentlich unter die Matratze geschoben. Wie bei einem Kasernenbett, denke ich. Die Schranktür ist geschlossen. Auf der alten Kommode sehe ich ein wenig Kleingeld und einen Schuhkarton. Ansonsten weist nichts darauf hin, dass dieser Raum je bewohnt worden ist. Als ich mich vorbeuge, um in die Ecken des Zimmers zu spähen, entdecke ich etwas, das mir bisher entgangen war. Das Fenster ist offen.

Ich lasse mich zurück auf die Fersen sinken. Es wäre so leicht, einfach hineinzugleiten. *Einbruch*, höre ich Evan sagen. *Bist du wahnsinnig?* Ich stelle mir Hannahs hochgezogene Brauen vor, jenen ungläubigen verachtungsvollen Blick, den sie so perfekt beherrscht. Ich weiß, dass ich es nicht tun sollte.

Das Fenster gleitet völlig geräuschlos auf. Nur die Jalousie gibt ein kleines, kaum hörbares Quietschen von sich. Der Fensterrahmen ist gerade breit genug für meine Schultern, aber nachdem ich meinen Oberkörper halb hineingeschoben habe, sehe ich, dass unter dem Fenster nichts ist, was meinen Fall abfangen könnte, wenn ich es mit dem Kopf voraus versuche. Ich zwänge mich wieder hinaus und halte nach neugierigen Passanten Ausschau. Das Einzige, was sich bewegt, sind die Hitzewellen auf dem Parkplatz. Ich nehme meine Tasche und ziele aufs Bett, aber sie rutscht ab und landet auf dem Boden. Ein paar Stifte und ein Notizbuch fallen heraus. Ich drehe mich um und schiebe meine Füße durchs Fenster, als wollte ich ganz vorsichtig eine Rutsche hinuntersteigen. Als meine Beine durch sind, hole ich tief Luft und stoße mich mit den Händen vom Boden ab. Meine Schulter schrammt am Metall des Rahmens entlang, und ich lande ziemlich unsanft. In Kauerstellung warte ich, bis sich mein Puls etwas beruhigt hat. Die Luft im Raum ist stickig. Als ich aufstehe, merke ich, dass ich mir das linke Knie ein wenig verdreht habe.

Das Schlafzimmer wirkt von drinnen genau so klösterlich wie von draußen. Auf einem Rollwagen am Fußende des Bettes stehen ein Fernseher und ein Videorecorder, in der Ecke des Raumes ein Schreibtisch und ein Stuhl. Ich ziehe den Stuhl zur Wand hinüber und steige hinauf, um das Fenster zu schließen. Ich achte darauf, die Dinge so zu hinterlassen, wie ich sie vorgefunden habe: Den Stuhl stelle ich so zurück, dass seine Beine wieder genau in die Teppichabdrücke passen. Dann greife ich nach meiner Tasche und glätte damit den aufgerauten Teppich.

In dem Schuhkarton auf der Kommode finde ich lauter Theaterprogramme und Rollentexte. Irgendwo dazwischen entdecke ich einen Zeitungsausschnitt mit einer Besprechung, in der die »viel versprechende Leistung von Carl Fitzner« erwähnt wird. Jemand hat das Ende des Satzes mit einem riesigen Ausrufezeichen versehen. Auf der letzten Seite eines seiner Rollentexte hat Carl mit Bleistift 1233 geschrieben. Ich blättere, um herauszufinden, was die Zahl bedeutet. Auf andere Seiten hat er niedrigere Zahlen geschrieben, und mir wird klar, dass er die Worte seines Textes gezählt hat.

In den Schubladen der Kommode herrscht ein Durcheinander aus Unterwäsche und einzelnen Socken, Jeans und verknitterten T-Shirts. Unter einem Pulli finde ich ein Buch mit Dramenmonologen, das er vor drei Monaten aus der Bibliothek entliehen hat. Ich blättere zu einer markierten Seite. Es handelt sich um einen Hamlet-Monolog. »O schmölze doch dies allzu feste Fleisch …« Als ich das Buch schüttle, fällt ein Foto heraus – Carl in einem schwarzen Rollkragenpullover, in einen Garderobenspiegel grinsend, zwei Finger voller Grundierungscreme an der Wange, die Augen schwarz umrandet. Das Blitzlicht der Kamera wird vom Spiegel reflektiert, sodass der Fotograf nicht zu erkennen ist. Auf die Rückseite der Aufnahme hat jemand ordentlich *Hamlet*, 1993 geschrieben. Ich schiebe das Foto in meine Tasche. In einer anderen Schublade finde ich eine hölzerne Schachtel voller High-School-Fotos. Ich suche nach Allisons Gesicht. Es sind lauter Fotos von Mädchen mit pausbäckigen, vor Jugend und Frische schimmernden Gesichtern, umrahmt von Wolken glänzenden Haars. Ich drehe ein paar von ihnen um und lese, was in schnörkeliger Handschrift auf den Rückseiten steht: »Für Carl, einen sehr süßen Jungen.«, »Carl, vielleicht sehen wir uns diesen Sommer mal.«, »Lieber Carl, es hat Spaß gemacht, mit dir den Französischkurs zu besuchen. Au revoir!«

Ich frage mich, ob er manchmal hier sitzt und versucht, aus diesen Worten mehr als ihren oberflächlichen Sinn herauszulesen. Ganz unten in der Holzkiste finde ich Allisons Foto, das gleiche, das wir in der Zeitung gebracht haben. Ich drehe es um. »Carl, wir hatten unsere Probleme, aber ich bin froh, dass wir sie lösen konnten, weil ich nämlich finde, dass du ein netter Junge bist. War es in der Fahrschule nicht superlustig? Ich werde nie vergessen, wie Coach Murdock geschrien hat, als ich die rote Ampel überfahren habe! Oops! Liebe Grüße, Allison.« Ich schiebe ihr Foto ebenfalls in meine Tasche.

Auf dem Fernseher liegt die leere Hülle einer Videokassette. Ich schiebe den Videorecorder mit dem Finger so weit auf, dass ich die Aufschrift auf der eingelegten Kassette lesen kann. Allison 9, steht da. Ich nehme den Finger wieder weg. Carl hat aus ihrer Wohnung ein Video gestohlen. Ich schaudere, aber dann schießt mir durch den Kopf: *Genau wie ich.*

Ich gehe ins Wohnzimmer hinüber und bleibe einen Moment überrascht stehen. Der Boden vor der Couch ist mit Aufnahmen von Allison Avery übersät. Die Fotos sehen fast aus wie ein Teppich.

Das Bild im Bücherregal, das ich von draußen gesehen habe, ist ebenfalls von Allison. Es handelt sich um ein vergrößertes Foto, das irgendwo im Freien aufgenommen worden ist. Allison lächelt. Mit ihrem roten T-Shirt hebt sie sich scharf vom Dunkelgrün der Bäume im Hintergrund ab. Im Rahmen des Bildes steckt eine kleine Karte. Ich nehme sie heraus und lese sie. »Lieber Carl«, steht da, »ich dachte, du freust dich vielleicht über dieses Foto. Vielen Dank für deine Unterstützung. Pass auf dich auf, Cynthia Avery.«

Ich gehe zur Couch hinüber und starre auf all die Gesichter auf dem Boden. Dann lasse ich mich auf die Knie sinken und hebe eines der Fotos auf. Es zeigt Allison und Carl bei einem High-School-Tanzfest. Carl ist schlank und fast gut aussehend. Allison lacht. Sie hat eine riesige Ansteckblume am Handgelenk, und ihr üppiges Haar wirkt vom vielen Haarspray ganz steif. Das Foto fühlt sich glatt und weich an. Ich stelle mir vor, dass er es jeden Abend zwischen seinen Händen hält.

Ich hebe weitere Fotos auf. Allison auf der Bühne, in enger schwarzer Hose und ärmellosem Top. Allison in einem Betty-Boop-T-Shirt, mit vorgebeugtem Oberkörper, die Lippen zum Schmollmund geschürzt. Allison mit einem Rucksack irgendwo im Freien, offenbar in Eile, den Blick stirnrunzelnd auf den Boden gerichtet. Allison als kleines Mädchen am Strand, das Haar zu Zöpfen geflochten. Der kleine Junge hinter ihr könnte Carl sein. Bei diesem Foto verharre ich ein wenig länger, betrachte die weichen runden Wangen, die braunen, sandverkrusteten Beine der beiden Kinder.

Manche von den Aufnahmen sind nicht älter als einen Monat. Das Datum steht jeweils gelb gedruckt in der Ecke. Ein Foto, auf dem Allison zusammengerollt auf ihrer Couch liegt und sehr finster dreinblickt, ist zwei Tage vor ihrem Tod entstanden. Sie hat den Mund geöffnet, als würde sie ihn gerade auffordern, den Raum zu verlassen, aus ihrer Wohnung zu verschwinden, endlich aufzuhören.

Ich schiebe ein paar Fotos zur Seite, um einen Blick auf die unter ihnen liegenden Aufnahmen zu werfen. Etwa dreißig Zentimeter von mir entfernt entdecke ich eines von Allison mit der pinkfarbenen Perücke. Ich hebe es auf, um es mir genauer anzusehen. Mein Herz macht einen Satz.

Das Gesicht auf dem Foto ist nicht Allisons. Es ist meines.

Ich weiß nicht, wie lange ich nun schon hier sitze, umgeben von Allison, dieses Foto in meiner Hand. Plötzlich höre ich etwas – Schritte, das Klirren von Schlüsseln. Ich springe so hektisch auf, dass die Fotos in alle Richtungen davonfliegen. Ohne nachzudenken, stürme ich zurück ins Schlafzimmer, wo ich mich nirgendwohin flüchten kann außer in den Schrank. Als die Wohnungstür aufgeht, ziehe ich die Schranktür zu. Das Schloss rastet viel zu laut ein, und ich halte den Atem an. Als ich merke, dass ich noch immer das Foto in der Hand habe, schiebe ich es in meine Tasche. Eine lange Minute vergeht. Ich stelle mir vor, wie die Tür aufschwingt und Carl völlig geschockt in den Schrank starrt, während ich hilflos blinzle, geblendet vom hereinströmenden Licht. Nichts passiert. Ich kämpfe mich durch die Klamotten bis zur Rückwand des Schrankes vor, wo ich kaum genug Platz zum Stehen habe.

Schritte kommen näher, halten inne, kommen noch näher. Durch den Spalt unter der Schranktür schimmert Licht. Ich kralle meine Finger in den glatten Polyesterstoff eines seiner Hemden. Dann höre ich das Ächzen einer Matratze, gefolgt von zwei dumpfen Geräuschen. Wahrscheinlich hat er gerade seine Schuhe auf den Boden fallen lassen. Ich spitze die Ohren, kann aber nichts weiter hören. Im Schrank ist es so heiß und stickig, dass ich am liebsten laut nach Luft ringen würde. Der schmale Lichtstreifen unter der Schranktür verschwindet.

Dann höre ich Carl leise über den Teppich tapsen. Er hat tatsächlich seine Schuhe ausgezogen. Der Fernseher geht an, ein paar Sekunden lang ist lautes, schallendes Sitcom-Lachen zu hören. Dann macht es mehrmals klick, und es kehrt wieder Stille ein. Plötzlich höre ich eine Stimme, die ich kenne. »Hallo«, sagt sie. »Ich bin Allison Avery. Danke, dass ihr gekommen seid.«

An die Rückwand des Schranks gelehnt, höre ich zu, wie Allison singt, und wische ungeduldig die Tränen weg, die mir der Klang ihrer Stimme in die Augen treibt. Was ich dann höre, müssen die paar Minuten sein, nachdem sie die Bühne verlassen hat, die Stimmen ihrer Freunde, die ihr zu ihrem Auftritt gratulieren, ihre eigene aufgeregte Stimme, die alle anderen übertönt. Ich höre eine Männerstimme etwas murmeln, woraufhin Allison laut und deutlich sagt: »Danke, Carl. Danke, dass du gekommen bist.« Dann fügt sie lachend hinzu: »Nun steh nicht so steif da. Lass dich umarmen.«

Das Video ist offenbar zu Ende. Ich lausche angestrengt. Ein leises Surren ist zu hören, dann wieder Allisons Stimme: »Danke, Carl. Danke, dass du gekommen bist.«

Noch dreimal spult Carl die Kassette zurück und lässt diese paar Worte abspielen. Dann kehrt erneut Ruhe ein. Ich frage mich, ob er auf Pause gedrückt hat und jetzt ihr Gesicht anstarrt, ihre Lippen, die seinen Namen formen. Nach einer Phase der Stille, die mir sehr lang erscheint, setzt plötzlich ein Geräusch ein, das ich nicht identifizieren kann. Es bricht ab und setzt wieder ein, bricht ab und fängt von neuem an. So leise, wie ich kann, schiebe ich mich durch die Kleidung nach vorne und presse mein Ohr gegen die Schranktür. Draußen ist es eine Weile ganz still, dann höre ich wieder dieses Geräusch.

Carl schluchzt.

Er holt so laut Luft, dass ich es auch auf der anderen Seite der Schrankwand deutlich hören kann. Dann beginnt er zu heulen. Sein Wehklagen dauert endlos an, wird lauter und leiser, verstummt für einen Moment, wenn er nach Luft ringt, und setzt dann stotternd wieder ein, wie ein Motor, der nicht sofort anspringen will. Ich lasse mich nach unten sinken, bis ich auf dem Boden des Schranks kauere, das Ohr fest gegen die Tür gepresst, und höre ihm beim Weinen zu. Ich registriere jede kleine Nuance – das hohe Wimmern am Ende jedes langen Klagelauts, das schnelle, stoßweise Atmen, das ankündigt, dass er gleich wieder losheulen wird, sogar das leise Stöhnen, das dieses stoßweise Atmen unterbricht – als könnte die Art seines Weinens mir verraten, ob es sich dabei um einen Ausdruck von Kummer oder Reue handelt. Er schluchzt hemmungslos, zieht nicht einmal ein Kissen vor sein Gesicht, um das Geräusch zu dämpfen. Mir geht durch den Kopf, dass die Nachbarn, falls sie zu Hause sind, sein Weinen bestimmt hören können.

Ich höre ihm zu, bis er allmählich verstummt, nur noch hin und wieder ein paar Mal leise schnieft oder wimmert. Nach einer Weile kommt es mir vor, als hörte ich ihn etwas flüstern. Dann putzt er sich die Nase, einmal, zweimal, und ist still.

Im Schrank ist es gerade hell genug, dass ich das Zifferblatt meiner Uhr erkennen kann. Ich warte eine halbe Stunde. Das Knie, das ich mir bei meinem Einstieg durchs Fenster verdreht habe, beginnt stärker zu schmerzen. Ich sehne mich danach, die Beine auszustrecken. Um mir die Zeit zu vertreiben, sage ich im Kopf Gedichte auf – »In Xanadu schuf Kubla Khan/Ein Lustschloss, stolz und kuppelschwer:/Wo Alph, der Fluss des Heiles, rann/Durch Höhlen, die kein Mensch ermessen kann,/In sonnenloses Meer.« Ich sage das Alphabet auf, forme die einzelnen Buchstaben lautlos mit meinen Lippen. Irgendetwas in meiner Tasche sticht mir in die Brust. Vorsichtig wechsle ich die Stellung.

Nachdem eine halbe Stunde vergangen ist, lege ich die Hand an den Türknauf und drehe ihn ganz langsam herum. Mit einem leisen Klicken schnappt der Riegel zurück, und die Tür geht auf. Auf den Türknauf gestützt, spähe ich vorsichtig in den dunklen Raum, bis ich das Bett und Carls darauf ausgestreckte Gestalt sehen kann. Er ist noch vollständig bekleidet, aber das langsame, gleichmäßige Heben und Senken seiner Brust sagt mir, dass er schläft. Ich schiebe mich aus dem Schrank und richte mich auf. Mein Knie knackt laut und schmerzhaft. Vorsichtig schließe ich die Schranktür. Irgendetwas veranlasst mich dazu, einen Moment stehen zu bleiben und Carl zu beobachten. Ich versuche, in seinem aufgedunsenen roten Gesicht, seinem zusammengerollten Körper, die Gestalt eines Mörders zu sehen. Stattdessen nehme ich die Stelle wahr, wo ihm sein schwarzes Hemd aus der Hose gerutscht ist und eine weiche, weiße Rolle Bauch heraushängt.

Ich verlasse die Wohnung durch die Vordertür.

Zu Hause setze ich mich auf mein Bett und betrachte das Foto, das er von mir gemacht hat. Hannah ist noch immer nicht da. Zweimal klingelt das Telefon, aber ich gehe nicht ran. Beim dritten Mal lasse ich es viermal klingeln, ehe ich nach dem Hörer greife. Der Anrufer hat bereits aufgelegt. Einen Moment lang starre ich auf den Hörer in meiner Hand. Dann wähle ich Angelas Nummer.

Sie hebt ab, und wir sprechen kurz darüber, wie es ihr geht. Dann lenke ich das Gespräch auf Carl. Mit gepresster Stimme erklärt sie ein weiteres Mal, was für ein Widerling er sei. »Angela«, sage ich, »besteht Ihrer Meinung nach irgendein Grund dafür, Carl als Verdächtigen in Betracht zu ziehen?«

Sie schweigt einen Moment. Ich halte die Luft an. Einerseits hoffe ich auf ein Ja, weil ich Gewissheit will, damit das Ganze endlich ein Ende hat. Andererseits hoffe ich auf ein Nein, weil Carl weiß, wo ich wohne, und ich Angst habe.

»Ich glaube nicht«, antwortet sie schließlich. »Ich glaube, er war die ganze Zeit da.«

»Wo?«

»In der Bar. Er saß an einem Tisch in der Ecke und tat, als wäre es Zufall. Er hat gewusst, dass wir oft dort waren, und manchmal ist er aufgetaucht, um Allison zu sehen. Manchmal hat er nicht mal mit ihr geredet, sondern sie bloß aus irgendeiner Ecke beobachtet. Gott, es war fast schon beängstigend. Ein paar Tage zuvor hatten sich die beiden deswegen sogar gestritten. Allison hatte ihn zur Rede gestellt, weil er ihr dauernd folgte. Aber er hat sie nicht umgebracht. Er war den ganzen Abend da und hat so getan, als würde er nicht auf sie warten.« Sie seufzt. »Manchmal tut er mir fast Leid.«

»Er tut Ihnen Leid?«

Sie schweigt einen Moment. »Nein«, sagt sie dann. Ihre Stimme klingt plötzlich hasserfüllt. »Nein, er tut mir nicht Leid.«

17

Mein ganzer Schreibtisch ist eine einzige Allison-Avery-Collage. Der Zeitungsausschnitt mit dem unscharfen Abdruck ihres High-School-Fotos. Die Rückseite des Fotos aus Carls Wohnung, ihre schnörkelige Handschrift, der mädchenhafte Ton. Carls Gesicht, grinsend und voller Theaterschminke. Die Leiche des Mädchens, zusammengerollt und zerquetscht. Der Zweig von Peters Bonsai. Meine Notizen. *Nettes Mädchen. Lilien. Rock 'n' Roll. Wild. Sexy. Schlampe. Kifferin. Junkie. Diebin.* Das Foto von mir, auf dem ich aussehe wie sie.

Ich will gerade nach dem Hörer greifen, um im Polizeirevier anzurufen, als ich Peggy meinen Namen sagen höre. Ich blicke hoch, und sie steht neben meinem Schreibtisch. »Kannst du kurz in mein Büro kommen?«, sagt sie. »Ich möchte mit dir reden.«

»Sofort«, antworte ich. »Ich muss nur noch rasch telefonieren.«

Sie schüttelt den Kopf. »Verschieb dein Telefonat auf hinterher.« Sie wartet, bis ich aufstehe, dann gehen wir zusammen durch die Redaktion zu ihrem Büro. Mein ganzer Körper prickelt vor Ungeduld.

Ich nehme ihr gegenüber Platz. »Ich hole mir eine Tasse Kaffee«, sagt sie. »Möchtest du auch welchen?« Ich nicke, und sie verlässt den Raum. Peggy benutzt dieses Büro so gut wie nie. Verglichen mit ihrem Schreibtisch in der Nachrichtenredaktion ist es in einem makellosen Zustand. An den Wänden hängen gerahmte Zeitungsartikel, unter anderem einer über politische Korruption, für den sie vor fünfzehn Jahren für den Pulitzer-Preis nominiert worden ist. Ich bin seit meinem Vorstellungsgespräch nicht mehr in diesem Raum gewesen.

Als sie zurückkommt und mir meinen Kaffee reicht, warnt sie mich, dass er sehr heiß sei. Vorsichtig puste ich in meine Tasse und warte darauf, dass Peggy zu reden beginnt. Sie wirkt ungewöhnlich nervös, tut, als müsste sie auf ihrem Schreibtisch erst noch ein paar Unterlagen ordnen, nimmt große Schlucke von ihrem Kaffee. Schließlich stellt sie die Tasse ab, legt beide Handflächen auf ihren Schreibtisch und beugt sich vor. »Hör zu«, beginnt sie. »Ich werde nicht lange um den heißen Brei herumreden. Ich muss es wissen – nimmst du Drogen?«

Ich starre sie perplex an. Hat an dem Tag also doch jemand gemerkt, dass ich völlig stoned in die Redaktion gekommen bin? Nein, das kann nicht sein. »Nein«, sage ich. »Wovon redest du überhaupt?«

»Ich rede von Heroin«, antwortet sie. »Bist du süchtig? Experimentierst du damit herum? Sag mir die Wahrheit. Ich werde dafür sorgen, dass du Hilfe bekommst.«

Von einem Gefühl der Erleichterung durchflutet, schüttle ich den Kopf. »Ich schwör's dir, Peggy. Ich weiß nicht, wovon du sprichst.«

Sie lehnt sich auf ihrem Stuhl zurück. »Ich kann dich testen lassen, Olivia. Das steht in der Gewerkschaftssatzung. Aber es wäre mir lieber, du würdest es mir sagen.«

»Was hat dich überhaupt auf diese Idee gebracht, Peggy?«

»Evan ist zu mir gekommen.« Sie hebt eine Hand. »Nein, du darfst ihm deswegen nicht böse sein. Er hat sich Sorgen um dich gemacht. Er hat gesagt, du würdest nicht mehr mit ihm reden und seist in letzter Zeit so seltsam.« Sie seufzt. »Er hat Nadeln bei dir gesehen. Außerdem ist ihm aufgefallen, dass du neuerdings immer so nervös bist.«

»Bei mir ist eingebrochen worden!«

»Ich weiß. Aber kürzlich haben deine Augen seltsam ausgesehen ... Normalerweise würde ich sagen, im Zweifelsfall für den Angeklagten, aber leider muss ich Evan Recht geben. Du bist in letzter Zeit wirklich nicht mehr du selbst.«

»Mein Gott, seid ihr denn alle verrückt geworden? Die Nadel habe ich bei meinen Recherchen gefunden, in Allison Averys Müll.«

Peggy mustert mich aufmerksam. »Warum hast du Evan das nicht erzählt?«

Ich zucke mit den Achseln. »Ich wollte nicht darüber sprechen, solange ich nicht sicher war.« Sogar in meinen eigenen Ohren klingt diese Antwort wie eine Lüge. »Sieh dir meine Arme an.« Ich beuge mich vor und strecke ihr meine Arme hin, die Handflächen nach oben. Sie fährt mit den Fingern über meine Unterarme. Dann hebt sie den Kopf und sieht mir in die Augen. »Pupillen wirken normal«, murmelt sie. Ich richte mich auf. »Glaubst du mir jetzt?«

Sie winkt ab. »Man kann es mittlerweile auch schnupfen. Oder rauchen. Im Anfangsstadium der Sucht sind die Einstichstellen unter Umständen gar nicht zu sehen.« Sie klingt, als würde sie aus einem ihrer eigenen Artikel zitieren. »Ich sage dir jetzt mal was.« Sie holt tief Luft. »Diese Paula aus meinem Artikel. Ihr wirklicher Name war Vivian, und sie war meine Nichte.« Sie streckt eine Hand nach mir aus. »Ich habe gesehen, wie es die Leute kaputt macht, Olivia. Ich möchte nicht, dass dir das auch passiert.«

»Dazu wird es nicht kommen«, antworte ich. »Ich verspreche dir, dass ich clean bin. Du brauchst dir meinetwegen keine Sorgen zu machen.«

Peggy lässt ihre Hände auf den Schreibtisch sinken. »Ich möchte dir so gerne glauben«, sagt sie. »Deswegen lasse ich dich jetzt auch nicht testen. Aber ich werde dich im Auge behalten, Olivia. Ein einziger Ausrutscher, und ich lasse dich in diese Tasse pinkeln.«

»Ich schwör's dir«, wiederhole ich, während ich aufstehe. »Ich bin clean.«

Sie nickt mit gesenktem Kopf.

»Was ist mit deiner Nichte passiert?«, frage ich an der Tür.

Peggy blickt nicht hoch. »Sie ist tot.«

Ich stehe vor Evans Schreibtisch. Zum ersten Mal fällt mir auf, wie sehr sich seine Haare bereits zu lichten beginnen. »Kann ich mit dir sprechen?«, frage ich. Er steht auf, und wir gehen schweigend den Gang entlang, bis wir die Fenster erreichen, durch die man zu den Druckerpressen hinuntersehen kann.

»Peggy hat mit dir gesprochen«, sagt Evan. Es klingt wie eine Feststellung.

»Willst du, dass sie mich feuern?«, frage ich. »Bist du wegen unseres Streits kürzlich wirklich so wütend? Ich weiß, dass es schrecklich war, was ich zu dir gesagt habe. Es tut mir ja auch Leid.«

»Ich bin nicht zu Peggy gegangen, weil ich mich über dich geärgert habe, sondern weil dein Verhalten so untypisch für dich war. Ich habe mir Sorgen gemacht.« Er verschränkt die Arme vor der Brust. »Du warst völlig außer Rand und Band. Deine ganze Art, mit dieser Story umzugehen – ich dachte, du hättest die Grenze überschritten.«

»Es ist eine Story«, entgegne ich. »Ich versuche, über den Fall zu berichten, so gut ich kann.«

»Es geht dir doch gar nicht mehr um die Story, Olivia. Gib zu, dass es dir nicht mehr um die Story geht.«

»Worum sollte es mir denn sonst gehen, Evan? Worum, wenn nicht um meine Arbeit als Reporterin?«

»Ich weiß es nicht«, antwortet er. »Als du zu dem Typen in der Beale Street gesagt hast, du würdest das Mädchen kennen, ihm diese verrückte Lüge wegen der Perücke aufgetischt hast – da hast du geklungen, als würdest du das alles selbst glauben. Du hast dich angehört, als würdest du sie als deine Freundin betrachten.«

»Die Nadel war von ihr«, erkläre ich. »Sie hat Allison Avery gehört. Bist du jetzt zufrieden?«

»Hast du das Peggy auch erzählt?«

»Natürlich«, antworte ich. »Aber sie lässt mich vielleicht trotzdem testen.«

»Falls sie es wirklich tut, wird sich ja zeigen, dass du clean bist«, entgegnet er. »Und alles ist wieder in Ordnung.«

»Du Idiot, es wird sich herausstellen, dass ich Marihuana rauche. Glaubst du, sie werden mir das durchgehen lassen? Denk an Bob Anderson aus der Sportredaktion. Den haben sie gefeuert, weil er Dope geraucht hat!«

Evan streckt die Hand nach mir aus. Ich weiche einen Schritt zurück. »Tut mir Leid«, sagt er.

»Vielleicht sollte ich ihnen den guten Rat geben, dich auch zu testen.« Meine Stimme klingt kalt und hart.

Evan zuckt zurück, als hätte ich ihn geschlagen. »Du hast dich so seltsam benommen, und ich hatte die Nadeln gesehen«, flüstert er. »Ich wollte nur helfen.«

»Nadel!«, sage ich. »Eine Nadel.«

»Tut mir Leid!«, sagt Evan schon wieder. »Ich habe bloß die Erfahrung gemacht, dass da, wo eine ist, meistens mehr sind. Das ist eine Tatsache, glaub's mir.«

»Zwei und zwei macht vier«, sage ich. »Das reimt sich sogar. Hast du's gemerkt?«

»Mach jetzt keine Witze.« Er streckt erneut die Hand nach mir aus. Wieder weiche ich vor ihm zurück. »Bitte, Olivia.«

Ich gehe noch ein paar Schritte zurück und betrachte sein Gesicht, diese großen braunen Augen, in denen jetzt Tränen glänzen. »Du hast dich in letzter Zeit aufgeführt wie eine Verrückte«, fährt Evan fort. »Ich würde wirklich gern wissen, was mit dir los ist. Hannah sagt …«

»Du hast mit Hannah gesprochen?« Ich stelle mir vor, wie die beiden die Köpfe zusammenstecken und meinen Namen flüstern. »Versuchst du gerade, alle deine Quellen anzuzapfen? Hast du auch schon mit David geredet? Ich wette, er wird dir ein paar Sachen erzählen, die du wunderbar zitieren kannst. Oder hat er das schon getan?«

»Du weißt, dass das nicht fair ist«, antwortet er. Ich trete einen weiteren Schritt zurück. Dann mache ich auf dem Absatz kehrt. Evan folgt mir und hält mich am Arm fest. »Geh nicht. Wir müssen darüber reden.«

»Wir haben schon genug geredet!« Ich schüttle seinen Arm ab. »Ich mag es nicht, wenn mir jemand das Gefühl gibt, interviewt zu werden.« Mit diesen Worten gehe ich. Er ruft meinen Namen, aber ich drehe mich nicht um.

Allison Avery verschwindet langsam aus den Nachrichten. Nichts von dem, womit ich aufwarten kann, wird uns auf die Titelseite zurückbringen. Im Moment sitze ich gerade auf dem Polizeirevier und blättere durch die Berichte des Tages, ohne sie wirklich zu lesen. Morris ist nicht da, und von Nash bekomme ich nur zu hören, dass er mir nichts sagen könne. In den Zwölf-Uhr-Nachrichten ist Allison mit keinem Wort erwähnt worden. Die Dinge ändern sich. Weitere Menschen sterben, werden vergewaltigt, erschossen oder ausgeraubt. Nur besonders spektakuläre Mordfälle bleiben länger aktuell. Ich versuche, mich auf die Namen zu konzentrieren, die in den Berichten auf meinem Schoß genannt werden. Die neusten Opfer, die neusten Verbrecher.

»Olivia Dale«, höre ich eine tiefe Stimme sagen. Als ich hochblicke, sehe ich, dass Officer Smiley neben mir steht.

»Officer«, sage ich. »Wie geht es Ihnen?«

»Kann nicht klagen.« Er grinst. »Ich habe Ihren Artikel gelesen.«

Es dauert einen Moment, bis mir klar wird, dass er natürlich den Artikel meint, den ich über ihn geschrieben habe. »Ja? Wie ist die Sache weitergegangen? Sitzt der Kerl hinter Gittern?«

»Sie wissen das gar nicht?« Er schüttelt ungläubig den Kopf, sieht mich aus zusammengekniffenen Augen an. »Ich dachte, Sie würden den Fall weiterverfolgen.«

Das hat gesessen. »Ich war seitdem sehr beschäftigt.«

»Mit der Tochter dieser Ärztin, nicht wahr?« Als ich nicke, sagt er leise: »Tja«, ein einzelnes, leise ausgesprochenes Wort, das trotzdem wie eine Anklage klingt.

»Was ist passiert?«

Er zuckt mit den Achseln. »Sie hat seine Kaution bezahlt. Ich rechne jeden Tag mit der Nachricht, dass er sie erschossen hat.«

»Ich plane eine Serie über das Thema Gewalt in der Familie.« Ich hatte diese Idee fast schon wieder vergessen.

»Sehr gut«, antwortet er in neutralem Ton. »Ich bin sicher, das wird helfen.« Er berührt leicht meine Schulter. »Bis bald mal wieder.«

Ich sehe Officer Smiley nach, wie er mit großen, energischen Schritten den Gang hinuntergeht, seine Waffe an der Hüfte. Alles an ihm strahlt Autorität und Entschlossenheit aus. Ich komme mir vor wie ein kleines, ängstliches Kind.

Den ganzen Nachmittag versuche ich, endlich loszulassen. Ich führe kein einziges Telefongespräch, das mit dem Fall Avery zu tun hat. Stattdessen rufe ich David an, bei dem ich mich seit Samstagabend nicht mehr gemeldet habe, und entschuldige mich wie ein braves Mädchen. Genau wie Evan seufzt er und erzählt mir von seiner Sorge um mich. Hinterher schreibe ich die Artikel, die man von mir erwartet. Zweijähriges Kind von Lastwagen überfahren. Überfall auf ein Spirituosengeschäft. Ich rufe bei der Autobahnpolizei an, um mich nach tödlichen Unfällen zu erkundigen. Evan gegenüber bin ich kühl, aber höflich. Vielleicht sind wir jetzt quitt, je nachdem, wie man unsere jeweiligen Verbrechen wertet.

Um 17.35 Uhr läutet mein Telefon. Noch bevor ich den Hörer berühre, weiß ich, dass es Peter ist. »Kannst du vorbeikommen?«, fragt er, kaum dass ich mich gemeldet habe.

»Ich habe wirklich viel zu tun, Peter.«

»Ich muss mit dir reden.«

»Wir reden doch schon.«

Für einen Moment herrscht am anderen Ende der Leitung Schweigen. »Warum bist du so komisch?« Er klingt verletzt. »Warum bist du böse auf mich?«

Ich seufze. »Ich bin nicht böse auf dich. Ich hatte bloß einen beschissenen Tag.«

»Jeder Tag ist ein beschissener Tag«, entgegnet er. »Ich möchte dich nur sehen!«

Ich kapituliere. Ich verspreche ihm, auf dem Heimweg bei ihm vorbeizuschauen.

Als ich an der Tür des weißen Avery-Hauses klingle, macht mir niemand auf. Ich gehe um das Haus herum, starre zu den Fenstern hinauf. Es ist nirgendwo Licht an, und hinter den Fenstern bewegt sich nichts. Ratlos zupfe ich ein Blatt von einem Baum und zerreiße es entlang der Adern. Als ich nach dem nächsten greife, höre ich im Gewächshaus ein Geräusch.

Peter steht mit dem Rücken zu mir und lässt gerade die Finger über eines seiner Bäumchen gleiten. Sein T-Shirt klebt ihm schweißnass am Körper. Ich sehe, wie sich die Muskeln an seinem Rücken zusammenziehen, als er sich vorbeugt, um einen Ast abzuzwicken. *Zehn Minuten*, denke ich. *Dann gehe ich wieder*. Er dreht sich um, die Schere in der Hand. »Olivia, wie schön, dass du gekommen bist!«

»Was gibt's?«, frage ich, bewusst ziemlich schroff.

Er lächelt. »Lass mich das hier rasch fertig machen.« Mit diesen Worten dreht er sich wieder zu seinem Bäumchen um.

Mir schlägt das Herz bis zum Hals. In diesem Moment spüre ich nur noch mein Verlangen, als hätte sich mein ganzes Sein zu einem Punkt zusammengezogen. Am liebsten würde ich jetzt zu ihm gehen, meine Tasche auf den Boden fallen lassen und beide Hände mit gespreizten Fingern auf seinen Rücken legen. Er würde sich unter meinen Handflächen heiß und feucht anfühlen, und seine Muskeln würden sich vor Überraschung zusammenziehen. Langsam, ganz langsam würde ich meine Hände nach vorne gleiten lassen, unter sein T-Shirt schieben und seinen zarten Bauch berühren, Haut auf Haut.

Ich verschränke die Arme über der Brust. »Ich muss nach Hause, Peter. Was willst du?«

Stirnrunzelnd dreht er sich um, die scharfe Schneide seiner Schere auf mich gerichtet. »Warum bist du so biestig?«

Was soll ich ihm darauf antworten? Weil ich Angst habe, sonst die Beherrschung über mich zu verlieren? Stattdessen sage ich: »Ich bin in Eile.«

»Dann verzieh dich doch, wenn es dir so verdammt schwer fällt, mir zehn Minuten deiner kostbaren Zeit zu opfern.«

»Du kannst mich mal«, antworte ich blinzelnd, weil mir plötzlich die Tränen in die Augen steigen. »Du hast mich angerufen, und ich bin gekommen. Was willst du noch?«

Er kommt auf mich zu, fuchtelt mit der Schere vor meiner Nase herum. »Deine Story ist abgeschlossen, stimmt's? Und jetzt hast du keine Verwendung mehr für mich?«

»Das ist nicht ...«

»Und dein ganzes *Mitgefühl*?« Er steht jetzt knapp vor mir. Ich lasse die Schere nicht aus den Augen. »War das alles nur geheuchelt?«

»Mein Mitgefühl war echt«, antworte ich langsam. Zumindest ist es mit der Zeit echt geworden, und das ist das Einzige, was jetzt zählt.

Er äfft mich nach. »Mein Mitgefühl war echt. Oh, Peter, wie *geht* es dir? Das mit deiner toten Schwester tut mir *so* Leid, zumindest, solange sich damit Zeitungen verkaufen lassen.«

»Hör mir zu.« Ich strecke die Hand nach ihm aus, aber er weicht zurück.

»Ich brauche mir das nicht mehr anzuhören. Ich bin für dich bloß eine Story, weiter nichts. Stimmt's?«

Er beugt sich wieder vor, sodass seine Schere nur noch ein paar Zentimeter von meiner Hand entfernt ist. Eine schnelle Bewegung, und er könnte mir die Spitze in die Haut rammen. »Du kannst mich mal«, stößt er hervor. »Du kannst mich mal.«

Vorsichtig strecke ich den Arm aus. Ich lege meine Finger um die Schere, und als ich spüre, dass er locker lässt, nehme ich sie ihm aus der Hand. »Hast du geglaubt, ich würde dir was tun?«, fragt er. Seine Stimme klingt, als würde er gleich in Tränen ausbrechen.

»Nein, natürlich nicht«, antworte ich, obwohl für einen Moment lang alles möglich schien. Langsam lege ich die Schere weg.

»Ich würde dir niemals wehtun«, erklärt er. Seine Augen füllen sich mit Tränen. Er beißt sich auf die Lippe. »Tut mir Leid«, sagt er. »Ich weiß selbst nicht, was mit mir los ist.«

»Schon gut.« Ich ziehe ihn an mich. Zitternd lässt er den Kopf auf meine Schulter sinken. Ich halte ihn, so fest ich kann.

»Olivia«, sagt er. »Ich glaube, ich liebe dich.«

»Oh, Darling«, antworte ich. Ich denke: *Mein Gott, er ist siebzehn*, als hätte ich das gerade erst erfahren.

Er hebt den Kopf und sieht mich an. »Ich meine das ernst«, sagt er. »Ich liebe dich.« Seine Augen forschen in meinem Gesicht, seine Hand umklammert meinen Arm.

Er braucht es in diesem Moment so sehr, dass ich nicht anders kann, als es zu sagen: »Ich liebe dich auch.« Für ein paar Sekunden presst er seine Lippen auf meine, hart und drängend, dann lehnt er sich zurück. Sein umwerfendes Lächeln lässt sein ganzes Gesicht aufleuchten, sodass er plötzlich wunderschön aussieht.

Ich fühle mich, als wäre ich eine Million Jahre alt.

18

Ich verlasse Peter mit dem Versprechen, dass wir uns bald wiedersehen werden. Er steht in der Auffahrt und sieht mir nach, den Oberkörper leicht in meine Richtung geneigt. Während der ganzen Heimfahrt habe ich einen Kloß im Hals, und zu Hause gehe ich sofort in mein Schlafzimmer und rolle mich auf dem Bett wie ein Fötus zusammen. Am liebsten würde ich die Arme um meinen Körper schlingen und schluchzen, wie ich es bei Carl gesehen habe, aber es kommen keine Tränen. Nach dem heutigen Tag fühle ich mich völlig leer.

Am frühen Morgen weckt mich das Telefon. Ich bleibe noch einen Moment liegen, den Rock bis zur Taille hochgeschoben. Das Läuten hört auf. Ich hake meinen BH auf und fahre mit den Fingern über die schmerzenden Abdrücke, die er in meiner Haut hinterlassen hat. Dann höre ich Hannah rufen: »Aufwachen, Olivia, Telefon für dich.«

»Guten Morgen, junge Frau. Raus aus den Federn, und auf sie mit Gebrüll. Das wird ein langer Tag für Sie.« Es ist Sergeant Morris, und er klingt ausgesprochen zufrieden.

»Wie spät ist es?« Blinzelnd werfe ich einen Blick auf meine Uhr.

»Früh. Aber Sie werden mir noch dankbar sein, dass ich Sie aufgeweckt habe.« Er legt eine Pause ein, um die Spannung zu erhöhen. »Es geht um den Avery-Fall. Es gab eine Verhaftung.«

Ich bin vor Überraschung sprachlos.

»Olivia? Sind Sie noch dran?«

»Wer?«, frage ich. »Wer ist verhaftet worden?«

»Drei Jungs, in Bolivar«, antwortet er. »Sie haben versucht, an der dortigen Tankstelle mit der Kreditkarte des

Mädchens zu bezahlen. Die Kollegen aus Mississippi haben uns angerufen.« Seine Stimme wird hart. »Wir haben sie kalt erwischt«, erklärt er. »Im Schlafzimmer des einen haben wir die Unterwäsche des Mädchens gefunden. Bei ihrem Anführer. Jared Gillespie.«

»Mein Gott«, flüstere ich.

»Für heute Nachmittag ist eine Pressekonferenz angesetzt«, informiert er mich.

»Haben die Kerle sie gekannt?«

»Sieht nicht danach aus«, antwortet er. »Wie wir von Anfang an vermutet haben.«

»Aber warum haben sie es getan? Das ergibt doch keinen Sinn.«

»Lieber Himmel, da bin ich überfragt. Ich mache den Job seit dreißig Jahren und kann Ihnen bloß eines sagen – es ergibt nie einen Sinn.«

Nachdem ich aufgelegt habe, renne ich ins Bad. Minutenlang knie ich neben der Kloschüssel auf dem Boden, weil ich das Gefühl habe, mich gleich übergeben zu müssen, aber stattdessen kommt ein Schwall von Tränen. Mein ganzer Körper zuckt. Schluchzend lasse ich das Gesicht auf die Hände sinken. So findet mich Hannah, halb nackt über der Kloschüssel hängend, das Gesicht tränennass und verschmiert.

Sie geht neben mir in die Knie und drückt mich an sich. Als sie mich fragt, was denn los sei, zittert ihre Stimme, als würde sie auch gleich losheulen. Ich kann es ihr nicht sagen. Noch immer zuckt mein ganzer Körper. Mit Hannahs Hilfe schaffe ich es aufzustehen. Sie hilft mir beim Ausziehen und dreht die Dusche für mich auf. Mit geschlossenen Augen stelle ich mich unter den Wasserstrahl und schlage die Hände vors Gesicht, bis sich mein Körper langsam beruhigt.

Von der anderen Seite des Vorhangs fragt mich Hannah, ob alles in Ordnung sei.

Ich öffne die Augen. Ich sehe dieselben blauen Fliesen, denselben grünen Duschvorhang wie jeden Tag, bevor ich zur

Arbeit gehe. Wenn heute ein normaler Tag wäre, würde ich jetzt singend unter der Dusche stehen und mir im Eiltempo die Haare waschen, begierig darauf, die große Chance zu nutzen, die sich mir soeben geboten hat. Einer weiteren Sensationsstory auf der Spur. Deswegen werde ich auch heute diese Dusche hinter mich bringen, in meine Klamotten springen, Peggy anrufen und nach Bolivar, Mississippi, fahren, auf der Suche nach Jared Gillespie. Ich werde herausfinden, wie alt er und seine Freunde sind, und ob sie bereits ein Vorstrafenregister haben. Ich werde alle, die etwas darüber wissen könnten, danach fragen, wann sie es getan haben, und wie, und wo, und warum.

Das ist mein Job. Es ist nur mein Job.

Das letzte Mal war ich in Bolivar, um über den Versuch des Stadtrats zu berichten, eines der Denkmäler am Ort restaurieren zu lassen. Es handelte sich dabei um einen Gedenkstein, der an die Söhne der Stadt erinnern sollte, die unter der Flagge der Konföderierten ihr Leben gelassen hatten, und das Problem war, dass das Denkmal in den vierzig Jahren, die es nun schon stand, irgendwann angefangen hatte, sich ein wenig zur Seite zu neigen. Als zwei Stadträte loszogen und Maß nahmen, mussten sie bestätigen, was alle bereits befürchtet hatten: Das Denkmal stand tatsächlich schief, es neigte sich bereits fünfzehn Zentimeter in Richtung Norden. Während der daraufhin anberaumten Versammlung stand ein alter Mann mit Bart auf und erklärte mit brüchiger Stimme: »Es ist eine Schande. Die Jungs, die im Kampf gegen die Yankees gefallen sind, werden sich im Grab umdrehen. Unser Denkmal sollte gerade stehen. Aufrecht.« Mit diesen Worten schlug er die Hacken zusammen wie ein stramm stehender Soldat.

In dieser Stadt gibt es ganze drei Stellen, wo man etwas kaufen kann: eine Gemischtwarenhandlung, ein Esslokal und eine Tankstelle. Als ich in die Tankstelle einbiege, kommt ein Junge in Peters Alter heraus und gibt mir ein Zeichen, das

Fenster herunterzulassen. Er schielt zu mir herein. »Was darf's denn sein, Ma'am?«

»Normal, bitte.« Er hängt die Zapfpistole in meinen Tank, setzt die Pumpe in Gang und lehnt sich dann mit einem Gummiwischer über meine Windschutzscheibe. Während er ihn systematisch und gerade übers Glas zieht, beobachte ich sein Gesicht. Vor sich hinpfeifend, konzentriert er sich ganz und gar auf das Wasser, das an der Windschutzscheibe hinunterläuft, ohne den Blick auch nur ein einziges Mal zu mir auf die andere Seite des Glases abschweifen zu lassen. Ich steige aus. »Hier in der Gegend passieren zurzeit ja aufregende Sachen«, sage ich und lehne mich gegen die Tür.

»O ja«, antwortet er. Dann richtet er sich auf, legt den Gummiwischer weg und steuert auf mich zu. »Entschuldigen Sie bitte, Ma'am.« Ich drücke mich gegen die Wagentür, damit er vorbei kann. Er zieht die Zapfpistole aus dem Tank und schraubt routiniert den Tankdeckel zu.

»Du kennst diese Jungs?« Ich bemühe mich, ein wenig schleppender zu sprechen.

»Könnten Sie bitte die Motorhaube öffnen?«

Ich beuge mich in den Wagen und ziehe an dem Hebel. Als ich mich wieder aufrichte, ist er bereits unter meiner Motorhaube verschwunden. Seine Stimme klingt etwas gedämpft, als er antwortet: »Die, die in der Stadt dieses Mädchen getötet haben?«

»Ja. Kennst du sie?«

»Vom Sehen«, antwortet er. »Dies ist eine kleine Stadt.« Den Ölmessstab in der Hand, taucht er unter der Motorhaube auf. »Sie brauchen Öl.«

Als ich nicke, macht er sich daran, das Öl nachzufüllen. »Dann weißt du also, wo Jared wohnt?«

»O ja, das weiß ich.« Er richtet sich auf, lässt die Motorhaube sanft fallen und drückt sie dann mit einer schnellen Bewegung zu. »Es ist ziemlich schwer zu finden.« Er wischt sich mit einem Lappen die Hände ab. »Ich könnte Sie hinbringen.« Er sieht mich nicht an, sondern tut betont lässig, während er mit dem Lappen über jeden einzelnen Finger fährt. Die angespannte Körperhaltung, mit der er auf meine Antwort wartet, verrät mir, dass seine Lässigkeit nur gespielt ist. Er möchte mich begleiten. Er ist neugierig.

»In Ordnung«, antworte ich. »Lass uns fahren.« Ich steige wieder ein. Er geht zur Beifahrerseite hinüber und schwingt sich auf den Sitz. Dann hält er mir die Hand hin. »Mike.«

»Olivia.« Ich greife nach seiner Hand und drücke sie kräftig. Seine Haut ist von einer feinen Staubschicht überzogen, und sein dunkelblondes Haar hängt ihm in die Augen. Er erinnert mich an meinen High-School-Freund, der mich oft besuchte, nachdem er auf der Farm seines Vaters mit dem Traktor gefahren war, seine sonnenheiße Haut überzogen mit Staub.

»Wieso wollen Sie überhaupt zu Jareds Haus?«, fragt Mike. »Sie sehen nicht aus wie eine Polizistin.«

»Ich bin Reporterin«, kläre ich ihn auf. »Ich möchte mit seiner Familie sprechen.«

»Um sich einen Einblick zu verschaffen und all das?«

Mit einem Nicken lasse ich den Motor an.

»Cool«, sagt er.

Er dirigiert mich von der Hauptstraße ein paar Sandstraßen entlang, bis schließlich Kies unter meinen Reifen knirscht und wir vor dem Haus stoppen. Es ist ein sehr kleines Haus, im Grunde kaum mehr als eine Hütte, umgeben von nichts als hohem Gras, einer Menge Unkraut und den obligatorischen Autoteilen. Ein schwarzer Hund, der in einem Pferch schläft, hebt den Kopf, um einen Blick auf den Wagen zu werfen, bellt aber nicht. Stattdessen gähnt er ausgiebig und lässt den Kopf wieder sinken. »Sie sind nicht zu Hause«, meint Mike. »Der Wagen ist nicht da.«

Zum ersten Mal geht mir durch den Sinn, dass es vielleicht doch keine so kluge Idee war, allein mit diesem Jungen herzukommen. Ich weiß ja nicht mal, ob es sich um das richtige

Haus handelt. Ich bleibe noch eine Weile im Wagen sitzen, ohne den Motor abzustellen. Mike steigt aus und verschwindet hinters Haus. Kurz darauf kommt er zurück und lehnt sich durch das Fenster zu mir herein. Sein Gesicht glänzt vor Aufregung. »Ich habe es ausgekundschaftet«, erklärt er. »Es ist tatsächlich niemand da.«

Begleitet von Mike, drehe ich eine Runde um das Haus. Auf der Rückseite pressen wir unsere Gesichter an ein Fenster und spähen ins Wohnzimmer hinein. Vor dem Fernseher, der das einzig Neue im ganzen Raum zu sein scheint, liegen ein paar ramponierte Kinderspielsachen. »Hier lebt ein Kind?«, frage ich.

»Ja«, antwortet Mike. »Jareds Kind. Ein kleines Mädchen.« Mike verschwindet um die Ecke. Ich bleibe am Fenster stehen. Mit beiden Händen das Gesicht gegen die Sonne abgeschirmt, sehe ich mir den Raum etwas genauer an. Auf dem Bügelbrett in der Ecke wartet ein rosa Kinderkleid darauf, gebügelt zu werden. Neben dem orangefarbenen Veloursofa steht ein ausgelatschtes Paar Hausschuhe. Der Sofabezug ist an den Seiten zerfetzt, wahrscheinlich von der getigerten Katze, die gerade von ihrem Platz auf der Couch zu mir herüberstarrt. Sogar die Katze wirkt alt und ramponiert. Aus ihrem linken Ohr ist ein Stück herausgebissen, ihr Fell voller Kletten. Als ich an die Scheibe klopfe, versteift sich ihr Körper. Sie springt vom Sofa und verschwindet aus meinem Sichtfeld, um plötzlich auf dem Fensterbrett wieder aufzutauchen, wo sie mir ihre Nase entgegenreckt, als könnte sie mich durch das Glas riechen. Als ich mit dem Finger gegen die Scheibe kratze, legt sie die Pfote auf die Stelle und starrt mich mit weit aufgerissenen Augen neugierig an. Ich höre sie miauen. »Was weißt du denn darüber?«, frage ich, und sie miaut erneut.

»Hey!«, ruft Mike von der Seite des Hauses. »Kommen Sie her! Ich habe etwas gefunden!«

Seiner Stimme folgend, stürme ich um die Ecke und knalle frontal mit ihm zusammen. Wir taumeln beide ein, zwei

Schritte weiter, dann legt er mir die Hand auf den Arm, um mich zu stützen. »Nicht so schnell, junge Frau.«

Ich trete ein Stück zurück. »Was hast du gefunden?«

Er deutet auf einen runden Fleck am Boden. »Hier verbrennen sie ihren Müll.« An der Stelle wächst kein Gras, und der Boden ist mit kleinen Holz- und Plastikstückchen übersät. Ich hebe ein herumliegendes Stöckchen auf und stochere damit in den Müllresten herum. Der Wind wirbelt ein Stück Papier hoch. Es flattert davon.

Ein Wagen kommt die Sandstraße entlanggeholpert. »Das sind sie«, sagt Mike leise. Ich lasse das Stöckchen fallen und gehe zur Vorderseite des Hauses. Die Hände vor dem Körper verschränkt, sehe ich zu, wie der Wagen den Hügel herauffährt und neben meinem stoppt. Ich spüre, wie ich ruhiger werde. Ich kenne die Rolle, die ich jetzt gleich spielen werde. Als die Wagentür aufschwingt und eine Frau mit einer vollen Einkaufstüte aussteigt, gehe ich mit einem mitfühlenden Lächeln auf sie zu. »Sie sehen aus, als könnten Sie Hilfe gebrauchen«, sage ich. Wortlos reicht sie mir die Tüte. Ich hieve sie auf meine Hüfte und strecke die rechte Hand aus. »Olivia Dale«, stelle ich mich vor. Als die Frau danach greift und mich mit einem schlaffen Händedruck begrüßt, füge ich hinzu: »Schön, Sie kennen zu lernen, Mrs. Gillespie.«

Sie nickt. Auf ihrer Stirn erscheint eine scharfe Kummerfalte. Sie ist wahrscheinlich erst knapp über vierzig, sieht aber aus wie eine alte Frau. Ihr dünnes braunes Haar ist zu einem Pferdeschwanz zurückgebunden, an dem sie nervös herumzupft, während sie mich ansieht. Alles an ihrer bleichen kleinen Gestalt scheint bereits ein wenig zu hängen. Unter ihrem ärmellosen Top zeichnen sich große, schwere Brüste ab, ihre Beine sind blau geädert, ihr Gesicht wirkt aufgedunsen und käsig. »Kann ich sonst noch etwas tragen?«, frage ich sie. Endlich findet sie ihre Stimme wieder.

»Den Rest schaffe ich«, antwortet sie. »Es sind nur noch zwei.«

Ich warte neben dem Wagen, während sie die hintere Wagentür aufmacht und zwei weitere schwere Tüten heraushievt. Vom Beifahrersitz beobachtet mich ein kleines Mädchen mit spitzen Gesichtszügen unter einer Mähne lockigen Haars. Als sich unsere Blicke treffen, wendet sie den Kopf ab. Dann öffnet sie die Beifahrertür und steigt aus. Als sie steht, sehe ich, dass sie kein kleines Mädchen mehr ist, sondern ein Teenager. Sie trägt ein T-Shirt und abgeschnittene Jeans. Ihr Gesicht ist stark geschminkt. Die violetten Augenlider halb gesenkt, mustert sie mich eine Weile eindringlich, ehe sie an die hintere Wagentür tritt und sich hineinlehnt. Als sie sich langsam wieder aufrichtet, hängt an ihrem Hals ein etwa vierjähriges Kind, das fast so groß ist wie sie. Die Frauen steuern mit ihrer Last auf das Haus zu, und ich folge ihnen. Als ich die Haustür erreiche, taucht Mike an meiner Seite auf. Ich hatte ihn völlig vergessen. »Du brauchst nicht mit reinzukommen«, flüstere ich ihm zu.

Er starrt mich überrascht an. »Ich möchte aber«, antwortet er und zieht die Tür hinter uns zu. Die Luft im Haus ist heiß und stickig, der Eingangsbereich dunkel. Ich folge Mrs. Gillespie in die Küche und stelle die Tüte auf der Arbeitsplatte ab. Sie ist bereits damit beschäftigt, ihre Einkäufe zu verstauen. Milch und Eier kommen in den alten Kühlschrank, die Maisdosen in das Regal an der Wand. »Mrs. Gillespie«, beginne ich. »Es tut mir wirklich Leid, dass ich Sie zu einem solchen Zeitpunkt belästigen muss. Vielleicht haben Sie trotzdem ein paar Minuten für mich Zeit. Ich würde gern mit Ihnen über das reden, was Ihre Familie gerade durchmacht. Was Ihrem Sohn angetan wird.«

»Jared ist ein guter Junge«, stößt sie hervor. Sie greift nach einem Küchentuch und wischt sich damit über die Stirn. »Sie haben ihn eingesperrt.«

»Ich weiß«, antworte ich, während ich neben sie trete und sanft die Hand auf ihre Schulter lege. »Ich weiß, wie schwer es für Sie ist, Ihren Jungen in dieser winzigen Zelle eingesperrt zu sehen. Es tut mir Leid, dass Ihnen das passiert ist. Sie scheinen ein guter Mensch zu sein.«

Sie starrt mich an. »Wie war noch mal Ihr Name?«

»Olivia Dale. Von der Zeitung. Ich werde wirklich nur ein paar Minuten Ihrer Zeit in Anspruch nehmen. Ich möchte Ihnen helfen, Ihre Seite der Geschichte zu erzählen.« Ich drücke ihre fleischige Schulter. »Jareds Seite.«

»In Ordnung«, antwortet sie mit einem Nicken. Sie deutet in Richtung Wohnzimmer. »Gehen Sie schon mal voraus und nehmen Sie Platz. Ich möchte mich rasch ein wenig frisch machen.« Sie zieht den nass geschwitzten Stoff ihres ärmellosen Oberteils von ihren Brüsten. »Ich bin gleich wieder da.«

Im Wohnzimmer lehnt Mike an der Wand, die Hände in den Taschen, und unterhält sich mit dem Mädchen, das im Schneidersitz auf der Couch sitzt und geistesabwesend über das getigerte Fell der Katze streichelt. Als ich in den Raum trete, wendet Mike mir den Kopf zu. »Teresa und ich sind zusammen zur Schule gegangen«, erklärt er. »Sie war ein Jahr unter mir.«

»Ich musste in der neunten Klasse abbrechen«, fügt Teresa hinzu. Sie hat eine hohe Stimme und einen starken Südstaatendialekt. Obwohl sie eigentlich mit Mike spricht, sind ihre Augen auf mich gerichtet. »Weil ich schwanger geworden bin. Ich bin geblieben, bis ich nicht mehr hinter mein Pult gepasst habe. Dann musste ich abbrechen. Kurz vor der Abschlussprüfung.«

»Wie alt ist deine Tochter?«, frage ich.

»Fast vier«, antwortet Teresa. »Ihr Name ist Annabelle.«

»Ein hübscher Name.« Ich lasse mich auf die Couch sinken. Dabei berühre ich den Schwanz der Katze, und sie zuckt erschrocken zurück. Als ich mit den Fingern schnippe und die Hand ausstrecke, macht sie den Hals lang und schnüffelt daran. Dann reibt sie ihren Kopf gegen meine Hand und beginnt zu schnurren.

»Sie mag Sie«, stellt Teresa fest. »Sie ist Jareds Katze. Ohne ihn fühlt sie sich einsam. Nicht wahr, Kitty?«, fügt sie an die Katze gewandt hinzu. »Nicht wahr?«

»Jared ist dein Freund?«, frage ich.

»Nein, mein Verlobter«, antwortet sie. »Wir sind schon seit zwei Jahren verlobt.« Sie zeigt mir ihren schmalen goldenen Ring. Er ist mit einem Diamanten – oder einem falschen Diamanten – besetzt, der so klein ist, dass man ihn kaum sehen kann. »Der Stein ist echt«, erklärt sie, als hätte sie meine Zweifel gespürt, und streicht mit der Fingerspitze darüber. »Wir wollten eigentlich im September heiraten.« Bei diesen Worten versagt ihr die Stimme den Dienst. Sie legt den Kopf zurück und ringt einen Moment nach Luft. Dann starrt sie mich wütend an, während ihr ein paar Tränen über die Wangen laufen.

»Es tut mir so Leid!«, sage ich. Langsam strecke ich den Arm aus und lege meine Hand auf ihren Handrücken. Obwohl ich spüre, wie sie sich versteift, presse ich weiter meine Hand auf die ihre. Nach ein paar Sekunden entspannt sie sich. »Mike«, sage ich, »könntest du Teresa vielleicht ein Taschentuch bringen?«

»Im Bad sind welche«, sagt Teresa und weist ihm mit einer Handbewegung den Weg. Nachdem Mike gegangen ist, frage ich sie: »Wieso glaubt die Polizei, dass Jared etwas so Schreckliches getan haben könnte?«

Sie zuckt mit den Achseln, wischt sich mit der freien Hand übers Gesicht. »Wahrscheinlich, weil er zu der Zeit nicht da war.«

»Er war nicht da?« Es kostet mich einige Mühe, meine Hand entspannt auf ihrer liegen zu lassen.

»Er war nicht zur Arbeit gegangen«, erklärt sie, »und niemand konnte ihn finden.« Mike kommt mit ein paar Blatt Klopapier zurück. Teresa dankt ihm und zieht ihre Hand unter meiner heraus, um sich die Nase zu putzen.

»Du hast auch nicht gewusst, wo er war?«

Sie schüttelt den Kopf und tupft dann vorsichtig mit dem

Klopapier unter ihren Augen herum. »Er ist am Freitagmorgen wie immer zur Arbeit aufgebrochen, aber anscheinend nie dort eingetroffen, weil später nämlich sein Chef angerufen und gefragt hat, wo er denn bleibe. Er ist erst am Samstagabend zurückgekommen.«

»Warum, glaubst du, ist er einfach verschwunden?«

Wieder zuckt sie mit den Achseln. »Das tut er manchmal«, antwortet sie dann. »Wenn er was getrunken hat, oder sonst was.«

»Oder sonst was?«

»Na ja, Sie wissen schon«, sagt sie und beugt sich mit verschwörerischer Miene vor. »Manchmal ...« Auf dem Gang sind Mrs. Gillespies schwere Schritte zu hören. Sofort klappt Teresa den Mund zu und setzt sich aufrecht hin. Während Mrs. Gillespie den Raum betritt, putzt sich Teresa ein weiteres Mal die Nase. Dann richtet sie den Blick auf das Gesicht der älteren Frau. Die beiden starren sich einen Moment lang an, und ich frage mich, was zwischen ihnen abläuft. Mrs. Gillespie nickt einmal kurz, als hätte sie eine Entscheidung getroffen, und setzt sich dann auf den abgewetzten Karosessel neben der Couch. Sie trägt jetzt ein geblümtes Kleid mit einem weiten Ausschnitt und einem relativ kurzen Rock, der über ihren Knien spannt. Ein paar Sekunden lang sagt niemand ein Wort.

Ich beuge mich vor, stütze die Ellbogen auf die Knie und drehe den Kopf so, dass ich in Mrs. Gillespies dem Boden zugewandtes Gesicht sehen kann. »Mrs. Gillespie«, beginne ich leise. »Bitte erzählen Sie mir von Ihrem Sohn. Ich würde gerne wissen, was für ein Mensch er ist.«

Mrs. Gillespie beginnt zu sprechen, erzählt mir Geschichten über Jared als kleinen Jungen, über die Probleme, die anfingen, als er elf war. Bis jetzt habe ich noch nicht mal mein Notizbuch herausgeholt. Ich nicke bloß hin und wieder, und wenn sie eine Pause macht, sage ich: »Wie schrecklich« oder: »Und dann?« oder: »Ich verstehe.« Als ich einen Blick zu

Mike hinüberwerfe, sehe ich, dass er die Augen geschlossen hat, den Rücken gegen die Wand gelehnt. Teresa starrt aus dem Fenster und streichelt dabei mechanisch die Katze, bis das Tier aufsteht, sich schüttelt und von der Couch springt. Alle vier zucken wir erschrocken zusammen, als plötzlich ein lautes Motorengeräusch zu hören ist, und das Knirschen von Reifen auf dem Kies vor dem Haus.

»Erwarten Sie jemanden?«, frage ich und stehe auf. Mrs. Gillespie schüttelt den Kopf. Ich gehe zur Tür und öffne sie einen Spalt. Draußen steht Annabelle, Teresas kleines Mädchen, mit leicht gegrätschten Beinen, die Hände zu Fäusten geballt, und sieht zu, wie vor dem Haus ein großer Wagen mit der Aufschrift Channel 5 rangiert. Der Wagen hält. Als sich die Tür öffnet und ein hochhackiger Schuh zum Vorschein kommt, holt Annabelle aus und schleudert einen Stein, der gegen die Windschutzscheibe des Wagens knallt. Ich höre ein schrilles »Oh!« und sehe, wie der Mann hinter dem Lenkrad instinktiv den Kopf einzieht. Ich lasse die Haustür ganz aufschwingen. Mrs. Gillespie und Teresa treten neben mich. Die hintere Wagentür geht auf, und ein junger Mann, der Jeans und eine Baseballkappe trägt, steigt aus. »Das ist Joe«, sagt Teresa.

»Wer ist Joe?«

»Er arbeitet im Lokal«, antwortet sie.

»Mrs. Gillespie?«, ruft Joe. »Ich habe Ihnen ein paar Fernsehreporter mitgebracht, die gerne mit Ihnen reden würden.«

Annabelle schleudert einen weiteren Stein. Joe springt zur Seite und meint: »Nun ist es aber genug, Annabelle.« Statt ihm eine Antwort zu geben, beugt sich Annabelle hinunter und hebt einen weiteren Stein auf. In diesem Moment steigt Lydia McKenzie aus. Lächelnd nimmt sie die Hände hoch, als wollte sie demonstrieren, dass sie nicht bewaffnet ist. Ihr Kameramann folgt ihr auf den Fersen. »Mrs. Gillespie«, ruft sie. »Ich bin Lydia McKenzie von Channel Five.« Sie geht einen Schritt auf uns zu. Annabelles nächster Stein trifft ihren

Fuß. Lydia schreit auf und beugt sich hinunter, um ihren Fuß zu reiben. Annabelle zielt auf die Kamera und verfehlt sie nur um wenige Zentimeter. Der Kameramann flüchtet mit seiner kostbaren Ausrüstung zurück in den Wagen, während Lydia zur Seite springt, um einem weiteren Stein auszuweichen. »Verdammt«, zischt Lydia. Dann höre ich plötzlich ein seltsames Geräusch und wende den Kopf, um zu sehen, wo es herkommt. Es ist Mrs. Gillespie. Sie lacht mit rotem Gesicht, auch wenn es sich eher anhört, als würde sie ersticken. Teresa bricht in ein schrilles Kichern aus, während Annabelle einen Schauer aus Kieselsteinen auf den Fernsehwagen niederregnen lässt.

Ich stehe in der Tür und winke zum Abschied, als der Wagen mit Lydia McKenzie davonbraust. Annabelle fährt fort, Steine zu werfen, und beobachtet fasziniert, wie sie dort aufschlagen, wo eben noch der Wagen stand, und dabei jedes Mal eine kleine Staubwolke aufwirbeln. Mrs. Gillespie berührt mich am Arm. »Lassen Sie uns wieder hineingehen«, sagt sie. »Möchten Sie vielleicht ein Glas Eistee?«

Die Wahrheit ist, dass Mrs. Gillespie von der dunklen Seite ihres Sohnes weiß. Sie weiß, dass er ein missmutiger, gewalttätiger und leichtsinniger Mensch ist, der nie lange an einer Arbeitsstelle bleibt und nicht immer nüchtern ist. Mit einem hoffnungslosen Ausdruck in den Augen versichert sie trotzdem immer wieder, dass er ein guter Junge sei. Es ist zu spät, sie kann nicht mehr aufhören, ihn zu lieben.

Ich frage sie nach der Unterwäsche, die man in seinem Zimmer gefunden hat, und sie antwortet, die Sachen seien wahrscheinlich von Teresa. Ich frage sie nach der Kreditkarte. Sie antwortet, der wahre Mörder habe die Brieftasche irgendwo liegen lassen, und Jared und seine Freunde hätten sie gefunden. Als ich sie nach dem DNA-Test frage, richtet sie sich zu ihrer vollen Größe auf und erklärt mit zitternder Stimme, der Test werde bestimmt die Unschuld ihres Jungen beweisen. Am liebsten würde ich sie fragen, was für ein Gefühl es sei, ein Monster zu lieben. Wie fühlt sich das an, Mrs. Gillespie, wenn man einen Mörder im Schoß trägt?

Als wir uns an der Tür verabschieden, drückt sie meine Hand und sagt, sie bete für die Familie des armen Mädchens. »Ich weiß nicht, was ich täte, wenn meinem Jared so etwas passieren würde«, fügt sie hinzu. »Ich hoffe, dass sie die wahren Mörder bald fassen. Ich bete darum.«

Als ich am Nachmittag auf der Pressekonferenz eintreffe, habe ich bereits mehr über Jared Gillespie in Erfahrung gebracht, als die Polizei uns sagen wird. Ich habe beispielsweise erfahren, dass er, seit er achtzehn ist, bereits zweimal wegen Drogenbesitzes festgenommen worden ist. Ich notiere mir, was uns der Kriminalbeamte mitteilt, auch wenn ich längst weiß, dass drei Verdächtige verhaftet worden sind und die Beweislage gut ist. Beim Durchblättern meines Notizbuchs fällt mein Blick auf Teresas Formulierung: »Wenn er was getrunken hat, oder sonst was«, und ich muss wieder an den geheimnistuerischen Ausdruck auf ihrem spitzen Gesicht denken, und an die Art, wie sie den Mund zugeklappt hat, als Mrs. Gillespie den Raum betrat. Ich hebe die Hand und erkundige mich bei dem Beamten nach Jareds Vorstrafenregister. »Hat es sich dabei um Heroin gehandelt?«, frage ich. »Hat er damit gedealt?«

Er antwortet, es habe sich tatsächlich um Heroin gehandelt, aber seines Wissens sei das für diesen Fall nicht relevant.

Die Story ist für die Titelseite vorgesehen. DREI TEENAGER WEGEN BRUTALER VERGEWALTIGUNG UND MORDES VERHAFTET. In der Redaktion tippe ich ihre Namen in meinen Computer und starre sie an, die gewöhnlichen Namen dieser drei Jungs. Robby Shavers, 16. Cody Parker, 17. Jared Gillespie, 19. Die letzten Menschen, die sie lebend gesehen haben. Die Jungen, die sie getötet haben.

Am Ende meines Arbeitstages gehe ich hinunter, um mir

die rollenden Pressen anzusehen. Ich lege die Stirn an das Glas und beobachte, wie die Seiten vorbeifliegen. Sobald ich hier fertig bin, werde ich zu Nate fahren und ihn fragen, ob er Jared Gillespie kennt. Das ist meine letzte mögliche Antwort auf meine Frage nach dem Warum. Als ich die Augen schließe, sehe ich in meinem Kopf nicht die weißen Seiten oder die sauberen Druckbuchstaben meines Artikels. Ich sehe die Nadel in Nates Hand.

Inzwischen ist auch Allisons Familie über Jared Gillespie und seine Freunde informiert. Ich stelle mir vor, wie ihre Mutter in ruhigem Ton über die Todesstrafe spricht, während Peter mit der Faust gegen die Wand schlägt und sich dabei ihre Gesichter vorstellt. Ich frage mich, ob er heute überhaupt an mich gedacht hat. Ob ihm bewusst ist, dass ich diejenige bin, die die Story geschrieben hat. Was er wohl gedacht hätte, wenn er mich heute gesehen hätte, wie ich in Jared Gillespies Wohnzimmer saß und die Hand seiner Mutter hielt?

Ich klopfe energisch an Nates Tür. Auf der anderen Seite höre ich Musik, aber Nate macht nicht auf. Ich lehne mich gegen die Tür und rufe: »Nate, hier ist Olivia, Peters Freundin.« Drinnen höre ich Nate antworten: »Komm rein!«

Nate liegt auf seiner kleinen Couch. Wieder trägt er nichts als eine kurze Sporthose. Seine Haut ist so bleich, dass sie fast durchscheinend wirkt.

»Hey«, begrüßt er mich. »Was gibt's?«

»Ich wollte dich was fragen.« Ich stelle mich neben die Couch.

»Schieß los«, antwortet er forsch.

»Kennst du einen Jungen namens Jared Gillespie?«

Er runzelt die Stirn. »Den Kerl, der …« Er sieht sich um. Ich folge seinem Blick. Es ist niemand zu sehen. Mit leiser Stimme fährt er fort: »Den Kerl, der Allison umgebracht hat?«

»Du weißt darüber Bescheid?«

Er macht eine Kopfbewegung in Richtung Küche. »Pete ist da.« Im selben Moment taucht Peter im Türrahmen auf. Er starrt mich an, als hätte er mich noch nie gesehen. Dann geht er langsam zum Sessel hinüber und setzt sich, den Blick auf den Boden gerichtet.

»Entschuldigt mich einen Augenblick«, sagt Nate und verschwindet ins Bad.

Ich trete neben Peter und streichle mit den Fingern über seinen Nacken. »Was tust du hier?«, frage ich ihn.

Er greift nach meiner Hand. »Was tust du hier? Hast du mich gesucht?«

»Was hast du heute gemacht?«, erwidere ich. »Nachdem du es erfahren hattest?«

Er spielt einen Moment schweigend mit meinen Fingern. Dann antwortet er: »Eine Weile haben wir nur dagesessen, meine Eltern und ich, und meine Mutter hat darüber gesprochen, was jetzt passieren wird. Dass es einen Prozess und viel Aufmerksamkeit vonseiten der Medien geben wird, und dass wir Ruhe bewahren und alles in unserer Macht Stehende tun müssen, um sicherzustellen, dass diese Leute bekommen, was sie verdienen. Dann haben sie und mein Vater beschlossen, wieder zur Arbeit zu fahren. Meine Mutter hat gesagt, unser Leben müsse weitergehen, und sie müsse sich um ihre Patienten kümmern.«

»Und du?«

Er seufzt. »Nachdem sie weg waren, habe ich mich in mein Auto gesetzt und bin nach Mississippi gefahren. Ich bin durch die beschissene Stadt gekurvt, aus der diese Typen kommen. Am liebsten hätte ich den ganzen Ort niedergebrannt.«

»Was hast du getan?«

»Ich habe das Haus gesucht, in dem er wohnt. Der Kerl, den sie für den Anführer halten. Ich bin vor dem Haus auf und ab gefahren. Ein richtiges Dreckloch.«

»Ich weiß. Ich war dort.«

»Du hast mit diesen Leuten gesprochen?«

»Mit seiner Mutter und seiner Freundin«, antworte ich. »Das ist mein Job.«

»Ich hasse sie«, antwortet er mit zitternder Stimme. »Ich weiß, dass sie nicht diejenigen sind, die Allison umgebracht haben, aber ich hasse sie trotzdem. Die ganze Sippschaft.« Er drückt meine Hand. »Als ich heute vor ihrem Haus im Wagen saß, habe ich mir gewünscht, ich könnte es in die Luft jagen, sodass es samt dem ganzen Müll im Garten einfach verschwinden würde, als hätte es nie dort gestanden. Mir war klar, dass der Kerl nicht da war und dass ich nichts tun konnte. Aber ich wollte unbedingt etwas tun. Also habe ich meinen Wagen ein Stück zurückgesetzt und dann mit Vollgas seinen Briefkasten gerammt.« Er lacht, kurz und bitter. »Er hat meine Schwester umgebracht. Ich habe seinen Briefkasten umgefahren.«

»Hast du dich hinterher besser gefühlt?«

Er sieht mich an und schüttelt den Kopf. »Jetzt habe ich eine riesige Delle im Wagen.« Zwei große, dicke Tränen laufen ihm über die Wangen. Er wischt sie mit einer ungeduldigen Handbewegung weg. »Ich bin hergekommen, um high zu werden«, sagt er abrupt.

»Du meinst, um dir einen Schuss zu setzen?«

»Ja. Genau das meine ich.« Er sieht mich an, als würde er mit einer Moralpredigt rechnen, aber ich schweige.

»Olivia.« Seine Stimme klingt verzweifelt. Er greift nach meiner Hand. »Glaub mir, es lässt einen alles vergessen. Du musst dir das vorstellen. Kein Schmerz, keine Wut.« Er presst meine Hand an seinen Mund und drückt einen Kuss auf die Mitte meiner Handfläche.

Kein Verlangen. Keine Angst.

Nate kommt zurück, bevor ich etwas sagen kann. »Das Problem ist, dass ich nichts habe«, erklärt er.

»Kannst du was besorgen?«, fragt Peter. »Ich habe Geld dabei.«

Nate steht auf und greift nach einem T-Shirt, das völlig verknittert in der Couchecke liegt. »In diesem Fall«, antwortet er mit schleppender Stimme, »werde ich sehen, was ich tun kann.« Er zieht sein Shirt an und steuert auf das Telefon zu, das in der Ecke auf dem Boden steht. Ich drücke Peter einen Kuss auf die Schläfe und ziehe meine Hand aus seiner. Dann stehe ich auf und gehe ins Bad. Der Raum sieht aus, als wäre er schon Monate nicht mehr geputzt worden. Statt einer Badematte hat Nate ein verknittertes Handtuch auf dem Boden liegen. Der untere Teil des weißen Duschvorhangs ist mit Schimmelflecken übersät, und oben sind mehrere Löcher ausgerissen, sodass der Vorhang vermutlich kurz davor steht, ganz abzureißen. Der Klodeckel ist hochgeklappt, der Rand der Schüssel voller gelber Flecken. Ein Stück Klopapier in der Hand, klappe ich den Deckel vorsichtig herunter. Er landet mit einem lauten Klappern, und mir geht durch den Kopf, wie lächerlich es ist, dass ich davor zurückschrecke, Nates Toilettensitz anzufassen, andererseits aber in Betracht ziehe, mir von ihm eine Nadel in die Vene jagen zu lassen.

Am Becken wasche ich mir zweimal die Hände und klatsche mir kaltes Wasser ins Gesicht. Dann betrachte ich im Spiegel mein tropfendes Gesicht. Ich fühle mich, als müsste ich die pinkfarbene Perücke aufsetzen und meine Lippen tiefrot schminken.

Als ich ins Wohnzimmer zurückgehe, ist Peter noch tiefer in seinen Sessel versunken und starrt zur Decke. Nach seinem Gesichtsausdruck zu urteilen, kämpft er mit den Tränen. Gleichzeitig wippt er nervös mit einem Bein, genau wie David, wenn er nach einer Zigarette lechzt. Nate hängt noch an der Strippe. Er kauert mit dem Rücken zu mir auf dem Boden und schaukelt auf seinen Fußballen. »Ja, ja, klar«, sagt er gerade. »Wo genau ist das?« Er blickt sich suchend um. »Hast du einen Stift da?«, fragt er mich.

Ich hole ein Notizbuch und einen Stift aus der Tasche und

reiche ihm beides. Er blättert zu einer freien Seite und schreibt etwas auf. »Und da geht es links weg?« Er macht sich eine weitere Notiz. Es handelt sich um ein sehr prosaisches Gespräch. »Dann bis in einer halben Stunde«, sagt er, bevor er auflegt. Er reißt die Seite heraus, faltet sie zusammen und schiebt sie in seine Tasche. »Seid ihr bereit?«, fragt er, während er mir das Notizbuch und den Stift zurückreicht.

»Müssen wir Nadeln besorgen?« Da ich nicht weiß, was die Etikette in Drogenkreisen vorschreibt, frage ich ihn einfach. »Hast du saubere?«

»Brandneue«, antwortet er mit einem Stirnrunzeln. »Ich bin doch nicht blöd.«

»Entschuldige«, sage ich. »War bloß 'ne Frage.« Ich lasse das Notizbuch zurück in meine Tasche gleiten.

»Jetzt muss ich bloß noch meine Schuhe finden«, erklärt Nate und blickt sich suchend um. Ich folge ihm ins Schlafzimmer. Im Türrahmen stehend, sehe ich ihm zu, wie er sich hinunterbeugt, um unter sein ungemachtes Bett zu spähen. Sein T-Shirt schiebt sich hoch und gibt den Blick auf den unteren Teil seines schmalen Rückens frei. Ich fange an, für ihn ein seltsames Gefühl von Zärtlichkeit zu empfinden, er ist so extrem dünn und bleich. In welchem Moment ist dies sein Leben geworden? Ich frage mich, ob es passierte, als er zum ersten Mal Drogen nahm, oder noch früher, als er zum ersten Mal die Chemiestunde schwänzte oder zum ersten Mal die Gitarre in die Hand nahm, die er niemals wirklich gut spielen wird. »Shit.« Er richtet sich auf und rennt so schnell aus dem Raum, dass er mich im Türrahmen fast rammt.

Ich sehe zu, wie er hektisch im Zimmer herumläuft, Zeitungen und Klamotten hochhebt, aber keine Schuhe findet. Als er einen Moment innehält, die Hände in die Hüften stemmt und auf seiner Unterlippe herumkaut, frage ich ihn: »Hast du schon unter der Couch nachgesehen?« Auf allen vieren späht Nate unter die Couch und stößt einen Triumphschrei aus. Als er wieder aufsteht, hat er ein Paar alte Sportschuhe in der Hand.

Er braucht eine Ewigkeit, um die Schuhe anzuziehen. Am liebsten würde ich zu ihm hinübergehen und sie ihm eigenhändig zubinden. Stattdessen bleibe ich einfach stehen und versuche, nicht nachzudenken.

»Olivia?«, ruft Peter aus dem anderen Zimmer. Als ich nicht sofort antworte, ruft er mit lauterer Stimme noch einmal meinen Namen. Ich gehe zurück ins Wohnzimmer. In kerzengerader Haltung sitzt er da und blinzelt heftig, als wäre er gerade aufgewacht. Der Ausdruck auf seinem Gesicht wirkt kummervoll, fast panisch.

»Hier bin ich«, sage ich. Sofort springt er auf und kommt auf mich zu. »Was ist los?«

»Ich wusste nicht, wo du bist«, antwortet er. »Ich dachte, du wärst vielleicht gegangen.«

»Keine Angst.« Ich gebe ihm einen schnellen Kuss. »Ich gehe nirgendwo hin.«

»Wir machen das zusammen«, sagt er und schiebt seine Finger wieder in meine.

»Ich habe mich noch nicht entschieden.« Das ist gelogen, ich habe mich sehr wohl entschieden, aber ich möchte nicht darüber nachdenken. Ich möchte die Nerven nicht verlieren. Ich drücke seine Hand.

Nate erscheint im Türrahmen, und wir drehen uns beide um. »Seid ihr bereit?«, fragt er. »Ich werde langsam nervös.« Er joggt fast zur Tür, und wir folgen ihm.

Draußen ist die Luft weich und warm, wie eine Hand, die einem sanft und zärtlich über die Wange streicht. Auf dem Parkplatz bleibe ich stehen und blicke mich um, als müsste ich mir den Anblick einprägen. Peter steht neben mir. Über dem Dolly's auf der anderen Straßenseite blinkt ein riesiger Neon-Doughnut. Ein Stück entfernt hört man eine Mädchenstimme nach jemandem rufen. Der Mond ist fast voll, und es liegt ein schwaches elektrisches Summen in der Luft.

»Worauf warten wir?«, fragt Nate. »Los, wir wollen nicht zu spät kommen.«

Wir nehmen meinen Wagen. Nachdem Nate mich auf die Autobahn gelotst hat, fahren wir immer weiter stadtauswärts. Lange Zeit sagt keiner von uns ein Wort. Ich lausche dem Surren der Reifen, beobachte die Lichter der anderen Autos. Das ist das Schöne an so einer nächtlichen Autobahnfahrt: dass man nie anhalten muss, einfach dahinfahren kann.

Ich höre ein leises Schnarchen und werfe einen Blick in den Rückspiegel. Nate schläft mit offenem Mund, den Kopf gegen den Rücksitz gelehnt. Ich lasse ihn schlafen, bis wir unsere Ausfahrt erreichen, dann flüstere ich seinen Namen.

Er setzt sich mit einem Ruck auf und blinzelt heftig.

»Wir sind da«, sage ich.

Er beugt sich vor, um durch die Windschutzscheibe nach vorne zu spähen. Abseits der Autobahn sind kaum noch Lichter zu sehen, es gibt hier weder Fast-Food-Restaurants noch Fernfahrerlokale, nur eine verlassene Tankstelle mit altmodischen Zapfsäulen und zugenagelten Fenstern. »Da ist es«, sagt er, und im selben Moment sehe ich es auch: ein Motel mit einem rot blinkenden »Zimmer frei«-Schild. Das Gebäude ist u-förmig angelegt. Die Zimmer gehen auf den Parkplatz hinaus, und an einem Ende ist ein Büro untergebracht. Durch die Glasscheibe sehe ich eine fette Frau an einem Schreibtisch sitzen und einen Roman lesen. Nate dirigiert mich zu Zimmer 13, und ich stoppe den Wagen direkt vor der Tür.

»Habt ihr das Geld?«, fragt Nate. Ich greife nach meiner Brieftasche und reiche ihm einen Stapel Scheine. Er bittet uns, im Wagen auf ihn zu warten, und steigt aus. Ich beobachte, wie er anklopft und ungeduldig von einem Fuß auf den anderen tritt, bis die Tür aufgeht und er in das Motelzimmer verschwindet. Peter hat den Blick aus dem Fenster gerichtet. Sein Körper wirkt steif, ob vor Angst oder Vorfreude, weiß ich nicht. Ich selbst habe keine Angst, weil mich das alles nicht mehr betrifft. Ich sehe es mir an wie einen Film, und dieser Ort, der aussieht wie eine Zwischenstation für Leute auf dem Weg in die Gosse, ist nichts als eine Filmszenerie. Auf der anderen Seite dieser Tür ist ein Raum mit einem abgewetzten grünen Teppich und einem Bett, in dem schon zu viele Leute geschlafen haben, und vielleicht einem billigen Fernseher und einem undefinierbaren Fleck in der Badewanne. Das Zimmer hat die Nummer 13, genau wie Allison Averys Wohnung, und in meinem Film könnte Allison jetzt mit Nate in diesem Zimmer stehen und ihr verschmitztes Lächeln aufsetzen, während sie irgendeinem Typen das Geld reicht, die Zungenspitze im Mundwinkel.

Ich betrachte mich im Rückspiegel. Da ist wieder dieses Mädchen, das zu allem fähig ist.

Nach einer Weile kommt Nate aus dem Motelzimmer, eine Hand in der Tasche. Er macht das Siegeszeichen. Als er sich ins Auto setzt, ist er so aufgedreht, als hätte er gerade eine ganze Kanne Kaffee getrunken. »Nichts wie los, nichts wie los!«, sagt er.

Sobald wir draußen auf der Straße sind, zieht er die Hand aus der Tasche und zeigt uns ein kleines Alupäckchen. »Bring uns heim, so schnell du kannst. Das wird großartig.« Er lässt das Päckchen zurück in seine Tasche gleiten und lehnt sich auf dem Rücksitz zurück.

»Wie war der Typ?«, frage ich. »Der Dealer?«

»Er sieht aus wie ein ganz normaler Vorstadtjunge mit Baseballkappe. Aber er kommt an großartigen Stoff ran. Und er bescheißt einen nicht, wie manche andere Leute.«

»Du hast mir noch nicht gesagt, ob du diesen Jared Gillespie kennst.«

Nate schüttelt den Kopf.

»Warum sollte er?«, fragt Peter scharf.

»War ja nur eine Frage«, gebe ich zurück. Dann wende ich mich noch einmal an Nate. »Bist du sicher? Er ist aus Mississippi. Er könnte ein Dealer sein.«

»Sein Name kommt mir nicht bekannt vor.«

»Es könnte sein, dass Allison ihn gekannt hat.«

»Sie hat ihn nicht *gekannt*!« Peter klingt wütend. Er verschränkt die Arme vor der Brust und wendet sich von mir ab.

»Tut mir Leid«, meint Nate gähnend. »Bevor mir Pete heute von ihm erzählt hat, ist mir sein Name noch nie untergekommen.«

Als wir wieder seinen Wohnblock erreichen, nimmt Nate beim Hinaufgehen jeweils zwei Stufen auf einmal. Peter folgt ihm, und ich bilde die langsamere Nachhut. Als ich im Wohnzimmer eintreffe, sucht Nate bereits verzweifelt nach einer Kerze. Nachdem er fündig geworden ist und sie angezündet hat, übernimmt es diesmal Peter, einen Teil des Heroins auf einem Löffel über der Flamme zu erhitzen. Ich lasse mich auf den Sessel sinken und sehe ihm zu. Er summt leise vor sich hin, während der kleine Brocken zu einer goldbraunen Flüssigkeit zerschmilzt. »Schön, nicht wahr?«, fragt er mich, und ich nicke. Es ist wirklich eine hübsche Farbe, wie Bernstein. Durch einen Zigarettenfilter zieht er die Flüssigkeit in eine Spritze auf.

Ich sehe zu, wie Peter die Nadel in Nates Arm gleiten lässt, als hätte er das schon tausendmal gemacht. Ich sehe, wie das rote Blut in die durchsichtige Spritze schießt. Ich sehe, wie sich Nates Gesicht in Ekstase verzerrt und sein Kopf nach hinten fällt. Peter wirft einen zufriedenen Blick auf Nate. Dann löst er den Gürtel von Nates Arm und kommt zu mir herüber. »Jetzt du«, sagt er und nähert sich mir auf Knien.

Das sind die letzten Augenblicke, bevor es passiert. Ich denke an Hannah, wie sie mich in ihren Armen wiegt, an David, wie er mich in der überfüllten Bar an sich zieht, an Peter, wie er zu mir sagt, dass er mich liebt, während seine Augen sich mit Tränen füllen.

Jetzt kniet er vor mir. Bevor er anfängt, richtet er sich auf und streift mit den Lippen sanft über meine. »Bereit?«, fragt er. Ich halte ihm meinen linken Arm hin. Er beugt sich vor, den Gürtel in der Hand.

»Hast du das bei Allison auch gemacht?«, frage ich ihn, während ich auf sein lockiges braunes Haar starre, seinen gebeugten Nacken. Er schüttelt den Kopf, zieht den Gürtel an meinem Arm fest. Die Ader schwillt an.

»Hat Allison es bei dir gemacht?« Bei ihrem Namen stockt meine Stimme ein wenig. Ich starre auf die zarte Innenseite meines Arms.

»Was redest du da?« Er greift nach der Spritze, fährt mit einem Finger über meine hervortretende Ader. »Allison und ich haben nie zusammen gedrückt.«

Plötzlich spüre ich in meiner Brust ein panisches Flattern. »Aber Allison hing doch an der Nadel, oder?«

Überrascht blickt er zu mir hoch. »Allison?« Er richtet den Blick wieder auf meinen Arm, bringt die Nadel in Position. »Nein, meine Schwester hat nie harte Drogen genommen.«

»Das verstehe ich nicht«, entgegne ich mit schriller Stimme. »Ich habe doch den Stoff in ihrem Zimmer gefunden.«

»Die Schachtel? Das war meine«, antwortet er. »Sie hat sie mir weggenommen, weil sie nicht wollte, dass ich das Zeug nehme.«

»Aber dies sind ihre Freunde.«

»Dies sind meine Freunde«, klärt er mich auf. »Sie war bloß oft dabei, um ein Auge auf mich zu haben. Sie hat so getan, als wollte sie Zeit mit mir verbringen, aber ich wusste genau, was sie wollte.« Mit seiner freien Hand streichelt er meine Wange. »Keine Sorge«, sagt er. »Alles wird gut.« Dann versenkt er die Nadel in meiner Ader.

Ich hole tief Luft, als er sie wieder herauszieht. Obwohl Peter noch immer lächelnd vor mir kniet, kommt er mir plötzlich viel weiter entfernt vor.

Mir ist warm.

Ich bin ruhig.

Ich versinke, schwer wie ein Stein.

Jemand schreit meinen Namen.

Ich träume, und in meinem Traum liege ich nass und frierend auf dem Boden, und die Erde unter mir bebt.

Ich schlage die Augen auf.

Alles, was ich sehen kann, ist Wasser. Es ist kalt, und es prasselt mir direkt ins Gesicht.

Blinzelnd versuche ich, die Hand zu heben, um mir das Wasser aus den Augen zu wischen, aber ich kann mich nicht bewegen. Auf meiner Brust lastet ein Gewicht, und ich habe Schmerzen. Jemand trommelt so heftig auf meine Brust, dass meine Wirbelsäule hart auf den Boden unter mir gedrückt wird.

Ich hebe den Kopf.

Mein Rock ist bis zur Taille hochgeschoben. Ein Junge sitzt auf mir und schlägt mit beiden Händen auf meine Brust ein. Den Tränen nahe, ruft er immer wieder meinen Namen. Wir sind in der Dusche. Ich starre ihn an, sein rotes, panisches Gesicht, seine fliegenden Fäuste. Er tut mir weh. Ich frage mich, ob ich vielleicht immer noch träume.

»Was …«, versuche ich zu sagen. Meine Stimme ist kaum hörbar.

Das schreckliche Trommeln hört auf. Der Junge hebt den Kopf und legt beide Hände um mein Gesicht. »Olivia?«, fragt er. »O mein Gott, Olivia?« Nun, da sein Gesicht so knapp über meinem schwebt, dass ich die Poren seiner Haut sehen kann, erkenne ich ihn. Es ist Peter.

»Was …«, setze ich noch einmal an. Er drückt mich so fest an sich, dass es schmerzt. »Es tut mir so Leid!«, wiederholt er immer wieder schluchzend. »Ich hätte dich fast umgebracht!« Ich drehe den Kopf weg und übergebe mich über seinen Arm. »Scheiße«, sage ich. Mir wird bewusst, dass ich weine.

»Schon gut«, sagt er. »Es ist alles meine Schuld. O Gott, es tut mir so Leid!« Mit seiner Hilfe schaffe ich es, mich aufzusetzen. Peter spült sich unter dem Wasserstrahl die Hand und den Arm ab. Mit der anderen Hand stützt er meinen Rücken. »Wie fühlst du dich?«

»Schrecklich«, antworte ich. »Ich bin total nass.«

»Ich weiß«, sagt er in beruhigendem Ton, als würde er mit einem Kind sprechen. »Warte, das haben wir gleich.« Er zieht mir meine nasse, fleckige Bluse aus und legt sie über den Wannenrand. Ich habe nicht einmal genug Kraft, um ihm zu helfen. Ich sitze einfach nur da und lasse ihn meine Arme heben und senken, als würde er eine Puppe ausziehen. Noch nie in meinem Leben habe ich mich so müde gefühlt.

Peter drückt ein wenig Shampoo in seine Hand und beginnt, das Erbrochene aus meinem Haar zu waschen. »So, jetzt wird es dir gleich besser gehen«, murmelt er. »Alles wird gut.« Ich lehne mich vor und schließe die Augen. Es kommt mir vor, als würde ich gerade lernen, wie man atmet.

»Was ist passiert?«, frage ich.

»Dein Herz hat ausgesetzt«, antwortet er. Er fährt mir mit der Hand durchs Haar, um das Shampoo herauszuspülen, und dabei fällt mein Kopf nach hinten, sodass ich direkt in sein Gesicht blicke, das nur wenige Zentimeter von meinem entfernt ist, als würden wir uns gleich küssen.

»Wie meinst du das – mein Herz hat ausgesetzt?«

»Du bist gestorben«, antwortet er. »Ich schwöre bei Gott, dass du gestorben bist.«

Ich schüttle den Kopf. »Das ist unmöglich.«

»Trotzdem ist es passiert. Du warst tot.«

Ich versuche, etwas zu sagen, aber die Worte bleiben mir im Hals stecken.

»Du warst tot.« Er ringt nach Luft. »Genau wie sie.«

Wieder schüttle ich den Kopf.

Er fährt mit der Hand durch mein Haar. »Gott sei Dank geht es dir wieder gut. Ich habe mir vor Angst fast in die Hosen gemacht. Erst warst du noch völlig okay, und ich wollte mir gerade meinen Schuss setzen, aber plötzlich hast du so seltsam ausgesehen. Irgendwie habe ich gemerkt, dass kein

Leben mehr in dir war. Da habe ich dich hier herüber getragen.«

»Wie lange?«, bringe ich heraus.

»Wie lange was?« Noch immer prasselt kaltes Wasser aus der Dusche. Ich schaudere.

»Wie lange hat mein Herz ausgesetzt?«

»Ich weiß es nicht«, antwortet er. »Nicht sehr lange, weil ich sonst nicht in der Lage gewesen wäre, es wieder in Gang zu bringen.« Er beugt sich vor und presst sein Ohr an meine nasse Brust. »Jetzt schlägt es wieder«, stellt er fest. Dann richtet er sich auf, nimmt meine Hand und legt sie an mein Herz. »Spürst du es schlagen?«

Ich spüre es. Den schwachen Rhythmus meines Herzens unter meiner Hand.

Peter greift an mir vorbei und dreht die Dusche ab. »Du zitterst ja vor Kälte.« Er rubbelt meine Arme mit seinen Händen, um mich zu wärmen. »Los, raus hier.« Während er als Erster aus der Dusche steigt, lege ich meine andere Hand an meinen Hals und fühle dort meinen Puls. Peter holt ein Handtuch und beugt sich über mich, um es mir um den Körper zu wickeln. Dann fordert er mich auf, die Arme um seinen Hals zu legen. Es widerstrebt mir, mein Herz loszulassen, aber ich tue, was er gesagt hat. Er zieht mich in eine halbwegs stehende Position. An ihn gelehnt, steige ich aus der Wanne.

»Kannst du jetzt allein stehen?«, fragt er und streicht mir das Haar aus dem Gesicht. Ich nicke. »Zieh die nassen Sachen aus und trockne dich ab. Ich hole dir was zum Anziehen.«

Allein im Bad, stütze ich beide Hände aufs Waschbecken und lehne mich vor, um mich im Spiegel zu betrachten. Ich sehe schrecklich aus. Meine Schultern sind nackt, und durch den nassen Stoff meines BHs sind meine Brustwarzen zu sehen. Ich habe dunkle Augenringe und riesige Pupillen. Mit zitternden Fingern fahre ich durch mein nasses, wirres Haar. Ich kann in meinem Gesicht keine Ähnlichkeit mit Allison erkennen. Das Mädchen, das all das gemacht hat, bin bloß ich. Bleiche Lippen, schlaffes braunes Haar, kalkweiße Haut.

Ich ziehe meine nassen Sachen aus und wickle mich in das Handtuch. Noch immer zittere ich vor Kälte. Ein schreckliches Gefühl von Übelkeit schießt durch meinen Körper, sodass ich mich neben dem Klo auf den Boden knien und erneut übergeben muss. Jede kleine Bewegung, die ich mache, nimmt mich völlig in Anspruch. Leg deine Hand aufs Waschbecken. Zieh dich hoch. Dreh das Wasser auf. Spül dir den Mund aus. Sieh in den Spiegel. Das bist nur du, nackt und verängstigt.

Peter kommt mit einem T-Shirt und einer Boxershorts zurück, wahrscheinlich Sachen von Nate. »Das waren die einzigen sauberen Klamotten, die ich finden konnte«, sagt er entschuldigend. »Wenn du sie angezogen hast, richte ich auf der Couch ein Bett für dich her.«

»Ich muss nach Hause.«

Er schüttelt den Kopf. »Du musst nirgendwo hin. Du musst erst mal ausschlafen, und ich möchte ein Auge auf dich haben.« Sein Ton klingt so entschieden, dass ich nicht widerspreche. Er starrt mich an, als könnte er es nicht ertragen, den Blick von mir abzuwenden. Ich lasse das Handtuch fallen und ziehe die Sachen an. Das T-Shirt klebt an mir wie eine zweite Haut. Ich habe das Gefühl, ich sollte Nates Handtuch aufhängen. Als ich mich hinunterbeuge, um es aufzuheben, läuft eine weitere Welle der Übelkeit durch meinen Körper, sodass ich es einfach auf dem Boden liegen lasse.

»Es tut mir so Leid«, sagt Peter noch einmal und schließt mich fest in seine Arme. Ich habe nicht die Kraft, die Arme um ihn zu legen, sodass ich mich einfach an ihn lehne, schlaff wie eine Flickenpuppe. Er führt mich ins Wohnzimmer, wo er eine Decke über die Couch breitet und ein Kissen für mich bereit legt. Inzwischen hat er keine Angst mehr. Er wirkt vor Erleichterung aufgekratzt und summt fröhlich vor sich hin. Ich fühle mich nur noch traurig, müde und krank.

Die Couch ist so klein, dass ich mich wie ein Fötus zusammenrollen muss. Ich zittere noch immer am ganzen Körper, vor Kälte, Angst oder Übelkeit. Nate liegt nach wie vor mit geschlossenen Augen und ausgestreckten Armen und Beinen auf dem Boden, einen Ausdruck des Entzückens auf dem Gesicht. Peter findet eine weitere Decke und wickelt mich darin ein. Dann küsst er mich auf die Wange. Ich schließe die Augen. »Du bist nicht gestorben«, flüstert er. Vor meinem geistigen Auge sehe ich die Schlagzeile: REPORTERIN AN ÜBERDOSIS HEROIN GESTORBEN. FREUNDEN ZUFOLGE FÜHRTE DALE, 25, EIN DOPPELLEBEN.

Ich schlage die Augen wieder auf. Peter hat sich auf dem Sessel niedergelassen und ist gerade dabei, mit den Zähnen den Gürtel um seinen Arm festzuziehen. Er hat die Spritze bereits in der Hand. Ich setze mich auf. »Was machst du da?«

Er zögert. »Ich möchte den guten Stoff nicht verkommen lassen.«

»Ich wäre fast gestorben«, sage ich. Meine Stimme klingt schrill.

Ich wäre fast gestorben.

»Ich habe das schon oft gemacht«, versucht er mich zu beruhigen. »Um mich umzubringen, wäre eine viel höhere Dosis nötig.«

»Das kannst du nicht machen.« Meine Finger krallen sich in die Decke. »Was, wenn etwas passiert?«

»Es wird nichts passieren«, antwortet er.

»Bitte nicht.«

»Ich weiß, was ich tue.« Seine Stimme klingt jetzt leicht gereizt. »Du kannst beruhigt schlafen. Es ist alles in Ordnung.« Er schiebt die Nadel in seinen Arm. Sein Gesicht läuft rot an, und er sinkt nach hinten in seinen Sessel.

Ich sitze da und sehe ihm beim Atmen zu, voller Angst, das langsame Heben und Senken seiner Brust könnte aufhören. Es würde mir das Herz brechen, wenn er stürbe, denn in diesem Moment kommt es mir vor, als wäre dieser Junge der einzige Mensch auf der Welt, den ich wirklich kenne. Nicht einmal Allison Avery würde verstehen, was ich in dieser Nacht getan habe. Die ganze Zeit über habe ich nie die richtigen Fragen gestellt.

Peter atmet noch immer. Ich traue mich nicht zu schlafen, weil ich Angst habe, ihn aus den Augen zu lassen. Später steht Nate auf und stolpert in sein Schlafzimmer hinüber. Ich bleibe wach und lausche meinem Herzschlag.

19

Ich habe keine Ahnung, wo ich bin. Im Raum ist es dunkel. Ich habe meine Beine so fest an den Körper gezogen, dass sie schon völlig verkrampft sind. In der Luft hängt ein seltsamer Geruch, scharf und ein wenig säuerlich, wie Essig. Als ich den Arm nach der Lampe auf meinem Nachttisch ausstrecke, greife ich ins Leere. Ich setze mich auf. Die Decke, die ich unter meinen Händen spüre, fühlt sich nicht wie meine an, und ich nehme einen großen, nahezu leeren Raum wahr, an dessen Wänden Poster hängen. Dann klärt sich mein Blick, und ich weiß plötzlich wieder, was all diese Dinge zu bedeuten haben. Ich weiß, wo ich bin. Ich kann mich wieder an alles erinnern, die Erinnerung lässt mich schaudern, und mit ihr kehrt auch das ungute Gefühl in der Magengegend zurück.

Ich schwinge die Füße auf den Boden und stehe auf. Meine Muskeln schmerzen, als wäre ich weit und schnell gelaufen. Mein Mund fühlt sich trocken an. Peter schläft neben der Couch auf dem Boden. Ich steige über ihn hinweg und gehe ins Badezimmer, wo ich den Hahn aufdrehe und mir mit der Hand ein wenig Wasser in den Mund schöpfe. Auf dem Boden liegt der Großteil meiner Kleidungsstücke auf einem Haufen. Ich schlüpfe in den Rock. Er ist immer noch feucht. Die Bluse, die nass und verknittert über dem Wannenrand hängt, lasse ich zurück.

Bevor ich gehe, bleibe ich einen Moment neben Peter stehen und betrachte sein schlafendes Gesicht. Sein leises Schnarchen versichert mir, dass er noch atmet. »Auf Wiedersehen«, sage ich laut. Ich finde meine Tasche im Wohnzimmer und verlasse die Wohnung.

Draußen geht gerade die Sonne auf, und der Himmel ist rosa gestreift. Auf der Straße ist es ruhig. Die Reklametafel über dem Doughnutladen ist ausgeschaltet. Alles wartet still auf den anbrechenden Tag. Ich lege die Hand über mein Herz und fühle es schlagen. Wenn es tatsächlich ausgesetzt hätte, müsste ich dann nicht irgendeine Art von Schmerz spüren?

Es kommt mir vor, als würde ich für die Heimfahrt eine ganze Stunde brauchen. Ich höre Radio, ohne die Musik wirklich zu hören. Ich blinke, biege in Straßen ein und halte an roten Ampeln an, ohne darüber nachzudenken, wo ich eigentlich hinfahre oder wie ich am besten hinkomme. Als ich endlich zu Hause bin, bemühe ich mich, die Tür so leise wie möglich aufzusperren. Es kommt mir vor, als wäre ich schon monatelang nicht mehr in der Wohnung gewesen. Benommen wandere ich herum und berühre die Dinge, von denen ich weiß, dass sie mir gehören, um mir auf diese Weise ins Gedächtnis zu rufen, dass ich hier wohne.

In meinem Schlafzimmer setze ich mich auf die Bettkante und überlege, ob ich zur Arbeit gehen soll. Mir tut alles weh, mir ist übel, und ich fühle mich schrecklich müde. Ich habe keine Ahnung, wie lange die Symptome anhalten werden. Vor meinem geistigen Auge sehe ich Peggy in meine Augen starren, die Einstichstelle an meinem linken Arm entdecken und den Befehl zum Drogentest erteilen. Das Sicherste wird sein, ihr auf die Mailbox zu sprechen, dass ich die Grippe hätte und deswegen nicht zur Arbeit käme. »Den Fall Avery wird jemand anderer weiterverfolgen müssen«, sage ich ins Telefon. »Es ist mir egal, wer. Irgendjemand.«

Dann ziehe ich meinen feuchten Rock und Nates enges T-Shirt aus und krieche ins Bett.

Später kommt Hannah ins Zimmer und weist mich darauf hin, dass ich zu spät kommen würde. Ich sage ihr, dass ich krank bin, und sie legt die Hand an meine Stirn und erklärt, ich hätte wohl Fieber. Sie bringt mir ein Glas Wasser und nötigt mich, ein Aspirin zu nehmen. Dann verabschiedet sie sich, sagt aber, dass sie sich später telefonisch meldet, um zu hören, wie es mir geht. Nachdem sie weg ist, sinke ich wieder in den Schlaf. Es ist, als würde ich untertauchen, wie ein Stein auf den Grund eines Teichs sinken.

Die Türklingel reißt mich aus einem schrecklichen Traum. Ich wache schweißgebadet auf, nackt und abgedeckt. Offenbar habe ich im Schlaf die Bettdecke weggestrampelt. Wieder klingelt es an der Tür. Ich rolle mich aus dem Bett und finde auf dem Boden ein T-Shirt. Immer noch im Halbschlaf, taumle ich den Gang entlang bis zur Haustür. Als ich die Tür öffne, blendet mich das grelle Licht draußen so sehr, dass ich im ersten Moment nur eine dunkle Gestalt erkennen kann, und in meinem halbwachen Zustand erscheint sie mir wie eine Kreatur aus einem Albtraum, ein Geist, eine Erscheinung. Dann tritt die Gestalt näher. Es ist Peter.

»Ich habe in der Zeitung angerufen«, erklärt er. »Sie haben gesagt, du bist krank.« Er berührt mich am Arm. »Du siehst schrecklich aus.« Ich höre an seiner Stimme, wie geschockt und besorgt er ist. Ich betaste meine Wange. Sie fühlt sich glühend heiß an. Ich kann mir in etwa vorstellen, wie ich aussehe, nass geschwitzt und fiebrig, das Haar feucht und wirr. »Kann ich reinkommen?«, fragt er. Ich trete zur Seite. Er kommt herein und zieht die Tür hinter sich zu. Endlich ist es wieder dunkel. »Habe ich dich aufgeweckt?«

Ich nicke und lehne mich gegen die Wand. Er tritt nervös von einem Fuß auf den anderen, während sein Blick durch den Raum wandert, von den Klamotten auf der Couch zu dem Stapel Zeitschriften auf dem Tisch, von denen einige bereits auf den Boden gerutscht sind. »Du bist genauso chaotisch wie ...« Er spricht den Satz nicht zu Ende. Er sieht mich an, beißt sich auf die Unterlippe. Ich weiß nicht, was ich sagen soll. Für einen Augenblick stehen wir wie erstarrt da und fixieren einander, dann stürzt er sich auf mich, reißt mich in seine Arme und drückt mich so fest, dass ich einen Moment lang keine Luft bekomme. »Es tut mir so Leid«, stößt er hervor. Einer von uns beiden zittert.

Er erklärt, dass er heute Abend bei mir bleiben möchte, dass er seiner Mutter gesagt hat, er werde bei einem Freund schlafen. Im Flüsterton fügt er etwas hinzu, das ich kaum verstehe – dass es ihm Leid tut und dass er mich liebt, glaube ich, und dann nimmt er mein Gesicht in beide Hände und küsst mich wie wild, drückt mir nasse Küsse auf die Stirn, die Augenlider, meinen zitternden Mund.

»Warte, warte«, stoße ich hervor und löse meinen Mund von seinem.

»Was ist?«, fragt er.

Ich schüttle den Kopf. Eine Hitzewelle flutet durch meinen Körper. Mir ist so heiß, dass ich das Gefühl habe, gleich ohnmächtig zu werden. Ich klappe die Hand vor den Mund und renne den Gang hinunter ins Bad, wo ich mich ein weiteres Mal übergeben muss.

Hinterher putze ich mir zweimal die Zähne und stelle mich fünf Minuten lang unter die kalte Dusche. Als ich, eingewickelt in meinen Bademantel, wieder aus dem Bad komme, wartet Peter auf dem Gang auf mich. »Es tut mir so Leid!«, sagt er. »Ich weiß selbst nicht, was mit mir los ist.«

»Schon gut.«

»Du zitterst ja.« Er massiert mir die Arme. »Du solltest dich hinlegen.« Den Arm um meine Schulter gelegt, führt er mich in mein Schlafzimmer.

Wir setzen uns aufs Bett, und er nimmt meine Hand. Kaltes Wasser tropft mir aus dem Haar auf die Schultern.

»Bist du böse auf mich?«, fragt er. Ich sehe ihn an. Er wiederholt seine Frage, das Gesicht in Kummerfalten gelegt. In dem Moment erscheint er mir viel jünger, gleichzeitig aber auch viel älter als ich. Ich gebe ihm keine Antwort. »Ich hätte dich fast umgebracht«, sagt er mit stockender Stimme. »Ich weiß nicht, was ich gemacht hätte …«

»Warum wolltest du, dass ich es tue?«, frage ich.

»Ich dachte, dass …« Er spricht den Satz nicht zu Ende.

»Sag's mir.«

»Ich weiß nicht. Ich wollte einfach, dass du da bist.« Er sieht mich an, seine Augen füllen sich mit Tränen, und ich bekomme wieder dieses umwerfende Lächeln zu sehen, genau wie am Tag unserer ersten Begegnung. »Ich wollte dich bei mir haben.«

»Und Allison hat es nie getan?«, frage ich. »Kein einziges Mal?«

»Ich habe versucht, sie dazu zu überreden«, sagt er. »Ich habe ihr gesagt, dass es die einzige Möglichkeit sei, so richtig im eigenen Körper zu sein. Weißt du, was ich meine? Manchmal kommt mir alles so grau vor, die Leute, die ich kenne, die Schule. Alle tun bloß, was tagtäglich von ihnen erwartet wird, genau wie meine Eltern. Das Leben sollte nicht darin bestehen, dass man Tag für Tag seine Wäsche wäscht und den Wagen in die Werkstatt bringt. Es sollte …« Er blickt zur Zimmerdecke hinauf, sucht nach dem richtigen Wort. »Es sollte wild sein.«

»Warum wollte Allison nicht?«

»Sie hat gesagt, das alles spiele keine Rolle, wenn man stirbt.« Er zieht einen Mundwinkel hoch. Was dabei herauskommt, liegt irgendwo zwischen einem Lächeln und einer Grimasse.

»Woraufhin ich gesagt habe: ›Ich werde sterben.‹«

»Was hat sie geantwortet?«

»Sie hat gesagt: ›Und wenn nicht?‹«

Er schweigt lange. »Es gibt da etwas, das ich dir noch nicht gesagt habe.«

»Das überrascht mich nicht«, antworte ich, fast lachend.

Er erzählt mir, dass er bereits zwei Monate gefixt habe, als Allison seinen Heroinvorrat entdeckte und an sich nahm. Sie habe ihn vor die Alternative gestellt: Entweder er höre auf, oder sie sage es ihren Eltern. Sie blieb während des schlimmsten Teils des Entzugs bei ihm und redete ihren

Eltern ein, dass er Grippe habe. Als es schon fast vorbei war, wachte er eines Nachmittags auf, überwältigt von seiner Gier nach dem Stoff. Als seine Schwester nach der Arbeit vorbeikam, um nach ihm zu sehen, traf sie ihn vor der Haustür an, auf dem Weg zu Nate. Sie konnte ihn nicht umstimmen, aber immerhin dazu bewegen, mit in ihre Wohnung zu kommen. Sie versprach ihm, etwas zu besorgen, das es erträglicher machen werde.

Während er mir seine Geschichte erzählt, betrachte ich ihn mit einem seltsam distanzierten Gefühl, als wären wir durch eine Glasscheibe voneinander getrennt. Es erscheint mir nicht ganz plausibel, wieso seine Schwester Morphium für ihn gestohlen und geglaubt haben soll, es sei besser für ihn als Heroin. Als ich ihn danach frage, antwortet er ungeduldig. »Sie hatte Angst, ich würde mir eine Überdosis verpassen«, sagt er. »Inzwischen war meine Toleranzschwelle ja viel niedriger. Sie wollte in der Lage sein, die Dosis zu kontrollieren.«

»Warum hat sie dir nicht einfach das Heroin gegeben?«

»Sie hätte Probleme mit der Dosierung gehabt«, antwortet er leicht gereizt. »Außerdem wollte sie mir vielleicht nicht verraten, dass sie es noch hatte.«

Ich nicke, während ich mir dieses Argument durch den Kopf gehen lasse. »Hat sie dir das Morphium gegeben?«

Er schüttelt den Kopf. »Ich habe sie nie wieder gesehen. Sie hat mich mit nach oben in ihre Wohnung genommen und auf der Couch ein Bett für mich hergerichtet. Dann hat sie mich auf die Stirn geküsst und gesagt: ›Ich bin gleich wieder da!‹«

»Aber sie kam nicht wieder.«

»Ich weiß es nicht«, antwortet er. »Ich bin nicht in ihrer Wohnung geblieben. Ich konnte die Warterei einfach nicht ertragen, deswegen bin ich zu Nate.« Den Rest seiner Geschichte erzählt er sehr schnell. »Ich habe lange über das alles nachgedacht. Ich glaube, als sie in die Wohnung zurückkam und merkte, dass ich nicht da war, ist sie voller Panik losgerannt, um mich noch aufzuhalten, und da haben die Typen sie erwischt. Die Kerle, die sie später umgebracht haben. Als sie in dem Kofferraum eingesperrt war, ganz allein und ohne Chance zu entkommen, muss ihr klar geworden sein, dass sie sie umbringen werden. Vielleicht haben sie ihr gesagt, dass sie sie vergewaltigen werden, vielleicht hat sie es auch einfach gewusst.« Er dreht sich zu mir um. »Stell dir das vor.«

Ich schaudere. »Das habe ich oft getan.«

»Deswegen hat sie sich das Morphium reingejagt. Um die Schmerzen nicht zu spüren. In der Dunkelheit hat sie eine zu hohe Dosis erwischt. Selbst wenn die Typen sie nicht umgebracht hätten, wäre sie an der Überdosis gestorben.« Er nimmt meine Hände in seine und sagt ganz langsam, als wollte er sicherstellen, dass ich jedes Wort mitbekomme: »Es ist alles meine Schuld. Wenn ich ihr nicht gesagt hätte, dass ich zu Nate wollte, oder wenn ich in ihrer Wohnung geblieben wäre, dann wäre sie nicht unten auf der Straße gewesen, als diese Typen vorbeikamen. Ich war schwach. Genau genommen bin ich derjenige, der sie umgebracht hat.« Er schüttelt den Kopf. »Dabei war Nate nicht mal da. Ich bin einfach nach Hause gefahren.«

Es ist leicht zu glauben, es sei seine Schuld. Er hat Recht. Er hätte ihren Weg ändern können. Aber das sage ich nicht. Laut sage ich: »Wenn sie nicht den Job im Krankenhaus gehabt hätte, wenn sie nicht nach Hause gekommen wäre, um nach dir zu sehen, wenn sie Russell nicht am College kennen gelernt hätte und es eilig gehabt hätte, ihn zu treffen, wenn sie zehn Minuten früher oder später aufgebrochen wäre ... es gibt tausend verschiedene Gründe, warum sie zum falschen Zeitpunkt am falschen Ort war. Du darfst dir nicht die Schuld geben.« Es ist ebenso leicht, an diese Theorie zu glauben.

Er schluchzt, seine Schultern zucken. Ich weiß, dass er mir gerne glauben möchte. Ich ziehe ihn an mich, drücke seinen Kopf an meine Brust und wiege uns beide sanft hin und her. »Ich werde es nie wieder tun, Olivia. Das schwöre ich dir.«

Er fühlt sich unter meinen Händen so zerbrechlich an, seine Knochen liegen so dicht unter der Oberfläche seiner Haut. Ich muss an Allison Avery denken. Bestimmt hätte sie gewollt, dass ich ihren kleinen Bruder auf diese Weise halte, ihm versichere, dass es nicht seine Schuld ist. Ich kenne die Geheimnisse des toten Mädchens, aber das ist nicht das, was ich in Erinnerung behalten möchte – die blanken Fakten ihres Lebens, ausgebreitet auf Zeitungspapier. Nein, ich möchte mich daran erinnern, was sie gefühlt hat, wie sehr sie diesen Jungen geliebt hat. Als er zu weinen aufhört, lasse ich ihn aufs Bett sinken, und er schließt die Augen, als wollte er schlafen. Ich kuschle mich an ihn. Den Kopf an seine Schulter gelegt, lausche ich dem warmen Pochen des Herzschlags in seiner Brust. Wir atmen synchron. Ich schließe die Augen.

Als ich aufwache, hat sich einer von uns weggerollt. Wir liegen nebeneinander auf dem Rücken. Peter schläft noch. Auf einen Ellbogen gestützt, beobachte ich die sanften Bewegungen seiner Augen unter seinen Lidern, das Flattern seines Pulses an seinem Hals. Obwohl ich ihn nicht mehr begehre, empfinde ich in diesem Moment Liebe für ihn. Er seufzt und murmelt etwas, das ich nicht verstehe. Ich möchte mich für immer an diesen Abend erinnern, an das Gefühl, das ich in diesem Moment empfinde, an die Stille des Raumes, die Weichheit seines schlafenden Gesichts.

Eines weiß ich sicher. Es wird nie wieder so sein.

20

Als Peter und ich die Küche betreten, sitzt Hannah mit einer Schüssel Müsli am Tisch. »Hallo«, sagt sie und zieht dabei fragend die Augenbrauen hoch. Nachdem ich ihr einen guten Morgen gewünscht habe, mache ich die beiden bekannt. Dann hole ich zwei Schüsseln und verschiedene Sorten Müsli und Cornflakes aus dem Schrank. Peter tritt nervös von einem Fuß auf den anderen und sagt, dass er nicht hungrig ist. »Möchtest du Kaffee?«, frage ich ihn und stelle gleichzeitig fest, dass Hannah noch keinen gemacht hat.

Peter erklärt, er werde welchen machen, und beginnt mit Filtern und Kaffeedosen zu hantieren. Ich gehe nach draußen, um die Zeitung zu holen. Als ich den Raum verlasse, höre ich Hannah gerade fragen: »Woher kennst du Olivia?«

Ich falte die Zeitung noch auf der Veranda auseinander und halte auf der Titelseite nach einer weiteren Story zum Fall Avery Ausschau. Schnell werde ich fündig. ZEUGE HÖRTE VERDÄCHTIGE RAUBÜBERFALL PLANEN, steht da, und darunter Evans Name. Ich lese den Anfang des Artikels: »Samuel Peterson, 18, teilte der Polizei gestern Abend mit, er habe gehört, wie die Verdächtigen im Mordfall Avery über ihren Plan gesprochen hätten, einen Wagen zu stehlen und einen Raubüberfall zu begehen.« Ich zwinge mich, mit dem Lesen aufzuhören und wieder hineinzugehen.

Als ich die Küche betrete, sieht Hannah mich genau so an, wie ich es erwartet habe, wissend und missbilligend. Ich ignoriere sie und gehe zu Peter hinüber, der an der Arbeitsplatte lehnt und angestrengt konzentriert zusieht, wie der Kaffee in die Kanne tröpfelt. Als ich ihn am Arm berühre, lächelt er mich an. »Er ist fast fertig«, flüstert er. Ich frage Hannah, ob sie auch welchen möchte, und als sie ja sagt, hole ich drei große Tassen aus dem Schrank und reihe sie ordentlich auf der Theke auf. Dann hole ich die Milch aus dem Kühlschrank und unsere Zuckerdose aus dem obersten Kühlschrankfach. Ich öffne eine Schublade und nehme drei Löffel heraus. Dies ist der seltsamste Augenblick meines Lebens. Ich habe mir Heroin in den Arm spritzen lassen. Ich habe mich die ganze Nacht an einen Siebzehnjährigen gekuschelt, der eine tote Schwester hat, mit deren Perücke ich auf den Straßen von Memphis herumgelaufen bin. Jetzt stelle ich einen Löffel in jede Tasse, damit wir alle Kaffee trinken und dann zur Arbeit gehen können.

Schweigend sitzen wir am Tisch und trinken unseren Kaffee. Ich greife erneut nach der Zeitung und lese Evans Artikel. Samuel Peterson behauptet, gehört zu haben, wie Jared Gillespie und Cody Parker planten, nach Memphis zu fahren, um einen Wagen zu stehlen und einen Laden zu überfallen. Ihm zufolge habe Gillespie vorgeschlagen, den Ladenbesitzer mit einer Waffe zur Herausgabe seines Wagens zu zwingen, weil sie auf diese Weise auch gleich in den Besitz der Schlüssel kämen. Die Polizei ist inzwischen der Meinung, dass die Entführung nicht geplant war. Dass die »ganze Sache einfach eskaliert« sei, wie Lieutenant Nash es ausdrückt.

Unter dem Artikel sollte eigentlich mein Name stehen, nicht der von Evan.

»Olivia?«, sagt Peter.

»Ja?« Ich blicke hoch. Er hat seine leere Tasse zur Seite geschoben und lehnt sich zu mir herüber. Hannah tut so, als wären wir gar nicht da.

»Ich habe gerade gesagt: ›Ich muss jetzt nach Hause‹«, erklärt er. »Meine Mutter wird sich langsam fragen, wo ich bin.«

»Okay.« Ich lege die Zeitung weg. Er steht auf, geht um den Tisch herum und tritt genau in dem Moment hinter mich, als ich meinen Stuhl nach hinten schiebe, sodass ich sein Schienbein ramme: »O Gott, das tut mir Leid«, sage ich und springe erschrocken auf. »Bist du in Ordnung?«

Er verzieht das Gesicht zu einem gequälten Lächeln und nickt. Dann wendet er sich zum Gehen. Ich folge ihm. An der Haustür umarmen wir uns kurz. Er küsst mich auf die Wange. Ich stelle mich auf die Zehenspitzen und küsse ihn auf den Mund. Dann trete ich einen Schritt zurück. Wir fangen gleichzeitig an zu reden und halten gleichzeitig inne. Lächelnd erklärt er, er werde mich anrufen. Ich nicke und sage auf Wiedersehen, und das war's. Er ist weg.

Ich bleibe noch einen Moment an der Tür stehen, die Hand auf den Mund gepresst, als ich Hannahs Stimme höre. »Der Bruder des toten Mädchens, Olivia?« Als ich mich umdrehe, sehe ich sie mit verschränkten Armen am anderen Ende des Raumes stehen. »Was heißt das? Wie alt ist dieses Kind?«

Ich schüttle wortlos den Kopf. Offenbar sieht sie mir an, dass ich mit den Tränen kämpfe, denn sie kommt zu mir herüber und tätschelt meine Schulter. »Schon gut«, sagt sie, ihre Stimme jetzt viel sanfter. »Schon gut.«

Als ich die Redaktion betrete, rechne ich fest damit, dass alle verstummen und sich nach mir umdrehen werden. Ich bleibe einen Moment stehen. Niemand beachtet mich. Dann hebt Peggy den Kopf. Als sie mich entdeckt, ruft sie meinen Namen. Während ich auf sie zusteuere, muss ich mich beherrschen, nicht ständig an meinem linken Ärmel herumzuzupfen. Sie mustert mich eindringlich. »Wie geht es dir?«, fragt sie. In ihrer Stimme höre ich keinen misstrauischen Unterton, nur zerstreutes Interesse. Nun, da ich mich des Verbrechens, dessen sie mich verdächtigt hat, tatsächlich schuldig gemacht habe, ist sie mit anderen Dingen beschäftigt.

»Inzwischen wieder gut«, antworte ich. »Muss einer von diesen Vierundzwanzig-Stunden-Viren gewesen sein.«

»Dann ist es ja gut.« Sie wendet ihre Aufmerksamkeit wieder der Zeitung auf ihrem Schreibtisch zu. »Schön, dass du wieder da bist.«

»Was meine Story betrifft, das tote Mädchen«, sage ich. »Ich würde sie gern behalten.«

»Von mir aus gern«, antwortet sie. »Du musst es nur Evan sagen. Er ist gestern für dich eingesprungen.«

»Gut«, sage ich. »Danke.« Sie sieht mich nicht mehr an. Ich bleibe noch einen Moment neben ihrem Schreibtisch stehen, den Blick auf ihr Gesicht gerichtet. Am liebsten würde ich ihr alles gestehen, ihr von all den dummen Dingen erzählen, die ich getan habe, ihr die kleine Einstichstelle an meinem Arm zeigen.

»Steh nicht so rum«, sagt sie, ohne den Blick zu heben. »Mach dich an die Arbeit.«

Ich gehe durch die Reihen der Schreibtische. Evan sieht mich kommen. Er spielt mit einem Stift herum. Auf seinem Schreibtisch ist die Titelseite ausgebreitet. Ich deute auf seinen Namen. »Guter Artikel«, sage ich.

»Danke.« Er berührt mich mit seinem Stift am Arm. »Wie geht's dir?«

»Gut.« Wir nicken beide. Er blickt auf die Zeitung, kaut verlegen auf seiner Unterlippe.

»Dir ist klar, dass das meine Geschichte ist, nicht wahr?«, sage ich. »Ich möchte sie nämlich zurück.«

Er blickt mit einem müden Lächeln hoch. »Sie gehört dir.«

Als ich mich meinem Schreibtisch zuwende, hält er mich zurück. »Es tut mir Leid«, erklärt er. »Ich weiß nicht, wie ich auf die Idee kommen konnte ...« Er schüttelt den Kopf. »Ich möchte, dass wir wieder Freunde sind.«

»Lass dir deswegen keine grauen Haare wachsen«, antworte ich. »Mir tut es auch Leid.« Ich berühre seinen Handrücken. Er dreht seine Hand um und greift nach meiner. Einen Moment lang geben wir uns über seinen Schreibtisch hinweg die Hand, dann klingelt Evans Telefon.

Nachdem Evan aufgelegt hat, ruft er mich, und ich rolle

mit meinem Stuhl zu ihm hinüber. »Das war meine Quelle bei der Staatsanwaltschaft«, informiert er mich. »Sie hat gesagt, einer der Jungs hat gestanden.« Er reicht mir einen Zettel mit einem Namen und einer Telefonnummer. »Ich habe ihr gesagt, du würdest sie zurückrufen.«

Als ich nach dem Hörer greife, spüre ich, wie mein Herz schneller zu schlagen beginnt.

Die Frau im Büro der Staatsanwaltschaft liest mir übers Telefon die Aussage von Robby Shavers vor. Mit seinen sechzehn Jahren ist Robby der jüngste von den Dreien. Er hat seine Geschichte unter Tränen erzählt und immer wieder beteuert, dass er niemanden umbringen wollte. Er war lediglich mit dem Plan einverstanden, ein Auto zu stehlen. Er dachte, sie wollten bloß eine Spritztour machen, wie schon öfter. In Cody Parkers Wagen seien sie in der Stadt herumgefahren und hätten nach einem geeigneten Auto Ausschau gehalten. Da habe Jared Gillespie plötzlich das Mädchen mit ihrem Autoschlüssel in der Hand auf die Straße zusteuern sehen. Jared und Cody seien ausgestiegen, und er, Robby, habe das Steuer von Codys Wagen übernommen. Durchs Fenster konnte er sehen, wie Jared und Cody das Mädchen mit vorgehaltener Waffe zwangen, sich in den Kofferraum ihres Wagens zu legen. Das Mädchen schüttelte den Kopf. Als er das Fenster herunterließ, hörte er sie sagen: »Nehmt den Wagen. Ich werde nichts sagen.« Jared schlug sie ins Gesicht, und sie taumelte gegen den offenen Kofferraum. Jared und Cody stießen sie hinein. Robby folgte ihnen bis zu dem Park.

Laut Robby war es nie Teil ihres Planes, jemanden umzubringen, aber sie hätten Probleme gehabt, das Mädchen aus dem Kofferraum herauszubekommen, weil sie kaum noch bei Bewusstsein war, und während sie sich abmühten, sie herauszuheben, kratzte sie Jared, und er schlug sie. Cody schlug sie auch, und als sie zu Boden ging, stürzten sie sich auf sie. Sie fesselten ihr die Hände. Robby zufolge hat Jared sie vergewaltigt. Er selbst nicht. Er sei in einiger Entfernung stehen geblieben, habe das Mädchen schreien hören und sei wieder in Codys Wagen gestiegen. Er habe erst wieder hingesehen, als der Motor des anderen Wagens gestartet wurde. Als er sich umgedreht habe, sei der Körper des Mädchens bereits unter den Reifen ihres Wagens verschwunden.

Nachdem ich aufgelegt habe, lege ich beide Hände flach auf den Tisch. Meine zitternden Finger beruhigen sich. Das Foto von Allison Avery lehnt noch immer an meinem Computer. Sie lacht. Der Junge mit der Baseballkappe küsst sie auf die Wange. All die Fotos und Videos von ihr, auf denen ich sie lebend gesehen habe, können dieses erste Bild von ihr nicht auslöschen, das Bild von ihr als Tote. Eines weiß ich sicher: Ich werde das alles nicht vergessen. Ich werde nie ganz darüber hinwegkommen. Ein Teil von mir wird immer Angst haben.

Einen Moment lang lasse ich den Blick durch die Redaktion schweifen. Ein Reporter steht auf, greift nach seiner Jacke und verlässt mit großen Schritten den Raum. Zwei Redakteure haben die Köpfe zusammengesteckt und unterhalten sich leise, zeigen sich gegenseitig ihre Unterlagen. Eine Frau lehnt sich mit dem Hörer in der Hand vor, wild gestikulierend. »Ich muss es wissen«, sagt sie laut. »Ich muss es wissen.« Ich sehe zu Evan hinüber. Den Blick auf seinen Bildschirm gerichtet, kaut er stirnrunzelnd auf einem Fingernagel. Rund um mich sind die Geräusche der Redaktion zu hören, mal lauter, mal leiser, das Klappern der Tastaturen, das Läuten der Telefone, das Gewirr all dieser Stimmen. Hier in der Mitte ist es ruhig.

Ich beuge mich vor und schalte meinen Computer an. Dann greife ich nach dem Telefon und wähle die Nummer des Polizeireviers. Während ich warte, bis Lieutenant Nash an den Apparat kommt, schlendert Bishop vorbei. Er hat die Hände in die Taschen geschoben und pfeift durch die Zähne vor sich hin, ein Notizbuch in der Brusttasche, seine Brille auf der Nasenspitze. Als sich unsere Blicke begegnen, lächle ich. Zwinkernd erwidert er mein Lächeln, heißt mich zu Hause willkommen.

21

Im August ruft mich Jared Gillespies Anwalt an und schlägt vor, uns im Gefängnis zu treffen. Er möchte mich bei einem Gespräch mit seinem Mandanten dabei haben. Er wird Jared nicht sagen, wer ich bin, erklärt er, und alles, was ich höre, muss unter uns bleiben. Ich soll mich mit eigenen Augen davon überzeugen, dass Jared Gillespie nur ein verängstigter Teenager ist.

Die beiden anderen Jungen haben mittlerweile beide gestanden. Beide behaupten, das Mädchen weder vergewaltigt noch überfahren zu haben. Was die Vergewaltigung betrifft, wird der DNA-Test zumindest einen von ihnen als Lügner entlarven. Über den Fahrer des Wagens scheinen sich alle einig zu sein. Jared Gillespie, der verängstigte Teenager.

Ich treffe mich mit dem Anwalt im Gefängnis, gleich außerhalb von Bolivar, Mississippi. Das Innere des Gefängnisses besteht hauptsächlich aus Schlackensteinwänden. Ich sehe ein paar wie Insassen gekleidete Männer herumwandern. Der Anwalt begrüßt einen von ihnen per Handschlag, während er gleichzeitig einem anderen winkt, einem Mann mit Schnurrbart, der mir bedächtig zuzwinkert. Nachdem der Anwalt sein Gespräch beendet hat, steuert er auf die Frau zu, die im Eingangsbereich hinter einem Schreibtisch sitzt. Sie blickt hoch und fragt: »Wen wollen Sie?« Offenbar vertritt er das halbe Gefängnis.

Ich muss meinen Namen in eine Liste eintragen und unterschreiben. Die Frau fragt mich nicht einmal, wer ich bin. Über ihr Funkgerät gebeugt sagt sie: »Bringt uns Gillespie.« Nach ein paar Minuten kommt ein Mann herein, allein, die Hände mit Handschellen gefesselt. Ich werfe ihm einen kurzen Blick zu und sehe dann den Anwalt an, der uns ein Zeichen gibt, ihm in einen Nebenraum zu folgen. Der Raum ist so klein, dass ich, als ich mir einen Stuhl heranziehe, den Arm von Jared Gillespie streife. Ich fühle dabei nichts, was mich vor Abscheu wie elektrisiert zurückzucken lässt. Seine Haut fühlt sich wie ganz normale, warme Haut an.

Wir setzen uns zu dritt an den kleinen Tisch, und ich mustere den Mann mir gegenüber. Jared Gillespie ist etwa eins achtzig Meter groß. Er ist dünn, aber muskulös. Seine Bizepse wirken an seinen langen, schlanken Armen wie harte kleine Beulen. Er trägt einen dünnen Schnurrbart. Sein strähniges braunes Haar ist hinten im Nacken lang und hängt ihm vorne in die Augen. Sein Gesicht ist jung, rund und weich. Seine Augen sind schwarz. Er hat einen kleinen Mund, dessen Lippen so dünn und bleich sind, dass sie sich kaum von seiner blassen Haut abheben. Seine übereinander stehenden Zähne sind vom Nikotin leicht gelb verfärbt. Er ist neunzehn Jahre alt.

Er wirkt nicht bösartig. Sein Gesicht ist so ausdruckslos wie das einer Puppe, sogar, wenn er lächelt.

Der Anwalt bittet eine Wache, Jared die Handschellen abzunehmen. Jared reibt seine Handgelenke. Er zieht eine Zigarettenschachtel heraus und zündet sich eine an. Nachdem er einmal tief inhaliert hat, schiebt er mir die Schachtel zu. »Wollen Sie eine?«, fragt er. Es ist das Erste, was ich ihn sagen höre. Er spricht einen starken Südstaatendialekt, und man hört ihm an, dass er aus der Unterschicht stammt. Ich nicke und nehme mir eine Zigarette. Als er sich vorbeugt, um mir Feuer zu geben, blicke ich direkt in diese schwarzen Augen. Es ist, als würde ich durch ein Fenster in einen dunklen, leeren Raum spähen.

Laut Aussagen seiner Freunde ist Jared Gillespie derjenige, der Allison Avery in den Kofferraum ihres Wagens gezwungen hat. Er hat sie als Erster vergewaltigt, dann waren die anderen an der Reihe, während er auf und ab marschierte und dabei in die Luft boxte. Cody Parker zufolge hat er auch damit angefangen, sie zu schlagen, und später dann auf sie eingetreten, bis ihre Schreie verstummten. Die anderen beiden behaupten, sie seien hinterher ohne Jared zu Codys Wagen zurückgelaufen. Als sie einen Motor anspringen hörten, hätten sie sich umgedreht und gesehen, wie der blaue Honda Civic ein Stück zurückstieß und dann auf das zusammengerollte Mädchen zuraste. »Wir haben bloß dagestanden«, hat Parker zu Protokoll gegeben. »Wir konnten nichts tun.« Als Jared den Wagen neben ihnen gestoppt und sie aufgefordert habe, ihm zu folgen, hätten sie es getan – angeblich aus Angst, dass er sie sonst ebenfalls umbringen würde.

»Er hat immer wieder gesagt, dass wir sie nicht laufen lassen könnten«, steht in Parkers Aussage. »Er hat gesagt, sie hat uns gesehen, und deswegen könnten wir sie nicht laufen lassen.«

Inzwischen habe ich eine genaue Vorstellung davon, wie es passiert ist. Ich kenne die Namen der Täter, weiß, was sie gesagt und getan haben, und wann sie es getan haben. Trotzdem weiß ich noch immer nicht, was für ein Gefühl es war, dort zu sein, sie zu sein, er zu sein, dieser Junge, der mir gegenüber auf seinem Stuhl lümmelt, eine Kippe zwischen den Lippen, die Missmutigkeit in Person. Während ich ihn beobachte, versuche ich, ihn mir dabei vorzustellen, wie er die Dinge tut, von denen ich weiß, dass er sie getan hat, ich versuche, mir sein Gesicht wutverzerrt vorzustellen, die Augen voller Zerstörungslust. Lieber wäre es mir, er wäre einer jener genialen Bösewichte, wie man sie aus Filmen kennt, und würde sich jetzt cool zurücklehnen und uns seinen klug ausgetüftelten Plan erklären. Stattdessen sitzt mir gegenüber nur dieser Junge mit dem ausdruckslosen Gesicht, der in mir keinerlei Gefühlsregung auslöst, keine Angst, nicht einmal Hass.

Sein Anwalt beginnt, einen Teil seiner Verteidigungsstrategie durchzugehen, die den Cops unterstellt, auf die anderen Jungen Druck ausgeübt zu haben, die Schuld auf Jared zu schieben, weil er der Einzige von den Dreien ist, der vor dem Gesetz bereits als Erwachsener gilt und entsprechend verurteilt werden kann. Jareds Gegenbehauptung lautet, dass er zwar mit von der Partie war, das Mädchen aber weder vergewaltigt noch geschlagen hat. Ganz im Gegenteil, er habe es mit der Angst zu tun bekommen und sei davongerannt, als die anderen Jungs wieder in den Wagen stiegen und den Motor anließen. Er behauptet, sie seien ihm nachgegangen und hätten ihn aufgefordert, ebenfalls einzusteigen. »Ich wollte niemandem was tun«, erklärt er mit monotoner Stimme. »Ich dachte, wir würden bloß die Karre klauen.«

»Wie fühlst du dich, Jared?« Der Anwalt beugt sich vor. Er hat einen Ausdruck onkelhafter Besorgtheit aufgesetzt. »Hast du Angst?«

Jared blickt achselzuckend auf den Tisch. »Ja, klar hab ich Angst, Mann.« Er betrachtet die Zigarette in seiner Hand, die fast bis zu seinen Fingern runtergebrannt ist. »Ich hab total Schiss. Das ist ja wohl klar.«

»Du weißt, Jared«, sagt sein Anwalt, »dass der Bezirksstaatsanwalt höchstwahrscheinlich für die Todesstrafe plädieren wird.«

»Ich weiß, Mann«, antwortet Jared kopfschüttelnd. »Davor hab ich auch Schiss. Die andern Typen lügen, und ich muss dafür vielleicht brutzeln.«

Der Anwalt sieht mich an, als wollte er fragen: Haben Sie das auch mitbekommen? Ich ziehe die Augenbrauen hoch. Wir blicken uns einen Moment an, dann wendet er sich wieder an Jared: »Ich werde alles in meiner Macht Stehende tun, damit das nicht passiert.« Der Anwalt lehnt sich auf seinem Stuhl zurück. Nach einer kurzen Pause fragt er: »Hast du Teresa mal wieder gesehen?«

»Ja, sie hat mich vor einigen Tagen besucht.«

»Und wie geht es deinem kleinen Mädchen? Wie war noch mal ihr Name? Annabelle?«

»Ja, Annabelle. Ich schätze, es geht ihr gut. Ich hab sie

nicht gesehen.« Er zieht eine weitere Zigarette aus der Packung.

»Deine Familie fehlt dir, oder?«

»Klar. Mir fehlt meine Mama, und Teresa, und mein Baby. Was soll sie denken, wenn ihr Daddy an einem solchen Ort eingesperrt ist?« Er macht eine ausladende Handbewegung. Dann zündet er sich seine Zigarette an. »Auch noch eine?«, fragt er mich. Ich erwidere seinen Blick, und er lächelt, sodass alle seine zerklüfteten gelben Zähne zu sehen sind. Ich schüttle den Kopf, und er zuckt mit den Achseln, als wollte er sagen, selber schuld. Er nimmt einen Zug und atmet langsam aus.

»Du weißt, dass Allison Avery ihrer Familie auch fehlt«, sagt der Anwalt mit ernster Stimme. Wieder wirft er mir einen Blick zu, um zu sehen, wie ich darauf reagiere.

»Ja, ich weiß, und ich hab deswegen auch ein echt schlechtes Gefühl«, antwortet Jared. »Ich wünschte, ich hätte bei dem Plan nie mitgemacht. Ich hab in der Zeitung über ihre Mama gelesen, und sie tut mir wirklich Leid. Aber sie hat gesagt, sie wünscht sich meinen Tod, und das ist nicht richtig. Ich hab ihr Baby nicht umgebracht. Ich war's nicht.«

Angesichts der selbstgerechten Entrüstung, mit der er sagt: »Das ist nicht richtig«, fällt es mir schwer, den Mund zu halten. Unter dem Tisch reibe ich mit beiden Händen an meinen Oberschenkeln auf und ab. Alles, was ich zu ihm sagen könnte, wäre, wie Peters Anschlag auf Jareds Briefkasten, eine sinnlose, ohnmächtige Geste. Am liebsten würde ich zu ihm sagen: »Du hast sie geschlagen. Du hast sie vergewaltigt. Du hast sie umgebracht.« Ich würde ihn gerne fragen, ob er dafür irgendeinen Grund hatte.

Stattdessen sitze ich weiter schweigend da und höre mir an, wie sein Anwalt ihn mit suggestiven Fragen füttert, deren provozierte Antworten mich dazu bringen sollen, ihn als menschliches, bemitleidenswertes Wesen zu sehen. Am liebsten würde ich ihn unterbrechen und ihm sagen, dass ich Jared Gillespie schon seit ich diesen Raum betreten habe als Menschen betrachte, dass das aber keine Rolle spielt. Jared Gillespie ist der Grund, warum ich Angst haben muss. Er ist der Tod, der einen ohne Grund oder Reue heimsucht. Er hat Allison nicht getötet, weil sie ihn verschmäht oder bei einem Drogendeal übers Ohr gehauen hat. Er hat sie auch nicht getötet, weil er sie kannte und sich ihren Tod wünschte. Er hat sie einfach nur getötet.

Jared Gillespie steht auf, um in seine Zelle zurückzukehren. Sein Anwalt erhebt sich ebenfalls und sagt etwas, das ich nicht mitbekomme, und dann stehe ich auch auf und höre mich fragen: »Warum haben Sie es getan?«

»Ich möchte nicht, dass du diese Frage beantwortest, Jared«, mischt sich sein Anwalt in scharfem Ton ein. Er blickt mich stirnrunzelnd an, mit wütender Miene, weil ich mich nicht an unsere Abmachungen halte.

Ich schenke ihm keine Beachtung, sehe nur Jared Gillespie an. »Sagen Sie mir, warum.« Meine Stimme hat einen flehenden Unterton.

Jared betrachtet mich lange. Ich frage mich, was er sieht. Ich habe die gleiche Größe wie Allison Avery, das gleiche Alter. Ich habe dunkles Haar, eine ähnliche Gesichtsform. Sieht er sie, wenn er mich ansieht? Verspürt er den Wunsch, mich zu vergewaltigen und zu schlagen, meine Knochen zu zerschmettern? »Jared.« Diesmal bemühe ich mich um einen harten, scharfen Ton. »Sagen Sie mir, warum.«

»Lady«, sagt er schließlich, »ich weiß es selbst nicht.«

Epilog

In Memphis beginnt das Ende des Sommers mit der sogenannten Death Week. Jedes Jahr strömen Tausende von Menschen von überallher zusammen, um vor den eisernen Toren von Graceland um einen Mann zu weinen, von dem sie glauben, ihn gekannt zu haben. Ich bin heute hier, um über die Nachtwache bei Kerzenlicht zu berichten, und bewege mich gerade durch eine Menge ernst dreinblickender Männer und Frauen, die alle Elvis-T-Shirts tragen und Kerzen in der Hand haben. Zum Teil stehen die Leute an den Toren hinter dem Haus Schlange, um zum Grab durchgelassen zu werden, das mit Blumen und Liebesgedichten übersät ist. Manche waren bereits dort und warten nun nur noch mit den anderen darauf, dass die Nacht in den Tag übergeht, an dem Elvis Presley gestorben ist. Aus einem Lautsprecher schallen seine Balladen, und manche Leute singen mit tränenüberströmten Gesichtern mit. Es ist ein heißer, träger Abend Ende August.

Wenn ich hier fertig bin, soll ich zu David nach Mud Island kommen. Er möchte mit mir reden. Vor zwei Wochen habe ich ihm endlich von dem Heroin erzählt, von meinem Verlangen nach Peter und davon, wie vollständig ich mich in der Story verloren hatte. Wir haben auf seiner Veranda gesessen. Auf der anderen Straßenseite saß ein Paar auf einer Verandaschaukel und bewunderte schweigend den Sonnenuntergang. Irgendwo rief eine Mutter nach einem verspäteten Kind. »Ich kann es einfach nicht glauben«, sagte David immer wieder. »Ich dachte, ich würde dich kennen. Ich hatte ja keine Ahnung!«

»Ich auch nicht«, antwortete ich.

Ich weiß nicht, was ich ihm sonst noch dazu sagen soll. Ich

weiß nicht, was mit uns passieren wird. Vielleicht hat er jemanden verdient, der mehr ist wie er, einen Menschen, der seine Mitmenschen beim Wort nimmt. Was ich selbst verdient habe, weiß ich nicht so genau. Wahrscheinlich wird es darauf hinauslaufen, dass ich in meinen Wagen steigen und nach Hause fahren werde, vorbei an all den gelb gestrichenen Häusern, den Verandaschaukeln, den Hängepflanzen. Eine junge Frau auf dem Rad wird mir im Vorbeifahren zuwinken, und ich werde zurückwinken. Dann werde ich auf die Brücke einbiegen, die von Mud Island zurück in die Stadt führt.

Nächste Woche oder so wird Peter anrufen und mir von seinen Collegeplänen erzählen. Er wird versprechen, mir zu schreiben, und ich werde so tun, als würde ich ihm glauben. Seit einem Monat nimmt er an einem Programm der Drogenberatungsstelle teil. Er wird mir erneut schwören, nie wieder Drogen zu nehmen. Weder er noch ich werden die Tatsache erwähnen, dass wir beide beim Prozess sein werden, und wahrscheinlich werden wir im Gerichtssaal nicht miteinander sprechen, sondern uns nur von zwei entgegengesetzten Seiten des Raumes zuwinken. Zwischen uns ist nur ein vages Gefühl von Zärtlichkeit übrig geblieben, und eine leichte Verlegenheit. Manchmal scheint es mir, als hätte ich ihn nur geträumt, und ich erinnere mich nicht an die Worte, die wir gewechselt haben, sondern an die kleinen Geräusche, die er gemacht hat, wenn ich ihn geküsst habe, irgendwo zwischen Lust und Schmerz.

Was Carl betrifft, entdecke ich ihn hin und wieder auf der Straße oder an einem anderen Tisch in einem Restaurant, wo ich mit Hannah zu Mittag esse. Ich tue dann jedes Mal so, als würde ich ihn nicht sehen.

Ich werde in der Zeitung nicht schreiben, dass Jared Gillespie nicht weiß, warum er das Mädchen umgebracht hat. Stattdessen werde ich weiter über die Dinge berichten, die ich inzwischen über ihn weiß: dass sein Vater ihn missbraucht hat, dass er in ärmlichen Verhältnissen aufgewachsen ist und keine gute Schulbildung genossen hat, und dass das Fehlen eines richtigen Vaters und seine eigene frühe Vaterschaft dazu geführt haben, dass er Frauen für die Probleme in seinem Leben verantwortlich macht. Ich werde außerdem berichten, dass er an dem betreffenden Tag nicht nur Alkohol, sondern auch eine Menge Pillen geschluckt hatte. Wenn Sie das lesen, werden Sie noch immer nicht verstehen, wie jemand etwas so Schreckliches tun konnte, aber der Gang der Dinge wird eine vertraute, traurige Art von Sinn ergeben, und Sie werden wissen, dass alles, was passiert, einen Grund hat.

Ich werde in der Zeitung nicht schreiben, dass ich mich für eine Weile auf die Suche nach Allison Avery begeben habe, und dass ich dachte, sie in dem Heroin finden zu können, das durch meine Adern strömte. Stattdessen fand ich sie in dem Entsetzen, das ich fühlte, als ich unter der Dusche mit einem Jungen aufwachte, den ich auf den ersten Blick nicht erkannte, auch wenn er laut meinen Namen schrie. Ich habe mein Herz für sie stillstehen lassen, und das ist mein Geheimnis: dass ich ihr so weit gefolgt bin, wie ich konnte.

»Love me Tender« schallt aus dem Lautsprecher, und dreißigtausend Menschen stimmen ein. Ich weiß nicht, was ich Ihnen sagen könnte, um Ihnen zu beschreiben, wie sich das anhört, außer, dass es sehr schön ist, und dass es mein Herz anrührt. Ich blicke mich um. Neben mir steht ein Mann mit schwarz gefärbtem Haar und dicken Koteletten. Er hat die Augen geschlossen und wiegt sich leicht hin und her. Zwei Frauen liegen sich weinend in den Armen. Ich unterscheide mich nicht so sehr von diesen Leuten, wie ich früher immer dachte. Wir suchen doch alle nur nach einer Art von Sinn, einer Geschichte, die unserem Leben eine Form gibt. Wenn ich von hier aufbreche, werde ich zurückfahren in die Redaktion und diese Leute zu einer Story verarbeiten. Ich werde sie beschreiben und über die Dinge berichten, die sie mir an diesem Abend erzählt haben. Sie kommen hierher, weil Elvis ihnen geholfen hat, ein paar der schlimmsten Augenblicke ihres Lebens zu überstehen. Sie kommen, um zu sehen, wie er gelebt hat und wo er gestorben ist. Sie kommen, weil er gut ausgesehen hat. Sie kommen, weil sie ihm einmal begegnet sind, seine Hand berührt haben. Sie kommen, um einen Taumel der Gefühle zu erleben und sich vom Klang von Elvis' Stimme daran erinnern zu lassen, wofür sie eigentlich leben. Wenn sie meine Story in der Zeitung lesen, wenn sie dort ihre Namen gedruckt sehen, werden sie das Gefühl haben, Teil von etwas zu sein, das so viel größer ist als sie selbst.

Eines weiß ich: Ich bin noch da. In dieser heißen, schwülen Nacht stehe ich Schulter an Schulter mit dreißigtausend Menschen. Die kleinen Flammen ihrer Kerzen flackern in ihren Händen.

Danksagung

Mein Dank gilt meinem Agenten Gordon Kato und meiner Lektorin Carolyn Carlson für ihre wertvollen Ratschläge und ihren Glauben an dieses Buch.

Für ausführliche Beratung, angefangen bei der Polizeiarbeit bis hin zur Geografie von Memphis, danke ich Zack McMillin, Steve Hall, Cletus Oliver und Dr. Wendy Gunther. Ohne Angie Craig hätte ich dieses Buch nicht schreiben können.

Mein besonderer Dank gilt meinen Lehrern, A. Manette Ansay, Charles Baxter und Nicholas Delbanco. Des Weiteren danke ich Wyatt Prunty, Cheri Peters und dem Kollegium der Sewanee Writers' Conference, sowie Norma Diala von der Harvard Graduate School of Education, die mir einen Job gab, während ich an diesem Buch schrieb.

Meiner Familie danke ich für ihre Liebe und Unterstützung, insbesondere Susan und Skip Francies, Cameron Stewart, Gordon Stewart und Julie Finch. Sehr dankbar bin ich auch meinen Freunden und Lesern Carolyn Ebbitt, Caroline Kim, Surrena Goldsmith, Leigh Anne Couch, Terry Joffe, Shivika Asthana, Nina Reid, und ganz besonders meinem Trainer, Elwood Reid.